魏光燾集

四

杜宏春　高彬彬　整理

岳麓書社 · 长沙

目　录

奏议　西南卷

光绪二十七年（1901）

光绪二十九年（1903）

奏议　西南卷

光绪二十七年（1901）

1068. 奏报抵滇接任云贵总督日期折

光绪二十七年五月初四日（1901 年 6 月 19 日）

头品顶戴云贵总督臣魏光焘跪奏，为叩谢天恩并恭报抵滇接印日期，仰祈圣鉴事。

窃臣于光绪二十七年三月十六日在湖南邵阳本籍假满起程赴任，曾经咨请湖南抚臣俞廉三①奏报❶。嗣于洪江途次，钦奉谕旨饬即迅赴新任等因。钦此。复以假满起程日期电请军机处代奏在

---

①俞廉三（1841—1912），字廙轩，浙江山阴县人，监生。同治初年，任山西候补县丞。八年（1869），补山西候补知县。十三年（1874），调山西武乡县知县。光绪四年（1878），授山西代州直隶州知州。九年（1883），升山西宁武府知府。十一年（1885），署山西河东道。次年，署山西太原府知府。十三年（1887），补授山西太原府知府。十五年（1889），署山西冀宁道。十七年（1891），署山西按察使、山西布政使。二十年（1894），调补湖南按察使。二十二年（1896），迁山西布政使。二十四年（1898），调湖南布政使。同年，擢湖南巡抚，兼湖南学政。二十八年（1902），调山西巡抚。三十三年（1907），授修订法律大臣，协理开办资政院事务。宣统元年（1909），调补仓场侍郎。民国元年（1912），卒于津。谥敏僖。

案。兹于五月初一日行抵云南省城。初二日，准兼署云贵总督臣丁振铎①檄委署云南府知府胡泰福②暨督标中军副将苏抡元，将云贵总督关防一颗并王命旗牌、文卷赍送前来。当即恭设香案，望阙叩头，祗领任事。

伏念臣以一介庸愚，忝兼圻重任。黔地俗杂苗瑶，控制匪易。滇边界连缅、越，交涉尤繁。值时会之多艰，益临履之滋惧！惟有殚竭血诚，举凡吏治、军政、边防、商务及地方一切应办事宜，随时与抚臣和衷商榷，督饬司道认真妥慎办理，以期仰副圣主绥边睦邻之至意！

所有微臣抵滇接篆日期并感激下忱，理合专折具陈。伏乞皇

---

①丁振铎（1842—1914），字声伯、循卿，号巡卿，笔名振铎，河南省罗山县人。咸丰九年（1859），中举。同治十年（1871），中式进士，改庶吉士。十三年（1874），授翰林院编修。光绪三年（1877），任会试同考官。次年，任国史馆纂修官、武英殿功臣馆纂修官。七年（1881），升国史馆总纂官。九年（1883），调浙江道监察御史，旋掌云南道监察御史。十年（1884），改巡视东城事务御史。次年，兼署协理京畿道御史。十一年（1885），授广西副考官。十三年（1887），补陕西道监察御史。十四年（1888），调甘肃巩昌府知府。十九年（1893），升调甘肃新疆镇迪道，兼按察使衔。二十二年（1896），迁甘肃新疆布政使。二十四年（1898），升授云南巡抚。次年，兼署云贵总督。二十七年（1901），调补广西巡抚。次年，调任山西巡抚。旋署云贵总督。三十年（1904），升补云贵总督。三十二年（1906），调补闽浙总督，协办资政院事宜。三十四年（1908），授禁烟大臣。宣统三年（1911），任弼德院顾问大臣。民国三年（1914），任参政院参政、审计院院长，兼大总统高级顾问。是年，卒于任。

②胡泰福（1848—?），湖北江夏人，廪生出身。同治六年（1867），中举。七年（1868），中式进士。签分刑部贵州司行走。十一年（1872），丁母忧，回籍终制。光绪四年（1878），以军机章京补用。五年（1879），传补军机章京。七年（1881），以校《御制诗文集》出力，保员外郎。同年，因修缮汉档出力，保主事。八年（1882），补四川司主事。九年（1883），充会试同考官，升补山东司员外郎。同年，保御史。十一年（1885），充山西乡试副考官。历充方略馆协修、纂修官。十二年（1886），补江西道监察御史。十三年（1887），充会典馆协修、纂修官。十四年（1888），稽查旧太仓事务。十五年（1889），保繁缺知府，充顺天乡试同考官、武闱监试官。同年，协理京畿道事务，历署刑科掌印给事中。十七年（1891），京察一等，记名以道府用，补授户科给事中。同年，简放云南临安府知府。十九年（1893），委署昭通府知府，旋委广南府知府。二十二年（1896），署临安府知府。二十六年（1900），调补云南府知府。二十九年（1903），迁云南迤南道。三十二年（1906），调补广西右江兵备道。三十三年（1907），开缺回籍修墓。

太后、皇上圣鉴。再，臣经过湖南沅州及黔、滇各属，麦收中稔，雨旸应时，民情尚称安帖。合并陈明。谨奏。光绪二十七年五月初四日。

（朱批：）知道了。①

光绪二十七年六月初十日，奉朱批：知道了。钦此。②

❶【案】光绪二十七年三月十九日，湖南巡抚俞廉三电报魏光焘赴云贵总督日期，曰：

"元"电，奉旨：魏光焘着即速赴云贵总督新任，毋稍延缓，着将起程日期电闻。钦此。当即钦遵恭录飞咨去后。兹于十九日接魏光焘来函寄奏稿内叙：窃臣蒙恩调补云贵总督，附片吁恳赏假一月，便道展墓。兹届假满，谨于三月十六日由籍起程赴任等语。函请陈奏前来。谨遵旨电达，谨乞代奏。俞廉三。效。③

1069. 奏请展缓盘查司道各库缘由折

光绪二十七年七月初四日（1901年8月17日）

头品顶戴云贵总督臣魏光焘、云南巡抚臣李经羲跪奏，为滇省司、道各库现无存蓄，各属仓粮亦无款买补，恳请展缓盘查，恭折仰祈圣鉴事。

窃查督抚到任，例应亲赴司、道各库盘查，并委员盘查通省仓粮，造册取结题报。臣光焘于光绪二十七年五月初二日到任，臣经羲于初十日到任，均经札饬司道遵办去后。兹据署布政使全

---

①台北故宫博物院藏：《军机及宫中档》，文献编号：408007066。

②中国第一历史档案馆藏：《录副奏折》，档号：03-5408-069。

③中国第一历史档案馆藏：《电报档》，档号：2-02-027-0318。

楙绩、署粮储道汤鲁璠[1]、署盐法道兴禄详称：滇省自肃清以来，元气至今未复，近年屡报偏灾，田多荒芜未垦，应征钱粮、税课均未复额，各省奉拨协饷又复锐减，目前用款日增，以致司库度支时绌，虽力求撙节，而来源日少，储峙久虚，粮库所收米折，除酌拨采买外，余存无几；盐库所收课银，随时解司凑发兵饷，素少存项。各属仓粮，迄难买补。综核仓库乏储，均属无从盘查，惟有恳请展缓办理等情。前来。

臣等覆加查核，委系实在情形，合无仰恳天恩俯准展缓盘查，统俟钱粮、税课复额，协饷照常拨解，仓库均有存储，再行照例办理。除咨部查照外，谨合词恭折具陈。伏乞皇太后、皇上圣鉴训示。谨奏。光绪二十七年七月初四日。

（朱批：）户部知道。[2]

光绪二十七年八月初三日，奉朱批：户部知道。钦此。[3]

1070. 奏报蒙自关一百六十三结征税折

光绪二十七年七月初四日（1901 年 8 月 17 日）

头品顶戴云贵总督臣魏光焘跪奏，为蒙自关第一百六十三结期满，征收税银及支销、拨解、提存各款，循例开单具报，恭折仰祈圣鉴事。

窃准户部咨：洋关征收税银，照章按结奏报一次等因。业将蒙自关自光绪二十六年十一月十一日起至二十七年二月十二日止，

---

①汤鲁璠（1850—?），湖南善化县（今湖南省长沙市）人。初以监生捐道员。光绪六年（1880），保知州。十二年（1886），加四品衔。十四年（1888），中式举人，报捐主事，分发刑部山西司学习行走。十七年（1891），选刑部额外主事。十九年（1893），充水操内学堂办事官。二十年（1894），捐郎中，再捐道员，二十四年（1898），调赴云南差委。二十七年（1901），署云南迤东道，调署云南督粮道，办理云南善后机器各局事务。二十八年（1902），因姻亲回避，充广西试用道。宣统三年（1911），充广西兵备处总办。

②台北故宫博物院藏：《军机及宫中档》，文献编号：408007070。

③台北故宫博物院藏：《军机及宫中档》，文献编号：143375。

第一百六十二结征收税银及支销、拨解、提存各款开单奏报在案。兹据云南临安开广道兼管关务刘春霖①将蒙自关自光绪二十七年二月十三日起至五月十五日止第一百六十三结期内征收正税分别四六成，以四成作为京饷，其六成洋税项下，除开支正半税、倾镕折耗及关用经费外，余银提一成五厘出使经费，所收子口半税，全数归入六成税内供支，并将实征船钞各款数目，开列四柱清单，详请奏咨及声明此结提归外务部三成罚款银三十两九钱九分等情。前来。

臣覆核无异，除分咨外务部、户部暨南洋大臣查照外，谨会同云南巡抚臣李经羲，照缮清单，恭折具陈。伏乞皇太后、皇上圣鉴，饬下该衙门查核施行。谨奏。光绪二十七年七月初四日。

（朱批：）该部知道，单并发。②

光绪二十七年八月初三日，奉朱批：该部知道，单并发。钦此。③

1071. 呈蒙自关一百六十三结征税清单

光绪二十七年七月初四日（1901年8月17日）

谨将蒙自关自光绪二十七年二月十三日起至五月十五日止第一百六十三结期满征收税银，分别提拨、支解各款暨征存船钞，

---

①刘春霖（1838—1913），贵州安顺人，字润民，号雨三、润琴、禺唐。同治六年（1867），中举。七年（1868），中式进士，改庶吉士。十年（1871），授翰林院编修。光绪四年（1878），报捐知府，指分云南。五年（1879），署广南府知府。十三年（1887），署理昭通府知府。旋因军营出力，保道员，加达春巴图鲁勇号。十五年（1889），署洞穿府知府。是年，护理云南迤南道。十七年（1891），补授云南开化府知府。二十八年（1902），补云南临安开广道。同年，署云南布政使。二十九年（1903），总办云南铁路事务。同年，迁云南按察使。三十年（1904），擢云南布政使，调补广西布政使。同年，再调湖南布政使。三十四年（1908），补授江西布政使。民国二年（1913），卒。

②台北故宫博物院藏：《军机及宫中档》，文献编号：408007067。

③台北故宫博物院藏：《军机及宫中档》，文献编号：143373。

缮具清单，恭呈御览。

计开

旧管项下：一、提存四成京饷银一万九千七百六两二钱八厘四毫。

一、提存六成洋税银十一万七千七百二十四两五厘六毫三丝九忽九纤。

一、提留一半折耗银三百六十三两四钱二分三厘四毫四丝四忽。

一、节留监督办公经费二成银四百三十二两。

一、征存船钞实存应解外务部三成银一百三十三两二钱三分。

新收项下：一、收进口正税银二万九百九十两二钱一分九厘。

一、收出口正税银一万一千四百十七两一钱九厘。

一、收土药正税银一千四百十九两七钱七分五厘。

一、收子口半税银一万一千七百四十八两三钱二分四厘。

一、收船钞银七十二两四钱。

以上共收税钞银四万五千六百四十七两八钱二分七厘，内进出口正税及土药正税银三万三千八百二十七两一钱三厘，应提四成京饷银一万三千五百三十两八钱四分一厘二毫，下余六成洋税银二万二百九十六两二钱六分一厘八毫，除船钞不支倾镕折耗外，考之关用经费、房租及添书工食、倾镕折耗共银五千六百六十五两二钱五厘一毫二丝四忽，尚余六成洋税银一万四千六百三十一两五分六厘六毫七丝六忽，照章作为十成，内提一成五厘出使经费银二千一百九十四两六钱五分八厘五毫一忽四微。计存六成洋税银一万二千四百三十六两三钱九分八厘一毫七丝四忽六微，并同子口半税共存银二万四千一百八十四两七钱二分二厘一毫七丝四忽六微。

开除项下：一、支销监督及各关卡三个月额支经费银四千九百八十六两三钱，此项开支内监督月支办公经费银二百四十两，结合支银七百二十两，除照案节留二成银一百四十四两专款存储候拨外，实合支销银四千八百四十二两三钱。

一、支销蛮耗分卡三个月房租银三十六两。

一、支销添书三个月工食银九十六两。

一、支销正半税项下倾镕折耗银五百四十六两九钱五厘一毫二丝四忽。此项折耗遵照部咨提留一半，计银二百七十三两四钱五分二厘五毫六丝二忽，另款存储，批解部库充饷。

以上六成税，内除监督办公经费、截留二成折耗提留一半外，实合开支银五千二百四十七两七钱五分二厘五毫六丝二忽。

一、支解蒙关税务司转解江海关本结提存出使经费银二千一百九十四两六钱五分八厘五毫一忽四微。

一、支解蒙关税务司本结提归总税务司七成船钞银五十两六钱八分。

一、支解户部一百六十二结提存四成京饷银一万九千七百六两二钱八厘四毫。

一、支解户部一百六十二结提留一半折耗银三百六十三两四钱二分三厘四毫四丝四忽。

以上两款，于本年三月初八日委员由蒙解省，交由藩司汇解。合并声明。

一、支销报解前项一百六十二结京饷折耗、汇解费及由蒙解省委员、夫马等银一千一百九十五两七钱四分二厘五毫五丝五忽。此款系照定章准于六成税内开支，所有押解委员系前云南补用知县吴蓥。合并声明。

实在项下：一、提存四成京饷实存银一万三千五百三十两八钱四分一厘二毫。

一、提存六成洋税，除支销外，实存银十四万七百十二两九钱八分五厘二毫五丝八忽六微九纤。

一、提留一半折耗实存银二百七十三两四钱五分二厘五毫六丝二忽。

一、节留监督办公经费二成银五百七十六两。

一、征存船钞除提归总税务司七成银两解交蒙关税务司收领转解外，实存应解外务部三成银一百五十四两九钱五分。

（朱批：）览。①

1072. 奏报思茅关一百六十三结征税折

光绪二十七年七月初四日（1901年8月17日）

头品顶戴云贵总督臣魏光焘跪奏，为思茅关第一百六十三结期满，征收税银及提存、支解各款，开单具报，恭折仰祈圣鉴事。

窃准户部咨：洋关征收税银，照章应按结奏报一次等因。业将思茅关自光绪二十六年十一月十一日起至二十七年二月十二日止第一百六十二结期满征收税银及提存、支解各款开单奏报在案。兹据云南思茅同知兼管关务许之载将思茅关自光绪二十七年二月十三日起至五月十五日止第一百六十三结期内征收正税，分别四六成，以四成作为京饷，其六成洋税项下并同子口半税，除开支关用经费及倾镕折耗外，余银作为十成，内提一成五厘出使经费，开列四柱清单，详请奏咨。再，出使经费一款，向因开支不敷，并无余款可扣，请免提解在案。兹因本结征收银两除开支外，稍有余银，自应遵章提存。惟以后能否畅收，尚难悬拟，如再不敷，仍应请免提，以符原案，及声明此结提归外务部三成罚款银四两九钱一分，亦遵章随结声叙等情。前来。

臣覆核无异，除咨外务部暨户部、南洋大臣查照外，理合会同云南巡抚臣李经羲，照缮清单，恭折具奏。伏乞皇太后、皇上圣鉴，饬下该衙门查核施行。谨奏。光绪二十七年七月初四日。

（朱批：）该部知道，单并发。②

光绪二十七年八月初三日，奉朱批：该部知道，单并发。

---

①台北故宫博物院藏：《军机及宫中档》，文献编号：143373-0-A。

②台北故宫博物院藏：《军机及宫中档》，文献编号：408007069。

钦此。[①]

1073. 呈思茅关一百六十三结征税清单

光绪二十七年七月初四日（1901 年 8 月 17 日）

谨将思茅关自光绪二十七年二月十三日起至五月十五日止第一百六十三结期满征收税银，分别四六成及提存、支解各款，缮具清单，恭呈御览。

计开

旧管项下：一、提存一百五十八结至一百六十二结四成京饷银二千九百三十两七钱三分三厘二毫。

一、提存一百五十八结至一百六十二结边防经费银六十一两二钱二分六厘四毫三丝。

一、提存一百六十结至一百六十二结监督项下二成开支银二百八十八两。

一、自一百四十六结至一百六十二结共不敷开支银二万二千一百六十六两七钱八分七厘六毫七丝五忽六纤。

新收项下：一、收进口正税银二千四百二十四两五钱七分四厘。

一、收出口正税银九十七两七钱六分八厘。

一、收洋货入内地子口半税银一千四百三十一两四钱五分六厘。

一、收土药出口正税银十六两八钱。

以上共收银三千九百七十两五钱九分八厘，内进出口及土药出口正税银二千五百三十九两一钱四分二厘，应提四成京饷银一千一十五两六钱五分六厘八毫，下余六成洋税银一千五百二十三两四钱八分五厘二毫，开支关用经费及倾镕折耗共银二千七百四十两四钱四分七厘一毫七丝六忽，照章以子口半税银一千四百三

①台北故宫博物院藏：《军机及宫中档》，文献编号：143374。

十一两四钱五分六厘，全数归入六成洋税项下支用，尚余银二百一十四两四钱九分四厘二丝四忽，照章作为十成应提一成五厘出使经费银三十二两一钱七分四厘一毫三忽六微，除提外，实存六成洋税银一百八十二两三钱一分九厘九毫二丝四微。再，出使经费向因开支不敷，并无余款摊扣，请免提解在案。兹因本结收数较旺，稍有余款，已遵章提存。惟以后能否畅收，究难悬拟，如再有短绌，自应仍请免提。合并声明。

开除项下：一、支销监督及各关卡三个月额支经费银二千六百就是二两八钱，内奉文截留监督项下二成开支银九十六两。

一、支销倾镕折耗银四十七两六钱四分七厘一毫七丝六忽，内遵照部饬截留一半银二十三两八钱二分三厘五毫八丝八忽，存俟积有成数，解部添供边防经费。

以上共支销银二千七百四十两四钱四分七厘一毫七丝六忽。

实在项下：一、提存本结并前五结四成京饷银三千九百四十六两三钱九分。

一、提存本结并前五结边防经费银八十五两五分一丝八忽。

一、提存本结六成洋税银一百八十二两三钱一分九厘九毫二丝四微。

一、提存本结并前三结监督项下二成开支银三百八十四两。

一、提存本结一成五厘出使经费银三十二两一钱七分四厘一毫三忽六微。

一、通共不敷开支银二万二千一百六十六两七钱八分七厘六毫七丝五忽六纤。

(朱批:) 览。[①]

①台北故宫博物院藏:《军机及宫中档》，文献编号：143374-0-A。

1074. 奏报巡抚李经羲移交情形折

光绪二十七年七月初四日（1901年8月17日）

头品顶戴云贵总督臣魏光焘跪奏，为藩司交代遵照部咨改题为奏，恭折仰祈圣鉴事。

窃查布政使交代定限两个月，若升任本省巡抚，其任内经手钱粮，令总督确查具题等因。历经遵办在案。兹据署云南布政使全楙绩①详：查升任本省巡抚前任布政使李经羲②移交，自光绪二十六年二月初三日到任起至二十七年四月初六日交卸前一日止，所有任内接管司库收支各款册开：旧管存银五十二万七千八十九两九厘七毫七丝三忽，新收各款银三百一十四万六千八百九十四两一钱四分七厘，内除拨收及估拨银一百二十八万二千八百七十三两三钱八分外，实收银一百八十六万四千二十两五钱六分七厘；管、收共银二百三十九万一千一百九两五钱七分六厘七毫七丝三忽；开除各款银三百三十五万七千一百九十两八钱三分八厘，内除拨放及估拨银一百二十八万二千八百七十三两五钱八分外，实

①全楙绩，生卒年未详，字庶熙，浙江绍兴人。同治五年（1866），以监生捐府经历。十二年（1873），保知县，加知州衔。翌年，保知州，赏戴花翎。光绪二年（1876），捐知府。四年（1878），丁父忧，回籍终制。七年（1881），晋盐运使衔，嗣署云南东川府知府。十三年（1887），加依博德恩巴图鲁勇号，旋署云南临安府知府。十六年（1890），保道员，嗣补贵州镇远府知府，升云南迤西兵备道。二十六年（1900），迁云南按察使。同年，署云南布政使。二十八年（1902），加头品顶戴。二十九年（1903），调补贵州按察使。是年，署贵州布政使。

②李经羲（1860—1925），字仲山、仲仙、仲宣，号悔庵、蜕叟。安徽合肥人，李鸿章三弟李鹤章之子，优贡生。光绪五年（1879），捐道员。十三年（1887），补授四川永宁道。十九年（1893），升湖南盐粮道。翌年，署湖南臬司。二十三年（1897），实授湖南按察使。二十四年（1898），迁福建布政使。同年，调补云南布政使。光绪二十七年（1901），擢广西巡抚，旋调云南巡抚。二十八年（1902），署贵州巡抚。次年，兼署贵州提督。三十年（1904），调广西巡抚。翌年，充安徽铁路矿务总理。三十三年（1907），以病免职。宣统元年（1909），授云贵总督。民国二年（1913），充政治会议议长。次年，任参政员资政、审计院院长。五年（1916），充财政总长。六年（1917），授国务总理。十四年（1925），卒于沪。

放银二百七万四千三百一十七两二钱五分八厘，实存银三十一万六千七百九十二两三钱一分八厘七毫七丝三忽。

铜库项下，旧管存银五万二千七百五十三两二钱八分六厘九毫三丝九忽，新收各款银三十四万七千一百六十七两三钱四分七厘，内除拨收银一十八万五千二百两外，实收银一十六万一千九百六十七两三钱四分七厘；管、收共银二十一万五千七百二十两六钱三分三厘九毫三丝九忽；开除各款银三十九万九千九百五十两一分七厘八毫二丝五忽，内除拨放银一十八万五千二百两外，实放银二十一万四千七百五十两一分七厘八毫二丝五忽，实存银九百七十两六钱一分六厘一毫一丝四忽。

又，司库解部另款旧海防捐输册开：旧管存银五千六百六十七两；新收无项，开除无项。实存银五千六百六十七两。解部另款新海防捐输册开：旧管存银二万七百二十九两五钱，新收银一万二千一十六两八钱，管、收共银三万二千七百四十六两三钱。开除银二万六千四百九十八两，实存银六千二百四十八两三钱。解部另款新章减平册开：旧管存银三千三百九十一两六钱三厘，新收银二万二千六百九两九钱一分八厘，管、收共银二万六千一两五钱二分一厘；开除无项。实存银二万六千一两五钱二分一厘。解部另款课金及课金变价册开：旧管存金一百七十一两九钱四分，又课金变价银五十两五钱八分。新收金七两七钱四分，管、收共金一百七十九两六钱八分；开除无项。实存课金一百七十九两六钱八分，又实存课金变价银五十两五钱八分。解部另款整顿盐厘、关税报部候拨专款册开：旧管存银无项；新收银四万两，开除银四万两，实存无项。

以上各款俱经按款照数盘查，并无亏短，当即接收清楚，分晰缮造清册，出具印结，详请查核，遵照通行部咨改题具奏。再，查从前尚有应造之款，近因各款空悬，俟收支有项，再行添造。又，此案交代例应详请盘查加结，因司库匮竭，无从盘查，前经专案请俟库有存项，再行照例办理等情。前来。

臣覆核无异，除将册、结分送各部、科查核外，理合恭折具奏。伏乞皇太后、皇上圣鉴，饬部核覆施行。谨奏。光绪二十七年七月初四日。

（朱批：）户部知道。①

光绪二十七年八月初三日，奉朱批：户部知道。钦此。②

1075. 请更正周春彩底衔缘由片

光绪二十七年七月初四日（1901年8月17日）

再，收入云贵督标中营营用守备周春彩，籍隶云南府河西县，于剿办广南邱北游匪案内出力，经前督臣崧蕃③奏保请免补守备，以都司尽先补用，奉部核改俟补守备后，以都司尽先补用，于光绪二十六年三月二十八日具奏，奉旨：依议。钦此。行知在案。查该守备底衔，原系营用守备，因缮单时笔误，缮“营”字为“卫”。兹据禀由督标中军副将苏抡元详请具奏更正前来。

臣覆核无异，相应请旨饬下兵部将卫用守备周春彩更正为营用守备，以符原衔。除咨部查核外，谨附片具奏。伏乞圣鉴训示。谨奏。

（朱批：）兵部知道。④

光绪二十七年八月初三日，奉朱批：户部知道。钦此。⑤

---

①台北故宫博物院藏：《军机及宫中档》，文献编号：408007068。

②台北故宫博物院藏：《军机及宫中档》，文献编号：143369。

③崧蕃（1837—1905），字锡侯，满洲镶蓝旗人，廪生。咸丰五年（1855），中式乙卯科举人。同治四年（1865），捐吏部候补员外郎。十年（1871），任吏部验封司员外郎。十三年（1874），兼内务府银库员外郎。光绪四年（1878），补吏部考功司郎中。次年，调补四川盐茶道。六年（1880），署四川按察使。十一年（1885），调补湖南按察使。次年，迁四川布政使。十七年（1891），升授贵州巡抚。二十年（1894），署理云贵总督，兼云南巡抚。二十一年（1895），实授云贵总督，兼云南巡抚。二十六年（1900），补授陕甘总督。三十一年（1905），调补闽浙总督，未及赴任，卒。追赠太子少保。有《贵州巡抚任奏稿存簿》存世。

④台北故宫博物院藏：《军机及宫中档》，文献编号：408007068-0-A。

⑤台北故宫博物院藏：《军机及宫中档》，文献编号：143372。

1076. 奏报武职酌请展限赴引缘由片

光绪二十七年七月初四日（1901年8月17日）

再，臣准兵部咨：奏请行取各直省满、绿各营武职各员弁案件、履历、册籍等因一折，于光绪二十七年三月初十日递回原折，奉朱批：知道了。钦此。钞录原奏，行文遵照奏准定限声覆报部，以凭核办。计单内开：其已升补尚未赴部者，应一律先开底缺，即以此次接到部文之日为始，限三个月，定章饬令该员赴部，倘逾定限，按照“查无下落”开缺等因。自应遵照办理。

惟查滇省西缅南越，强邻逼处，现在筹议开办铁路、矿厂，洋员络绎往来，巡防、保护、弹压，在在均关紧要，尤须实缺人员在任，俾专责成，且滇省僻处，距京程途甚长，稍有濡滞，往复动辄经年，即委替亦得人不易。臣再四筹度，合无仰恳天恩俯念边防紧要，准将此项未经赴引各武员从宽展限一年，容俟臣查看情形，分起给咨送部，以符定制。除咨部查照外，所有武职酌请展限赴引缘由，理合附片具陈。伏乞圣鉴训示。谨奏。

（朱批：）着照所请，兵部知道。①

光绪二十七年八月初三日，奉朱批：着照所请，兵部知道。钦此。②

1077. 奏报檄委魏景桐会办洋务片

光绪二十七年七月初四日（1901年8月17日）

再，云南西南边界与缅、越毗连，英、法交涉日益繁重，查有奏调云南特用道魏景桐，才识闳通，留心时事，平日于中外约章详加考究，经臣檄委会办洋务局事宜，借资襄赞。除咨吏部查

①台北故宫博物院藏：《军机及宫中档》，文献编号：408007068-0-B。

②台北故宫博物院藏：《军机及宫中档》，文献编号：143371。

照外，谨附片陈明。伏乞圣鉴。谨奏。

（朱批：）知道了。[①]

光绪二十七年八月初三日，奉朱批：知道了。钦此。[②]

1078. 查明知州苏忠廷被参革职缘由折

光绪二十七年七月二十六日（1901年9月8日）

头品顶戴云贵总督臣魏光焘跪奏，为遵旨查明已革云南昆阳州知州苏忠廷原参有据，提督臣误听偏词列保，请免置议，恭折覆陈，仰祈圣鉴事。

窃臣前于贵州普安行次接准军机大臣字寄：光绪二十七年三月十九日奉上谕：前据丁振铎奏称，已革云南昆阳州苏忠廷，前在昆阳州任内侵吞钱粮，匿征捏报，经署迤南道陈灿[③]详参革职，嗣经提督冯子材[④]任用，遇事唆弄，大揽权势各情。兹据冯子材奏保苏忠廷，操守廉洁，血诚果敢，被参冤抑，请开复原官原衔，

①台北故宫博物院藏：《军机及宫中档》，文献编号：408007068-0-C。

②台北故宫博物院藏：《军机及宫中档》，文献编号：143370。

③陈灿（1849—？），字昆山，贵州贵筑县（今贵阳市）人，原籍江西临川，附生。同治八年（1869），中举。光绪三年（1877），中式进士，以主事用签分吏部。五年（1879），捐云南试用知府。十三年（1887），补云南顺宁府知府。十五年（1889），调补云南府知府。十六年（1890），兼护云南盐道。十七年（1891），升云南迤南道。十八年（1892），署临安开广道兼管关务，并总办滇越界务。二十年（1894），补授云南府知府。翌年，办理军务。二十五年（1899），总办滇缅南段镇边思茅界务。二十七年（1901），办理猛董军务，兼署云南按察使。二十八年（1902），授云南粮储道，署理临安开广道兼管关务。三十年（1904），迁云南布政使。三十二年（1906），总办云南洋务铁路局。三十三年（1907），调补甘肃按察使。宣统二年（1910），补授甘肃布政使。

④冯子材（1819—1903），号萃亭，字南干，号渊亭，色尔固楞巴图鲁，广东钦州（今属广西）人。咸丰元年（1851），充广东高州镇标外委。旋补把总，拔千总，补守备，升广西梧州协中军都司，授广东陆路提标前营游击。七年（1857），迁甘肃西宁镇总兵，加提督衔。同治元年（1862），擢广西提督。三年（1864），封骑都尉。九年（1870），加云骑尉。光绪元年（1875），调补贵州提督。十一年（1885），晋太子少保，加三等轻车都尉。十二年（1886），转云南提督。二十年（1894），升尚书衔。二十九年（1903），卒于南宁行辕，谥勇毅。

等语❶。与丁振铎所奏迥不相同。该革员人品、心术究竟如何？着魏光焘确切查明，据实具覆，毋稍偏徇。原片均着钞给阅看。将此谕令知之。钦此。钦遵寄信前来。臣当即敬谨收储，到任后密加访询，检查档卷，已得本案端倪，尚恐未实，复即遴委密查，因署按察使陈灿系原案揭参之员，例应回避，特札署云南布政使全楙绩、署云南粮储道汤鲁璠钞发原奉折件，饬委确切行查详复去后。

兹据该司道等查明确据禀复前来，与臣访查各节尚属相符。缘已革昆阳州知州苏忠廷，前于光绪十六年二月间在昆阳州任内禀请查明开垦该州内甸荒田，丈量升科，经前督臣王文韶批司委候补知县王衍谦前往会勘，禀经前云南府陈灿酌中定拟，将内甸一乡升科粮六十石零、升科银一百四两有畸，取具该士民施雨沛等遵依各结，于十六年起永远升科照纳，通禀立案。迨光绪十七年六月，据该革员禀称花户抗纳，又以绅耆禀称民力不逮，请缓征升科条粮，当经前藩司史念祖①、前署粮道汤寿铭②，明白批斥。又访闻该州钱粮连升科之数，业已折价收齐，查禀情词闪烁，显系私收入已，当会衔密委候补知县秦定基确查覆夺。嗣据禀称：遵札绕道密往该州内甸，查得该乡十六年分升科新粮，经增生朱

①史念祖（1843—1910），字绳之，别字弢园，号俞俞子，捷勇巴图鲁。江苏江都县（今扬州市）人，监生出身。同治初，以功保按察使衔。八年（1869），保山西按察使。同年，保直隶按察使。十年（1871），补授甘肃安肃道。光绪二年（1876），署甘肃臬司。翌年，实授甘肃按察使。十年（1884），调补云南按察使。十三年（1887），迁贵州布政使。十五年（1889），补授云南布政使。二十一年（1895），擢广西巡抚。同年，坐失察赃罪，罢免。三十一年（1905），赏加副都统衔，赴奉天随将军赵尔巽治赈，督三省盐务及财政局。宣统二年（1910），卒。平生善画花卉，工诗，著有《俞俞斋诗文集》《弢园词》《弢园随笔》《四书补注》《经史奥言》《春秋兵法释》《察吏蠹言》《慎刑刍议》等行世。

②汤寿铭（？—1906），字小秋，湖南益阳人，出身监生。光绪十二年（1886），代理苏松太道。十三年（1887），补授云南临安关广道。十六年（1890），署理云南布政使，总理云南营务。十七年（1891），署理云南粮储道。二十一年（1895），补授云南按察使。二十三年（1897），迁云南布政使。二十四年（1898），调补安徽布政使。二十八年（1902），补授广西布政使。三十二年（1906），卒。

庆霨等于五月十八日备银三百八十两，交乡约邢亮赴州署先缴，并无绅耆禀请展缓之事。传问邢亮属实，领有帐房戳记收条，各等语。传同邢亮赴省禀覆，旋据乡约施有才、邢亮控府，并缴该帐房收条，经该管府陈灿核案揭司，经前藩司史念祖会同前署粮道汤寿铭，将该员详请撤任，一面查实侵蚀、匿征、谎报各情，详请前抚臣谭钧培①以征收含混、捏禀请缓会核，将昆阳州知州苏忠廷奏参革职，准部咨奉旨移咨钦遵在案。此该革员侵吞匿报被劾之实在情形也。

该革员被劾后，逗遛在滇，旋即谋充提督冯子材文案，曾由提臣函致前兼署督臣丁振铎，属为辩复，并指斥迤南道陈灿诬揭循吏。比经丁振铎查明该革员侵吞钱粮，匿征捏报，款迹甚确，未予援办。嗣后提臣与前兼署督臣屡致，意见参差，而提臣犷狃参案，劾及陈灿，实即原日详揭苏忠廷之员。又因来省索饷，与兼署督臣大相龃龉，此丁振铎原奏以为该革员从中唆弄煽播之实在情形也。

臣查六计尚廉，凡官吏侵蚀钱粮，以监守自盗科罪。该革员始而请垦，继而私收，捏禀请缓，意在侵欺，实有可据。前抚臣谭钧培据案参劾，为力儆官邪起见，委无屈抑。至其唆弄揽权，虽无实迹可查，而一充提幕文案，即求函托辩复，悉隐前情，饰

①谭钧培（1829—1894），字寅宾，号序初、彦初，贵州镇远县人。道光二十四年（1844），补博士弟子。咸丰九年（1859），中举人。同治元年（1862），中式进士，选庶吉士。翌年，授翰林院编修、国史馆协修。三年（1864），充顺天乡试同考官。六年（1867），充顺天乡试同考官。七年（1868），协办院事，充撰文。八年（1869），补江西道监察御史。九年（1870），充顺天乡试内监试官、稽察考官，署户科掌印给事中。同年，补兵科给事中、刑科给事中。十年（1871），充监试考试笔帖式。十二年（1873），放江苏常州府知府。光绪二年（1876），调补江苏苏州府知府。四年（1878），署理徐州道。同年，升安徽凤颍六泗道。五年（1879），补授山东按察使，调湖南按察使。同年，迁江苏布政使，护理江苏巡抚。六年（1880），署理漕运总督。七年（1881）兼署苏州织造。同年，充巴西国换约大臣，护理江苏巡抚。九年（1883），署漕运总督。十一年（1885），补授湖北巡抚。十二年（1886），调补广东巡抚，再调云南巡抚。十五年（1889），兼署云贵总督。十六年（1890），兼署云南学政。二十年（1894），兼署云贵总督。同年，卒于任。

词希幸。及提臣奏保遽有操守廉洁之考，曾不内惭，既无是非羞恶之良，其人品心术，已可概见。在提臣为之声请，心本无他，委属一时偏词误听，所请开复该革员原官原衔之处，应请毋庸置议。

所有查明已革云南昆阳州知州苏忠廷原参并无屈抑，提臣系误听偏词声请各缘由，理合恭折据实覆陈。是否有当，伏乞皇太后、皇上圣鉴训示。谨奏。光绪二十七年七月二十六日。

(朱批:)知道了。[1]

光绪二十七年八月二十二日，奉朱批：知道了。钦此。[2]

❶【案】光绪二十七年二月二十四日，广西提督冯子材保荐已革云南昆阳州知州苏忠廷，请旨开复原官原衔一片，曰：

再，时事多艰，人才难得。奴才既确有见闻，何敢引避形迹，致违以人事君之义！兹查有花翎知府用已革云南昆阳州知州苏忠廷，四川拔贡，才长心细，明干有为。上年，奴才延致防营办理文案，与之商办边防营务，悉臻妥协，不独熟习边情，即吏事、兵事，亦颇能见其大。查该员前在贵州军营，力解安顺府城围，剿平镇宁、安南、普安等州县，并攻克牛角坡、香炉山各路坚巢、下游肃清各案，叠次出力，递保花翎知府，历署贵州威宁、荔波、独山各州县，补授平越直隶州知州。在任因前署独山寻常盗案，部议照平越实级降调，未查原保知府议抵，黔民至今惜之。

光绪十四年五月，部选云南昆阳州知州，十五年四月到任。所至各处，卓著政声，前云贵督臣王文韶，曾许为滇黔不可多得之员。查其办理十五、十六两年水灾，分别缓急，请赈、请免，均无贻误，悉经前云南抚臣谭钧培附片陈明在案。因十六年办理善后升任云南府知府陈灿核定升科，至十七年始发征册，饬令该州由十六年分起征，意在早征一年，以顾升科。该员因是年春间干旱，杂粮歉收，民力未

---

①台北故宫博物院藏：《军机及宫中档》，文献编号：408007071。

②台北故宫博物院藏：《军机及宫中档》，文献编号：143977。

逮，具禀请缓，以纾民困，争持太力，意见不合，遂致禀揭劾，以征收含混奏参革职。惟查该员获咎所由，实因爱民心切，守正不阿，不免为同官所忌。至具禀请缓，原系体恤民难，并非征收含混，顾前以请赈、请免见信，后以为民请缓见疑，如此勤求民隐，使之屈抑终身，未免可惜。且佐奴才历办各事，备极勤劳，深资臂助，而操守廉洁，血诚果敢，实为近今不可多得之员。

上年七月，北事告警，曾咨署督臣丁振铎湔雪幽淹，以备缓急之用。该员固辞再三，急于事功，淡于仕进，以故中止。奴才现今奉调，行将去滇，虽一介武夫，本无汲引人才之权。惟阅世最久，阅人已多，罕见如此之通达、干济者，知而不言，负恩实大，用特不揣冒昧，仰恳天恩可否将花翎补用知府已革云南昆阳州知州苏忠廷开复原官、原衔，其应如何录用以观后效之处，出自逾格鸿慈。奴才为时势需才起见，谨附片陈明。伏乞圣鉴训示。谨奏。光绪二十七年二月二十四日。

(朱批:) 览。①

1079. 请以李盛卿补授丽江府知府折

光绪二十七年七月二十六日（1901年9月8日）

头品顶戴云贵总督臣魏光焘、云南巡抚臣李经羲跪奏，为拣员请补极边要缺知府，以资治理，恭折具陈，仰祈圣鉴事。

窃准吏部咨：光绪二十七年四月十三日奉上谕：云南丽江府知府周瑞璧②着开缺送部引见。钦此。等因。咨行到滇。照例以奉旨后五日作为部中行文日期，照限减半计算，扣至六月初二日限

---

①中国第一历史档案馆藏：《录副奏片》，档号：03-5948-115。

②周瑞璧（1839—?），贵州湄潭人，文童出身。同治五年（1866），投效军营。六年（1867），以军功保从九品，并戴蓝翎。八年（1869），保府经历县丞。九年（1870），保升知县。十一年（1872），保同知，递保直隶州知州。十二年（1873），加知府衔，赏换花翎。是年，署元江直隶州，历南安州知州、他郎通判。光绪四年（1878），补授大关同知。七年（1881），进京赴引。十二年（1886），回大关同知任。是年，保知府。二十年（1894），署临安府知府。二十一年（1895），署楚雄府知府。二十二年（1896），补授丽江府知府。

满作为开缺日期，归于六月底截缺。该府系极边题调要缺，例应在外拣选调补，毋庸掣签。除详咨截缺日期外，查定例：知县以上官员，如遇例应题调缺出及烟瘴地方，俱准升调兼行，听该督抚酌量具题。又，知县以上官员历俸三年以上，方准拣选题升。又，定例：道、府、同知、直隶州知州、通判、知州，如系奉旨命往，或督抚题明留于该省候补者，毋论应题、应调、应选之缺，令该督抚酌量才具，于人地相宜者，准先尽补用，各等语。

查该府地处极边，接壤西藏，汉夷杂处，民情顽犷；兼管铜银厂务，一切抚绥弹压、开采各事宜，在在均关紧要，必得精明干练、熟习边地、夷情、厂务之员，方足胜任。

臣等督饬藩、臬两司于通省应调、应升人员内，逐加遴选，非现居要缺，即人地未宜，实无合例堪以升调之员。惟于应补人员内，查有运铜卓异补用知府李盛卿，年六十三岁，湖北宣恩县岁贡，报捐四川试用直州判。光绪二年，钦派大臣验看，三年到川，甄别留川补用，加捐盐提举衔。七年，剿办靖远猓夷案内出力保俟补缺，后以知县留川补用。八年三月十一日奉旨：依议。钦此。十年保荐，奉上谕：候补直隶州州判李盛卿，着交军机处存记。钦此。十一年，捐升知县。十二年，请咨赴京。十三年三月二十日引见，奉旨：着照例发往四川，归候补班补用。钦此。请假回籍修墓，丁忧。十五年九月起复回川。十七年九月，经奏调留黔差遣委用。十二月二十八日奉朱批：着照所请，吏部知道。钦此。复经奏留黔补用。十一月十四日奉朱批：着照所请，该部知道。钦此。报捐花翎。二十三年，捐升知府指分云南，禀到。二十四年，委解云南京铜，给咨赴引。十一月十三日引见，奉旨：着照例发往。钦此。因解运京铜交收足额，经部议俟到省后，遇有应题、应调、应选缺出，悉准补用，补缺后将卓异之案查销，改为加一级，带于新任。该员前在贵州普定县署任，拿获邻封要犯，奉文调引。二十五年二月十四日引见，奉旨：着准其加一级。钦此。领照到滇，委署云南府知府，卸事。现署丽江府知府。据署云南布政使全楙绩、署按察使陈灿等到任均未及三月，例不出考。惟署藩司前在臬司本任日久，例仍加考。查该员心精力果，为守兼优，署任内并无参罚案件，请以补授丽江府知府，实属人地相宜，与例亦符。会详请奏前来。

臣等到任均未及三月，例不出考，合无仰恳天恩俯念边缺紧要，准以运铜卓异补用知府李盛卿补授丽江府知府，实于治理有裨。如蒙俞允，该员系卓异候补知府，今请补知府，衔缺相当，毋庸送部引见。

所有拣员请补极边要缺知府缘由，谨合词恭折具陈。伏乞皇太后、皇上圣鉴，饬部议覆施行。谨奏。光绪二十七年七月二十六日。

（朱批：）吏部议奏。[①]

光绪二十七年八月二十二日，奉朱批：吏部议奏。钦此。[②]

1080. 奏为遵旨覆陈敬抒管见缘由折

光绪二十七年七月二十六日（1901年9月8日）

魏光焘跪奏，为遵旨覆陈，敬抒管见，恭折仰祈圣鉴事。

窃臣伏读光绪二十六年十二月初十日上谕、懿训，以为取外国之长，乃可补中国之短；惩前事之失，乃可作后事之师。举凡朝章国政，吏治民生，学校科举，军政财政，当因当革，当省当并，各举所知，详悉条议等因。钦此。仰见皇太后、皇上宵旰焦劳，一心振作，更张法令，力济时艰，跪诵之余，难安寤寐！

臣自束发效力行间，遭际声明，历官奉职，前后凡四十年，学不达古今治法之源流，识未贯中外政事之条目，何敢妄谈得失，轻议更张！而考诸陈编，证以阅历，因推积贫积弱之由，以求致富致强之本，管窥蠡测，有欲悉贡其愚，用备朝廷采择者，请敬为我皇太后、皇上陈之。

---

①台北故宫博物院藏：《军机及宫中档》，文献编号：408007072。

②台北故宫博物院藏：《军机及宫中档》，文献编号：143979。

古虽区民以四，罔不从事于学问，后世必士始学，农、工遂为愚贱之民，不能审物土之宜，而地利日薄；不能奏班输之巧，而器用具陈。惟商贾以术数居先，间有士人托迹，究亦学非所宜。至于徒习词章，流为虚伪，则并士学而日微，群居温带之下，席宽大之政，享承平之福，丁粮既并，户口无稽，而不士、不农、不工、不商之民，所在皆是。古云：一夫不耕，或受之饥；一妇不织，或受之寒。奈何其不贫乎？自海津大开，变为商战之局，中土脂膏迭被侵蚀，贫既甚矣，而弱亦随之。三代以来，兵出于农。自唐易为召募，古制遂不可复，于是罄天下之财以养兵，犹不足备缓急之用。咸、同军兴，绿营罢敝，始募乡勇，以平内寇，所向有功。而事定后，绿营未可尽裁，乡勇亦难悉罢，饷力不支，日求节缩，不已迁就因循，迨中外战衅一开，乃遂毫无胜算。近年虽仿西法练兵，然事创费繁，并饷则分布不敷，挑练实规模仅具。遇有征调，仓卒增灶，旧队既属零星，新集未经训练，遽当强敌，靡若摧枯。固由今日之乡勇已非昔日之旧，刀矛之击刺不如火器之精，而实亦泰西之备兵用将与中国本末不同，致相悬远。甚至办交涉，则致民教之相攻；行团练，则酿拳匪之巨祸。此积贫积弱之由来有渐，而其故固本尝举天下之人民而一一经理之，流弊遂至于此极也。

当此痛深创巨之时，内外臣工恭承明诏，商筹补救。臣愚以为天下者，人民所积聚而成焉者也。今欲变治法，致富强，必先经理天下人民，画一整齐，而后操纵悉能如志。士人学古入官，穷经致用，而敝世局于时艺，浅陋空疏，人材安得不流于脆薄？欲救其失，宜变科举。臣查前年奉敕颁行湖广督臣张之洞所著《劝学篇》，于时政应行变通尽利之处，言之至为详尽，皆可见诸施行。其论变通科举之法，乡、会试首场试中国史事、国朝政事论五道；二场试时务策五道，三场试“四书”文二篇、经文一篇，随场去取。若著为功，令学政岁、科两试及各省书院月课一律改行，程式既悬，风气因之立变，无俟学堂遍设，士子自必于前史观其体要，国书考其掌故，西政溯其津源，以求备达艺达材之选，而以之分理官事，其干能经济，均不待取办临时。是取士之法量为变通，即足化虚文而兴实学。

兵者，国家所借以御侮定乱者也。泰西以上士充之，故智勇兼而心手如一，呼应自灵。即在中州，亦向有良士、义士之称，既当优其品目，尤宜厚其给养。若如今之绿营制兵、各省防练军饷重，其尤薄者，未足以饱一身，而视同贱役，何足令以整以暇、练胆练心？此而欲转弱为强，仍应仿照西法，特重其选，并增坐粮、行粮，俾无内顾之忧，方可绳以汉操、洋操之实。而未练兵先练将，如旧将鄙夷西法而蔑视之，其气骄；新将浅尝西法而心慑之，其气馁，皆无当于用。拟请于省会添设随营武备学堂，延请教习，多引军劳出身、年力富强、粗通文义者入学肄业，俾躬历其事，复心通其理，就夫学成之高下，以派充将领弁目，更于正、副营官，分轮资遣出洋观操、观战，扩充见识，回省考校，拔尤超授官差。材众而抡择益精，收功尤捷。其练兵也，暂以常饷养防兵，分段弹压；以优饷给操兵，调省督练，多寡视饷力之盈绌，俟其技艺娴熟、心志坚定之后，推出驻防，另调他军入操，期满复推另调，循环往复，如西人之常备兵，向来军营积习，旋练旋假，一年之通，或去三分之一。今宜立法，凡募入者必艺成始准给假，计一年假换三分之一，可以就饷更练，递推递衍，而练成准假之兵去投他营，仍属国家。官健否，即身在里籍，名在兵籍，可以按稽，有事指名调集，但能十得四五，亦可如西人之预备、后备等兵。如此认真整饬，不出十年，无用者皆成有用。是治军之法量为变通，亦足化疲卒为劲旅。是二者如疗病然，急则治其标也，然不治其本，则病根已深，治标或迄难奏效，治本云何？亦臣所谓经理天下之人民而已。

今之大患，不患贫，不患弱，而患于四兆人民漫无约束，稽查游隋居多，亦有谋生不遂役于重洋，如美国新金山诸处，中国前此流寓工作者数十万人。户部、行省初无觉察，遣使出洋后始闻之。内地伏莽潜滋，边境游匪充斥，斯皆未尝经理之明验。不为拔去呰窳病根，即新政奉行，终无当于生众食寡，为疾用舒之训，惟力行保甲，寄以令甲，除鳏寡孤独废疾外，凡属黔首，须各执一业，否则二十以下罚及父兄，二十以上罚其本身，勒使如令，虽贵胄膏粱①不宥。所业以士、农、工、商四者为正，释、道、巫、医人等，类附其中，编于牌册，往来必有稽查，游艺必请票照，方不至散无统纪。旧制治官之官多，治民之官少。考诸《周礼·司徒》，所属兵、农、商贾，皆有分治之官；《考工》无官，则失传耳。

今如军营官弁，虽减于周司马之属，而自统领以至哨弁，递管有人，独农、工、商未立专官，遂疏围范，拟请京师省会设农工商务总局，编译西法农、工、商学，刊书颁行，并仿各州县教谕、训导之例，增设农官、工官、商官各一员，禄秩皆视教职，分主田畯、匠人、市胥之事，巡省劝课，平其小争讼，而受成于州县。所治农、工、商，有能悟新理、成新艺、创新业者，录送考验奖拔，而待之以礼，结之以信，一如西人崇重工师、商律之政，久之公司盛行，机厂林立，内货充盈，出口消售，固可裨益税务榷算，收回海舶利权，而外人禁运军火，我又取求自足。其办法条理，亦取具《劝学篇》中。此项增设人员，暂以佐杂委充，渐次地方承办有人，可以接充，则令回避本籍，亦视教职之任，各以所学推行治内，其实在著有成效，由州县上之府道，以递达于省局，达于疆臣，疆臣达于京局及吏、户、兵、工各部，量予超擢，以示激励充类至义之尽。

农、工、商官之杰出者，可内用拔补户、工部曹，以渐跻于尚、侍。观于泰西立国之本，初非出自《周礼》一书，而暗与姬公创制之精心多相符合。我中国亦参伍错综，以《周礼》为经，而以《管子》政书为之纬，使皆有所执业，人人能自食其力，贤

①原文作“梁”。

而才者，无食捐骈繁仰食一人之累，可以专务名业，砥砺廉隅；愚而不才者，无偷隋自弃侥幸苟免之心，以至迫于饥寒，流为盗贼。夫而后劝戒洋烟，严禁赌博，申国初妇女缠足之禁；力宏出作，制天下士庶服用之节。俗正浮奢，萃四兆众之材智聪明，咸归实用，毋作无益害有益，而一切救时新政纲举目张，条分支贯，有不骎骎乎！由勤俭以基殷盛者，必无是理。此臣所谓致富致强之本在今时尤为当务之急也。

昔少康邑纶有田一成，有众一旅，卒能祀夏配天，不失旧物，由于布德兆谋收夏众而抚其官职。文公困狄，大布之衣，大帛之冠，卒能季年革车三百乘，由于务财、训农、通商、惠工、勤学、任能诸要政，臣窃以为精神之所贯注，条教之所维持，废者可与，小者可大，后世复亨光反之会，人主恒得力于此，况以国家疆域之广，人民之众，邦本之固，而不可柘居中驭外之规，收安上全下之效哉！

臣愚昧之见，是否有当，理合恭折具陈。伏乞皇太后、皇上圣鉴训示，饬下政务处核议施行。谨奏。①

光绪二十七年八月二十二日，奉朱批❶。

【案】原件无具奏日期，兹据《随手档》② 同批折件校补。

❶【光绪二十七年八月二十二日，奉朱批】此朱批日期与内容，亦据《随手档》校补。

①台北故宫博物院藏：《军机及宫中档》，文献编号：143976。

②中国第一历史档案馆藏：《军机处随手登记档》，档案编号：03-0309-1-1227-227。

1081. 檄委二司总办营务处缘由片

光绪二十七年七月二十六日（1901 年 9 月 8 日）

再，云南全省营务处前经札委署布政使全楙绩，会同署按察使陈灿总理，并委藩司总办全省团练处、臬司总办团保局，各在案。现在布政使林绍年[①]到滇，已饬赴任。按察使全楙绩亦饬赴本任，自应檄委藩司会同臬司总办全省营务处，藩司并总办全省团练处，臬司并总办团保局事务，以期各专责成。

除分檄饬遵外，谨会同云南巡抚臣李经羲，附片具陈。伏祈圣鉴。谨奏。

（朱批：）知道了。[②]

光绪二十七年八月二十二日，奉朱批：知道了。钦此。[③]

---

①林绍年（1849—1916），字赞虞、赞如，号健斋、榆园，福建闽县人，监生出身。同治六年（1867），中举。十三年（1874），中式进士，改庶吉士。光绪三年（1877），授翰林院编修。六年（1880）充会试同考官。同年，补国史馆协修。八年（1882），充顺天乡试同考官。十一年（1885），补功臣馆纂修。十二年（1886），升功臣馆总纂。十四年（1888），补国史馆纂修。同年，授浙江道监察御史。十七年（1891），调山西道监察御史。十九年（1893），放云南昭通府知府，嗣兼署云南府知府，升迤南道，署理云南按察使。二十五年（1899），调补贵州按察使。二十七年（1901），迁云南布政使，调补山西布政使。二十八年（1902），擢云南巡抚。同年，署云贵总督。三十年（1904），署贵州巡抚。三十一年（1905），调补广西巡抚。三十二年（1906），授军机大臣。三十三年（1907），补度支部右侍郎，署邮传部尚书。同年，调补河南巡抚。三十四年（1908），授仓场侍郎。宣统元年（1909），充民政部右侍郎、国史馆副总裁官。二年（1910），授经筵讲官。三年（1911），兼署学部右侍郎。同年，任弼德院顾问大臣，旋告休。民国五年（1916），卒于籍。追谥文直。著有《林文直公奏议》等行世。

②台北故宫博物院藏：《军机及宫中档》，文献编号：408007072-0-B。

③台北故宫博物院藏：《军机及宫中档》，文献编号：143980。

1082. 奏报檄委朱有基总办洋务片

光绪二十七年七月二十六日（1901年9月8日）

再，滇省前因办理洋务需员，经前兼署云贵总督云南巡抚臣丁振铎专折奏奉谕旨，敕由庆亲王臣奕劻①拣派户部郎中记名海关道总理衙门章京朱有基来滇办理交涉在案。现在该道业经抵省，接见数次，诹事考言，俱中交涉窍要，洵属通达事理，稳练安详，查与庆亲王臣奕劻原奏所称才识干练，词无溢美，以之综理洋务，可资臂助。当经檄委总办洋务局、会办铁路局事宜，会同原派总办署盐法道兴禄②、会办特用道魏景桐，妥慎商酌，以资熟手。

除咨外务部暨吏、户部查照外，谨会同云南巡抚臣李经羲，附片陈明。伏乞圣鉴。谨奏。

（朱批：）该部知道。③

---

①奕劻（1836—1918），满族，爱新觉罗氏。乾隆帝第十七子永璘之孙。自幼过继庆郡王绵慜为嗣，四品闲散宗室。道光二十九年（1849），袭辅国将军。咸丰二年（1852），封贝子。十年（1860），进贝勒。同治十一年（1872），加郡王衔，授御前大臣。光绪十年（1884），管理总理各国事务衙门。同年，晋庆郡王。十一年（1885），会同醇亲王办理海军事务。十二年（1886），充内廷行走。十五年（1889），授右宗正。二十年（1894），封庆亲王。二十四年（1898），封世袭罔替亲王。二十六年（1900），庚子事变，留京议和。二十七年（1901），总理外务部。二十九年（1903），授军机大臣，仍总理外务部，嗣命总理财政处、练兵处。三十四年（1908）以亲王世袭罔替。宣统三年（1911）充首任总理大臣。武昌起义后，任弼德院总裁。民国六年（1917），病逝。追谥庆密。

②兴禄（1835—?），镶黄旗满洲人，翻译生员。咸丰九年（1859），考取内阁中书，充国史馆协修。同治三年（1864），补授实缺中书。六年（1867），加侍读衔。同年，保知州，赏四品衔。七年（1868），保送仓差。同年，补委用监督。九年（1870），保知府。十一年（1872），补本裕仓监督。光绪元年（1875），调补富新仓监督。四年（1878），补授大通桥监督。六年（1880），选授云南武定直隶州知州。是年，保升道员。七年（1881），赏戴花翎。十二年（1886），署理双水塘同知，嗣调署个旧厂同知。十三年（1887），升补广南府知府。十九年（1893），调署云南府知府。二十一年（1895），补授云南府知府，是年，护理云南盐法道。二十五年（1899），署理云南盐法道。三十二年（1906），迁贵州按察使。同年，补授贵州布政使，护理贵州巡抚。

③台北故宫博物院藏：《军机及宫中档》，文献编号：408007072-0-A。

光绪二十七年八月二十二日，奉朱批：该部知道。钦此。[①]

1083. 恭报二十六年收支正溢盐课折

光绪二十七年七月三十日（1901年9月12日）

云贵总督臣魏光焘、云南巡抚臣李经羲跪奏，为造报滇省光绪二十六年分收支正溢、盐课及另加溢课并裁提各款银两，恭折仰祈圣鉴事。

窃查滇省盐务，近年征收较前畅旺，办理具征得力，正杂课款早已复额，前经户部覆准将应征杂款以六成为开支定额，长余银两尽数拨归溢课项下，留备边防要需。嗣因遵旨整顿滇省关税、厘金、盐课等项折内陈明盐务溢额年有加增，近复力堵郊、缅各私，以畅销路，综计溢课约可另加银一万三四千两，并同裁减厘税、开支裁撤营勇、台站等项，年可得银四万两，专款存储，听候部拨。

又，上年臣在藩司任内，适值边防吃紧，储械宜先，即以筹饷为要，明查暗访，悉心综核，详议定章，每年裁提三井提举漏报、浮支各款银六万八千一百一十两零，内除调剂灶户及津贴、办公等银五千一百九十两外，实可得银六万二千九百二十两，自二十六年九月初一日起，限裁提划为另款，按年汇解江宁、湖北等省代制快枪、快炮等项，运滇存储，经前抚臣奏奉朱批：办理尚属认真，着照所请立案等因。钦此。经部核覆咨滇，行司移道遵办各在案。

兹据署盐法道兴禄会同布政使林绍年详称：光绪二十六年分，连闰照案应征各井原额正课银二十八万三千四百四十八两零，又应征实已开支照原额不及六成杂款银六万五千一百九十六两，二共应征银三十四万八千六百四十五两零。其溢课一项向无定额，查道库旧管存银一十二万一千四百二两零，新收项下征获黑、元、永等二十二井盐课并维西通判沙盐税课共银四十七万五千九百五

---

①台北故宫博物院藏：《军机及宫中档》，文献编号：143978。

十八两零，又收回黑、元、永等十二井灶户缴还二十四年分借领柴本银三万三千二百两，管、收共银六十三万五百六十两零。开除项下拨入溢课款内银一十一万三千五百九两零；又咨解藩库存储报部候拨各井二十六年分另加溢课，应于二十七年汇解银一万三千八百二两零，又咨解藩库各井盐课、沙盐税课银二十四万两，又减成支放各官养廉银三万六百七十九两零，又支放井学廪饩等项杂款银三万四千五百一十七两零，又借发黑、元、永等十二井灶户借领二十六年分柴本银三万三千二百两，总共开除银四十六万五千七百九两零。实存道库银一十六万四千八百五十一两零。

又，溢课旧管存银二十万七千三百七十四两零，新收项下共收银一十一万三千五百九两零，管、收共银三十二万八百八十四两零。开除项下，遵照奏案拨入漏报溢课款内黑、元、永等井自二十六年九月初一日起至年底止漏报溢课银一万七千一百二十二两零，又移解善后局二十六年分动放通省团练经费银三万两，又移解二十六年分动放购备快枪、快炮等项银四万两，又移解团保总局二十六年分连闰动放省防团营薪饷银二万四千二百六十三两零，总共开除银一十一万一千三百八十五两零。实存道库溢课银二十万九千四百九十九两零，均应照案积存，备支现在边防紧要急需。

又，随案报销漏报、浮支两款，旧管无项。新收项下共收二十六年九月初一日起至年底止黑、元、永等井漏报溢课银一万七千一百二十二两零，又收黑井浮支公费银四千一百六十五两零，内除拨给喇、云两井调剂灶户及津贴、办公等银一千七百三十二两外，实收银二千四百三十三两零。开除无项。实存漏报、浮支等银一万九千五百五十五两零，亦应照案暂存，并同因漏课随抽之漏厘，即行汇解江宁、湖北等省代制枪炮及地雷、炸弹等项，运滇存储，以裨边防。再，此案报销向系六月下旬具奏，本届因裁提漏报浮支一款事属创始，是以造报稍迟，邀免置议。合并声明。等情。分造清册，详请具奏前来。

臣等覆核无异，除册分送部、科查核外，所有造报滇省光绪二十六年分收支正溢、盐课及另加溢课并裁提各款银两缘由，谨合词恭折具奏。伏乞皇太后、皇上圣鉴，敕部核覆施行。谨奏。光绪二十七年七月三十日。

(朱批：) 户部知道。[①]

光绪二十七年八月二十五日，奉朱批：户部知道。钦此。[②]

1084. 请将二十五年土药厘金划拨折

光绪二十七年八月初八日（1901年9月20日）

头品顶戴云贵总督臣魏光焘、云南巡抚臣李经羲跪奏，为请将滇省光绪二十五年分土药、厘金收数，照案在各省欠解协饷项下划拨，恭折仰祈圣鉴事。

窃查云南土药、厘金前经奉文饬解海军衙门归还欠款，嗣经前督臣王文韶等于议覆筹饷条折内奏明此项厘金万难提存，复经户部议准由各省欠解协饷划拨，又准户部奏咨海军经费改归部库分别收存拨用等因。业将光绪十七年至二十四年所收土药厘金及各省欠解协饷数目，分别造册奏咨照案拨解各在案。

兹据署云南布政使全楙绩会同厘金局司道详称：光绪二十五年，滇省共运销土药九千五百四十担一千二百五十二两八钱，以每担收银十九两二钱计算，共收银一十八万三千一百八十三两三分三厘六毫。除遵照奏案每担提银十三两二钱报部候拨，应提银一十二万五千九百三十八两三钱三分五厘六毫，共余银五万七千二百四十四两六钱九分八厘，应即留滇备用，内除一成局用开支银五千七百二十四两四钱六分九厘八毫，实存银五万一千五百二十两二钱二分八厘二毫，自应照案将各省历年欠解协饷数目详请奏咨，由部照案如数拨收，以清款目等情。前来。

臣等覆核无异，除将清册咨送部、科查照办理外，谨合词恭

---

①中国第一历史档案馆藏：《朱批奏折》，档号：04-01-35-0533-068。

②台北故宫博物院藏：《军机及宫中档》，文献编号：144107。

折具陈。伏乞皇太后、皇上圣鉴训示。谨奏。光绪二十七年八月初八日。

（朱批：）户部知道。[1]

光绪二十七年九月初四日，奉朱批：户部知道。钦此。[2]

1085. 奏请以黎元熙调补宝宁知县折

光绪二十七年八月初八日（1901年9月20日）

头品顶戴云贵总督臣魏光焘、云南巡抚臣李经羲跪奏，为拣员调补夷疆要缺知县，以裨地方而资治理，恭折仰祈圣鉴事。

窃准吏部咨：议覆云南宝宁县知县陆长洁升补他郎通判，所遗宝宁县知县，令另行拣选，光绪二十七年二月二十日奉朱批：依议。钦此。等因，到滇。照例以奉旨后五日，按照部中行文日期，照限减半计算，扣至二十七年五月初三日限满，作为开缺日期，归于五月底截缺。该县系夷疆要缺，毋庸掣签，业将截缺日期详咨在案。查宝宁县接壤粤西，地方辽阔，汉夷杂处，政务殷繁，一切控驭抚绥，均关紧要。现值游匪滋事，边防团练整顿需人，尤非精明强干、熟习夷情之员，弗克胜任。

臣等督饬藩、臬两司于通省应行升补人员内逐加遴选，均于此缺不宜。惟于应调人员内查有大姚县知县黎元熙，年三十五岁，广西灵川县廪生。光绪十七年，中式辛卯科乡试举人。甲午科会试，中式进士，朝考三等，引见，奉旨：以知县即用，签掣云南，二十一年三月二十九日到滇，委署宾川州知州，补准大姚县知县，现署巧家同知。据署布政使全楙绩、按察使陈灿以该员年富才优，勇于任事，堪以调补宝宁县知县。会详请奏前来。

臣经羲到任未及三月，例不出考。臣光焘查该员才具明练，办事勤能，以之调补宝宁县，洵属人地相宜，与例亦符，合无仰

---

①台北故宫博物院藏：《军机及宫中档》，文献编号：408007074。

②台北故宫博物院藏：《军机及宫中档》，文献编号：144187。

恳天恩俯念边缺紧要，准以大姚县知县黎元熙调补宝宁县知县。如蒙俞允，该员系现任知县请调知县，衔缺相当，毋庸送部引见。所遗大姚县知县选缺，滇省现有应补人员，俟覆准日另行遴员请补。

除咨部查照外，理合遵照通行改题为奏。伏乞皇太后、皇上圣鉴，饬部议覆施行。谨奏。光绪二十七年八月初八日。

（朱批：）吏部议奏。①

光绪二十七年九月初四日，奉朱批：吏部议奏。钦此。②

1086. 奏报魏景桐等会办团练营务片

光绪二十七年八月初八日（1901年9月20日）

再，云南全省营务处已委藩、臬两司总理，并饬藩司总办全省团练处，业经奏报在案。现在滇省改练洋操，举办团练，事务繁重，自应遴委熟习营务之员会办，以资勷助。查有会办洋务局奏调云南特用道魏景桐堪委会同藩、臬两司办理全省营务处，俸满迤南道陈灿堪委会同藩司坐局办理全省团练处，以期各专责成。

除分檄饬遵外，理合会同云南巡抚臣李经羲，附片具陈。伏乞圣鉴。谨奏。

（朱批：）知道了。③

光绪二十七年九月初四日，奉朱批：知道了。钦此。④

1087. 奏报汇解应还英德等借款片

光绪二十七年八月初八日（1901年9月20日）

再，前准户部咨：云南蒙自关每年摊派应还俄、法、英、德

---

①台北故宫博物院藏：《军机及宫中档》，文献编号：408007073。

②台北故宫博物院藏：《军机及宫中档》，文献编号：144186。

③台北故宫博物院藏：《军机及宫中档》，文献编号：408007073-0-A。

④台北故宫博物院藏：《军机及宫中档》，文献编号：144189。

借款银四万两，分作两次于三月解交六成，九月解交四成，均赴江海关交纳。嗣又准咨每年加拨银一万两，各等因。历经遵照办理。所有本年三月内应摊六成银三万两，亦经该关如期解赴江海关交纳，并附片奏明在案。兹据云南临安开广道兼管关务刘春霖将本年九月内应摊四成银二万两，于六成洋税项下竭力腾挪，如数凑齐，委补用知县林文仪解省，发交同庆丰商号领赍汇解，定于本年八月初一日起程，限至九月三十日，由上海天顺祥商号赴江海关交纳，不准稍有延误。所需汇解各费，照案在六成洋税项下开支，另案造报等情。详请奏咨前来。

臣覆核无异，除咨外务部暨户部、南洋大臣查照外，谨会同云南巡抚臣李经羲，附片具陈。伏乞圣鉴。谨奏。

（朱批：）该部知道。①

光绪二十七年九月初四日，奉朱批：该部知道。钦此。②

1088. 奏报粤边游匪蔓延酌拟办法折

光绪二十七年八月二十六日（1901 年 10 月 8 日）

头品顶戴云贵总督臣魏光焘跪奏，为粤边游匪蔓延，滇省军制苟简，谨就现在情形，酌拟办法，恭折具陈，仰祈圣鉴事。

窃滇省边粤，游匪滋扰，频年此剿彼窜。上年，钦奉谕旨饬令三省会剿，仰见圣主绥边卫民之至意，钦感莫名！臣本年春间由籍赴滇，沿途询访及到任后详加体察，迩来三月，于兹广西、贵州、云南三省，派出兵队，会办经时，未能即竟全功，推原其故，实因匪踪蔓延太久，勇营积疲太甚，非逐渐清厘、次第整顿，有难旦夕程效者，谨就滇省现在情形，酌拟办法，为我皇太后、皇上缕细陈之。

查此起游匪，本芽蘖于越南，越为法有，犹寄居瓯脱剽掠为

①台北故宫博物院藏：《军机及宫中档》，文献编号：408007074-0-A。

②台北故宫博物院藏：《军机及宫中档》，文献编号：144188。

生。滇粤昔年出关遣撤之军相为附丽。自法人经理南交，以精械遍发沿边村砦，联以拒匪。匪无所掠，乃退入内地。叠经招抚，余党尚多，拦劫大帮烟客，勒索殷实人户。久之而偷惰者，利其分肥；愚懦者，受其胁制，悉入为群，习与渐化。其桀黠无赖与夫军营脱籍之兵，莫不以游匪为归，而为民、为兵、为匪，几无可辨，抄掳日广，浸淫以及滇黔。滇省开、广各属紧与毗连，袤延千数百里，防勇势难周布，扼要置守，既已落落星稀。匪常勾结内奸，乘间窃发，兵至各鸟兽散，追逐无踪，则防之为术穷。地当犬牙交错，箐密林深，匪又散股零星，倏聚倏散，无一定巢穴。上年，邱北县被劫，其妇孺相从割刈，迨集团追匪出境，彼境忽自命为团，而转目此团为匪，互相质辩，炫惑离奇。故方其来劫，匪与兵抗，兵犹可以为力；及其劫去，匪与民混，兵力亦复难施。匪又常避兵以来，营哨得报稍迟，或且疲于奔命，则剿之为术亦穷。此粤边游匪蔓延之实在情形也。

滇省昔年变乱，适当中原多事之秋，虽间调客军，实多借本省练军之力。尔时集饷，民间苛虐，曾不暇顾，又多抚降回，用毒攻毒，计口授糈尤薄。平定后，经历任疆臣屡更军制，酌增薪粮。现在章程，防军以三百人为营，练兵以二百五十人为营，饷以三十三日为一届，每届人给银二两九钱。连年歉收，银贱粟贵，按日分摊，人获银八分有奇，易制钱八十余文，而米价每市斗百二十斤，需银五两五六钱，薪蔬贵亦如之。勇丁无论顾家，即自顾不获一饱。向来湘、楚、淮军营制有坐粮、行粮之别，有火夫、长夫之设，棚帐、锄、铲、锹、镢之发，诚以军行所至，百物腾踊，率多食贵之时，故增行饷不仅恤其劳也。军行趋利，止居无定，故具长夫、棚帐、锄、铲、锹、镢，可随地为营也。军士操练，日有课程，故虽坐营，必有火夫，行伍得以精娴技艺也。今滇省军制无火夫，责棚勇以轮流执爨，盖日操久废矣。无长夫与棚帐、锄、铲、锹、镢，盖止居必依市集、村堡，不能驻扎险要，拊背扼吭，而闻警奉调，势难立拔，常落贼后，尾追锋不相及矣。

至于行饷不增，薪公有限，管带以缺蚀为弥缝，屡查连劾而不能止，士卒因之日即陵夷。精锐者，招之不来，则惟老弱疲软编伍充数，加以前敌沿边一带烟瘴尤重，客军不耐。总兵覃修纲①所统各营多用广卒，原亦迫于事之无可如何，制陋饷轻，深虑百弊丛出。臣因其防境大阔，每谕以侦匪驰剿，痛惩数次，使不敢窥我藩篱，必愈于到处设备，屡据呈报，探明小股往截，而斩获究属寥寥。自系所部未悉勍强之故，匪众骁桀，挟后膛精枪，缓则潜伏，急则铤关，以是相制，未见其可。此滇省军制苟简之实在情形也。

臣数月以来，熟审焦思，不遑寝息，与抚臣李经羲筹商再四，欲制蔓延之游匪，殆无近效可期。惟有先行坚壁清野之策，精选游击之师，策应驰驱，仍随时与黔、粤军约会合团掩捕，庶边防日固，匪势日蹙，可致肃清，顾非更定营制，酌增行饷，无以鼓励军心。滇本仰协邻省，迩来岁协常饷惟四川犹按年拨解，仍不足额，其余久已停止。当此艰难时会，各省均自顾不暇，徒为将伯之呼，而滇中幅员辽阔，群夷杂处，兼与缅、越为邻，叠次节饷裁兵，势难再为啬缩。抚臣前于藩司任内早经筹及并饷整军一节，以库帑支绌，因就滇盐劝捐团饷，举行团练，虽民捐专为乡兵起见，未便挪移，而团练办成，替出分布，防、练各营仍可酌裁并饷，无异阴为挹注。惟须团练办理就绪，然后可以次第推行，是滇之亟宜并饷整军。

臣与抚臣意见相同，而抚臣先于无可设法之中，预为区画精详，实尤臣所佩服。现拟就所捐团饷，先于广南沿边设立团丁二千四百名，择要修立碉卡、汛房，分段安置，联络一气，责成防守；一面严查保甲，以清内奸；遴委奏调云南差遣河南候补知府

①覃修纲（1839—1905），字省三，壮族，广西西林县人。因功赏隆武巴图鲁勇号，赏穿黄马甲。光绪六年（1880），借补云南广西营游击。十一年（1885），升补四川川北镇总兵。同年，署云南普洱镇总兵。十三年（1887），实授云南普洱镇总兵。是年，署理开化镇总兵。十八年（1892），因涉命案革职。二十四年（1898），赴部引见，开复原官，补授西宁镇总兵。次年，署云南开化镇总兵。二十六年（1900），补授云南临镇总兵。三十一年（1905），卒于任。

黄凤岐，充当前敌营务处，兼办广南团防事宜，并由司札委请补景东直隶同知刘钧前往署理广南府知府，会办前敌营务处，与黄委员认真切实举办，仍饬覃修纲督率防营，多设间谍，与黔、粤军随时会剿，以收游击之功。其应行更定营制，酌增行饷，俾期得力，应俟团营办好，量为裁并，腾挪有款，再行专案办理。

所有现在筹办滇省广南粤边游匪缘由，是否有当，谨会同云南巡抚臣李经羲，恭折具陈。伏乞皇太后、皇上圣鉴训示。谨奏。光绪二十七年八月二十六日。

（朱批：）知道了，着即督饬各员认真举办，毋任日久蔓延为要。[1]

光绪二十七年九月二十日，奉朱批：知道了，着即督饬各员认真举办，毋任日久蔓延为要。钦此。[2]

1089. 请准魏荣斌留云贵补用片

光绪二十七年八月二十六日（1901年10月8日）

再，滇军洋操风气未开，臣上年过陕，面商前陕西抚臣岑春煊，以统领陕西忠、靖等营二品顶戴留陕甘补用参将魏荣斌勇略优长，熟谙西法，咨调赴滇差委。到任后，会商抚臣李经羲，暂就滇省营制饷章，略为变通，立武威亲军大营，委令督带驻扎省城，练习洋操，并令省防分统甘肃西宁镇刘万胜[3]，立绥靖正中一营，与所统驻省之绥靖中营、绥靖右营暨调省之临平后营，改为

---

①台北故宫博物院藏：《军机及宫中档》，文献编号：408007075。

②台北故宫博物院藏：《军机及宫中档》，文献编号：144440。

③刘万胜（1840—?），湖南湘乡人，武童出身。初投效军营，历保尽先副将。同治七年（1868），加志勇巴图鲁勇号。九年（1870），保总兵。十年（1871），借补云南元新营参将。光绪四年（1878），补云南寻沾营参将。九年（1883），管带靖边后营练军驻防蒙自。翌年，管带副左营练军驻防镇雄州。十一年（1885），升云南顺云协副将。二十三年（1897），署云南开化镇总兵。同年，补授云南临元镇总兵。二十七年（1901），调补甘肃西宁镇总兵。同年，补授江西九江镇总兵。二十九年（1903），请假回籍修墓。三十二年（1906），开缺。

绥靖左营，归统一律；增设火夫，改练洋操，均由魏参将拣派教习，分赴各营教练，仍责成该参将督操，以为省外各营倡导，俾期渐次推广。

合无仰恳天恩俯准将调滇二品顶戴留陕甘补用参将魏荣斌改留云贵督标补用，借资得力，出自逾格鸿施。除咨部外，理合附片具陈。伏乞圣鉴训示。谨奏。

（朱批：）着照所请，兵部知道。①

光绪二十七年九月二十日，奉朱批：着照所请，兵部知道。钦此。②

1090. 报销十四年善后军需各款折

光绪二十七年九月二十四日（1901年11月4日）

头品顶戴云贵总督臣魏光焘跪奏，为报销光绪十四年分善后、军需支销各款，恭折仰祈圣鉴事。

窃查接管卷内，据云南善后局司道会同升任布政使李经羲详称：滇省善后支销各款，业经报至光绪十三年止，作为第九次造册，详请奏咨核销在案。因从前款目繁纷，叠经勾稽造册，经将截至十三年分止，共计旧管接流不敷银一百五十二万八千九百八十三两三钱八分一厘四毫二丝四忽三微，因查明皆系前督臣岑毓英督师出关欠饷，以各省所欠奉旨原拨协滇饷银，迄未按数解到，虚悬至今。值兹时事益艰，目前之急需甚于从前之旧欠，会议详请奏明一律停发，以归简易，声明并同收获各属米捐银两，吁恳天恩酌加云南文武乡试一次中额各三名等因。于光绪二十六年正月二十日奉朱批：该部议奏。钦此。钦遵咨滇行司移局查照在案。

兹将光绪十四年分收支各款接续造办，亲督局员一律清查，按款勾稽，或恪遵则例、章程，核实开报；或因当年饷源奇绌，

---

①台北故宫博物院藏：《军机及宫中档》，文献编号：408007075-0-A。

②台北故宫博物院藏：《军机及宫中档》，文献编号：144399。

力求撙节，照案暂行酌减，借期设法腾挪，无误度支。核计光绪十四年分，旧管，无项；新收，共收银一百一十一万五千二百六十三两八钱一分六厘八毫七丝三忽三微；开除，共支银一百一十八万六千三百九十七两三钱八分九厘七毫，实在不敷银七万一千一百三十三两五钱七分二厘八毫二丝六忽七微，自应循案作为滇省第十起善后、军需报销，按册开列分送，以昭核实。理合将光绪十四年分收支各款造具总、散各册及附造作法、工料、收发洋枪笔码、数目、兵勇驻扎地方、管带衔名各清册，详请查核具奏，到前兼署督臣丁振铎，未及核办，移交到臣。

覆查无异，除将报销册籍循案差弁赍送部、科查核外，谨会同云南巡抚臣李经羲，恭折具奏。伏乞皇太后、皇上圣鉴，饬部核覆施行。谨奏。光绪二十七年九月二十四日。

（朱批：）该部知道。[①]

光绪二十七年十月十六日，奉朱批：该部知道。钦此。[②]

1091. 请以赵伟等分别补授游击折

光绪二十七年九月二十四日（1901 年 11 月 4 日）

头品顶戴云贵总督臣魏光焘跪奏，为拣员请补游击、调补守备各员缺，以实营伍，恭折仰祈圣鉴事。

窃查云南提标左营游击艾光发参革，遗缺经前兼署督臣丁振铎奏请以尽先补用游击饶敏请补，尚未奉部核准，旋准前提臣冯子材咨报，饶敏于光绪二十七年四月二十一日病故。又准兵部咨：单开云南临元镇标前营游击包于莲、督标左营游击李呈瑞各升缺，行令拣员请补。又查调补昭通镇左营守备姜云龙，已升补剑川营都司，奉部发给署札，各等因。臣查提标左营游击员缺，仍作第五轮第八缺，应用尽先人员，查有尽先补用参将赵伟，勇敢有为，

---

①台北故宫博物院藏：《军机及宫中档》，文献编号：408007077。
②台北故宫博物院藏：《军机及宫中档》，文献编号：144903。

熟悉营伍，堪以借补。

又，临元镇标前营游击员缺作第六轮第一缺，应用尽先人员。查尽先游击班内名次在前之赵秉忠、侬兴忠、张应聘，距是缺均在五百里内，例应回避。李顺祥业已病故，钱汝清、潘思顺、姜云龙、高荣生、马铭、袁培勋、丁凤祥、彭仁里、桂尚华、张得胜、吕联科、许声亮、杨钟祥、马成堂、李如标、阳春曦、高熙元等十七员，俱与此缺人地不甚相宜。惟查有尽先补用游击临元镇标右营都司吕遇周，年强才练，谙悉戎机，堪以请补。

又，督标左营游击员缺，作第六轮第二缺，应用尽先人员，查有留滇尽先补用参将谢春霖，练习戎事，勇略兼长，堪以借补。

又，昭通镇标左营守备员缺系题调之缺，应用实缺人员拣调，查有维西协右营守备李永清，明白谙练，年力正强，堪以调补。

除将该员等简明履历咨部查核外，合无仰恳天恩俯念员缺紧要，准以赵伟等分别补授游击、李永清调补守备各员缺。赵伟，鹤庆州人，距提标左营游击在百里以内，例应回避。惟该员系曾经引见人员，如蒙俞允，俟接准部覆，拣员对调后，再行给予札付；李永清系对品调补，毋庸送部，并恳饬部发给札付，令其赴任；吕遇周、谢春霖等俟接准部覆，再行给咨送部引见，以符定制。

其所遗维西协右营守备员缺系题补之缺，容另拣员请补外，所有拣员借补、请补游击、调补守备各员缺缘由，谨会同云南巡抚臣李经羲、署云南提督臣蒋宗汉①，恭折具奏。伏乞皇太后、皇

---

①蒋宗汉（？—1903），原姓绞，名阿六，后改姓蒋，名宗汉，字炳堂，云南鹤庆人。初，投效军营。咸丰六年（1856），以功赏给七品功牌。同治六年（1867），保把总，拔千总，加守备衔，赏戴蓝翎。八年（1869），保都司。九年（1870），保游击，晋副将衔，赏换花翎。十年（1871），保参将，加著勇巴图鲁勇号。十一年（1872），补鹤丽镇标中营游击。同年，保副将，加总兵衔。是年，保提督记名简放。十二年（1873），封图桑阿巴图鲁。十三年（1874），补顺云协副将，嗣补云南腾越镇总兵。光绪三年（1877），因洋案革职。四年（1878），开复处分。五年（1879），兼署越嶲营参将。八年（1882）兼署阜和协副将。十一年（1885），迁贵州安义镇总兵。二十年（1894），赏戴双眼花翎。二十六年（1900），以遵义镇总兵兼护贵州提督。同年，兼护云南提督。二十八年（1902），擢云南提督。二十九年（1903），卒于任。谥壮勤。

上圣鉴，饬部核覆施行。谨奏。光绪二十七年九月二十四日。

(朱批：) 兵部议奏。①

光绪二十七年十月十六日，奉朱批：兵部议奏。钦此。②

1092. 奏报省防团营支放薪饷数目折

光绪二十七年九月二十四日（1901年11月4日）

头品顶戴云贵总督臣魏光焘跪奏，为省防团营支放薪饷数目，恭折具陈，仰祈圣鉴事。

窃查滇省举办团练，自二十五年十月初一日成军起，至十二月底止，支放薪饷数目，业于上年造册奏报奉户部核覆在案。兹据云南布政使林绍年会同团保总局按察使全楙绩、署粮储道汤鲁璠、署盐法道兴禄、善后局司道等详称：省防团营自光绪二十六年正月初一日起至十二月底止，连闰除停操四个月外，按月均经由团绅挑选丁壮，送营训练，限满由臣等按期校阅，遣回接练，照章每月共支薪饷银一千八百六十六两四钱。计十三个月，共支放薪饷银二万四千二百六十三两二钱，均由盐库溢课留备边防要需项下，按月照数移提支放。现届二十六年分盐务奏销之时，自应随同造册报销，以昭核实等情。造具清册，详请奏咨前来。

臣覆核无异，除将清册分送户、兵部、科查核外，谨会同云南巡抚臣李经羲，恭折具陈。伏乞皇太后、皇上圣鉴，饬部核覆施行。谨奏。光绪二十七年九月二十四日。

(朱批：) 该部知道。③

光绪二十七年十月十六日，奉朱批：该部知道。钦此。④

---

①台北故宫博物院藏：《军机及宫中档》，文献编号：408007077。

②台北故宫博物院藏：《军机及宫中档》，文献编号：144903。

③台北故宫博物院藏：《军机及宫中档》，文献编号：408007078。

④台北故宫博物院藏：《军机及宫中档》，文献编号：144904。

1093. 奏为云南赈捐第十四次请奖折

光绪二十七年十月二十日（1901年11月30日）

头品顶戴云贵总督臣魏光焘、云南巡抚臣李经羲跪奏，为云南赈捐第十四次请奖，恭折仰祈圣鉴事。

窃查滇省前因连岁偏灾，贫民待赈綦切，奏准仿照顺直赈捐章程，开办滇省赈捐。嗣因限满收数无多，奏准展限，以资接济。旋准直隶督臣王文韶以顺直水灾较重，咨请开办顺直赈捐，复经奏明将顺直赈捐即在滇赈捐内按卯划拨四成解直协赈，均分批划解。嗣查展限届满，核计势难停止，请自光绪二十六年八月限满后，再行接展二年。现因连年滇省偏灾叠见，灾情较重，需款甚殷，另案奏请将前项应划直隶四成赈款暂行截止留滇，以备赈济，各在案。

兹据云南布政使林绍年会同善后局司道详称：续经劝获捐生柏仁山等各报捐虚衔、贡、监生等项，共收获捐输银一万一千三百四十两二钱，部、监饭食银八百二十二十六两七钱七分，照费银一百四十二两一钱。所收正款归入滇赈，随时移解善后局支放。其饭、照银两，所收无几，容俟集有成数，再行批解。理合将各捐生等年贯三代及所收银两数目，造具清册，汇为第十四次，并将截存副实收一并汇齐呈缴等情。详请奏咨前来。

臣等覆核无异，除将清册、副实收分送部、监查核外，所有滇赈捐输第十四次请奖缘由，谨合词恭折具陈。伏乞皇太后、皇上圣鉴训示。谨奏。光绪二十七年十月二十日。

（朱批：）户部议奏。①

光绪二十七年十一月二十一日，奉朱批：户部议奏。钦此。②

---

①台北故宫博物院藏：《军机及宫中档》，文献编号：408007080。

②台北故宫博物院藏：《军机及宫中档》，文献编号：145601。

1094. 代奏刘万胜调补九江总兵谢恩折

光绪二十七年十月二十日（1901年11月30日）

头品顶戴云贵总督臣魏光焘跪奏，为总兵叩谢天恩据情代奏，恭折仰祈圣鉴事。

窃据分统云南省防绥靖各营兼带正中营调补江西九江镇总兵刘万胜呈称：窃职镇于省防营次，恭阅电钞：光绪二十七年九月初十日，内阁奉上谕：刘万胜着调补江西九江镇总兵。钦此。伏念职镇三湘下士，一介武夫，随征来滇四十余载，前于光绪十一年补授顺云协副将，次年八月到京，蒙恩召见一次。嗣复先后补授临元镇总兵，调补甘肃西宁镇，两次吁恳陛见，均经前督臣崧蕃以留办滇、缅界务，奏请暂缓。旋于二十六年六月界务事竣，接办防务，经前兼署督臣丁振铎奏保，本年五月二十五日奉旨以提督记名简放。

兹复恭承宠命，调任江西。溯重镇于三迁，久稽引领；睹浔阳之九派，益切朝宗！值兹宫阙重光，齐万方而送喜；欲效中流击楫，志八表以澄清。亟应泥首宫门，面求训示，拟俟防务交卸，即行领咨，择日起程。

所有叩谢天恩并吁恳陛见缘由，理合呈请据情代奏等情。前来。谨恭折代奏。伏乞皇太后、皇上圣鉴训示。谨奏。光绪二十七年十月二十日。

（朱批：）毋庸来见。①

光绪二十七年十一月二十一日，奉朱批：毋庸来见。钦此。②

---

①台北故宫博物院藏：《军机及宫中档》，文献编号：408007081。

②台北故宫博物院藏：《军机及宫中档》，文献编号：145602。

1095. 奏报蒙自关一百六十四结征税折

光绪二十七年十月二十日（1901年11月30日）

头品顶戴云贵总督臣魏光焘跪奏，为蒙自关第一百六十四结期满征收税银及支销、拨解、提存各款，循例开单具报，恭折仰祈圣鉴事。

窃准户部咨：洋关征收税银，照章按结奏报一次等因。业将蒙自关自光绪二十七年二月十三日起至五月十五日止第一百六十三结征收税银及支销、拨解、提存各款，开单奏报在案。兹据云南临安开广道兼管关务刘春霖，将蒙自关自光绪二十七年五月十六日起至八月十八日止第一百六十四结期内征收正税分别四六成，以四成作为京饷，其六成洋税项下，除开支正半税、倾镕折耗及关用经费外，余银提一成五厘出使经费。所收子口半税，全数归入六成税内供支，并将实征船钞各款数目开列四柱清单，详请奏咨及声明此结提归外务部三成罚款银四两七钱一分等情。前来。

臣覆核无异，除分咨外务部、户部暨南洋大臣查照外，理合会同云南巡抚臣李经羲，照缮清单，恭折具陈。伏乞皇太后、皇上圣鉴，敕下该部查核施行。谨奏。光绪二十七年十月二十日。

（朱批：）该部知道，单并发。①

光绪二十七年十一月二十一日，奉朱批：该部知道，单并发。钦此。②

1096. 呈蒙自关一百六十四结征税清单

光绪二十七年十月二十日（1901年11月30日）

谨将蒙自关自光绪二十七年五月十六日起至八月十八日止第

①台北故宫博物院藏：《军机及宫中档》，文献编号：408007079。

②台北故宫博物院藏：《军机及宫中档》，文献编号：145604。

一百六十四结期满征收税银，分别四六成及提拨、支解各款暨征存船钞，缮具清单，恭呈御览。

计开

旧管项下：一、提存四成京饷银一万三千五百三十两八钱四分一厘二毫。

一、提存六成洋税银十四万七百十二两九钱八分五厘二毫五丝八忽六微九纤。

一、提留一半折耗银二百七十三两四钱五分二厘五毫六丝二忽。

一、节留监督办公经费二成银五百七十六两。

一、征存船钞实存应解外务部三成银一百五十四两九钱五分。

新收项下：一、收进口正税银一万七千九十六两五钱一分一厘。

一、收出口正税银四千二百六十五两七钱七分。

一、收土药正税银八千二百九十七两三分八厘。

一、收土药补厘银三两六钱二分五厘。

一、收子口半税银一万九百六十一两五钱八分二厘。

一、收船钞银四十九两六钱。

以上共收税钞银四万六百七十四两一钱二分六厘，内进出口正税及土药税厘银二万九千六百六十二两九钱四分四厘，应提四成京饷银一万一千八百六十五两一钱七分七厘六毫，下余六成洋税银一万七千七百九十七两七钱六分六厘四毫。除船钞不支倾镕折耗外，开支关用经费、房租及添书工食、倾镕折耗共银五千六百五两七钱九分四厘三毫一丝二忽，尚余六成洋税银一万二千一百九十一两九钱七分二厘八丝八忽，照章作为十成，内提一成五厘出使经费银一千八百二十八两七钱九分五厘八毫一丝三忽二微，计存六成洋税银一万三百六十三两一钱七分六厘二毫七丝四忽八微。

开除项下：一、支销监督及各关卡三个月额支经费银四千九百八十六两三钱，此项开支内监督月支办公经费银二百四十两，结合支银七百二十两。除照案节留二成银一百四十四两专款存储候拨外，实合支销银四千八百四十二两三钱。

一、支销蛮耗分卡三个月房租银三十六两。

一、支销添书三个月工食银九十六两。

一、支销正半税项下倾镕折耗银四百八十七两四钱九分四厘三毫一丝二忽。此项折耗遵照部咨提留一半，计银二百四十三两七钱四分七厘一毫五丝六忽，另款存储，批解部库充饷。

以上六成税内，除监督办公经费节留二成折耗提留一半外，实合开支银五千二百十八两四分七厘一毫五丝六忽。

一、支解蒙关税务司转解江海关本结提存出使经费银一千八百二十八两七钱九分五厘八毫一丝三忽二微。

一、支解蒙关税务司本结提归总税务司七成船钞银三十四两七钱二分。

一、支解户部一百六十三结存四提成京饷银一万三千五百三十两八钱四分一厘二毫。

一、支解户部一百六十三结提留一半折耗银二百七十三两四钱五分二厘五毫六丝二忽。

一、支解外务部自一百五十七结起至一百六十三结止提存三成船钞银一百五十四两九钱五分。

以上三款于本年八月初五日并同另款造报，提归外务部三成罚款银一百十三两七钱一分，委员由蒙解省，交藩司核收，分别拨解。合并声明。

一、支销报解前项京饷折耗、船钞、罚款、解费及委员夫马等银八百五十六两二钱一分六毫四丝二忽。

一、支解江海关本年九月内摊还洋款四成银二万两。

一、支销汇解费及由蒙解省委员夫马等银一千一百九十一两八钱。

以上三款，照章在于六成税内开支，所有委员衔名业经随案开报。合并声明。

实在项下：一、提存四成京饷实存银一万一千八百六十五两一钱七分七厘六毫。

一、提存六成洋税除支销外，实存银十三万九千九百八十九两七钱三分二厘八毫九丝一忽四微九纤。

一、提留一半折耗银二百四十三两七钱四分七厘一毫五丝六忽。

一、节留监督办公经费二成银七百二十两。

一、征存船钞，除提归总税务司七成银两解交蒙关税务司收领转解外，实存应解外务部三成银十四两八钱八分。

（朱批：）览。①

1097. 奏报思茅关第一百六十四结征税折

光绪二十七年十月二十日（1901年11月30日）

头品顶戴云贵总督臣魏光焘跪奏，为思茅关第一百六十四结期满，征收税银及提存、支解各款，开单具报，恭折仰祈圣鉴事。

窃准户部咨：洋关征收税银，照章应按结奏报一次等因。业将思茅关自光绪二十七年二月十三日起至五月十五日止第一百六十三结期满征收税银及提存、支解各款，开单奏报在案。兹据云南思茅同知兼管关务许之载②将思茅关自光绪二十七年五月十六日起至八月十八日止第一百六十四结期内征收正税，分别四六成，以四成作为京饷，其六成洋税项下，除开支关用经费及倾镕折耗外，不敷银两前已奏明由蒙自关暂行借拨支用。至应提一成五厘

①台北故宫博物院藏：《军机及宫中档》，文献编号：145603-0-A。

②许之载（1850—1905），浙江钱塘县（今杭州市）人，由监生报捐按察司经历，投效贵州军营。同治九年（1870），以军功保知州。光绪十六年（1890），选石屏州知州。十七年（1891），赴部引见。十九年（1893），调补石膏井提举。二十四年（1898），升补云南普洱府思茅同知。二十九年（1903），迁开化府知府。三十一年（1905），因病出缺。

出使经费，惟一百六十三结稍有赢余，业已提存。其各结不敷开支，仍请免提，缮具清单，详请奏咨，并将此结内提归外务部三成罚款银四两二钱，亦应遵章随结声叙等情。前来。

臣覆核无异，除咨外务部暨户部、南洋大臣查照外，理合会同云南巡抚臣李经羲，照缮清单，恭折具陈。伏乞皇太后、皇上圣鉴，敕下该部查核施行。谨奏。光绪二十七年十月二十日。

（朱批：）该部知道，单并发。①

光绪二十七年十一月二十一日，奉朱批：该部知道，单并发。钦此。②

1098. 呈思茅关一百六十四结征税清单

光绪二十七年十月二十日（1901 年 11 月 30 日）

谨将思茅关自光绪二十七年五月十六日起至八月十八日止第一百六十四结期满征收税银，分别四六成及提存、支解各款，缮具清单，恭呈御览。

计开

旧管项下：一、提存一百五十八结至一百六十三结四成京饷银三千九百四十六两三钱九分。

一、提存一百五十八结至一百六十三结边防经费银八十五两五分一丝八忽。

一、提存一百六十结至一百六十三结监督项下二成开支银三百八十四两。

一、提存一百六十三结六成洋税银一百八十二两三钱一分九厘九毫二丝四微。

一、提存一百六十三结一成五厘出使经费银三十二两一钱七分四厘一毫三忽六微。

①台北故宫博物院藏：《军机及宫中档》，文献编号：408007082。

②台北故宫博物院藏：《军机及宫中档》，文献编号：145603。

一、自一百四十六结至一百六十三结共不敷开支银二万二千一百六十六两七钱八分七厘六毫七丝五忽六纤。

新收项下：一、收进口正税银八十七两一钱七分一厘。

一、收出口正税银二两一钱四分二厘。

一、收洋货入内地子口半税银二百三十四两八钱九分六厘。

一、收土药出口正税银十五两七钱。

以上共收银三百三十九两九钱九厘，内进出口及土药正税银一百五两一分三厘，应提四成京饷银四十二两五厘二毫，下余六成洋税银六十三两七厘八毫，开支关用经费及倾镕折耗共银二千六百九十六两八钱七分八厘九毫八忽，照章以子口半税银二百三十四两八钱九分六厘，全数归入六成洋税项下支用，并将前结余存六成洋税银一百八十二两三钱一分九厘九毫二丝四微，添入本结供支，尚不敷银二千二百一十六两六钱五分五厘一毫八丝七忽六微，照案由蒙自关六成洋税项下借拨支用。至应提一成五厘出使经费，惟一百六十三结稍有赢余，已遵章提存。其各结仍不敷开支，照案请免提解。合并声明。

开除项下：一、支销监督及各关卡三个月额支经费银二千六百九十二两八钱，内奉文截留监督项下二成开支银九十六两。

一、支销倾镕折耗银四两七分八厘九毫八忽，内遵照部咨截留一半银二两三分九厘四毫五丝四忽，存俟积有成数，解部添供边防经费。

以上共支销银二千六百九十六两八钱七分八厘九毫八忽。

一、本结开支不敷提用前结余存银一百八十二两三钱一分九厘九毫二丝四微。

实在项下：一、提存本结并前六结四成京饷银三千九百八十八两三钱九分五厘二毫。

一、提存本结并前六结边防经费银八十七两八分九厘四毫七丝二忽。

一、提存本结并前四结监督项下二成开支银四百八十两。

一、提存一百六十三结一成五厘出使经费银三十二两一钱七分四厘一毫三忽六微。

一、通共不敷开支银二万四千三百八十三两四钱四分二厘八毫六丝二忽六微六纤。

（朱批：）览。[①]

1099. 请以海光昭承袭西流水土县丞折

光绪二十七年十一月初三日（1901年12月13日）

头品顶戴云贵总督臣魏光焘跪奏，为请袭土职，恭折仰祈圣鉴事。

窃查抚臣前在云南藩司任内，案准迤东道曹鸿勋咨：据曲靖府知府谢㑺杭转：据平彝县知县萧仰德申：据请袭县属西流水土县丞海光昭呈称：现年二十三岁，县属西流水人，系已革土职海述宗之胞侄，胞伯因案斥革在监病故乏嗣，业经族众公举光昭顶袭。嗣因胞伯海述宗之妻张氏被远族海光选挑唆起意，争袭不遂，将土职钤记盗匿远扬，屡经各前任移关追缴，迄未提获，是以碍难请袭。今蒙将海张氏与海光选严查获案，追出钤记，饬令照例呈请袭职土职，系属承祧，例应承袭，昭穆相当，夷众悦服，并无乞养、异姓、庶出、冒诈、违碍情弊，出具亲供，邀具族舍、目把、邻封、收生妇各结呈请核转承袭等情。由县查明将投到供结粘钤加结，造具宗图清册，申由该管府道加结，详咨到司。

卷查前土职海述宗因案革职，在监病故乏嗣，前经该管道、府、县申请以伊胞侄海光昭顶袭土职，因远族海光选争继成讼，唆令海张氏将土职钤记藏匿不交，碍难请袭。兹据该县将案讯结，申由该管府道层递加结承袭前来。该司覆查无异，自应准其承袭，另请颁发号纸，来滇转给祗领任事等情。详请具奏前来。

①台北故宫博物院藏：《军机及宫中档》，文献编号：145604-0-A。

臣等覆查无异，合无仰恳天恩俯准以海光昭承袭云南平彝县属西流水土县丞之职，并请敕部颁发号纸咨滇转给祗领任事，俾免旷职。所有此项册结，前已咨送吏部核办，承准部咨改题为奏。合并声明。所有土职承袭缘由，谨会同云南巡抚臣李经羲，恭折具陈。伏乞皇太后、皇上圣鉴，饬部核覆施行。谨奏。光绪二十七年十一月初三日。

（朱批：）该部议奏。①

光绪二十七年十二月初二日，奉朱批：该部议奏。钦此。②

1100. 请以龙济光承袭土巡检缘由折

光绪二十七年十一月初三日（1901 年 12 月 13 日）

头品顶戴云贵总督臣魏光焘跪奏，为请袭土职，恭折仰祈圣鉴事。

窃查抚臣前在云南藩司任内，准临安开广道刘春霖咨：据临安府知府胡泰福申：据应袭纳更山土巡检龙济光、族目龙金等禀称：原袭土巡检龙夔嫡生三子，长子承训，未袭故，生子龙章，顶袭祖职，故绝。次子承诰，未袭乏嗣。三子承诏，生有二子，长龙骧、次龙鼎，以长子龙骧承立大宗、顶袭世职，病故，有子龙金声，顶袭父职，被戕绝嗣。次子龙鼎又病故，无出。承诏之继妻李氏，邀族公议，择贤续继大宗，选得近支龙汝霖，正妻李氏亲生次子龙济光，端正安详，立为龙骧嗣子，于光绪八年十二月二十日承继。其时地方变乱，同族相残，未敢遽保承袭，以致遗缺久悬，地方土民苦无专责管理，良善难安。当经族目等公举族中附生龙觐光代办，蒙前署府通报地方，始有专责。迨至光绪二十四年四月，觐光因劳绩保以知县分省补用，志切服官，禀请辞退，又经族目公保龙薄光接管办理，两年有余，夷众悦服，族

---

①台北故宫博物院藏：《军机及宫中档》，文献编号：408007085。

②台北故宫博物院藏：《军机及宫中档》，文献编号：146255。

无争袭之人，应请顶袭世职，并无乞养异姓、庶出、假冒、违碍等弊。

又，据应袭土巡检龙济光呈称：现年三十岁，系纳更山土著夷人，过继与原袭土职龙骧为嗣，于光绪八年十二月二十日承继，缘前袭土职龙金声于光绪二年七月十五日被戕无嗣，例应顶袭嗣兄世职，理合出具顶辈宗图、亲供及族舍、目把、邻佑、夷众、邻封、收生妇，并龙金声被戕出缺日期各结，呈请转报，各等情。据此，卑府覆查属实，并传验该应袭龙济光，年力富强，办事勤能，自应准其照例接袭，以重职守而专责成。合将投到亲供、甘结加具印结粘连钤印，照造顶辈、宗图清册暨将奉发原颁号纸，一并申请查核加结，咨请详办，并请颁发号纸，转给祗领任事等情。由道覆查无异，加结咨请详办到司。该司查得纳更山土巡检龙金声，于光绪二年七月十五日被戕出缺，彼时未据该管府将戕毙日期专案呈报，所遗世职，叠经行催拣选合例应袭之人，详请承袭。

兹据临安府查明原袭土职龙夔嫡派子孙俱已故绝，自应于近支中择选承继。该应袭龙济光实系近支龙汝霖正妻李氏亲生次子，族众公议于光绪八年十二月二十日承继大宗，立为龙骧嗣子，代办土职，两年有余，夷众悦服，族无争职之人，亦无乞养、异姓、庶出、诈冒等弊，出具请袭亲供、宗图，并取具族邻、目把、夷众、邻封、土司、收生妇暨龙金声被戕日期各结，及将原发号纸呈经该管府造册加结，由道核明加具印结，咨送前来。核与请袭之例相符，自应准其承袭，另请颁发云南纳更山土巡检号纸来滇，以凭转给，祗领任事等情。详请具奏前来。

臣等覆查无异，合无仰恳天恩俯准以龙济光承袭临安府属纳更山土巡检之职，并请敕部颁发号纸来滇，转给祗领任事。所有原发号纸并册结前已咨送吏部核办，兹准部咨改题为奏。合并声明。

所有土职承袭缘由，谨会同云南巡抚臣李经羲，恭折具陈。

伏乞皇太后、皇上圣鉴，饬部核覆施行。谨奏。光绪二十七年十一月初三日。

（朱批：）该部议奏。①

光绪二十七年十二月初二日，奉朱批：该部议奏。钦此。②

1101. 奏报遴员拨队更定营制饷章折

光绪二十七年十一月初三日（1901年12月13日）

头品顶戴云贵总督臣魏光焘跪奏，为遴员拨队，更定营制饷章，饬赴广南接防，剿办游匪，恭折具奏，仰祈圣鉴事。

窃臣于光绪二十七年八月二十六日具奏滇省边粤游匪，酌拟办法一折，钦奉朱批：知道了，着即督饬各员认真举办，毋任日久蔓延为要。钦此。仰见圣主廑念边陲之至意，钦感莫名！查原奏声明滇省军制苟简，非更定营制，酌增行饷，无以鼓励军心，拟俟团营办好，裁并、腾挪，专案办理，现在前敌营务处黄凤岐、署广南府知府刘钧均已先后到差、到任，挑团布置。惟覃修纲一军到边年余，迄无功效，察看终难得力，不能不亟筹调换。而滇军积疲，零星棋布，实无全枝劲旅可遣。

臣自五月到任，募立武威大营，创练洋操，曾将省防绥靖各营添设教习、棚夫，一律改练，虽为时未久，昨经校阅，步伐尚属整齐，事急相需，因与抚臣李经羲熟商，即委省防分统调补九江镇总兵刘万胜，统率绥靖正中、左、右、中四营，并驻防邱北之绥靖副中营，开赴广南沿边，接替覃修纲一军，联团布置，以为游击、策应、雕剿之师；复饬前敌营务处黄凤岐招募一营，与刘军合共六营，俾不至过虞单薄，并仿照陕西洋操队大致规模，将薪费、员额切实核减，更定营制，酌增饷糈，以资饱腾，均自本年十一月初一日起，照章改编，起支薪饷；行军仍每棚添设长

①台北故宫博物院藏：《军机及宫中档》，文献编号：408007084。

②台北故宫博物院藏：《军机及宫中档》，文献编号：146258。

夫，发给棚帐、锄、镢、锹、斧，略备规制，俾得运动较灵，可以趋利，已饬克期开拔，拟俟刘军到边接防后，饬令覃修纲暂回开化镇总兵署任，责成裁并所部纲字各营，届时再行专案奏办。其刘军未到以前，仍严饬覃修纲实力防剿，毋稍松懈。

除将更定营制、饷章咨部立案外，所有遴员拨队，更定营制、饷章，饬赴广南接防剿办游匪缘由，谨会同云南巡抚臣李经羲，恭折具奏。伏乞皇太后、皇上圣鉴训示。谨奏。光绪二十七年十一月初三日。

（朱批：）着即督饬认真训练，毋稍懈弛，余依议。[1]

光绪二十七年十二月初二日，奉朱批：着即督饬认真训练，毋稍懈弛，余依议。钦此。[2]

1102. 代奏总兵蔡标回滇日期等片

光绪二十七年十一月初三日（1901 年 12 月 13 日）

再，据记名提督革职留任云南开化镇总兵蔡标呈称：上年三月间，请咨赴京陛见，行抵湖北省城，适值拳匪肇衅，海道不通，改道河北，恭迎銮舆西幸，行抵华阴，蒙召见，钦派留陕招募数营，以资拱卫。复经调募云贵将弁，编为锦字营，本年正月先后到陕成军。嗣因和议告成，奉旨所统滇军锦字八营，着一并统率回滇，分别撤留，蒙赏给行粮、恩饷，先后请领散放。总兵于六月二十一日由陕统带滇军起程，九月十七日行抵云南省城，沿途行走安静，饬令营哨各官带回各州县原籍地方，一律遣散归农报讫。

所有回滇日期暨遣散锦字八营告竣缘由，呈请代奏等情。前来。臣覆查无异，除批示外，谨附片陈明。伏乞圣鉴。谨奏。

---

①台北故宫博物院藏：《军机及宫中档》，文献编号：408007083。

②台北故宫博物院藏：《军机及宫中档》，文献编号：146256。

(朱批:)该部知道。[①]

光绪二十七年十二月初二日,奉朱批:该部知道。钦此。[②]

1103. 请将参将游辅廷降补缘由片

光绪二十七年十一月初三日(1901年12月13日)

再,准署云南提督臣蒋宗汉咨称:亲诣教场阅操,点验建威左、右营驻榆城三哨战兵短少六名,查悉为提标中军参将游辅廷提充杂役,旷不应操,咨请奏参前来。臣查军营积习,莫甚于缺额蚀饷,而其弊恒始于以亲丁、杂役顶食名粮,即开缺蚀之渐。游辅廷身为将领,竟提防兵私充杂役,虽非缺蚀,未便稍事姑容,相应请旨将副将衔准补提标中军参将游辅廷开缺以都司降补,以示惩警。其所遗提标中军参将员缺系题补之缺,滇省现有应补人员,应请扣留外补。

除咨兵部查照外,谨会同云南巡抚臣李经羲,附片具陈。伏乞圣鉴训示。谨奏。

(朱批:)着照所请,兵部知道。[③]

光绪二十七年十二月初二日,奉朱批:着照所请,该部知道。钦此。[④]

1104. 请准梁有才等留滇补用片

光绪二十七年十一月初三日(1901年12月13日)

再,云南办理边防,差遣需员,查有花翎尽先补用副将梁有才、蓝翎升用游击尽先补用都司欧阳河清,均系湖南人,随臣来滇差遣。花翎尽先补用都司朱长清,系湖南人,该员在滇年久,

①台北故宫博物院藏:《军机及宫中档》,文献编号:408007083-0-A。
②台北故宫博物院藏:《军机及宫中档》,文献编号:146261。
③台北故宫博物院藏:《军机及宫中档》,文献编号:408007084-0-A。
④台北故宫博物院藏:《军机及宫中档》,文献编号:146259。

熟悉边情。据云贵督标中军副将苏抡元造具该员等出身履历清册，详请具奏留滇补用。前来。臣覆查无异，合无仰恳天恩俯念边防紧要，准将该员梁有才、欧阳河清、朱长清等留于云南按班补用，出自逾格鸿慈。

除将该员等履历送部查核外，谨会同云南巡抚臣李经羲、署云南提督臣蒋宗汉，附片陈请。伏乞圣鉴训示。谨奏。

（朱批：）着照所请，兵部知道。[①]

光绪二十七年十二月初二日，奉朱批：着照所请，兵部知道。钦此。[②]

1105. 奏准蔡标锦字营衣价缘由片

光绪二十七年十一月初三日（1901 年 12 月 13 日）

再，革职留任云南开化镇总兵蔡标呈称：光绪二十六年闰八月二十六日，在陕西华阴县行在奉旨招募滇军入卫，当蒙电传谕旨到滇。因各将弁分驻省外各厅州县，分途函达，至十月初间，头队始行开拔，嗣后陆续起程，已值隆冬，冰天雪地，勇丁御寒无具，总兵恐误事机，电饬各将弁迅造棉衣、棉裤，每勇一名，发给一套，得以抵陕成军。后交春令，复制单衣，令其更换。计锦军八营，照湘军营制，每营官弁五百五员名，除营官一员、哨官四名毋庸发给外，共发过勇丁棉衣、裤四千套、单衣、裤四千套，总共制发棉、单衣裤八千套。在湘军章程，固应由各勇丁应领月饷内陆续摊扣归款。乃成军未及两月，和议就绪，即奉遣撤，以致衣价未能摊扣，仰蒙天恩赏给两个月行粮、一个月恩饷，由陕回滇，计程九十站。各省粮价俱贵，所领行粮仅敷口食。

查此项银两系各将弁贷自商号，且各勇丁往返万余里，领饷无多，实难扣还衣价。现在总兵已将各营勇丁全数遣散，沿途并

①台北故宫博物院藏：《军机及宫中档》，文献编号：408007084-0-B。
②台北故宫博物院藏：《军机及宫中档》，文献编号：146260。

无滋事，而各将弁由商号借银垫制衣裤，无从扣饷归款，纷纷请还商欠。总兵远道旋滇，无从筹偿。伏念朝廷恩周寰宇，必不忍征调滇军将弁因公受累，理合呈请奏恳天恩，俯念远道征兵，将士艰苦，准将此项借垫商欠制发棉、单衣价银两，并同招募滇军赴陕路费、口粮，暨在陕制造军装各项银两，在于行在户部先后领获银饷项下并案报销，以示体恤而免赔累。呈请据情代奏前来。

臣查该军招募入卫及回滇遣撤，本为时不久，勇丁所得月饷仅敷口食，未能查扣原日垫制棉、单衣价，委属实在情形。据呈前情，可否吁恳天恩准其作正开报，并案造销之处，出自逾格鸿慈。除咨部查照外，谨附片代陈。伏乞圣鉴训示。谨奏。

（朱批：）着照所请，该部知道。[①]

光绪二十七年十二月初二日，奉朱批：着照所请，该部知道。钦此。[②]

1106. 代奏提臣冯子材续假缘由片

光绪二十七年十一月初三日（1901年12月13日）

再，前准调补贵州提督臣冯子材咨：于光绪二十七年二月初三日附奏乞恩赏假三月，回籍修理母墓一片，于五月二十日差弁赍回原片，奉朱批：着赏假三个月。钦此。钦遵移咨在案。兹于十月二十五日准提臣由广东钦州本籍来电，以假期扣至十月念二日业已届满，修墓工程尚未告竣，电请代奏吁恳天恩续假三月，俾得竣事等因。前来。

除咨部查照外，谨附片代陈。伏乞圣鉴训示。谨奏。

（朱批：）着照所请。[③]

---

①台北故宫博物院藏：《军机及宫中档》，文献编号：408007085-0-A。

②台北故宫博物院藏：《军机及宫中档》，文献编号：146257。

③台北故宫博物院藏：《军机及宫中档》，文献编号：408007085-0-B。

光绪二十七年十二月初二日，奉朱批：着照所请。钦此。①

1107. 奏报办运京铜收支款目情形折

光绪二十七年十一月十七日（1901 年 12 月 27 日）

头品顶戴云贵总督臣魏光焘、头品顶戴云南巡抚臣李经羲、三品顶戴督办云南矿务臣唐炯跪奏，为云南办运京铜自光绪二十四年起至二十六年止厂务、陆运、京运三案铜银收支款目，造册送部核销，恭折仰祈圣鉴事。

窃据署云南布政使全楙绩详称：滇省铜务报销，前经酌拟册式奏咨立案，并将同治十三年起至光绪二十三年止历年收支各款分案造册，先后送部核销在案。所有二十四年以后收支款项，自应按年接续造销。除考成、铜息、节省等册因新旧各厂作辍靡常，罔敢认额，无凭考成，厂价并无赢余，不能拟收铜息、运脚，实支实销，毋庸加报节省，均请免造外，兹将自光绪二十四年起至二十六年止厂务、陆运、京运三案支销各款，遵式逐年逐款分厂分批造具总、散清册，送部核销。

除京运案内长运各员由湖北、江苏、直隶等省支过水脚、杂费等银遵照部文毋庸重复造销外，计厂务总册内开铜斤项下，旧管：无项。新收：各厂共办获铜二百八十五万七千四十四斤十五两。开除：各厂共运交各店铜二百八十五万七千四十四斤十五两。实在：无项。银两项下，旧管：无项。新收：由铜本项下拨入银五十二万六千七百八十四两一钱八分七厘九毫，矿务公司缴还前借底本银一十五万两，二共银六十七万六千七百八十四两一钱八分七厘九毫。开除：共支各厂铜价、厂费及院、司矿务、书役工食等项银四十八万一千一百九十四两四钱三分一厘九毫。实在：各厂应存领欠无着工本银一十九万五千五百八十九两七钱五分六厘。

①台北故宫博物院藏：《军机及宫中档》，文献编号：146262。

陆运总册内开铜斤项下，旧管：各店共实存铜五十一万五千一百七十四斤十二两九钱。新收：各店共收各厂运交铜二百八十六万八千七百九十九斤十两七钱。开除：泸州铜店兑发正余京铜三百零九万斤，各店转运支销路耗铜一万七千零六十二斤二两二钱。实在：各店共实存铜二十七万六千九百一十二斤五两四钱。银两项下，旧管：各店共实存银一千五百三十七两七钱六分六厘。新收：由铜本项下拨入银一十三万二千三百八十二两一钱九分九厘。开除：各店共支运脚、店费等项银一十三万三千四百零九两七钱零一厘。实在：各店共实存银五百一十两零二钱六分四厘。

京运总册并无流存接管。内开铜斤项下，收款：泸州铜店各起批兑收正余京铜三百九万斤，支款：各起批共领运交户、工二部局正铜三百万斤，余铜九万斤。银两项下，收款：由铜本盐厘项下拨入银六万六千九百七十一两五钱四厘六毫七丝五忽，支款：共支各起批水脚、经、帮正、杂各费银六万六千九百七十一两五钱四厘六毫七丝五忽，均系查照例案及历次部议覆准，遵照核实支销。

所有云南办运京铜自光绪二十四年起至二十六年止厂务、陆运、京运三案铜银收支款目，造具各册，详请奏恳天恩俯准饬部照数核销等情。前来。

臣等覆查无异，除将送到各册咨部查核外，谨合词恭折陈请。伏祈皇太后、皇上圣鉴训示，饬部照数核销。再，司详系于七月初四日送到，其时户部案牍被焚，无从稽核，故未具奏。嗣经臣炯查照部咨，自同治十三年试办京铜起，凡系铜务章程奏咨报销各案及光绪八年赴部钞存旧案，全行分类钞录成册，校对并无遗漏，于八月初三日由驿咨送户部在案。合并陈明。谨奏。光绪二十七年十一月十七日。

（朱批：）户部知道。[①]

---

①中国第一历史档案馆藏：《朱批奏折》，档号：04-01-36-0112-013。

光绪二十七年十二月十九日，奉朱批：户部知道。钦此。[1]

1108. 请豁免铜厂民欠无着工本银两折

光绪二十七年十一月十七日（1901年12月27日）

头品顶戴云贵总督臣魏光焘、头品顶戴云南巡抚臣李经羲、三品顶戴督办云南矿务臣唐炯跪奏，为查明云南自光绪十六年至二十五年止各铜厂民欠无着工本银两，照案造具清册，吁恳天恩俯准豁免，恭折仰祈圣鉴事。

窃查云南各铜厂预发工本银两采办铜斤，历年俱有厂欠。嘉庆六年，前督臣琅玕[2]等奏准每年查奏一次，将有着者催追完缴，无着者由藩司汇报在于司库扣存平余项下拨补，如有不敷，于折内声明应否豁免，听候部议。又，嘉庆十一年，前督臣伯麟[3]等查

---

①台北故宫博物院藏：《军机及宫中档》，文献编号：146767。

②琅玕（？—1804），满洲正蓝旗人，觉罗氏，官学生。乾隆三十三年（1768），捐纳笔帖式，签分刑部。三十七年（1772），补刑部主事。三十八年（1773），调补盛京户部主事。四十三年（1778），升刑部员外郎。四十六年（1781），补刑部郎中。四十八年（1783），迁内阁学士，兼礼部侍郎衔。同年，放江苏按察使。五十年（1785），升刑部右侍郎。五十一年（1786），擢浙江巡抚。五十五年（1790），署杭州织造。翌年，坐监修浙江海塘工程损坏，琅玕在任未亲勘，诏责赔修，充叶尔羌办事大臣。六十年（1795），补喀什噶尔参赞大臣。嘉庆元年（1796），予郎中衔，充热河避暑山庄总管。二年（1797），加三等侍卫。补古城领队大臣。四年（1799），晋刑部右侍郎。五年（1800），补贵州巡抚。同年，擢云贵总督。九年（1804），卒。谥恪勤。

③伯麟（？—1824），字玉亭，瑚锡哈哩氏，满洲正黄旗人。乾隆三十三年（1768），中举，选笔帖式。三十六年（1771），中式翻译进士。四十三年（1778），补右赞善。四十五年（1780），转左赞善。四十八年（1783），授右中允、左中允。五十年（1785），补侍讲。五十三年（1788），升翰林院侍读、日讲起居注官、咸安宫总裁。翌年，补詹事府詹事。五十五年（1790），选教习庶吉士。次年，迁内阁学士兼礼部侍郎衔。五十七年（1792），补镶白旗蒙古副都统。同年，调补盛京兵部侍郎、盛京户部侍郎。五十九年（1794），兼管奉天府府尹事务。嘉庆三年（1798），授兵部右侍郎、镶蓝旗汉军副都统。同年，擢山西巡抚。四年（1799），赏戴花翎。九年（1804），补授云贵总督。十四年（1809），兼署云南巡抚。二十二年（1817），加太子少保，迁协办大学士。二十五年（1820），授兵部尚书兼正红旗汉军都统、实录馆总裁、经筵讲官。道光元年（1821），授体仁阁大学士。二年（1822），补镶蓝旗满洲都统兼署步军统领。同年，以年老休致。四年（1824），卒。谥文慎，赠太子太保。

奏嘉庆十年各厂民欠[1]，钦奉上谕：此项无着银两，该督等奏委系各铜厂铜老矿薄，欠户亦系赤贫故绝，所有嘉庆十年厂欠无着银一万二千二百余两，着加恩豁免。钦此。嗣后每年无着厂欠，俱经照案按年奏准豁免在案。迨至军兴，京铜停运二十余年。同治十三年始行试办，只缘办法屡经变通，以致报销未能照例按年造送，因而厂欠亦未按年查奏。至光绪十七年造办报销，计自同治十三年开办铜厂报解头起头批起至光绪十五年报解八起二批止，各厂民欠无着工本银一十六万七千一百余两，亦经照案奏请豁免，光绪十八年二月初二日奉朱批：着照所请，户部知道。钦此。钦遵在案[2]。

兹据署云南布政使全楙绩详称：查矿务公司自光绪十六年办解九起头批起至光绪二十五年报解十九起头批止，各厂民领欠银两，逐一查案，分厂勾稽。前次查至光绪十九年止，已积欠银一十六万二千八百余两，曾于铜务二次报销总册内声明有案。现又查至光绪二十五年底止，除有着者已经历年扣收不计外，统计各厂民欠无着工本银一十九万五千五百八十九两七钱五分六厘，实因连年雨水为灾，炉座几经坍塌，礌硐屡被水淹，人工、米、炭一切腾贵，厂户攻采，动形亏折。其因办厂而倾家者比比皆是，以致公私资本尽皆虚掷，势得停歇。公司维持京运，督饬厂民广觅新山，开挖礌硐，不能不权宜借给工本、油、米，以示羁縻而免逃亡。而办缴铜斤又多低潮色铜，如果不收，势必无人肯为认办，不能不从为兑收，另行改煎，始能解供京运；例定价值实属不敷，故每解铜一批，公司须赔银数万两，曾经屡次奏明有案。兹已办解二十一批，是公司赔累已甚，不能再将厂欠银两饬令代为赔缴，况此项银两虽领自公司，实欠在厂户，屡经严饬地方官催比追缴，俱系停歇赤贫故绝，已成无着，并无滥放、捏饰情弊。查看自光绪二十五年十月奉文加给铜价以来，厂困渐纾，将来决不致再有亏欠。又查发给各厂工本银两，均系实支直出，并未扣收平余，是以无款拨补。兹查办厂欠，迭经行饬地方官并委员分厂确查属实，委系实欠在民，赤贫故绝，与豁免之例相符，由司核明造册详请具奏前来。

臣等覆查从前系办已成丰旺之厂，历年俱有厂欠，由外多方弥补。然自嘉庆十年起，每年请豁无着厂欠自一万两内外至一万数千两不等。今则厂尽新开，困敝万状，亏累繁滋，弥补无款，自光绪十六年起至二十五年止，历十年之久，除有着业经历年追完扣收外，共计各厂无着民欠工本银一十九万五千五百八十九两七钱五分六厘，屡经查明，委无滥放、捏饰情弊，实系实欠在民，赤贫故绝，与豁免之例相符。

除送到花名细数清册咨部查核外，合无仰恳天恩俯准豁免，杜吏胥以搕诈需索之端，责商民以感激图报之效，出自圣主逾格鸿慈。所有查明自光绪十六年起至二十五年止云南各铜厂民欠无着工本银两，照案造册恳恩豁免缘由，谨合词恭折陈请。伏祈皇太后、皇上圣鉴训示。谨奏。光绪二十七年十一月十七日。

（朱批：）着照所请，户部知道。①

光绪二十七年十二月十九日，奉朱批：着照所请，户部知道。钦此。②

❶【案】嘉庆十一年十二月初十日，云贵总督伯麟、云南巡抚永保会衔具奏查明滇省嘉庆十年分各铜厂民欠工本银两，恳恩豁免一折，曰：

云贵总督臣伯麟、云南巡抚臣永保跪奏，为查明嘉庆十年分各铜厂民欠工本银两，分别有着、无着，恭折具奏，仰祈圣鉴事。

窃照滇省各铜厂发给工本银两，采办铜斤，历来俱有厂欠。嘉庆六年，经前任督抚臣奏准每年查明具奏一次，如有厂民领欠未清，各厂员据实开报，将有着者赶紧催追完缴，无着者该道府确查具结，由藩司加结详报，在于藩库扣存余平项下拨补。如有不敷，于折内声明

①中国第一历史档案馆藏：《朱批奏折》，档号：04-01-36-0112-014。

②台北故宫博物院藏：《军机及宫中档》，文献编号：146768。

应否豁免，听候部议等因。遵照在案。又于嘉庆九年，臣永保遵旨条奏铜务章程案内，经部议覆令将厂欠一项仍照嘉庆六年奏案，按年清厘，如有实在厂衰矿薄，炉户故绝无追，临时奏明请旨办理等因。亦在案。嗣臣等查奏嘉庆九年各厂民欠，钦奉上谕：户部议驳伯麟等奏嘉庆九年分各厂领欠工本无着银两应否豁免、请旨遵行一折，此项厂欠银两，例应按年清款，遇有挂欠，自当随时查追，不应听其延宕，致成无着。即实系厂衰矿薄，炉户故绝，亦须查勘明确，结报该部，听候核办。今以九年厂欠迟至十一年正月始行奏到办理，又不将是否厂衰矿薄之处加结声明，若竟行予豁，恐厂员炉户恃有恩施，反启催追不力、任意拖欠等弊。所有汤、丹等厂领欠工本无着银，除将司库扣存平余银抵补外，尚不敷银一万二千七百六十二两零，着照部议，著落分赔。伯麟等仍传旨申饬，余依议。钦此。臣等跪请之下，不胜悚惶之至！

伏查各厂领欠工本，丝毫皆关国帑。臣等受恩深重，何敢以有常之经费任其拖欠宕延，自取咎戾！惟是厂民借领银两，开挖礌硐，厂旺得矿者，工本不患无着；厂衰矿薄者，得不偿失，即行歇业逃走。迨逃亡之后，或辗转缉追，或隔属关查，如果实在赤贫故绝，查明确切，厂员等方敢以无着开报。本年查办嘉庆十年分厂欠，臣等严檄饬查，至十二月初三日，始据藩司阿礼布查明各厂有着者一万一千六百八十九两零，无着者一万七千八百八十两零，并查明无着之项实系各厂铜老矿薄，欠银各户实系赤贫故绝，分别开单详报前来。

臣等覆加确核，并密行访察，俱系实领实欠，并无滥放、虚捏情弊，应请照例将有着厂欠银一万一千六百八十九两零，责成经放之员勒限追完，如追不足数，即令各该员赔缴，并将欠户治罪。其无着厂欠银一万七千八百八十两零，查司库现贮扣存十年分平余银五千六百两七钱零，即遵照奏定章程，以平余银尽数抵补外，尚不敷银一万二千二百七十九两零，应否豁免之处，出自皇上天恩！

除将各印结另行咨部外，所有臣等查明嘉庆十年分厂欠，理合分别有着、无着，恭折会同具奏，并另缮清单，恭呈御览。伏乞皇上睿鉴。谨奏。嘉庆十一年十二月初十日。

嘉庆十二年正月二十四日，奉朱批：户部查核具奏。钦此。①

❷【案】光绪十七年十二月初二日，云贵总督臣王文韶会同巡抚谭钧培等具奏查明同治十三年至光绪十五年云南各铜厂民欠无着工本银两，恳请豁免一折，曰：

云贵总督臣王文韶、云南巡抚臣谭钧培、巡抚衔督办云南矿务臣唐炯跪奏，为查明云南自同治十三年起至光绪十五年止各铜厂民欠无着工本银两，照案开单恳恩豁免，恭折仰祈圣鉴事。

窃查云南各铜厂预发工本银两采办铜斤，历年俱有厂欠。嘉庆六年，前督臣琅玕等奏准每年查奏一次，将有着者催追完缴，无着者道府确查具结，由藩司汇报在于司库扣存平余项下拨补，如有不敷，于折内声明应否豁免，听候部议。又，查嘉庆十一年，前督臣伯麟等查奏嘉庆十年民欠，钦奉上谕：此项无着银两，该督等奏委系各铜厂铜老矿薄，欠户亦系赤贫故绝，所有嘉庆十年厂欠无着银一万二千二百余两，着加恩豁免。钦此。嗣后每年无着厂欠，俱经照案按年奏准豁免在案。及至军兴，通省矿厂闭歇，京铜停运二十余年。迨同治十三年，前抚臣岑毓英始遵旨试办，只缘办法屡经变通，以致报销未能照例按年造送，因而厂欠亦未照案按年查奏。

兹据云南布政使史念祖详称：自同治十三年开办铜厂、次年开运头起头批起至光绪十五年报解八起二批止，各铜厂领欠银两，逐一查案，分厂勾稽。除有着已经历年追完扣收不计外，统计各厂民欠无着工本银一十六万七千一百八十五两二钱七分三厘，实因兵燹蹂躏，地方凋敝，诸凡创始百物腾贵，攻采煎炼，动辄赔累，以致厂户、沙丁亏折赤贫，逃亡故绝，公私资本，悉数荡然；办厂既多，历年又久，虽欠缴官本为数甚多，而虚掷民财，计且数倍。其因办厂而倾家者随地皆是，屡经历任督抚臣严饬追比，俱已赤贫故绝，成为无着，并无滥放、捏饰情弊。又，查自开办以来，发给各厂本脚银两均系实支直出，并未扣收平余，是以无款拨补。又，各厂系奏明委派员绅承办，

①中国第一历史档案馆藏：《朱批奏折》，档号：04-01-36-0096-010。又，《录副奏折》，档号：03-2141-040。

各道府并未经放。兹查办厂欠，仍饬道府确查属实，由司核明造册详请具奏前来。

臣等覆查从前系办已成丰旺之厂，历年均有厂欠，由外多方弥补。然自嘉庆十年起，每年请豁无着厂欠自一万两内外至一万数千两不等。今则厂尽新开，困敝万状，亏累繁滋，弥补无款。自同治十三年起至光绪十五年止，历十六年之久，除有着业经历年追完扣收者已据分晰按年列入厂务册内造报无庸列单外，共计各厂无着民欠工本银一十六万七千一百八十五两二钱七分三厘，屡经查明委无滥放、捏饰情弊，实系实欠在民，赤贫故绝，与豁免之例相符。谨照案缮具清单，恭呈御览。合无仰恳天恩俯准豁免，出自圣主逾格鸿慈。

所有查明自同治十三年起至光绪十五年止云南各铜厂民欠无着工本银两，照案开单恳恩豁免缘由，谨合词恭折具陈。伏乞皇上圣鉴训示。谨奏。光绪十七年十二月初二日。

光绪十七年十二月二十八日，奉朱批：着照所请，户部知道，单并发。钦此。①

1109. 奏报代办秦晋赈捐第二卯请奖折

光绪二十七年十一月十八日（1901年12月28日）

头品顶戴云贵总督臣魏光焘、云南巡抚臣李经羲跪奏，为代办秦晋赈捐，汇造第二卯实官清册，遵例请奖，恭折仰祈圣鉴事。

窃查臣经羲前在藩司任内，接陕西抚臣岑春煊照会，以山、陕久旱成灾，筹赈维艰，哀鸿遍野，当銮舆之临幸，益上廑乎圣慈，先后奏奉谕旨特开秦晋实官捐输，准照筹饷事例，四品以上按四成核奖，五品以下按三成核奖，遇缺先花样按八成核奖，衔、封、贡、监、翎枝按三成核奖等因。并将章程咨滇行司电明暂停滇捐，由司刊印实收，遴员设局代办，及札委各员分行劝办，业

①中国第一历史档案馆藏：《朱批奏折》，档号：04-01-36-0107-053。又，《录副奏折》，档号：03-9429-023。

将第一卯劝获捐实官及随官贡监十成贡监共银五千七百八十七两零，衔、封、贡、监、翎枝共银五千七百八十七两零，由司造册详明，径咨山陕赈捐总局，转详奏咨核奖在案。嗣准山西巡抚臣岑春煊电咨：续收请奖捐册由滇径行咨部，以昭便捷。正核办间，于七月二十九日接准电传钦奉懿旨，嗣后无论何项事例，均着不准报捐实官，自降旨之日起即行永远停止，统限一个月内截数报部等因。即经行饬停止，迭据查明电咨户部，各在案。

兹据代办秦晋捐输总局布政使林绍年、按察使全楙绩详称：续经劝获捐员林葆恒等各由生员、俊秀、文童、军功报捐随官监生，加捐实官，及由举人、贡、监生、实官加捐实官，由俊秀报捐随官贡、监，共计五百零九员名，查照部章，折收正项银三十九万八千二百二十四两九钱，业经随时发交商号领汇，分解秦、晋助赈；其所收衔、封、贡、监、翎枝等项，册籍较繁，声明另案造报，以昭清晰；先将实官各捐员等年贯三代及所收银两数目分造清册，汇为第二卯，并将截存副实收随同赍送，详请奏咨核奖等情。前来。

臣等覆查无异，除将清册、副实收送部查核并将随收部、监饭、照银两另行交商汇解外，谨合词恭折具陈。伏乞皇太后、皇上圣鉴，敕部核覆施行。谨奏。光绪二十七年十一月十八日。

（朱批：）户部议奏。①

光绪二十七年十二月二十四日，奉朱批：户部议奏。钦此。②

1110. 请以杨承祖等承袭云骑尉世职折

光绪二十七年十一月二十六日（1902年1月5日）

头品顶戴云贵总督臣魏光焘跪奏，为汇请承袭世职，恭折具陈，仰祈圣鉴事。

---

①中国第一历史档案馆藏：《朱批奏折》，档号：04-01-35-0703-056。

②台北故宫博物院藏：《军机及宫中档》，文献编号：146974。

窃查接管卷内，据云南藩司先后详称：补用守备杨恒兴，发匪窜扰景东厅城，奉派带兵援剿，打仗阵亡；尽先外委戴铭，奉派攻剿昆阳踞匪，营盘失陷，打仗力竭阵亡；廪生卢杰，陆凉州回匪滋事，奉派带练堵剿，打仗阵亡。先后奏奉谕旨，均议给云骑尉世职。杨恒兴、戴铭袭次完时，俱给予恩骑尉世职罔替；卢杰毋庸给予恩骑尉，均经转行去后。

兹准署云南提标中军参将周彪咨称：查明阵亡补用守备杨恒兴嫡长子有疾，嫡长孙杨承祖年未及岁，于光绪十八年由本籍地方官查明，取造册结，申送验看具题请袭，接奉覆准收标支俸在案。扣至光绪二十六年，年已二十岁。又，准云贵督标中军副将苏抡元咨称：查明阵亡补用外委戴铭所生一子，未经承袭已故，别无次子；有嫡长孙戴煌，年未及岁，于光绪十五年由本籍地方官查明，取造册结，申送验看具题请袭，接奉覆准收标支俸在案。扣至光绪二十四年，已及十八岁。又，据陆凉州知州郎学壎申称：查明阵亡廪生卢杰，前经伊嫡长子卢世芳承袭，接奉覆准，收标支俸，于光绪二十一年二月二十日病故。兹查卢世芳有嫡长子卢松年，系卢杰嫡长孙，现年二十岁，均请承袭、接袭云骑尉世职。该营员、地方官均查无虚捏、假冒、违碍等弊，取造履历、亲供、宗图册结，由司详请验看具奏请袭到前兼署督臣丁振铎验看，未及核办，移交到臣。臣查该应袭杨承祖、戴煌、卢松年，年富力强，均堪造就。合无仰恳天恩俯准以杨承祖、戴煌、卢松年承袭伊故祖父等所得云骑尉世职。如蒙俞允，俟接准部覆，即分别就近发标学习，照例办理。

除履历、亲供、宗图册结送部查核外，所有汇请承袭世职缘由，理合遵照通行改题为奏，谨会同云南巡抚臣李经羲、署云南提督臣蒋宗汉，恭折具陈。伏乞皇太后、皇上圣鉴，敕部核覆施行。谨奏。光绪二十七年十一月二十六日。

（朱批：）兵部议奏。①

光绪二十七年十二月二十五日，奉朱批：兵部议奏。钦此。②

1111. 请以段世勋等请补游击缘由折

光绪二十七年十一月二十六日（1902年1月5日）

头品顶戴云贵总督臣魏光焘跪奏，为拣员请补游击、都司、守备员缺，以实营伍，恭折仰祈圣鉴事。

窃准兵部咨：单开普洱镇左营游击苏应瑞、督标右营游击定元各升缺，行令拣员请补等因。又查案据署云南鹤丽镇总兵张凤鸣③呈：左营都司汪永于光绪二十七年三月二十四日在任病故，业经咨报在案。又，据署元江直隶州知州陈乔松申：据署元新营左军守备刘云中面称：署元新营参将林世臣于光绪二十七年八月二十二日在任病故等情。除将病故日期另行咨报外，查普洱镇左营游击，按照轮章，系题补第九轮第五缺，应用应升人员请补。臣于实缺都司班内逐加遴选，或历俸未满，即人地未宜。惟查有云南楚雄协中军都司段世勋，熟习营伍，办事勤谨，堪以请补。又，云贵督标右营游击系题补第六轮第三缺，应用预保人员，滇省现无预保，应过班用第六缺拣发人员请补。于拣发游击班内逐加遴选，查有归拣发班之升用游击谢楚成，久历戎行，差事勤奋，堪以请补。又，鹤丽镇左营都司系题补第六轮第三缺，应用预保人员，滇省现无预保，应过班用第六缺拣发人员请补。于拣发都司

---

①台北故宫博物院藏：《军机及宫中档》，文献编号：408007087。

②台北故宫博物院藏：《军机及宫中档》，文献编号：147049。

③张凤鸣（1855—1908），河南西平县人，武举出身。同治十三年（1874），中式武进士，殿试一甲第一名（状元）。授头等侍卫，分镶黄旗当差。光绪十年（1884），补授云南城守营参将。十三年（1887），赴猓黑军营办事。十四年（1888），回云南城守营参将本任。十五年（1889），加副将衔。十七年（1891），升补云南楚雄协副将。二十二年（1896），调署甘肃洪水营游击。二十五年（1899），署西宁巴燕戎格营游击。三十年（1904），署宁夏灵州营参将。旋调补云南督标城守营参将、副将，迁鹤丽镇总兵。三十四年（1908），进京陛见，卒于途。

班内逐加遴选，查有归拣发班之补用都司沈学钰，办事勤能，堪以请补。

又，云贵督标左营守备系题补第十轮第四缺，应用尽先人员。于尽先班内逐加遴选，其名次在前之陈思舜、范天培、黄玉、赵增万、李联发、由从学、陈宣、张焕、马福兴等九员，皆久未在标。张金堂一员，现因案讯究。陈玉廷、王正祥、钟正南、黄钟瑞、刘国胜、彭文钟、岑文华、苗时荣、王国宾、李泽新、马文仲、马洪昌等十二员，均先后请假离营。李景芳、朱佩沅、许瀛洲、高尚义、何自然、刘湘、曹树勋、许步善、刘国梁、王嘉乐、罗万、袁存富、萧铣、董超等十四员，均籍隶本府，应行回避。张鹏程、王定礼、邓申山、张钟秀、彭福芝、官永兴、吕永兴、刘文炳、李锦昌、马锡海、张三合、何发贵、浦永和、罗光耀、李廷忠、杨发旺、赵玉清、陈云章、彭位陞等十九员，均与此缺人地不甚相宜，未便稍涉迁就。惟查有都司衔留滇尽先补用守备王义昌，差操勤奋，堪以请补。

除将该员等简明履历送部查核外，合无仰恳天恩俯念员缺紧要，准以段世勋升补云南普洱镇左营游击，谢楚成补授云贵督标右营游击，沈学钰补授鹤丽镇左营都司，王义昌补授云贵督标左营守备各员缺，实于营伍、地方两有裨益。如蒙俞允，俟接准部覆，即行给咨该员等送部引见，以符定制。其段世勋所遗都司员缺，应请扣留外补。

所有拣员升补游击、请补都司、守备各员缺缘由，理合会同云南巡抚臣李经羲、署云南提督臣蒋宗汉，恭折具陈。伏乞皇太后、皇上圣鉴，敕部核覆施行。谨奏。光绪二十七年十一月二十六日。

（朱批：）兵部议奏。[1]

---

①台北故宫博物院藏：《军机及宫中档》，文献编号：408007088。

光绪二十七年十二月二十五日，奉朱批：兵部议奏。钦此。[①]

1112. 奏报校阅省标防营冬操情形折

光绪二十七年十一月二十六日（1902年1月5日）

头品顶戴云贵总督臣魏光焘跪奏，为校阅云南省标各营官弁兵丁及驻省防营冬操情形，恭折仰祈圣鉴事。

窃查绿营官兵每届冬令，例应合操，防营亦同时校阅，以励戎行。其省防绥靖各营，已委分统调补江西九江镇总兵刘万胜统率，开赴广南沿边一带，接替覃修纲一军，联团布置，以资防剿游匪。兹臣于本年十一月二十四日，会同抚臣经羲调集督、抚两标及城守六营并省防武威大营、开花炮营，暨督、抚辕亲兵，齐赴校场合操，阅看阵式进退，起伏分合，均极灵变异常。所练洋操步伐、号令，亦各整齐。次日，复阅各营正、署将备等暨候补各员弁，并管带营哨各员弁枪法，合计中靶在八成以上。各营战守兵丁施放洋枪、抬炮、开花炮，皆能命中及远，杂技亦均可观。当经分别奖赏。间有技艺生疏者，勒限学习，以示劝惩。点验名数，年貌、箕斗，均与兵册相符，并无老弱、缺额等弊。军械、马匹亦极鲜明膘壮。其省外防、绿各营官弁，先期饬由各提、镇等会同各道府及地方官就近校阅，节据咨呈禀报操练亦尚认真。

臣查云南界逼强邻，时虞窥伺。近复粤西游匪不时窜扰开广一带，未绝根株，内患外忧，弥深警惕，非切实整饬军旅，不足以固边防而资镇摄，历经严饬各标镇协营及各统带等勤加训练、力祛积习在案。此次会同亲加校阅及据省外各文武咨禀会操情形，尚属兵强额足，器械整齐，堪以仰慰朝廷整军经武、实事求是之至意！

除仍饬各将领随时认真操演，精益求精，以备缓急，并咨部查照外，所有校阅省标防、绿各营冬操缘由，谨会同云南巡抚臣

①台北故宫博物院藏：《军机及宫中档》，文献编号：147051。

李经羲，恭折具陈。伏乞皇太后、皇上圣鉴训示。谨奏。光绪二十七年十一月二十六日。

（朱批：）知道了。[①]

光绪二十七年十二月二十五日，奉朱批：知道了。钦此。[②]

1113. 奏闻审拟省民吴清源控案片

光绪二十七年十一月二十六日（1902年1月5日）

再，滇省饷薄兵疲，经臣督饬整顿训练，渐改旧观。然兵与民接，易致龃龉，尤在随时申明纪律。本年十月二十日，省民吴清源以次子吴琨中式本科举人，连日在贵州会馆演戏，集宴男女宾客，有武威营及卫队勇丁陈楚祥、陆廷高，因先日棚勇观剧被殴，回营受责，辄敢不服，纠约武威营勇，前往寻衅报复，致将在席举人缪襄臣、吴琛暨雇工五人殴伤，并毁伤什物。迨赴辕喊禀，举人吴琨误扭并未在场兵勇，复被挣脱，拾瓦掷伤头额。比据吴清源呈控前来。经臣传署昆明县亲往验伤饬医，勘估被毁什物勒赔，一面勒查滋事勇丁，发县审讯。入夜，吴琨等复拥多人来诉，势甚汹汹。当仍谕散养伤，随委营务处司道督同府县讯明前情，并报吴琨等伤各平复。

臣亲提覆审无异，除为首纠约之陈楚祥滋事后在逃通饬查拿，应俟获日另结外，当将首犯陆廷高按正军法。其在场帮殴之秦培森、马禄生、舒云清暨拾瓦掷伤吴琨之萧益诚，分别割耳、插耳、押游营市，责革递籍。该管哨官候补守备李芳园、把总魏荣镇、陈德华，先经摘顶撤差，勒交犯勇，应革出营。其失察之武威营管带魏荣斌，亦经摘顶示惩。至吴琨演剧，集宴男女宾客，致酿斗殴，业经其父呈控准理，复拥众闯辕，本有不合。惟先经受伤，随其父吴清源投案，深知悔惧，姑免置议。谨附片陈明。伏乞圣

①台北故宫博物院藏：《军机及宫中档》，文献编号：408007089。

②台北故宫博物院藏：《军机及宫中档》，文献编号：147048。

鉴。谨奏。

(朱批:) 知道了。[①]

光绪二十七年十二月二十五日，奉朱批：知道了。钦此。[②]

1114. 奏报议结滇省教案订立合同折

光绪二十七年十二月初四日（1902 年 1 月 13 日）

头品顶戴云贵总督臣魏光焘、云南巡抚臣李经羲跪奏，为滇省教案业经议结，订立合同，画押互换，恭折仰祈圣鉴事。

窃上年夏间，滇省城内平政街法国老教堂一所及城外狗贩田法国学馆全院，又溯源宫新教堂及法文书馆二院，教民刘姓住房一所，均被焚劫折毁，法员方苏雅行李亦被抢劫，各等情。业经前兼署总督云南巡抚臣丁振铎将一切情形先后专折开单，奏请饬下北京主议王大臣将滇省教案一同议结，钦奉朱批：所有教案，着一并由滇议结。钦此。钦遵在案。查此案变起仓卒，人情汹汹，游痞、会匪参杂乘衅，致酿焚劫之祸，并将法领事方苏雅等行李抢失。风声传播省外，大关、镇雄、陆凉、师宗等厅州县教堂教民亦先后均被匪扰，犹幸地方文武竭力弹压，法员及教士人等保护安全出境回国。滋事匪首，登时拿获，讯明就地正法。其当日波及之英国教堂，比经议赔完结。惟法教堂因主教及教士等匆匆回国，不及会议。

本年春间，法主教及教士等先后回滇。旋准主教曹佑宸将修复教堂房屋工料各费及所失银物一并估价，开具清单，照会请派员会议赔款。核阅所开清单，共需银三十三万两，滇省地瘠民贫，万难筹措，当经遴委司道各员，叠与磋磨。该主教减至三十万两，坚执不能再商。维时，法总领事方苏雅已由越南来滇，议修铁路，

①台北故宫博物院藏：《军机及宫中档》，文献编号：408007089-0-A。

②此朱批日期与内容，据《军机处随手登记档》（档案编号：03-03092-1227-343）校补。

特电驻京法使给予议办滇省教案全权，从中竭力转圜，适有议办矿厂之法领事弥乐石在滇，因倩居间调停。臣等复与再四面商，溯自六月起，历时四月之久，墨干笔颓，舌敝唇焦，始有成议，允由滇赔银十五万两。其方苏雅等上年所失行李，除清还各物外，余由京案赔款划偿，不复向滇议索。省外教案，如大关厅之吉兆乡、镇雄州之大湾子、陆凉州之小堡子、师宗县之西乡、永北厅之旧衙坪等处，则于省案未结之前，均已饬由各该地方官与各处教士会议，审其当日被害之轻重，酌定赔款之多寡，或千余金，或数百金，均各就地筹款交偿。

此外，通省积年拟结未了各旧案，向因窒碍多端，迁延悬搁，虽历时已久，仍虑动滋口实，复与熟商并结，以免日后葛藤。方苏雅初有难色，继亦勉从，遂并载入合同，无论新旧，所有滇省从前各教案，归并全行完结。此次赔款，并允本年筹交银六万两，余分三年匀交，以纾滇力。爰定合同条款，缮就中文、法文各四分，彼此校对无讹，即于本年十一月初二日画押签字，盖印互换，各分中文、法文二分执据。

伏思滇省僻在南荒，自缅、越沦于英、法，交涉日繁，而民智未开，诸形凿枘。现又议办铁路、矿务，履闼逾藩，门户洞敞，耦俱岂遽无猜，睦邻绥边，懔乎有朽索驭马之惧。兹幸仰托圣主福庇，悉弭从前衅隙，得与滇中民教更始，虽随时化导开谕，仍不容一刻稍疏，而宿嫌尽蠲，必犹愈于匿怨。

除将中文、法文合同各一分咨送外务部查核备案外，所有滇省教案议结缘由，谨合词恭折具陈。伏乞皇太后、皇上圣鉴，饬部查照施行。谨奏。光绪二十七年十二月初四日。

（朱批：）外务部知道。[①]

光绪二十八年正月初三日，奉朱批：外务部知道。钦此。[②]

---

①台北故宫博物院藏：《军机及宫中档》，文献编号：408007090。

②此朱批日期与内容，据《军机处随手登记档》（档案编号：03-0312-1-1228-002）校补。

1115. 请以孙国相等承袭兼袭世职折

光绪二十七年十二月初四日（1902 年 1 月 13 日）

头品顶戴云贵总督臣魏光焘跪奏，为汇请承袭世职，恭折仰祈圣鉴事。

窃据云南布政使先后详称：升补腾越镇中营游击署武定营参将孙钰，奉派驰往武定查办夷务，在羊毛关与贼打仗阵亡；武举翟飞麟，随同官军攻剿新兴州贼巢，在大营街打仗阵亡；尽先把总萧太平，奉派出师新兴，在州属之冯家冲打仗阵亡；增生王秉仁、附生包为梁，奉派带团攻剿黑井，井地失守，均打仗阵亡；附生刘性成，在永昌府城北上哨地方与贼打仗阵亡；文生王垠、陈建元，贼匪窜攻永昌，昼夜防守，府城失陷，均敌贼阵亡。先后奏奉谕旨，均议给云骑尉世职。孙钰、翟飞麟、萧太平袭次完时，俱给予恩骑尉，世职罔替；王秉仁、包为梁、刘性成、王垠、陈建元等毋庸给予恩骑尉，均经转行去后。

兹准云贵督标中军副将苏抡元移称：查明阵亡升补腾越镇中营游击孙钰，有嫡长子孙体乾承袭，病故；嫡长孙孙国相，年未及岁，于光绪十九年由地方官查明，申请接袭，奉准收标支俸在案。扣至光绪二十七年，年已及二十岁。又据署新兴州知州黄玉方申称：查明阵亡武举翟飞麟，有嫡长子翟联贵，现年三十七岁。又据晋宁州知州黄毓崧申称：查明阵亡把总萧太平，有嫡长子萧福，未经请袭病故，请以该故员胞弟萧楼平之子萧润过继为嗣，现年二十八岁。又据署黑盐井提举江海清申称：查明阵亡增生王秉仁，有嫡长子王纲，年老有疾，未便请袭；有王瀛章，实系王秉仁嫡亲长孙、王纲亲生长子，现年二十五岁。又查明阵亡文生包为梁，有嫡长子包中早经病故，包德沛系为梁嫡亲长孙，现年二十一岁。又据署保山县知县江蕴琛申称：查明阵亡附生刘性成，有嫡长子刘德禄，现年四十一岁。又查明阵亡文生王垠，有嫡长子王映岚，因年老不愿承袭；有王国定实系王垠嫡亲长孙，现年二十七岁。又查明阵亡文生陈建元，并无嫡亲长、次子孙，有陈廷鉴实系陈建元之二胞弟澎嫡长子世桧亲生长子，过继与建元，立为嗣孙，前应丙申科试，取入县学文生，现年二十七岁。均请接袭、承袭、兼袭云骑尉世职，均经该营员、地方官查无虚捏、假冒、违碍等弊，取造履历、亲供、宗图、册结，由司详请验看具奏请袭前来。

臣查该应袭孙国相、翟联贵、萧润、王瀛章、包德沛、刘德禄、王国定、陈廷鉴，年力富强，均堪造就，合无仰恳天恩俯准以孙国相、翟联贵、萧润、王瀛章、包德沛、刘德禄、王国定、陈廷鉴接袭、承袭、兼袭伊故祖父等所得云骑尉世职。如蒙俞允，俟接准部覆，即分别就近发标学习，照例办理。

除将履历、亲供、宗图、册结送部查核外，所有汇请承袭世职缘由，理合遵照通行改题为奏，谨会同云南巡抚臣李经羲、署云南提督臣蒋宗汉，恭折具陈。伏乞皇太后、皇上圣鉴，敕部核覆施行。谨奏。光绪二十七年十二月初四日。

（朱批：）兵部议奏。①

光绪二十八年正月初三日，奉朱批：兵部议奏。钦此。②

1116. 请将魏景桐等交处存记缘由片

光绪二十七年十二月初四日（1902年1月13日）

再，为政首在得人，因才斯能授任。兹有奏调云南差遣委用补用道魏景桐，自光绪二十五年十月蒙恩召见后，发往陕西交臣差委，适臣奉命署理陕甘总督，随经咨调赴甘，奏委总理营务。去岁，臣调任云贵，复奏调来滇，先后奏委会办营务、洋务。该员从征日久，韬略熟谙，于中西兵制一一究心理会，得其窍要，屡饬督率将领，简练新操，颇具成效，而勤正廉明，才识闳远，

---

①台北故宫博物院藏：《军机及宫中档》，文献编号：408007091。

②中国第一历史档案馆藏：《录副奏折》，档号：03-5953-001。

尤能于交涉之际，不激不随，办理悉臻妥协；滇中现拟兴办铁路、矿务，事务殷繁，深资臂助。又，云南试用道汤鲁璠，经前督臣派委总办武备学堂，兼办善后、机器各局务。该员黾勉赴公，区画精密，现署粮储道，勤廉自矢，措理裕如。

查魏景桐原系归特旨班补用道员。汤鲁璠与臬司全楙绩儿女姻亲，循例呈请回避，业经抚臣李经羲奏明可否邀免回避在案。合无吁恳天恩俯准将该员魏景桐、汤鲁璠一并交军机处存记录用，臣为边省遴才起见，理合据实保荐，附片具陈。伏乞圣鉴训示。谨奏。

（朱批：）魏景桐、汤鲁璠均着交军机处存记。[①]

光绪二十八年正月初三日，奉朱批：魏景桐、汤鲁璠均着交军机处存记。钦此。[②]

1117. 奏请录用革员端木鸿钧片

光绪二十七年十二月初四日（1902 年 1 月 13 日）

再，准法国驻滇总领事官方苏雅照会内称：去夏五月十四日，匪徒拦抢，烧毁教堂，虽保护得力，未伤我国人性命，其中实赖已革云南知县端木鸿钧，竭力维持，婉劝安和，且该员于洋情时务、条例约章，均极熟习。值此铁路兴工，办理交涉，人才难得，请奏恳将该员端木鸿钧录用，借资办理交涉，于中、法两有裨益。等情。前来。

臣等查端木鸿钧系参革人员，当经行据藩、臬两司查明该革员端木鸿钧被参原案，系于光绪二十年十二月间经前兼护督臣岑毓宝以居心残忍，妄杀无辜，奏参革职，永不叙用。光绪二十一年正月二十四日奉上谕：端木鸿钧居心残忍，妄杀无辜，着即行革职，永不叙用。钦此。钦遵在案。

①台北故宫博物院藏：《军机及宫中档》，文献编号：408007091-0-A。
②中国第一历史档案馆藏：《录副奏片》，档号：03-5953-002。

窃维时局艰难，外臣车辙交错，寰中往往引用废员，助其指臂。而不肖之流，贪利徇欲，或至向外忘本，遇事生风。该革员端木鸿钧废弃之后，为法使所延礼。上年，滇省闹教，尚知曲意维持。臣经羲早有所闻，心焉默识。嗣法领事方苏雅面誉该革员，称其可用。时正磋议教案，诸多棘手，传辞慰勉，冀获转圜。该革员益怀感奋，遇事赞成方苏雅，力顾大局。方苏雅亦专信不疑，滇案议结，认赔之款较其初索数目，减实过半，为向来办理教案所未有。且将通省新旧积案归并全结，尤为始愿所不及。此虽方苏雅敦睦之谊维殷，而该革员赞助之功，要亦不容泯没。兹复准照会恳请奏咨前来。

臣等为慎弭交涉起见，不得不据情吁渎，合无仰恳天恩俯准将已革云南补用知县端木鸿钧销去“永不叙用”字样，以示激励而资观感，出自逾格鸿慈。除咨外务部暨吏部查照外，谨附片具陈。伏乞圣鉴训示。谨奏。

（朱批：）着照所请，该部知道。①

光绪二十八年正月初三日，奉朱批：着照所请，该部知道。钦此。②

1118. 奏请恩赏驻滇总领事缘由片

光绪二十七年十二月初四日（1902 年 1 月 13 日）

再，法国驻滇总领事官方苏雅上年初次来滇，未悉滇省情形，原不免意气用事，动致龃龉。自省城闹教案起，适逢中外腾沸之候，三迤皆靡然风从，虽百计周方保护出境，而外人志向怏怏，深恐酿滋边衅。本年春间，臣经羲探悉方苏雅将复来滇，叠经电达全权大臣切商驻京法使，恳其预为劝导。法使意在两解，属滇

①台北故宫博物院藏：《军机及宫中档》，文献编号：408007090-0-A。

②此朱批日期与内容，据《军机处随手登记档》（档案编号：03-0312-1-1228-002）校补。

省于该总领事入境，派员前往接待，互相慰劳，各释前嫌。法使复颁给方苏雅切实训条，饬令遇事公平熟商，勿涉躁急。五月后，该总领事到滇与臣等商办路工，时相接晤，论事多就情理，词气顿觉和平。揣其隐意，似深悔前事之非，一以顾全交涉、慎重路工为事。虽此后多方因应，为日正长，而就目前论之，机彀已渐期顺适，苟曲示以联络之方，庶望益收驾驭之效。

此次省城教案，焚毁教堂三处，抢失法员行李，情节较重。主教大肆要挟，坚索赔款三十三万，屡磋不减。此外横添枝节，愈说愈难，办理殊形棘手。该总领事虑滋民教嫌隙，并体念滇省物力艰难，经臣等委婉剖陈，即出而力任其事，特电驻京法使给予办理教案全权，再四调停，遂得以十五万两议结。去年勒索租界，惩办绅首，一切刁难之议论，悉从寝息，且将从前难了各旧案一律归并了结。其中虽亦大费斡旋，而终能得之意外者，实赖该总领事与其副领事官伯威排遏教党浮议，中立不为偏倚，臣等方能设法理处，悉就清厘。

窃维滇省地僻民贫，介邻两大，时艰孔亟，尤以折冲樽俎为兢兢，彼以术尝，则宜曲驭；彼以诚来，则宜顺应，均不容稍涉成心。方苏雅、伯威于此次协理滇省教案，颇尽心力，似宜俾沐光荣，借答劳勚，并为以后洋员善襄交涉者劝。合无仰恳天恩赏给法国驻滇总领事官方苏雅二等第三宝星、副领事官伯威三等第二宝星，以示优异之处，出自圣裁。如蒙俞允，请即饬下外务部照章制造二等第三、三等第二宝星各一座，填给执照各一张，颁发来滇，以便转交该领事官祗领。谨附片具陈。伏乞圣鉴训示。谨奏。

（朱批：）着照所请，外务部知道。①

光绪二十八年正月初三日，奉朱批：着照所请，外务部知道。

①台北故宫博物院藏：《军机及宫中档》，文献编号：408007090-0-B。

钦此。①

1119. 请以王正雅试署富州通判缘由折

光绪二十七年十二月十八日（1902年1月27日）

头品顶戴云贵总督臣魏光焘、云南巡抚臣李经羲跪奏，为拣员请署新设夷疆要缺通判，以裨地方而资治理，恭折仰祈圣鉴事。

窃准吏部咨：夷疆要缺云南广南府分防富州通判添设，坐本年九月初五日发行，按照行文坐日减半计算，扣至十月二十九日限满，作为接到部文开缺日期，归于二十七年十月底截缺，系属要缺，毋庸掣签，业将截缺日期详咨在案。查该通判地居边要，界接粤西，幅员辽阔，汉夷杂处，匪徒既出没靡常，土司每借事苛扰，游匪复行充斥，编氓几难聊生。当此改土归流，政治初开，事属创始，一切钱粮、词讼、控驭、抚绥、整顿、筹防并应办事宜，在在均关紧要，必须精明干练、熟悉边地夷情、能耐劳苦之员，方克胜任。臣等督饬藩、臬两司于通省应调、应升人员内，逐加遴选，非现居要缺，即人地未宜。惟员缺紧要，详加察核，自应酌量拣署，以裨地方。

兹于应拣人员内查有分发云南试用通判王正雅，年三十一岁，湖南慈利县附贡，于光绪二十四年遵新海防例报捐通判不论双单月，指省分发云南试用。是年十月二十八日，经钦派王大臣验看。十一月十三日，由吏部带领引见，奉旨：着照例发往。钦此。领照来滇。二十五年六月到省，试用期满，甄别留省补用在案。嗣委署宝宁县知县，二十六年闰八月到任。据云南布政使林绍年、按察使全楙绩查该员勤朴耐劳，民情爱戴，任内并无参罚案件，以之拣选署理富州通判，实属人地相宜。惟该员系试用人员请署要缺，与例稍有未符。第新设要缺，为地择人，该员现署之宝宁

①此朱批日期与内容，据《军机处随手登记档》（档案编号：03-0312-1-1228-002）校补。

县亦系夷疆要缺，且与该通判同隶广南府所辖，治理尤为熟悉，应请援照前次新设镇边同知等缺成案，先行拣补一次，嗣后仍照例办理，以重边要等情。会详请奏前来。

臣等覆查该员王正雅守洁才长，实心任事，合无仰恳天恩俯念边缺紧要，准以试用通判王正雅试署新设富州通判，实于地方有裨。如蒙俞允，该员系试用通判请署通判，衔缺相当，毋庸送部引见，仍照例试署期满，如果称职，另请实授。

所有拣员请署新设富州通判缘由，谨恭折具陈。伏乞皇太后、皇上圣鉴，饬部议覆施行。谨奏。光绪二十七年十二月十八日。

(朱批：) 吏部议奏。①

光绪二十八年正月十七日，奉朱批：吏部议奏。钦此。②

1120. 请奖剿匪在事出力文武各员折

光绪二十七年十二月十八日（1902年1月27日）

头品顶戴云贵总督臣魏光焘跪奏，为永善剿平蛮匪，遵旨酌保在事出力文武各员弁，恳恩给奖，恭折仰祈圣鉴事。

窃本年正月巴蛮偷渡金沙江，扰及永善县境，先后纠集大股，出巢入寇，经该县文武绅团竭力堵剿，旬日荡平，已由前署督臣丁振铎奏明，奉旨准其择尤保奖。钦此。钦遵在案。查云南昭通府属毗连四川，仅隔金沙一江，上下绵亘千余里，彼岸即为巴蛮巢穴，幅员深阻，其中衍奥广袤，颇饶树蓄之利；俗好斗狠，超距弩石之技。童而习之，性尤鸷悍。其内处凉山者为生番，与中土隔绝，不出轻犯；其附近川、滇者为外十三支，实逼处此，每于春冬水涸时，偷渡滇岸，肆行抢掳焚杀。自光绪四年用兵后，稍觉敛戢，浸久蛮情复恣，近以年荒水涸，该蛮匪吴七、马比等辄敢纠约九支，同谋煽乱，以里克为统帅。

---

①台北故宫博物院藏：《军机及宫中档》，文献编号：408007092。

②中国第一历史档案馆藏：《录副奏折》，档号：03-5411-085。

正月十五夜，由川岸七里半偷渡过江，焚烧大小二坝，旋据青龙嘴，凭高守险。十六日，署江防右营游击杨永寿带领兵团数十人御之，战小不利。该匪等即于是晚袭踞小屋基渡口，陆续接渡川岸大股。连十七、十八两日夜，屯聚至六七千人。十九日，分股占踞石包营、新营、石梁子、石租沟、黄泥坳各营垒，烧掳及于波车、红岩子、凉风坳、丁家坳等处。二十一、二等日，大股径趋井大驿、宴家寨，计由老新场窜入老林，分途内犯，大掠而东，冀可大逞逆志，势甚危岌。署永善县知县贺宗章闻警，飞饬阖境齐团抵御，星夜筹画，督同团总龙国瀛等运粮集械，预备军火，赶办旗衣，立募精锐，编成永武营，以团总李玉山、贺宝桢、普泽、浦庭珍、杨盖怜、贺廷献等分充哨长，并将卸任江防右营游击陈贵中途赶回，挈昭通镇何雄辉亲兵五棚，统率永武营，驰赴前敌剿办。

二十三日，行抵米贴，探报井大驿入犯一股，为龙国瀛、龙国清等督团击却，毙红衣蛮酋一名，堕岩死者二十余人，余匪仍折回黄泥坳，麇聚一处。其另股已夺先锋营及李家寨堡，团练教习赵天泰兄弟及李姓父子死之。统领永武营陈贵等计议，贼势浩大，再入分股四扰，滋蔓难图，宜犯难力挫凶锋。适各路团丁先后调齐近万人，声势顿壮，遂于是夜部署号令，密饬各团星罗棋布，遥为声援。黎明督率所部，分三路进剿。晓雾弥漫，咫尺不见，薄而乘之，枪矛排墙环进。蛮匪仓皇四出轰刺，阵乱。少顷，日上雾消，四山响应，呼声动地，匪群惊窜。其尤悍者，滚地前进，斫阵恶战，经李玉山、贺宝桢等奋力屠刈，数时之久，始纷纷溃奔江浒。适把总徐国安、龙廷栋一军由大雾基横截而出，蹙之落水，计淹毙三四百名，立将先锋营、黄泥坳、石包营、新营各营垒同时克复，救出难民数百口，阵斩蛮酋三十二名，枪毙百余名，生擒四名，余匪遁踞石梁子。龙国瀛虑其凭险，携所部练丁乘夜奋往潜袭，中炮阵亡。

二十五日，陈贵督率兵团，遥布长围，绝其汲道。匪困乞降，勒令捆献蛮酋，缴还难民，悉毁所造船只，皆叩首听命，乃释归巢。我军先后阵亡二十余名，经饬贺宗章会同陈贵发给恤赏，并查赈被害户口，安插缴还难民。据所获蛮酋供称：为首煽乱统帅里克，在阵中枪陨命。旋将该酋等一并正法枭示，以快人心，江岸一律肃清。其在事尤为出力人员，兹据善后局司道分别开单，详请奏奖前来。

臣查江外巴蛮，历为边患。此次大股出巢侵扰永善县境，众至六七千人，夺险已十数处，事起仓卒，调援不及，设非贺宗章、陈贵等激励绅团，奖率募勇迅赴戎机，蹂躏蔓延，将成燎原之势，事幾之会，间不容发，而仅恃县属团丁、新募乡勇，旬日间，扫荡驱除，不至别烦征调。虽兵团自卫里闾，志气弥奋，而在事文武运筹制胜，其异常出力之功，要亦不容泯没，非优予奖叙，不足以资策励而劝将来。单开文武各员，经臣再四覆核删减，委无冒滥，合无仰恳天恩俯准照单给奖，以示鼓励。

除将请保千、把以下各员咨部注册暨造文职各员履历咨部查核外，所有遵保永善剿平蛮匪尤为出力文武各员弁，理合分别缮具清单，会同云南巡抚臣李经羲，恭折具陈。伏乞皇太后、皇上圣鉴训示。谨奏。光绪二十七年十二月十八日。

（朱批：）该部议奏，单二件并发。[①]

光绪二十八年正月十七日，奉朱批：该部议奏，单二件[②]并发。钦此。[③]

①台北故宫博物院藏：《军机及宫中档》，文献编号：408007086。

②此清单查无下落，待考。

③此朱批日期与内容，据《军机处随手登记档》（档案编号：03-0312-1-1228-016）校补。

1121. 请将办理洋务人员援案奖叙折

光绪二十七年十二月十八日（1902年1月27日）

头品顶戴云贵总督臣魏光焘跪奏，为滇省办理洋务人员已经七载，援案吁恳天恩俯准照异常劳绩奖叙，以昭激劝，恭折仰祈圣鉴事。

窃滇省自法越分界以后，各国通商，交涉日繁。光绪二十一年正月内，经前兼署督臣崧蕃奏明于省会设立洋务总局，委员专司其事。自设局后，所有越、缅勘界，蒙自、思茅、腾越等处先后开关，近年以来，议结省城内外各起教案，并与法员议办铁路、矿务各大端，事皆草创，头绪纷繁。兼以地处极边，见闻固陋，筹办伊始，无所仿循，其艰阻棘手情形，靡可言喻。计自开局迄今，已经七载，在局各员承办要件，莫不矢慎矢勤，毫无贻误。

查南、北洋办理洋务人员，每届三年，准照异常劳绩择尤保奖一次，历经遵办有案。滇省僻远荒瘠，介邻缅、越，现复开办铁路、矿务，交涉繁冗，不后于南北洋。而选才之难，办事之窘，则较南、北洋为尤甚，非援案酌予奖叙，无以鼓励人才。现查各员当差已历七年之久，合无仰恳天恩俯准援照南、北洋成案，分别给予奖叙，以昭激劝。如蒙俞允，应即由臣汇核请奖，并请自此次奉旨之日起，仍援照南、北洋成案，扣足三年，择尤酌保一次，委员、书、识，通不得逾十五名，以为定额，宁缺毋滥，庶于鼓励之中仍寓限制之意。

除咨外务部、吏部查照外，谨会同云南巡抚臣李经羲，恭折具陈。伏乞皇太后、皇上圣鉴训示。谨奏。光绪二十七年十二月十八日。

（朱批：）着照所请，该部知道。①

①台北故宫博物院藏：《军机及宫中档》，文献编号：408007093。

光绪二十八年正月十七日，奉朱批：着照所请，该部知道。钦此。①

【案】光绪二十八年十一月初一日，吏部议覆云贵总督魏光焘请奖滇省办理洋务人员一折及陶模奏请奖励广东同文馆期满学生一片，并知照军机处，曰：

吏部谨奏，为遵旨议奏事。内阁抄出云贵总督兼署云南巡抚魏光焘奏，滇省办理洋务人员已经七载，经臣于上年十二月十八日专折奏恳照异常劳绩给予奖叙等因。于本年二月十六日钦奉朱批：着照所请，该部知道。钦此。查滇省自设局以来，时历七载之久，先后在局供差各员书，臣悉心考核，谨择其尤为出力者共十四员，仰恳天恩俯准将盐运使衔署云南大理府知府邱淮在任以道员用；在任补用同知云南黑盐井提举李训铉，免补同知以知府在任前先补用；提举衔云南补用通判陆邦纯，免补本班以知州仍留原省前先补用；云南试用通判黄河源，免补通判以同知仍留原省前先补用；同知衔丁忧奏留云南前先补用知县阮振千，俟服阕后，免补本班以同知仍留原省前先补用；同知衔云南前先补用知县李光远，俟补缺后，以直隶州知州补用；云南试用知县周希韩，免补本班以知州仍留原省前先补用；同知衔云南试用知县杨佩，俟补缺后，以同知在任前先补用；云南补用府经历黄增禄、蒋立成，均免补本班，以知县仍留原省前先补用；在任候选知州云南昆明县典史陆德浩，请仍以知州在任不论双单月遇缺前先选用；县主簿陆润，请免选本班，以县丞归部不论双单月遇缺前先选用；六品衔李铨端、从九品职衔陆升，均请以巡检归部不论双单月遇缺前先选用等因。光绪二十八年八月初七日奉朱批：该部议奏。钦此。钦遵抄出到部。嗣据该督将各该员履历于八月二十六日咨送，当经口查户部去后。兹准户部于九月十八日片覆前来。

查此案请奖之盐运使衔云南大理府知府邱淮，请在任以道员用；提举衔云南补用通判陆邦纯，请免补本班以知州仍留原省前先补用；

①中国第一历史档案馆藏：《录副奏折》，档号：03-5411-087。

云南试用通判黄河源，请免补通判以同知仍留原省前先补用；同知衔丁忧奏留云南前先补用知县阮振千，请俟服阕后，免补本班以同知仍留原省前先补用；同知衔云南前先补用知县李光远，请俟补缺后，以直隶州知州补用；云南试用知县周希韩，请免补本班以知州仍留原省前先补用；同知衔云南试用知县杨佩，请俟补缺后，以同知在任前先补用；云南补用府经历黄增禄、蒋立成，均请免补本班，以知县仍留原省前先补用；候选县主簿陆润，请免选本班以县丞归部不论双单月，遇缺前先选用；六品衔李铨端、从九品职衔陆升，均请以巡检归部不论双单月，遇缺前先选用。以上各员所请奖叙，核与章程相符，应请照准。内阮振千于光绪二十七年三月十八日经前兼署云贵总督丁振铎调回滇省，仍充洋务、铁路差使，奏明有案，所请奖叙，是以照准。陆升履历册开因剿平猓黑案内由文童保以从九品职衔，查剿平猓黑案内并无陆升之名，惟该员得有异常劳绩，所保巡检系监生、文童、民人准保之阶，是以照准。黄河源一员，其通判捐案，查据户部覆称原捐册内并无上兑日期，应令该督将该员原捐执照送部查验，如上兑日期在此案保奏奉旨日期之前，再行注册。

在任补用同知云南黑盐井提举李训鋐，请免补同知以知府在任前先补用。查奏定章程内开：实缺人员保升，查系非应升之阶，概不准其在任候补等语。今李训鋐所请系非应升之阶，不准在任候补，应将该员改为俟补同知后，以知府在任前先补用。在任候选知州云南昆明县典史陆德浩，请仍以知州在任不论双单月，遇缺前先选用。查典史系未入流，知州非应升之阶。今该员系由非应升之阶加保班次，碍难照准，应改为加六品衔。

所有臣等遵旨议奏缘由，缮折具陈。伏乞皇太后、皇上圣鉴。谨奏。光绪二十八年十一月初一日。

再，据前两广总督陶模等奏，广东同文馆英、俄、东三馆学生三年期满，照章给奖等因一折，光绪二十八年正月十九日奉朱批：该部议奏。钦此。钦遵抄出到部。嗣据该督将该员等履历于七月初六日咨送前来。查奏定章程内开：广东同文馆肄业各生习学三年有成，准依为生监一体乡试。又，每届例保之期，在馆肄业各生监，应照章专以府经历、县丞升用等语。

臣等查广东同文馆请奖之学生、童生、楷臣扎隆阿、倪世熙、王懋烇、王师炎、谢有熊、崔宝煌、陈兆霖、冯宝璀、杨佑、董长锐，各请给予翻译生；童生张树藩、马光援、周庆慈，各请给予监生、附生；谢有鋆、贺建寅、马朝福，均请作为附贡生；附贡生许国钧、贺建声、监贡生许国铭，均请以县丞用。核与原定章程相符，应请照准。

文举人潘恩荫请以知县用，系应得之阶，亦核与寻常劳绩准保章程相符，应请一并照准。监贡生联瑞，请以七品笔帖式用。查七品笔帖式必须贡生出身人员始准奏保，今联瑞捐贡之案，查据户部覆称按照单内声叙年月检查无名，应令该督将联瑞原捐执照送部查验。如查核相符，即行照准。如捐案核准日期系在此案保奏奉旨日期之后，仍应奏明将该员保案撤销，以符定制。

至分部八品笔帖式监生黄恩、尧煦增、黄瀚，补用八品笔帖式翻译生员柏山，分发补用七品笔帖式附贡生张天民，均请俟补缺后，以主事用。查该员等均系由报捐官阶加保，应令该督将各员捐案查明报捐、核准各日期，俟覆奏到日，再行核办。所有臣等遵议缘由，谨附片具奏。

〇吏部奏为知照事。文选司案呈：所有云贵总督魏光焘奏滇省办理洋务人员请奖一折，又广东同文馆学生期满请奖附片一件，于光绪二十八年十月二十三日具奏，奉旨：依议。钦此。相应粘单知照可也。须至知照者。右知照军机处。光绪二十八年十一月初一日。主事丁福申。①

1122. 年终甄别据实纠参分别惩处折

光绪二十七年十二月十八日（1902年1月27日）

头品顶戴云贵总督臣魏光焘、云南巡抚臣李经羲跪奏，为年

①台北故宫博物院藏：《军机及宫中档》，档号：151857。

终甄别各员据实纠参，请旨分别惩儆，以振颓靡而资激励，恭折仰祈圣鉴事。

窃维治绩虽核以三年，弊吏不尽于六法。查定例：大计之年，其年终甄别仍照常随时参劾，历经遵办在案。滇省地居僻远，局囿荒瘠，人才罕于奔赴，吏治易即疲芜。在贪劣偾事、案据昭著者，尚属人所共见，是非不至混淆。惟此质地本居卑下，犹复自趋颓惰，甘为物欲所蒙，就其居官莅政大概形迹，按之亦若循故蹈常，足取容于流俗，而事事因循积压，敷衍颠倒，有时利在必趋，量力莫致，势难姑置，塞责无能，则惟有假手劣幕，授柄蠹胥，听一切败坏，于冥冥之中懵然无所动念。又有一类人员，考其才力尚足敷施，而老于宦途，习惯巧伪，惟知于揣摩私利，日用心思，虽勤加以劝勉，终不肯稍生悔奋，实事求是，而又文足饰非，奸能掩迹，转令人羡其熟练，竞奉为仕路津梁。

臣等以为无形之贼，较显慝为尤甚；害政之莠，惟积滑为难除。长吏不加察者，非谅其迂暗可怜，即谓为奔走足惜，且不欲显居刻责之名，遂偶行以姑息，驯致真隐为僚属所窥，久乃视为固然阘茸者，皆不自知其罪。中材华士愈不思奋，稍切纠绳，群哗然以为峻虐矣。及今时艰孔棘，维新政治次第颁行，就使振迅图功，犹惧弗及，若仍以此等穴浊滥厕差缺，不独贻误实多，更恐害群滋虑。

臣等入滇以来，审察吏治疲玩，受病已深，揆厥根源，固由于文驱法弊，势有不能尽行，遂不免务为缘饰，而所以日积日甚，则实因瞻徇偏蔽之病不能尽去，畏服亦无由而生。巧者既视为解免有阶，狡者更幸其挟持得具。政治不清，率此为累。臣经曩莅滇已及两载，抚躬尤滋疚歉，曾于藩司任内叠将实署、候补各官劣迹较著者，据实详揭，经前任抚臣丁振铎覆加察核，分别奏参在案。迩来风气略变，吏僚渐有忌惮，惟积习遽难尽除，明察暗访，互证参观，仍有不堪造就、不胜职任之员。

兹查有撤省顺宁府知府蒋实英，习狃纨绔，政废纪纲，历充差缺，难免物议；澂江府知府胡锡铨，才庸识琐，声名龌龊；东川府知府凌应梧，颓唐不振，防检多疏；候补知府李子元，阘茸无能，言行躁妄；补用同知嵩寿，昏惰自安，樗蒲溺志；卸署中甸同知试用直隶州知州廖廷玉，愦本性成，谬由心疾，前委省城总查，已不能约束差丁；卸署寻甸州知州补用同知罗振雯，政弛力疲，纵子有案；鲁甸通判刘国光，近利易昏，似练实狡，前署巧家同知即著劣声；补用通判郭殿藩，办案草菅，纵差婪索，卸任后不知愧疚，犹敢冒领朦禀；撤省陆凉州知州郎学壎，纵庇丁役，颟顸敛怨，品检不修，同官非笑；云龙州知州程福海，形神卑浊，心性浮滑，强事炫饰，难信濯磨，前署呈贡县事，办事颇不妥洽；撤省石屏州知州李炳麟，素行不检，积滑自矜，前在石屏州任内要结为工，事多鄙伪；新捐云南试用通判顾德柄，播弄招摇，贪狡素著，前就丽江府幕，官绅啧有烦言；署土富州通判候补知县余钟麟，庇匪索费，罔恤边困，小有浮才，不务实政；通海县知县杨恩吉，署规不肃，腾谤有因；署罗次县知县本任江川县知县李庆镛，行事紊执，赋性疏慵；候补知县钮承植，心地糊涂，行为贪鄙，前署新平县事，假手劣幕滑丁，昏谬殊甚；补用州判朱吉林，行检有乖，屡被控告；试用州判杨措绅，貌滑心浊，需索有据；文山县训导王绍堂，士品不敦，工于牟利；禄劝县训导包映庚，庇丧巧索，不顾风化；禄丰县训导朱廷焜，遇事生风，罔知廉重；试用府经历廖建森，纵差酿命，不守官箴；试用府经历范和熙，素不安分，肆行奸伪；试用州吏目李恭悳，捏情妄禀，假公肆虐；元江直隶州吏目吴文谦，包苴不饬，鄙狡成性；浪沧江巡检刘子馨，素耽曲蘖，任性妄为；者海巡检赵从治，率报重案，有心欺罔。

以上各员，考查既确，并据司道分别密揭前来，均未便稍事姑容，相应请旨将顺宁府知府蒋实英、澂江府知府胡锡铨、东川府知府凌应梧，一并开缺，勒令休致回籍；陆凉州知州郎学壎、鲁甸通判刘国光、试用通判郭殿藩、新捐云南试用通判顾德柄、候补知县余钟麟、钮承植、补用州判朱吉林、杨缙绅、禄劝县训导包映庚、禄丰县训导朱廷焜、文山县训导王绍堂、试用府经历廖建森、范和熙、试用州吏目李恭惠、元江直隶州吏目吴文谦、浪沧江巡检刘子馨、者海巡检赵从治，一并即行革职；候补知府李子元、试用同知嵩寿、试用直隶州知州廖廷玉、石屏州知州李炳麟开缺，一并以府经县丞降补；江川县知县李庆镛举人出身，文理尚优，开缺以教职归部铨选；云龙州知州程福海、通海县知县杨恩吉，开缺察看；试用同知罗振雯勒令回籍，不准留滇补用差委，庶几警惕，是资咸知淬厉人才渐有更新之望，事功乃无终废之虞。

除随时纠察如查有贪劣溺职之员再行据实参办外，谨合词恭折具陈。伏乞皇太后、皇上圣鉴训示。再，所遗顺宁府、东川府知府、鲁甸通判、通海县知县等缺，滇省现有应补人员，应请扣留外补。合并声明。谨奏。光绪二十七年十二月十八日。

（朱批：）另有旨。①

光绪二十八年正月十九日，奉朱批：另有旨❶。钦此。②

❶【案】此奏于光绪二十八年正月十九日得旨允行，《上谕档》载曰：

光绪二十八年正月十九日，内阁奉上谕：魏光焘等奏，年终甄别各员，据实纠参一折。云南撤省顺宁府知府蒋实英，习狃纨绔，政废纪纲。澂江府知府胡锡铨，才庸识琐，声名龌龊。东川府知府凌应梧，颓唐不振，防检多疏。均着开缺，勒令休致。清源州知州郎学壎，纵丁敛怨，品检不修。鲁甸通判刘国光，近利易昏，似练实狡。补用通判郭殿藩，办案草菅，纵差婪索。试用通判顾德柄，播弄招摇，贪狡素著。署土富州通判候补知县余钟麟，庇匪索费，罔恤边困。候补知县钮承植，心地糊涂，行为贪鄙。补用州判朱吉林，行检

①中国第一历史档案馆藏：《朱批奏折》，档号：04-01-12-0611-003。

②中国第一历史档案馆藏：《录副奏折》，档号：03-5411-128。

有乖，屡被控告。试用州判杨搢绅，貌滑心浊，需索有据。禄劝县训导包映庚，庇丧巧索，不顾风化。禄丰县训导朱廷焜，遇事生风，罔知廉重。文山县训导王绍堂，士品不端，工于牟利。试用府经历廖建森，纵差酿命，不守官箴。试用府经历范和熙，素不安分，肆行奸伪。试用州吏目李恭惠，捏情妄禀，假公肆虐。元江直隶州吏目吴文谦，苞苴不饬，鄙狡成性。浪沧江巡检刘子馨，素耽曲蘖，任性妄为。者海巡检赵从治，率报重案，有心欺罔。均着即行革职。候补知府李子元，阘茸无能，言行躁妄。补用同知嵩寿，昏惰自安，樗蒲溺志。署中甸同知试用直隶州知州廖廷玉，愦本性成，谬由心疾。石屏州知州李炳麟，素行不检，积滑自矜。均着开缺以府经历、县丞降补。署罗次县知县本任江川县知县李庆镛，行事紊执，赋性疏慵，惟文理尚优，着开缺以教职归部铨选。云龙州知州程福海，形神卑浊，心性浮滑。通海县知县杨恩吉，署规不肃，腾谤有因。均着开缺察看。署寻甸州知州补用同知罗振雯，政弛力疲，纵子有案，着勒令回籍，不准留滇委用。①

1123. 请将王宝仪等开缺另补缘由片

光绪二十七年十二月十八日（1902年1月27日）

再，滇省辖境辽阔，每有一州县，地方宽广各数百里，迤东则界连川省，刁徒、会匪麇聚最多，且逼近蠹巢，时虞蠢动；迤西、迤南则分当缅越边冲，交涉愈见殷繁，内外土司与交界藏番种类互争，日从纠葛，抚辑偶不得人，贻害均非浅鲜，如广西直隶州、巧家厅、蒙自、永善等县，皆边区中极不易治者。兹查广西直隶州知州王宝仪，心术尚端，才识近懦，以前尚能黾勉，近则不免于疲；准补巧家同知朱毓崧，书生拘囿，寡断易愚；准补蒙自县知县江毓菁，综核较长，听断易倦，性情伛蹇，习气自居；

---

①《光绪朝上谕档》，第28册21—22页。又，《德宗景皇帝实录（七）》，卷四百九十四，光绪二十八年正月下，第526—527页。

准补永善县知县秦发庆，外袭循谨，内怀瞻顾，由于识绌，泛为俗移。

以上四员，虽未见有显著劣迹。惟察看各该员才力，实不胜烦剧之任，所补皆最要边缺，人地尤不相宜。刻当甄别之期，虽未便与穴浊不堪之员相提并论，而地方实关紧要，究不敢稍涉迁就，贻误将来。相应请旨将广西直隶州知州王宝仪、准补巧家同知朱毓崧开缺，以简缺同知酌量另补；准补蒙自县知县江毓菁、准补永善县知县秦发勤开缺，以简缺知县另补。该员等所遗各缺，均应扣留外补，俟奉旨后会饬藩司详查合例应补人员，另行奏请。谨合词附片具陈。伏乞圣鉴训示。谨奏。

光绪二十八年正月十九日，奉朱批：另有旨❶。钦此。①

❶【案】此奏片旋于光绪二十八年正月十九日得旨允行，《上谕档》载曰：

光绪二十八年正月十九日，内阁奉上谕：……另片奏，广西直隶州知州王宝仪，心术尚端，才识近懦。准补巧家同知朱毓崧，书生拘囿，寡断易愚，着开缺另补。准补蒙自县知县江毓菁，综核较长，听断易倦。准补永善县知县秦发庆，外袭循谨，内怀瞻顾。均着开缺另补，以肃官方。余着照所议办理，该部知道。钦此。②

1124. 请准通判王堉常留滇差遣片

光绪二十七年十二月十八日（1902年1月27日）

再，据云南临安开广道兼管关务刘春霖详称：云南自缅、越分界后，开关互市，交涉日繁。滇本极边省分，每每囿于见闻，欲求通达时务之员，洵属不可多得。查有试用通判王堉常，籍隶

①中国第一历史档案馆藏：《录副奏片》，档号：03-5411-129。

②《光绪朝上谕档》，第28册，第21—22页。又，《德宗景皇帝实录（七）》，卷四百九十四，光绪二十八年正月下，第526—527页。

湖南。光绪二十七年五月，在滇遵秦晋赈例，报捐通判指省，分发云南试用。该员平日究心公法，讲求约章，其于通商条例，均能体会熟悉，现经委办蒙关文案，遇有交涉事件，措置悉合机宜。方今铁路将开，英、法公司复来议办矿厂。蒙自为由越入滇要道，洋员接踵而来，以后交涉日益繁杂，正值用人之际，恳将该员留滇差遣，暂缓引见等情。详经批行司局核议，具详请奏前来。

臣等覆查该员王堉常，既于约章条例均能融会贯通，以之留滇差遣，于交涉事件不无裨益。合无仰恳天恩俯念交涉紧要，边地需员，赏准将指分云南试用通判王堉常留滇、暂缓送部引见，出自逾格鸿慈。

除咨部外，谨会同云南巡抚臣李经羲，附片具陈。伏乞圣鉴训示。谨奏。

（朱批：）着照所请，吏部知道。[①]

光绪二十八年正月十七日，奉朱批：着照所请，吏部知道。钦此。[②]

1125. 请将李世楷改留滇省补用片

光绪二十七年十二月十八日（1902年1月27日）

再，同知衔补缺后送部引见留甘补用知县李世楷，于光绪二十二年经臣奏留陕西差委，历供营务各要差，深资得力。二十五年六月，丁生母忧，请咨回湖南龙山县籍守制。本年五月，由籍电调入滇，扣至九月二十一日，已届服阕。查滇省僻远荒瘠，久为仕宦畏途，而介邻缅、越，交涉事繁，需才转亟于他省。该员李世楷才识明练，办事勤能，到滇委办文案，诸有条理，情形亦为熟悉，可否仰恳天恩俯准将留甘补用知县李世楷改留云南补用，俾臣得资臂助之处，出自逾格鸿慈。臣为边地需材起见，谨附片

---

①台北故宫博物院藏：《军机及宫中档》，文献编号：408007093-0-A。

②中国第一历史档案馆藏：《录副奏片》，档号：03-5411-088。

具陈。伏乞圣鉴训示。谨奏。

(朱批:)着照所请，吏部知道。[①]

光绪二十八年正月十七日，奉朱批：着照所请，吏部知道。钦此。[②]

1126. 奏报参将王开等革审缘由片

光绪二十七年十二月十八日（1902年1月27日）

再，据总理云南营务处布政使林绍年等详：准南防营务处临安开广道刘春霖咨开：管带绹字后军中营补用参将王开，兵多缺额，被该营差弁许卓齐等控告，每遇游匪，辄捏报胜仗，任意诪张，当饬广南府宝宁县查覆属实。又，管带绹字右军左营补用守备陈河清，兵多缺额，当经派员分投点验，全营兵二百五十名，竟缺额兵一百三名，实属大坏军政，详请将该员等奏参革职审办等情。前来。

臣覆查无异，相应请旨将卸带绹字后军中营补用参将王开、卸带绹字右军左营补用守备陈河清一并革职，归案审办，以示惩儆而肃戎行。除咨兵、刑部查照外，谨会同云南巡抚臣李经羲，附片具陈。伏乞圣鉴训示。谨奏。

(朱批:)着照所请，该部知道。[③]

光绪二十八年正月十七日，奉朱批：着照所请，该部知道。钦此。[④]

---

①台北故宫博物院藏:《军机及宫中档》，文献编号：408007093-0-B。

②中国第一历史档案馆藏:《录副奏片》，档号：03-5411-089。

③台北故宫博物院藏:《军机及宫中档》，文献编号：408007093-0-C。

④中国第一历史档案馆藏:《录副奏片》，档号：03-5953-024。

1127. 奏请议恤故监生龙国瀛片

光绪二十七年十二月十八日（1902 年 1 月 27 日）

再，六品军功监生龙国瀛，历在江防出力。该县委办团练，复著成效。此次首先率同胞弟龙国清击却井大驿股匪，俾不及窜入老林，故克聚而歼旃，厥功甚伟。旋以冒险攻坚阵殁，实属忠勇可嘉，原拟以县丞列保，合无仰恳天恩饬照县丞例议恤，以慰幽魂。理合会同云南巡抚臣李经羲，附片具陈。伏乞圣鉴训示。谨奏。

（朱批：）着照所请，该部知道。①

光绪二十八年正月十七日，奉朱批：着照所请，该部知道。钦此。②

1128. 奏为循例每届年底密陈考语折

光绪二十七年十二月二十四日（1902 年 2 月 2 日）

头品顶戴云贵总督臣魏光焘跪奏，为循例密陈考语，恭折仰祈圣鉴事。

窃查定例：各省总督每届年底应将实缺提、镇、司、道、知府出具切实考语，开单密奏一次，历经遵办在案。臣仰蒙恩命总制滇、黔，于两省文武僚属，或随时接见，悉心察看；或公牍往还，虚衷考核。其职任有繁简之不同，其才识有短长之各别，而量能授事，循分赴公，必求称厥官守，然后可以策治理而慰民生。臣忝任兼圻，责在察吏。属员贤否，不敢意为轩轾。所有云贵实缺提、镇、司、道、知府各员，谨就见闻所及，出具切实考语，分缮清单，密呈御览。

①台北故宫博物院藏：《军机及宫中档》，文献编号：408007086-0-A。

②中国第一历史档案馆藏：《录副奏片》，档号：03-5953-025。

臣仍当不时考察，如有后先易辙不称职守者，即行据实纠参，以期仰副朝廷澄叙官方、整饬武备之至意。理合恭折密陈。伏乞皇太后、皇上圣鉴。谨奏。光绪二十七年十二月二十四日。

(朱批：) 知道了，单二件留中。[①]

光绪二十八年二月初七日，奉朱批：知道了，单二件[②]留中。钦此。[③]

1129. 奏闻保举署提督蒋宗汉等员片

光绪二十七年（1901 年）

再，时事方殷，外患日逼，朝廷整军经武，亟需折冲御侮之才。而中兴以来，军务平定日久，行间宿将大半凋零。臣调任滇黔，即留心物色。兹有署云南提督贵州安义镇总兵蒋宗汉，为杨玉珂旧部，忠勇质直，任事果敢，当兹饷需支绌，能力求自克，以激励士卒认真操防，布置边防，尤觉不遗余力。记名总兵云贵督标中军副将苏抡元，智略俱优，办事勤敏，抚绥士卒，亦多乐为之用。署云南昭通镇总兵永昌协副将刘锐恒，机警过人，耐苦善战，屡饬查办江防，俱能切实讲求，不稍瞻徇。

以上三员，堪备缓急之用。臣既有所知，未便壅于上闻，谨附片具陈，以备圣明采择。伏乞圣鉴训示。谨奏。[④]

---

①台北故宫博物院藏：《军机及宫中档》，文献编号：408007094。

②此清单查无下落，待考。

③中国第一历史档案馆藏：《录副奏折》，档号：03-5413-037。

④中国第一历史档案馆藏：《录副奏折》，档号：03-5506-142。又，03-5506-152。

光绪二十八年（1902）

1130. 奏报开办矿务议明章程缘由折

光绪二十八年正月初六日（1902年2月13日）

头品顶戴云贵总督臣魏光焘、云南巡抚臣李经羲、二品顶戴督办云南矿务臣唐炯①跪奏，为法员来滇开办矿务，现与议明章程，请旨办理，恭折仰祈圣鉴事。

案查法员弥乐石于光绪二十七年三月到滇议办矿务，经臣炯将初议大概情形奏奉朱批：政务处速议具奏。旋经政务处覆议，奏奉谕旨饬由臣等悉心妥议，钞折咨行到滇，钦遵办理。随准法员弥乐石将所拟中西合办矿务章程照送前来。臣等伏查滇省风气未开，遇有交涉事件，群情辄滋疑惧，谣喙繁兴，猝难喻解。此次开议矿章，犹幸弥乐石在滇年久，熟悉地方情形，臣等推布公诚，与之和衷商榷，往返斟酌，务期详晰。诚以此时多一番研求，

---

①唐炯（1829—1909），字鄂生，晚号成山老人，贵州遵义人。道光二十九年（1849），中式举人。咸丰四年（1854），在家乡举办团练，报捐知县，分发四川。六年（1856），署南溪县知县。同治元年（1862），统安定营，御太平军石达开部。六年（1867），奉川督崇实之命，率军入黔，经其保奏，擢升道员，旋为川总吴棠所劾，还川。光绪八年（1882），迁云南布政使。九年（1883），擢云南巡抚，率滇军与中法战争，以擅自逃回云南，革职拿问，拟斩监候，经左宗棠解救获释，戍云南。十三年（1887），督办云南矿务，经营十五年，鲜有成绩，为时人所讥。三十二年（1906），褫职。宣统元年（1909），卒于籍。著有《成山庐稿》十二卷、《成山老人自撰年谱》六卷、《援黔录》十二卷、《成山庐诗录》一卷、《成山堂公牍》、《丁文诚公年谱》等行世。

即日后少一番轇轕，实为交益之道。历时七月有奇，定章二十五款，大旨不外均中外之利便，弭闾里之猜嫌，明地主之义分。弥乐石尚能通悉曲谅。臣等察知与该公司实有窒碍者，亦不强以所难。业经会议妥竣，准弥乐石将议定各款亲缮法文照会，送到校核无讹，随备中文照会互换声明，具奏请旨办理。

所有会议章程，理合缮具清单，恭呈御览，可否请旨饬下外务部先将会议章程详加覆核，一俟该公司查勘滇矿完竣，绘图开单，交由臣等分别核明，另行具奏到日，一并饬部核议，奏奉谕旨，照会英、法使臣订立合同，咨行到滇，钦遵办理之处，伏候圣裁。

除照缮会议章程分咨政务处、外务部查核外，谨合词恭折具陈。伏乞皇太后、皇上圣鉴训示。遵行。谨奏。光绪二十八年正月初六日。

（朱批：）外务部议奏，单一件、片二件并发。①

光绪二十八年二月初五日，奉朱批：外务部议奏，单一件、片二件并发。钦此。②

【案】此案旋于光绪二十八年二月二十六日经外务部为查核具奏，曰：

再，云贵总督魏光焘等奏法员来滇办矿，现与议定章程，请旨办理一折，光绪二十八年二月初五日奉朱批：外务部议奏，单一件、片二件并发。钦此。查滇省中西合办矿章，现经该督等与法员弥乐石议竣，惟该公司可办矿厂若干处所尚未履勘明确，既据原奏内声明请旨饬下外务部先将会议章程详加覆核，一俟该公司查勘滇矿完竣，绘图开单，分别核明，另行具奏到日，一并饬部核议等情。应由臣等先将滇省会议办矿章程悉心查核，仍俟该督勘定矿厂奏报到日，再行一并议覆。理合先行附片陈明。伏乞圣鉴。谨奏。

---

①台北故宫博物院藏：《军机及宫中档》，文献编号：408007095。

②中国第一历史档案馆藏：《录副奏折》，档号：03-9536-054。

光绪二十八年二月二十六日，奉朱批：知道了。钦此。①

【案】此案经总理衙门王大臣奕劻核议，于光绪二十八年五月初十日具奏，曰：

臣奕劻等跪奏，为遵议滇省矿务章程，恭折覆陈，仰祈圣鉴事。窃光绪二十八年二月初五日，准军机处钞交云贵总督魏光焘等会奏法员来滇办矿，现与议定章程一折，奉朱批：外务部议奏，单一件、片二件并发。钦此。当经臣等查照该督等原奏，先将办矿章程悉心查核，仍俟该省勘定矿厂，奏报到日，再行一并议覆等因。于本年二月二十六日附片奏明，奉朱批：知道了。钦此。钦遵各在案。

臣等伏查滇省原订章程，经魏光焘等与法员弥乐石磋磨数月，殆克定议。如原奏内缕陈商议情形，兢兢专以防患、保权、均利三事为滇省所必争，洵为扼要之论。惟以全滇矿产允给英法公司专办，恐他国有所借口，势必相率效尤。臣等详核章程，正拟咨商驳改，适法员弥乐石由滇入京，向臣部催订合同。当告以矿地未定，（未）便先议章程，应俟矿师在滇勘明矿厂，由滇省开单奏咨到日，再行核办。弥乐石则谓全滇矿地非一二日□能勘遍，未经定章以前，该公司岂肯轻掷巨资聘请矿师往勘？臣等坚持初议，不准揽办全省。迭次磋磨，弥乐石始允指澂江、临安、开化、云南楚雄等府及元江州、永北厅凡七处，载入章程第一项内，将原议“嗣后别国公司概不准来滇办矿”改为“嗣后别国公司概不准在该公司所指之地勘采，以清界限”。

弥乐石又恐所指地段未必均有矿产，如无矿可办，仍请另择一处互抵，并将来办有成效，应请逐渐推广。臣等核其所拟办法，尚属可引，故于第一款内叙明准其互抵。惟先后统计仍以不得逾七处为率。除此之外，俟各矿开办有效，税数报效并无短绌，方可推广办理。盖既破其专利之计，自不得不量予扩充。弥乐石又以原议包办全省矿利较丰，故愿岁缴京铜一百五十万斤，并津贴员弁、兵勇护厂银二万两。现既改为七处，应请减去京铜三分之二，并免缴津贴银两。臣等

①中国第一历史档案馆藏：《录副奏片》，档号：03-7124-050。

以京铜系解部要需，保护矿厂，亦在在需费，未便遽议减除。再四磋商，弥乐石仍以体恤商情为请，始与议定岁缴京铜一百万斤，护厂费用由公司给发，不拘定二万两之数。电商滇督等，均无异议，即将原议第六款、第二十款照此改定。又于十八款内添叙弁勇费用由公司给发，惟该款原议“公司可在附近地方招募土勇，遴选中西武官各一员会同管带”，现改为“公司可禀请地方官在附近地方招募土勇，遴选武官一员管带，以杜争竞干预之弊”。其余均已逐款推敲，已期妥洽。谨照录章程，恭呈御览。如蒙俞允，即由臣等派员与弥乐石画押，并咨行云贵总督等遵照办理。

所有臣等核议滇省矿务章程缘由，理合恭折覆陈。伏乞皇太后、皇上圣鉴训示。谨奏。五月处十日。

光绪二十八年五月初十日，奉朱批：依议。钦此。①

1131. 呈滇省议办矿务章程清单

光绪二十八年正月初六日（1902 年 2 月 13 日）

谨将会议云南隆兴矿务公司章程，缮具清单，恭呈御览。

查滇省开矿之法，不精不全，未能推广。现云南公司拟纠集资本，采用善法，借工程师、机器及一应专家从事开采，俾欲国计而利民生。因此，云贵总督、云南巡抚及矿务大臣，与云南公司所派之总办法国总领事官弥乐石，议定办矿章程如下：

第一款：云贵总督、云南巡抚会同督办云南矿务大臣，允奏国家准云南公司寻采滇省各项矿产如下：一、公家现在荒废之铜矿，并嗣后公司寻出之铜矿。一、曾经开采现在荒废之金、银、铁、煤矿，及火油、宝石、朱砂矿，云南大吏允奏请国家给该公司以专办之利益，寻采上开各矿，嗣后别国公司概不准来滇办矿，惟中国官民在云南省增开各项新矿，应听照旧办理，随处可以开采。再，中国自立公司，筹集中国股本，呈请开矿，而但聘用英、

①中国第一历史档案馆藏：《录副奏折》，档号：03-9536-066。

法国矿师襄助，且比较云南公司分别完税章程，不再轻减者，应仍准予采办。

第二款：除开采官矿外，凡民间未开及荒废各矿，如公司愿开，可呈报云南大吏饬查，果无窒碍，地方官应向业主商议租山租地，其租价由公司认给。惟公司不得经向民间租赁，亦不得购买山地，永为业主。无论山地何时起租，均不得逾此章二十一款所定年限。凡矿山奏准开办后，倘三年之内公司未能开工，应将矿山及租券交滇官归还业主。

第三款：云南土地广阔，矿山散布，其利于开采第一款指明各矿，必须公司详为查勘，方有端倪，应俟工程师将可开之矿汇开清单，注明界址，绘图呈报大吏饬查，果无窒碍，奏准国家将清单列入合同，然后将地租妥，拨交公司开办。

第四款：云南公司可在矿厂附近荒地酌修必须之铁路，并开水路各道，以便工人来往及转运器具、矿质等用。此项道路占用民地，应呈请大吏查无窒碍，饬知地方官向业主公平议租，其租价由公司认给。至于修筑铁路，以接干路，系为运销矿质及转运器具、人工益臻利便起见，应俟干路告成，商议专章，奏奉中国国家核准，然后开办。惟公司永不得揽载客货。

第五款：开矿需用工人，公司应在云南省内觅雇，不敷则由邻省招补。凡招用工人，视其勤能，无分民教。如工人为工作受伤、残废、殒命，公司可公平偿恤。厂地词讼、命盗、争殴等案，均查照约章，分别办理。

第六款：公司开办铜矿，倘有起色，应岁缴京铜一百五十万斤，以表感忱如下：开办铜矿三年期满，即按年缴交京铜一百万斤；再二年期满，按年加缴京铜五十万斤，以后即以岁缴铜一百五十万斤为定额。公司应交之铜，含净质八成半，每百斤给价库平银二十两；每岁所出之铜，除按照以上年限交足京铜外，公司可以余铜照市价先售与滇省官用，并中国各省采买；再有余铜，转运出口，京铜免完税课。其余售与云南及各省并转运出口之铜，应按本质每百抽五，完纳落地税。

第七款：公司勘指矿山道路，凡有碍房屋、田地、坟墓、风俗，及中国国家商民现仍开办原有利益各矿产，公司概不开办侵占，永杜惊扰。

第八款：公司愿创办学堂一所或数所，教授华人，以造就开矿及百工之材。嗣后公司需用之工程师及专门各工头等，应先尽学成诸生中，酌量选用。

第九款：查矿地广阔，转运艰难，中国国家为推广矿务、溥开利源起见，准云南公司分设开矿公司，将所得之权利交托承办，或让与自办。惟各该公司无论代办、自办，务须遵守现订之章程。中国国家既不担任亏折，则每矿应分立账目，不得以此矿之盈余抵彼矿之短耗。年终按股分利，应各归各矿核算。公司将来发售各矿股票时，应竭力设法广招华股，凡官绅、工、商，均可与公司合伙生理，与外国股东一律看待。出售股票，应在欧洲及中国各大埠同时举行。

第十款：云南公司开矿之股本不过关平银五千万两，将来倘需加增，可商允云南大吏，酌添股本。

第十一款：公司进款，除去下开各项，即为净利。一、各项费用及应完税课、租地价值。一、按股本银数提付八厘利息。一、按所购器件原价并修造学堂栈房等原价，提还一成，提足停止。一、按所余之款提出一成，作为公积，以备公司要需。此项公积日后提分，应照第十二款所定股分，公平均沾。

第十二款：除去上开各项，所余之款即为净利，应摊分如下：一、中国国家得百之二十五。一、云南省得百之十。一、公司各股东得百之六十五。每届年终，云南大吏及公司各派一员，查核每矿各账，分领应得之款。

第十三款：公司事业亏累，自行担任，与中国国家及云南省毫不干涉。

第十四款：公司开办诸矿，所出各项矿产，分别出炉、出井，均按本色每百抽五，缴交云南省，作为落地税，由驻厂委员随时查记矿产出炉、出井账目，核对厂内出数账簿。每届三个月，计数抽收。公司办运进口之开矿器具及出口之矿质，均照海关税则，分别完税。公司进口之办矿器具及出口之矿质，只完关税，而概免内地常税厘金。惟公司应遵守中国定章，不得违背条夹带应完税厘常货及私运禁物。

第十五款：倘此章程讲解有异，及照办时或有争执，应由中国国家、云南大吏、法国公使、英国公使各派一员，会议判断，一俟断定，即用明文分别知照遵行。

第十六款：中国国家及云南省既分公司余利，则公司之矿务，关系国课，自应尽力保持，俾收实效。所有章程各款，皆应令地方官切实遵行。

第十七款：公司可体中国国家及云南大吏付托之重，应竭尽心力，与地方官敦好修睦，诚信相孚。如执事人等有失敬伤谊情事，经地方官指告后，查明属实，即行撤退。二年之内，不得录用。倘公司此后仍需此人，亦永不令在原厂办事。

第十八款：开矿处所，人类甚杂，公司可在附近地方招募土勇，遴选中、西武官各一员，会同管带，驻扎厂地，保护弹压，俾中、西执事人等均得安居，免滋事端。倘遇事故，土勇不敷弹压，则云南大吏酌派官兵，公司永远不得借故招调洋兵入境。

第十九款：公司之矿师人等来滇查勘矿苗，或从事开矿，或由厂行往各处，先期知照地方官派员保护，倘未预知而生意外之事，则云南官员不任其咎。

第二十款：滇省派员赴厂，动支薪水、火食及矿师人等寻勘矿地，派兵随护，以及保护矿厂，在在需费，应筹给津贴。现公司允自开办工日起，按年缴交云南大吏库平银二万两。

第二十一款：此章程从画押日起，以八十五年为期限。期限届满，所有已开之矿，无论新旧及成效如何，均连同公司名下之田地、房屋、器具、铁路并水陆各道等，概由公司经理人移交云南大吏，无庸给价。

第二十二款：云南为中国行省，如中国与欧、美、亚诸国有开战情事，酌定合理之章程，以防私济敌人，公司自应遵守。

第二十三款：云南公司系为开采云南各矿起见，取名隆兴矿务公司。

第二十四款：此章程缮备华文、法文各三分，如讲解有异，以法文为正。①

1132. 奏闻遵议详细矿章情形片

光绪二十八年正月初六日（1902年2月13日）

再，云南为最瘠之省，而矿产夙饶。救贫之策，莫先办矿。臣等到滇后，即于此锐意图维，逆知坐守宝山终为外人攘夺，惟有自办一法，庶足预保利权。无如民间以土法开采，往往得不偿失，事废半涂，财力匮乏，既不能广集公司；风气固陋，又不肯研求西法，欲由官中提倡，苦难筹拨巨资，而精于采矿之员尤不易得。外省富商大贾，屡经设法招徕，仍皆裹足不前，良由购运机器，延聘矿师，万里崎岖，无一不形凿枘。溯英、法攘我缅、越，其游历入滇各员，首先注意开矿，明知造端较难，究因类多利溥，谋构益坚，虽经历任各疆臣权辞婉谢，亦不过暂时推展。本年，英、法合集公司，以法员弥乐石主持其事，由法使商准外务部遣派来滇，并由京寄到矿务草章，就滇商订。嗣经矿务大臣唐炯奏奉谕旨，交军机处议覆，请旨交议钦遵知照到滇。

臣等伏念滇省兴办路矿，均有成议。去年，各国新立和约，复将开通商务、推广路矿各事订入专条。现在法人议办滇越铁路，刻不容缓，矿务实与铁路相需为用，深恐英人从中角逐，致失先著，因而合集公司，乘机并议，已隐挟一不容坚却之情、垄断独

①台北中央研究院近代史所藏：《外交档案》，馆藏号：02-04-028-01-005。

登之势，自办力固不及，推拒易启责言，计惟有因其图谋最急不欲失欢之际，先允所请，以慰其隐，婉示必争，以抑其贪。此时能多就一分范围，日后即轻减一分顾虑。磋商大端，应以防范、保权、均利三事为要义。防患，则永禁洋兵，弹压战事，私济敌人，平日夹带禁物，妨碍田庐、坟墓各节居先；保权，则公司不购买尺土寸地，不侵占官民已开利益，除允办各矿外，不任意含混妄指中国自设公司，诸听照常办理各节居先；均利，则各矿分立账目，支费、科利，均不得牵混计算，矿税派滇员稽收，准查核出产数目，铜斤除供京运外，应先尽各省购用。出口矿产，入口料件，概照海关税则完纳各节居先。凡此多为外人所不愿，实皆滇省所必争。

其余另就送到草章，逐款磋议，或据理驳正，或援义引伸，或专条增订。弥乐石在滇最久，洞悉情事，初到滇时，外则甘言柔论以诱成，内则狡谋刻意以餍欲，继见臣等察知隐曲，于是反覆变计，时而闪铄尝试，时而吓诈推求，及至大概已定，又复于华洋词义间多所遁饰，得步进步，其以停议请英、法另派专员相挟制者屡矣。臣等因其术以为应，刚柔互用，曲折相持，卒之情理所在，弥乐石亦无以易。历时七阅月，辩论数十次，幸而竣议。即如初章分利一节，以百分中二十五分报效国家，以十分津贴滇省，指为至优极渥，而于较有把握之矿税，则语涉含糊，力求减免，实则所谓百分者，系提去最厚股利，一切无定费用暨十成公积，始行分派，非公司获无量利益，殊无余润可均。又探悉滇省锡、铅各厂办有成效，若显夺滇民生计，恐为公道不容，遂欲以影射出之，预留日后争揽地步。其极费唇舌、久而始定者，约有四端：

一、禁制中国公司延聘矿师，贷用洋款，借口别国洋人驾名华商，妨碍彼之事业，实则欲尽夺权利，以为华人贫拙，非借资财力、工巧，势将不绝。而自困臣等责以于理不顺、于情不恕，再三磋磨，始以不入别国洋股，专用英、法矿师定议。

一、运矿自修铁路，接通滇越干路。滇省风习未开，议办一滇越铁路已至棘手，今复横添枝节，实属窒碍难行。弥乐石则谓陆运艰阻，非准接通干路，矿务无功，坚请议则先定，事则缓行，继见固执不许，复请于章程内声明将来议章准办。臣等恐语涉沾滞，即启日后要挟，设法调停，订明俟干路成时，商议专章，然必须章程妥洽，奏奉国家核准，方能开办，并禁止售票搭载客货，预存限制。

一、公司自买山地，萃两国财赋，饵瘠省愚民。苟听其自为购置，一举手而宝藏已尽在彼，根蒂益固，在滇地主无权，异日即有兴复之机，尚复从何探讨？且与滇民自行交易，其中纠葛尤多，既听购为私产，则章程中所谓必经核准始能交办，皆属虚词。臣等坚执不可，许按民间租价，代为公平租赁。地由滇官指交，价由公司照给，逾限三年不办，原地归还业主。弥乐石谓各省办矿公司悉准购地，若候滇官租交，按年核缴租值，彼此烦琐，均甚不便。臣等答以甘任其难，非此则力难保安。固争始定。

一、按照价本，值百抽五，完纳矿税。公司所谓价本者，譬如以千金资本办矿，无论采得矿质值市价数千金、数万金不等，其完税仍按一千金资本，值百抽五，较之核计矿质，以市价抽税，厚薄相去天渊。臣等始则援《会典》所载以十分抽二抵税，继则照市价值百抽五定议。弥乐石均力拒不允，并称海关系按照价本抽税，山西福公司矿章亦然，碍难改紊。臣等诘以矿质系中国土产，焉能比例洋货，福公司仅办山西二府矿务，此则揽办全省，若照价本收税，实与值百抽五字义不符，争论至必不得已，始议定按出井、出炉矿质，每百抽五，抵纳税课。抽法虽尚平允，究须自行变价，多费周折。彼于税章既不得逞，又欲蒙混取巧，议由公司三月缴税一次。臣等力争派员分矿监收，查核矿质出数，比对该厂账目。弥乐石深以为苛，强而后允，电知法使照会外务部斥滇一味作难，殊不知臣等以事当创办，深恐边民顽梗，致有他虞。所兢兢措意者，尤在于保权、防患；分利、纳税两事，虽亦在所必争，而隐为时势所屈，已无不曲意牵就。

至英、法公司独专利益一节，臣等初亦拟据理折之，嗣经反覆筹计，同一见夺于人，缅、越接壤于我，彼岂甘居人后？设致群雄竞趋，控驭益难，势必重为滇累，不如姑以市德，预戢纷纭，列邦即有违言彼专利者，自当善解。惟臣等智识短浅，虽竭勉愚虑所能及，曲就情势以熟商，而未来事机难以逆睹，一切抵制之策仍虑未尽合宜，因与弥乐石订明在先，章程会议妥竣，彼此钤印互换，均不签字、署押，应俟奏奉谕旨批准，遵立合同，并于会议章程另立专条，声明该公司愿办各矿须俟矿师勘绘界址，呈送臣等详细查核，均无窒碍，然后载入合同，指交开采。原恐一经订立合同，该公司恃有成约，任意指索，致滋流弊。现在矿章甫经议竣，该公司派出查勘各矿师均未回省。弥乐石即已兼程入京，难保不耸其驻京公使向外务部催请先订合同。

以目下时势而论，似宜俟臣等核定该公司可办矿厂若干处，开具清单，另行奏明立案，方与订立合同，办法较为周妥，亦与现议相符。应否饬下外务部于核议矿务章程未经覆奏请旨以前，先与英、法驻京使臣订明此节，以免临时周折之虞，伏候圣裁。所有遵议矿章一切详细缘由，臣光焘、臣经羲谨合词附片密陈。伏乞圣鉴训示。谨奏。

（朱批：）览。[①]

光绪二十八年二月初五日，奉朱批：览。钦此。[②]

1133. 奏为绅耆王炽禀请立案片

光绪二十八年正月初六日（1902年2月13日）

再，据矿务公司总办绅耆王炽禀称：法员弥乐石照会，欲与公司合办厂务，曾蒙奏奉旨准公司尚未与立合同。九月十七日，

---

①台北故宫博物院藏：《军机及宫中档》，文献编号：408007095-0-A。

②中国第一历史档案馆藏：《录副奏片》，档号：03-9536-055。

该法员面称：外洋来电，欲给公司三十万两，要将全厂交代。窃思此乃民间商规，所谓接顶，并非合办公司所办之厂，三迤都有。若如所议，窃恐将来横生枝节，地随厂去，公司何敢蹈此罪戾！业已回复各办各厂，恳请奏明立案等情。

臣等覆查该法员既变初议，自应听公司分办，以免别生枝节。理合附片陈明。伏祈圣鉴。谨奏。

(朱批：) 览。[①]

光绪二十八年二月初五日，奉朱批：览。钦此。[②]

1134. 中法合办铁路请饬指拨的款备用折

光绪二十八年正月十九日（1902 年 2 月 26 日）

头品顶戴云贵总督臣魏光焘、云南巡抚臣李经羲跪奏，为中法合办铁路，需费孔亟，吁恳天恩饬部查照原案，指拨的款，解滇备用，以免贻误，恭折仰祈圣鉴事。

窃滇省前因中法会勘铁路，需费孔巨，经前督臣崧蕃、前抚臣丁振铎会折奏请指拨的款银一百万两，解滇备用，奉朱批：该衙门议奏。钦此。旋经总理各国事务衙门会同户部核议，指拨广东省商厘缴存银五十万两，解滇备用。光绪二十六年二月二十六日覆奏，奉旨：依议。钦此。尚未准广东咨解。旋因北直拳匪之变，准户部咨称：芦汉铁路，已奉谕旨暂行缓修，滇省铁路亦应一律暂缓。其广东应解前项经费，应专款存储，听候拨归军需动用等因。咨滇查照。本年三月，法国总领事官方苏雅复来滇驻扎，议办铁路，送到路章内载：应用地段须在两月期内交付，并准外务部函寄铁路草章，饬滇与之议办。当以购地需款甚巨，又经臣等先后电请户部筹拨的款，俾应急需。嗣准复电：路款实无可指拨，闻滇库尚有存款，即希就近酌量提用等因。当经转行遵照

①台北故宫博物院藏：《军机及宫中档》，文献编号：408007095-0-B。

②中国第一历史档案馆藏：《录副奏片》，档号：03-9536-056。

去后。

兹据云南布政使林绍年会同铁路局司道详称：滇省常年出入款项，不过百余万两。承平时，年受各省协饷六十余万两。迩年仅恃川省协济三十万两零，较前尚不及半，而犹能勉强撑拄者，则以司库常年不敷，时向粮库米折存款拨用。上年，边防吃紧，添勇募营，行在需饷，提前赶解，叠经挪拨，积存遂已无多。前恐各国议约急待现款，尚拟罄粮库所存，益以挪凑，或可得银三四十万两，以备急需。旋以垫解减平、借拨铜本及本省教案赔款、添兵剿匪，诸用纷来，而厘金收数又极短绌，致些少旧存亦经罗掘殆尽，故奉派按月筹解赔款，一时赶筹不及，无可腾挪，尚系由商号认息借垫汇沪，方免贻误。

至改练洋操、兴办学堂诸务，在在需费，均以库储空虚，左支右绌，无论西、南两防不能密布，即游匪蠢动，欲暂添勇会剿，亦且拮据万分。此瘠区办事竭蹶情形，久邀圣明洞鉴，部臣亦所深知。夫滇以受协之省，现复转而受拨，则出入之无盈有绌，不问可知。此时，议办铁路，分段会勘，员、兵各费，所垫即已不赀，时苦艰于应付。若一旦法员麇集，立等开工，限期交地，不应则责言立至，动必以延误在我，须偿彼经费为辞，断非能虚与委蛇，空言搪塞。若照约付地，则所用地段皆民间山场，田土沿途千余里，地主数十万家，或租或购，非迅速付给，百姓愈复惊疑，衅端立见。是此事之需款甚巨，而又不容缓筹，关系极大，非若寻常用款，虽极窘蹙，尚可以搜索余存，就近挪用者也。应请由部于万无可设法之中，竭力腾挪，中外同任其难，先指拨的款数十万两，解滇济用，以顾大局等情。详请奏咨前来。

臣等覆查铁路应用地段，由中国备交，原有成约。现在法员纷至，已派员由蒙自河口一带分段会勘，势将克期兴工，不可遏缓。滇固贫窘受协之省，前令勘路垫支各费及节次挪拨垫解各款，实已百孔千疮，此时立须购地，万难筹此巨款。明知部库、各省情形同一拮据，滇苟力能支持，曷敢上烦宸廑！无如成议已定，一经失信外人，难免不生枝节，实于邦交大局深有关系。筹维数四，惟有吁恳天恩俯准饬部查照前奏准拨成数，指拨的款，解滇备用，并求先饬电汇一二批来滇，俾应急需，以免贻误。

除咨外务部、户部查照外，谨合词恭折具陈。伏乞皇太后、皇上圣鉴训示。谨奏。光绪二十八年正月十九日。

（朱批：）户部速议具奏。①

光绪二十八年二月二十一日，奉朱批：户部速议具奏。钦此。②

1135. 请将二十六年土药厘金照案划拨折

光绪二十八年正月十九日（1902年2月26日）

头品顶戴云贵总督臣魏光焘、云南巡抚臣李经羲跪奏，为请将滇省光绪二十六年分土药厘金收数，照案在各省欠解协饷项下划拨，恭折仰祈圣鉴事。

窃查云南土药厘金，前奉文饬解海军衙门归还欠款。嗣经前督臣王文韶等于议覆筹饷条折内奏明此项厘金万难提存，复经户部议准由各省欠解协饷划拨。又准户部奏咨海军经费改归部库，分别收存拨用等因。业经光绪十七至二十五年所收土药厘金及各省欠解协饷数目，分别造册奏咨照案拨解，各在案。

兹据云南布政使林绍年会同厘金局司道详称：光绪二十六年，滇省共运销土药七千一百八十担二百三十五两二钱，以每担收银十九两二钱计算，共收银一十三万七千八百五十八两八钱零。除遵照奏案每担提银十三两二钱，报部候拨，应提银九万四千七百七十七两九钱零，共余银四万三千八十两八钱零，应即留滇备用，内除一成局用开支银四千三百八两零，实存银三万八千七百七十二两七钱零，自应照案将各省历年欠解协饷数目详请奏咨，由部

---

①台北故宫博物院藏：《军机及宫中档》，文献编号：408007096。

②中国第一历史档案馆藏：《录副奏折》，档号：03-7141-015。

照案如数拨收，以清款目等情。前来。

臣等覆核无异，谨合词恭折具陈。伏乞皇太后、皇上圣鉴训示。谨奏。光绪二十八年正月十九日。

(朱批:) 户部知道。[①]

光绪二十八年二月二十一日，奉朱批：户部知道。钦此。[②]

1136. 汇报添换各营管带衔名等情折

光绪二十八年正月十九日（1902年2月26日）

头品顶戴云贵总督臣魏光焘跪奏，为遵旨汇报年底添换各营管带衔名，并移扎处所，恭折仰祈圣鉴事。

窃查光绪二十五年十月二十八日，内阁奉上谕：各直省设立防营，着自接奉此旨后，限于两月内一律开单，详细具奏，以备稽核。如有更换管带员弁，或移扎他处，并着随时奏闻等因。钦遵转行遵照在案。兹据云南善后局营务处司道林绍年等详称：查滇省各防营于光绪二十七年二月间，因昭通府属川蛮大股出巢，偷渡滋扰，烧杀抢掠，添营派员剿办。除昭通镇添募亲兵百名事竣即已遣撤外，防江一营，因沿江一带原设防营兵力太单，请留防要隘，以资镇摄。又因是年八月间，粤边游匪滋扰、酌拟办法案内，声明现在章程防军以三百人为一营，练勇以二百五十人为一营；遴员拨队，更定饷章，饬赴广南剿匪案内声明自五月到任，添募武威大营，创练洋操，曾将省防绥靖各营添设教习、棚夫，一律改练，即委省防分统调补九江镇总兵刘万胜，统率绥靖正中、左、右、中四营，并驻防邱北之绥靖副中营，开赴广南沿边，接替覃修纲一军，联团布置，以为游击策应雕剿之师；复饬前敌营务处奏调云南差委河南候补知府黄凤岐，招募一营，合刘军共六营，俾免过虞单薄，均经奏报各在案。所有改定饷章，均自是年

①台北故宫博物院藏：《军机及宫中档》，文献编号：408007098。

②中国第一历史档案馆藏：《录副奏折》，档号：03-6656-043。

十一月初一日起支薪饷。

兹届造报光绪二十七年分年底兵册之期，自应将各该营列报。现设之省防武威亲军大营，并将绥靖中、左、右、正中、副中五营桢字营，均改设兵丁三百名，以符原奏。又，镇东中营、开花炮营、督抚署亲兵、分统亲兵、省标六营、水龙兵、昆明等九州县土勇、东昭、江防之昭通镇兼带亲兵镇东左营、昭东游击营、江防游击营、普防之普洱镇兼带亲兵元字中左右副中四营、思茅同知护关兵勇一百名，镇边土勇六百名，西防之提督兼带亲兵建威左右两营、义字左右两营、腾越镇兼带亲兵、腾永左右前后四营、鹤丽镇兼带亲兵及镇北营南防之临元镇兼带亲兵、绥靖选锋营、临平中前两营、镇东右营、柱字中左右前四营，达字中前后三营，驻榆、驻蒙开花炮队、开化镇兼带亲兵及纲字中左右前后五军二十营，理合将原设、新添驻扎处所及管带衔名、兵勇数目，造具清册，详请奏咨前来。

臣覆查无异，谨缮简明清单，恭呈御览。除将清册送部查核外，谨会同云南巡抚臣李经羲，恭折具奏。伏乞皇太后、皇上圣鉴，饬部查照施行。谨奏。光绪二十八年正月十九日。

（朱批：）该部知道，单并发。①

光绪二十八年二月二十一日，奉朱批：该部知道，单②并发。钦此。③

1137. 请恤办理边防及剿匪阵亡员弁折

光绪二十八年正月十九日（1902年2月26日）

头品顶戴云贵总督臣魏光焘跪奏，为汇案吁恳天恩，照例议恤，恭折仰祈圣鉴事。

---

①台北故宫博物院藏：《军机及宫中档》，文献编号：408007099。

②此清单查无下落，待考。

③中国第一历史档案馆藏：《录副奏折》，档号：03-5953-091。

窃查滇省办理边防及剿办各处贼匪，阵亡伤故文武员弁兵勇，历经开单奏报暨咨部议恤在案。兹据云南善后局营务处司道林绍年等详称：据各营将阵亡、伤故、淹毙、瘴故文武员弁、军功、勇丁、团丁人等请恤到局，逐一检查，共计文职二员，武职、军功、武生十一员名，团勇二百一十九名，分别阵亡、淹毙、瘴故，造册详请奏咨前来。

臣覆加查核，该文武员弁团勇等，或打仗阵亡，或因伤身故，或淹毙及在营瘴故，均系为国捐躯，深堪悯恻！合无仰恳天恩俯准饬部分别照例议恤，以慰忠魂。谨缮具简明清单，恭呈御览。

除造具清册咨部查核外，谨会同云南巡抚臣李经羲，恭折具陈。伏乞皇太后、皇上圣鉴训示。谨奏。光绪二十八年正月十九日。

（朱批：）着照所请，该部知道，单并发。[①]

光绪二十八年二月二十一日，奉朱批：着照所请，该部知道，单并发。钦此。[②]

1138. 呈办理边防及剿匪阵亡员弁清单

光绪二十八年正月十九日（1902年2月26日）

谨将滇省攻剿蛮匪、游匪阵亡、伤故及因公被戕、淹毙、驻防边境瘴故文武员弁、军功、兵勇、团丁各员名，缮具简明清单，恭呈御览。

计开

一、瘴故文职项下：五品衔候选知县赵秉仁等二员。

一、阵亡、伤故、被戕、瘴故武职、军功、武生项下：六品军功监生木爱琼等十一员名。

一、阵亡、伤故、淹毙、瘴故兵勇、团丁项下：绥靖游击左

---

①台北故宫博物院藏：《军机及宫中档》，文献编号：408007097。

②中国第一历史档案馆藏：《录副奏折》，档号：03-5953-095。

营勇丁马才富等二百十九名。

以上阵亡、伤故、被戕、淹毙、瘴故文武员弁军功、兵勇、团丁等共二百三十三员名，应请照例议恤。

（朱批：）览。[①]

1139. 请将都司萧福生等革职缘由片

光绪二十八年正月十九日（1902年2月26日）

再，委署云南澂江营游击尽先补用都司萧福生、中军守备邓有绪，被该营把总杨正洪、外额潘德荫等呈控滥保匪人，贿谋卖缺，鲸吞饷项，私造功牌等情。当以事关军政，例应查实究办，批饬云南按察使移会该管镇、道，会同密查，据实禀覆，以凭核办去后。兹据署云南临元镇总兵马柱、署迤东道石鸿韶禀呈：派员查明该署游击萧福生等被控各节，均查有确据。呈请核办前来。

似此不法劣员，大坏军政，未便姑容，相应请旨将署云南澂江营游击尽先补用都司萧福生、该营中军守备邓有绪一并革职，提省归案审办。其所遗云南澂江营中军守备员缺，系题补之缺，容臣拣员请补。除咨兵部查照外，谨会同云南巡抚臣李经羲，附片具陈。伏乞圣鉴训示。谨奏。

（朱批：）着照所请，该部知道。[②]

光绪二十八年二月二十一日，奉朱批：着照所请，该部知道。钦此。[③]

①中国第一历史档案馆藏：《单》，档号：03-5953-096。

②台北故宫博物院藏：《军机及宫中档》，文献编号：408007097-0-A。

③中国第一历史档案馆藏：《录副奏片》，档号：03-5953-092。

1140. 奏闻报效昭信股票第四次请奖折

光绪二十八年正月二十六日（1902年3月5日）

头品顶戴云贵总督臣魏光焘、云南巡抚臣李经羲跪奏，为滇省文武各员报效股票第四次请奖，恭折仰祈圣鉴事。

窃查滇省文武各官报效昭信股票银两，前准户部酌拟章程，分别请奖、移奖，奏奉谕旨允准颁发章程，通行遵办等因。业将第一次至第三次照章请奖、移奖各员名，按次造册，汇入新海防捐输第五十三卯至五十五卯案内奏请给奖在案。

兹据布政使林绍年详称：据报效昭信股票各员陆续禀恳照章请奖、移奖等情。查新海防捐输业经停止，无从汇办，自应专案请奖。所有昭信股票移奖监生谢焜等十七名、实官五名、翎枝三名，遵照例章，共合十成正项银七千四百八十六两，以原捐股票银七千三百两计抵外，现补正项银一百八十六两。又，前任云南按察使邹馨兰[①]移奖次子邹洪铭由俊秀请奖监生，加捐盐大使指省分发浙江试用，合例定十成正项银三千二百二十八两，以原捐股票银三千两计抵外，现补正项银二百二十八两。又，思茅同知许之载移奖嫡孙许豫孙由俊秀请奖监生，加捐三班指省分发试用巡检，合例定十成正项银七百八十八两，以原捐股票银八百两计抵，余银作为有盈不计。其各员补交正项银两存储候拨部饭、照费，俟集有成数，另文批解，造取各捐生履历清册并同印收，详请奏咨前来。

臣覆核无异，除清册印收分送吏、户部、国子监外，所有滇

---

①邹馨兰（1839—1907），名位揆，字循陔，贵州三穗人，初由附生保举花翎知府奏调赴滇差委。光绪四年（1878），署理永昌府知府。十一年（1885），署理昭通府知府。十四年（1888），补授永昌府知府。十七年（1891），调补云南府知府。二十一年（1895），升临安开广道。二十三年（1897），加二品衔。二十四年（1898），迁云南按察使。二十五年（1899），会办云南界务、铁路事宜，任中法、中英划界专使。二十六年（1900），因病开缺。三十三年（1907），卒于籍。

省文武各官报效股票第四次请奖缘由，谨合例恭折具陈。伏乞皇太后、皇上圣鉴，敕部核覆施行。谨奏。光绪二十八年正月二十六日。

(朱批：) 户部议奏。①

光绪二十八年二月二十五日，奉朱批：户部议奏。钦此。②

1141. 奏报筹议操练新军事宜缘由折

光绪二十八年二月初四日（1902年3月13日）

头品顶戴云贵总督臣魏光焘、云南巡抚臣李经羲跪奏，为遵旨筹议操练新军事宜，恭折覆陈，仰祈圣鉴事。

窃臣等钦奉光绪二十七年七月十三日谕旨，饬令裁兵腾饷，汰弱留强，并将遵办情形，于两月内覆奏等因。钦此。又准政务处咨：遵旨议建武备学堂，改设常备、续备巡警各等军，所有兵制、营饷各章程，一并详细分别声明覆奏，各等因。咨行到臣。当经恭录转行钦遵查照办理去后。兹据云南善后局会同布政使、营务团练处司道林绍年等详称：滇省地处边瘠，饷项异常支绌，实难另练新军。惟有就现设之兵，更定营制，酌加薪饷，分设常备、续备巡警等军，以备缓急之用。查绿营兵制，已照现额统裁三成，其未裁之兵，拟请作为巡警军，虽为数较少，而各府、厅、州、县业经另案添设团营、团哨，以补兵力之不足。此项军兵拟仍绿营饷米旧章，毋庸议增，仍随时察度归并，另案办理。

惟常备、续备两军，亟宜分别改设，拟以旧日战兵、练兵一律改为续备军，以二百五十名额为一营，酌加薪饷。通省计设二十四营，常年约需饷银三十一万二千六百余两。另设常备军十二营，以三百名额为一营，益以炮队三哨、工程队一哨，常年约需二十三万七千余两。至军营须预备调遣辎重之队，亦不可少，拟

①中国第一历史档案馆藏：《朱批奏折》，档号：04-01-12-0612-036。

②中国第一历史档案馆藏：《录副奏折》，档号：03-6689-005。

常备、续备各营，每营设辎重队一哨，并炮队辎重三零哨。惟马队非云南地势所宜，暂从缓议。又，无论常备、续备，均改新操，练习枪炮，应支铅药、铜帽、笔码、皮纸及制发旗衣、棚帐各款，悉较旧章，增费数倍，估需银十二万两之谱，万不能省，益以督抚署卫队、提镇亲兵、城守营水兵并入各前项，统计岁需薪饷共银七十六万数千两，开折详请奏咨立案。前来。

臣等深维用兵之道，视地形之轻重、敌情之缓急，以为斟酌损益者也。滇省控楚、蜀上游，与英、法密迩，以势而论，须有常备军万人，分为两大枝，屯驻西南边防适中之地，斯足以资控制而备征调。今因饷力不给，改绿营为巡警，改防勇为续备，尚可勉资防守。而常备一军仅有十二营，终嫌力弱，此可暂时就饷试练，而未可永远垂为定额者也。简练新军之要有三：曰饷、曰械、曰将。军兴以来，滇饷俭于天下，盖当时所谓练兵者，但以本地之人击本地之贼，未尝征调远出，事平则优游坐食，与绿营无殊，故遂习而安之。其饷章固与湘、楚、淮军悬绝，营规、营制亦判然不同，偷惰因循，安于固陋，一旦束以新操，更不胜其繁重。加以迩来银价日贱，物价日昂，食用愈形支绌，以故应募者渐稀，而已入伍者亦畏而思遁。今拟续备、常备日递加银数分者，所以导军情也。然虽稍有增加，而视湘、淮军制尚有不及者，又限于财力苟合苟完也。饷既略充，器械不精良，操练亦难见效，谕旨亦虑及之。现在各国禁运军械出口，无从购办。滇省前由津、沪拨济枪枝，多系旧式，已不合用，而运道维艰，需费过巨，拟设局扩充制造，又以工匠难求，款项无出，此今日行军根本所系，尚须设法以求之者。

至将领之才，滇省尤乏，现设标营新操学堂，挑选标弁都、守以下年力精壮、志趣向上者，入堂肄习，冀开风气，以备将领、教习之才。然外国将才由学问而出，加以阅历，则其事顺而易；中国将才由阅历而出，返之学问，则其事逆而难。此其大较究之，循途始有能至之望，已病尤殷蓄艾之情。惟有因地制宜，因时自奋，期以上副朝廷整军经武之至意！

除将常备、续备两军暨炮队、工程营制饷章咨部外，所有遵议操练新军事宜，理合分缮清单，合词恭折具奏。伏乞皇太后、皇上圣鉴训示。遵行。谨奏。光绪二十八年二月初四日。

（朱批：）着即督饬认真训练，随时察阅，务令扫除积习，期收实效，单二件并发。①

光绪二十八年三月初三日，奉朱批：着即督饬认真训练，随时察阅，务令扫除积习，期收实效，单二件并发②。钦此。③

1142. 呈滇省拟设常备续备步炮各队清单

光绪二十八年二月初四日（1902年3月13日）

谨将滇省拟设常备、续备步、炮、工程、辎重各队，缮具简明清折，恭呈御览。

计开

拟设常备兵：步队十二营，炮队三哨，工程队一哨，合共四千人。

拟设续备兵：步队二十四营，合共六千人。

拟设常备辎重队十二大哨三零哨，大哨哨弁一员、夫七十六名，零哨棚头一名、夫十八名。续备辎重队二十四小哨，每哨哨弁一员、夫六十四名，合共二千五百四十一员名。

光绪二十八年三月初三日，奉朱批：览，钦此。④

---

①台北故宫博物院藏：《军机及宫中档》，文献编号：408007100。

②另件清单查无下落，待考。

③中国第一历史档案馆藏：《录副奏折》，档号：03-5953-001。

④中国第一历史档案馆藏：《单》，档号：03-5763-072。

1143. 保举李有棻等员请旨择用折

光绪二十八年二月初四日（1902 年 3 月 13 日）

头品顶戴云贵总督臣魏光焘跪奏，为遵保人才，以备任使，恭折仰祈圣鉴事。

窃臣叠次恭读上谕，孜孜求才，惟恐不及，仰见朝廷力行实政，首重得人。内外臣工俱有以人事君之义，苟获悉其梗概，何敢壅于上闻！查有前护陕西巡抚布政使李有棻，有体有用，文武兼资，臣于陕西巡抚任内与之共事最久，知之尤悉。四川臬司陈璚[①]，才识闳远，晓畅戎机，为前广西巡抚臣蒋益澧[②]所器重，与

①陈璚（1827—1906），字六笙，号鹿生、鹿笙、淡园，广西贵县（今贵港市）人，廪贡生。咸丰十年（1860），保知县。十一年（1861），拔贡，保同知，赏道衔，戴花翎。同治二年（1863），保同知。四年（1865），署浙江杭嘉湖道。五年（1866），经左宗棠奏参降补同知。十一年（1872），委署浙江台州府知府。光绪元年（1875），加三品衔。二年（1876），赏二品顶戴。六年（1880），署浙江嘉兴府知府。八年（1882），补处州府知府，旋调杭州府知府。二十二年（1896），迁湖南岳常澧道。翌年，署湖南衡永郴桂道。二十六年（1900），署湖南长宝盐法道。二十七年（1901），署湖南按察使。同年，补授山西按察使，转四川按察使。二十八年（1902），署四川布政使，晋头品顶戴，加威勇巴图鲁名号。二十九年（1903），升补四川布政使，护理四川总督。同年，原品休致。三十二年（1906），卒。平生工书法，笔意凝练挺秀。著有《随所遇斋诗集》《模古斋法帖》《淡园吟草》等行世。

②蒋益澧（1833—1874），字芗泉，湖南湘乡人，文童出身。咸丰四年（1854），以功叙从九品，保县丞。五年（1855），加同知衔。同年，保知府。七年（1857），加额哲尔克巴图鲁勇号，升按察使衔。八年（1858），晋布政使衔。是年，署广西按察使。九年（1859），授广西按察使，迁广西布政使。同年，因案以道员降补。次年，保按察使。十一年（1861），补广西按察使，旋开复布政使原官。同治元年（1862），调补浙江布政使。三年（1864），授云骑尉、骑都尉。四年（1865），护理浙江巡抚。五年（1866），擢广东巡抚。六年（1867），因案降二级，以按察使候补。七年（1868），补广西按察使。旋因病回籍。十三年（1874），进京陛见，旋病卒。谥果敏。

臣相知最早；逮历任湖南司道，卓著政声。贵州臬司曹鸿勋①，心术正大，器识宏毅，前在云南迤东道任内整纲饬纪，所部肃然。浙江温处道童兆蓉，才识通敏，留心时务，官陕西知府二十年，所至有声，屡任监司，善持大体。云南开广道刘春霖，廉平清正，熟悉边情，志节挺然，无瞻徇唯阿之习。以上五员，洵属远到之才，堪膺大任。

又，有前福建汀漳龙道刘倬云，忠爱明决，出自性生，身虽家居，志在天下。河南候补道鹿浔理，器闳志壮，明干有为。四品卿衔候补道王之杰，笃实和平，才猷练达。新疆候补知府潘震，志意恢豁，神识湛然。以上四员，得所籍手，必能乘时树立，卓然与流俗不同。

伏念臣久事戎行，数临边地，既未精于风鉴，亦复限于愳闻，有之而不知，敢诿为才难之叹；知之而不举，又奚免窃位之识！辄就平日所知，据实胪陈，以备圣明采择，是否有当，伏乞皇太后、皇上圣鉴训示，施行。谨奏。光绪二十八年二月初四日。②

光绪二十八年三月初三日，朱批。③

---

①曹鸿勋（1846—1910），字仲铭，号竹铭、兰生，山东潍县（今潍坊市）人。同治十二年（1873），拔贡，朝考一等一名，充刑部七品京官。光绪二年（1876），中式一甲第一名进士（状元），授翰林院修撰。四年（1878），补武英殿协修、国史馆协修。五年（1879），充湖南乡试副考官。七年（1881），简湖南学政。十三年（1887），充上书房行走。十五年（1889），授陕西乡试正考官。十六年（1890），选教习庶吉士。十九年（1893），补文渊阁校理。二十年（1894），署日讲起居注官，补右春坊右赞善、武英殿纂修。二十一年（1895），授左春坊左赞善。二十二年（1896），放云南府知府。二十三年（1897），调补永昌府知府。二十四年（1898），升云南迤东道，署云南储粮道。二十七年（1901），迁贵州按察使。二十九年（1903），升授贵州布政使，署理贵州巡抚。三十一年（1905），调补湖南布政使。同年，擢陕西巡抚。三十三年（1907），调京，协办资政院事务。宣统二年（1910），卒。平生长于书法，间画竹、兰，字学欧体，老益浑朴，并工汉隶。其书法用笔运锋速捷，潇洒爽畅，结体流美。其书与画同臻佳境，精当妙佳。有《重修玉清宫碑》（俗称四面碑）、《十笏园记》等石刻传世。

②中国第一历史档案馆藏：《录副奏折》，档号：03-5414-039。

③此朱批日期，据《军机处随手登记档》（档案编号：03-0312-1-1228-060）校补。

1144. 代奏提督冯子材开缺缘由片

光绪二十八年二月初四日（1902年3月13日）

再，调补贵州提督臣冯子材前以假期届满，修墓工程尚未告竣，电经臣代奏吁恳续假三月，钦奉朱批：着照所请。钦此。当经转咨钦遵去后。兹于光绪二十八年正月二十四日，准提臣由广东钦州本籍来电，以续假之期现已届满，又因感冒病痰牵动旧伤，痛楚不堪，势颇沉重，难以赴黔，电请代奏吁恳天恩开去贵州提督员缺，俾得悉心调理等因。前来。除咨部查照外，谨附片代陈。伏乞圣鉴训示。谨奏。

（朱批：）冯子材着准其开缺。①

光绪二十八年三月初三日，奉朱批：冯子材着准其开缺。钦此。②

1145. 奏报剥隘失事请惩失职员弁片

光绪二十八年二月初四日（1902年3月13日）

再，广南边粤，游匪蔓延日久，与兵民混杂，聚则成群劫掠，散则渺无踪迹，地多烟瘴，难用客军，频年悉恃广勇防剿，流弊日滋，深虑积久养痈，酿成巨患。臣等前于沥陈粤边游匪蔓延，滇省军制苟简，谨就现在情形酌拟办法奏内，暨续陈酌更营制、饷章，派拨省防各营前往接替游击会剿案内，先后详细奏明在案。上年十二月，省防分统调补九江镇总兵刘万胜具报所部绥靖各营，先后到边，初拟俟其接防之后，即将临元镇总兵调署开化镇总兵，覃修纲所部纲字各营广勇悉数调离该处，分别裁遣。适恭读邸抄，广西提督苏元春奉旨调任湖北提督。仰见朝廷洞烛边情，枢机默

①台北故宫博物院藏：《军机及宫中档》，文献编号：408007100-0-A。

②中国第一历史档案馆藏：《录副奏片》，档号：03-5953-114。

运，钦感莫名！

惟滇粤均值新旧交接之际，逆料遣勇游匪必且交相窜结，乘机肆扰，故与新军为难，以期隐遂其狼狈相依、狐鼠同穴之愿。计滇省纲字各营广勇是时在边者，尚有七营十哨，因先调六哨离广，各归开、蒙等处原防，择调两营折回广南府城，收械并裁，以节饷力，余或暂留原防，或拔驻广南府城，俾前敌兵力稍厚；拟俟粤中大局稍定，徐图并遣。乃腊月十九日，粤边游匪果即啸聚徒党，窜扰剥隘。广西营游击张显廷管带绥靖中营，接防该处，竟于二十三日败溃，全营弃械脱逃。该管分统刘万胜驻扎普厅，距剥隘四站，闻报调集分防者桑、皈朝之绥靖左、右两营，及续到之绥靖副中营，并暂留之纲字两营，合自带坐营，分三路进剿。正月十二日，直捣剥隘，匪即鸟兽各散。

臣等伏查游匪倏忽聚散，本其故智，人数极众，而散处沿边之地千数百里，既无大股贼目，负隅聚抗，可以力攻；其零星股数，实繁有徒，杂处民间，未能类别群分，亦未便禽狝草薙，办理殊形棘手，自非如臣等前奏坚壁清野，先靖土奸，广备游击，莫能奏效。而并寨立碉，据险扼要，皆坚壁清野之事，节目甚繁，非旦夕所能集事，盖必立防已固，兵足庇民，然后良懦之为匪所胁者，可得而解；桀黠之为匪所用者，可得而惩。扶正气以渐强，祛群邪而渐尽。其审端致力，与寻常较有区别。臣等惟有督率在事文武，坚持定见，激励军心，以期日起有功。

至此次失律之绥靖中营管带张显廷，全营弃械脱逃，获咎极重，业经勒令该管分统刘万胜查拿，并通饬缉解，相应请旨将广西营游击张显廷即行革职，拿获军前正法。各哨员弁一并重惩，以肃纪纲而维军政。该管分统调补江西九江镇总兵刘万胜到防未久，闻败调队进剿，匪即遁去，情尚可原。惟部将脱逃，究难辞咎，应请旨暂行摘去翎顶，勒限拿交。如逾不获，即行请旨革职，留营效力。广南沿边辽阔，近据广西巡抚丁振铎电奏，苏军遣勇未缴枪械，去腊剥隘之役，争传匪有无烟枪枝，未为无因。现仍添募绥靖新军副前、副左、副右各营，拔赴前敌，并力防剿，并饬南防营务处临安开广道刘春霖前赴广南，就现有防团各营，察看整顿，总期早日清厘，乂安边圉，仰慰宸廑！

所有剥隘失事将弁、分统，请分别惩处暨现筹办理缘由，谨合词附片具陈。伏乞圣鉴训示。谨奏。

（朱批：）着即妥为经理，并遵电旨严拿张显廷等惩办，余依议。①

光绪二十八年三月初三日，奉朱批：着即妥为经理，并遵电旨严拿张显廷等惩办，余依议。钦此。②

1146. 奏闻知县谌毅期满甄别片

光绪二十八年二月二十一日（1902年3月30日）

再，州县等官到省试用一年期满，例应察看才具，出具切实考语，奏咨补用。兹查有指分云南议叙试用知县谌毅，试用二年期满，例应甄别。据藩、臬两司会详前来。臣查该员谌毅朴实谨饬，不染习气，堪以本班留省补用。除将履历清册咨部查照外，谨会同云贵总督臣魏光焘，附片具陈。伏乞圣鉴。谨奏。

（朱批：）吏部知道。③

1147. 滇省守牧乏人请饬吏部拣发折

光绪二十八年二月二十一日（1902年3月30日）

云贵总督臣魏光焘、云南巡抚臣李经羲跪奏，为滇省知府、知州补署乏人，请旨敕部照例拣发，以裨吏治，恭折仰祈圣鉴事。

---

①台北故宫博物院藏：《军机及宫中档》，文献编号：408007100-0-B。

②此朱批日期与内容，据《军机处随手登记档》（档案编号：03-0312-1-1228-060）校补。

③中国第一历史档案馆藏：《朱批奏片》，档号：04-01-12-0613-068。

窃维郅治之隆，始于上而成于下。州县皆为亲民之官，知府尤有表率之责，均属地近情亲，利弊易于周知，得人即臻上理。汉世循良，玺书褒美，我朝轸念民依，尤重斯选。近年复迭奉上谕必须才守兼优，方无愧父母斯民之任，责成督抚从严考核，不准意存迁就等因。钦遵各在案。滇省知府多属要缺，绥边睦邻之治，必本之于察吏安民。第以边瘠瘴乡，人材素鲜奔赴。臣经羲自前岁到滇，谂知吏习积疲，即无日不以乏才为虑，每补一缺，限于班次，欲求人地相宜，往往穷于搜索，果皆遵例严加甄别，将至堂署一空，几无以应差遣。惟有汰除太甚，宽律其余，随时加意琢磨，以徐俟其迁变。

上年查悉四川候补知府邹馨德熟练边情，是以奏调回滇补用。夫缺员而出于奏调，亦必不得已之举，苟非深知其人，惟以私意是徇，调之非徒无益。若果贤能卓著，各省均需臂助，往往奏留弗遣，该员亦却顾不前。近又会□甄别实任知府三员请旨开缺，转瞬即须遴员补署，而就现在知府班中悉心查看，求其才能胜任、差堪信心者，实难其选。又，知州一项缺分较多，亦皆繁要，而本班无人，借补已经三次。秦晋开办赈捐，闻风者遂多以知州指发来滇，意谓到省即可顶补，无论新进之流素鲜历练，何堪牧养小民？且亦不足杜取巧而抑躁进。若以应补无人遂涉迁就，迨至贻害地方，纵即加以参劾，其咎仍与徇庇相等。

臣等向于所属各员，每钦遵谕旨先之以教督，不惜一再磨砺，迹维近于严刻，隐实曲予裁成。此次知府、知州两项既均乏人，亟应设法办理。查定例，边连省分俱准奏请拣发。又拣发人员，照督抚所请之项拣选，带领引见，各等语。大抵此项应拣人员多于记名京员及各项班次内挑选，皆由部臣出考保送，秉公拣用，始行请旨发往。如不胜任，吏议綦严，立法洵为精密。滇为边远省分，兼以逼近缅越，交涉日繁，当此治始更新、振兴庶务之时，据藩司林绍年会同臬司全楙绩具详请奏前来。

相应仰恳天恩俯念边省需才孔亟，敕下吏部照例拣选才守兼优、明习吏事、堪膺繁剧之知府六员、知州八员带领引见，恭候命下迅饬来滇分班序补，以资任使而重边要。臣等为慎重员缺起见，谨合词恭折具陈。伏乞皇太后、皇上圣鉴训示。谨奏。光绪二十八年二月二十一日。

(朱批：) 吏部知道。①

光绪二十八年三月十九日，奉朱批：吏部知道。钦此。②

1148. 请简熟习交涉之员来滇差委片

光绪二十八年二月二十一日（1902年3月30日）

再，滇省前因办理洋务需员，经前兼署督臣丁振铎奏奉谕旨，饬由外务部奏派记名海关道户部郎中朱有基及候选主事翻译刘武训来滇，委充洋务总办及翻译差使，均尚得力。正望久资臂助，朱有基随以水土不服患病，日久不愈，请假就医回京；刘武训复奉外务部电调随使赴英，碍难坚留，均经先后离滇。溯自海禁大开，列邦雄峙，折冲樽俎，实赖专长。至于今日尤为势处其难，非人莫办。

滇居西南冲要，缅越藩篱尽撤，外人视若户庭。思茅、腾越相继开关，英则锐意商务，请设腾越关道，并索开通口岸；法则经营铁路，急须会议合办事宜，且隐挟一蒙自租界，欲念蓄而待发。游历者接踵咸来，传教者驱丛日甚。西南边境土司时滋纠葛，旧案虽设法议结，新事仍乘构难防，正不仅界务与我争地，矿务与我争权。默审交涉之繁，几与东南海疆相埒，而办理窘棘之处，更有为海疆各省所无者。每遇疑难事件，晤商驳论，照会往还，稍失时宜，固滋衅隙，遇涉将顺，尤酿事端。虽由臣等主持于上，必赖有得力随员，就中善为调驭一切，乃无隔阂。除各项翻译人员由臣等设法咨访调充外，其总办洋务专员，究须熟谙公法约章，

① 中国第一历史档案馆藏：《朱批奏折》，档号：04-01-12-0613-020。

② 中国第一历史档案馆藏：《录副奏折》，档号：03-5415-016。

洞悉列邦情伪，刚柔得互用之妙，事势有因应之能，乃能胆识预操，机缄毕凑。此等干才在海疆各省已不多见，若求于固陋之滇，万里瘴边，尤为人情所畏阻，仅恃遵例奏调，无论见闻拘囿，搜索良难，即他省偶有物色，同此时艰，皆将维系之不暇，孰肯推让于人？借材异地，诚不易言。

至滇省现办洋务局员，非不辛勤黾勉，惟更事阅历较浅，筹措未臻精熟，应付即难有把握。欲本省员绅自为造就，必俟局务练习渐深，学堂办理有效，派出游学人员毕业成材，乃克相资为用。此可望于数年之后，断非目前磨琢所能应此急需。前开云南粮储道李毓森，尚悉交涉，正拟俟该员随办和约差竣，奏催速赴滇任，乃昨恭读电传阁钞，李毓森业奉旨调补福建汀漳龙道。臣等深疚敷陈不早，失此臂助之员。

目下再四筹维，殊滋后虑，惟有叩恳天恩俯念滇省交涉日繁，任使乏人，嗣后遇有滇省道府请旨要缺，仰蒙宸谟默运，遴择明习交涉、阅历较久之员，先行简放来滇，或就各省办有成效、历经专荐之洋务人员，择其才识尤练者，特予调授，均出逾格鸿慈。并请敕下部臣于滇省此次奏请拣发人员，兼选熟习约章、能办洋务者，相间拣发到滇，委供差务，庶几甄陶所及，奋励有加；且以滇省之员俾办滇省之事，心志既能专一，久任益卜有功，较之由臣等设法搜罗而来终不免于搪塞观望者，其得失难易，迥判天渊。

臣等为此万不得已之请，实缘滇省风气开通较迟，事机逼迫难缓，自愧延揽无方，绸缪乏术，抚衷滋戾，殊无以仰对圣明！惟目睹边要棘手情形，不敢不据实冒渎。是否有当，谨合词附片沥陈。伏乞圣鉴训示。谨奏。

（朱批：）知道了。[①]

---

①中国第一历史档案馆藏：《录副奏片》，档号：04-01-12-0613-071。

光绪二十八年三月十九日，奉朱批：知道了。钦此。[①]

1149. 请以胡璧升补蒙化直隶同知折

光绪二十八年二月二十七日（1902年4月5日）

云贵总督臣魏光焘、云南巡抚臣李经羲跪奏，为拣员升补要缺同知，以裨地方而资治理，恭折仰祈圣鉴事。

窃准吏部咨：单开调要缺云南蒙化直隶同知何亮标捐离任，坐十一月初五日发行等因。咨行到滇。应按照部中行文坐日，照限减半计算，扣至二十七年十二月二十九日五十五日限满，作为开缺日期，归于十二月底截缺，系要缺，毋庸掣签。除将日期另文详咨外，查定例知县以上官员，如系例应题调缺出及烟瘴地方，俱准升调兼行等语。今查该厅地方夷汉杂处，政务殷烦，一切抚绥、巡防，在在均关紧要，非精明干练、熟悉夷情之员，不足以资治理。臣等督饬藩、臬两司于通省应调、应补人员内逐加遴选，非现居要缺，即人地不宜，实无合例堪以调补之员。

惟于应升人员内查有烟瘴俸满开缺石膏井提举胡璧，年六十一岁，湖南零陵县廪贡，报捐州同选用，随投效湖南援黔军营，会同黔军克复下江永从厅县城池、剿平六硐贼巢出力保奏，光绪元年五月初八日奉上谕：着免选本班，以知州不论双单月尽先选用。钦此。复于苗疆肃清并剿灭丹江、古川各苗暨荡平四脚牛逆巢先后出力保奏，三年八月十八日奉上谕：着以本班留于贵州，归候补班前补用。钦此。是年，离营请咨赴引，经钦派王大臣验放发往，四年五月到省。七年三月，委署威宁州知州，年满交卸。因在署任防剿云南昭通窜匪出力保奏，九年三月二十日奉上谕：着俟补缺后，以同知在任补用。钦此。补授开州知州，旋调署湄潭县知县。十一年三月，饬回本任。十七年三月，调署清镇县知

①此朱批日期与内容，据《军机处随手登记档》（档案编号：03-0312-1-1228-074）校补。

县。十八年，大计保荐卓异。十九年正月，丁母忧，开缺回籍守制。二十一年四月服阕，在京就近起复。因前保同知补缺无期，在部呈请注销，仍以前保卓异知州遵例引见。八月初四日奉旨：准其卓异加一级，仍注册候升。钦此。呈请注册，投供候选。二十二年三月，签掣云南邓川州知州。四月初二日引见，奉旨：准其补授。钦此。十一月初三日到滇，饬赴本任。二十三年七月，调署永北直隶同知，十月初六日到任；调补石膏井提举，奉文覆准，二十四年七月初二日赴任。二十五年，安徽赈捐报效，奉旨赏戴花翎。二十七年六月初二日，实历烟瘴边俸三年期满，循例开缺撤回内地候升。据布政使林绍年、按察使全楙绩以该员干练勤明，堪膺表率，并无参罚案件，且到滇年久，熟悉边情，请以升补蒙化直隶同知，实属人地相宜，洵堪胜任，与例亦符，会详请奏前来。

臣等查核该员胡璧精明稳练，为守兼优，合无仰恳天恩俯念员缺紧要，准以俸满开缺候升盐提举胡璧升补蒙化直隶同知，实于地方有裨。如蒙俞允，该员系俸满开缺候升盐提举，今请升同知，虽知州任内曾经卓异加级，查其引见早满三年，俟奉文覆准，仍照例给咨送部引见，恭候钦定。其卓异俸满候升之案，照例查销。除咨部查照外，谨合词恭折具陈。伏乞皇太后、皇上圣鉴，敕部议覆施行。谨奏。二月二十七日❶。

光绪二十八年三月三十日，奉朱批：吏部议奏。钦此。①

❶【案】此折之具奏日期，因录副字迹脱落，故目录以朱批日期为之，未确。兹查光绪二十八年三月三十日《随手档》②“朱批魏光焘折”一栏，署有“报三百里，二月二十七日发”等字样。据此，此折之具奏日期当为“光绪二十八年二月二十七日”无疑。兹据校补。

①中国第一历史档案馆藏：《录副奏片》，档号：03-5415-111。

②中国第一历史档案馆藏：《军机处随手登记档》，档案编号：03-0312-1-1228-085。

1150. 奏报蒙自关四结期满征收税银折

光绪二十八年二月二十七日（1902年4月5日）

云贵总督臣魏光焘跪奏，为蒙自关第一百六十一结起至一百六十四结止一年期满，征收税银及支销、拨解、提存各款，分别造册开单报销，恭折仰祈圣鉴事。

窃准户部咨：洋关征收税银，照章按结开单奏报，扣足四结，专折奏销等因。当将蒙自关自光绪二十六年闰八月初八日第一百六十一结起至二十七年八月十八日第一百六十四结止征收税银及支销、拨解、提存各款，先后按结开单奏报在案。兹届一年期满，据云南临安开广道兼管关务刘春霖照章将蒙自关第一百六十一二三四等结征收税银及支销、拨解、提存各款暨商名、货物细数分晰造具四柱总、散清册，另开清单，详请奏咨核销前来。

臣覆核无异，除将清册分送外务部、户部、户科、南洋大臣查照外，谨会同云南巡抚臣李经羲，缮具清单，恭折具奏。伏乞皇太后、皇上圣鉴，敕部核覆施行。谨奏。二月二十七日❶。

光绪二十八年三月三十日，奉朱批：该部知道，单并发。钦此。①

❶【案】此折之具奏日期，因录副字迹脱落，故目录以朱批日期为之，未确。查光绪二十八年三月十三日《随手档》“朱批魏光焘折”一栏，署有“报三百里，二月二十七日发”等字样。据此，此折之具奏日期当为“光绪二十八年二月二十七日”无疑。兹据校补。

①中国第一历史档案馆藏：《录副奏折》，档号：03-6418-063。

1151. 呈蒙自关四结期满征税清单折

光绪二十八年二月二十七日（1902年4月5日）

谨将蒙自关自光绪二十六年闰八月初八日第一百六十一结起至光绪二十七年八月十八日第一百六十四结止一年期满征收税银，分别提拨、支解各款暨征存船钞，缮具清单，恭呈御览。

计开

旧管项下：一、提存四成京饷银八千七百十五两二钱八分。

一、提存六成洋税银十万六百二十六两一钱五分八厘四毫六忽四纤。

一、提留一半折耗银一百八十五两六分四厘八毫七丝六忽。

一、节留监督办公经费银一百四十四两。

一、征存船钞实存应解外务部三成银八十三两一分。

新收项下：一、收进口正税银七万五千二百二十四两五钱七分七厘。

一、收出口正税银四万一千八百七十一两七钱一分一厘。

一、收土药正税银三万四千八百九十八两八钱七分六厘。

一、收土药补厘银十四两五钱八分八厘。

一、收子口半税银四万三千六十六两三钱三分四厘。

一、收船钞银二百八十九两四钱。

以上共收税钞银十九万五千三百六十五两四钱八分六厘，内进出口正税及土药税厘银十五万二千九两七钱五分二厘；应提四成京饷银六万八百三两九钱八毫，下余六成洋税银九万一千二百五两八钱五分一厘二毫。除船钞一款不支折耗外，开支一年关用经费、房租及添书工食、倾镕折耗共银二万二千八百十四两一钱一分三厘三丝三忽，尚余六成洋税银六万八千三百九十一两七钱三分八厘一毫六丝七忽，照章作为十成应提一成五厘出使经费银一万二百五十八两七钱六分七毫二丝五忽五纤，余存六成洋税银五万八千一百三十二两九钱七分七厘四毫四丝一忽九微五纤，并同子口半税共存银十万一千一百九十九两三钱一分一厘四毫四丝一忽九微五纤。

开除项下：一、支销监督及各关卡一年额支经费银一万九千九百四十五两二钱。

一、支销蛮耗分卡一年房租银一百四十四两。

一、支销添书一年工食银三百八十四两。

一、支销正半税项下倾镕折耗银二千三百四十两九钱一分三厘三丝三忽。

以上六成税内共开支银二万二千八百十四两一钱一分三厘三丝三忽，除提留一半折耗银一千一百七十两四钱五分六厘五毫一丝六忽五微，节留监督办公经费二成银五百七十六两外，实合开支银二万一千六十七两六钱五分六厘五毫一丝六忽五微。

一、支解蒙自关税务司转解江海关提存出使经费银一万二百五十八两七钱六分七毫二丝五忽五纤。

一、支解蒙关税务司转解总税务司七成船钞银二百二两五钱八分。

一、支解户部自一百六十结起至一百六十三结止提存四成京饷银五万七千六百五十四两三厘二毫。

一、支解户部自一百六十结起至一百六十三结止提留一半折耗银一千一百一十两七钱七分四厘二毫三丝六忽五微。

一、支解外务部自一百五十七结起至一百六十三结止三成船钞银一百五十四两九钱五分。

以上三款按结先后解省交藩司核收，暂行备作滇省铜本；船钞一款，仍提回解部。理合①声明。

一、支解江海关本年三月六成、九月四成摊还洋款银五万两。

一、支解汇解费及由蒙解省委员、夫马等银七千二百二十五两二钱四分二厘四毫九丝七忽四微四纤。

①“理合”二字疑夺，兹据推补。

一、支解借拨思茅关不敷开支银四千六百十两四钱九分四厘四毫五丝九忽六纤。

以上三款均在于六成税内开支，所有委员衔名均经随案开报。合并声明。

实在项下：一、提存四成京饷实存银一万一千八百六十五两一钱七分七厘六毫。

一、提存六成洋税除支解外实存银十三万九千九百八十九两七钱三分二厘八毫九丝一忽四微九纤。

一、提留一半折耗银二百四十三两七钱四分七厘一毫五丝六忽。

一、节留监督办公经费二成银七百二十两。

一、征存船钞除提归总税务司七成银两解交蒙关税务司收领转解外，实存应解外务部三成银是十四两八钱八分。

光绪二十八年三月三十日，奉朱批：览。钦此。[①]

1152. 奏报思茅关四结期满征收税银折

光绪二十八年二月二十七日（1902年4月5日）

云贵总督臣魏光焘跪奏，为思茅关第一百六十一结起至一百六十四结止一年期满，征收税银及提存、支解各款，分别造册开单报销，恭折仰祈圣鉴事。

窃准户部咨：洋关征收税银，照章应按结开单奏报，扣足四结，专折奏销等因。当将思茅关自光绪二十六年闰八月初八日第一百六十一结起至二十七年八月十八日第一百六十四结止征收税银及提存、支解各款，先后按结开单奏报在案。兹届一年期满，据云南思茅关同知兼管关务许之载照章将思茅关第一百六十一二三四等结征收税银及提存、支解各款暨商名、货物细数分晰造具

①中国第一历史档案馆藏：《单》，档号：03-6418-064。

四柱散、总清册，另开清单，详请奏咨核销前来。

臣覆核无异，理合开列四柱清单，恭呈御览。除将清册分送外务部暨户部、南洋大臣查核外，谨会同云南巡抚臣李经羲，恭折具陈。伏乞皇太后、皇上圣鉴，敕部核覆施行。谨奏。二月二十七日❶。

光绪二十八年三月三十日，奉朱批：该部知道，单并发。钦此。①

❶【案】此折之具奏日期，因录副字迹脱落，故目录以朱批日期为之，未确。查光绪二十八年三月十三日《随手档》"朱批魏光焘折"一栏，署有"报三百里，二月二十七日发"等字样。据此，此折之具奏日期当为"光绪二十八年二月二十七日"无疑。兹据校补。

1153. 呈思茅关四结期满征税清单折

光绪二十八年二月二十七日（1902年4月5日）

谨将思茅关自光绪二十六年闰八月初八日第一百六十一结起至二十七年八月十八日第一百六十四结止一年期满征收税银，分别提存、支解各款，缮具清单，恭呈御览。

计开

旧管项下：一、存四成京饷银一千三百五十两三钱八分三厘六毫。

一、存边防经费银三十一两五钱三分四厘六毫三丝二忽。

一、存监督项下二成开支银九十六两。

一、不敷开支银二万九十两八分七厘四毫七丝九忽六纤。

新收项下：一、收进口正税银四千四百一十七两九钱一分。

一、收出口正税银一千八百四两二钱一分九厘。

①中国第一历史档案馆藏：《录副奏折》，档号：03-6418-061。

一、收洋货入内地子口半税银二千六百六十四两一钱一分一厘。

一、收土药出口正税银三百七十二两九钱。

以上共收银九千二百五十九两一钱四分，内除子口半税，实征进出口及土药正税银六千五百九十五两二分九厘；应提四成京饷银二千六百三十八两一分一厘六毫，下余六成洋税银三千九百五十七两一分七厘四毫，并提扣一百六十三结出使经费银三十二两一钱七分四厘一毫三忽六微。开支关用经费及倾镕折耗银一万八百八十二两三钱九厘六毫八丝，照章以子口半税银二千六百六十四两一钱一分一厘全数归入六成洋税项下支用。除抵之外，不敷银四千二百九十三两三钱五分五厘三毫八丝三忽六微，照案由蒙自关六成洋税项下借拨支用。至出使经费一项，仅一百六十三结收数稍旺，已遵章提扣存储报解，余结均不敷开支，实无余款摊扣，应请免其提解。合并声明。

开除项下：一、支销监督及各关卡额支经费银一万七百七十一两二钱，内奉文截留监督项下二成开支银三百八十四两。

一、支销倾镕折耗银一百一十一两一钱九厘六毫八丝，内遵照部饬截留一半银五十五两五钱五分四厘八毫四丝，存俟积有成数，解部添供边防经费。

以上共支销银一万八百八十二两三钱九厘六毫八丝。

实在项下：一、提存四成京饷银三千九百八十八两三钱九分五厘二毫。

一、提存边防经费银八十七两八分九厘四毫七丝二忽。

一、截存监督项下二成开支银四百八十两。

一、存一百六十三结出使经费银三十二两一钱七分四厘一毫三忽六微。

一、通共不敷开支银二万四千三百八十三两四钱四分二厘八毫六丝二忽六微六纤。

光绪二十八年三月三十日，奉朱批：览。钦此。[①]

1154. 奏报通判黄河源暂缓引见片

光绪二十八年二月二十七日（1902年4月5日）

再，据云南布政使林绍年会同洋务局详：准临安开广道刘春霖咨：据河口对汛副督办试用通判黄河源禀称：现年四十三岁，贵州兴义府贞丰州人。光绪二十三年六月，在滇捐局遵新海防例，由监生报捐双月候选通判。二十七年六月，复在滇局遵奉晋赈捐例，由双月候选通判加捐三班，指省分发云南试用，并加盐提举衔，均奉填发实收在案，例应引见，恳请赏假数月，俾得请咨北上等情。查河口地方与越南保胜交界，为法人入滇要隘，蒙关分卡即设于此。两广商贾骈集，游匪、土棍混迹其中，时有滋扰事端；又驻有法副领事，交涉事极繁难，弹压、保护，在在均关紧要。该员黄河源自二十二年委充河口副督办，至今五年，办理一切交涉事件，悉臻妥协。现又勘办铁路，事尤繁重，若骤易生手，恐难胜任。咨由司局会核详请奏留差遣，以资得力等情。前来。

臣覆查该员黄河源自委充河口副督办，时阅五年，办理交涉均无贻误，未便遽易生手，合无仰恳天恩俯准将该员黄河源暂缓给咨引见，以资熟手。除咨吏部查照外，谨会同云南巡抚臣李经羲，附片具陈。伏乞圣鉴。谨奏。

光绪二十八年三月三十日，奉朱批：着照所请，该部知道。钦此。[②]

---

①中国第一历史档案馆藏：《单》，档号：03-6418-062。

②中国第一历史档案馆藏：《录副奏片》，档号：03-5415-110。

1155. 奏报蒙关筹解俄法英德借款片

光绪二十八年二月二十七日（1902年4月5日）

再，准户部咨：云南蒙自关每年摊派应还俄、法、英、德借款银四万两，分作两次，于三月解交六成，九月解交四成，均赴江海关交纳。嗣又准咨每年加拨银一万两，各等因。业经该关将上年九月内应摊四成银二万两，解赴江海关交纳，并附片奏明在案。

兹据云南临安开广道兼管关务刘春霖将本年三月内应摊六成银三万两，于六成洋税项下竭力腾挪，如数凑齐，委前云南补用知县吴鉴解省，发交同庆丰商号领赍汇解，定于本年正月十五日起程，限至三月十五日，由上海天顺祥商号赴江海关交纳，不准稍有延误。所需汇、解各费，照案在六成洋税项下开支，另案造报等情。详请奏咨前来。

臣覆核无异，除咨外务部暨户部、南洋大臣查照外，谨会同云南巡抚臣李经羲，附片具陈。伏乞圣鉴。谨奏。

光绪二十八年三月三十日，奉朱批：户部知道。钦此。①

【案】此奏片之具奏日期，录副目录以朱批日期为之，未确。兹查光绪二十八年三月三十日《随手档》②“朱批魏光焘折”一栏，署有“报三百里，二月二十七日发”等字样。据此，此折之具奏日期当为“光绪二十八年二月二十七日”无疑。兹据校正。

①中国第一历史档案馆藏：《录副奏片》，档号：03-6697-079。

②中国第一历史档案馆藏：《军机处随手登记档》，档案编号：03-0312-1-1228-085。

1156. 请将都司张金堂革职缘由片

光绪二十八年二月二十七日（1902 年 4 月 5 日）

再，云南按察使全楙绩会同团练处布政使林绍年等详：准临安开广道刘春霖咨：据前署安平通判刘钧禀：管带开化团营云骑尉世职补用都司张金堂，侵蚀团饷七百余两，委员密查属实，经批饬将该员解省发府审办。兹据云南府知府胡泰福禀：遵提督同局员研讯，张金堂供情狡展，谕暂还押。讵府至候讯所，相隔稍远，该员张金堂行至中途，恃强将该府役踢倒在地，乘间脱逃，跟追无获，应请奏参革职，转饬严拿归案讯办等情。前来。

臣覆查无异，相应请旨将前管带开化团练营云骑尉世职补用都司张金堂革职，饬令严拿归案讯解，以肃团政而儆效尤。除咨兵、刑部查照外，谨附片具陈。伏乞圣鉴训示。谨奏。

光绪二十八年三月三十日，奉朱批：着照所请，该部知道。钦此。①

【案】此奏片之具奏日期，录副目录以朱批日期为之，未确。兹查光绪二十八年三月三十日《随手档》② “朱批魏光焘折”一栏，署有“报三百里，二月二十七日发”等字样。据此，此折之具奏日期当为“光绪二十八年二月二十七日”无疑。兹据校正。

1157. 省标兵米请由昆明县仓支放折

光绪二十八年三月初四日（1902 年 4 月 11 日）

头品顶戴云贵总督臣魏光焘、云南巡抚臣李经羲跪奏，为省

①中国第一历史档案馆藏：《录副奏片》，档号：03-5953-150。

②中国第一历史档案馆藏：《军机处随手登记档》，档案编号：03-0312-1-1228-085。

标六营兵米拟自二十八年起全由昆明县仓支放，勿庸由道折发，恭折仰祈圣鉴事。

窃查省标六营从前原设五成战守弁兵，共一千八百五十五员名，岁需米六千六百七十八石，春、夏季由云南府仓分放米三千三百余石，秋、冬季由昆明县仓分放米三千三百余石。其府仓分放之米，由安宁、晋宁、呈贡、昆阳、嵩明、宜良、富民、新兴等八州县分拨匀征。光绪十四年，据该各州县以花户运至府仓合计价脚每石约需银二两五六钱，若值荒歉，又须增银五六钱不等，输将既形偏累，运纳且难如期，纷纷禀请折银解道，以纾民力。饬经前各司道议将此项拨运府米，由该八州县以市价、部价参酌定拟，于部章每石折征银一两外，将距省最近之呈贡一县，每石随征银五分；安宁等七州县，每石随征银一钱六分二厘五毫，作为运脚。自是年起，照案折征解道，将府仓应放兵米按每石折放银一两、随放运脚银一两，共计二两，由道发给各营兵丁自行买米。其余该八州县之放剩米折，除照章拨抵道库银两外，并同放剩运脚，如数移解善后局，以作边防练军粮折等因。当经奏准遵办在案。

近因米价日昂，上年屡据各营弁兵等以所领折银不敷买米，禀请照旧支放实米。访查虽系实情，惟各属已将米折银两批解到库，更章不及。据该司道等详经前兼署督臣丁振铎饬俟光绪二十八年再行酌办在案。兹据各营以米价骤难平减，百物腾贵，兵丁困苦，仍请照旧全放实米等情具禀。臣等督同司道详加体查，此项兵米改折，固属累兵，转运尤恐累民，欲求兵民两便，非另筹他法不可。查昆明县现在实征秋米六千九百五十余石，省标六营原设战守兵丁除十四年分抽调外，存城弁兵一千二百一十一员名，秋、冬季需米二千一百余石。嗣于光绪二十三年分及上年两次裁汰外，实只存弁兵七百八十五员名。二十八年以后，每全年约应需实米二千七百八十六石七斗五升，与从前设有五成兵丁时，核计一年之米，尚未及二季应放之数，应将前项兵米即自本年春季起一律改于昆明县仓实征秋米项下按季支放，庶几士卒可期饱腾，而于仓储仍有盈余。至安宁等八州县向征米折运脚银两，尚无偏累，相安已久，仍令照旧征解，存储粮库，转解添放防军粮折，以免纷更。据署粮储道汤鲁璠会同布政使林绍年，详请具奏前来。

臣等覆查无异，除咨部立案外，所有省标六营拟自二十八年起全由昆明县仓支放实米，勿庸由道折发缘由，谨合词恭折具奏。伏乞皇太后、皇上圣鉴，敕部查核施行。谨奏。光绪二十八年三月初四日。

（朱批：）户部知道。①

光绪二十八年四月十一日，奉朱批：户部知道。钦此。②

1158. 奏报思茅关一百六十五结征税折

光绪二十八年三月二十日（1902年4月27日）

头品顶戴云贵总督臣魏光焘跪奏，为思茅关第一百六十五结期满征收税银及提存支解各款，开单具报，恭折仰祈圣鉴事。

窃准户部咨：洋关征收税银，照章按结奏报一次等因。业将思茅关自光绪二十六年闰八月初八日第一百六十一结起至二十七年八月十八日第一百六十四结止一年期满征收税银及提存支解各款，造册开单奏销在案。兹据云南思茅同知兼管关务许之载将思茅关自光绪二十七年八月十九日起至十一月二十一日止第一百六十五结期内征收正税，分别四六成，以四成作为京饷，其六成洋税项下除开支关用经费及倾镕折耗外，不敷银两前已奏明由蒙自关暂行借拨支用。至应提一成五厘出使经费，现仍无款可扣，请免提解，缮具清单，详请奏咨及声明此结提归外务部三成罚款银五两四钱等情。前来。

臣覆核无异，除咨外务部、户部、南洋大臣查照外，谨会同

①台北故宫博物院藏：《军机及宫中档》，文献编号：408007101。

②中国第一历史档案馆藏：《录副奏折》，档号：03-6164-107。

云南巡抚臣李经羲，照缮清单，恭折具陈。伏乞皇太后、皇上圣鉴，饬部查核施行。谨奏。光绪二十八年三月二十日。

（朱批：）该部知道，单并发。①

光绪二十八年四月十九日，奉朱批：该部知道，单并发。钦此。②

1159. 呈思茅关一百六十五结征税清单

光绪二十八年三月二十日（1902年4月27日）

谨将思茅关自光绪二十七年八月十九日起至十一月二十一日止第一百六十五结期满征收税银，分别四六成及提存、支解各款，缮具清单，恭呈御览。

计开

旧管项下

一、存一百五十八结至一百六十四结四成京饷银三千九百八十八两三钱九分五厘二毫。

一、存一百五十八结至一百六十四结边防经费银八十七两八分九厘四毫七丝二忽。

一、存一百六十结至一百六十四结监督项下二成开支银四百八十两。

一、存一百六十三结一成五厘出使经费银三十二两一钱七分四厘一毫三忽六微。

一、自一百四十六结至一百六十四结共不敷开支银二万四千三百八十三两四钱四分二厘八毫六丝二忽六微六纤。

新收项下

一、收进口正税银一百二十七两二钱四分一厘。

一、收出口正税银六百一十四两八钱二分八厘。

①台北故宫博物院藏：《军机及宫中档》，文献编号：408007102。

②中国第一历史档案馆藏：《录副奏折》，档号：03-6419-018。

一、收洋货入内地子口半税银二百九十六两五钱三分九厘。

一、收土药出口正税银二百二十二两三钱五分。

以上共收银一千二百六十两九钱五分八厘，内除遵奉新章增收进口正税银三十六两三钱六厘、子口半税银四十八两五分，提出存储报解外，实征银一千一百七十六两六钱二厘，内进出口及土药正税银九百二十八两一钱一分三厘，应提四成京饷银三百七十一两二钱四分五厘二毫，下余六成洋税银五百五十六两八钱六分七厘八毫，开支关用经费及倾镕折耗共银二千七百七两九钱三分一厘四毫九丝六忽，照章以子口半税银二百四十八两四钱八分九厘，全数归入六成洋税项下支用。除抵支外，尚不敷银一千九百二两五钱七分四厘六毫九丝六忽，照案由蒙自关借拨支用。至出使经费一项，现因开支不敷，仍无余款摊扣，请免提解。合并陈明。

开除项下

一、支销监督及关卡额支经费银二千六百九十二两八钱，内奉文节留监督项下二成开支银九十六两。

一、支销倾镕折耗银十五两一钱三分一厘四毫九丝六忽，内遵照部咨节留一半银七两五钱六分五厘七毫四丝八忽，俟积有成数，解部添供边防经费。

以上共支销银二千七百七两九钱三分一厘四毫九丝六忽。

实在项下

一、存本结并前七结四成京饷银四千三百五十九两六钱四分四毫。

一、存本结并前七结边防经费银九十四两六钱五分五厘二毫二丝。

一、存本结并前五结监督项下二成开支银五百七十六两。

一、存一百六十三结一成五厘出使经费银三十二两一钱七分四厘一毫三忽六微。

一、存本结自十月十一日起至十一月二十一日止增收进子口正、半税银八十四两三钱五分六厘。

一、通共不敷开支银二万六千二百八十六两一分七厘五毫五丝八忽六微六纤。

(朱批:) 览。①

1160. 奏报蒙自关一百六十五结征税折

光绪二十八年三月二十日 (1902年4月27日)

头品顶戴云贵总督臣魏光焘跪奏,为蒙自关第一百六十五结期满征收税银及支销、拨解、提存各款,开单具报,恭折仰祈圣鉴事。

窃准户部咨:洋关征收税银,照章按结奏报一次等因。业将蒙自关自光绪二十六年闰八月初八日第一百六十一结起至二十七年八月十八日第一百六十四结止一年期满征收税银及支销、拨解、提存各款,造册开单奏销在案。兹据云南临安开广道兼管关务刘春霖将蒙自关自光绪二十七年八月十九日起至十一月二十一日止第一百六十五结期内征收正税,分别四六成,以四成作为京饷,其六成洋税项下,除开支正、半税、倾镕折耗及关用经费外,余银提一成五厘出使经费。所收子口半税,全数归入六成税内供支,并将实征船钞各款数目,开列四柱清单,详请奏咨及声明此结提归外务部三成罚款银二十三两八分等情。前来。

臣覆核无异,除咨外务部、户部暨南洋大臣查照外,谨会同云南巡抚臣李经羲,照缮清单,恭折具陈。伏乞皇太后、皇上圣鉴,饬部查核施行。谨奏。光绪二十八年三月二十日。

(朱批:) 该部知道,单并发。②

光绪二十八年四月十九日,奉朱批:该部知道,单并发。钦此。③

---

①中国第一历史档案馆藏:《单》,档号:03-6419-019。

②台北故宫博物院藏:《军机及宫中档》,文献编号:408007103。

③中国第一历史档案馆藏:《录副奏折》,档号:03-6419-016。

1161. 呈蒙自关一百六十五结征税清单

光绪二十八年三月二十日（1902年4月27日）

谨将蒙自关自光绪二十七年八月十九日起至十一月二十一日止第一百六十五结期满征收税银，分别四六成及提拨、支解各款，暨征存船钞，缮具清单，恭呈御览。

计开

旧管项下

一、提存四成京饷银一万一千八百六十五两一钱七分七厘六毫。

一、提存六成洋税银十三万九千九百八十九两七钱三分二厘八毫九丝一忽四微九纤。

一、提留一半折耗银二百四十三两七钱四分七厘一毫五丝六忽。

一、节留监督办公经费银七百二十两。

一、征存船钞实存应解外务部三成银十四两八钱八分。

新收项下

一、收进口正税银三万九千三百六十三两二钱七分七厘。

一、收出口正税银一万二千二百四十三两六钱八分三厘。

一、收土药正税银一万一千九百十六两五钱八分九厘。

一、收土药补厘银七钱。

一、收子口半税银一万三千六百二钱八分八厘。

一、收船钞银九十六两四钱。

以上共收税钞银七万七千二百二十两九钱三分七厘，内进出口正税及土药税厘银六万三千五百二十四两二钱四分九厘，应提四成京饷银二万五千四百九两六钱九分九厘六毫，下余六成洋税银三万八千一百十四两五钱四分九厘四毫。除船钞不支倾镕折耗外，开支关用经费、房租及添书、工食、倾镕折耗共银六千四十三两七钱九分四厘四毫四丝四忽，尚余六成洋税银三万二千七十两七钱五分四厘九毫五丝六忽，照章作为十成内提一成五厘出使经费银四千八百一十两六钱一分三厘二毫四丝三忽四微，计余六成洋税银二万七千二百六十两一钱四分一厘七毫一丝二忽六微，并同子口半税共存银四万八百六十两四钱二分九厘七毫一丝二忽六微。

开除项下

一、支销监督及各关卡三个月额支经费银四千九百八十六两三钱，此项开支内监督月支办公经费银二百四十两，结合支银七百二十两。除照案节留二成银一百四十四两存储候拨外，实合支银四千八百四十二两三钱。

一、支销蛮耗分卡三个月房租银三十六两。

一、支销添书三个月工食银九十六两。

一、支销正半税项下倾镕折耗银九百二十五两四钱九分四厘四毫四丝四忽，此项折耗遵照定章提留一半，计银四百六十二两七钱四分七厘二毫二丝二忽。

以上六成税内除监督办公经费节留二成折耗提留一半外，实合开支银五千四百三十七两四分七厘二毫二丝二忽。

一、支解孟关税务司转解总税务司七成船钞银六十七两四钱八分。

一、支解蒙自关税务司转解江海关本结提存出使经费银四千八百一十两六钱一分三厘二毫四丝三忽四微。

一、支解户部一百六十四结提存四成京饷银一万一千八百六十五两一钱七分七厘六毫。

一、支解户部一百六十四结提留一半折耗银二百四十三两七钱四分七厘一毫五丝六忽。

一、支解外务部一百六十四结三成船钞银十四两八钱八分。

以上三款，于上年九月解省，交藩司汇解。其船钞一款，奉饬提解，业经由司将先后解存司库银两，连同罚款一并提回，交商汇解在案。

一、支解费及委员、夫马等银一百三两三钱五厘二毫二丝三忽四微二纤，此款系解前项京饷折耗、船钞及另册造报三成罚款银四两七钱一分照章应支银数。

一、支解奉拨黔省铅本银五万两。

一、支汇解费及委员、夫马等银一千九百九十两四钱，此款系解前项铅本至省，交商汇黔，议定每千两支给汇费银三十五两，又由蒙省解费银三两六钱二分及委员、夫马等银五十九两四钱，合计应支银数。

以上三款，均在于六成税内开支。所有委员衔名，业经随案开报。

实在项下

一、提存四成京饷银二万五千四百九两六钱九分九厘六毫。

一、提存六成洋税除支解外，实存银十二万八千七百五十六两四钱五分七厘三毫八丝六微七纤。

一、提留一半折耗银四百六十二两七钱四分七厘二毫二丝二忽。

一、节留监督办公经费银八百六十四两。

一、征存船钞除提归总税务司七成银两解交蒙关税司收领转解外，实存应解外务部三成银二十八两九钱二分。

（朱批：）览。[①]

1162. 请以王嘉福补授会泽县知县折

光绪二十八年三月二十日（1902年4月27日）

头品顶戴云贵总督臣魏光焘、云南巡抚臣李经羲跪奏，为拣员请补夷疆要缺知县，以裨地方而资治理，恭折仰祈圣鉴事。

窃准吏部咨：云南会泽县知县在任候补知州陈维新补授宾川州知州，所遗会泽县知县要缺，应令另行拣选。光绪二十七年十

①中国第一历史档案馆藏：《单》，档号：03-6419-017。

二月十七日具奏，奉旨：依议。钦此。等因。按照部中行文坐日照限减半计算，扣至二十八年二月十七日五十五日限满，作为开缺日期，归本年二月底截缺，系夷疆要缺，毋庸掣签，业将截缺日期详咨在案。查定例：知县应调缺出，俱令于现任人员内拣选调补。如无合例堪调之员，准以奉旨命往，或督抚题明留于该省候补并曾任实缺知县及曾任实缺应升知县人员，因军营出力及拿获盗犯，著有劳绩，保奏引见发往原省，以知县补用，凡系应归候补班补用者，无论应题、应调、应选之缺，准该督抚酌量补用，各等语。该县地方辽阔，汉夷杂处，且兼司厂务，政治殷繁，必须精明干练、在滇年久、熟习情形之员，始克胜任。

臣等督饬藩、臬两司于通省应调人员内逐加遴选，非现居要缺，即人地未宜，实无合例堪调之员。惟于应补人员内查有运铜卓异补用知县王嘉福，年四十一岁，系贵州贵筑县文童，投效云南军营，随同官军剿平猓黑贼巢及木戛寨夷匪案内出力，保奏请以巡检不论双单月遇缺前先选用，经部议准。光绪十五年四月初九日具奏，奉旨：依议。钦此。旋由京捐局遵新海防例报捐本职三班，指分云南试用。十六年四月二十八日，经验看发往，领照，于是年七月二十七日到滇。嗣于克复富民、禄劝两县城池，在事出力，保奏请免补本班，以府经历前先补用，经部议准。十八年六月初八日具奏，奉旨：依议。钦此。试用期满，甄别留省补用，考列二等，委署云南府经历，卸事请补华荣庄经历，奉文覆准；复遵新海防例，在直隶捐局报捐离任以知县不论双单月分发云南试用，请咨赴部，委解京铜。二十三年十月十九日，经吏部带领引见，奉旨：着照例发往。钦此。又因解运京铜依限交足，经户部带领引见。光绪二十三年十一月二十四日奉旨：着该部照例给奖。钦此。经部议照例应将该员到省后，遇有应题、应调、应选缺出，悉准该督抚题请补用，俟补缺后，将卓异之案查销，改为加一级，带于新任等因。咨滇在案。领照起程，于光绪二十四年四月初八日到省。应以光绪二十三年十一月二十四日奉旨准其给奖归入卓异班补用之日，扣至二十四年正月十九五十五日限满，作为卓异班到省日期，试用期满，甄别留省补用，委署江川县知县，于光绪二十七年二月初三日到任。据云南布政使林绍年、按察使全楙绩以该员才具优长，办事勤奋，请补会泽县知县，实属人地相宜，洵堪胜任，与例亦符。会详请奏前来。

臣等覆查该员王嘉福，年力富强，才具稳练，合无仰恳天恩俯念员缺紧要，准以运铜卓异补用知县王嘉福补授会泽县知县，实于地方有裨。如蒙俞允，该员系卓异补用知县，今请补知县，衔缺相当，毋庸送部引见。该员运铜卓异之案，照例查销，改为加一级，带于新任。

所有拣员请补夷疆要缺知县缘由，谨合词恭折具陈。伏乞皇太后、皇上圣鉴，饬部议覆施行。谨奏。光绪二十八年三月二十日。

（朱批：）吏部议奏。[①]

光绪二十八年四月十九日，奉朱批：吏部议奏。钦此。[②]

1163. 请将游击何金福革讯缘由片

光绪二十八年三月二十日（1902 年 4 月 27 日）

再，准署云南提督臣蒋宗汉咨：管带西防义字左营补用游击何金福，前自腾越调回大理练习洋操，经会同迤西道松塄[③]查验，该营额数短少，各兵箕斗复多不符，并据该道禀揭等情。当经札

①台北故宫博物院藏：《军机及宫中档》，文献编号：408007104。

②中国第一历史档案馆藏：《录副奏折》，档号：03-5416-077。

③松塄（1853—?），满洲镶白旗人，附生。同治十二年（1873），中举。光绪四年（1878），选员外郎签分兵部行走。九年（1883），学习期满，奏留兵部。十一年（1885），充职方司员外郎。十二年（1886），补武会试提调。十五年（1889），管理马馆监督事务。十六年（1890），授职方司掌印。十八年（1892），升兵部郎中。是年，保道员，加三品衔。历武会试提调、则例馆总纂提调。二十一年（1895），补授杀虎口监督，晋二品衔。二十三年（1897），补授云南昭通府知府。二十五年（1899），调补云南府知府。二十六年（1900），补云南迤西道。三十年（1904），调补贵州贵东道。三十二年（1906），迁贵州按察使。三十三年（1907），擢贵州布政使。

行云南营务处司道布政使林绍年等详请奏参前来。臣覆查无异，相应请旨将管带义字左营留滇尽先补用游击何金福即行革职，归案查讯究追，以儆效尤而肃戎行。

除咨兵、刑部查照外，谨会同云南巡抚臣李经羲，附片具陈。伏乞圣鉴训示。谨奏。

（朱批：）着照所请，该部知道。①

光绪二十八年四月十九日，奉朱批：着照所请，该部知道。钦此。②

1164. 请将郎中朱有基量予擢用片

光绪二十八年三月二十日（1902年4月27日）

再，前充总理衙门章京记名海关道户部郎中朱有基，经外务部遵旨奏派来滇，于上年六月抵省，委充洋务总办。时值教案开议，教士索偿巨款，办理甚形棘手。该员悉心赞助，会同在事各员历时数月，始将全案议结。维时已因水土不服患病，适续议矿务，力疾从公，旋将章程议妥，均经先后奏明请旨办理在案。

本年正月，该员以病久不愈，禀请给假就医，病痊回京供职。查滇中办理交涉，本相需甚殷，而该员以水土不宜，因病乞假，委属实情，未忍强留，致其沈顿，业已照准。惟其万里奔驰，触犯寒暑，虽到滇未久，成劳已著。臣等观其才识稳练，志趣端正，实为通达时务不可多得之员，可否吁恳天恩饬下外务部，俟该员病痊到京，带领引见，量予擢用之处，出自逾格鸿慈。除咨外务部、吏部查照外，谨合词附片具陈。伏乞圣鉴。谨奏。③

光绪二十八年四月十九日，奉旨归籍。④

---

①台北故宫博物院藏：《军机及宫中档》，文献编号：408007104-0-A。

②中国第一历史档案馆藏：《录副奏片》，档号：03-5954-028。

③中国第一历史档案馆藏：《录副奏片》，档号：03-5416-090。

④此奉旨日期与内容，据《军机处随手登记档》校补。

【案】此奏片之具奏日期，录副以朱批日期为之，未确。查光绪二十八年四月十九日《随手档》① “朱批魏光焘、李经羲折”一栏，署有“报三百里，三月二十日发”等字样。据此，此奏片之具奏日期应为“光绪二十八年三月二十日”无疑。兹据校正。

1165. 奏报蒙自关一百六十六结征税折

光绪二十八年四月初七日（1902年5月14日）

头品顶戴云贵总督臣魏光焘跪奏，为蒙自关第一百六十六结期满征收税银及支销、拨解、提存各款，开单具报，恭折仰祈圣鉴事。

窃准户部咨：洋关征收税银，照章按结奏报一次等因。业将蒙自关自光绪二十七年八月十九日起至十一月二十一日止第一百六十五结征收税银及支销、拨解、提存各款，开单奏报在案。兹据云南临安开广道兼管关务刘春霖将蒙自关自光绪二十七年十一月二十二日起至二十八年二月二十二日止第一百六十六结期内征收正税，分别四六成，以四成作为京饷，其六成洋税项下，除开支正半税、倾镕折耗及关用经费外，余银提一成五厘出使经费，所收子口半税，全数归入六成税内供支，并将实征船钞各款数目开列四柱清单，详请奏咨及声明此结提归外务部三成罚款银二十八两八钱五分等情。前来。

臣覆核无异，除咨外务部暨户部、南洋大臣查照外，谨会同云南巡抚臣李经羲，照缮清单，恭折具陈。伏乞皇太后、皇上圣鉴，饬部查核施行。谨奏。光绪二十八年四月初七日。

（朱批：）该部知道，单并发。②

---

①中国第一历史档案馆藏：《军机处随手登记档》，档案编号：03-0312-2-1228-104。

②台北故宫博物院藏：《军机及宫中档》，文献编号：408007105。

光绪二十八年五月初五日，奉朱批：该部知道，单并发。钦此。①

1166. 呈蒙自关一百六十六结征税清单

光绪二十八年四月初七日（1902年5月14日）

谨将蒙自关自光绪二十七年十一月二十二日起至二十八年二月二十二日止第一百六十六结期满征收税银，分别提拨、支解各款，暨征存船钞，缮具清单，恭呈御览。

计开

旧管项下

一、提存四成京饷银二万五千四百九两六钱九分九厘六毫。

一、提存六成洋税银十二万八千七百五十六两四钱五分七厘三毫八丝六微七纤。

一、提留一半折耗银四百六十二两七钱四分七厘二毫二丝二忽。

一、节留监督办公经费银八百六十四两。

一、征存船钞实存应解外务部三成银二十八两九钱二分。

新收项下

一、收进口正税银二万一千四百六十四两七钱九分五厘。

一、收出口正税银一万六千八百三十三两八钱五分九厘。

一、收土药正税银一万二百九十五两三钱二分五厘。

一、收土药补厘银十四两六钱五分。

一、收子口半税银一万一千三百三十一两八钱二分七厘。

一、收船钞银六十二两六钱。

以上共收税钞银六万三两五分六厘，内进出口正税及土药税厘银四万八千六百八两六钱二分九厘，应提四成京饷银一万九千四百四十三两四钱五分一厘六毫。下余六成洋税银二万九千一百

①中国第一历史档案馆藏：《录副奏折》，档号：03-6419-027。

六十五两一钱七分七厘四毫，内开支各关卡按月额支经费银四千九百八十六两三钱，蛮耗分卡、房租银三十六两，添书工食银九十六两；又照章除船钞一款不支折耗外，其税银每百两准支倾镕折耗银一两二钱，计应支销银七百十九两二钱八分五厘四毫七丝二忽，尚余六成洋税银二万三千三百二十七两五钱九分一厘九毫二丝八忽，照章作为十成内提一成五厘出使经费银三千四百九十九两一钱三分八厘七毫八丝九忽二微，余存六成洋税银一万九千八百二十八两四钱五分三厘一毫三丝八忽八微，并同子口半税共存银三万一千一百六十两二钱八分一毫三丝八忽八微。

开除项下

一、支销监督及各关卡三个月额支经费银四千九百八十六两三钱。此项开支内监督月支办公经费银二百四十两，结合支银七百二十两，除照案节留二成银一百四十四两存储候拨外，实合支银四千八百四十二两三钱。

一、支销蛮耗分卡三个月房租银三十六两。

一、支销添书三个月工食银九十六两。

一、支销正半税项下倾镕折耗银七百十九两二钱八分五厘四毫七丝二忽。此项折耗照案提留一半，计银三百五十九两六钱四分二厘七毫三丝六忽，另款存俟解部库充饷。

以上六成税内除监督办公经费、节留二成折耗提留一半外，实合开支银五千三百三十三两九钱四分二厘七毫三丝六忽。

一、支解蒙关税司转解总税务司七成船钞银四十三两八钱二分。

一、支解蒙关税司转解江海关本结提存出使经费银三千四百九十九两一钱三分八厘七毫八丝九忽二微。

一、支解江海关本年三月内摊还洋款六成银三万两。

一、支销汇解费及委员、夫马等银一千七百五十八两。

一、支解督办云南矿务唐炯奏准奉拨滇省铜本银十万两。

一、支销解费及委员、夫马等银五百四两二钱。此款系按三次解缴前项铜本至省，遵章每千两支给夫价、鞘箍等项银三两六钱二分，每次委员、夫马等银五十九两四钱，合计应支前数。

一、支销借拨思茅关不敷开支银四千二百九十三两三钱五分五厘三毫八丝三忽六微。

以上五款均在于六成税内开支，所有委员衔名业经随案开报。

实在项下

一、提存四成京饷银四万四千八百五十三两一钱五分一厘二毫。

一、提存六成洋税除支解外，实存银二万三千三百六十一两一钱八分二厘一毫三丝五忽八微七纤。

一、提留一半折耗银八百二十二两三钱八分九厘九毫五丝八忽。

一、节留监督办公经费银一千八两。

一、征存船钞除提归总税务司七成银两解交蒙关税司收领转解外，实存应解外务部三成银四十七两七钱。

（朱批：）览。①

1167. 奏报思茅关一百六十六结征税折

光绪二十八年四月初七日（1902年5月14日）

头品顶戴云贵总督臣魏光焘跪奏，为思茅关第一百六十六结期满征收税银及提存、支解各款，开单具报，恭折仰祈圣鉴事。

窃准户部咨：洋关征收税银，照章按结奏报一次等因。业将思茅关自光绪二十七年八月十九日起至十一月二十一日止第一百六十五结征收税银及提存、支解各款，开单奏报在案。兹据云南思茅同知兼管关务许之载将思茅关自光绪二十七年十一月二十二日起至二十八年二月二十二日止第一百六十六结期内征收正税，

①中国第一历史档案馆藏：《单》，档号：03-6417-043。

分别四六成，以四成作为京饷，其六成洋税项下，除开支关用经费及倾镕折耗外，不敷银两前已奏明由蒙自关暂行借拨支用。至应提一成五厘出使经费，现仍无余款可扣，请免提解，缮具清单，详请奏咨等情。前来。

臣覆核无异，除咨外务部暨户部、南洋大臣查照外，谨会同云南巡抚臣李经羲，照缮清单，恭折具陈。伏乞皇太后、皇上圣鉴，饬部查核施行。谨奏。光绪二十八年四月初七日。

（朱批：）该部知道，单并发。①

光绪二十八年五月初五日，奉朱批：该部知道，单并发。钦此。②

1168. 呈思茅关一百六十六结征税清单

光绪二十八年四月初七日（1902年5月14日）

谨将思茅关自光绪二十七年十一月二十二日起至二十八年二月二十二日止第一百六十六结期满征收税银，分别四六成及提存、支解各款，缮具清单，恭呈御览。

计开

旧管项下

一、存一百五十八结至一百六十五结四成京饷银四千三百五十九两六钱四分四毫。

一、存一百五十八结至一百六十五结边防经费银九十四两六钱五分五厘二毫二丝。

一、存一百六十结至一百六十五结监督项下二成开支银五百七十六两。

一、存一百六十三结一成五厘出使经费银三十二两一钱七分四厘一毫三忽六微。

---

①台北故宫博物院藏：《军机及宫中档》，文献编号：408007107。

②中国第一历史档案馆藏：《录副奏折》，档号：03-6419-025。

一、存自二十七年十月十一日起至十一月二十一日止增收进子口税银八十四两三钱五分六厘。

一、通共不敷开支银二万六千二百八十六两一分七厘五毫五丝八忽六微六纤。

新收项下

一、收进口征税银一千八百八十五两二分五厘。

一、收出口正税银六百九两六钱三分七厘。

一、收洋货入内地子口半税银七百七十三两四钱五分四厘。

一、收土药出口正税银七十二两。

以上共收银三千三百四十两一钱一分六厘，除遵照新章增收进子口税银本结内截至正月二十五奉文停收之日止，增收进口税银四百一十六两二钱七分五厘、子口税银一百三十二两六钱七分二厘，提出发还各商外，实征银二千七百九十一两一钱六分九厘，内进出口及土药正税银二千一百五十两三钱八分七厘，应提四成京饷银八百六十两一钱五分四厘八毫。下余六成洋税银一千二百九十两二钱三分二厘，开支关用经费及倾镕折耗银二千七百二十六两二钱九分四厘二丝八忽。又收子口半税银六百四十两七钱八分二厘，除前搭解四成京饷及边防经费银一千三百八十一两九钱一分八厘二毫三丝二忽，由蒙自关搭解到省，每千两应支夫价、鞘箍等项银三两六钱二分，共合开支银五两三厘，下余子口半税银六百三十五两七钱七分九厘，全数归入六成项下支用，除抵之外下不敷银八百两二钱八分二厘八毫二丝八忽，照案由蒙自关借拨支用。至出使经费，现无余款可扣，请免提解。合并陈明。

开除项下

一、支销监督及各关卡额支经费银二千六百九十二两八钱，内奉文节留监督项下二成开支银九十六两。又奉文自二十七年十一月初一日起，每年酌提银一千两，添赔洋款，本结应提银二百五十两存储报解。

一、支销倾镕折耗银三十三两四钱九分四厘二丝八忽，内遵照部咨节留一半银十六两七钱四分七厘一丝四忽，存俟积有成数，解部添供边民经费。

一、支销搭解京饷及边防经费、夫价、鞘箍银五两三厘。

以上共支销银二千七百三十一两二钱九分七厘二丝八忽。

一、支解一百五十八结至一百六十结止四成京饷银一千三百五十两三钱八分三厘六毫，边防经费银三十一两五钱三分四厘六毫三丝二忽。查此二项银两，系由蒙自关搭解交存司库，收抵借拨铜本协饷。合并陈明。

实在项下

一、存本结并前五结四成京饷银三千八百六十九两四钱一分一厘六毫。

一、存本结并前五结边防经费银七十九两八钱六分七厘六毫二忽。

一、存本结并前六结监督项下二成开支银六百七十二两。

一、存一百六十三结一成五厘出使经费银三十二两一钱七分四厘一毫三忽六微。

一、存自二十七年十一月十一日起至二十八年正月二十五日止增收进子口税银六百三十三两三钱三厘。查此项银两，现应发运商人，一俟发清，再行开除。

一、通共不敷开支银二万七千八十六两三钱三毫八丝六忽六微六纤。

（朱批：）览。[1]

1169. 奏报粤边游匪窜扰皈朝情形折

光绪二十八年四月初七日（1902 年 5 月 14 日）

头品顶戴云贵总督臣魏光焘、云南巡抚臣李经羲跪奏，为粤

[1]中国第一历史档案馆藏：《单》，档号：03-6420-016。

边游匪窜扰皈朝，现筹办理情形，恭折具陈，仰祈圣鉴事。

窃查粤边游匪养痈有年，滇省南疆开广各属，紧与毗连，地多烟瘴，历办防堵，习用广卒，制简饷薄，迁就因循，积弛之余，驯致匪与兵民混而为一。臣等察悉情形，即拟严查保甲，撤换广勇，以靖乱源；次行坚壁清野之策，以遏其流。因于上年秋尽瘴息之时，派拨省防绥靖各营前往替扎，并增立团营，抡委分统暨前敌营务处、署广南府知府等员，会同切实举办，冀俟防定，悉将旧日广勇分别调离、调遣，业经奏报在案。

乃兵甫到边，适值广西提督苏元春调任湖北，所部或溃或遣，未收枪械，勾串游匪，势焰颇张。客腊中旬，乘绥靖中营到防，喘息甫定，遽行窜扰剥隘。迨至该分统刘万胜集兵进剿，匪复逸散。臣等特派开广道刘春霖亲赴广南察看布置，据禀防剿游匪，前策实不可易，而办理猝难就绪。沿边千余里，兵力既难遍布，乘间蹈隙，匪常亟肄疲我。现催立碉并寨，仍须散给民间枪械，俾各据险要，人自为战，村自为守，然后游击之师可以星驰电赴，不虞落后，以居守有定之民，制飘忽无定之匪，较为得力。当经批准查照办理，并先后札饬李德泳、白金柱等添募常备三营助防。

正在竭力经营之际，据前敌分统营务及地方印委等呈报：三月初八日，匪由粤边纠集大股，窜扰皈朝，四路环攻。驻防该处之绥靖右营邓秋高、左营田庆杰、兼带团营署富州通判王正雅，分途迎敌，力战三昼夜，匪众数千，裹胁益众，数几近万，蔓延将及百里，多发无烟枪炮。兵团伤毙四百余人，管带邓秋高及哨弁三员先后阵亡，王正雅左踝、前胸亦带重伤。十一日，遂致皈朝失陷，营团退保普厅。先是该管分统刘万胜于初九日闻警，调派白金柱、钟春芳、李德泳等营赴援，白营与匪酣战，达皈朝后山，该处业已不守；李营、钟营皆中途遇匪接战，嗣闻皈朝已失，普厅尤警，亦经该分统调回普厅，扼匪上窜广南，一面合队进图规复。

臣等伏查匪伏粤边，恃其林深箐密，伺间出没，旋聚旋散，本其故智。前既聚股窜扰剥隘，兹复麇集大股窜扰皈朝，实欲百方挠我撤换粤勇、坚壁清野、散械严防之局。滇中饷绌兵单，前此匪踪散漫，并无大股可剿。惟就现有团防分布，冀以渐次清厘，未议增灶。今事不获已，业饬副将苏抡元、知县龙济光，各选募耐瘴新兵两营，共合千人，暂驻开化，相机迅速援剿，并遣弁分赴马龙、弥勒各处，招募土著壮丁千人来省督练，预备后路援应，一面严饬前敌防团各营，整饬激励，迅图规复。俟新募各营已立，如果匪焰未衰，应即电商现署云南提督蒋宗汉督率亲临前敌，并会合黔、粤两省防军，痛加剿洗，务净边氛。

其此次失守皈朝之管带绥靖左营补用参将田庆杰，应先请旨革职，严行查办。该管分统调补九江镇总兵刘万胜，虽经派援缓不及事，究属调度失宜；兼带团营署富州通判王正雅，虽力战受伤，失守地方，并有应得之咎，仍应请旨暂行革职，留营留任效力。如能奋勉立功，迅图规复，再由臣等察看，奏予开复；管带绥靖右营总兵顺云协副将邓秋高，临阵捐躯，合无仰恳天恩饬部从优议恤，以励忠荩。其余阵亡各弁勇，并由臣等查明汇案请恤。

所有粤边游匪窜扰皈朝，现筹办理情形，是否有当，谨合词恭折具陈。伏乞皇太后、皇上圣鉴训示。谨奏。光绪二十八年四月初七日。

（朱批：）着即懔遵前旨，合力认真剿办，务令净绝根株，以靖地方。邓秋高着交部从优议恤，余依议。①

光绪二十八年五月初五日，奉朱批：着即懔遵前旨，合力认真剿办，务令净绝根株，以靖地方。邓秋高着交部从优议恤，余依议。钦此。②

---

①台北故宫博物院藏：《军机及宫中档》，文献编号：408007106。

②中国第一历史档案馆藏：《录副奏折》，档号：03-5955-006。

1170. 奏委刘春霖总办营务等由片

光绪二十八年四月初七日（1902 年 5 月 14 日）

再，云南全省营务处前委藩、臬两司总理，奏调云南特用道魏景桐会办，并委藩司及倖满迤南道陈灿总办全省团练处，各在案。现在布政使林绍年调补山西藩司，交卸北上。所遗全省营务处，自应札委署藩司刘春霖会同臬司全楙绩、特用道魏景桐总理，陈灿委署开广道。全省团练处应委云南试用道郭灿坐局会办，仍饬署藩司刘春霖总办。至开广道向兼南防营务处，亦应照案委接署道陈灿办理，以期各专责成。

除分檄饬遵外，谨会同云南巡抚臣李经羲，附片具陈。伏乞圣鉴。谨奏。

(朱批：) 知道了。[①]

光绪二十八年五月初五日，奉朱批：知道了。钦此。[②]

1171. 恭报兼署云南巡抚谢恩折

光绪二十八年四月二十日（1902 年 5 月 27 日）

头品顶戴云贵总督兼署云南巡抚臣魏光焘跪奏，为恭报微臣兼署云南巡抚，暨循例兼署云南学政篆务日期，叩谢天恩，仰祈圣鉴事。

窃臣于光绪二十八年四月十三日承准军机大臣电开：四月十一日奉上谕：云南巡抚已有旨着林绍年补授，未到任以前，着魏光焘兼署。钦此。十九日，准前抚臣李经羲派委云南府知府胡泰福、抚标中军参将田友贵，将云南巡抚关防、王命、旗牌暨兼署云南学政关防并一切文案、卷宗等项赍送前来。

---

①台北故宫博物院藏：《军机及宫中档》，文献编号：408007106-0-A。

②中国第一历史档案馆藏：《录副奏片》，档号：03-5955-007。

臣当即恭设香案，望阙叩头，祇领兼署。伏念臣以菲材久膺边寄，仰荷圣慈眷注，未能报称涓埃。兹复渥荷恩纶，兼摄篆务，自惟梼昧，深惧弗胜。查现在奉行诸政，事极殷繁，举凡察吏、安民、兴学及地方一切事宜，在在均关紧要，臣惟有督饬司道，遇事力求振作，不敢以暂时兼摄稍涉因循，以期仰答高厚鸿慈于万一！

所有微臣兼署巡抚、学政篆务日期，并感激下忱，理合恭折具陈，叩谢天恩。伏乞皇太后、皇上圣鉴。谨奏。光绪二十八年四月二十日。

(朱批：) 知道了。①

光绪二十八年六月十八日，奉朱批：知道了。钦此。②

1172. 请以秦定基署理云南县知县折

光绪二十八年五月初七日（1902 年 6 月 12 日）

头品顶戴云贵总督兼署云南巡抚臣魏光焘跪奏，为更补选缺知县，以裨地方，恭折仰祈圣鉴事。

窃准吏部咨：云南云南县知县缺，以军功候补正班补用知县贺宗章请署，查该员系因河工堵筑合龙出力保举知县，并非军功劳绩出力人员，按照定例不得请补参革遗缺，所请以候补知县贺宗章署理云南县知县之处，应毋庸议。其云南县知县员缺，仍令照例另行更补，于光绪二十八年正月二十一日具奏，奉旨：依议。钦此。等因。咨行到滇。坐正月二十六日，自应遵照另行更补。查定例：选缺知县参革缺出，专以军功候补班前先并候补正班人员酌量请补等语。

今云南县知县参革遗缺，照例于军功候补班前先及候补正班内逐加遴选，查有军功候补班前先补用知县秦定基，年五十七岁，

①台北故宫博物院藏：《军机及宫中档》，文献编号：408007108。

②中国第一历史档案馆藏：《录副奏折》，档号：03-5418-123。

广西灵川县附监生，报捐县丞选用，在籍带勇剿匪出力保奏，于同治十二年十二月二十一日奉上谕：着以知县尽先选用。钦此。光绪二年，来滇投效，克复腾越厅城出力保奏，光绪三年十二月十九日奉上谕：着以本班留滇补用。钦此。加捐同知升衔。六年，赴部验到。九月初十日，经钦派王大臣验放，堪以发往。十一日覆奏，奉旨：依议。钦此。七年三月二十五日到省，丁忧回籍。十年，措资来滇，随赴越南军营投效，奏明留滇差委，适届服满，遵章在滇就近起复。十一年正月二十五日回省，于克复广威、不拔等处在事出力保奏，十一年五月十五日奉上谕：着以本班仍留原省前先补用，俟补缺后，以同知用，并赏戴花翎。钦此。复于剿办猓黑夷匪案内在事出力，保奏请俟补缺后，在任以同知归候补班前先即补。十六年二月十四日奉旨：着照所请。钦此。又因在沾益州署任内防剿贵州普安厅妖匪在事出力，保奏请俟补知县后，以同知归候补班前补用。二十一年闰五月初八日奉旨：依议。钦此。历署浪穹、云南、元谋等县，卸事，委署永北直隶同知。据前升任藩司林绍年会同臬司全楙绩具详请署前来。

前抚臣未及核办卸事，移交到臣。查该员秦定基才具明练，办事精详，以之更署云南县知县，实属人地相宜，与例亦符，合无仰恳天恩俯准以该员秦定基署理云南县知县，实于地方有裨。如蒙俞允，该员系军功候补班前先补用知县，今请补知县，衔缺相当，毋庸送部引见，仍照例俟试署期满，如果称职，另请实授。至该员保举俟补缺后以同知归候补班前补用之案，应照例带于新任。

除咨部查照外，谨恭折具陈。伏乞皇太后、皇上圣鉴，敕部核覆施行。再，云贵总督系臣本任，毋庸列衔。合并陈明。谨奏。光绪二十八年五月初七日。

（朱批：）吏部议奏。[①]

---

①台北故宫博物院藏：《军机及宫中档》，文献编号：408007109。

光绪二十八年六月初五日，奉朱批：吏部议奏。钦此。①

1173. 请以杨椿林补授太和县知县折

光绪二十八年五月初七日（1902 年 6 月 12 日）

头品顶戴云贵总督兼署云南巡抚臣魏光焘跪奏，为请补选缺知县，以裨地方，恭折仰祈圣鉴事。

窃准吏部议覆云南太和县知县刘安科，准其升补临安府个旧厂同知，所遗太和县知县员缺，准其留于该省另行请补，坐光绪二十八年正月二十九日等因。按照部中行文坐日照限减半计算，应以三月二十三日限满之日作为奉文开缺日期，归三月底截缺。三月分升、调、遗选缺知县只此一缺，毋庸掣签，当将截缺日期咨部在案。

查定例：知县升调所遗选缺，用各项候补前先、进士即用前先一人；各项候补、进士即用相间轮补一人，委用前先一人，委用一人，本班、前先、大挑一人，本班、大挑一人；各项候补、前先、进士即用、前先一人；各项候补、进士即用相间轮补一人，委用、前先一人，委用一人，本班前先议叙一人，本班议叙一人。又，新例：报捐分缺先用分缺间用人员，于各项试用并捐纳、正班到班，均准先用，间用到班应用时，先将郑工分缺先、分缺间人员用一次，再到班，再将海防分缺先分缺间人员用一次；郑工无人，用海防人员；海防无人，用郑工人员。又，升调所遗选缺知县，遇轮用分缺先到班时，先用正途出身者二人，再用各项出身者一人。又，报捐分缺先花样，酌照遇缺先章程，加扣期限，以一年为限；在省加捐者，接到过班部文一年以外之缺，方准请补，各等语。

查滇省升、调、遗选缺知县一项，上次易门县知县系二轮第一缺，轮应即用前先到班，该班内无人，请以即用正班知县宋企

①中国第一历史档案馆藏：《录副奏折》，档号：03-5418-016。

适请补，奉文覆准在案。今太和县知县缺，滇省现无郑工及新海防遇缺先，旧海防先、海防即旧例遇缺先，遇缺委用前先委用正班各项人员，轮应议叙到班，亦无议叙前先人员，系议叙正班、到班，照例应先插用新例分缺先之员，先尽正途出身人员序补。该班内并无郑工分缺先人员，查有同知衔正途出身新海防例捐纳分缺先补用知县杨椿林，年四十二岁，贵州毕节县廪生，考取光绪十一年乙酉科拔贡。十二年，考取八旗官学汉教习。十五年，传补正蓝旗汉教习，三年期满，于十八年十二月引见，奉旨：着以知县用。钦此。签掣云南。十九年二月十二日，由部带领引见，奉旨：着照例发往。钦此。领照，于是年十二月初五日到省，试用期满，甄别留省补用。报捐同知升衔，历署罗平州、云州，卸事遵新海防例，报捐分缺先补用，免试用，奉文核准，坐二十五年四月二十日，按照部中行文坐日照限减半计算，扣至六月十五限满之日，作为分缺先知县过班到省日期，扣至二十六年六月十五日，到省已满一年。二十七年，复委署罗平州知州。据前升任藩司林绍年会同臬司全楙绩请补前来。

前抚臣未及核办卸事，移交到臣。查该员杨椿林才明守洁，任事实心，以之补授太和县知县，实属人地相宜，与例亦符，合无仰恳天恩俯准以该员杨椿林补授太和县知县，实于地方有裨。如蒙俞允，该员系分缺先补用知县，今请补知县，衔缺相当，毋庸送部引见。

除咨部查照外，所有拣员请补选缺知县缘由，谨恭折具奏。伏乞皇太后、皇上圣鉴，敕部核覆施行。再，云贵总督系臣本任，毋庸列衔。合并陈明。谨奏。光绪二十八年五月初七日。

（朱批：）吏部议奏。①

光绪二十八年六月初五日，奉朱批：吏部议奏。钦此。②

---

①台北故宫博物院藏：《军机及宫中档》，文献编号：408007110。

②中国第一历史档案馆藏：《录副奏折》，档号：03-5418-013。

1174. 审拟命盗各案摘由汇报缘由折

光绪二十八年五月初七日（1902 年 6 月 12 日）

头品顶戴云贵总督兼署云南巡抚臣魏光焘跪奏，为审明寻常命、盗各案，按律拟以斩、绞监候，遵照通行，摘由汇报，以归简易，恭折仰祈圣鉴事。

窃查接管卷内，前准刑部咨：寻常命、盗应题各案，拟由各该督抚讯取确供，拟勘后，一面将供、勘先行咨部，一面逐案摘叙简明事由，改为汇案具奏，每次至多以十案为率等因。遵办在案。兹据按察使全楙绩先后审解广西州民昝赵有故杀伊妻李氏身死，移尸图赖一案；又，昆明县贼犯张一洪行窃艾金和家得赃被获，图脱拒捕，刃伤捕人平复一案；又，平彝县民陈小甲因口角被殴，用刀戳伤李小满身死一案；又，昆明县客民朱焕因分肉口角，用刀戳伤方培亮身死一案；又，镇雄州民罗长受因索欠争殴，踢伤文大金身死一案；又，昆明县客民陈吉斋因借烟袋不允，口角争殴，用刀戳伤李占祥身死一案；又，沾益州民张自有因索欠起衅，拾刀戳伤普六身死一案；又，龙陵厅民岳二学等在途被周兰枝等拦路敲磕未遂，因而互殴，各毙一命，埋尸不失一案；又，巧家厅民蓝合太强奸石孙氏未成，致令羞忿服毒自尽一案。以上九案，据各该州厅县依律拟以绞监候。

又，保山县民杜珍因索欠争殴，故杀刘学义身死一案，据该县将该犯审依故杀律，拟斩监候，分别解由府、司覆审，招解到前抚臣。亲提研鞫，据各供认不讳，核与原审相同，究诘不移，案无遁饰，所拟斩、绞监候，罪名均皆符合，当将各案供、勘备录，先行咨部查核在案。未及汇报卸事，移交到臣。

臣逐案覆核无异，谨遵通行，汇案摘由，恭折具奏。伏乞皇太后、皇上圣鉴，敕部核覆施行。再，云贵总督系臣本任，毋庸列衔。合并陈明。谨奏。光绪二十八年五月初七日。

（朱批：）刑部议奏。①

光绪二十八年六月初五日，奉朱批：刑部议奏。钦此。②

1175. 审拟民妇商同奸夫谋杀本夫一案折

光绪二十八年五月初七日（1902年6月12日）

头品顶戴云贵总督兼署云南巡抚臣魏光焘跪奏，为审明民妇因与夫弟通奸，商同奸夫谋杀本夫身死，分别定拟，恭折仰祈圣鉴事。

窃查接管卷内，前据署永善县知县赵纪瑞详报：孀妇朱罗氏具报伊夫朱崇高不知因何，被陈雨霖杀伤身死，当经批饬审办。嗣据接署县贺宗章详报：现已审出实情，系朱罗氏与夫弟蒋老么通奸，起意商同谋杀本夫朱崇高身死，将无辜之陈雨霖保释一案，亦经批饬招解去后。嗣据该县、府审拟解司提讯，犯供翻异，发委审办去后。兹据云南府知府胡泰福审明，仍照原拟解由按察使全楙绩覆审，解经前抚臣李经羲提讯明确，供与司、府所审相同，未及核办卸事，移交到臣。

臣覆核无异，缘朱罗氏、蒋老么即朱老么，均籍隶该县。朱罗氏系已死朱崇高之妻，蒋老么系朱崇高胞弟，自幼出继蒋姓。光绪二十二年五月，蒋老么归宗，与其兄朱崇高同住。二十三年十一月十八日，朱崇高外出，蒋老么与其嫂朱罗氏调戏成奸，嗣后遇便续旧，不记次数。二十四年四月二十九日，朱罗氏与蒋老么通奸情密，因其夫口角起意，商允蒋老么将本夫谋毙，以便长久奸宿，即于是夜三更，蒋老么潜入房内，见朱崇高睡熟，朱罗氏即起身，同将朱崇高拖跌下床，仰按在地，蒋老么跪压朱崇高胸膛，即取朱崇高包头布帕，勒其项颈。朱罗氏复用手捏其肾囊，登时殒命。

---

①台北故宫博物院藏：《军机及宫中档》，文献编号：408007111。

②中国第一历史档案馆藏：《录副奏折》，档号：03-7325-049。

蒋老么忆及同村陈雨霖挟有宿嫌，商同朱罗氏移尸诬告，因无刀伤，蒋老么即用尖刀砍伤朱崇高脐肚、左胯，并戳伤其肾囊等处，与朱罗氏用楼梯将尸身抬至路傍坎下丢弃。朱罗氏遂以陈雨霖杀死伊夫等情，报经前署县赵纪瑞诣验禀报，饬提陈雨霖，研讯无供，据情填格详报，旋即交卸。桂令运炳到任接审，未及讯详卸事，移交接署县贺宗章，覆提陈雨霖质讯，极口呼冤。查传要证周海山，坚称是日并未见陈雨霖与朱崇高叙话。复经贺宗章悉心访查，实因朱罗氏与蒋老么通奸情密，商同谋杀本夫朱崇高身死。当经缉获奸夫蒋老么、奸妇朱罗氏，讯供通详，批饬审解。嗣据该署县复审议拟，解由昭通府审转，解司提讯，犯供翻异，发委审办。兹据云南府知府胡泰福审明确情，照拟解司覆审，解经前抚臣提犯覆鞫，据供前情不讳，究系因奸谋毙，弃尸诬告，并无同谋及在场加功之人，未及核办，移交前来。臣覆核供情确凿，案无遁饰。

查律载：妻因奸同谋杀死亲夫者，凌迟处死。又，谋杀期亲尊长已死者，凌迟处死。又，例载：异姓义子为本生父母亲属孝服，亦俱不准降等，各项有犯，仍照本宗服制科断，各等语。此案朱罗氏因奸起意，商同奸夫蒋老么谋杀本夫朱崇高身死，自应按律问拟，朱罗氏除诬告陈雨霖并弃尸不失各轻罪不议外，应如该司等所拟，合依“妻因奸同谋杀死亲夫者，凌迟处死”律，拟凌迟处死。

蒋老么幼年出继蒋姓，业已归宗，辄与其嫂朱罗氏通奸，听从谋杀胞兄朱崇高身死，仍应按照本宗服制科断。蒋老么即朱老么除弟奸兄妻及弃尸不失并诬告各轻罪不议外，亦应如所拟，合依“谋杀期亲尊长已杀者，凌迟处死”律，拟凌迟处死，先行刺字。陈雨霖讯系无辜，应予省释。尸棺饬属领埋，凶器供弃免起。

除供招咨部查核外，臣谨恭折具奏。伏乞皇太后、皇上圣鉴，敕部核覆施行。再，云贵总督系臣本任，毋庸列衔。合并陈明。谨奏。光绪二十八年五月初七日。

（朱批：）刑部速议具奏。①

光绪二十八年六月初五日，奉朱批：刑部速议具奏。钦此。②

1176. 奏报拣员署理知府等缺片

光绪二十八年五月初七日（1902年6月12日）

再，澂江府知府胡锡铨勒休，遗缺查有准补普洱府知府韦勋承，堪以署理。又，署普洱府知府李毓兰调省，遗缺查有补用知府温绍霖，稳练安详，堪以署理。又，曲靖府知府谢隽杭请假回籍修墓，遗缺查有现署武定直隶州知州准补元江直隶州知州刘云章，堪以署理；所遗武定直隶州知州缺，查有补用直隶州知州余良，为守兼优，堪以署理。又，署蒙化直隶同知邬振铎调省，遗缺查有试用通判陆邦纯，才具干练，堪以署理。又，镇边直隶同知陈鸿勋调省，遗缺查有现署安平同知徐永恒，堪以调署；所遗安平同知缺，查有补用知州罗守诚，明干有为，堪以署理。

又，准升镇沅直隶同知刘成良请咨赴引，遗缺查有补用知县吴淞霖，谙练老成，堪以署理。又，石膏井提举胡璧烟瘴俸满开缺撤回，遗缺查有准补黑盐井提举李训鋐，堪以署理。又，署寻甸州知州王树槐撤省，遗缺查有补用知县王元龄，治事明果，堪以代理。又，署镇南州知州张铨请咨赴引，遗缺查有补用知县王福训，才识练达，堪以署理。又，署宁州知州陈建墉，因病请假，遗缺查有现署太和县知县李庆恩，堪以调署；所遗太和县知县缺，查有另补知县阮大定，勤奋有为，堪以署理。又，署赵州知州王瀚存据报病故，遗缺查有永平县知县王宾，堪以调署；所遗永平县知县缺，查有试用知县熊德昌，办事勤谨，堪以署理。又广西直隶州知州王宝仪撤省，遗缺查有现署师宗县知县准升中甸同知许祖瑞，堪以调署；递遗师宗县知县缺，查有补用知县王琳，才

①台北故宫博物院藏：《军机及宫中档》，文献编号：408007112。

②中国第一历史档案馆藏：《录副奏折》，档号：03-7325-048。

优守洁，堪以署理。又鲁甸通判刘国光撤省，遗缺查有试用通判席瑛，才明识练，堪以署理。又，云龙州知州程福海撤省，遗缺查有补用知县谢怀宣，才具明白，堪以署理。又，署罗次县知县李庆镛撤省，遗缺查有现署元谋县知县张鸿裔，堪以调署；所遗元谋县知县缺，饬新选该县知县谢世珍赴任。又，署永善县知县朱勋调省另有差委，遗缺查有现署恩安县知县花铭，堪以调署；所遗恩安县知县缺，查有试用知县周道濂，心地明白，堪以署理。

又，署丽江县知县魏鸿焘调省，遗缺查有大挑试用知县谭沛霖，才识敏赡，堪以署理。又，署富民县知县江濂调省，遗缺饬现署会泽县知县费希龄回任；递遗会泽县缺，查有请补该县知县现署江川县知县王嘉福，先行署理；递遗江川县缺，查有补用知县宋席珍，办公循谨，堪以署理。又，署大姚县知县韩树滋调省，遗缺查有补用知县黄启凤，任事实心，堪以署理。据署藩、臬两司、盐法道先后会详，并声明永平县王宾本任内并无三参限满已起四参之案等情，到前抚臣李经羲，未及汇奏卸事，移交前来。

臣覆核无异，除檄饬遵外，谨附片具陈。伏乞圣鉴。再，云贵总督系臣本任，毋庸列衔。合并陈明。谨奏。

（朱批：）吏部知道。①

光绪二十八年六月初五日，奉朱批：吏部知道。钦此。②

1177. 奏陈缪国钧试用期满甄别片

光绪二十八年五月初七日（1902年6月12日）

再，道府等官到省试用一年期满，例应由督抚察看才具，出具切实考语，奏明补用。兹查有试用道缪国钧，到省试用业已一年期满，例应甄别。据藩、臬两司会详前来。前抚臣未及核办卸事，移交到臣。查该员年强才裕，留心吏治，堪以本班留省补用。

---

①台北故宫博物院藏：《军机及宫中档》，文献编号：408007110-0-A。

②中国第一历史档案馆藏：《录副奏片》，档号：03-5418-014。

除将履历清册咨部外，谨附片具陈。伏乞圣鉴。再，云贵总督系臣本任，毋庸会衔。合并陈明。谨奏。

(朱批：) 吏部知道。[①]

光绪二十八年六月初五日，奉朱批：吏部知道。钦此。[②]

1178. 请准李宝书等补授参将缘由折

光绪二十八年五月十二日（1902年6月17日）

头品顶戴云贵总督兼署云南巡抚臣魏光焘跪奏，为拣员请补参将、游击各员缺，以实营伍，恭折仰祈圣鉴事。

窃臣前经附奏云南提标中军参将游辅廷身为将领，竟提防兵私充杂役，请将该员开缺以都司降补，光绪二十七年十二月初二日奉朱批：着照所请，兵部知道。钦此。兹准兵部咨：所遗云南提标中军参将员缺，系题补第三轮第七缺，应用尽先人员。又，开化镇后营游击陈伟病故，遗缺系题补第六轮第七缺，应用尽先人员。既据扣留，应迅拣合例人员请补等因。咨行到滇，自应遵照办理。

臣查云南提标中军参将员缺，轮用尽先，查有留滇尽先补用副将李宝书，战功卓著，办事精明，堪以借补。又，开化镇标后营游击员缺，应用尽先，查有留滇尽先补用参将芮际文，谙练营伍，操防勤慎，堪以借补。除将该员等简明履历咨部查核外，合无仰恳天恩俯念员缺紧要，准以李宝书、芮际文分别补授参将、游击各员缺，以实营伍。该员等均籍隶本省，例应回避，如蒙俞允，俟接准部覆，照例拣员对调后，再行给咨分别送部引见，以符定制。

所有拣员借补参将、游击各员缺缘由，谨会同署云南提督臣蒋宗汉，恭折具奏。伏乞皇太后、皇上圣鉴，敕部核覆施行。再，

---

①台北故宫博物院藏：《军机及宫中档》，文献编号：408007109-0-A。

②中国第一历史档案馆藏：《录副奏片》，档号：03-5418-015。

云南巡抚系臣兼署，无庸列衔。合并声明。谨奏。光绪二十八年五月十二日。

（朱批：）兵部议奏。①

光绪二十八年六月十一日，奉朱批：兵部议奏。钦此。②

1179. 请将巡道移驻腾越兼管关务折

光绪二十八年五月十二日（1902年6月17日）

头品顶戴云贵总督兼署云南巡抚臣魏光焘跪奏，为腾越业经开关，请将巡道移驻腾越，兼管关务及添设员役各事宜，恭折仰祈圣鉴事。

窃准外务部电：英使照称：滇、缅边界颇不安静，恐厅员权位不足治理，请设法将腾越厅缺照临安开广道移驻蒙自办法，改派大员驻扎该处，与界务有益。现烈领事入省商议此事等语。查滇、缅边界交涉日繁，厅员不足资镇慑，亦属实情，应如何变通办理，期于界务有益，俟烈领事到省，酌量与商等因。旋据驻腾领事烈敦来省，重申前说。当经行饬司局酌量情形，核议详办去后。

兹据云南布政使林绍年、按察使全楙绩会同善后局司道详称：腾越为英缅入滇第一门户，地处极边，幅员辽阔，与缅界犬牙相错，防务、界务均极繁难。现复开关互市，交涉尤为紧要。查核情形，实非监司大员，难资控驭，拟请将原驻大理府之迤西道移驻腾越厅城，兼管关务，定为冲、繁、疲、难四项相兼请旨简放要缺。所有该道原辖之大理、永昌、丽江、楚雄四府，蒙化、永北二直隶同知，一切水利、屯垦、仓库、钱粮交代、词讼、缉捕、团保各事宜，命、盗秋审等案件，仍责成该道照旧办理。该道兼管关务，收放税款，事亦甚繁，应请添设道库大使一员，兼管照

①台北故宫博物院藏：《军机及宫中档》，文献编号：408007113。

②中国第一历史档案馆藏：《录副奏折》，档号：03-5955-091。

磨事务，定为边远选缺，先行由部铨选后遇缺出，照例办理，并请铸造云南分巡迤西兵备道兼管关务之关防、迤西关道库大使兼管照磨事印各一颗，颁发来滇，以昭信守。

该道移驻边关，兼理商务，需费较巨，应请援照临安开广道养廉额数，年支银五千九百两。其原支俸银一百零五两，原设门子二名，快手十二名，皂隶十二名，轿伞、扇夫七名，铺兵二名，每名岁支工食银六两，计三十五名，共支银二百一十两，均仍照旧支领。添设之道库大使，请照开广道库大使养廉额数，年支银八十两，俸银照例支给。设皂隶二名，每名年支工食银六两，计共实支银十二两。此项廉俸、役食银两，即在藩库征收公耗条丁项下照例支放报销，仍照章减成扣平，以归一律；应建各衙署，由善后局于边饷项下筹款，委员估勘修建，据实造报。第该道既经移驻，应俟奉旨允准，再饬现任道松堮前往腾越驻扎，并由司先行委员署理大使，俾专责成。其部颁关防、印信，一时未能到滇，应饬该道暂用旧印，并由司另刊道库大使木质钤记，发交暂用，俟印信颁发至日，再行换给。其余一切未尽事宜，统俟该道移驻后，体察情形，悉心斟酌妥议，分别详咨核办。再，腾越原设同知、经历、司狱各员缺，均有管辖地方及分防督捕、监狱之责，应请仍旧设置，以资治理等情。详请奏咨前来。

臣覆加体察，均属实在情形，合无仰恳天恩俯准将云南迤西兵备道移驻腾越兼管关务，添设道库大使一员，并恳敕下礼部分别铸造印信，颁发来滇，以昭信守。

除分咨各部查照外，所有巡道移驻腾越兼管关务及添设员役各缘由，谨恭折具陈。伏乞皇太后、皇上圣鉴训示。再，云南巡抚系臣兼署，毋庸列衔。合并声明。谨奏。光绪二十八年五月十二日。

（朱批：）外务部会同吏部，核议具奏。[①]

---

①台北故宫博物院藏：《军机及宫中档》，文献编号：408007114。

光绪二十八年六月十一日，奉朱批：外务部会同吏部，核议具奏❶。钦此。①

❶【案】此案经外务部会同吏部核议，于光绪二十八年七月二十六日覆奏，曰：

总理外务部事务和硕庆亲王臣奕劻跪奏，为遵旨议覆，恭折仰祈圣鉴事。

准军机处抄交云贵总督兼署云南巡抚魏光焘具奏腾越业经开关，请将巡道移驻腾越，兼管关务及添设员役各事宜一折，光绪二十八年六月十一日奉朱批：外务部会同吏部，核议具奏。钦此。钦遵到部。查原奏内称：准外务部电：英使照称：滇、缅边界颇不安静，恐厅员权位不足治理，请设法将腾越厅缺照临安开广道移驻蒙自办法，改派大员驻扎该处，与界务有益。现烈领事入省商议此事等语。查滇、缅边界交涉日繁，厅员不足资镇慑，亦属实情，应如何变通办理，期于界务有益，俟烈领事到省，酌量与商等因。旋据驻腾领事烈敦来省，重申前说。当经行饬司局酌量情形，核议详办去后。兹据云南布政使林绍年、按察使全楙绩会同善后局司道详称：腾越为英缅入滇第一门户，地处极边，幅员辽阔，与缅界犬牙相错，防务、界务均极繁难。现复开关互市，交涉尤为紧要。查核情形，实非监司大员，难资控驭，拟请将原驻大理府之迤西道移驻腾越厅城，兼管关务等语。

外务部查腾越边界与缅甸毗连，英国现派领事驻扎该处，开关互市，交涉日益繁难，厅员权势不足以资镇慑，尚属实在情形。该督请将迤西兵备道移驻腾越，并管关务，以资控制，系为慎重地方、关务起见，自应准如所请。

原奏又称：请将原驻大理府之迤西道移驻腾越厅城，兼管关务，定为冲、繁、疲、难四项相兼请旨简放要缺。所有该道原辖之大理、永昌、丽江、楚雄四府，蒙化、永北二直隶同知，一切水利、屯垦、仓库、钱粮交代、词讼、缉捕、团保各事宜，命、盗秋审等案件，仍

①中国第一历史档案馆藏：《录副奏折》，档号：03-5418-068。

责成该道照旧办理。该道兼管关务，收放税款，事亦甚繁，应请添设道库大使一员，兼管照磨事务，定为边远选缺，先行由部铨选后遇缺出，照例办理。再，腾越原设同知、经历、司狱各员缺，均有管辖地方及分防督捕、监狱之责，请仍旧设置，以资治理等语。

吏部查该督奏称云南腾越边界交涉日繁，请派原驻大理府之迤西兵备道移驻腾越，兼管关务。既据外务部议准，所有迤西道一缺，原系冲、繁、难请旨要缺，自应准其定为冲、繁、疲、难四字请旨简放要缺。原辖之大理府等府厅事务，仍责成该道照旧管理。其现任迤西道松塄，应俟奉旨允准后，令其移驻腾越厅，以专责成。该道既经兼管关务，准其添设道库大使一缺，兼管照磨事务，作为从九品额设边远选缺，应俟此次奏准后，先由臣部照例铨选，并准委员先行署理。

至腾越厅原设同知、经历、司狱，仍准其照旧设置，以资治理。

至原奏所称该道移驻边关兼理商务，需费较巨，应请援照临安开广道养廉额数，年支银五千九百两。其原支俸银一百零五两，原设门子二名，快手十二名，皂隶十二名，轿伞、扇夫七名，铺兵二名，每名岁支工食银六两，计三十五名，共支银二百一十两，均系照旧支领。添设之道库大使，请照开广道库大使额数，年支银八十两，俸银照例支给。设皂隶二名，每名年支工食银六两，共实支银十二两。此项廉俸、役食银两，即在藩库征支火耗项下照例支放报销，仍照章减成扣平，以归一律；并请铸造云南分巡迤西兵备道兼管关务之关防、迤西关道库大使兼管照磨事印各一颗，颁发来滇，以昭信守。

其应建各衙署，由善后局于边饷项下筹款，委员估勘修建，据实造报等语。查支放廉俸、领照印信、建造衙署等事，分隶户部、礼部、工部，应俟奉旨允准后，再由臣部知照各该部查核办理。

所有议覆缘由，谨恭折具陈。伏乞皇太后、皇上圣鉴训示。再，此折系外务部主稿，会同吏部办理。合并陈明。谨奏。七月二十六日。

光绪二十八年七月二十六日，奉朱批：依议。钦此。①

---

①台北故宫博物院藏：《军机及宫中档》，文献编号：148369。

1180. 请以周名建升补龙陵同知缘由折

光绪二十八年五月十二日（1902年6月17日）

头品顶戴云贵总督兼署云南巡抚臣魏光焘跪奏，为拣员升补夷疆要缺同知，以裨地方而资治理，恭折仰祈圣鉴事。

窃查请补龙陵同知叶树藩，于光绪二十七年十二月十九日在威远同知署任病故，当经详咨开缺，声明该员叶树藩病故在先，接到准补该同知奉文在后，应照例仍以前任同知夏声曦革职系光绪二十七年正月二十日奉上谕，以奉旨后五日作为部中行文日期，按限减半计算，扣至二十七年三月初九日限满作为开缺日期，勒归上年三月底截缺。查该同知系夷疆三年俸满，量予优叙，再满三年，加衔候升题调要缺，毋庸掣签，业将截缺日期咨明在案。

查定例：知县以上官员，如遇题、调缺出及烟瘴地方，俱准升调兼行，听该督抚酌量具题。此外应行调补之缺，均令于属员内对品改调。若实无可调之员，属员内果有才守兼优、政绩卓著者，于疏内将无可调补、必须题升，详细声明。又，奏定章程内开：州县以上应升缺出，该督抚将卓异引见回任候升人员，虽卓异而未引见，不得为卓异候升人员，先尽升用，不准于折内声称人地不宜，以别项人员请升，各等语。该厅地处极边，界连英缅，汉夷杂处，政务殷繁，现正划分疆界，一切防务、商务以及筹办交涉、善后各事宜，在在均关紧要，非精明干练、熟习边地夷情之员，不足以资控治。臣督饬藩、臬两司于通省应调人员内逐加遴选，非现居要缺，即人地未宜，实无合例堪调之员。

惟于应升人员内，查有准调镇雄州知州周名建，年四十六岁，系湖南衡州府清泉县廪贡生，中壬午科本省乡试举人。十六年，在部库遵新海防例，报捐知州不论双单月选用；复加捐分缺先选用。十九年正月，签掣云南云龙州知州。二月初三日引见，奉旨：着准其补授。钦此。领凭到滇。饬委赴任，试俸期满，遵例报销，二十三年六月交卸，委署镇南州知州，调署顺宁县知县。二十四年，大计保荐卓异。二十五年六月二十四日奉旨：着准其送部引见。钦此。准调镇雄州知州，委署景东直隶同知，二十七年二月到任。据云南布政使林绍年、按察使全楙绩查该员勤奋耐劳，志趣向上，请以升补龙陵同知，实属人地相宜，洵堪胜任，与例亦符。会详请奏前来。

臣覆查该员周名建才具稳练，年力盛强，合无仰恳天恩俯念员缺紧要，准以镇雄州知州周名建升补龙陵同知，实于地方有裨。如蒙俞允，该员系现任知州请升同知，俟奉覆准，照例给咨送部引见，恭候钦定，再将该员卓异保荐之案查销。所遗镇雄州知州要缺，例应由外拣补，俟覆准后，另行遴员调补。

所有拣员升补夷疆要缺同知缘由，除咨部查照外，谨恭折具陈。伏乞皇太后、皇上圣鉴，敕部议覆施行。再，云南巡抚系臣兼署，毋庸列衔。合并声明。谨奏。光绪二十八年五月十二日。

（朱批：）吏部议奏。①

光绪二十八年六月十一日，奉朱批：吏部议奏。钦此。②

1181. 恭报腾越开关并设分关分卡缘由折

光绪二十八年五月十二日（1902 年 6 月 17 日）

头品顶戴云贵总督兼署云南巡抚臣魏光焘跪奏，为恭报腾越开关日期，并设立分关、分卡试办情形，恭折仰祈圣鉴事。

窃前准总理衙门咨：英使照称：中缅条约第十三条载明，准将驻蛮允之领事官改驻，或腾越或顺宁，择定一处。今本国已择定腾越，派委领事官前往驻扎，合请贵国即于该处设立新关，征收洋税，并派办理交涉事务关道，以便会办一切，咨滇查照约章，酌量情形，奏明办理。旋于光绪二十五年六月，英署领事杰弥逊到腾商议开关，经前督臣崧蕃会同前抚臣丁振铎将筹议大概情形

①台北故宫博物院藏：《军机及宫中档》，文献编号：408007115。

②中国第一历史档案馆藏：《录副奏折》，档号：03-5418-070。

专折具奏，并声明援照思茅关，暂以同知为监督，俟商务畅旺，或另设关道，或以迤西道移驻，届时奏明办理等因。钦奉朱批：该衙门知道。钦此。并经总理衙门行据总税务司赫德，拣派税务司好博逊来腾。正议办间，署领事杰弥逊因改调回国，又值拳匪事起，税司亦返新街，关务遂缓开办。

上年九月，承准外务部电开：英使函称：驻腾越领事官现派烈敦署理，并准咨据总税务司申称：现改派孟家美补腾越税务司之缺等因。当经转行遵办，并札委腾越同知叶如桐暂行兼管关务，与领事税司筹议开关事宜，由司库借支银九千两，以作开关经费；复添派委员前往襄助。兹据云南布政使林绍年会同善后局司道详：据腾越同知兼管关务叶如桐禀称：署领事烈敦、税务司孟家美随带扦手人等，于上年十月初三日到腾。维时，和议甫成，人情犹多疑沮，谣诼纷纭，深虞滋事。迭经督率各员绅，再三开导弹压，并会同领事、税司亲往各路勘查，斟酌设关、设卡，分修太平江南岸道路，以期振兴商务。数月以来，粗具规模，民情亦渐安堵，当会订试办关务章程十五条，拟在腾越南城外设立正关，东门外设立分卡，并于蛮允设立分关，蚌西设立分卡，二台坡设立查卡；又于太平江南岸弄璋街设立分关，蛮线设立分卡，择于本年四月初一日开关试办。所有借支经费，撙节动用，将来仍由洋税项下筹还归款等情。详请具奏前来。

臣覆查腾越为由缅入滇门户，道途纷歧，商路以太平江南、北两岸为适中要路。惟山径崎岖，商旅裹足，现经该厅与缅政府商议分界修理，系为振兴商务起见，所拟试办章程，核与各海关通章大致相同，且甫经开办，一切尚无把握，自应随时斟酌损益，总期商务渐兴，关税畅旺，借以维持利权而裕饷需。惟该厅地方与缅界犬牙相错，沿边野夷不时出没，交涉事件日益繁重，诚恐同知权势不足镇慑，似应移驻道员以资控驭，已饬司局酌量情形，另案详办。

除将试办章程咨呈外务部核覆饬遵暨分咨户部、南洋大臣查照外，所有腾越开关日期及分设关卡试办缘由，谨恭折具奏。伏乞皇太后、皇上圣鉴训示。再，云南巡抚系臣兼署，毋庸列衔。合并声明。谨奏。光绪二十八年五月十二日。

（朱批：）该部知道。①

光绪二十八年六月十一日，奉朱批：该部知道。钦此。②

1182. 奏报汇解蒙自关应解京饷片

光绪二十八年五月十二日（1902年6月17日）

再，据云南临安开广道兼管关务刘春霖详称：案查蒙自关按结提解部库、京饷等款银两，向系由蒙解省交商汇解。昨因北事道阻，汇兑不通，奉准将应解京饷银两由司汇解等因。当将蒙自关自一百五十九结起至一百六十四结止提存四成京饷、折耗两款，共银八万三千九百九十三两八钱八厘七毫九丝二忽五微，先后委员解省交藩司核收汇解。嗣经藩司以前项银两业遵奏案暂行借作滇省铜本应用在案。现在北道已通，所有应解京饷银两，自应仍旧交商汇解。

兹查蒙自关一百六十五六两结内提存四成京饷银四万四千八百五十三两一钱五分一厘二毫，提留一半折耗银八百二十二两三钱八分九厘九毫五丝八忽，两款共计银四万五千六百七十五两五钱四分一厘一毫五丝八忽，委试用同知刘树棫由蒙自解省，发交同庆丰商号，于本年四月初一日自滇起程，限至八月十五日到京交纳，不准稽延。除将由蒙自至省委员、夫马及此次汇解各费在于内地子口半税项下开支造销外，详请发给咨批，并奏明分咨前来。

臣覆查无异，除缮具咨批发给同庆丰商号依限领赍汇解并分

①台北故宫博物院藏：《军机及宫中档》，文献编号：408007116。

②此朱批日期与内容，据《军机处随手登记档》（档案编号：03-0312-2-1228-154）校补。

咨外务部、户部、户科暨南洋大臣查照外，谨附片具奏。伏乞圣鉴。再，云南巡抚系臣兼署，毋庸列衔。合并声明。谨奏。

(朱批：) 该部知道。①

光绪二十八年六月十一日，奉朱批：该部知道。钦此。②

1183. 奏报苏抡元署理开化镇篆片

光绪二十八年五月十二日（1902 年 6 月 17 日）

再，光绪二十八年四月二十五日接准电传：四月二十二日奉上谕：云南临元镇总兵覃修纲着开缺。钦此。等因。查该员现署开化镇篆，应即调省。所遗开化镇总兵篆务，查有记名总兵臣标中军副将苏抡元，勤实干练，勇略优娴，堪以委署，并节制广防续备各营，以重职守。所遗中军副将，查有副将衔尽先参将提标左营游击赵伟，堪以调署。

除分檄饬遵并咨兵部查照外，谨附片具陈。伏乞圣鉴。谨奏。

(朱批：) 兵部知道。③

光绪二十八年六月十二日，奉朱批：兵部知道。钦此。④

1184. 请以刘世濬补授鲁甸通判折

光绪二十八年五月二十二日（1902 年 6 月 27 日）

头品顶戴云贵总督兼署云南巡抚臣魏光焘跪奏，为请补选缺通判，以裨地方，恭折仰祈圣鉴事。

窃准吏部咨：云南鲁甸通判刘国光革，光绪二十八年正月十九日奉上谕等因。应照例以奉上谕后五日作为部中行文日期，照

---

①台北故宫博物院藏：《军机及宫中档》，文献编号：408007115-0-A。

②中国第一历史档案馆藏：《录副奏片》，档号：03-6420-006。

③台北故宫博物院藏：《军机及宫中档》，文献编号：408007113-0-A。

④中国第一历史档案馆藏：《录副奏片》，档号：03-5955-092。

限减半计算，扣至光绪二十八年三月十八日限满之日作为开缺日期，归于三月底截缺。是月分选缺通判仅只此缺，毋庸掣签，业将截缺日期咨部在案。查定例：各省通判如系奉旨命往，或督抚题明，留于该省候补，无论应题、应调、应选之缺，令该督抚酌量才具，择其人地相宜者，悉准补用。又参革等项所遗，应将候补班前与候补正班酌量补用；委用、试用人员，专俟升调所遗之选缺；候补班前并候补正班无人，始准扣留题请署理。其余别项遗缺，概不准其请补。又，道府参革各项选缺，应先尽记名分发人员请补。无人始准以各项候补人员酌补。又，定例：云南、贵州承运铜铅抵京，依限运交足数，户部带领引见后，知照吏部查明，如系初任分发试用通判，令回原省遇有应题、应调、应选之缺，悉准该督抚题请补用，各等语。

查通判一项，上次维西通判系归选后第一留缺，请以候补正班补用通判姜在田请补，尚未奉覆。今鲁甸通判系第二留缺，滇省通判班内现无记名分发并候补班前各项人员，其捐纳试用人员例不准补。惟查有运铜卓异补用通判刘世濬，年五十七岁，四川富顺县监生，加捐府经历不论双单月指省，分发云南试用。光绪十八年八月二十八日，经部验看到省。二十二年十月，遵新海防例在京捐局加捐通判不论双单月，仍指省分发云南试用，奉文覆准，请咨北上，并委解运京铜。二十四年十月十八日，由部带领引见。奉旨：着照例发往。钦此。又因解运京铜依限交足，复经户部带领引见，奉旨：着该部照例给奖。钦此。旋奉部议应将该员到省后，遇有应题、应调、应选缺出，悉准补用。俟补缺到任后，即将卓异之案查销，改为加一级，带于新任。光绪二十五年二月二十八日，到省缴照，试用期满，详咨甄别，留省补用在案，委署他郎通判。

臣查该员刘世濬心地朴诚，办事勤谨，并无参罚案件，以之补授鲁甸通判，实属人地相宜，洵堪胜任，与例亦符。据署藩司刘春霖、臬司全楙绩会详前来。合无仰恳天恩俯准以该员刘世濬补授鲁甸通判，实于地方有裨。如蒙俞允，该员系卓异补用通判，今请补通判，衔缺相当，毋庸送部引见。至该员卓异之案查销，改为加一级，带于新任。

除咨部查照外，所有拣员请补选缺通判缘由，谨恭折具陈。伏乞皇太后、皇上圣鉴，敕部核覆施行。再，云贵总督系臣本任，毋庸列衔。合并陈明。谨奏。光绪二十八年五月二十二日。

(朱批:) 吏部议奏。①

光绪二十八年六月二十七日，奉朱批：吏部议奏。钦此。②

1185. 奏报滇省本年四月雨水粮价折

光绪二十八年五月二十二日（1902 年 6 月 27 日）

头品顶戴云贵总督兼署云南巡抚臣魏光焘跪奏，为恭报滇省本年四月分雨水情形并各属米粮价值，仰祈圣鉴事。

窃本年三月分雨水、粮价情形，业经前抚臣李经羲恭折奏报在案。兹查四月分，据各属陆续具报雨旸应时，高原下隰，悉皆滋润。二麦业已登场，民食得资接济，蔬菜亦皆畅茂。并据署藩司刘春霖将各属米粮价值查明列单汇报前来。

臣逐加覆核，内临安、普洱等府属粮价较增，昭通、永北等府厅属粮价较减，其余各属虽亦互有低昂，大略与上月相同。现在农民乐业，地方安静，洵堪仰慰圣怀！理合恭折具奏，并缮粮价清单，敬呈御览。伏乞皇太后、皇上圣鉴。谨奏。光绪二十八年五月二十二日。

(朱批:) 知道了。③

光绪二十八年六月二十七日，奉朱批：知道了。钦此。④

---

①台北故宫博物院藏：《军机及宫中档》，文献编号：408007117。

②中国第一历史档案馆藏：《录副奏折》，档号：03-5418-165。

③台北故宫博物院藏：《军机及宫中档》，文献编号：408007118。

④中国第一历史档案馆藏：《录副奏折》，档号：03-7015-047。

1186. 呈滇省二十八年四月粮价清单

光绪二十八年五月二十二日（1902年6月27日）

谨将光绪二十八年四月分云南省所属地方各项粮价，开具清单，恭呈御览。

计开

云南府属：价平

上白米每仓石价银二两五钱四分至三两八钱，与上月相同。中白米每仓石价银二两二钱九分至三两六钱，与上月相同。上红米每仓石价银二两四钱至三两五钱，与上月相同。中红米每仓石价银二两四分至三两四钱，与上月相同。小麦每仓石价银一两九钱一分至三两六钱六分，较上月稍减。大麦每仓石价银一两一钱二分至三两，与上月相同。荞每仓石价银七钱四分至三两一钱五分，较上月稍减。南豆每仓石价银一两至二两五钱五分，较上月稍减。

曲靖府属：价平

上白米每仓石价银一两八钱七分至三两九钱，与上月相同。中白米每仓石价银一两八钱至三两七钱二分，与上月相同。上红米每仓石价银一两五钱八分至三两五钱五分，与上月相同。中红米每仓石价银一两五钱一分至三两三钱一分，与上月相同。小麦每仓石价银一两四钱四分至三两九钱五分，与上月相同。大麦每仓石价银一两二钱六分至三两，与上月相同。荞每仓石价银一两八分至二两八钱四分，与上月相同。南豆每仓石价银一两八分至三两六钱三分，与上月相同。

临安府属：价中

上白米每仓石价银三两一钱五分至五两二钱，较上月稍增。中白米每仓石价银三两一钱至五两一钱六分，较上月稍增。上红米每仓石价银二两九钱五分至五两一钱六分，较上月稍增。中红米每仓石价银二两八钱七分至五两一钱二分，较上月稍增。小麦每仓石价银二两五钱至五两七钱七分，与上月相同。大麦每仓石价银一两五钱至五两一钱二分，较上月稍增。荞每仓石价银一两九钱一分至五两八分，较上月稍增。南豆每仓石价银二两至五两二钱，较上月稍增。

澂江府属：价平

上白米每仓石价银二两八钱至五两五钱，与上月相同。中白米每仓石价银二两六钱至五两三钱，与上月相同。上红米每仓石价银二两六钱至五两五钱，与上月相同。中红米每仓石价银二两五钱至五两三钱，与上月相同。小麦每仓石价银一两六钱至四两，与上月相同。大麦每仓石价银一两一钱六分至三两一钱，与上月相同。荞每仓石价银一两三钱至四两一分，与上月相同。南豆每仓石价银一两二钱至四两，与上月相同。

广南府属：价平

上白米每仓石价银二两二钱，与上月相同。中白米每仓石价银二两一钱，与上月相同。上红米每仓石价银二两一钱，与上月相同。中红米每仓石价银二两，与上月相同。小麦每仓石价银二两二钱，与上月相同。大麦每仓石价银一两四钱，与上月相同。荞每仓石价银三钱二分，与上月相同。南豆每仓石价银二两二钱，与上月相同。

开化府属：价平

上白米每仓石价银三两七钱，与上月相同。中白米每仓石价银三两六钱，与上月相同。上红米每仓石价银三两七钱，与上月相同。中红米每仓石价银三两六钱，与上月相同。小麦每仓石价银五两，与上月相同。大麦每仓石价银二两五钱，与上月相同。荞每仓石价银二两，与上月相同。南豆每仓石价银五两，与上月相同。

普洱府属：价中

上白米每仓石价银一两四钱至三两，较上月稍增。中白米每仓石价银一两三钱至二两九钱，较上月稍增。上红米每仓石价银一两三钱五分至二两八钱，较上月稍增。中红米每仓石价银一两一钱七分至二两七钱，较上月稍增。小麦每仓石价银一两二钱，与上月相同。大麦每仓石价银八钱至二两二钱，与上月相同。荞每仓石价银九钱五分至一两一钱，与上月相同。南豆每仓石价银一两五分至二两七钱，与上月相同。

东川府属：价平

上白米每仓石价银三两二钱至三两五钱，与上月相同。中白米每仓石价银三两一钱至三两四钱，与上月相同。上红米每仓石价银三两一钱至三两四钱，与上月相同。中红米每仓石价银三两至三两三钱，与上月相同。小麦每仓石价银二两五钱至三两，与上月相同。大麦每仓石价银二两，与上月相同。荞每仓石价银一两八钱，与上月相同。南豆每仓石价银二两，与上月相同。

昭通府属：价平

上白米每仓石价银二两一钱八分至七两八钱六分，较上月稍减。中白米每仓石价银一两八钱六分至七两三钱八分，较上月稍减。上红米每仓石价银一两八钱六分至六两四钱二分，较上月稍减。中红米每仓石价银一两六钱一分至六两二钱八分，较上月稍减。小麦每仓石价银一两三钱三分至五两四钱四分，较上月稍减。大麦每仓石价银七钱九分至二两，与上月相同。荞每仓石价银四钱九分至四两二钱二分，较上月稍减。南豆每仓石价银七钱六分至四两三钱四分，较上月稍减。

大理府属：价平

上白米每仓石价银二两一钱一分至三两一钱四分，与上月相同。中白米每仓石价银二两八分至三两一钱二分，与上月相同。上红米每仓石价银一两八钱至三两九分，与上月相同。中红米每仓石价银一两八钱至三两七分，与上月相同。小麦每仓石价银一两至二两三分，与上月相同。大麦每仓石价银八钱至一两九钱，与上月相同。荞每仓石价银七钱至一两六钱三分，与上月相同。南豆每仓石价银一两至二两二钱，与上月相同。

丽江府属：价平

上白米每仓石价银二两五分至三两二钱，与上月相同。中白米每仓石价银一两九钱四分至三两一钱，与上月相同。上红米每仓石价银一两九钱四分至三两一钱，与上月相同。中红米每仓石价银一两八钱三分至二两六钱五分，较上月稍减。小麦每仓石价银一两一钱五分至一两七钱七分，较上月稍增。大麦每仓石价银八钱五分至一两三钱，与上月相同。荞每仓石价银六钱五分至一两三钱，与上月相同。青稞每仓石价银一两五分至一两一钱，与上月相同。南豆每仓石价银七钱五分至一两四钱七分，较上月稍增。

永昌府属：价平

上白米每仓石价银二两一钱至二两四钱，与上月相同。中白米每仓石价银二两至二两一钱，与上月相同。上红米每仓石价银一两八钱至二两四钱，与上月相同。中红米每仓石价银一两七钱至二两一钱，与上月相同。小麦每仓石价银一两三钱八分至一两八钱，与上月相同。大麦每仓石价银一两，与上月相同。荞每仓石价银九钱至一两二钱八分，与上月相同。南豆每仓石价银一两二钱八分至一两五钱，与上月相同。

顺宁府属：价平

上白米每仓石价银一两七钱至三两五分，与上月相同。中白米每仓石价银一两五钱至二两九钱五分，与上月相同。上红米每仓石价银一两五钱至二两九钱，与上月相同。中红米每仓石价银一两三钱至二两八钱五分，与上月相同。小麦每仓石价银八钱至一两七钱，与上月相同。大麦每仓石价银八钱至一两八钱，与上月相同。荞每仓石价银六钱至一两五钱一厘，与上月相同。南豆每仓石价银九钱一分至二两一钱，与上月相同。

楚雄府属：价平

上白米每仓石价银二两二钱至四两一钱，与上月相同。中白米每仓石价银二两一钱至三两九钱，与上月相同。上红米每仓石价银二两一钱至三两七钱，与上月相同。中红米每仓石价银二两五分至三两六钱，与上月相同。小麦每仓石价银六钱三分至二两六钱，与上月相同。大麦每仓石价银八钱至二两，较上月稍减。荞每仓石价银九钱三分至一两七钱，较上月稍减。南豆每仓石价银一两三钱至二两二钱，与上月相同。

蒙化直隶厅：价平

上白米每仓石价银三两八分，与上月相同。中白米每仓石价银二两八钱九分，与上月相同。上红米每仓石价银二两八钱九分，与上月相同。中红米每仓石价银二两七钱二分，与上月相同。小麦每仓石价银二两四钱九分一厘，与上月相同。大麦每仓石价银二两六分，与上月相同。荞每仓石价银二两八分，与上月相同。南豆每仓石价银一两六钱六分一厘，与上月相同。

永北直隶厅：价平

上白米每仓石价银二两二钱五分，较上月稍减。中白米每仓石价银二两一钱四分，较上月稍减。上红米每仓石价银一两九钱三分，较上月稍减。中红米每仓石价银一两八钱二分，较上月稍减。小麦每仓石价银一两三钱九分一厘，较上月稍增。大麦每仓石价银一两八分，较上月稍增。荞每仓石价银一两二钱一分，较上月稍增。南豆每仓石价银一两二钱三分一厘，较上月稍增。

景东直隶厅：价平

上白米每仓石价银二两九钱，与上月相同。中白米每仓石价银二两八钱，与上月相同。上红米每仓石价银二两八钱，与上月相同。中红米每仓石价银二两一钱，与上月相同。小麦每仓石价银一两九钱，与上月相同。大麦每仓石价银一两六钱，与上月相同。荞每仓石价银一两九钱，与上月相同。南豆每仓石价银一两五钱，与上月相同。

镇沅直隶厅：价平

上白米每仓石价银二两六钱五分，与上月相同。中白米每仓石价银二两六钱，与上月相同。上红米每仓石价银二两五钱五分，与上月相同。中红米每仓石价银二两五钱，与上月相同。小麦每仓石价银一两五钱五分一厘，与上月相同。大麦每仓石价银一两五钱，与上月相同。荞每仓石价银一两三钱，与上月相同。南豆每仓石价银二两六钱，与上月相同。

广西直隶州并属：价平

上白米每仓石价银二两二钱至五两，与上月相同。中白米每仓石价银二两至四两五钱，与上月相同。上红米每仓石价银一两八钱至四两五钱，与上月相同。中红米每仓石价银一两六钱至四两五钱，与上月相同。小麦每仓石价银二两四钱至三两，与上月相同。大麦每仓石价银一两六钱至二两三钱，与上月相同。荞每仓石价银一两二钱至二两二钱，与上月相同。南豆每仓石价银二两至二两八钱，与上月相同。

元江直隶州并属：价平

上白米不产。中白米每仓石价银二两七钱五分至三两八钱，与上月相同。上红米每仓石价银三两二钱，与上月相同。中红米每仓石价银二两四钱至三两二钱，与上月相同。小麦每仓石价银二两六钱，与上月相同。大麦不产。荞每仓石价银一两二钱五分，与上月相同。南豆每仓石价银二两一钱，与上月相同。

武定直隶州并属：价平

上白米每仓石价银二两五钱至三两三钱，与上月相同。中白米每仓石价银二两三钱至三两，与上月相同。上红米每仓石价银二两三钱至三两，与上月相同。中红米每仓石价银一两九钱五分至二两八钱，与上月相同。小麦每仓石价银一两八钱至二两，较上月稍减。大麦每仓石价银一两四钱至一两八钱，较上月稍减。荞每仓石价银一两三钱至二两六钱，与上月相同。南豆每仓石价银一两三钱五分至一两八钱，较上月稍减。

以上各属所报米粮价值俱系按照时价造报，理合登明。

（朱批：）览。①

1187. 请免宾川等州应征条粮缘由折

光绪二十八年五月二十二日（1902年6月27日）

头品顶戴云贵总督兼署云南巡抚臣魏光焘跪奏，为请免宾川、鹤庆等州被灾应征条粮，以舒民困，恭折仰祈圣鉴事。

窃查宾川州属上年雨泽愆期，至七月犹未沾足。牛东、力角、两耆地方尤甚，有全未栽插者，有虽经栽插而气候已过，难望结实。农民释耒而叹，钱粮无着。又，鹤庆州属南庄滥泥井等村田亩，于上年八月初九日禾稼初齐，正当扬花结实，忽遭冰雹，概被伤折，秋成无望，先后报经前抚臣李经羲将委勘赈抚情形附片奏报，并饬补种杂粮，以资接济，各在案。

兹据署宾川州知州姜在田会同委员补用知县宋席珍，又据鹤庆州知州邓瑶会同委员署剑川州知州周海清，各将勘明被灾田亩等则、村庄、花户姓名、请免条粮、银米数目，造具册结，申由该管府道层递加结，详由署布政使刘春霖、署粮储道魏景桐核明，详请具奏前来。

臣查宾川州属被灾田亩，共一百二十五顷八十五亩八分三厘，应征秋米二百八十二石五斗七升零八勺四抄二撮，条丁公件奏平火耗粮羡等银四百七十二两二钱八分三厘三毫五丝九忽。又附太和县属太和村插花田亩，共六顷七十九亩六分六厘，应征秋米三十九石二斗二升五合三勺一抄六撮，条公等银四十二两九钱五分九厘五毫九忽。鹤庆州被灾田亩共一十二顷八十五亩，应征秋米三十八石九斗五升五合三勺一抄六撮，摊丁、条编等银六十两二钱八分九厘五毫三丝六忽。既据该印委等会勘明确，实系颗粒无收，与豁免之例相符，若仍照常征收，民力实有未逮，合无仰恳

①中国第一历史档案馆藏：《单》，档号：03-7015-048。

天恩俯念该各处粮田被灾较重，民情瘠苦，准将应征光绪二十七年分前项银米全数豁免，以舒民困而广皇仁！

除册结分送部、科查核外，所有宾川、鹤庆等州属被旱、被雹成灾，照例请免条粮各缘由，谨恭折具奏。伏乞皇太后、皇上圣鉴训示。再，云贵总督系臣本任，毋庸列衔。合并陈明。谨奏。光绪二十八年五月二十二日。

（朱批：）着照所请，户部知道。①

光绪二十八年六月二十七日，奉朱批：着照所请，户部知道。钦此。②

1188. 请旌节孝妇女盛陈氏等缘由折

光绪二十八年五月二十二日（1902 年 6 月 27 日）

头品顶戴云贵总督兼署云南巡抚臣魏光焘跪奏，为节烈贞孝妇女，请旨旌表，以维风化，恭折仰祈圣鉴事。

窃查前准礼部咨：议覆编修吴鸿恩具呈旌表事宜一折，同治八年二月初八日，内阁奉上谕：嗣后各直省督抚务当饬各州县于应行旌表节孝，取有供结，限一月内径详督抚、学政，会同具题等因。钦此。钦遵办理在案。

兹查接管卷内，据署大关同知陆长洁详称：查有厅属现存节妇处士盛元淦之妻陈氏，十九岁适夫，二十一岁夫故，现年六十二岁，计守节四十一年。

处士郑元景之妻舒氏，二十一岁适夫，二十七岁夫故，现年七十四岁，计守节四十七年。

处士钱景椿之妻龚氏，十七岁适夫，二十九岁夫故，现年五十二岁，计守节二十三年。

民人高明亮之妻戴氏，十七岁适夫，二十七岁夫故，现年五

---

①台北故宫博物院藏：《军机及宫中档》，文献编号：408007119。

②中国第一历史档案馆藏：《录副奏折》，档号：03-6274-081。

十一岁，计守节二十四年。

处士罗学洇之妻李氏，十九岁适夫，二十四岁夫故，现年六十八岁，计守节四十四年。

民人覃化连之妻段氏，十七岁适夫，二十九岁夫故，现年八十五岁，计守节五十六年。

处士曹廷楷之妻张氏，十九岁适夫，二十九岁夫故，现年六十一岁，计守节三十二年。

处士郭静安之妻吴氏，二十一岁适夫，二十九岁夫故，现年五十一岁，计守节二十二年。

千总黄朝胜之妻张氏，二十岁适夫，二十八岁夫故，现年五十一岁，计守节二十三年。

文童郭书凝之妻李氏，二十一岁适夫，二十六岁夫故，现年五十一岁，计守节二十五年。

已故节妇处士郝昌隆之妻刘氏，二十二岁适夫，二十五岁夫故，殁年六十岁，计守节三十五年。

处士王世恒之妻侯氏，十八岁适夫，二十二岁夫故，殁年七十八岁，计守节五十六年。

处士王定一之妻杨氏，十六岁适夫，二十一岁夫故，殁年四十七岁，计守节二十六年。

署石屏州知州曾楫详：州属现存节妇文生张文衡之妻丁氏，十八岁适夫，二十九岁夫故，现年五十九岁，计守节三十年。

文童卢锡膏之妻丁氏，二十二岁适夫，二十九岁夫故，现年六十四岁，计守节三十五年。

已故贞女陈孙氏，自幼许字民人陈本福为妻，尚未过门，十七岁夫故，殁年三十七岁，计守贞二十年。

宁州知州陈建墉详：州属现存节妇民人陈有禄之妻王氏，十七岁适夫，二十五岁夫故，现年五十九岁，计守节三十四年。

文童张联陞之妻王氏，十六岁适夫，十八岁夫故，现年五十岁，计守节三十二年。

武生彭延安之妻徐氏，十七岁适夫，二十五岁夫故，现年五十七岁，计守节三十二年。

署昆明县知县谢宇俊详：县属现存节妇民人冯鑫龙之妻陈氏，十七岁适夫，二十四岁夫故，现年五十一岁，计守节二十七年。

已故节妇军功于泽之妻王氏，二十一岁适夫，三十岁夫故，殁年五十三岁，计守节二十三年。

署恩安县知县花铭详：县属现存节妇军功张超阳之妻吕氏，十七岁适夫，二十七岁夫故，现年七十五岁，计守节四十八年。

民人陈财之妻方氏，二十岁适夫，二十九岁夫故，现年七十九岁，计守节五十年。

民人赵应祥之妻李氏，十八岁适夫，二十二岁夫故，现年七十三岁，计守节五十一年。

民人李清品之妻陈氏，二十一岁适夫，二十九岁夫故，现年八十一岁，计守节五十二年。

民人严方清之妻胡氏，十七岁适夫，二十六岁夫故，现年七十六岁，计守节五十年。

民人高应科之妻刘氏，十六岁适夫，二十九岁夫故，现年七十二岁，计守节四十三年。

民人万增华之妻梁氏，十五岁适夫，二十七岁夫故，现年七十六岁，计守节四十九年。

民人柯道阳之妻王氏，二十岁适夫，二十一岁夫故，现年六十七岁，计守节四十六年。

民人余从云之妻秦氏，十七岁适夫，二十四岁夫故，现年六十八岁，计守节四十四年。

民人颜泽金之妻杨氏，二十岁适夫，二十七岁夫故，现年七十三岁，计守节四十六年。

民人王兴周之妻张氏，二十一岁适夫，二十三岁夫故，现年六十三岁，计守节四十年。

民人刘登荣之妻潘氏，十七岁适夫，二十九岁夫故，现年七十岁，计守节四十一年。

民人赵阳春之妻彭氏，十九岁适夫，二十八岁夫故，现年六十八岁，计守节四十年。

民人江国林之妻邵氏，十六岁适夫，十九岁夫故，现年六十一岁，计守节四十二年。

文童熊兆周之妻杨氏，二十一岁适夫，二十九岁夫故，现年七十三岁，计守节四十四年。

武生龙俊之妻卢氏，十八岁适夫，二十九岁夫故，现年七十三岁，计守节四十四年。

民人冯联美之妻张氏，十七岁适夫，二十六岁夫故，现年八十五岁，计守节五十九年。

处士刘科源之妻宋氏，十六岁适夫，二十四岁夫故，现年八十一岁，计守节五十七年。

已故节妇民人龙声言之妻邓氏，十五岁适夫，二十一岁夫故，殁年六十岁，计守节三十九年。

民人邓其祥之妻杨氏，十七岁适夫，二十六岁夫故，殁年五十一岁，计守节二十五年。

署永善县知县朱勋详：县属现存节妇民人张钟礼之妻刘氏，十八岁适夫，二十七岁夫故，现年七十岁，计守节四十三年。

民人刘应爵之妻黄氏，十六岁适夫，二十八岁夫故，现年八十三岁，计守节五十五年。

嶍峨县知县罗会元详：县属已故节妇廪生徐云彤之妻俞氏，十九岁适夫，三十岁夫故，殁年五十五岁，计守节二十五年。

附生徐蕃之妻周氏，十七岁适夫，二十八岁夫故，殁年七十九岁，计守节五十一年。

武生王成章之妻向氏，十七岁适夫，二十岁夫故，殁年七十一岁，计守节五十一年。

民人周燧之妻孙氏，二十二岁适夫，三十岁夫故，殁年三十六岁，计守节六年。

童生徐春池之妻林氏，二十岁适夫，二十七岁夫故，殁年六十七岁，计守节四十年。

民人徐惟清之妻董氏，十七岁适夫，二十四岁夫故，殁年六十六岁，计守节四十二年。

民人徐大绣之妻周氏，十七岁适夫，十七岁夫故，殁年五十七岁，计守节四十年。

廪生王峥之妻乐氏，十九岁适夫，二十四岁夫故，殁年六十五岁，计守节四十一年。

民人施如霖之妻陈氏，十六岁适夫，二十八岁夫故，殁年五十八岁，计守节三十年。

民人张大才之妻康氏，十九岁适夫，二十八岁夫故，殁年六十六岁，计守节三十八年。

现存节妇增生王谦德之继妻张氏，二十三岁适夫，二十三岁夫故，现年五十九岁，计守节三十六年。

民人徐尔榕之妻桂氏，二十一岁适夫，二十六岁夫故，现年六十岁，计守节三十年。

附生王钧之妻王氏，十五岁适夫，二十三岁夫故，现年五十岁，计守节二十七年。

民人徐庭桂之妻周氏，十八岁适夫，三十岁夫故，现年六十七岁，计守节三十七年。

民人董情之妻李氏，二十四岁适夫，二十六岁夫故，现年六十六岁，计守节四十年。

民人王恩惠之妻汪氏，十七岁适夫，十九岁夫故，现年七十岁，计守节五十一年。

民人吴文林之妻王氏，十六岁适夫，二十五岁夫故，现年七十二岁，计守节四十七年。

民人王岳之妻者氏，十九岁适夫，二十二岁夫故，现年五十七岁，计守节三十五年。

民人董闵之继妻王氏，十八岁适夫，二十九岁夫故，现年五十八岁，计守节二十九年。

民人戴亮之妻张氏，十七岁适夫，二十九岁夫故，现年七十五岁，计守节四十六年。

民人王西林之妻赵氏，十八岁适夫，二十二岁夫故，现年五十五岁，计守节三十三年。

民人戴成礼之妻陈氏，二十一岁适夫，二十四岁氏夫殉难，现年六十五岁，计守节四十一年。

民人井友之妻马氏，十九岁适夫，二十八岁夫故，现年五十七岁，计守节二十九年。

民人李林之妻陈氏，十七岁适夫，二十四岁夫故，现年六十五岁，计守节四十一年。

民人董植桂之妻柴氏，二十岁适夫，二十二岁夫故，现年五十五岁，计守节三十三年。

民人杨汝成之妻李氏，二十四岁适夫，二十八岁夫故，现年六十六岁，计守节三十八年。

民人王明义之妻董氏，二十一岁适夫，二十九岁夫故，现年六十六岁，计守节三十七年。

武生王岐之妻董氏，二十四岁适夫，二十四岁夫故，现年五十一岁，计守节二十七年。

民人吴滋桂之妻赵氏，二十岁适夫，二十九岁夫故，现年六十二岁，计守节三十三年。

民人陈昱之妻王氏，十九岁适夫，二十一岁夫故，现年六十岁，计守节三十九年。

民人张国选之妻周氏，二十岁适夫，二十三岁夫故，现年六十岁，计守节三十七年。

民人李大有之妻师氏，十八岁适夫，二十一岁夫故，现年五十五岁，计守节三十四年。

民人周文照之继妻马氏，二十一岁适夫，二十二岁夫故，现年六十岁，计守节三十八年。

民人董阖之妻管氏，二十一岁适夫，二十五岁夫故，现年五十四岁，计守节二十九年。

署宝宁县知县王正雅详：县属现存节妇民人杨俊发之妻吴氏，十七岁适夫，二十一岁夫故，现年五十二岁，计守节三十一年。

武生蒋安怡之妻白氏，十五岁适夫，二十八岁夫故，现年六十六岁，计守节三十八年。

民人谭正钟之妻谢氏，十七岁适夫，二十六岁夫故，现年五十三岁，计守节二十七年。

采访烈妇民人谭文陞之妻高氏，二十二岁适夫，光绪二十四年夫故，该氏即日尽节殉夫，殁年二十九岁。

署楚雄县知县黄守正详：采访县属现存节妇童生丁椿之妻王氏，十八岁适夫，二十一岁夫故，现年五十四岁，计守节三十三年。

童生李增之妻邓氏，十七岁适夫，二十二岁夫故，现年六十六岁，计守节四十四年。

童生李和之妻张氏，十六岁适夫，二十五岁夫故，现年六十八岁，计守节四十三年。

武生姜增贵之妻谢氏，十七岁适夫，二十四岁夫故，现年五十五岁，计守节三十一年。

文生谢琇之妻吕氏，十七岁适夫，二十岁夫故，现年五十岁，计守节三十年。

文生沈锡嵋之妻王氏，十五岁适夫，十六岁夫故，现年五十一岁，计守节三十五年。

廪生张锡绶之妻卜氏，十七岁适夫，二十四岁夫故，现年五十岁，计守节二十六年。

军功蔡泰麟之妻卜氏，十七岁适夫，二十五岁夫故，现年五十四岁，计守节二十九年。

童生张国才之妻鞠氏，十五岁适夫，二十五岁夫故，现年七十一岁，计守节四十六年。

文生许文峻之妻陈氏，十五岁适夫，二十五岁夫故，现年八十岁，计守节五十五年。

童生王维新之妻姜氏，十六岁适夫，二十五岁夫故，现年七十八岁，计守节五十三年。

童生周鸿振之妻王氏，十六岁适夫，二十二岁夫故，现年七十一岁，计守节四十九年。

军功曹从周之妻王氏，十六岁适夫，二十三岁夫故，现年五十八岁，计守节三十五年。

童生陈荣勋之妻段氏，十八岁适夫，二十四岁夫故，现年六十五岁，计守节四十一年。

翰林院庶吉士周材芳之妻谢氏，十五岁适夫，二十五岁夫故，现年五十岁，计守节二十五年。

童生陈润泽之妻杨氏，二十岁适夫，二十五岁夫故，现年六十一岁，计守节三十六年。

童生姜维仁之妻陈氏，十七岁适夫，二十五岁夫故，现年五十七岁，计守节三十二年。

童生卜有寿之妻丁氏，十七岁适夫，二十四岁夫故，现年七十岁，计守节四十六年。

俊秀杨耀廷之妻萨氏，十四岁适夫，二十三岁夫故，现年五十四岁，计守节三十一年。

童生王凯之妻方氏，二十岁适夫，二十五岁夫故，现年七十六岁，计守节五十一年。

已故节妇文生姜增荣之妻张氏，十六岁适夫，二十四岁夫故，殁年六十岁，计守节三十六年。

文生杨开元之妻张氏，十八岁适夫，二十岁夫故，殁年六十一岁，计守节四十一年。

童生丁尚忠之妻邱氏，十七岁适夫，二十五岁夫故，殁年五十四岁，计守节二十九年。

文生周汝福之妻卜氏，二十岁适夫，二十五岁夫故，殁年六十岁，计守节三十五年。

廪生胡学诗之妻刘氏，十六岁适夫，二十岁夫故，殁年七十四岁，计守节五十四年。

俊秀鞠联陞之妻王氏，十七岁适夫，二十五岁夫故，殁年六十九岁，计守节四十四年。

举人周庶琦之妻杨氏，十七岁适夫，二十一岁夫故，殁年六十四岁，计守节四十三年。

文童陈正昌之妻苏氏，十六岁适夫，二十四岁夫故，殁年五十九岁，计守节三十五年。

军功陈集勋之妻杨氏，十六岁适夫，十八岁夫故，殁年四十七岁，计守节二十九年。

监生周汝栋之妻王氏，十七岁适夫，二十二岁夫故，殁年五十二岁，计守节三十年。

武生王永春之妻鞠氏，十七岁适夫，二十七岁夫故，殁年六十四岁，计守节三十七年。

童生鞠光斗之妻李氏，十四岁适夫，二十四岁夫故，殁年五十六岁，计守节三十二年。

文生郑天锡之妻罗氏，十五岁适夫，二十二岁夫故，殁年七十岁，计守节四十八年。

童生丁占甲之妻李氏，十七岁适夫，二十五岁夫故，殁年六十九岁，计守节四十四年。

军功丁崇儒之妻刘氏，十九岁适夫，二十四岁夫故，殁年五十四岁，计守节三十年。

监生周汝华之妻鞠氏，十九岁适夫，二十三岁夫故，殁年五十三岁，计守节三十年。

监生樊钟濬之妻周氏，十七岁适夫，十九岁夫故，殁年五十一岁，计守节三十二年。

童生丁崇镕之妻王氏，十七岁适夫，二十五岁夫故，殁年六十八岁，计守节四十三年。

俊秀胡启纯之妻赵氏，十五岁适夫，二十五岁夫故，歿年七十二岁，计守节四十七年。

翰林院庶吉士周锡章之妻陆氏，十九岁适夫，二十五岁夫故，歿年六十八岁，计守节四十三年。

俊秀王道平之妻谢氏，十五岁适夫，二十五岁夫故，歿年五十岁，计守节二十五年。

俊秀王士林之妻周氏，十九岁适夫，二十五岁夫故，歿年五十六岁，计守节三十一年。

俊秀孙文瑞之妻胡氏，十六岁适夫，十八岁夫故，歿年五十八岁，计守节四十年。

贡生周锡畴之妻杨氏，二十岁适夫，二十五岁夫故，歿年七十三岁，计守节四十八年。

俊秀陈克昌之妻卜氏，二十一岁适夫，二十五岁夫故，歿年六十四岁，计守节三十九年。

已故贞女李张氏，十三岁许字俊秀李维清为妻，未嫁夫即病故，该氏立志守贞，歿年六十二岁，计守贞四十九年。

杨张氏，十二岁许字监生杨谨为妻，未嫁夫即病故，该氏立志守贞，歿年六十六岁，计守贞五十四年。

烈妇军功陈维垣之妻宋氏，十九岁适夫，二十五岁夫故，该氏投井殉节，歿年二十五岁。

童生陈联之妻谢氏，十八岁适夫，二十岁夫故，该氏投井殉节，歿年二十岁。

军功李端元之妻郑氏，二十岁适夫，二十八岁夫故，该氏投井殉节，歿年二十八岁。

监生丁崇本之妻汪氏，十六岁适夫，二十一岁夫故，该氏自经殉节，歿年二十一岁。

童生张永清之妻宋氏，十六岁适夫，二十五岁夫故，该氏自经殉节，歿年二十五岁。

烈女陈周氏，十七岁许字俊秀陈仪为妻，未嫁夫即病故，该氏投井殉节，殁年十九岁。

杨左氏，十六岁许字俊秀杨朝凤为妻，未嫁夫即病故，该氏投井殉节，殁年十九岁。

殉难烈女增生周汝诚之女秀珍，甫经许字，即遭失城之变，该烈女投井殉节，殁年十六岁。

增生周汝德之女凤珍，甫经许字，即遭失城之变，该烈女投井殉节，殁年十四岁。

贡生萧露湑之女桂英，甫经许字，即遭失城之变，该烈女投井殉节，殁年十七岁。

又，据署昆明县知县谢宇俊详：寄居四川成都县原籍昆明县现存节妇四川新津县知县陆德培之妾詹氏，十七岁归德培为侧室，二十六岁德培病故，即矢志守节，现年五十八岁，计守节三十二年。该氏实系寄居四川成都县，因寄籍乏人呈报，仍由原籍取具族邻甘结，呈由儒学加结造册牒县详报，并据各该地方绅耆人等呈由儒学取具族邻甘结，加结造册，申由各该厅州县等查明加结，详请会奏前来。前抚臣未及核办，移交到臣。

覆查该节孝妇女盛陈氏等一百三十九口，金石比操，珩璜协德，或事亲将顺，承啜菽饮水之欢；或鞠子恩勤，媲丸熊画荻之美；或迨吉尚未成礼，义不独生；或罹忧已失所天，誓甘同穴。既符年例，合请旌扬！

除册结分送部、科外，谨遵照新章改题为奏，恭折具陈。伏乞皇太后、皇上圣鉴训示。再，云贵总督系臣本任，云南学政亦系臣兼署，毋庸列衔。合并陈明。谨奏。光绪二十八年五月二十二日。

（朱批：）礼部议奏。[①]

光绪二十八年六月二十七日，奉朱批：礼部议奏。钦此。[②]

---

①台北故宫博物院藏：《军机及宫中档》，文献编号：408007120。

②中国第一历史档案馆藏：《录副奏折》，档号：03-5568-067。

1189. 奏报营团力解普围追剿游匪折

光绪二十八年五月二十七日（1902 年 7 月 2 日）

头品顶戴云贵总督兼署云南巡抚臣魏光焘跪奏，为营团力解普围，进复皈朝，分路追剿游匪，迭获胜仗，现饬沿边搜捕，会粤堵剿，恭折仰祈圣鉴事。

窃滇省广南、粤边游匪大股窜陷皈朝，普厅被围，广南府城告警，比将筹办情形驰奏在案。查广南府与粤省犬牙交错，东、南、北三面与之毗连；皈朝系属东大道，东距剥隘二站，西距广南府城六站，而由广抵剥八站，以距府四站之普厅为适中之地。上年，刘万胜统率绥靖六营到广，以坐营驻扎普厅，居中策应，余悉联团散布沿边各隘。

此次闻皈朝警报，即调集白金柱、李德泳、钟春芳各营赴援，中途被阻，探知皈朝已失，普厅尤警，俱绕由间道于三月十四五六等日，先后达普。该匪意图上窜，窥袭广南，大股由北路窜遇马鞍塘，烧掠坡房、那莫等寨，折而西趋沙斗、辣子塘、石冈坡，以次占踞，进逼罗贡，断我普厅后路，粮援弗通。而东路之四亭子、瓦瑶，东北之花甲、那耶，处处有匪，以牵制我师。剥隘更孤悬于外，势成坐困。经臣电饬间关函达约会调集营团，内外夹击，必待上游扫清，而后可会合诸军，徐图复皈之计。因饬土国宾之团练副左营开赴罗贡，协同马应麟，严加堵御；调回黄开科之正后营扼西洋，黄信兴之正左营扼板蚌，均属相机进剿。

十八日，四亭、瓦瑶之匪分途上犯。白金柱、李德泳率队迎剿，于距普五里许之小黑山，鏖战两时之久，匪伤数十名，败入那谢。天雨近黑，收队而还。十九日寅刻，白金柱、李德泳、钟春芳各率所部及正中营，分路围攻那谢，毙匪数十名，匪溃走。白金柱设伏山后，活擒四名，夺获马匹、笔码、帐棚等件。申刻收队，我兵带伤三名。二十二日，白金柱等率队径攻沙斗、辣子塘之贼，顷刻间大股麇集，漫山遍野。当即挥兵奋击，毙匪数十，割取耳级八副，匪势稍却。各勇乘势冲入中心，匪忽分股围来，枪炮环轰，渐逼渐近。我军且战且退，连环收队而出，查点阵亡教习一名、勇丁四名。此十八至二十二等日彼此接仗小有胜负之情形也。

二十四五等日，黄凤岐率同富州通判王正雅，携带所部两营，由罗贡改趋八播，并催王国宾整团前进。是日，谢有功亦绕由南路抵普，所遗郎恒防地，交新募续备营管带张荣填扎。白金柱新募瑶兵三百又已取齐，兵力愈厚，共约大举夹击。二十七日，刘万胜饬白金柱、李德泳督率全队，分道西上。匪各占踞石冈坡、响水洞等处山坡，枪炮环击。相持良久，忽有悍匪一股从山坳抄出。李德泳奋力堵御，白金柱麾兵绕出其前，倒戈回击，斩获无算。匪势溃退。是时已申刻矣。乃一股甫平，一股又起，更番换战，竟至彻夜不休。二十八九两昼夜，亦复如之。当白、李两军酣战之际，适黄凤岐所派哨弁萧礼章及王国宾团营亦驰抵木郎，遥遥瞥见，遂分兵两路驰援，一由后山翻击，一由山右截剿。该匪等久战力疲，忽见援师突至，知不能敌，纷纷溃退，窜向那耶而去。次日，白金柱、李德泳夺取石冈坡，毙其头目，搜获调匪簿记，跟踪追剿，复攻沙斗、辣子塘等处，踏毁贼垒，于是上游中路无贼踪矣。是役计共毙匪千余名，斩首三十六级，内有渠魁伪罗四大王，夺获洋号一对，快枪五杆，军械、牛马无算。我军亦伤亡三十余人。此二十八九及四月初一、二等日连战四昼夜，大获全胜，扫清上游，遂解普围之情形也。

四月初三日，白金柱、李德泳进攻洞坡匪营，鏖战两昼夜，破歼悍党；复率队驰剿那郎逸匪，行至中途，即据头队管带马万里回报，该管带于初一日跟踪追剿，匪等一面拒敌，一面放火烧屋，纷纷溃窜花甲。当饬分兵往花甲截剿。是日，别将黄信兴攻克北路新街下阿用贼寨，夺回被拉男女四人、水牛十六头。初四日，黄凤岐、王正雅、王国宾等率领营团会于普厅，与刘万胜面商复皈之计。次早，即分三路进兵。白金柱、李德泳取道洞坡以攻其左；黄凤岐、王正雅绕四亭小路以袭其右，谢有功、钟春芳与正中营直捣中坚，未至皈朝里许，有溪湾山沟突出伏匪二百余人，我军围而歼之，无一脱者。踞皈匪党望而狂奔，遂将皈朝收复。随遣谢有功率队驰援剥隘，先是驻剥管带董义已于三月二十六日，因粮尽援绝，剿匪不利，咯血而亡。幸谢营赶到，危地赖之以存。此普围解后军威大振，匪势瓦解，一战而复皈朝，并克救回剥隘之情形也。

匪股溃败，仍分两路窜逸。其由北路者，经饬王国宾、白金柱、纳万雄等追剿于三湘洞，匪已他窜又四十余里，截之于平松、毛端，斩获多名，余匪由芭莱河一带窜往粤之西林。其由南路者，经饬张荣、徐毓芳两营往复驰逐于木六、郎恒之间，捕斩甚夥，内有匪首曰朱七、曰王三、曰姜十大王，生擒伙匪二名，解营讯办，并夺获旗帜、枪码、铜号、马匹、伪铃记等件，救出被拉男女十人；复经哨弁姚在仁、梁占魁追剿一股及于格斗，姚在仁先设埋伏于那连岔河，梁占魁以兵压击，有匪党十七名，果由此而逃，伏兵遽起。此十七人者俱跃入河中。我兵从之，生擒九名，内有黄十二，系著名匪首，越时毙命。其八名均伤重，势难起解，即斩以徇。余匪胆丧，分由郎恒小路窜向粤之那桑而去。此初十至二十等日追剿南、北两路逸匪，痛加惩创，大股驱除殆尽之情形也。

惟广南三面界粤，沿边箐密林深。此次上游勾结，数几近万，虽迭报阵毙、擒斩不少，余孽尚多，难保不散匿林箐，伺间麇集，以冀死灰复然。现饬前敌营团沿边搜捕伏匿零匪，并会粤堵剿，一面清查土奸，整饬保甲，仍督并寨立碉，力行坚壁清野之策，并饬署理开化镇总兵苏抡元率所部新募四营，巡行开边，搜剿广属乘虚窜入零匪，直达广属边境会哨，以期完固周密，俾免逸侵越界，致滋外人口实。其广属经匪窜扰之区，多被焚掠残害，查明分别赈恤，以广皇仁。

此次剿办大股游匪，力战劳伤致殒之总兵衔补用副将董义，应行请旨饬部从优议恤；其尤为出力督带绥靖新军左、右两营已革副将衔补用游击白金柱、管带绥靖新军前营已革花翎补用参将李德泳，苦战连旬，功勤卓著，合无仰恳天恩均予开复原官、原衔，以示鼓励。该管分统调补江西九江镇总兵刘万胜、兼带团营请补富州通判王正雅，前经臣奏请暂行革职，留任留营效力，此次规复迅速，尚知愧奋，应请赏准开复暂行革职处分，仍策后效。其余出力员弁、阵亡兵团，可否俟边境一律肃清，容臣汇案分别奏请奖恤，以资劝励而慰忠魂之处，出自逾格鸿慈。

所有营团力解普围，进复皈朝，分路追剿游匪，迭获胜仗，现饬沿边搜捕，会粤堵剿情形，除电请军机处代奏外，理合恭折具陈。伏乞皇太后、皇上圣鉴训示。再，云南巡抚系臣兼署，毋庸列衔。合并声明。谨奏。光绪二十八年五月二十七日。

（朱批：）知道了，仍着认真会剿，以靖边患，余依议。①

光绪二十八年六月二十六日，奉朱批：仍着认真会剿，以靖边患，余依议。钦此。②

1190. 请以邓桂林升补元新营参将折

光绪二十八年五月二十七日（1902年7月2日）

头品顶戴云贵总督兼署云南巡抚臣魏光焘跪奏，为拣员升补参将员缺，以实营伍，恭折仰祈圣鉴事。

窃准兵部咨：云南元新营参将员缺，请以昭通镇中营游击陆鸣皋升补。查陆鸣皋籍隶云南，例应回避本省，遽请以对调之员升补，与例不符，应另拣合例人员升补等因。准此自应遵照办理。查该参将员缺，系题调要缺，臣于通省实缺游击内逐加遴选，查有云南抚标右营游击邓桂林，娴熟营伍，训练有方，堪以升补。

①台北故宫博物院藏：《军机及宫中档》，文献编号：408007122。

②此朱批日期与内容，据《军机处随手登记档》（档案编号：03-0312-2-1228-169）校补。

除将该员出身履历送部查核外，合无仰恳天恩俯念员缺紧要，准以邓桂林升补云南元新营参将，以实营伍。如蒙俞允，俟接准部覆，即行咨送该员赴部引见，以符定制。所遗云南抚标右营游击系题补之缺，应请扣留外补。

所有拣员升补参将员缺缘由，谨会同署云南提督臣蒋宗汉，恭折具陈。伏乞皇太后、皇上圣鉴，敕部核覆施行。再，云南巡抚系臣兼署，毋庸列衔。合并声明。谨奏。光绪二十八年五月二十七日。

(朱批：)兵部议奏。[①]

光绪二十八年六月二十六日，奉朱批：兵部议奏。钦此。[②]

1191. 请以雷元澍署宝宁知县缘由折

光绪二十八年五月二十七日（1902年7月2日）

头品顶戴云贵总督兼署云南巡抚臣魏光焘跪奏，为夷疆要缺知县升调无人，吁恳天恩准予破格拣员补署，以裨地方，恭折仰祈圣鉴事。

窃准吏部咨：云南宝宁县知县陆长洁升补他郎通判，所遗宝宁县知县要缺，应另行拣选，坐光绪二十七年三月初九日等因。按照部中行文照限减半计算，扣至二十七年五月初三日限满作为开缺日期，归五月底截缺，当经奏请以大姚县知县黎元熙调补，尚未奉部核覆。现因昆明县知县张铨奉文准升威远同知，查昆明系属首邑，缺更繁要，复请以该员黎元熙调补，并声明将调补宝宁县之案查销，应仍勒归二十七年五月底截缺，业将截缺日期咨明在案。

查宝宁县系夷疆要缺，附郭广南府城，幅员辽阔，壤接粤西，汉夷杂处，政治殷繁，平时控驭抚绥，已非易易。现值粤边游匪

①台北故宫博物院藏：《军机及宫中档》，文献编号：408007121。

②中国第一历史档案馆藏：《录副奏折》，档号：03-5953-106。

滋扰，时虞窜越，一切筹防练团，御暴戢奸，尤关紧要，必须精明干练、熟悉边情、戎事，能耐劳苦之员，方能胜任。臣督饬两司于通省应调、应升、应补人员内逐加遴选，均于此缺不甚相宜。惟查有现调署该缺之初任候补班补用知县雷元澍，年四十六岁，河南光州附生，中光绪戊子科本省乡试举人。二十一年，考取会典馆绘图处誊录官。二十四年，成书过半保奏，请以知县分省归候补班补用，于三月二十三日奉旨：着照所请奖叙。钦此。签掣云南，引见，奉旨：着照例发往。钦此。领照于二十五年二月二十日到省，试用期满，甄别留省补用，委署云州知州，调署宝宁县知县。据藩司林绍年、臬司全楙绩以该员结实耐劳，志趣向上，请以拣补宝宁县知县，实属人地相宜，洵堪胜任。详请具奏前来。

臣查该员雷元澍朴勤明白，任事实心，实为州县中难得之才。但该员系劳绩保举初任候补知县，例准题署选缺，今请补要缺，于例稍有未符，而因地择人，拟请酌量任用。伏读光绪二十八年正月十八日内阁奉上谕：着督抚、两司等勤见僚属，觇其才识，察其品行，其贤者量加委任，不必尽拘资格等因。钦此。仰见圣明破格求才用人惟当之至意，钦佩莫名！此次该县缺出，一时应调、应补、应升各班内既无可以请补之员，可否仰恳天恩俯念员缺紧要，援照“不拘资格”谕旨，准以初任候补知县雷元澍请署宝宁县知县。如蒙俞允，该员系候补知县请署知县，衔缺相当，毋庸送部引见，仍照例俟试署期满，如果称职，另请实授。

所有拣员请署知县与例稍有未符，系为因地择人缘由，是否有当，理合恭折具陈。伏乞皇太后、皇上圣鉴训示，敕部核覆施行。再，云南巡抚系臣兼署，毋庸列衔。合并声明。谨奏。光绪二十八年五月二十七日。

（朱批：）吏部议奏。①

---

①台北故宫博物院藏：《军机及宫中档》，文献编号：408007123。

光绪二十八年六月二十六日，奉朱批：吏部议奏。钦此。[①]

1192. 奏报魏景桐交代接收情形折

光绪二十八年六月初八日（1902年7月12日）

头品顶戴云贵总督兼署云南巡抚臣魏光焘跪奏，为粮道交代遵照新章，改题为奏，恭折仰祈圣鉴事。

窃查粮储道到任，照藩司交盘例定限两个月，交代清楚，造具册结具题，历经遵办在案。兹据署布政使刘春霖详称：准署粮储道魏景桐咨：于光绪二十八年三月十八日到任，接收前署道汤鲁璠移交自光绪二十七年四月十八日到任起至二十八年三月十八日交卸前一日止所有任内经管米折等款，旧管存银三十三万二千二百六十两四钱零，新收银一十六万五百三十五两四钱零，管、收共银四十九万二千七百九十五两九钱零。开除银三十二万一百八十八两七钱零，实存银十七万二千六百七两二钱零。

以上各款，俱经按款照数盘查，实存粮库，并无亏短。当即接收清楚，分晰缮造清册，出具印结，详请查核，遵照新章改题为奏，并声明此案交代例应详请盘查，因各属征收未复旧额，历经设法腾挪，勉供存营制兵及解司转放边防战兵粮折等项之用，若按年核计，鲜有存储。即现在实存之数，亦系发旧欠新，勉为暂存，以副粮储之义，曾经汇同司库专案奏准缓办，是以照案请免盘查等情。前来。

臣覆核无异，除册结分送部、科查核外，所有粮道交代依限造报缘由，谨恭折具奏。伏乞皇太后、皇上圣鉴，敕部核覆施行。再，云贵总督系臣本任，毋庸列衔。合并陈明。谨奏。光绪二十八年六月初八日。

（朱批：）户部知道。[②]

---

①中国第一历史档案馆藏：《录副奏折》，档号：03-5418-164。

②台北故宫博物院藏：《军机及宫中档》，文献编号：408007124。

光绪二十八年七月初八日，奉朱批：户部知道。钦此。①

1193. 奏报藩司林绍年交代情形折

光绪二十八年六月初八日（1902年7月12日）

头品顶戴云贵总督兼署云南巡抚臣魏光焘跪奏，为藩司交代遵章改题为奏，恭折具陈，仰祈圣鉴事。

窃查布政使到任，统限两个月交代清楚，造具册结，呈详督抚保题，历经遵办在案。兹据署布政使刘春霖详称：查前升任布政使林绍年移交自光绪二十七年七月十三日到任起至二十八年四月初一日交卸截至前一日止所有任内接管各款，计司库旧管存银五十七万二千三百四十四两五钱零，新收共银二百一十万七千一百八十二两三钱零，除拨收及估拨银九十五万四千四百三十二两五钱零外，实收银一百一十五万二千七百四十九两八钱零，管、收银一百七十二万五千九十四两三钱零；开除银二百二十二万四千六百三十一两七钱零，除拨放及估拨银九十五万四千四百三十二两五钱零外，实放银一百二十七万一百九十九两二钱零，实存银四十五万四千八百九十五两一钱零。

铜库旧管存银四千二百八十三两三钱零，新收并拨收银一万八千四百八十一两七钱零，内除拨收银九千一十八两七分零外，实收银九千四百六十三两六钱零，管、收共银一万三千七百四十六两九钱零；开除并拨放银二万二千六百六十一两六钱零，内除拨放银九千一十八两七分零外，实放银一万三千六百四十三两五钱零，实存银一百三两四钱零。

又，司库另款解部旧海防捐输旧管存银五千六百六十七两，新收无项，开除无项，实存银五千六百六十七两。

新章减平旧管存银一万六千三百七十九两三钱零，新收银二万三千九百六两八钱零，管、收共银四万二百八十六两一钱零；

①台北故宫博物院藏：《军机及宫中档》，文献编号：147831。

开除银四万二百八十六两一钱零，实存无项。

课金及课金变价旧管存金一百七十九两六钱零，又存课金变价银五十两五钱零，新收金七两二钱零，管、收共金一百八十六两九钱零；开除无项，实存课金一百八十六两九钱零，又实存课金变价银五十两五钱零。

又，司库另款备支军马、盐厘旧管存银五百五十两八钱零，新收银四千四百一十三两六钱零，管、收共银四千九百六十四两五钱零，开除银三千五十两七钱零，实存银一千九百一十三两七钱零。

又，应留七成土药厘金支余作正备用旧管存银四万一千五百七十一两八钱零，新收银六千二百八十六两三钱零，管、收共银四万七千八百五十八两二钱零，开除银七千八百三十五两，实存银四万二十三两二钱零。

又，鼓铸三案报销铸息旧管存银五千一百七十六两五钱零，新收无项，开除银二百八十八两三钱零，实存银四千八百八十八两一钱零。

又，溢课盐厘旧管存银四万九千二百一十两七钱零，新收银一万八千七百八十三两一钱零，管、收共银六万七千九百九十三两八钱零，开除无项，实存银六万七千九百九十三两八钱零。

以上各款，均经按款照数盘查，并无亏短，当即接收清楚，分晰缮造清册，出具印结，详请查核，遵照新章改题为奏，并声明此外尚有从前应造之款，近皆空悬，应俟收支有项，再行添造，及以此案交代例应详请盘查加结，而因库储匮竭，无从盘查，曾经专案详奉奏准缓办，是以照案请免盘查，各等情。前来。

臣覆核无异，除册结分送部、科查核外，所有藩司交代缘由，谨恭折具奏。伏乞皇太后、皇上圣鉴，敕部核覆施行。再，云贵总督系臣本任，毋庸列衔。合并陈明。谨奏。光绪二十八年六月初八日。

（朱批：）户部知道。①

光绪二十八年七月初八日，奉朱批：户部知道。钦此。②

1194. 奏为滇省举办开垦择尤奖叙折

光绪二十八年六月初八日（1902年7月12日）

头品顶戴云贵总督兼署云南巡抚臣魏光焘跪奏，为滇省举办开垦，渐有成效，择尤吁恳天恩俯准奖叙，以示鼓励，恭折仰祈圣鉴事。

窃查前准军机大臣字寄：光绪二十五年四月初六日奉上谕：立国之计，足食为先。近来米价腾踊，户鲜盖藏，而各属荒地尚多日久淤废者，亟应因时开垦，以广利源。着各省督抚认真查勘该省荒地共有若干，责令该地方官妥定章程，设法劝谕，凡有可垦之处，须民间相度地宜，承认耕种，勿任吏胥骚扰苛索，亦无庸遽定升科年限，一切务以便民为主，但使山泽少一旷土，即闾阎多一生业。该地方官等务当仰体朝廷轸念民依之意，悉心经理，勿惮劳烦，果能办有成效，准由该督抚奏请奖叙，仍将垦出田地数目随时奏报，以备查核等因。钦此。钦遵当经行饬司道详定奖罚章程，通饬各属遵办，先将暂荒、永荒垦复，一面兴修水利，已据陆续禀报次第举办，当将疏通河道涸出粮田五十顷零，升科永荒条粮共银五百四十七两零，规复粮额之署嵩明州补用知县贺宗章，并垦复田地八十八顷九十一亩，升科条粮共银五百九十七两零之署安宁州知州伍春潆，均经由司会道详请前督臣崧蕃、抚臣丁振铎会折奏奖，请将前署嵩明州事同知衔补用知县贺宗章俟补缺后以直隶州知州用，现署安宁州事五品衔补用知县伍春潆俟补缺后以知州用，于光绪二十六年正月二十六日奉朱批：着照所请，该部知道。钦此。钦遵各在案。

---

①台北故宫博物院藏：《军机及宫中档》，文献编号：408007125。

②台北故宫博物院藏：《军机及宫中档》，文献编号：147832。

兹据布政使林绍年会同署粮储道魏景桐详称：查有署文山县知县徐永恒，因该县永荒粮额历久未能规复，查系水道河渠自经兵燹多年失修，以致沙石淤塞，田荒粮欠。该县到任后，首倡捐廉，劝谕绅民，厚集工资，不惮烦劳，亲督疏浚修筑堤坝，挑挖沙石，开通沟洫，宣泄积水，计垦复荒芜田地三百四十八顷四十一亩，升科永荒秋米八百九十石六升零，条、公等银六百三十五两九钱五分零，条粮两项共升科银一千四百四十五两一分零，均于光绪二十六年一并起征报解，虽未复原额，而所垦田亩计数已多，且事无烦扰，而功归实际，实属尽心民事，措置咸宜等情。详请奏奖前来。

前抚臣未及核办，移交到臣。覆查滇民生计日蹙，半由田畴未辟，水利不修，以致沃壤渐就芜莱，膏腴变成硗确，是疏河、垦荒实为目前要务。该县以署事之员到任后，即能悉心经理，不惮烦劳，既经办有成效，自应酌予奖励，以昭激劝，合无仰恳天恩俯准将署文山县事同知衔补用知县徐永恒俟补缺后，以同知补用，并随带加一级，俾示鼓励而资观感，出自逾格鸿施。

除将该员履历清册分咨吏、户部查照外，所有举办开垦已著成效，援案择尤请奖缘由，谨恭折具陈。伏乞皇太后、皇上圣鉴训示。再，云贵总督系臣本任，毋庸列衔。合并陈明。谨奏。光绪二十八年六月初八日。

（朱批：）着照所请，该部知道。[①]

光绪二十八年七月初八日，奉朱批：着照所请，该部知道。钦此。[②]

---

①台北故宫博物院藏：《军机及宫中档》，文献编号：408007126。

②台北故宫博物院藏：《军机及宫中档》，文献编号：147830。

1195. 奏报前署盐道兴禄交代情形折

光绪二十八年六月初八日（1902 年 7 月 12 日）

头品顶戴云贵总督兼署云南巡抚臣魏光焘跪奏，为盐道交代，遵章改题为奏，恭折仰祈圣鉴事。

窃查盐法道到任，照藩司交代例，统限两个月交代清楚，造具册结，呈报巡抚具题，历经遵办在案。兹据署布政使刘春霖详称：准盐法道普津①移称：光绪二十八年三月十八日回任，接收前署道兴禄移交自光绪二十五年八月十七日署事起至二十八年三月十八日交卸截至前一日止所有任内接征、经征各款，计正课项下旧管存银一十六万一千四百一十三两五钱零，新收银一百二十五万三千四百两六钱零，管、收共银一百四十一万四千八百一十四两二钱零，开除银一百一十八万四千九百三十三两零，实存银二十二万九千八百八十一两一钱零。

又，盐课项下旧管存银一十八万一千九百一两一钱零，新收银二十万四千五百八十二两四钱零，管、收共银三十八万六千四百八十三两六钱零，开除银二十万四千九百八十两四钱零，实存银一十八万一千五百三两一钱零。

又，裁提漏报浮支项下旧管无项，新收共银二万四十一两二钱零，开除银一万九千五百五十五两三钱零，实存银四百八十五两九钱零。

又，另款收获已革云龙井大使王席珍存盐变价作抵亏空项下旧管存银一百七十二两四钱零，新收无项，开除无项，实存银一

---

①普津（1847—?），满洲镶白旗人，出身监生。同治四年（1865），补刑部员外郎。八年（1869），充秋审处兼行。同年，掌刑部安徽司印钥。光绪四年（1878），充秋审处坐办。五年（1879），授杀虎口监督。七年（1881），升刑部郎中。九年（1883），补律例馆提调官。十一年（1885），放湖南盐法长宝道。十六年（1890），授云南盐法道。二十五年（1899），进京引见。三十年（1904），兼署云南按察使。三十二年（1906），开缺回籍修墓。

百七十二两四钱零。

以上各款，俱经按款盘查，实存盐库，并无亏短，当即接收清楚，分晰缮造清册，出具印结，依限详请查核，遵照新章改题为奏，并声明此案交代例应详请盘查，因近年盐库所收课款均系随时咨解司库添支兵饷，曾经汇同司库专案详奉奏准缓办，是以照案请免盘查等情。前来。

臣覆核无异，除册结分送部、科查核外，所有盐道交代依限造报缘由，谨恭折具奏。伏乞皇太后、皇上圣鉴，敕部核覆施行。再，云贵总督系臣本任，毋庸列衔。合并陈明。谨奏。光绪二十八年六月初八日。

（朱批：）户部知道。①

光绪二十八年七月初八日，奉朱批：户部知道。钦此。②

1196. 请以黄膺补授广西直隶州知州折

光绪二十八年六月十五日（1902 年 7 月 19 日）

头品顶戴云贵总督兼署云南巡抚臣魏光焘跪奏，为拣员请补要缺直隶州知州，以裨地方，恭折仰祈圣鉴事。

窃查奉准吏部咨：云南广西直隶州知州王宝仪开缺另补，正月十九日奉上谕等因。应照例以奉上谕后五日作为部中行文日期，照限减半计算，扣至光绪二十八年三月十八日五十五日限满，作为开缺日期，归于三月底截缺，系冲、繁、难三项要缺，毋庸掣签。除将截缺日期咨部外，查定例，道、府、同知、直隶州、通判、知州，如系奉旨命往，或督抚题明留于该省候补者，毋论应题、应调、应选之缺，令该督抚酌量才具，择其人地相宜者，悉准补用等语。查该州地方辽阔，回夷杂处，管辖三县，民俗强悍，政务殷繁；所属之邱北、师宗界联粤境，当此游匪窜扰，筹办边

①台北故宫博物院藏：《军机及宫中档》，文献编号：408007127。

②台北故宫博物院藏：《军机及宫中档》，文献编号：147833。

防，尤为紧要，必须精明干练、熟习边务、夷情之员，方足以资治理。

本署司等于通省应调、应升人员内逐加遴选，非现居要缺，即人地未宜，实无合例堪以调补之员。惟于应补人员内查有候补班补用直隶州知州黄膺，年五十三岁，系湖南善化县附生，应同治癸酉科本省乡试，中式举人。光绪三年，在贵州捐局遵筹饷例，报捐主事分部行走，签分户部。四年十月十八日到署，在河南司行走。十三年，期满奏留。九月二十五日引见，奉旨：准其留部候补。钦此。十七年八月，咨送会典馆当差，旋充协修官。十八年，因顺天赈务告竣在事出力保奏，请加四品衔。三月二十六日奉旨：依议。钦此。二十二年，丁母忧，回籍守制。于二十四年，因会典馆书成过半保奏，请俟服阕后，以直隶州知州分省补用。三月二十二日奉上谕：着照所请奖叙。钦此。八月，服阕起复，在直隶遵新海防例报捐指省云南，仍归原班补用，呈请分发。二十五年四月二十八日，经钦派大臣验看。五月十四日引见，奉旨：着照例发往。钦此。领照于二十五年十二月二十日到省，委充武备学堂监督，委署缅宁通判，卸事，试用一年期满，详咨甄别留省补用在案。

臣查该员黄膺才具明达，勤慎耐劳，并无参罚案件，请以补授广西直隶州知州，实属人地相宜，洵堪胜任，与例亦符。据署布政使刘春霖、按察使全楙绩会详请奏前来。

合无仰恳天恩俯准以该员黄膺补授广西直隶州知州，实于地方有裨。如蒙俞允，该员系候补班补用直隶州知州，今请补直隶州，衔缺相当，毋庸送部引见。

除咨部查照外，所有拣员请补要缺直隶州知州缘由，谨恭折具陈。伏乞皇太后、皇上圣鉴，敕部议覆施行。再，云贵总督系臣本任，毋庸列衔。合并陈明。谨奏。光绪二十八年六月十五日。

（朱批：）吏部议奏。①

光绪二十八年七月十四日，奉朱批：吏部议奏。钦此。②

1197. 请以李庆恩升补石膏井提举折

光绪二十八年六月十五日（1902年7月19日）

头品顶戴云贵总督兼署云南巡抚臣魏光焘跪奏，为拣员升补要缺提举，以裨盐政，恭折仰祈圣鉴事。

窃查镇南州知州王瀚存前经改调石膏井提举，随据报病故。接准吏部咨，以该员病故在先，奉文准调在后，所遗石膏井提举缺，应仍照例以前任提举胡璧自光绪二十四年七月初二日到任起，连闰扣至二十七年六月初二日止，实历烟瘴三年俸满本日作为开缺日期，勒归二十七年六月底截缺，系属要缺，毋庸掣签，业将截缺日期咨部在案。查定例：知县以上官员，如遇例应题、调缺出及烟瘴地方，俱准升调兼行。又，应行调补之缺，均令该督抚照例于属员内对品改调。若该省实无可以调补之员，而属员内果有才守兼优、政绩卓著者，于疏内将无可调补、必须题升之处详细声明，吏部查明与例相符议准。又，各省烟瘴、苗疆等项员缺，更为边远，遇有缺出，令该督抚于现任人员内拣选熟习风土、能耐烟瘴之员，题咨调补，不得以初任候补人员题咨补用。又，烟瘴地方知县以上官员，准其不扣年限升调兼行，各等语。

查该井地处边要，烟瘴最盛，水土恶劣，管理石膏、磨黑，兼办抱香、按板等井，课款重大，疏销征解，在在胥关紧要，必须精明干练、熟习鹾务、能耐烟瘴之员，方克胜任。臣等于本项应调人员内逐加遴选，非现居要缺，即人地未宜，实无堪以调补之员。惟于定例准升提举之通判内查有弥渡通判李庆恩，年二十八岁，系安徽合肥县荫生。光绪十九年三月十四日，经兵部带领

①台北故宫博物院藏：《军机及宫中档》，文献编号：408007128。

②台北故宫博物院藏：《军机及宫中档》，文献编号：143989。

引见，奉旨：着以通判用。钦此。赴京投供。二十五年正月，选授今职。二月初二日引见，奉旨：云南大理府弥渡通判着李庆恩补授。钦此。领凭起程。旋在安徽赈捐局报捐盐提举衔，并移奖花翎。光绪二十六年四月初八日到滇缴凭，饬委赴任，是年七月二十九日到任。调署太和县知县，现调署宁州知州。

查该员李庆恩守洁才明，实心任事，以之升补石膏井提举，实属人地相宜，与例亦符。据署藩司刘春霖、臬司全楙绩、盐法道普津会详前来。

合无仰恳天恩俯准以弥渡通判李庆恩升补石膏井提举，以裨盐政。如蒙俞允，该员系现任通判，今请升提举，俟奉覆准，照例给咨送部引见。所遗弥渡通判选缺，按照二留一咨定章，上次鲁甸通判刘国光参革，系第二留缺，以补用通判刘世濬请补。今弥渡通判系第三咨缺，应请照章归部铨选。

除咨部查照外，所有拣员升补要缺提举缘由，谨恭折具奏。伏乞皇太后、皇上圣鉴，敕部核覆施行。再，云贵总督系臣本任，毋庸列衔。合并陈明。谨奏。光绪二十八年六月十五日。

（朱批：）吏部议奏。①

光绪二十八年七月十四日，奉朱批：吏部议奏。钦此。②

1198. 奏报知县花铭病故开缺缘由折

光绪二十八年六月十五日（1902 年 7 月 19 日）

头品顶戴云贵总督兼署云南巡抚臣魏光焘跪奏，为知县病故开缺，恭折仰祈圣鉴事。

窃据署布政使刘春霖详：光绪二十八年四月二十九日，据署昭通府知府龙文申：据署恩安县事新平县知县花铭家丁杨明呈称：家长花铭系贵州贵筑县附生，中式光绪壬午科本省乡试举人。庚

①台北故宫博物院藏：《军机及宫中档》，文献编号：408007129。

②台北故宫博物院藏：《军机及宫中档》，文献编号：143991。

寅恩科会试，中式贡士，殿试三甲进士，引见，奉旨：以知县即用。钦此。签分直隶，未及领照到省，在京闻讣丁父忧，回籍守制。十八年起复。十九年，遵例捐离原省，改指云南。二十年四月二十五日到省，委署恩安县知县，请补新平县知县。光绪二十二年十月十七日奉旨：准其补授。钦此。委署云南县卸事，复委署恩安县。二十六年十一月二十八日到任。本年二月，调署永善县，尚未交卸起程，因患寒疾，医药罔效，于二十八年三月二十三日病故等情。由府查明申司委员接署，详请具奏开缺，前来。

臣覆查无异，所遗新平县知县选缺，滇省现有应补人员，应请扣留外补。除另照例遴员请补外，所有知县病故开缺缘由、日期，谨恭折具奏。伏乞皇太后、皇上圣鉴，敕部查照施行。谨奏。光绪二十八年六月十五日。

（朱批：）吏部知道。①

光绪二十八年七月十四日，奉朱批：吏部知道。钦此。②

1199. 审拟杨洪蕣图财谋命一案缘由折

光绪二十八年六月十五日（1902年7月19日）

头品顶戴云贵总督兼署云南巡抚臣魏光焘跪奏，为审明图财谋命凶犯，按例定拟，恭折仰祈圣鉴事。

窃查接管卷内，据署楚雄县知县黄守止详报：客民杨洪蕣因见财起意，独自谋杀杨焕清身死弃尸不失一案，当经批饬审拟招解去后。嗣据该署县审明议拟，由署楚雄府知府奎华③转解按察使全楙绩覆审，解经前抚臣李经羲亲提研鞫，供与原审相同，未及

①台北故宫博物院藏：《军机及宫中档》，文献编号：408007130。

②台北故宫博物院藏：《军机及宫中档》，文献编号：143990。

③奎华（？—1910），满洲镶蓝旗人，由中书保以道府用。光绪二十二年（1896），补授云南府知府。同年，署理丽江府知府，补授广南府知府。二十三年（1897），调署开化府知府。二十六年（1900），署理永昌府知府，旋补楚雄府知府。三十三年（1907），调补澂江府知府，旋因病请假就医。宣统二年（1910），因病出缺。

核办卸事，移交到臣。

臣覆核无异，缘杨洪蕣籍隶四川会理州，早年来云南弥渡地方佣工度日，与杨焕清素不认识。光绪二十七年七月间，杨焕清贩马至弥渡街售卖，与杨洪蕣、蒋玉廷、孟绍康先后会遇。杨焕清约蒋玉廷等出银伙贩骡马，赴大岔河赶街，陆续卖马完竣，各自分伙转回。杨洪蕣与杨焕清同行到街，见杨焕清取银购买篾帽，带有银两、布匹。杨洪蕣因觅工无着，贫苦难度，起意将其杀死，得银使用。

八月初二日，行抵镇南州城，同住一店。杨焕清欲回土锅村家中探望，杨洪蕣即捏称欲往该处有事。杨焕清信实，邀与偕行，于初四日起身。杨焕清自背包袱前行，杨洪蕣随后，走至红石岩凹口，杨洪蕣见地方偏僻，四顾无人，即拔身带马刀，从杨焕清背后赶拢，用刀砍伤其脑后接连发际，杨焕清倒地。杨洪蕣复用刀连砍伤其顶心，接连囟门偏左、左太阳穴、左腮颊、人中、上下唇吻及左、右臂膊、左手腕接连手背、左手大二三四指，杨焕清立时殒命。杨洪蕣即在其包袱内搜获银六十两、蓝白布等物，将尸拖弃林内，负赃逃逸。

先是有该处居民李发旺赶街，撞遇杨洪蕣与杨焕清经过，迨买物转回，仅见杨洪蕣背负包袱行走，形迹慌张，当向前途查看，地上遗有血迹；后至红石岩凹林内，获见尸身，知被杨洪蕣谋害，往告团首杨建中及防营练丁，跟踪尾追，至镇南州城，见杨洪蕣投入客店，报州获犯，起出原赃。旋经该县访闻诣验，移提到案讯详，批饬审解。该犯杨洪蕣在监患病，报明医痊审拟，由府、司覆审招解到前抚臣，提犯亲鞫，据供前情不讳，究系独自起意图财谋命，并无同谋加功之人，研诘不移，未及核办，移交前来。臣覆核供情确凿，案无遁饰。

查例载：图财害命，得财而杀死人命者，首犯拟斩立决等语。此案杨洪蕣因见杨焕清身带银物，起意图财害命，约与同行，在途将其谋杀身死，自应按例问拟。杨洪蕣除弃尸不失轻罪不议外，应如该司等所拟，合依“图财害命，得财而杀死人命者，拟斩立决”例，拟斩立决，照例刺字。团长杨建中协同兵役将犯获解归案，尚无不合，应与李发旺均免置议。无干省释。尸棺饬属领埋，银物给属具领，凶刀案结销毁。

除供招咨部查核外，臣谨恭折具奏。伏乞皇太后、皇上圣鉴，敕部核覆施行。再，云贵总督系臣本任，毋庸列衔。合并陈明。谨奏。光绪二十八年六月十五日。

（朱批：）刑部速议具奏。[①]

光绪二十八年七月十四日，奉朱批：刑部速议具奏。钦此。[②]

1200. 请以李良年调补蒙自县知县折

光绪二十八年六月二十四日（1902年7月28日）

头品顶戴云贵总督兼署云南巡抚臣魏光焘跪奏，为遴员调补要缺知县，以裨地方，恭折仰祈圣鉴事。

窃准吏部咨：云南蒙自县知县江毓菁开缺另补，正月十九日奉上谕等因。应照例以奉上谕后五日作为部中行文日期，照限减半计算，扣至光绪二十八年三月十八日五十五日限满，作为开缺日期，归于三月底截缺，系烦、疲、难题调要缺，毋庸掣签，业将截缺日期咨部在案。查该县紧接法越，为滇中第一门户，汉夷杂处，民俗强悍，奸宄最易潜藏。所管锡厂地面，每因砂丁争衅，酿成事端。自开关以后，法人入滇议办路工，往来络绎不绝，而游匪时复出没，会勘保护，措置偶乖，即生枝节，交涉之烦重以及边防、团练各事件，在在均关系紧要，必须精明干练、熟习边务洋务之员，始足以资治理而免贻误。而该县原定为题调要缺，照例升调兼行，必须历俸三年以上，始准拣用。

臣督同该司等于通省应调、应升、应补人员内逐一详加遴选，

---

①台北故宫博物院藏：《军机及宫中档》，文献编号：408007131。

②台北故宫博物院藏：《军机及宫中档》，文献编号：147992。

均于此缺不甚相宜。惟于现任要缺知县内变通酌拣，仅查有邱北县知县李良年，现年四十九岁，系广西永福县廪生，应光绪乙酉科本省乡试，中式举人。甲午恩科会试，中式贡士，殿试三甲，朝考三等，引见，奉旨：着以知县即用。钦此。签掣云南，二十一年四月初七日到省缴照，历署文山、平彝、昆明等县知县，准补邱北县知县。二十四年，在滇遵赈捐例加捐同知升衔。二十五年，经前督臣崧蕃，出考保奏，五月三十日奉上谕：邱北县知县李良年，着交军机处存记。钦此。委署腾越同知卸事，于二十七年十月十二日到邱北县本任。

臣查该员李良年精明干练，有守有为，在滇年久，熟习边务、洋务，历膺繁巨，诸称妥协，请以调补蒙自县知县，实属人地相宜，洵堪胜任。虽该员历俸未满，且以夷疆要缺调补兼三要缺，与例稍有未符。然就蒙自现在情形而论，实重于邱北，即为最要之缺。当此振兴庶务之时，前曾钦奉上谕"不必尽拘资格"，自当钦遵办理，以期时措咸宜。据署布政使刘春霖、按察使全楙绩会详请奏前来。合无仰恳天恩俯准以该员李良年调补蒙自县知县，以重交涉而裨地方。如蒙俞允，该员系现任知县请调知县，衔缺相当，毋庸送部引见。所遗邱北县知县要缺，俟覆准日另行遴员调补。

除咨部查照外，所有拣员调补要缺知县缘由，谨恭折具陈。伏乞皇太后、皇上圣鉴，敕部核覆施行。再，云贵总督系臣本任，毋庸列衔。合并陈明。谨奏。光绪二十八年六月二十四日。

（朱批：）吏部议奏。[①]

光绪二十八年七月二十三日，奉朱批：吏部议奏。钦此。[②]

---

①台北故宫博物院藏：《军机及宫中档》，文献编号：408007132。

②台北故宫博物院藏：《军机及宫中档》，文献编号：148219。

1201. 审拟杨镇烈辱骂致人毙命一案折

光绪二十八年六月二十四日（1902年7月28日）

头品顶戴云贵总督兼署云南巡抚臣魏光焘跪奏，为民人迭以秽语詈骂邻女，致令羞忿自尽，按例定拟，附请旌表，恭折仰祈圣鉴事。

窃查接管卷内，据署镇雄州知州晏端溶详：准牛街知事刘炳麟牒称：民人杨镇烈秽语詈骂黄玉凤，致令羞忿服毒身死一案，当经批饬审解去后。嗣据该署州审拟，解由署昭通府知府龙文审转，解经按察使全楙绩覆审明确，议详请奏前来。

臣覆核无异，缘杨镇烈、杨毛氏均籍隶该州，与已死黄玉凤素识无嫌。杨毛氏系杨镇烈堂嫂，杨镇烈自幼随母改嫁过门抚养，有园地一块，栽种果木，与黄玉凤地土毗连。光绪二十七年六月二十五日，黄玉凤之母黄蓝氏因地内荞子成熟，令黄玉凤前去收获，黄玉凤口渴，瞥见杨镇烈园内花红，顺手摘食数枚，被杨镇烈之使女刘昭弟走至撞遇，斥骂为贼。黄玉凤不服分辩，适杨镇烈放学回家，见而查问，黄玉凤告知前情。杨镇烈即以口馋好吃、不如为娼之言村斥。黄玉凤被詈，哭骂不休。杨镇烈当即逃逸。黄玉凤回家向其母黄蓝氏哭诉前情，蓝氏许俟杨镇烈后父杨灿东回家评理，黄玉凤应允。

二十七日，黄玉凤有事出外，路经茶馆门外，瞥见杨镇烈在内，当斥杨镇烈不应以秽语向骂，并谓杨镇烈之母系再醮之妇。杨镇烈闻而气忿，即以偷窃花红、养汉之言斥辱。黄玉凤哭骂吵嚷，当往杨毛氏家告知，声称无颜为人。杨毛氏用言劝解，适闻邻人魏老三之女与杨乡约之妻口角，评论魏老三之女不应年轻撒泼。黄玉凤疑系有意讥刺，随向杨毛氏争吵。杨毛氏气忿，斥说黄玉凤如此心虚，或有养汉情事。经邻人徐五咟之妻徐罗氏趋至劝散。黄玉凤哭泣回家，复向其母诉知，并称被杨镇烈等污蔑，无颜见人，不如寻死。黄蓝氏再三用言劝慰，许俟次日往找杨毛氏评理。讵黄玉凤羞忿莫释，即于是夜潜服烟土，经蓝氏查知，灌救无效，至二十八日毒发殒命。报经署牛街知事刘炳麟诣验，牒州禀报，获犯讯供通详，批饬审解。兹据署镇雄州知州声明，见证徐罗氏外出，查传未到，覆审议拟，由府解司提犯覆审，据供前情不讳，究系口角秽骂，羞忿自尽，并非有心调奸及另有起衅别故，研诘不移，案无遁饰。议拟具详前来。

臣覆核无异，查例载：因他事与妇女口角，彼此詈骂，妇女一闻秽语，气忿轻生者，仍照例杖一百，流三千里等语。此案杨镇烈因黄玉凤摘食花红，辄以秽语向詈，次日复因途遇争吵，出言村辱，迨经杨毛氏解劝，因评论邻女疑被讥刺，转向争闹，该氏又以养汉之言回抵，致令羞忿自尽。查黄玉凤之死，实由杨镇烈两次詈骂所致，自应按例问拟。杨镇烈应如该司等所拟，合依"因他事与妇女口角，彼此詈骂，妇女一闻秽语，气忿轻生者，仍照杖一百，流三千里"例，拟杖一百，流三千里，定地发配，折责安置。

杨毛氏因黄玉凤心疑向吵，辄以秽语向抵，亦属不合，杨毛氏亦应如所拟，应于杨镇烈流罪上减一等，拟杖一百，徒三年，系妇女，照例收赎追银册报无干，经州省释。未到免传省累，尸棺饬属领埋。再，黄玉凤以青年幼女一闻秽语，立即捐躯明志，洵属贞烈可嘉，应随案附请旌表，以慰忠魂。

除全案供招咨部查核外，臣谨恭折具陈。伏乞皇太后、皇上圣鉴，敕部核覆施行。再，云贵总督系臣本任，毋庸列衔。合并陈明。谨奏。光绪二十八年六月二十四日。

（朱批：）刑部议奏。[①]

光绪二十八年七月二十三日，奉朱批：刑部议奏。钦此。[②]

---

①台北故宫博物院藏：《军机及宫中档》，文献编号：408007133。

②台北故宫博物院藏：《军机及宫中档》，文献编号：148217。

1202. 审拟徐杨氏误致伊夫身死一案折

光绪二十八年六月二十四日（1902年7月28日）

头品顶戴云贵总督兼署云南巡抚臣魏光焘跪奏，为审明民妇被夫骑殴，情急误捏伊夫肾囊身死，按律定拟，恭折仰祈圣鉴事。

窃查接管卷内，据署江川县知县王嘉福详报：民妇徐杨氏因被夫揪跌骑压乱殴，情急误捏伊夫徐见章肾囊身死一案，当经批饬审拟招解去后。嗣据该署县审明议拟，由澂江府知府胡锡铨①转解按察使全楙绩覆审明确，解经前抚臣李经羲亲提研鞫，供与原审相同，未及核办卸事，移交到臣。

臣覆核无异，缘徐杨氏籍隶江川县，嫁夫徐见章，平日和睦，因徐杨氏时常归宁，徐见章屡次训斥。光绪二十七年十二月二十九日，徐杨氏由母家回归度岁。二十八年正月初三日，徐见章斥骂徐杨氏疏懒，常回母家。徐杨氏分辩，徐见章顺用鞋底殴伤徐杨氏左眉丛、右腮颊。徐杨氏哭喊不依，徐见章复用脚踢伤其右胁，并将其头发揪按跌地，骑压身上乱殴。徐杨氏情急用手拉扯，冀图扳开徐见章两腿，不期误捏伤其肾囊，松手倒地，经徐见章之父徐永崇见而喝阻，讵徐见章伤重，至夜殒命。报经该县诣验获犯，讯供通详，批饬审解。兹据该署县审明议拟，由府、司覆审招解到前抚臣提犯亲鞫，据供前情不讳，究系被殴情急，误伤致死，并非有心干犯，研诘不移，未及核办，移交前来。臣覆核供情确凿，案无遁饰。

---

①胡锡铨（1836—?），湖北房县人，原籍安徽泾县，附生出身。咸丰十一年（1861），投效军营。同治元年（1862），以功保教谕。六年（1867），保升知县，加同知衔。七年（1868），保同知直隶州，并戴花翎。八年（1869），加运同衔。九年（1870），留滇差委。同年，保知府。十二年（1873），保道员，晋盐运使衔，历署巧家同知、武定直隶州知州、永北直隶同知。旋丁母忧，回籍终制。光绪八年（1882），发往云南差遣。九年（1883），到省试用。期满留省。十九年（1893），委署临安府知府。二十年（1894），更补澂江府知府。

查律载：妻殴夫死者，斩。又，例载：凡妇人殴伤本夫致死罪干斩决之案，审系误伤及情有可悯者，该督抚按律例定拟，于案内将并非有心干犯各情节分晰叙明，法司会同核覆，援引嘉庆十一年段李氏案内所奉谕旨具题，仍照本条拟罪，毋庸夹签，内阁核明，于本内夹叙说帖票拟九卿议奏及依议斩决，双签进呈，恭候钦定，各等语。

此案徐杨氏因畏殴情急，失手捏伤其夫肾囊身死，自应照例问拟，徐杨氏应如该司等所拟，合依“妻殴夫死者，斩”律，拟斩立决。惟该犯妇因伊夫徐见章斥其常回母家，殴跌倒地，骑压乱殴，该氏情急扳拉，致失手误捏伤其肾囊殒命。查核情节，伤由误捏，尚非有心干犯。惟名分攸关，自应照例声明，听候部议。徐永崇救阻不及，应毋庸议。无干省释。尸棺饬属领埋。

除供招咨部查核外，臣谨恭折具奏。伏乞皇太后、皇上圣鉴，敕部核覆施行。再，云贵总督系臣本任，毋庸列衔。合并陈明。谨奏。光绪二十八年六月二十四日。

(朱批：) 刑部议奏。①

光绪二十八年七月二十三日，奉朱批：刑部议奏。钦此。②

1203. 恭报滇省本年五月雨水粮价折

光绪二十八年六月二十四日（1902年7月28日）

头品顶戴云贵总督兼署云南巡抚臣魏光焘跪奏，为恭报滇省五月分雨水情形并各属米粮价值，仰祈圣鉴事。

窃本年四月分雨水、粮价情形，前经臣恭折奏报在案。兹查五月分，据各属陆续具报，雨泽沾足，高下田亩一律栽插杂粮，蔬菜亦皆畅茂，并据署藩司刘春霖将各属米粮价值查明列单汇报前来。

---

①台北故宫博物院藏：《军机及宫中档》，文献编号：408007134。

②台北故宫博物院藏：《军机及宫中档》，文献编号：148218。

臣逐加覆核，内曲靖府属粮价较增，云南、临安、普洱、永北等府厅属粮价较减，其余各属虽亦互有低昂，大略与上月相同。现在农民乐业，地方安静，洵堪仰慰圣怀！理合恭折具奏，并缮粮价清单，敬呈御览。伏乞皇太后、皇上圣鉴。谨奏。光绪二十八年六月二十四日。

（朱批：）知道了。①

光绪二十八年七月二十三日，奉朱批：知道了。钦此。②

1204. 呈滇省本年五月雨水粮价清单

光绪二十八年六月二十四日（1902年7月28日）

谨将光绪二十八年五月分云南省所属地方各项粮价，开具清单，恭呈御览。

计开

云南府属：价平

上白米每仓石价银二两四钱六分至三两五钱，较上月稍减。中白米每仓石价银二两二钱九分至三两四钱，较上月稍减。上红米每仓石价银二两四钱至三两五钱，与上月相同。中红米每仓石价银二两四分至三两四钱，与上月相同。小麦每仓石价银一两六钱至三两三钱，较上月稍减。大麦每仓石价银一两至三两，与上月相同。荞每仓石价银七钱四分至二两八钱三分，较上月稍减。南豆每仓石价银九钱一分至二两三钱六分，较上月稍减。

曲靖府属：价中

上白米每仓石价银一两八钱至四两，较上月稍增。中白米每仓石价银一两七钱二分至四两，较上月稍增。上红米每仓石价银一两五钱八分至三两六钱，较上月稍增。中红米每仓石价银一两五钱一分至三两六钱，较上月稍增。小麦每仓石价银一两一钱五

①台北故宫博物院藏：《军机及宫中档》，文献编号：408007135。

②台北故宫博物院藏：《军机及宫中档》，文献编号：148220。

分至三两九钱五分，与上月相同。大麦每仓石价银一两至三两，与上月相同。荞每仓石价银一两一钱五分至二两八钱四分，与上月相同。南豆每仓石价银八钱六分至三两六钱三分，与上月相同。

临安府属：价平

上白米每仓石价银三两一钱五分至五两一钱，较上月稍减。中白米每仓石价银三两一钱至五两，较上月稍减。上红米每仓石价银二两九钱五分至四两九钱六分，较上月稍减。中红米每仓石价银二两八钱七分至四两九钱二分，较上月稍减。小麦每仓石价银二两五钱至五两八钱八分，较上月稍增。大麦每仓石价银一两五钱至四两九钱二分，较上月稍减。荞每仓石价银一两九钱一分至四两八钱八分，较上月稍减。南豆每仓石价银二两至五两，较上月稍减。

澂江府属：价平

上白米每仓石价银二两八钱至五两五钱，与上月相同。中白米每仓石价银二两六钱至五两三钱，与上月相同。上红米每仓石价银二两六钱至五两五钱，与上月相同。中红米每仓石价银二两五钱至五两三钱，与上月相同。小麦每仓石价银一两六钱至四两，与上月相同。大麦每仓石价银一两一钱六分至三两一钱，与上月相同。荞每仓石价银一两三钱至四两一分，与上月相同。南豆每仓石价银一两二钱至四两，与上月相同。

广南府属：价平

上白米每仓石价银二两二钱，与上月相同。中白米每仓石价银二两一钱，与上月相同。上红米每仓石价银二两一钱，与上月相同。中红米每仓石价银二两，与上月相同。小麦每仓石价银二两二钱，与上月相同。大麦每仓石价银一两四钱，与上月相同。荞每仓石价银三钱二分，与上月相同。南豆每仓石价银二两二钱，与上月相同。

开化府属：价平

上白米每仓石价银三两七钱，与上月相同。中白米每仓石价银三两六钱，与上月相同。上红米每仓石价银三两七钱，与上月相同。中红米每仓石价银三两六钱，与上月相同。小麦每仓石价银五两，与上月相同。大麦每仓石价银二两五钱，与上月相同。荞每仓石价银二两，与上月相同。南豆每仓石价银五两，与上相同。

普洱府属：价平

上白米每仓石价银一两四钱至二两九钱，较上月稍减。中白米每仓石价银一两二钱九分至二两八钱，较上月稍减。上红米每仓石价银一两三钱四分至二两七钱，较上月稍减。中红米每仓石价银一两一钱六分至二两六钱，较上月稍减。小麦每仓石价银一两一钱九分一厘，较上月稍减。大麦每仓石价银七钱八分至二两二钱，与上月相同。荞每仓石价银九钱四分至一两一钱，与上月相同。南豆每仓石价银一两四分至二两七钱，与上月相同。

东川府属：价平

上白米每仓石价银三两二钱至三两五钱，与上月相同。中白米每仓石价银三两一钱至三两四钱，与上月相同。上红米每仓石价银三两一钱至三两四钱，与上月相同。中红米每仓石价银三两至三两三钱，与上月相同。小麦每仓石价银二两五钱至三两，与上月相同。大麦每仓石价银二两，与上月相同。荞每仓石价银一两八钱，与上月相同。南豆每仓石价银二两，与上月相同。

昭通府属：价平

上白米每仓石价银二两一钱七分至七两八钱六分，与上月相同。中白米每仓石价银二两八分至七两三钱八分，与上月相同。上红米每仓石价银一两九钱七分至六两四钱二分，与上月相同。中红米每仓石价银一两八钱二分至六两二钱八分，与上月相同。小麦每仓石价银一两四分至五两四钱四分，与上月相同。大麦每仓石价银八钱四分至二两，与上月相同。荞每仓石价银四钱九分至四两二钱二分，与上月相同。南豆每仓石价银七钱六分至四两三钱四分，与上月相同。

大理府属：价平

上白米每仓石价银二两二钱至三两一钱四分，与上月相同。中白米每仓石价银二两一钱七分至三两一钱二分，与上月相同。上红米每仓石价银一两九钱至三两九分，与上月相同。中红米每仓石价银一两九钱至三两七分，与上月相同。小麦每仓石价银一两至二两八分，较上月稍增。大麦每仓石价银八钱至一两九钱五分，较上月稍增。荞每仓石价银七钱至一两六钱三分，与上月相同。南豆每仓石价银八钱至二两，较上月稍减。

丽江府属：价平

上白米每仓石价银二两五分至三两二钱，与上月相同。中白米每仓石价银一两九钱四分至三两一钱，与上月相同。上红米每仓石价银一两九钱四分至三两一钱，与上月相同。中红米每仓石价银一两八钱三分至二两六钱七分，较上月稍增。小麦每仓石价银一两一钱五分至一两七钱五分，较上月稍减。大麦每仓石价银八钱五分至一两四钱，较上月稍增。荞每仓石价银六钱五分至一两四钱，较上月稍增。青稞每仓石价银一两五分至一两二钱，较上月稍增。南豆每仓石价银七钱五分至一两四钱五分，较上月稍减。

永昌府属：价平

上白米每仓石价银二两一钱一分至二两四钱，与上月相同。中白米每仓石价银二两四分至二两一钱，与上月相同。上红米每仓石价银一两八钱至二两四钱，与上月相同。中红米每仓石价银一两七钱至二两一钱，与上月相同。小麦每仓石价银一两三钱八分至一两八钱，与上月相同。大麦每仓石价银一两，与上月相同。荞每仓石价银九钱至一两二钱八分，与上月相同。南豆每仓石价银一两二钱八分至一两五钱，与上月相同。

顺宁府属：价平

上白米每仓石价银一两七钱至三两五分，与上月相同。中白米每仓石价银一两五钱至二两九钱五分，与上月相同。上红米每仓石价银一两五钱至二两九钱，与上月相同。中红米每仓石价银一两三钱至二两八钱五分，与上月相同。小麦每仓石价银八钱至一两七钱，与上月相同。大麦每仓石价银八钱至一两八钱，与上月相同。荞每仓石价银六钱至一两五钱一厘，与上月相同。南豆每仓石价银九钱一分至二两一钱，与上月相同。

楚雄府属：价平

上白米每仓石价银二两二钱至四两一钱，与上月相同。中白米每仓石价银二两一钱至三两九钱，与上月相同。上红米每仓石价银二两一钱至三两七钱，与上月相同。中红米每仓石价银二两五分至三两六钱，与上月相同。小麦每仓石价银六钱三分至二两一钱五分，较上月稍减。大麦每仓石价银八钱至一两九钱五分，较上月稍减。荞每仓石价银九钱三分至一两七钱，与上月相同。南豆每仓石价银一两三钱至二两，较上月稍减。

蒙化直隶厅：价平

上白米每仓石价银三两八钱，较上月稍增。中白米每仓石价银二两八钱九分，与上月相同。上红米每仓石价银二两八钱九分，与上月相同。中红米每仓石价银二两七钱二分，与上月相同。小麦每仓石价银二两四钱九分一厘，与上月相同。大麦每仓石价银二两六分，与上月相同。荞每仓石价银二两八钱，较上月稍增。南豆每仓石价银一两六钱六分一厘，与上月相同。

永北直隶厅：价平

上白米每仓石价银二两二钱三分，较上月稍减。中白米每仓石价银二两一钱二分，较上月稍减。上红米每仓石价银一两九钱一分，较上月稍减。中红米每仓石价银一两八钱，较上月稍减。小麦每仓石价银一两三钱四分一厘，较上月稍减。大麦每仓石价银一两三分，较上月稍减。荞每仓石价银一两一钱八分，较上月稍减。南豆每仓石价银一两一钱九分一厘，较上月稍减。

景东直隶厅：价平

上白米每仓石价银二两九钱，与上月相同。中白米每仓石价银二两八钱，与上月相同。上红米每仓石价银二两八钱，与上月相同。中红米每仓石价银二两一钱，与上月相同。小麦每仓石价银一两九钱，与上月相同。大麦每仓石价银一两六钱，与上月相同。荞每仓石价银一两九钱，与上月相同。南豆每仓石价银一两五钱，与上月相同。

镇沅直隶厅：价平

上白米每仓石价银二两六钱五分，与上月相同。中白米每仓石价银二两六钱，与上月相同。上红米每仓石价银二两五钱五分，与上月相同。中红米每仓石价银二两五钱，与上月相同。小麦每仓石价银一两五钱五分一厘，与上月相同。大麦每仓石价银一两五钱，与上月相同。荞每仓石价银一两三钱，与上月相同。南豆每仓石价银二两六钱，与上月相同。

广西直隶州并属：价平

上白米每仓石价银二两四钱至五两，与上月相同。中白米每仓石价银二两至四两五钱，与上月相同。上红米每仓石价银一两八钱至四两五钱，与上月相同。中红米每仓石价银一两六钱至四两五钱，与上月相同。小麦每仓石价银二两至三两，与上月相同。大麦每仓石价银一两至二两一钱，较上月稍减。荞每仓石价银一两至二两，较上月稍减。南豆每仓石价银一两至二两，较上月稍减。

元江直隶州并属：价平

上白米不产。中白米每仓石价银二两七钱五分至三两八钱，与上月相同。上红米每仓石价银三两二钱，与上月相同。中红米每仓石价银二两四钱至三两二钱，与上月相同。小麦每仓石价银二两六钱，与上月相同。大麦不产。荞每仓石价银一两二钱五分，与上月相同。南豆每仓石价银二两一钱，与上月相同。

武定直隶州并属：价平

上白米每仓石价银二两五钱至三两三钱，与上月相同。中白米每仓石价银二两三钱至三两，与上月相同。上红米每仓石价银二两三钱至三两，与上月相同。中红米每仓石价银一两九钱五分至二两八钱，与上月相同。小麦每仓石价银一两八钱至二两，与上月相同。大麦每仓石价银一两四钱至一两八钱，与上月相同。荞每仓石价银一两三钱至二两六钱，与上月相同。南豆每仓石价银一两三钱五分至一两八钱，与上月相同。

以上各属所报米粮价值，俱系按照时价造报，理合登明。

（朱批：）览。①

1205. 奏为滇员赈捐数巨择尤保奖折

光绪二十八年七月初三日（1902年8月6日）

头品顶戴云贵总督兼署云南巡抚臣魏光焘跪奏，为滇员劝集赈捐，为数较巨，遵旨择尤保奖，恭折仰祈圣鉴事。

窃查滇省代办秦晋赈捐，前以捐数冠于各省，经前抚臣李经羲会核奏请择其才识实可造就者，查照异常劳绩，酌保数员，以昭激劝，随于本年六月初十日递回原片，奉朱批：着照所请，该部知道。钦此。等因。臣维滇本财力枯竭之区，而自光绪二十七年三月设局起至是年八月二十九日停捐止，仅阅五月余，而头卯劝集实官、封衔等项银七万六千五百余两，贰卯劝集实官、封衔等项银九十二万四千两零，总共银一百万两零。若照顺直奏准敕部立案之案，凡集捐至三万两以上，准予列入异常劳绩给奖，虽与定章相符，究觉人数过多，是以拟请除劝集银三万两以上各员列入寻常劳绩分等汇核奏奖外，其有劝集银至六万两以上者，诚如原奏较之顺直准奖异常劳绩之案则已逾一倍，较之甘肃所奖则逾至数倍，业经奏蒙俞允，自应先行择尤请奖，以昭激劝。

覆查此案原委官绅分途劝办，计在局之员以邹志清等劝集之数为最多，行劝之员以冯尔梅等劝集之数为最多。据该局总办藩、

①台北故宫博物院藏：《军机及宫中档》，文献编号：148220-0-A。

臬两司遵旨择尤先将邹志清等八员详请奖叙前来。

臣详加考核，前项一百万两数内，该员等集捐实银除另劝获官绅报效银五万五千两不计外，合共五十一万两有奇，核其每员所集均至六万两以上，才识尤堪造就，合无仰恳天恩俯准将该局局员并兼行劝之奏调差委丁忧花翎云南试用同知邹志清、云南试用同知李开侁、花翎云南试用同知岑兆凤等三员，均免补同知本班，以知府仍留原省归候补班前补用，并加盐运使衔；花翎直隶州用指分四川试用知州王玉麟，免补知州本班，以直隶州仍留原省归候补班前补用，并加知府衔；并请将专办行劝委员花翎云南试用知州冯尔梅，以知州仍留原省归候补班前补用，并俟补知州后，以同知在任候补；三品衔花翎云南尽先补用道卢国熙，以道员仍留原省归候补班前补用，并加二品顶戴；花翎三品衔道员用在任候补知府安平同知江海清，开缺免补知府，以道员仍留原省补用；花翎四品顶戴请升石膏井提举弥渡通判李庆恩，俟得升阶后，以知府在任尽先补用，出自逾格鸿慈。

除将应列入寻常劳绩各员另行汇案奏奖及将该员等履历清册咨送吏、户部外，所有滇员劝集秦晋赈捐，为数较巨，遵旨择尤保奖缘由，谨会同陕西巡抚臣升允，山西巡抚臣岑春煊，恭折具陈。伏乞皇太后、皇上圣鉴训示。再，云贵总督系臣本任，毋庸列衔。合并声明。谨奏。光绪二十八年七月初三日。

（朱批：）吏部核议具奏。①

光绪二十八年八月初五日，奉朱批：吏部核议具奏。钦此。②

1206. 奏报滇省二十七年收支各款折

光绪二十八年七月初三日（1902年8月6日）

头品顶戴云贵总督兼署云南巡抚臣魏光焘跪奏，为造报滇省

---

①台北故宫博物院藏：《军机及宫中档》，文献编号：408007136。

②台北故宫博物院藏：《军机及宫中档》，文献编号：148531。

光绪二十七年分收支正、溢盐课及另加溢课并裁提各款银两，恭折仰祈圣鉴事。

窃查滇省盐务，近年征收较前畅旺，正、杂课款早已复额，尚有长余，前经户部覆准将应征杂款以六成为开支定额，长余银两尽数拨归溢课项下，留备边防要需。嗣因遵旨整顿滇省关税、厘金、盐课等项折内陈明盐务溢额年有加增，近复力堵陕缅各私，以畅销路，综计溢课年约可另加银一万三四千两，并同裁减厘税开支、裁撤营勇、台站等项，年可得银四万两，专款存储，听候部拨。又裁提三井提举漏报、浮支各款银六万八千一百一十两零，除调剂灶户及津贴、办公等银五千一百九十两零外，实可得银六万二千九百二十两，另款按年汇解江宁、湖北等省代制快枪、快炮等项，运滇存储等因。钦奉朱批：办理尚属认真，着照所请立案。钦此。经部核覆咨滇行司移道遵办，各在案。

兹据盐法道普津会同署布政使刘春霖详称：光绪二十七年分应征各井原额正课银二十六万一千六百四十五两零，又应征实已开支照原额不及六成杂款银六万一千六百八十两零，二共应征银三十二万三千三百二十五两零。其溢课一项，向无定额。计道库旧管存银一十六万四千八百五十一两零，新收项下征获黑元永等二十二井并维西通判沙盐、税课共银四十七万五千九百一十两零，又收回黑元永等十二井灶户缴还二十五年分借领柴本银三万三千二百两，管、收共银六十七万三千九百六十二两零。开除项下拨入溢课款内银一十三万八千七百八十二两零，又咨解藩库存储报部候拨各井二十七年分另加溢课银一万三千八百二两零，又咨解藩库各井盐课、沙盐、税课银二十四万两，又减成支放各官养廉银二万九千一十六两零，又支放井学、廪饩等项杂款银三万二千六百六十三两零，又借发黑井修费银一千三百两，又借发黑元永等十三井灶户借领二十七年分柴本银三万三千七百两，总共开除银四十八万九千二百六十五两零。实存道库银一十八万四千六百九十六两零。

又，溢课旧管存银二十万九千四百九十九两零，新收项下共收银一十三万八千七百八十二两零，管、收共银三十四万八千二百八十一两零。开除项下遵照奏案拨入漏报溢课款内存储道库购备枪炮黑元永等井光绪二十七年分漏报溢课银四万九千八百三十三两零，又咨解藩库转解团练处二十七年分动放通省团练经费银三万两，又咨解藩库转解善后局二十七年分动放购备快枪、快炮等项银四万两，又移解团保总局二十七年分动放省防团营薪饷银二万二千三百九十六两零，总共开除银一十四万二千二百三十两零。实存道库溢课银二十万六千五十两零，均应照案积存，留备边防紧要急需。

又，随案报销漏报溢课项下旧管存库银一万九千五百五十五两零，新收项下共收二十七年分黑元永等井漏报溢课银四万九千八百三十三两零，又收黑井浮支公费银一万二千四百九十五两零，内除拨给喇、云两井调剂灶户及津贴、办公等项银五千一百九十六两外，实收银七千二百九十九两零；又收喇、云两井裁提漏报经费银五百四十八两零，管、收共银七万七千二百三十七两零。

又，咨解藩库漏报溢课经费、浮支公费共银七万七千二百三十七两零，亦应照案并同因漏课随抽之漏厘，逐年汇解江宁、湖北等省代制快枪、快炮，运滇存储备用，分造清册，详请具奏，并声明滇本瘠区，承平尚蒙岁协数十万两，今则缅、越沦陷，边务日岌，筹防、筹械，支用浩繁，每年又复认派赔款三十万两，愈形蹶竭，而协饷转复锐减，本省除盐捐奏明系归民团开支外，仅恃盐务溢课稍资挹注，断难于原认另加溢课解部之外再行报拨，是以仍照历年奏奉谕旨及经部核覆之案，提拨积存，以裨边局等情。前来。

臣覆核无异，除册分送部、科查核外，谨恭折具陈。伏乞皇太后、皇上圣鉴，敕部核覆施行。再，云贵总督系臣本任，毋庸列衔。合并陈明。谨奏。光绪二十八年七月初三日。

（朱批：）户部知道。①

光绪二十八年八月初五日，奉朱批：户部知道。钦此。②

1207. 请以杨珮等署理永善等县知县折

光绪二十八年七月初三日（1902年8月6日）

头品顶戴云贵总督兼署云南巡抚臣魏光焘跪奏，为分别遴员请署选缺知县，恭折仰祈圣鉴事。

窃准吏部咨，单开另行请补云南通海县知县杨恩吉开缺察看，又准咨单开另行请补云南永善县知县秦发庆开缺另补，均于正月十九日奉上谕等因。咨行到滇。应照例以奉旨后五日作为部中行文日期，照限减半计算，扣至三月十八日五十五日限满，作为开缺日期，均归于二十八年三月底截缺。查该二缺俱系撤回同班同月所出选缺，例应签掣先后序补，当经掣得永善县知县第一缺、通海县知县第二缺，除将截缺日期咨部外，查定例：知县如遇撤回，所遗选缺系进士即用与候补分班酌补轮用进士即用，即将进士即用班前与进士即用本班合为一班，由该督抚酌量请补，即积进士即用正班之缺轮应候补，即将候补班前与候补本班合为一班，由该督抚酌量请补，即积候补正班之缺。又奉新章：凡进士与部属用者，自行呈请改就知县人员，除升调所遗之选缺仍准照旧归于截取进士知县班内补用外，如遇撤回等项扣留选缺，俟即用候补分班酌补两轮后，插用京员改归知县一人，仍与本班尽先人员合为一班，一体酌署一人。以接到此次部文后，遇所出之缺，实积即用候补两轮之后，再行插用。光绪二十五年十一月二十四日奉旨：依议。钦此。照限减半计算，扣至二十六年正月二十三日，作为接奉部文。

查滇省撤回四项，所遗选缺知县，初出大姚县知县龚化龙撤

①台北故宫博物院藏：《军机及宫中档》，文献编号：408007137。

②台北故宫博物院藏：《军机及宫中档》，文献编号：148533。

回开缺另补，遗缺以即用知县黎元熙请补；次出丽江县知县李星瑞撤回开缺另补，遗缺以候补班前补用知县吴申祐请补。又出弥勒县知县陈立达改教，遗缺以即用知县傅学慜请补；恩安县知县石渠改教，遗缺以银捐候补班尽先补用知县孙家祥请署，先后均奉文覆准在案。

兹光绪二十七年三月分所出之二缺，签掣第一之永善县知县缺，系奉新章后已用过即用候补两轮人员，照章应插用京员改归知县一人，仍与本班尽先人员合为一班，一体酌署一人。查滇省京员改归进士截取知县班，现无本班尽先人员，于截取正班知县人员内逐加遴选，查有京员改归进士截取试用知县杨珮，年四十四岁，系贵州贵筑县廪生，考取光绪乙酉科优贡，丙戌朝考二等，引见，奉旨：着以教职用。钦此。应戊子科本省乡试，中式举人。庚寅恩科会试，中式进士，殿试二甲，朝考二等，引见，奉上谕：着以主事分部学习。钦此。签分户部浙江司行走，旋在部呈请改归知县原班铨选。光绪十八年十二月十三日，经部具奏，奉朱批：知道了。钦此。遵例呈请分发，复捐指云南试用。十九年二月十二日引见，奉上谕：着照例发往。钦此。领照于是年八月初八日到省试用，期满甄别，详咨留省补用，因丁忧回籍，服满起复。二十四年十一月初六日回省，加捐同知升衔，历署呈贡县知县、晋宁州知州、沾益州知州，均经交卸；复委署陆凉州知州，于光绪二十七年十月二十六日到任。

又，签掣第二之通海县知县应用即用，查即用班先、即用正班，现均无人，应用候补，于候补班前候补正班人员内逐加遴选，查有候补正班补用知县贺宗章，现年四十二岁，系湖南安化县文童，投效新疆老湘营，于南路诸军五次剿平边寇案内出力保奏，光绪七年五月二十日奉上谕：着以巡检分省归候补班前即补。钦此。旋监修巩宁满城出力保奏，请俟补缺后，以县丞尽先补用，经部改为补缺后以应升之缺升用。八年十月十三日奉旨：依议。钦此。十四年，调办山东河工，于连年抢险出力案内奏奖，请免补本班，以县丞仍分省补用。十七年九月初七日具奏，奉旨：依议。钦此。十八年，堵筑胡家岸等处漫口合龙出力保奏，请免补本班，以知县仍分省补用。十九年五月初二日具奏，奉旨：依议。钦此。请咨验看，签分云南。九月十六日引见，奉旨：着照例发往。钦此。领照于光绪二十年三月二十八日到省，试用期满，甄别详咨留省补用，加捐同知升衔，委署嵩明州知州，任内因开垦升科钱粮出力，保奏请俟补缺后，以直隶州知州用。光绪二十六年正月二十六日奉朱批：着照所请，该部知道。钦此。委署永善县知县卸事，请补云南县知县，奉文议驳，复委署昆阳州知州，于光绪二十七年十二月初二日到任。

臣查该员杨珮年力强盛，稳练安详，堪以请署永善县知县；贺宗章强毅有为，才具开敏，堪以请署通海县知县，均属人地相宜，洵堪胜任，与例亦符。据署布政使刘春霖、按察使全楙绩会详前来。合无仰恳天恩俯准以该员杨珮署理永善县知县，贺宗章署理通海县知县。如蒙俞允，该员杨珮系进士截取试用知县，贺宗章系候补正班补用知县，今各请署知县，均衔缺相当，毋庸送部引见，俱照例俟试署期满，如果称职，另请实授。至该员贺宗章保举补缺后以直隶州知州用之案，照例带于新任。

除咨部查照外，所有分别遴员请署选缺各缘由，谨恭折具奏。伏乞皇太后、皇上圣鉴，敕部核覆施行。再，云贵总督系臣本任，毋庸列衔。合并陈明。谨奏。光绪二十八年七月初三日。

（朱批：）吏部议奏。①

光绪二十八年八月初五日，奉朱批：吏部议奏。钦此。②

---

①台北故宫博物院藏：《军机及宫中档》，文献编号：408007138。

②台北故宫博物院藏：《军机及宫中档》，文献编号：148532。

1208. 请以杨嘉绅补授新平县知县折

光绪二十八年七月初三日（1902年8月6日）

头品顶戴云贵总督兼署云南巡抚臣魏光焘跪奏，为拣员请补选缺知县，以裨地方，恭折仰祈圣鉴事。

窃查新平县知县花铭于光绪二十八年三月二十三日在恩安县知县署任病故，当经奏请开缺，声明所遗新平县系月选之缺，滇省现有应补人员，应请扣留外补在案。照例以该员病故本日作为开缺日期，归于三月底截缺。三月分，病、故、休所出选缺知县只此一缺，毋庸掣签。除将截缺日期咨部外，查定例：各省知县如遇告病、病故、休致等项缺出，准其以一缺题补各项候补并进士即用之员，以一缺题补本班前先大挑举人，以一缺题补本班大挑举人。如各项候补即用无人，仍专用大挑举人。又，定例：分缺先前、分缺先、分缺间前、分缺间，俱俟各应插之正班到班，先用分缺先前或分缺先一人。又，定例：升调遗、病、故、休选缺知县，遇轮用新班遇缺先、新班遇缺分缺先前、分缺间前、分缺先、分缺间，到班时各按本班中先用正途出身者二人，再用各本班中各项出身者一人。又，报捐分先、分间本班先花样，酌照遇缺先章程加扣限期领照赴省者一年以外之缺，方准请补，各等语。

查滇省选缺知县告病、病故、休致等项缺出，统归一项请补。上次易门县知县系转至第一轮第一缺，以进士即用知县郭显球请补；续出师宗县知县系第一轮第二缺，请以大挑本班尽先补用知县吴昌祀请署，均奉文覆准在案。今新平县知县系第一轮第三缺，滇省现无郑工及新海防遇缺先、旧海防先、海防即旧例遇缺先、遇缺各班人员，按轮系大挑试用到班，照例插用分缺先，应先用正途出身之员。该班现无正途出身及郑工、海防分缺先人员，仅查有各项出身新海防例捐纳分缺先补用知县杨嘉绅，现年三十一岁，系安徽怀宁县监生，遵新海防例报捐知县不论双单月，指分云南试用；复遵例加捐分缺先补用，并免试用。光绪二十四年四月二十八日，经部验看，引见，奉旨：着照例发往。钦此。领照于是年十二月初十日到省，委署阿迷州知州，于光绪二十七年四月十一日到任。

臣查该员杨嘉绅年强才裕，留心吏治，并无参罚案件，以之补授新平县知县，实属人地相宜，与例亦符。据署布政使刘春霖、按察使全楙绩会详前来。合无仰恳天恩俯准以该员杨嘉绅补授新平县知县。如蒙俞允，该员系捐纳分缺先补用知县，今请补知县，衔缺相当，毋庸送部引见。

除咨部查照外，所有拣员请补选缺知县缘由，谨恭折具奏。伏乞皇太后、皇上圣鉴，敕部核覆施行。再，云贵总督系臣本任，毋庸列衔。合并陈明。谨奏。光绪二十八年七月初三日。

（朱批：）吏部议奏。①

光绪二十八年八月初五日，奉朱批：吏部议奏。钦此。②

1209. 奏请奖叙林绍年等缘由片

光绪二十八年七月初三日（1902年8月6日）

再，此次滇省秦晋赈捐系前兼署督臣丁振铎檄委前藩司李经羲设局开办，随即升任。适臣光焘到滇，先后檄委升任藩司林绍年、二品顶戴臬司全楙绩接续办理。其集捐亦自林升司等经办之后，始有成数，源源报解。滇本瘠区，筹款至逾百万，诚为始愿所不及，而该升司等之激励、劝导，昕夕急公，得以普济灾黎，惠施既广，劳勋较彰。

---

①台北故宫博物院藏：《军机及宫中档》，文献编号：408007139。

②台北故宫博物院藏：《军机及宫中档》，文献编号：148528。

查从前浙江藩司诚勋[①]、恽祖翼[②]，均以劝办赈捐集款或四十余万，或数近百万，先后经浙江抚臣奏准赏给头品顶戴有案，该升司等事同一律，集数更多，且或逾倍，应得叙奖。惟前云南藩司林绍年已升授云南巡抚，职分较崇，可否吁恳天恩俯准援照成案，与二品顶戴云南臬司全楙绩并行赏给头品顶戴之处，出自逾格鸿慈！谨合词附片具陈。伏乞圣鉴训示。谨奏。

（朱批：）林绍年等均着赏给头品顶戴。[③]

光绪二十八年八月初五日，奉朱批：林绍年等均着赏给头品顶戴。钦此。[④]

①诚勋（1848—1915），字果泉，满洲正红旗人，伊尔根觉罗氏，一品荫生。同治三年（1864），充六部郎中分部学习行走。光绪二年（1876），补兵部郎中。八年（1882），授坐粮厅监督。十年（1884），丁嫡祖母、丁本生父忧，回籍终制。十二年（1886），简授山东督粮道，补授直隶大顺广道。十三年（1887），调补奉锦山海道，加按察使衔。同年，丁本生母忧，服满起复，补江西广饶九南道。二十六年（1900），授浙江宁绍台道。是年，升江苏按察使。二十七年（1901），调补浙江布政使。二十八年（1902），护理浙江巡抚，同年，擢安徽巡抚。三十二年（1906），授江宁将军。同年，补授广州将军。三十三年（1907），补察哈尔都统。宣统元年（1909），调补热河都统。三年（1911），充弼德院顾问大臣。民国四年（1915），卒于籍。

②恽祖翼（1836—1902），字菘耘、叔谋，江苏阳湖县（今常州市）人，出身监生。咸丰八年（1858），取顺天乡试誊录。同治三年（1864），中式举人，充实录馆誊录。九年（1870），加同知衔。十一年（1872），保湖北试用知府，旋加赏加二品顶戴。光绪七年（1881），署湖北盐法武昌道。十年（1884），丁父忧，回籍终制。十三年（1887），署湖北盐法武昌道。十四年（1888），赏戴花翎。是年，充乡试文闱提调官。十五年（1889），补湖北督粮道。十六年（1890），署湖北按察使。十七年（1891），充武闱提调官。十九年（1893），补授湖北汉黄德道，兼江汉关监督。二十年（1894），署理湖北布政使。二十一年（1895），升授湖北按察使，署理湖北布政使。二十二年（1896），迁浙江布政使。二十五年（1899），加赏头品顶戴。二十六年（1900），擢浙江巡抚。卒于任。

③台北故宫博物院藏：《军机及宫中档》，文献编号：408007139-0-A。

④台北故宫博物院藏：《军机及宫中档》，文献编号：148530。

1210. 奏报拣员署理知府等缺情形片

光绪二十八年七月初三日（1902 年 8 月 6 日）

再，开化府知府蹇念咸[①]撤省，遗缺查有奏调来滇差委补用知府黄凤岐，廉明勤谨，堪以署理。又，署龙陵同知桂运炳调省，遗缺查有现署景东直隶同知请补该同知周名建，堪以先行署理；递遗景东直隶同知缺，查有现署广南府知府准补该同知刘钧，饬赴本任；所遗广南府知府缺，查有委署永昌府知府准补永北直隶同知方宏纶，堪以署理；其永昌府知府张赓飏仍留署任。

又，思茅同知许之载烟瘴俸满，撤回候升，遗缺查有现署昆明县知县谢宇俊，堪以调署；递遗昆明县缺，查有邱北县知县李良年，堪以调署；递遗邱北县知县缺，查有卸署宜良县试用知县赵文哲，堪以署理；所遗宜良县缺，查有现署南关同知实缺该县知县徐樾，应饬赴任；递遗南关同知缺，查有新选武定直隶州知州赵銮扬，堪以署理。又，署南安州知州姚敬儒调省，遗缺应饬新选该州知州崇谦赴任。

又，署弥勒县知县龚泽培调省，遗缺查有现署师宗县知县王琳，堪以调署；所遗师宗县缺，应饬准补该县现署建水县知县吴昌祀赴任；递遗建水县缺，应饬新选该县知县吴朝昌赴任。又，署河西县知县薛铨善调省，遗缺应饬新选该县知县李传芬赴任。据署藩、臬两司先后会详并声明李良年任内并无三参限满已起四参之案等情。前来。

除饬分檄饬遵并将许之载烟瘴俸满开缺日期另案奏咨外，谨

---

①蹇念咸（1851—1909），字虚甫，号伯常，贵州遵义人，遵义府学廪生。光绪五年（1879），报捐监生，加捐同知双月选用。八年（1882），经川督丁宝桢奏保同知。十三年（1887），经出使大臣黎庶昌奏调，随同出使日本，派充神户兼管大阪正理事官。十六年（1890），捐指云南试用。十七年（1891），保知府，加盐运使衔。二十四年（1898），升补开化府知府。同年，署普洱府知府、东川府知府。二十九年（1903），因案削职审办。三十四年（1908），发军台效力。宣统元年（1909），病殁。

附片具陈。伏乞圣鉴。再，云贵总督系臣本任，毋庸列衔。合并陈明。谨奏。

（朱批：）吏部知道。[①]

光绪二十八年八月初五日，奉朱批：吏部知道。钦此。[②]

1211. 请以江蕴琛升补缅宁通判折

光绪二十八年七月初六日（1902 年 8 月 9 日）

头品顶戴云贵总督兼署云南巡抚臣魏光焘跪奏，为拣员升补烟瘴要缺通判，以裨地方而资治理，恭折仰祈圣鉴事。

窃准吏部咨：议准将云南缅宁通判许祖瑞升补丽江府中甸同知，所遗缅宁通判要缺，应令另行拣选等因。光绪二十八年正月二十四日具奏，奉旨：依议。钦此。坐正月二十九日等因。咨行到滇。按照部中行文坐日，照限减半计算，扣至三月二十三日限满，归三月底截缺，系烟瘴要缺，毋庸掣签，业将截缺日期详咨在案。查定例：知县以上官员，如遇例应题调缺出及烟瘴地方，俱准升调兼行。又，升调烟瘴地方知县以上官员，准其不扣年限，于现任人员内拣选熟悉风土、能耐烟瘴人员，题咨升调，不得以初任候补试用人员题补，各等语。查缅宁通判地处极边，烟瘴最盛，水土恶劣，汉少夷多，民情犷悍，控驭抚绥，在在均关紧要，非精明干练、熟悉边地、夷情、能耐烟瘴之员，不足以资治理。

臣督饬藩、臬两司于通省应调人员内逐加遴选，非现居要缺，即人地未宜，实无合例堪调之员。惟于应升人员内查有楚雄县知县江蕴琛，年四十二岁，广西柳州府融县优廪生，中光绪十九年癸巳恩科本省乡试举人。乙未科会试，中式贡士，殿试三甲进士，朝考一等，改翰林院庶吉士。二十四年，散馆引见，奉旨：以知县即用。钦此。是年六月，签掣云南楚雄县知县。七月初六日引

---

①台北故宫博物院藏：《军机及宫中档》，文献编号：408007139-0-B。

②台北故宫博物院藏：《军机及宫中档》，文献编号：148529。

见，奉旨：云南楚雄县知县着江蕴琛补授。钦此。领凭于二十五年正月到滇，三月二十二日到任。旋在云南藩库遵顺直赈捐例报捐同知升衔，调署保山县知县，二十六年十一月到署任。据署云南布政使刘春霖到任未及三月，例不出考，经按察使全楙绩查该员年强才敏，任事实心，本任内因县民王五十八被张世才杀伤身死犯逃，初参承缉不力，详咨尚未奉覆。此外别无参罚案件，请以升补缅宁通判，实属人地相宜，洵堪胜任，与例亦符。会详请奏前来。

臣查该员江蕴琛才具干练，气局安详，合无仰恳天恩俯念员缺紧要，准以楚雄县知县江蕴琛升补缅宁通判，裨资治理。如蒙俞允，该员系现任知县，今请升通判，俟奉覆准，照例给咨送部引见，恭候钦定。所遗楚雄县知县系月选之缺，滇省现有应补人员，应请扣留外补，俟覆准日，再行遴员请补。

所有拣员升补通判缘由，谨恭折具陈。伏乞皇太后、皇上圣鉴，敕部议覆施行。再，云南巡抚系臣兼署，毋庸列衔。合并声明。谨奏。光绪二十八年七月初六日。

（朱批：）吏部议奏。[①]

光绪二十八年八月初七日，奉朱批：吏部议奏。钦此。[②]

1212. 请以骆景宙补授东川府知府折

光绪二十八年七月初六日（1902年8月9日）

头品顶戴云贵总督兼署云南巡抚臣魏光焘跪奏，为拣员请补要缺知府，以裨地方，恭折仰祈圣鉴事。

窃准吏部咨：定例各省正印、佐杂缘事议降、议革及升任、调任、终养、告休之缺，吏部于每月二十日截缺，下月初五日开单行文知照，查照例章序补。计开苗疆题调要缺、云南东川府知

---

①台北故宫博物院藏：《军机及宫中档》，文献编号：408007142。

②台北故宫博物院藏：《军机及宫中档》，文献编号：148583。

府凌应梧勒休，正月十九日奉上谕，应照例以奉旨后五日作为行文日期，照限减半计算，扣至光绪二十八年三月十八日限满，作为开缺日期，归三月底截缺，系要缺，毋庸掣签，业将截缺日期咨明在案。查东川府统辖苗疆，兼理铜、铅各厂，汉夷杂处，政务繁难，加以界接川边，蛮匪时虞窃发，必须精明干练、熟悉夷情、厂务之员，方能胜任。

臣督饬藩、臬两司于通省应调、应升人员内逐加遴选，非现居要缺，即人地未宜，实无合例堪以升调及记名分发人员。惟于应补人员内查有候补班补用知府骆景宙，年五十一岁，广西容县廪生，中光绪五年己卯科本省乡试举人。癸未科会试，中式贡士。殿试二甲，改翰林院庶吉士，散馆授职编修。二十一年四月，派充乙未科会试磨勘官，旋充国史馆协修官。二十二年六月，充国史馆及功臣馆纂修官，并署国史馆总纂官，京察二等。二十四年闰三月，六年俸满，保送分发，经部带领引见，奉旨：着以知府分省补用。钦此。捐指云南归候补班补用，领照于二十五年二月到省，委署大理府知府，二十七年十二月到任。据署藩司刘春霖以到任未及三月，例不出考，经臬司全楙绩查该员局度安详，才堪表率，并无参罚案件，请以补授东川府知府，实属人地相宜。会详请奏前来。

臣覆查该员骆景宙才识练达，为守兼优，于厂务、夷情均称熟习，合无仰恳天恩准以候补班补用知府骆景宙补授东川府知府，实于地方有裨。如蒙俞允，该员系候补班补用知府请补知府，衔缺相当，毋庸送部引见。

除咨部查照外，所有拣员请补调要知府缘由，谨恭折具陈。伏乞皇太后、皇上圣鉴，敕部议覆施行。再，云南巡抚系臣兼署，毋庸列衔。合并声明。谨奏。光绪二十八年七月初六日。

（朱批：）吏部议奏。[1]

---

①台北故宫博物院藏：《军机及宫中档》，文献编号：408007140。

光绪二十八年八月初七日，奉朱批：吏部议奏。钦此。[①]

1213. 遵旨保奖滇省办理洋务人员折

光绪二十八年七月初六日（1902 年 8 月 9 日）

头品顶戴云贵总督兼署云南巡抚臣魏光焘跪奏，为遵旨保奖，以昭激劝，恭折仰祈圣鉴事。

窃查滇省办理洋务人员已经七载，经臣于上年十二月十八日会同前云南抚臣李经羲专折奏恳恩施，照异常劳绩给予奖叙等因。于本年二月十六日钦奉朱批：着照所请，该部知道。钦此。仰见朝廷奖励人才，微劳必录，钦感莫名！伏查滇自越、缅分界后，交涉日繁，历年办理关务、界务、教案、矿务、铁路，事皆创始，棘手百端。其承办各员艰辛备历情形，业经前折具陈，已蒙圣明洞鉴。

查自设局以来，时历七年之久，先后在局供差各员书，臣悉心考核，谨择其尤为出力者共十四员，合无仰恳天恩俯准将盐运使衔请补云南大理府知府邱淮，在任以道员用；在任补用同知准补云南黑盐井提举李训铉，免补同知，以知府在任前先补用；提举衔云南补用通判陆邦纯，免补本班，以知州仍留原省前先补用；云南试用通判黄河源，免补通判，以同知仍留原省前先补用；同知衔丁忧奏留云南前先补用知县阮振千，俟服阕后，免补本班，以同知仍留原省前先补用；同知衔云南前先补用知县李光远，俟补缺后以直隶州知州补用；云南试用知县周希韩，免补本班，以知州仍留原省前先补用；同知衔云南试用知县杨珮，俟补缺后以同知在任前先补用；云南补用府经历黄增禄、蒋立成，均免补本班，以知县仍留原省前先补用。在任候选知州云南昆明县典史陆德浩，请仍以知州在任不论双单月遇缺前先选用；候选县主簿陆润，免选本班，以县丞仍归部不论双单月遇缺前先选用；六品衔

---

①台北故宫博物院藏：《军机及宫中档》，文献编号：148586。

李铨端、从九品职衔陆昇，均请以巡检归部不论双单月遇缺前先选用，以昭激劝，出自逾格鸿慈。

除将各员履历咨送吏部查核外，所有遵旨保奖缘由，谨恭折具奏。伏乞皇太后、皇上圣鉴训示。再，云南巡抚系臣兼署，毋庸会衔。合并声明。谨奏。光绪二十八年七月初六日。

（朱批：）该部议奏。①

光绪二十八年八月初七日，奉朱批：该部议奏。钦此。②

1214. 查明已革臬司兴禄才具缘由片

光绪二十八年七月初六日（1902 年 8 月 9 日）

再，总办洋务、铁路、电报等局赏还原衔花翎二品顶戴已革前云南按察使兴禄，因查办案内光绪二十四年七月二十七日奉上谕即行革职，钦此。旋于是年九月二十五日奉上谕：已革臬司兴禄才具究竟如何？着该督详切查明，据实具奏等因。钦此。经前任督臣崧蕃遵旨胪举该员政迹覆奏，二十五年正月初八日奉上谕：已革云南按察使兴禄，着加恩赏还原衔，交崧蕃留滇差委。钦此。二十六年，复经前兼署云贵总督云南巡抚臣丁振铎以该员昕夕在公，才长心细奏保，二十七年二月初三日奉朱批：兴禄着交军机处存记。钦此。钦遵在案。是该员向来才具劳勚已早在圣明洞鉴之中。

臣查该员服官云南二十余年，于地方情形最为熟悉。洋务一局开设之初，即委该员总办，任劳任怨，届今七年，俱臻妥协，具有成劳，可否由臣给咨送部引见，听候加恩，量予录用之处，出自逾格鸿慈。理合附片具陈。伏乞圣鉴训示。谨奏。

（朱批：）兴禄着送部引见。③

---

①台北故宫博物院藏：《军机及宫中档》，文献编号：408007141。

②台北故宫博物院藏：《军机及宫中档》，文献编号：148584。

③台北故宫博物院藏：《军机及宫中档》，文献编号：408007141-0-A。

光绪二十八年八月初七日，奉朱批：兴禄着送部引见。钦此。①

1215. 奏请奖励道员魏景桐缘由片

光绪二十八年七月初六日（1902年8月9日）

再，会办洋务局存记补用道魏景桐，承办一切交涉，均能筹画精密，深得体要，与前臬司兴禄和衷商榷，诸臻妥协，亦属著有勤劳，可否仰恳天恩赏加二品衔以示奖励之处，出自逾格鸿施。谨附片具陈。伏乞圣鉴训示。谨奏。

（朱批：）着照所请。②

光绪二十八年八月初七日，奉朱批：着照所请。钦此。③

1216. 请准晏光枢改留滇省即补片

光绪二十八年七月初六日（1902年8月9日）

再，陕西咸宁县县丞晏光枢，经臣于光绪二十六年冬间道过陕西时咨调入滇差遣，历委要差，办理均臻妥协。现在云南边粤游匪未靖，交涉事件亦日益繁难，需才尤亟。该员系陕西咸宁县县丞实缺调滇供差，合无仰恳天恩俯准开缺，改留云南即补，免其缴捐离省指省银两，以示体恤，出自鸿施。除咨部暨陕西巡抚外，理合附片具陈。伏乞圣鉴训示。谨奏。

（朱批：）着照所请，吏部知道。④

光绪二十八年八月初七日，奉朱批：着照所请，吏部知道。钦此。⑤

---

①台北故宫博物院藏：《军机及宫中档》，文献编号：148587。

②台北故宫博物院藏：《军机及宫中档》，文献编号：408007141-0-B。

③台北故宫博物院藏：《军机及宫中档》，文献编号：148585。

④台北故宫博物院藏：《军机及宫中档》，文献编号：408007140-0-A。

⑤台北故宫博物院藏：《军机及宫中档》，文献编号：148599。

1217. 请饬户部免提盐厘缘由片

光绪二十八年七月初六日（1902年8月9日）

再，臣准户部咨：循案饬提云南裁兵节饷银四万两，拨补宜昌盐厘抵还洋款一折，于光绪二十八年二月初四日具奏，奉旨：依议。钦此。抄奏咨滇遵照办理，当经转行去后。兹据云南善后局司道会同署布政使刘春霖详称：查滇省前因库款奇绌，防营薪饷无不挪新掩旧，积欠难支，适奉谕旨饬令裁兵节饷，因即斟酌情形，量为裁并，经前督臣崧蕃奏明自光绪二十四年起，每年提银四万两，听候部拨。彼时原冀、湘、鄂、四川等省协饷照常解滇，借资挹注，不料湘、鄂两省应协年饷三十八万四千两，是年即已停解；四川月协的饷复每年减解银十一万两，节流无几，来源顿减十倍，故初次奉准户部将二十四年分原拟裁节四万两拨供铜本，已属设法挪借，迄未归还。

二十五年，复奉拨补宜昌盐厘，经前督臣崧蕃奏明，一无实银可筹，当将匮竭情形咨明户部，此项实难按年筹解，嗣后无论何款，请免派拨，以恤边隅，而免迟误。旋准咨覆，应随时体察各处情形，酌核办理。嗣屡次奉文拨交两江，亦迭经照案电咨，各在案。兹复奉拨前因，窃思此款本因饷绌始议裁兵，原系徒存虚数，讵甫经裁兵而协饷锐减，益窘来源。近以时事多艰，每年转派赔款三十万两，以及新加药厘减平，整顿关税、课厘，均须解京协济，而本省之剿办游匪、筹备边防、议偿教案、租买地段各经费，又皆迫不容缓，库储罄尽，业已艰窘万分，自顾实不暇给，何能筹此原案本无实银之款？恳请奏免，俾无贻误等情。详覆前来。

臣查江南等省虽称富足，现已同际时艰。此项拨补宜昌盐厘，苟能勉强凑挪，无不力任其难，期顾大局。无如滇本边瘠，承平时已出入不敷，今用款百倍，寻常协济转多停减，财穷力乏，早在圣明洞鉴之中，即部臣亦素所体谅，相应请旨饬下户部将指解前项另行筹拨，以期有着，并以后勿再拨提，俾免虚行其名，徒繁案牍。

除咨部查照外，谨附片具陈。伏乞圣鉴训示。再，云南巡抚系臣兼署，毋庸列衔。合并声明。谨奏。

（朱批：）户部议奏。①

光绪二十八年八月初七日，奉朱批：户部议奏。钦此。②

【案】此奏片之具奏日期，因原件附于光绪主折③之后，即为二十八年七月二十一日，而据录副之朱批日期查《随手档》④“朱批魏光焘折”栏，则署有“报夹板一副，三百里，七月初六日发”等字样。据此，此片具奏日期当为“光绪二十八年七月初六日”无疑。兹据校正。

1218. 请以翟乐善升补平彝县知县折

光绪二十八年七月十六日（1902年8月19日）

头品顶戴云贵总督兼署云南巡抚臣魏光焘跪奏，为拣员升补要缺知县，以裨地方，恭折仰祈圣鉴事。

窃准吏部咨：平彝县知县萧仰德不及，二月十八日奉旨等因。照例以奉旨后五日作为部中行文日期，照限减半计算，扣至光绪二十八年四月十七日五十五日限满，作为开缺日期，归于四月底截缺，系题调要缺，毋庸掣签。除将截缺日期咨部外，查定例：各省知县应调缺出，俱令于现任人员内拣选调补。又，各省知县如遇应题、应调缺出，俱准升调兼行。又，州县以上应升缺出，应先尽卓异引见回任候升之员升用，不准声叙人地未宜，以别项

---

①台北故宫博物院藏：《军机及宫中档》，文献编号：408007147-0-A。

②台北故宫博物院藏：《军机及宫中档》，文献编号：148607。

③台北故宫博物院藏：《军机及宫中档》，文献编号：408007147。

④中国第一历史档案馆藏：《军机处随手登记档》，档案编号：03-0313-1-1228-208。

人员请升，各等语。

臣等于通省应调、应补人员内逐加遴选，非现居要缺，即人地未宜，实无合例堪以调补之员。惟于应行升补人员内查有卓异候升现任白盐井大使翟乐善，年五十五岁，系山东掖县监生。于同治四年报捐盐大使，分发两淮，八年十一月到淮，捐归新班遇缺先补用；复在皖营捐输案内加捐同知升衔。十三年，请补伍祐场大使，奉文覆准赴任。光绪四年十一月，以前捐同知升衔奉部改给五品顶戴。五年，报效晋豫赈捐，汇奖花翎。十一年十月，在任闻讣丁母忧，请咨回籍，服满起复，赴京投供。十六年，选授白盐井大使，引见准其补授，十七年九月到任。二十一年分，大计卓异，奉文核准候升。二十二年十一月交卸，请咨赴京。二十三年八月十九日引见，奉旨：着回任候升。钦此。二十四年五月回省，七月十三日到任。

臣查该员翟乐善才具开展，任事实心，并无参罚案件，请以升补平彝县知县，洵堪胜任，与例亦符。据署布政使刘春霖、按察使全楙绩会详前来。合无仰恳天恩俯准以该员翟乐善升补平彝县知县，实于地方有裨。如蒙俞允，该员系实缺盐大使，今请升知县，俟覆准日，照例给咨送部引见。至该员卓异保荐，奉文入于即升班升用之案，照例查销。其所遗白盐井大使选缺，按照定章系归选后第一留缺，滇省现有应补人员，应请扣留外补。

除咨部查照外，所有拣员升补要缺知县缘由，谨恭折具陈。伏乞皇太后、皇上圣鉴，敕部核覆施行。再，云贵总督系臣本任，毋庸列衔。合并陈明。谨奏。光绪二十八年七月十六日。

（朱批：）吏部议奏。[①]

光绪二十八年八月十八日，奉朱批：吏部议奏。钦此。[②]

---

①台北故宫博物院藏：《军机及宫中档》，文献编号：408007143。

②台北故宫博物院藏：《军机及宫中档》，文献编号：148878。

1219. 请以魏鸿焘更补南宁县知县折

光绪二十八年七月十六日（1902 年 8 月 19 日）

头品顶戴云贵总督兼署云南巡抚臣魏光焘跪奏，为更补选缺知县，以裨地方，恭折仰祈圣鉴事。

窃准吏部咨：议覆南宁县知县缺，以候补班补用知县王镇邦请署。查该员因接办电线出力，保举知县，并非军功劳绩出力人员，按照定例不得请补参革遗缺，所请以候补知县王镇邦署理南宁县知县之处，应毋庸议。其南宁县知县员缺，仍令照例另行更补，于光绪二十八年三月初二日具奏，奉旨：依议。钦此。等因。坐三月初七日，自应遵照另行更补。查定例：选缺知县参革出缺，专以军功候补班前先并候补正班人员酌量请补等语。

今南宁县知县参革遗缺，照例于军功候补班前先及候补正班内逐加遴选，查有军功候补班前先补用知县魏鸿焘，年四十五岁，系湖南衡阳县监生，于光绪二年在皖省捐局报捐双月县丞，投效军营，随同克复乌鲁木齐各城案内保奏，四年二月初四日奉上谕：魏鸿焘着免补本班，以知县分发省分，遇缺前先补用，并赏戴蓝翎。钦此。六年五月，请咨赴部。十一月，在京铜局缴捐免保举银两，并补缴监生四成实银。十二月初十日，经部验放发往。复奏，奉旨：依议。钦此。领照到省，试用期满，甄别留省补用。历署剑川、鹤庆、宁洱、马龙、丽江等州县篆事。臣查该员魏鸿焘朴勤稳练，办事结实，并无参罚案件，请以更补南宁县知县，实属人地相宜，洵堪胜任，与例亦符。据署布政使刘春霖、按察使全楙绩会详前来。

合无仰恳天恩俯准以该员魏鸿焘更补南宁县知县，实于地方有裨。如蒙俞允，该员系军功候补班前先补用知县请补知县，衔缺相当，毋庸送部引见。除咨部查照外，所有拣员更补选缺知县缘由，谨恭折具奏。伏乞皇太后、皇上圣鉴，敕部核覆施行。再，云贵总督系臣本任，毋庸列衔。合并陈明。谨奏。光绪二十八年七月十六日。

（朱批：）吏部议奏。[①]

光绪二十八年八月十八日，奉朱批：吏部议奏。钦此。[②]

1220. 奏报同知许之载俸满开缺缘由折

光绪二十八年七月十六日（1902年8月19日）

头品顶戴云贵总督兼署云南巡抚臣魏光焘跪奏，为烟瘴要缺同知俸满开缺，恭折仰祈圣鉴事。

据署布政使刘春霖、按察使全楙绩会详：案奉行准吏部咨：普洱府思茅同知等缺，烟瘴最盛，水土恶劣，三年俸满，题咨到部，饬令交代清楚，撤回内地候升等因。奉旨：依议。钦此。钦遵在案。兹查思茅同知许之载系浙江钱塘县监生，于光绪二十五年七月二十日奉文准补到任，计自到任之日起，连闰扣至二十八年六月二十日止，实历烟瘴边俸已满三年，例应报满开缺，撤回内地候升，照例以该员俸满本日作为开缺日期。会详请奏开缺前来。

臣覆查无异，已饬遴员接署，应饬该员交代清楚，由该管官层递加考，另行办理。至所遗思茅同知系烟瘴要缺，例应在外拣选升调。

除咨部查照外，所有该员俸满开缺日期，谨恭折具陈。伏乞皇太后、皇上圣鉴，敕部核覆施行。再，云贵总督系臣本任，毋庸列衔。合并陈明。谨奏。光绪二十八年七月十六日。

（朱批：）吏部知道。[③]

光绪二十八年八月十八日，奉朱批：吏部知道。钦此。[④]

---

①台北故宫博物院藏：《军机及宫中档》，文献编号：408007144。

②台北故宫博物院藏：《军机及宫中档》，文献编号：148879。

③台北故宫博物院藏：《军机及宫中档》，文献编号：408007145。

④台北故宫博物院藏：《军机及宫中档》，文献编号：148880。

1221. 奏报审拟寻常命盗各案情形折

光绪二十八年七月十六日（1902年8月19日）

头品顶戴云贵总督兼署云南巡抚臣魏光焘跪奏，为审明寻常命、盗各案，按律拟以斩、绞监候，遵照通行摘由汇报，以归简易，恭折仰祈圣鉴事。

窃查接管卷内，前准刑部咨：寻常命、盗应题各案，拟由各该督抚讯取确供拟勘后，一面将供勘先行咨部，一面逐案摘叙简明事由，改为汇案具奏，每次至多以十案为率等因。遵办在案。兹据按察使全楙绩先后审解昆明县窃犯张云，因奸勾串婢女永安，行窃雇主李钟辰财物一案；景东厅客民尉迟焕林因代索欠银争殴，用脚踢伤曾士林身死一案；又缅宁厅民严发保因查问失牛争殴，适伤魏二身死一案；又姚州民蔡小汝因索物口角，戳伤关汉臣身死一案；又云州革丁田法因索欠争殴，戳伤何有寿身死一案；又会泽县民周二因割茭瓜争夺，致唐连生翻船溺毙一案；又大关厅民陈寅因口角争殴，戳伤褚平章身死一案；又河西县民赵秉铣因争殴逃走，误伤伊兄赵秉锐身死一案。以上八案，均据该厅、州、县将该犯等依“斗杀”律，拟绞监候。

又，宜良县民邵占春因索欠被殴，故杀胡绍坤身死一案；又新平县民郎沅和因母被殴，解救不服，故杀张云龙身死一案。以上二案，据各该县将该犯等依“故杀”律，拟斩监候，分别解由道、府、州、司覆审招解到前抚臣，亲提研鞫，据各供认不讳，核与原审相同，究诘不移，仅将昆明县窃犯张云、景东厅尉迟焕林供勘咨部在案。其余八案，供勘未及录咨汇办，移交前来。臣覆核供情确凿，案无遁饰，所拟斩、绞监候罪名，均皆符合。

除备录各案供勘咨部查核外，所有接交昆明县窃犯张云起至新平县案郎沅和止，共计十案，谨遵通行汇案摘由，恭折具奏。伏乞皇太后、皇上圣鉴，敕部核覆施行。再，云贵总督系臣本任，毋庸列衔。合并陈明。谨奏。光绪二十八年七月十六日。

（朱批：）刑部议奏。[①]

光绪二十八年八月十八日，奉朱批：刑部议奏。钦此。[②]

1222. 奏报宜良被水成灾情形片

光绪二十八年七月十六日（1902年8月19日）

再，据署宜良县知县赵文哲禀称：该县地方本年五月二十六日、六月初四等日，因骤雨连宵，河水大涨，先后冲决河堤十余丈，水势过猛，村民抢堵不及，致将北左卫营、马家营两村田禾淹没，约至数百亩等情。禀报到臣。当即行饬司道委员前往逐一履勘，督饬农民赶紧疏消积水，修筑河堤，补种杂粮，以资接济，钱粮应否蠲缓，查明造册详办在案。兹据署布政使刘春霖、署粮储道魏景桐会详请奏前来。

臣覆查无异，除咨部查照外，所有宜良县属北左卫等营被水成灾，委员查勘情形，理合附片具陈。伏乞圣鉴训示。再，云贵总督系臣本任，毋庸列衔。合并陈明。谨奏。

（朱批：）着即勘明灾情轻重，分别妥办。[③]

光绪二十八年八月十八日，奉朱批：着即勘明灾情轻重，分别妥办。钦此。[④]

【案】此奏片之具奏日期，因原件附于光绪主折[⑤]之后，即为二十八年七月二十一日，而据录副之朱批日期查《随手档》[⑥]“朱批魏光焘折”栏，则署有“报三百里，七月十六日发”等字样。据此，此

①台北故宫博物院藏：《军机及宫中档》，文献编号：408007146。

②台北故宫博物院藏：《军机及宫中档》，文献编号：148881。

③台北故宫博物院藏：《军机及宫中档》，文献编号：408007147-0-B。

④台北故宫博物院藏：《军机及宫中档》，文献编号：148882。

⑤台北故宫博物院藏：《军机及宫中档》，文献编号：408007147。

⑥中国第一历史档案馆藏：《军机处随手登记档》，档案编号：03-0313-1-1228-219。

片具奏日期当为“光绪二十八年七月十六日”无疑。兹据校正。

1223. 请以邓瑶补授巧家同知缘由折

光绪二十八年七月二十一日（1902年8月24日）

头品顶戴云贵总督兼署云南巡抚臣魏光焘跪奏，为拣员请补夷疆要缺同知，以裨地方，恭折具陈，仰祈圣鉴事。

窃准吏部咨：定例各省正印、佐杂缘事议降、议革及升任、调任、终养、告休之缺，吏部于每月二十日截缺，下月初五日开单行文知照，查照例章序补。计开夷疆题调要缺云南巧家同知朱毓崧开缺另补，正月十九日奉上谕，应照例以奉旨后五日作为行文日期，照限减半计算，扣至光绪二十八年三月十八日限满，作为开缺日期，归三月底截缺，系夷疆三年俸满在任候升题调要缺，毋庸掣签，业将截缺日期详咨在案。查定例：道、府、同知、直隶州、通判、知州，如系奉旨命往，或督抚题明留于该省候补者，无论应题、应调、应选之缺，令该督抚酌量补用。至题调要缺，酌量以候补人员请补时，先尽记名分发人员，如果人地不宜，始准以各项候补人员请补。又，大衔借补小缺人员，查明该员原衔系例应照衔升转者，准照原衔补用，各等语。

该厅界接川边，地多铜厂，汉夷杂处，政治殷繁，必须在滇年久、熟悉厂务、夷情之员，方能胜任。臣督饬藩、臬两司于通省应调人员内逐加遴选，非现居要缺，即人地未宜，实无合例堪调之员。惟查有候补班补用同知直隶州借补鹤庆州知州邓瑶，年六十一岁，湖南武冈州人，由监生议叙府经历不论双单月尽先选用，遵例加捐新班遇缺指分四川补用，赴部验看领照，于同治四年九月到川。旋捐离原省，改指云南补用，十年二月到滇。因克复新兴州城池出力保奏，同治十一年四月奉上谕：着免补本班，以知县归军功班补用，并加知州衔。钦此。又因前在四川随同达字营剿办广元、秦陇回逆出力，蒙汇入剿办贵州股匪案内，保准赏戴蓝翎。又克复贵州兴义府城池出力保奏，同治十二年十一月奉上谕：着俟补缺后，以同知直隶州知州遇缺补用，并换花翎。钦此。请补顺宁县知县，奉文覆准，赴部引见，奉旨：着照例用。钦此。领照于光绪元年四月到省，加捐知府升衔，三年三月到任。试署期满，报请实授，在任闻讣丁父忧，请咨回籍守制，服满起复。十七年七月十四日，以同知直隶州知州遵例引见，奉旨：着照例用。钦此。领照于是年十二月到省，因前在顺宁县任办理耿马防抚案内出力保奏，十八年六月十九日奉上谕：着俟补同知直隶州后，以知府升用。钦此。委署龙陵、安平同知、阿迷州知州卸事，借补鹤庆州知州，奉文覆准，二十七年二月十五日到任。据署云南布政使刘春霖以到任未及三月，例不出考。经按察使全楙绩查该员老成稳练，办事和平，以之请补巧家同知，实属人地相宜，与例亦符。会详请奏前来。

臣覆查该员明白谙练，持重老成，在滇年久，于厂务、夷情甚为熟习，合无仰恳天恩俯念员缺紧要，准以候补班补用同知直隶州借补鹤庆州知州邓瑶，仍归原班，请补巧家同知，实于地方有裨。如蒙俞允，该员系候补班补用同知直隶州借补鹤庆州知州，今请补还同知，衔缺相当，毋庸送部引见。至该员保举俟补缺后以知府升用之案，照例带于新任。所遗鹤庆州知州选缺，按照二留一咨定章，上次赵州知州归选后，次出镇南州知州王瀚存病故，遗缺系第一留缺，此次鹤庆州知州系第二留缺，应请扣留外补。

除咨部查照外，所有拣员请补同知缘由，谨恭折具陈。伏乞皇太后、皇上圣鉴，敕部议覆施行。再，云南巡抚系臣兼署，毋庸列衔。合并声明。谨奏。光绪二十八年七月二十一日。

（朱批：）吏部议奏。[①]

光绪二十八年八月二十二日，奉朱批：吏部议奏。钦此。[②]

---

①台北故宫博物院藏：《军机及宫中档》，文献编号：408007147。

②台北故宫博物院藏：《军机及宫中档》，文献编号：149014。

1224. 请以邹馨德补授顺宁知府折

光绪二十八年七月二十一日（1902 年 8 月 24 日）

头品顶戴云贵总督兼署云南巡抚臣魏光焘跪奏，为拣员请补要缺知府，以裨地方，恭折仰祈圣鉴事。

窃准吏部咨：定例各省正印、佐杂缘事议降、议革及升任、调任、终养、告休之缺，吏部于每月二十日截缺，下月初五日开单行文，查照例章序补。计单极边调要缺云南顺宁府知府蒋实英勒休，正月十九日奉上谕等因。应照例以奉旨后五日作为部中行文日期，照限减半计算，扣至光绪二十八年三月十八日限满，作为开缺日期，归三月底截缺，系要缺，毋庸掣签，业将截缺日期详咨在案。查定例：道、府、直隶州、同知等项，如系奉旨命往，或题明留于该省候补者，无论应题、应调、应选之缺，令该督抚酌量才具，择其人地相宜者，悉准补用。又，回避改掣省分人员，给咨前往，免其查扣离省日期。其改省后尚未补缺，适原省应行回避之人业经离省，无可回避，仍准捐回原省归原班补用，应将离省日期扣除，仍接算从前到省日期，各等语。

查顺宁府地处极边，界连英缅，汉夷杂处，幅员辽阔，兼管铜政及各土司地方，现值办理边防团练，事务繁难，一切控驭、抚绥，较平时尤关紧要，必须精明谙练、熟悉边务、夷情之员，方能胜任。臣督饬藩、臬两司于通省应调、应升人员内逐加遴选，非现居要缺，即人地未宜，实无合例可以拣补及记名分发人员。

惟于应补人员内查有奏调回滇候补班补用知府邹馨德，年五十五岁，由贵州镇远府监生投效援黔楚军，克复贵州清平等处出力保奏，同治十二年六月十三日奉上谕：着以州吏目不论双单月遇缺即选。钦此。又于攻克苗疆四脚牛逆巢在事出力保奏，光绪三年七月十八日奉上谕：着免选本班，以府经历、县丞不论双单月遇缺即选，并戴蓝翎。钦此。遵例加捐盐提举，指分云南试用。六年四月初十日，经钦派王大臣验放，覆奏，奉旨：着照例发往。

钦此。是年十一月到省。于攻克腾越厅属龙虎山等处出力，保准以本班尽先补用，委署黑井提举，请补斯缺。十三年十二月二十四日奉文覆准，报捐花翎。于劝办豫赈监捐案内请保以同知在任前先补用，十七年十一月十一日奉朱批：着照所请。钦此。于克复富民、禄劝等城出力保奏免补同知本班，以知府在任补用，十九年五月初九日奉朱批：着照所请。钦此。甄别期满，奏准以知府在任补用，留办各井节称提价盐务，因规复通省原额，保俟补知府后，以道员用，二十四年二月二十二日奉旨：依议。钦此。嗣以俸满随同知府并案请咨赴部引见，奉旨：着回本任照例用。钦此。在京加捐三品升衔，领照于二十五年三月初一日到省。适该守胞兄邹馨兰①升授云南臬司，依限呈明开缺回避，签分四川，以知府归候补班补用，领咨前往，于二十七年五月初二日到川。旋因臬司邹馨兰告病开缺回籍，奏调该员回滇差遣补用，二十七年十二月二十六日奉朱批：着照所请。钦此。二十八年三月到滇。业经详咨。据署云南布政使刘春霖以到任未及三月，例不出考。经按察使全楙绩查该员才识开展，为守兼优，并无参罚案件，请以补授顺宁府知府，实属人地相宜，洵堪胜任等情。会详请奏前来。

臣覆查该员练达有为，足资表率，在滇年久，于夷情、边务素为熟习。该员系奏调回滇之员，与回避后捐回原省者事同一律，例应接算从前到省日期，按资序补，合无仰恳天恩准以候补班补用知府邹馨德补授顺宁府知府，实于地方有裨，与例亦符。如蒙俞允，该员系候补班补用知府，前经由滇甄别覆准，今请补知府，衔缺相当，毋庸送部引见。该员俟补缺后，以道员用之案，照例带于新任。

---

①邹馨兰（1839—1907），名位揆，字循陔，贵州三穗县人，附生。光绪四年（1878），署永昌府知府。十一年（1885），署昭通府知府。十四年（1888），补授永昌府知府。十七年（1891），调补云南府知府，嗣升蒙自道员。二十四年（1898），迁云南按察使。二十六年（1900），因病开缺。三十三年（1907），卒于籍。

除咨部查照外，所有拣员请补要缺知府缘由，谨恭折具陈。伏乞皇太后、皇上圣鉴，敕部议覆施行。再，云南巡抚系臣兼署，毋庸列衔。合并声明。谨奏。光绪二十八年七月二十一日。

（朱批：）吏部议奏。[①]

光绪二十八年八月二十二日，奉朱批：吏部议奏。钦此。[②]

1225. 奏闻腾越边境匪患剿抚肃清折

光绪二十八年七月二十一日（1902年8月24日）

头品顶戴云贵总督兼署云南巡抚臣魏光焘跪奏，为云南腾越边外野犿妄造妖言，纠众滋扰滇滩、河西等处，经官军分别剿抚，边境肃清，恭折仰祈圣鉴事。

窃据腾越镇总兵张松林[③]、同知叶如桐电称：本年二月十五日，突有滇滩卡外野犿豆二狗等带领犿众二三百人，冲至淡酒沟、麻栗坝等处，烧毁民房十余间，经土弁等率练丁前往堵剿，阵斩匪党三人，我军阵亡一人，带伤数人，禀请派兵救援，筹发枪械，以济急需。该镇、厅当查此项野犿向居沿边山外，既不属缅，亦不归厅管辖，杂处深山，贪暴嗜杀，从无管束。此次纠众出扰，虽经土弁调集隘民弩手抵御，恐难对敌，即调派义字右营管带金桂林带防勇三哨，星夜驰往，谕令野犿如能悔罪，尚可从宽，倘敢抗拒，即行剿办。该匪等一闻兵至，即窜匿深山等情。经臣电饬妥为设法弹压，擒渠惩治，以靖乱源去后。

---

①台北故宫博物院藏：《军机及宫中档》，文献编号：408007148。

②台北故宫博物院藏：《军机及宫中档》，文献编号：149015。

③张松林（1841—?），江苏淮安府清河县人。初以武童投效军营，转战四川等地。咸丰七年（1857），保守备。同治八年（1869），保升副将。十年（1871），保记名总兵。光绪六年（1880），补云贵督标中军副将。八年（1882），保记名提督，同年，署云南临元镇总兵。九年（1883），补授云南腾越镇总兵。十二年（1886），署云南古州镇总兵。二十八年（1902），署云南提督。三十三年（1907），署云南昭通镇总兵。三十四年（1908），开缺回籍。

续据金桂林禀报：三月十五日，野猓乘虚入扰横山，劫杀寨民张胜，箭伤黄启祥、张明然等。该管带闻报，率弁勇驰往掩捕。该匪复逃窜无踪。该总兵以该匪狡黠异常，该处紧接英缅密芝那府，若不设法诱擒，一经溃越，恐启邻邦诘问。滇滩距厅城二百余里，未便遥度，拟亲率标兵及义字留防两哨弁勇驰往剿办，奏请核示前来。臣当即电饬相机妥办，勿任滋蔓，并饬厅丞叶如桐照会英领事转达缅境，严加防范。续据探报，猓匪势愈猖獗，并妄称天师赐有刀马，四处蛊惑煽诱，附从益众。该镇即带标兵练勇兼程进发，于三月二十三日行抵滇滩会合。

金桂林审势择扎，探悉匪首豆二狗盘踞昌云沟，距滇滩八十余里。该总兵恐猓匪闻风窜匿，当令各军各备干粮，于三更时派亲兵哨弁由麻栗坝进攻，义字右营由横山旁入，标兵率领滇滩弩练由化桃桥分抄，均饬卷旗息鼓，衔枚急趋。黎明，行抵匪巢，大雾迷漫，数武不辨，官兵破栅直冲。匪惊，率众抵御，枪弩如雨。我军受伤八人，哨弁张洪昌鼓勇冲入寨前，连环枪击，阵毙悍匪十余人，斩首二级，夺耳四葳、鸟枪二杆、毒弩十余张、药箭五桶。李名清等由旁路进施火弹，匪渐不支，溃退后山，滚崖逃窜。适两路枝兵亦同时抄袭，三面围攻，将匪巢一律踏毁。

二十五日，张松林移扎麻栗坝，探悉豆二狗自昌云沟败走，一股窜匿班鸠塘老巢，一股分窜杀刃草坝。二十七日五鼓，派义字营勇带同乡练由中路直捣班鸠塘，派标兵官弁由旁路攻杀刃草坝，弁兵先到，猓匪深藏树林，放枪遥击。我军渐逼渐进，枪毙悍匪十余人，夺获枪弩刀矛数十件，余匪越岭奔溃。我军追逾山凹，见窝棚十余处，遗包谷、荞粮八十余箩，知为后路运粮之所，纵火焚之。义字营勇于午后进抵班鸠塘，该匪凭寨抗拒，枪弩乱发。寨前仅一线鸟道，背倚丛林，连环攻击，勇丁杜雄名上前砍栅，左腿被枪。把总赵绍云冲锋破进，施放排枪，阵毙十余匪，窜退后山。查点我军带伤七人。该处后面与缅边接壤，深虑该匪穷蹙远窜，势难就擒，即购线悬赏，密谕熟猓，四处踩缉。适接南甸土司及河西练长等先后飞报：三月二十三四等日，突有妖犿余大自称伪天师，勾串黑山、少页等，纠集野匪千余人，攻破河西练、中山、鹿场等寨，势甚凶猛，乞分兵救援，并先由厅城挑派团丁二百四十名，偕保商营马金成前往剿御。

臣接报后，即饬该总兵率领得胜之师往援，一面飞调杨清桃带腾右三哨兵勇开拔河西，并飞饬各土司先将各匪溃路分段堵截。张松林亲率各军于四月初六日由间道驰抵河西，腾右营勇亦至。是日，据马金成禀报：初二日，带领兵团至中山寨，该匪纠率五百余人拒敌，当分三路进攻，将该寨攻破，生擒金老二一名，阵斩旗匪二名，枪毙十余名，匪退文笔、松山等寨，我军阵亡二名。复连日分路围攻，枪毙犿匪数十名，焚毁三寨，我军阵亡一名，带伤二名。是日三鼓，该匪复聚千余人出围观音卡，乘间占踞中山寨。因军火用尽，张松林即飞移叶如桐赶运，解赴前敌，以资接济。

四月初七日，张松林进扎麦瓜林，适南甸都司姜德兴等各带义勇趋至，当派杨清等率营勇扼扎象塘，俯瞰江路；马金成等率兵团扼驻观音卡，堵截旁窜，我军进薄，该匪放枪抵御，自辰至午，坚持不下。郑再光等督兵奋勇夺栅而入，阵毙悍匪数十人，生擒伪目金把事一名。伪天师余大右臂中枪，登时就擒，并获伪兵头何马猛及余大之母弟余三、余四，枪毙余匪数名，我军受枪伤共二十余名，当将该犯等解送腾越厅收审，一面查访各匪首下落。据宝石岗野贯、荣老五等率同各寨野目至营，递悔盟誓，出具刀标、木刻，永不敢再听妖言肇乱生事。查其悔罪，均出至诚。并据面禀：匪首黑山少页自码撤奔溃，现纠死党三百余人，聚白岩寨。复饬马金成督兵破寨直入，阵斩悍匪数十人，黑山少页率党殊死战。我军前后合围，阵毙十余人，夺获铜帽枪、鸟枪二十余杆，刀矛多件。亲兵朱连陞中枪阵亡，各弁勇短兵相接，立将黑山少页擒获，并获野贯早先、何老二、腊兰、汉奸汪发生等四名，夺首六级，复将囊外野寨攻毁，斩首三级，生擒匪目金大腊一名，当将汪发生军前正法。

查该匪本江外黑山之雄，野名腊幹，绰号黑山少页，膂力过人，异常凶悍，并同腊兰等七名押解厅城收审，各在案。兹据该厅叶如桐会同讯明，匪首余大等均供认起意谋逆，纠党烧杀，抗拒官兵，妖言惑众，妄造伪符、伪号各情不讳。经臣电饬将余大及伙党黑山少页等六犯一并就地正法枭示，以昭炯戒。犯母余叶氏系属老年妇女，余三、余四年未及岁，均从宽分别禁释，并饬严拿在逃之豆二狗，务获惩办，以靖边隅。兹据该镇、厅等请将在事出力文武员弁等分别奏恳给奖，以示鼓励，前来。

臣查腾越西北界外各野猓，深山散处，火种刀耕，自立头人，互相雄长，不滇不缅，为历来瓯脱之地，向皆度外置之。此次余大等胆敢妖言煽惑，伪号自加，纠众千余人，分途出扰滇滩、河西等处，烧抢民寨，抗拒官兵，办理稍不如法，必至外启强邻口实，内生边境乱萌。该镇、厅等闻报后，即调集兵团，相机驰剿，四旬之间，捣穴擒渠，安抚余党，地方一律安静，办理甚为妥速。该文武各员奋勇争先，不无微劳足录，相应恳乞天恩俯准将出力各员弁照异常劳绩分别给奖，以示鼓励，出自鸿施。

除俟奉旨后将在事出力各员弁专案请奖暨将阵亡各兵团查明请恤并咨部查照外，所有腾越厅猓匪滋扰滇滩、河西等处，经官兵驰剿，现已肃清，请分别给奖缘由，谨恭折具奏。伏乞皇太后、皇上圣鉴训示。再，云南巡抚系臣兼署，毋庸列衔。合并声明。谨奏。光绪二十八年七月二十一日。

（朱批：）仍着严拿首匪豆二狗，务获惩办；出力员弁准其择尤酌保，毋许冒滥。[①]

光绪二十八年八月二十二日，奉朱批：仍着严拿首匪豆二狗，务获惩办；出力员弁准其择尤酌保，毋许冒滥。钦此。[②]

---

①台北故宫博物院藏：《军机及宫中档》，文献编号：408007149。
②台北故宫博物院藏：《军机及宫中档》，文献编号：149016。

1226. 恭报滇省本年六月雨水粮价折

光绪二十八年七月二十八日（1902 年 8 月 31 日）

头品顶戴云贵总督兼署云南巡抚臣魏光焘跪奏，为恭报滇省六月分雨水情形并各属米粮价值，仰祈圣鉴事。

窃本年五月分雨水粮价情形，前经臣恭折奏报在案。查六月分，据各属陆续申报，雨水调匀，禾苗长发，杂粮、蔬菜亦皆畅茂。惟宜良县属北左卫营、马家营两村于五月二十六、六月初四等日及腾越厅属干崖地方于六月初六日，均因骤雨连宵，河水大涨，先后冲决河堤，致将田禾、房屋淹没，而干崖较重。被灾者，计夷寨六处，汹毙男女六丁口。据该厅、县具报，业经行饬司道委员驰往履勘，另片奏报在案。兹据署藩司刘春霖将各属米粮价值查明列单汇报前来。

臣逐加覆核，内丽江、蒙化等府厅属粮价较增，云南普洱、昭通、顺宁、镇沅等府厅属粮价较减，其余各属虽亦互有低昂，大略与上月相同。现在农民乐业，地方安静，洵堪仰慰圣怀！理合恭折具陈，并缮粮价清单，敬呈御览。伏乞皇太后、皇上圣鉴。谨奏。光绪二十八年七月二十八日。

（朱批：）知道了。①

光绪二十八年八月三十日，奉朱批：知道了。钦此。②

1227. 呈滇省二十八年六月粮价清单

光绪二十八年七月二十八日（1902 年 8 月 31 日）

谨将光绪二十八年六月分云南省所属地方各项粮价，开具清单，恭呈御览。

---

①台北故宫博物院藏：《军机及宫中档》，文献编号：408007153。

②台北故宫博物院藏：《军机及宫中档》，文献编号：149193。

计开

云南府属：价平

上白米每仓石价银二两四钱至三两三钱，较上月稍减。中白米每仓石价银二两二钱九分至三两二钱，较上月稍减。上红米每仓石价银二两三钱二分至三两，较上月稍减。中红米每仓石价银二两四分至三两一钱六分，较上月稍减。小麦每仓石价银一两六钱至二两九钱，较上月稍减。大麦每仓石价银八钱二分至二两八钱，较上月稍减。荞每仓石价银七钱四分至二两七钱七分，较上月稍减。南豆每仓石价银九钱一分至二两三钱六分，与上月相同。

曲靖府属：价平

上白米每仓石价银一两八钱至四两，与上月相同。中白米每仓石价银一两七钱二分至四两，与上月相同。上红米每仓石价银一两五钱八分至三两六钱，与上月相同。中红米每仓石价银一两五钱一分至三两六钱，与上月相同。小麦每仓石价银一两一钱五分至三两九钱五分，与上月相同。大麦每仓石价银一两至三两，与上月相同。荞每仓石价银一两八分至二两八钱四分，与上月相同。南豆每仓石价银八钱六分至三两六钱三分，与上月相同。

临安府属：价平

上白米每仓石价银三两一钱五分至五两一钱，与上月相同。中白米每仓石价银三两一钱至五两，与上月相同。上红米每仓石价银二两九钱五分至四两九钱六分，与上月相同。中红米每仓石价银二两八钱七分至四两九钱二分，与上月相同。小麦每仓石价银二两五钱至五两八钱八分，与上月相同。大麦每仓石价银一两五钱至四两九钱二分，与上月相同。荞每仓石价银一两九钱一分至四两八钱八分，与上月相同。南豆每仓石价银二两至五两，与上月相同。

澂江府属：价平

上白米每仓石价银三两至五两五钱，与上月相同。中白米每仓石价银二两六钱至五两三钱，与上月相同。上红米每仓石价银二两六钱至五两五钱，与上月相同。中红米每仓石价银二两五钱至五两三钱，与上月相同。小麦每仓石价银一两六钱至四两，与上月相同。大麦每仓石价银一两一钱六分至三两一钱，与上月相同。荞每仓石价银一两三钱至四两一分，与上月相同。南豆每仓石价银一两二钱至四两，与上月相同。

广南府属：价平

上白米每仓石价银二两二钱，与上月相同。中白米每仓石价银二两一钱，与上月相同。上红米每仓石价银二两一钱，与上月相同。中红米每仓石价银二两，与上月相同。小麦每仓石价银二两二钱，与上月相同。大麦每仓石价银一两四钱，与上月相同。荞每仓石价银三钱二分，与上月相同。南豆每仓石价银二两二钱，与上月相同。

开化府属：价平

上白米每仓石价银三两七钱，与上月相同。中白米每仓石价银三两六钱，与上月相同。上红米每仓石价银三两七钱，与上月相同。中红米每仓石价银三两六钱，与上月相同。小麦每仓石价银五两，与上月相同。大麦每仓石价银三两五钱，与上月相同。荞每仓石价银二两，与上月相同。南豆每仓石价银五两，与上月相同。

普洱府属：价平

上白米每仓石价银一两四钱至二两七钱，较上月稍减。中白米每仓石价银一两二钱八分至二两六钱，较上月稍减。上红米每仓石价银一两三钱至二两五钱，较上月稍减。中红米每仓石价银一两一钱至二两四钱，较上月稍减。小麦每仓石价银一两一钱七分一厘，较上月稍减。大麦每仓石价银七钱五分至二两三钱，与上月相同。荞每仓石价银九钱至一两五分，较上月稍减。南豆每仓石价银一两至二两七钱，与上月相同。

东川府属：价平

上白米每仓石价银三两二钱至三两五钱，与上月相同。中白米每仓石价银三两一钱至三两四钱，与上月相同。上红米每仓石价银三两一钱至三两四钱，与上月相同。中红米每仓石价银三两至三两三钱，与上月相同。小麦每仓石价银二两五钱至三两，与上月相同。大麦每仓石价银二两，与上月相同。荞每仓石价银一两八钱，与上月相同。南豆每仓石价银二两，与上月相同。

昭通府属：价平

上白米每仓石价银二两一钱七分至七两三钱七分，较上月稍减。中白米每仓石价银二两八分至六两九钱三分，较上月稍减。上红米每仓石价银一两九钱七分至六两二钱七分，较上月稍减。中红米每仓石价银一两八钱二分至六两五分，较上月稍减。小麦每仓石价银一两三钱一分至四两七钱三分，较上月稍减。大麦每仓石价银八钱四分至一两五钱九分，较上月稍减。荞每仓石价银四钱九分至四两五钱一分，较上月稍增。南豆每仓石价银七钱六分至四两五钱一分，较上月稍增。

大理府属：价平

上白米每仓石价银二两二钱至三两一钱四分，与上月相同。中白米每仓石价银二两一钱七分至三两一钱二分，与上月相同。上红米每仓石价银一两九钱至三两九分，与上月相同。中红米每仓石价银一两九钱至三两七分，与上月相同。小麦每仓石价银一两至二两八分，与上月相同。大麦每仓石价银八钱至一两九钱五分，与上月相同。荞每仓石价银七钱至一两六钱三分，与上月相同。南豆每仓石价银八钱至二两，与上月相同。

丽江府属：价平

上白米每仓石价银二两一钱五分至三两二钱，与上月相同。中白米每仓石价银二两四分至三两一钱，与上月相同。上红米每仓石价银二两四分至三两一钱，与上月相同。中红米每仓石价银一两九钱三分至二两六钱八分，较上月稍增。小麦每仓石价银一两二钱五分至一两七钱五分，与上月相同。大麦每仓石价银九钱五分至一两四钱，与上月相同。荞每仓石价银七钱五分至一两四钱，与上月相同。青稞每仓石价银一两五分至一两二钱，与上月相同。南豆每仓石价银八钱五分至一两四钱五分，与上月相同。

永昌府属：价平

上白米每仓石价银二两一钱一分至二两四钱，与上月相同。中白米每仓石价银二两四分至二两一钱，与上月相同。上红米每仓石价银一两八钱至二两四钱，与上月相同。中红米每仓石价银一两七钱至二两一钱，与上月相同。小麦每仓石价银一两三钱八分至一两八钱，与上月相同。大麦每仓石价银一两，与上月相同。荞每仓石价银九钱至一两二钱八分，与上月相同。南豆每仓石价银一两二钱八分至一两五钱，与上月相同。

顺宁府属：价平

上白米每仓石价银一两七钱至三两五分，与上月相同。中白米每仓石价银一两五钱至二两九钱五分，与上月相同。上红米每仓石价银一两五钱至二两九钱，与上月相同。中红米每仓石价银一两三钱至二两八钱五分，与上月相同。小麦每仓石价银八钱至一两六钱，较上月稍减。大麦每仓石价银八钱至一两七钱，较上月稍减。荞每仓石价银六钱至一两四钱一厘，较上月稍减。南豆每仓石价银九钱一分至二两，较上月稍减。

楚雄府属：价平

上白米每仓石价银二两二钱至四两一钱，与上月相同。中白米每仓石价银二两二钱至三两九钱，与上月相同。上红米每仓石价银二两一钱至三两七钱，与上月相同。中红米每仓石价银二两五分至三两六钱，与上月相同。小麦每仓石价银六钱三分至二两一钱五分，与上月相同。大麦每仓石价银八钱至一两九钱五分，与上月相同。荞每仓石价银九钱三分至一两七钱，与上月相同。南豆每仓石价银一两三钱至二两，与上月相同。

蒙化直隶厅：价中

上白米每仓石价银三两二钱，较上月稍减。中白米每仓石价银三两一分，较上月稍增。上红米每仓石价银三两一分，较上月稍增。中红米每仓石价银二两八钱四分，较上月稍增。小麦每仓石价银二两六钱，较上月稍增。大麦每仓石价银二两一钱八分一厘，较上月稍增。荞每仓石价银二两八钱，与上月相同。南豆每仓石价银一两六钱六分一厘，与上月相同。

永北直隶厅：价平

上白米每仓石价银二两二钱三分，与上月相同。中白米每仓石价银二两一钱二分，与上月相同。上红米每仓石价银一两九钱一分，与上月相同。中红米每仓石价银一两八钱，与上月相同。小麦每仓石价银一两三钱四分一厘，与上月相同。大麦每仓石价银一两三分，与上月相同。荞每仓石价银一两一钱八分，与上月相同。南豆每仓石价银一两一钱九分一厘，与上月相同。

景东直隶厅：价平

上白米每仓石价银二两九钱，与上月相同。中白米每仓石价银二两八钱，与上月相同。上红米每仓石价银二两八钱，与上月相同。中红米每仓石价银二两一钱，与上月相同。小麦每仓石价银一两九钱，与上月相同。大麦每仓石价银一两六钱，与上月相同。荞每仓石价银一两九钱，与上月相同。南豆每仓石价银一两五钱，与上月相同。

镇沅直隶厅：价平

上白米每仓石价银二两六钱，较上月稍减。中白米每仓石价银二两五钱，较上月稍减。上红米每仓石价银二两五钱，较上月稍减。中红米每仓石价银二两四钱五分，较上月稍减。小麦每仓石价银一两五钱，较上月稍减。大麦每仓石价银一两四钱，较上月稍减。荞每仓石价银一两二钱，较上月稍减。南豆每仓石价银二两五钱，较上月稍减。

广西直隶州并属：价平

上白米每仓石价银二两四钱至五两，与上月相同。中白米每仓石价银二两至四两五钱，与上月相同。上红米每仓石价银一两八钱至四两五钱，与上月相同。中红米每仓石价银一两六钱至四两五钱，与上月相同。小麦每仓石价银二两至三两，与上月相同。大麦每仓石价银一两至二两一钱，与上月相同。荞每仓石价银一两二钱至二两一厘，与上月相同。南豆每仓石价银一两四钱至二两八钱，较上月稍增。

元江直隶州并属：价平

上白米不产。中白米每仓石价银二两七钱五分至三两八钱，与上月相同。上红米每仓石价银三两二钱，与上月相同。中红米每仓石价银二两四钱至三两二钱，与上月相同。小麦每仓石价银二两六钱，与上月相同。大麦不产。荞每仓石价银一两二钱五分，与上月相同。南豆每仓石价银二两一钱，与上月相同。

武定直隶州并属：价平

上白米每仓石价银二两五钱至三两三钱，与上月相同。中白米每仓石价银二两三钱至三两，与上月相同。上红米每仓石价银二两三钱至三两，与上月相同。中红米每仓石价银一两九钱五分至二两八钱，与上月相同。小麦每仓石价银一两八钱至二两，与上月相同。大麦每仓石价银一两四钱至一两八钱，与上月相同。荞每仓石价银一两三钱至二两六钱，与上月相同。南豆每仓石价银一两三钱五分至一两八钱，与上月相同。

以上各属所报米粮价值，俱系按照时价造报，理合登明。

(朱批:) 览。[①]

1228. 奏报滇省本年春季惩办盗匪折

光绪二十八年七月二十八日（1902 年 8 月 31 日）

头品顶戴云贵总督兼署云南巡抚臣魏光焘跪奏，为滇省光绪二十八年春季分照章惩办各属盗匪，恭折仰祈圣鉴事。

窃查滇省强劫、土匪各案犯，前经奏准仍照旧章由督抚核明

①台北故宫博物院藏：《军机及宫中档》，文献编号：149193-0-A。

情罪，批饬就地正法，按季造册奏咨，历经遵照办理。兹查光绪二十八年春季分，据各属详报盗劫等案共计三十三起，除在监病故及格毙各犯外，计罪应斩决盗匪唐二、连指等六十九名，均经饬司委员会审，并解由该管道府覆审明确，按律议拟，开具供折，禀经前抚臣李经羲随案核明，情罪相符，照章批饬分别正法枭示在案。兹据按察使全楙绩汇造清册，详请具奏前来。

臣覆核无异，除清册送部外，所有光绪二十八年春季分照章惩办盗匪缘由，理合恭折具陈。伏乞皇太后、皇上圣鉴，敕部查照施行。再，云贵总督系臣本任，毋庸列衔。合并陈明。谨奏。光绪二十八年七月二十八日。

（朱批：）刑部知道。[①]

光绪二十八年八月三十日，奉朱批：刑部知道。钦此。[②]

1229. 奏报知府谢隽杭开缺回籍折

光绪二十八年七月二十八日（1902 年 8 月 31 日）

头品顶戴云贵总督兼署云南巡抚臣魏光焘跪奏，为知府告假开缺，回籍修墓，请旨简放，以重职守，恭折仰祈圣鉴事。

窃据署布政使刘春霖、按察使全楙绩会详：光绪二十八年七月初七日，据卸任曲靖府知府谢隽杭禀称：现年六十二岁，山东福山县拔贡生，中式光绪五年己卯科顺天乡试举人。庚辰科会试，中式贡士，殿试二甲，朝考一等，改翰林院庶吉士。九年，散馆，授职编修。十一年，充湖南乙酉科乡试副考官。十二月，充国史馆协修官。十三年，奉旨记名以御史用。十五年，充山西己丑恩科乡试正考官。十六年，奉旨补授湖广道监察御史。五月，奉旨稽察西仓事务。十二月，捐免历俸，截取记名以繁缺知府用。十八年，充壬辰科会试内帘监试官。四月，转掌福建道监察御史。

---

①台北故宫博物院藏：《军机及宫中档》，文献编号：408007150。

②台北故宫博物院藏：《军机及宫中档》，文献编号：149189。

十月，奉旨巡视东城。十九年，充顺天癸巳恩科乡试同考官。二十年，京察一等，奉旨记名以道府用。二月，奉旨巡视西城。二十一年二月，奉旨补授刑科给事中。十二月，奉旨补授吏科掌印给事中。随于二十三年二月二十四日奉旨补授曲靖府知府，领凭于十二月十八日到任。二十八年二月初六日，在任接阅家书，知祖父坟墓乏人照料，日就坍塌，例得请假回籍修理。当即呈蒙委员接署，交代清楚，于二十八年六月十六日卸事，遵例出具亲供，并邀同乡官出具切结，禀恳转详开缺，由司查明该府任内并无展参降调处分及经手未完事件，亦无规避营私情事，核与定例相符，应准给假回籍修墓等情。详请具奏开缺给咨前来。

臣覆查无异，除给咨该员并将供结分咨送部查照外，所遗曲靖府知府员缺紧要，相应请旨迅赐简放，以重职守。所有知府告假开缺回籍修墓缘由，谨恭折具陈。伏乞皇太后、皇上圣鉴，敕部核覆施行。再，云贵总督系臣本任，毋庸列衔。合并陈明。谨奏。光绪二十八年七月二十八日。

（朱批：）另有旨。①

光绪二十八年八月三十日，奉朱批：另有旨❶。钦此。②

❶【案】此奏旋于是年九月初一日得旨允行，《上谕档》载曰："光绪二十八年九月初一日，内阁奉上谕：云南曲靖府知府员缺，着关榕祚补授。钦此。"③

1230. 奏报南宁县属被雹成灾情形折

光绪二十八年七月二十八日（1902年8月31日）

头品顶戴云贵总督兼署云南巡抚臣魏光焘跪奏，为南宁县属

---

①台北故宫博物院藏：《军机及宫中档》，文献编号：408007151。

②台北故宫博物院藏：《军机及宫中档》，文献编号：149190。

③《光绪朝上谕档》，第28册，第218页。

被雹成灾，请将应征条粮照例分别蠲缓，以舒民困，恭折仰祈圣鉴事。

窃查南宁县属光绪二十七年六月二十七日，适当禾稼初齐，忽遭冰雹，急如雨点，大几及拳，以致真峰山、涂旗冲两村田禾概被伤折。报经前抚臣李经羲将委勘赈抚情形附片奏报，并饬补种杂粮，以资接济，各在案。兹据署南宁县知县江毓菁会同委员补用知县王琳，逐一勘明，重者颗粒无收，稍轻者亦至六分以上，将被灾田亩等则、村庄花户姓名、应蠲、应缓条粮数目，造具册结，申由该管府道层递加结，详由署布政使刘春霖、署粮储道魏景桐核明，详请具奏前来。

臣查南宁县属被灾田禾共三顷六十九亩六分，按其轻重，据请照例免征秋粮米十三石九斗四升六合四勺，条编、奏平、公件、火耗、粮羡等银十八两四钱三分四厘九毫，及请缓征秋粮米五石八斗四升三合六勺二抄五撮，条编、奏平、公件、火耗、粮羡等银九两一钱三分七厘二毫，归入二十八九两年分，分年带征。既经该印委等会勘明确，若仍照常征收，民力实有未逮，合无仰恳天恩俯念民情瘠苦，准将该县光绪二十七年分前项银米分别如数蠲免及计数缓征，以舒民困而广皇仁！

除册结分送部、科查核外，所有拟请蠲缓南宁县属被灾条粮缘由，谨恭折具奏。伏乞皇太后、皇上圣鉴训示。再，云贵总督系臣本任，毋庸列衔。合并陈明。谨奏。光绪二十八年七月二十八日。

（朱批：）着照所请，户部知道。①

光绪二十八年八月三十日，奉朱批：着照所请，户部知道。钦此。②

---

①台北故宫博物院藏：《军机及宫中档》，文献编号：408007152。

②台北故宫博物院藏：《军机及宫中档》，文献编号：149191。

1231. 奏报干崖水灾办理赈抚片

光绪二十八年七月二十八日（1902年8月31日）

再，据腾越厅叶如桐电禀：该厅属干崖地方本年六月初六日因连日大雨，河水陡涨，居民抢堵不及，冲决河堤四十余丈，平地几成泽国。被灾者，计夷寨六处，淹毙男女六丁口，粮田、房屋全行淹没等情。具报到臣。当即行饬司道委员前往逐一履勘，拨发该处社谷，按户先为赈抚，并督饬夷民设法疏消积水，修筑河堤，补种杂粮，以资接济。有无应蠲、应缓、差发等款，亦即查明造册详办在案。兹据署布政使刘春霖、署粮储道魏景桐会同善后局司道，详请具奏前来。

臣覆查无异，除咨部查照外，所有腾越厅属干崖地方被水决堤成灾，委查赈抚情形，理合附片具陈。伏乞圣鉴。再，云贵总督系臣本任，毋庸列衔。合并陈明。谨奏。

（朱批：）着即妥筹抚恤，以济灾黎。①

光绪二十八年八月三十日，奉朱批：着即妥筹抚恤，以济灾黎。钦此。②

1232. 奏报思茅关一百六十七结征税折

光绪二十八年八月初二日（1902年9月3日）

头品顶戴云贵总督兼署云南巡抚臣魏光焘跪奏，为思茅关第一百六十七结期满征收税银及提存、支解各款，开单具报，恭折仰祈圣鉴事。

窃准户部咨：洋关征收税银，照章按结奏报一次等因。业将思茅关自光绪二十七年十一月二十二日起至二十八年二月二十二

---

①台北故宫博物院藏：《军机及宫中档》，文献编号：408007152-0-A。

②台北故宫博物院藏：《军机及宫中档》，文献编号：149192。

日止第一百六十六结征收税银及提存、支解各款，开单奏报在案。兹据云南思茅同知兼管关务许之载将思茅关自光绪二十八年二月二十三日起至五月二十五日止第一百六十七结期内征收正税，分别四六成，以四成作为京饷，其六成洋税项下除开支关用经费及倾镕折耗外，不敷银两前已奏明由蒙自关暂借支用。至应提一成五厘出使经费，仍无余款可扣，请免提解，缮具清单，详请奏咨并声明此结提归外务部三成罚款银一两二钱等情。前来。

臣覆核无异，除咨外务部、户部，南洋大臣查照外，谨照缮清单，恭折具陈。伏乞皇太后、皇上圣鉴，饬部查核施行。再，云南巡抚系臣兼署，毋庸列衔。合并声明。谨奏。光绪二十八年八月初二日。

（朱批：）该部知道，单并发。[①]

光绪二十八年九月初三日，奉朱批：该部知道，单并发。钦此。[②]

1233. 呈思茅关一百六十七结征税清单

光绪二十八年八月初二日（1902年9月3日）

谨将思茅关自光绪二十八年二月十三日起至五月二十五日止第一百六十七结期满征收税银，分别四六成及提存支解各款，缮具清单，恭呈御览。

计开

旧管项下

一、存一百六十一结至一百六十六结四成京饷银三千八百六十九两四钱一分一厘六毫。

一、存一百六十一结至一百六十六结边防经费银七十九两八钱六分七厘六毫二忽。

---

①台北故宫博物院藏：《军机及宫中档》，文献编号：408007155。

②台北故宫博物院藏：《军机及宫中档》，文献编号：149258。

一、存一百六十结至一百六十六结监督项下二成开支银六百七十二两。

一、存一百六十三结一成五厘出使经费银三十二两一钱七分四厘一毫三忽六微。

一、存自二十七年十月十一日起至二十八年正月二十五日止增收进子口税银六百三十三两三钱三厘。

一、通共不敷开支银二万七千八十六两三钱三毫八丝六忽六微六纤。

新收项下

一、收进口正税银一千四百二十九两七钱六分一厘。

一、收出口正税银三十五两四钱八分四厘。

一、收洋货入内地子口半税银八百五十二两八分五厘。

一、收土药出口正税银七两四钱。

以上共收银二千三百二十四两六钱四分五厘，应提四成京饷银五百八十九两五分八厘，下余六成洋税银八百八十三两五钱八分七厘，除开支关用经费及倾镕折耗银二千七百二十两六钱九分六厘七毫六丝，照章以子口半税银八百五十二两八分五厘，全数归入洋税项下支用，除抵之外，尚不敷银九百八十五两二分四厘七毫六丝，照案由蒙自关借拨支用。至出使经费，仍无余款可扣，请免提解。合并声明。

开除项下

一、支销监督及各关卡额支经费银二千六百九十二两八钱，内奉文截留监督项下二成开支银九十六两，又奉文每年酌提银一千两添赔洋款，本结应提银二百五十两，遵饬按月解缴藩库汇解在案。

一、支销倾镕折耗银二十七两八钱九分六厘七毫六丝，遵照部饬截留一半银十三两九钱四分八厘三毫八丝，存俟积有成数，解部添供边防经费。

以上共支销银二千七百二十两六钱九分六厘七毫六丝。

一、发还商人增收进子口税银四百五十三两二钱五分。

实在项下

一、存本结并前六结四成京饷银四千四百五十八两四钱六分九厘六毫。

一、存本结并前六结边防经费银九十三两八钱一分五厘九毫八丝二忽。

一、存本结并前七结监督项下二成开支银七百六十八两。

一、存一百六十三结一成五厘出使经费银三十二两一钱七分四厘一毫三忽六微。

一、存增收进子口税银一百八十两五分三厘。

一、通共不敷开支银二万八千七十一两三钱二分五厘一毫四丝六忽六微六纤。

(朱批:)览。①

1234. 奏报蒙自关一百六十七结征税折

光绪二十八年八月初二日(1902年9月3日)

头品顶戴云贵总督兼署云南巡抚臣魏光焘跪奏,为蒙自关第一百六十七结期满征收税银及支销、拨解、提存各款,开单具报,恭折仰祈圣鉴事。

窃准户部咨:洋关征收税银,照章按结奏报一次等因。业将蒙自关自光绪二十七年十一月二十二日起至二十八年二月二十二日止第一百六十六结征收税银及支销、拨解、提存各款开单奏报在案。兹据署云南临安开广道兼管关务陈灿,将蒙自关自光绪二十八年二月二十三日起至五月二十五日止第一百六十七结期内征收正税,分别四六成,以四成作为京饷,其六成洋税项下,除开支正半税、倾镕折耗及关用经费外,余银提一成五厘出使经费,

①台北故宫博物院藏:《军机及宫中档》,文献编号:149258-0-A。

所收子口半税全数归入六成税内供支，并将实征船钞各款数目，开列四柱清单，详请奏咨及声明此结提归外务部三成罚款银一百六十一两九钱四分等情。前来。

臣覆核无异，除咨外务部暨户部、南洋大臣查照外，谨照缮清单，恭折具陈。伏乞皇太后、皇上圣鉴，饬部查核施行。再，云南巡抚系臣兼署，无庸列衔。合并声明。谨奏。光绪二十八年八月初二日。

（朱批：）该部知道，单并发。①

光绪二十八年九月初三日，奉朱批：该部知道，单并发。钦此。②

1235. 呈蒙自关一百六十七结征税清单

光绪二十八年八月初二日（1902 年 9 月 3 日）

谨将蒙自关自光绪二十八年二月二十三日起至五月二十五日止第一百六十七结期满征收税银，分别提拨、支解各款暨征存船钞，缮具清单，恭呈御览。

计开

旧管项下

一、提存四成京饷银四万四千八百五十三两一钱五分一厘二毫。

一、提存六成洋税银二万三千三百六十一两一钱八分二厘一毫三丝五忽八微七纤。

一、提留一半折耗银八百二十二两三钱八分九厘九毫五丝八忽。

一、节留监督办公经费银一千八两。

一、征存船钞实存应解外务部三成银四十七两七钱。

---

①台北故宫博物院藏：《军机及宫中档》，文献编号：408007157。

②台北故宫博物院藏：《军机及宫中档》，文献编号：149257。

新收项下

一、收进口正税银二万一千五百五十五两一钱九分三厘。

一、收出口正税银一万四千六百七十七两一钱七分七厘。

一、收土药正税银八百四十九两一钱六分三厘。

一、收土药补厘银六钱。

一、收子口半税银一万二千一百三十八两一钱九分一厘。

一、收船钞银七十八两五钱。

以上共收税钞银四万九千二百九十八两八钱二分四厘，内进出口正税及土药税厘银三万七千八十二两一钱三分三厘，应提四成京饷银一万四千八百三十二两八钱五分三厘二毫。下余六成洋税银二万二千二百四十九两二钱七分九厘八毫，内除开支各关卡按月额支经费银四千九百八十六两三钱，蚕耗分卡房租银三十六两，添书工食银九十六两；又照章除船钞一款不支折耗外，其税银每百两准支倾镕折耗银一两二钱，计应支销银五百九十两六钱四分三厘八毫八丝八忽，尚余六成洋税银一万六千五百四十两三钱三分五厘九毫一丝二忽，照章作为十成，内提一成五厘出使经费银二千四百八十一两五分三毫八丝六忽八微，余存六成洋税银一万四千五十九两二钱八分五厘五毫二丝五忽二微，并同子口半税共存银二万六千一百九十七两四钱七分六厘五毫二丝五忽二微。

开除项下

一、支销监督及各关卡三个月额支经费银四千九百八十六两三钱。此项开支内监督月支办公经费银二百四十两，结合支银七百二十两，除照案节留二成银一百四十四两存储候拨外，实合支银四千八百四十二两三钱。

一、支销蚕耗分卡三个月房租银三十六两。

一、支销正半税项下倾镕折耗银五百九十两六钱四分三厘八毫八丝八忽。此项折耗照案提留一半，计银二百九十五两三钱二分一厘九毫四丝四忽，另款存俟解部库充饷。

以上六成税内，除监督办公经费、节留二成折耗提留一半外，实合开支银五千二百六十九两六钱二分一厘九毫四丝四忽。

一、支销蒙关税司转解总税务司七成船钞银五十四两九钱五分。

一、支解蒙关税司转解江海关本结提存出使经费银二千四百八十一两五分三毫八丝六忽八微。

一、支解户部一百六十五、六十六两结提存四成京饷银四万四千八百五十三两一钱五分一厘二毫。

一、支解户部一百六十五、六十六两结提留一半折耗银八百二十二两三钱八分九厘九毫五丝八忽。

一、支销汇解费及由蒙解省委员、夫马等银二千六百四十五两五钱四分九厘一毫四丝三微七纤。此款系汇解前项京饷折耗应支之数，照章在于六成税内支销。此次押解委员系云南试用同知刘树棫。合并声明。

实在项下

一、提存四成京饷银一万四千八百三十二两八钱五分三厘二毫。

一、提存六成洋税除支销外，实存银四万六千九百一十三两一钱九厘五毫二丝七微。

一、提留一半折耗银二百九十五两三钱二分一厘九毫四丝四忽。

一、节留监督办公经费银一千一百五十二两。

一、征存船钞除提归总税务司七成银两解交蒙关税司收领转解外，实存应解外务部三成银七十一两二钱五分。

（朱批：）览。①

①台北故宫博物院藏：《军机及宫中档》，文献编号：149257-0-A。

1236. 奏报滇省土药厘金照案划拨折

光绪二十八年八月初二日（1902 年 9 月 3 日）

头品顶戴云贵总督兼署云南巡抚臣魏光焘跪奏，为滇省土药厘金请仍照案划拨，恭折仰祈圣鉴事。

窃臣准户部咨：据湖南省片奏，划拨解部协滇饷银万难拨解，请仍由滇自行筹解等因。当经转行去后。兹据总理云南厘金局司道署布政使刘春霖等详称：查滇省土药厘金，从前按每千两抽银六两，解司充饷。光绪十七年，奉饬将药厘照各省通章，按年解交海军衙门支用。当以滇省饷项奇绌，各省协拨势难源源解济，全赖药厘随时支发，以应急需，实难提解。经前督臣王文韶奏准将土药厘金自光绪十七年起，按年造报，查明各省欠滇饷数，开单送部，酌令欠饷之省照数划拨。

嗣于二十三年奉文加重土药厘金，又经奏明每土药一担，抽厘银十九两二钱，仍以六两留滇支用，照案由各省欠饷拨解余银十三两二钱，全数解部，奉准照办。迨二十五年，因奉文加给文武津贴及股票息银无着，复奏准由解部十三两二钱数内先后划留七成支放，各在案。上年，奉文将药厘再加三成，备偿赔款，经司局议准每土药一担，酌加厘银四两八钱，借资弥补。但滇省以药厘为大宗，一再递加，恐商力难支，办无成效，拟暂行试办，尚未奏咨立案。兹湘省于欠饷项下奉部指拨滇省应解二十五年分药厘银三万两，奏请由滇自行筹解，是各省欠协之饷不独不能筹济，转使受协之滇省变而为解部之欠款，滇力实属难支。

窃念土药厘金叠次加增，计每担现抽厘二十四两，除新加之四两八钱专供赔款，万难挪动，即解部之十三两二钱，虽准划留七成以作津贴、票息，现因赔款无凑，业将加给津贴全数提补，是截留之七成均非滇用，计留充饷糈者，不过四分之一。此时综核常年支款，不敷甚巨，竭力搜罗，计无所出，益以赔款三十万，已属万分难支。且复奉文振兴庶务，在在需费，均属刻不容缓之图，正不知从何筹备，应请将此项土药厘金仍由部核饬湘省照数拨解，并请以后仍旧照案留滇备用，以支困局等情。详请具奏前来。

臣查滇省素称边瘠，历赖协济，近以时艰同际，各省皆然，协拨久虚，早成画饼。现值粤匪潜滋，添兵防剿，加以创修铁路，改建学堂，讲求工商，维新庶政，一切需款，为数不赀。目前搜剔无遗，计穷力竭，正拟呈请部臣设法筹措，俾济急需，何能将前此照案指拨之欠饷责滇自解？合无仰恳天恩饬部将滇省二十八年以前应解之六两药厘，仍由欠协各省划数指拨，以符原案。其自二十八年起，仍旧留滇支用，无庸由部划解，以免往返稽迟，徒烦文牍，出自逾格鸿施。

除咨部查照外，谨恭折具陈。伏乞皇太后、皇上圣鉴训示。再，云南巡抚系臣兼署，毋庸列衔。合并声明。谨奏。光绪二十八年八月初二日。

(朱批：）户部知道。[①]

光绪二十八年九月初三日，奉朱批：户部知道。钦此。[②]

1237. 请以杨凤岐与张善等互调折

光绪二十八年八月初二日（1902 年 9 月 3 日）

头品顶戴云贵总督兼署云南巡抚臣魏光焘跪奏，为实缺游击、都司应行回避，循例拣员对调，恭折仰祈圣鉴事。

窃准兵部咨：云南提标左营游击员缺，准以尽先参将赵伟借补。惟该员籍隶鹤庆州，相距在五百里以内，例应回避。又，准补顺云协中军都司张喜，原籍昆明县，寄籍缅宁厅，系属本府，例应回避，均应拣员对调，以符定制等因。分别咨行到滇，自应遵照办理。臣于滇省实缺游击、都司班内逐加遴选，查有开化镇

①台北故宫博物院藏：《军机及宫中档》，文献编号：408007154。

②台北故宫博物院藏：《军机及宫中档》，文献编号：149254。

中营游击李桂芳堪与提标左营游击赵伟对调，顺云协中军都司张喜堪与临元镇左营都司杨凤岐对调，均属人地相宜，与例亦符。如蒙俞允，该员杨凤岐、赵伟曾经赴引人员，此次对品互调，恳请饬部给予调札；该员李桂芳、张喜均俟奉旨后再行给咨送部引见，以符定制。

所有实缺游击、都司应行回避，循例拣员对调，以实营伍缘由，谨会同署云南提督臣蒋宗汉，恭折具陈。伏乞皇太后、皇上圣鉴，饬部核覆施行。再，云南巡抚系臣兼署，毋庸列衔。合并声明。谨奏。光绪二十八年八月初二日。

（朱批：）兵部议奏。①

光绪二十八年九月初三日，奉朱批：兵部议奏。钦此。②

1238. 奏请展缓举办军政缘由片

光绪二十八年八月初二日（1902 年 9 月 3 日）

再，臣接准兵部咨：光绪二十八年军政之期，奏明通行内外各衙门，遵照定例，画一办理。云南省军务肃清多年，应考军政，并令照例举行，以肃戎政等因。当经通饬各标镇协营遵照办理在案。臣查五年军政，黜陟攸关，理应按期举行，以符定制。惟滇省军务虽肃清多年，而绿营员弁未尽归伍，实与他省情形不同。各营制兵叠经裁撤，较原额不及十成之二。现练之军，仍分布沿边各要隘，虽营哨各员弁不尽原营实缺，而官随兵转出防在外者，正复不少，若令纷纷调考，必致有误边防。现在西南界邻缅越，交涉日繁，粤边游匪尚未歼除，较之从前边务、防务，尤为吃紧，实有万难调考之势。兹准提督及各镇先后呈请奏明展缓前来。

臣覆加查核，系属实在情形，合无仰恳天恩俯念云南边防紧要，将本届军政展至下届，再行酌量办理。各营员弁如有衰庸不

①台北故宫博物院藏：《军机及宫中档》，文献编号：408007156。

②台北故宫博物院藏：《军机及宫中档》，文献编号：149255。

职，臣仍当随时查看，据实纠参，以期仰副朝廷整饬戎行、澄叙官方之至意！

所有军政届期，恳请展缓举办缘由，谨据情附片具陈。伏乞圣鉴训示。再，云南巡抚系臣兼署，毋庸列衔。合并声明。谨奏。

（朱批：）着照所请，兵部知道。①

光绪二十八年九月初三日，奉朱批：着照所请，兵部知道。钦此。②

【案】此奏片之具奏日期，原件目录署“光绪二十八年八月十二日”，而录副则署“光绪二十八年八月初二日”，两相悬殊。据录副朱批日期“二十八年九月初三日”查《随手档》“朱批魏光焘折”栏，则署有“报三百里、八月初二日发”等字样。据此，录副确。兹据校正。

1239. 奏闻借发柴本预采供煎缘由折

光绪二十八年八月初十日（1902年9月11日）

头品顶戴云贵总督兼署云南巡抚臣魏光焘跪奏，为借发黑、白、石、磨等井柴本银两，预采供煎，以顾课款，恭折仰祈圣鉴事。

窃查前准户部议覆嗣后煎盐柴本应奏明借发，以昭慎重等因。历经遵办在案。兹据盐法道普津会同署布政使刘春霖详称：据署黑井提举江海清详：借光绪二十八年分黑井柴本银七千两，元兴井柴本银五千两，永济井柴本银三千两，共银一万五千两。又，据白井提举文源详：借光绪二十八年分白井柴本银三千五百两，乔后井柴本银三千五百两，共银七千两。又，据署石膏井提举李训铉详：借光绪二十八年分石膏井柴本银二千两，磨、黑井柴本

①台北故宫博物院藏：《军机及宫中档》，文献编号：408007165-0-A。

②台北故宫博物院藏：《军机及宫中档》，文献编号：149256。

银三千两，抱香井柴本银二千两，按板井柴本银三千两，共银一万两。又，据阿陋井大使王瑞章详：借光绪二十八年分阿陋井柴本银六百两。又，据署安宁州知州江毓菁详：借光绪二十八年分安宁井柴本银五百两，均即在于本年征收各该井盐课内分别如数借给，饬令该提举、大使各员出具印领承领，转发殷实灶户，采办供煎，以顾课款，仍自次年夏季起，予限一年，按季扣缴，随课批解，入于三十年销册造报；倘有短少悬欠，责令该提举、大使各员赔缴，照例参处着赔等情。详请具奏前来。

臣覆查无异，除咨户部查照外，所有借发黑、白、石、磨等井柴本银两缘由，谨恭折具奏。伏乞皇太后、皇上圣鉴训示。再，云贵总督系臣本任，毋庸列衔。合并陈明。谨奏。光绪二十八年八月初十日。

（朱批：）户部知道。[①]

光绪二十八年九月初九日，奉朱批：户部知道。钦此。[②]

1240. 审拟王遇轮过失杀父案由折

光绪二十八年八月初十日（1902年9月11日）

头品顶戴云贵总督兼署云南巡抚臣魏光焘跪奏，为审明县民王遇轮畏殴逃避，致令其父追赶失跌身死，按律定拟，恭折仰祈圣鉴事。

窃查前据署大姚县知县韩树滋详报民人王炳森赴山割草，令子王遇轮煮饭耽延，气忿追殴，失足扑跌，致被身带镰刀戳伤左胁，越日身死一案，当经批饬审解去后。嗣据该署县审明，由楚雄府知府奎华审转，解经按察使全楙绩覆审招解前来。

臣提犯亲讯，供与原审相同。缘王遇轮籍隶四川会理州，已死王炳森即其亲父，平素孝顺。光绪二十七年三月内，王炳森在

①台北故宫博物院藏：《军机及宫中档》，文献编号：408007158。

②台北故宫博物院藏：《军机及宫中档》，文献编号：149374。

家嗜酒滋事，其妻王倪氏凑给银两，嘱邀表弟李成之同往该县小平地地方佃殷正科家田土耕种。十二月间，王倪氏令子王遇轮往接王炳森回家度岁。十六日，至小平地。午后，王炳森酒醉，携带镰刀赴地割草，教王遇轮在家煮饭。王遇轮因与殷正科幼子梳头耽延，王炳森转回见饭未熟斥骂，当用烟竿头责打。王遇轮分辩，王炳森气忿，拾起柴棍称欲将其打死。王遇轮畏惧走避，王炳森乘醉追赶，失跌倒地，致被身带镰刀戳伤左胁，经李成之赶拢劝阻，扶回医治。王遇轮旋即逃回原籍，告知其母王倪氏往看，问明情由。王炳森延至次日，因伤殒命。报经该县诣验获犯，讯供通详，批饬审解。兹据该署县审明议拟，由府司覆审招解到臣。臣提犯覆鞫，据供前情不讳，究因被殴逃避，失跌致伤，并非有心干犯，研诘不移，案无遁饰。

查例载：子过失杀父母者，拟绞立决。又载：子过失杀父母之案，定案时仍照本例问拟绞决，法司核其情节，实系耳目所不及，思虑所不到，与律注相符者，准将可原情节照服制情轻之例，夹签声明，恭候钦定，改为绞监候等语。

此案王遇轮因被殴逃避，致其父王炳森追赶失跌，自行戳伤身死，实非该犯意料所及，正与“过失杀，耳目所不及，思虑所不到”律注相符，自应按律问拟。王遇轮应如该司等所拟，合依“子过失杀父母者，拟绞立决”例，拟绞立决，照例刺字。惟王遇轮平日尚知孝顺，其被殴逃避，不能料及伊父自行失跌，核与过失杀律注相符，应照例夹签声明，恭候钦定。李成之救阻不及，应与讯无不合之殷正科及获犯到案之王倪氏，均毋庸议。无干省释。尸棺由县饬埋，镰刀供弃免追。

除供招咨部查核外，谨恭折具奏。伏乞皇太后、皇上圣鉴，敕部核覆施行。再，云贵总督系臣本任，毋庸列衔。合并陈明。谨奏。光绪二十八年八月初十日。

（朱批：）刑部速议具奏。[1]

光绪二十八年九月初九日，奉朱批：刑部速议具奏。钦此。[2]

1241. 审拟命盗各案摘由汇报缘由折

光绪二十八年八月初十日（1902年9月11日）

头品顶戴云贵总督兼署云南巡抚臣魏光焘跪奏，为审明寻常命案，按律拟以绞候，遵照通行摘由汇报，以归简易，恭折仰祈圣鉴事。

窃查接管卷内，前准刑部咨：寻常命、盗应题各案，拟由各该督抚讯取确供拟勘后，一面将供、勘先行咨部，一面逐案摘叙简明事由，改为汇案具奏，每次至多以十案为率等因。遵办在案。兹据按察使全楙绩先后审解新兴州民人苏沛芳因救父情切，殴伤无服族人苏家齐身死一案；又，定远县客民郑显山戳伤无服族人郑士荣身死一案；又，禄丰县客民龙钰周因索欠争殴，用脚踢伤詹应开身死一案；又，平彝县客民王五斤因解劝被殴，用刀戳伤顾汝宽身死一案；又，河阳县民人郑根生共殴伤李潆身死一案；又，寻甸州民人李宾因索欠争殴，用脚踢伤杨才肾囊，越日身死一案；又，鲁甸厅民人樊老四因索赌欠争殴，掷伤徐耀廷越日身死一案；又，他郎厅民人王应幅因妻私逃，寻获争殴，后将伊妻黄氏推入水塘溺毙一案；又，平彝县民人李有发等殴伤窃贼海中炳身死一案；又，文山县民人左洸茗因争田斗殴，用矛戳伤李照搴身死一案。以上十案，均据各该州、厅、县将该犯等依“斗杀、擅杀”律，拟绞监候，分别解由道、府、司覆审，招解到前抚臣亲提研鞫，据各供认不讳，核与原审相同，未及录咨汇办，移交前来。

臣覆核供情确凿，案无遁饰，所拟绞候罪名，均皆符合。除

①台北故宫博物院藏：《军机及宫中档》，文献编号：408007160。

②台北故宫博物院藏：《军机及宫中档》，文献编号：149372。

备录各供、勘咨部查核外，所有接准移交共计十案，谨遵通行汇案摘由，恭折具奏。伏乞皇太后、皇上圣鉴，敕部核覆施行。再，云贵总督系臣本任，毋庸列衔。合并陈明。谨奏。光绪二十八年八月初十日。

（朱批：）刑部议奏。[①]

光绪二十八年九月初九日，奉朱批：刑部议奏。钦此。[②]

1242. 奏报知县吴申祐因病出缺折

光绪二十八年八月初十日（1902年9月11日）

头品顶戴云贵总督兼署云南巡抚臣魏光焘跪奏，为知县因病出缺，恭折具报，仰祈圣鉴事。

窃据署布政使刘春霖详：光绪二十八年七月十九日，据署昆明县知县谢宇俊申：据同知衔丽江县知县吴申祐家丁许明呈称：家长吴申祐系江苏阳湖县监生，加捐府经历候选，于同治九年投效云南军营，克复五城七巢案内保请免选府经历，以知县留滇补用，并戴蓝翎；复加捐同知升衔，离营请咨赴京验放，领照于光绪十一年六月到省，奉调出关，因攻克广威府不拔县案内保准以本班归候补班遇缺前先补用。二十四年，准补丽江县知县，二十五年十一月二十一日到任。二十六年十月，因病请假，十二月十六日卸事，回省就医。兹于光绪二十八年五月十九日在省寓病故等情。呈由该县查明申司，详请具奏开缺前来。

臣覆查无异，所遗丽江县知县选缺，滇省现有应补人员，应请扣留外补。除咨部查照外，所有知县因病出缺日期，谨恭折具奏。伏乞皇太后、皇上圣鉴，敕部查照施行。谨奏。光绪二十八年八月初十日。

---

①台北故宫博物院藏：《军机及宫中档》，文献编号：408007161。

②台北故宫博物院藏：《军机及宫中档》，文献编号：149373。

（朱批：）吏部知道。[①]

光绪二十八年九月初九日，奉朱批：吏部知道。钦此。[②]

1243. 奏闻余艮期满甄别情形片

光绪二十八年八月初十日（1902 年 9 月 11 日）

再，道、府、同、通、州、县等官，到省试用一年期满，例应察看才具，出具切实考语，奏明甄别，历经遵办在案。兹查有知府用补用直隶州知州现署武定直隶州余艮，到省试用已满一年，例应甄别。据藩、臬两司会同详请核办前来。

臣查该员余艮明练稳实，堪以本班留省补用。除将履历清册咨部查照外，谨附片具陈。伏乞圣鉴。再，云贵总督系臣本任，毋庸列衔。合并陈明。谨奏。

（朱批：）吏部知道。[③]

光绪二十八年九月初九日，奉朱批：吏部知道。钦此。[④]

1244. 请以谢楚成等补授游击等缺折

光绪二十八年八月十二日（1902 年 9 月 13 日）

头品顶戴云贵总督兼署云南巡抚臣魏光焘跪奏，为拣员更补游击、都司、守备各员缺，以实营伍，恭折仰祈圣鉴事。

窃查云南临元镇中营游击孙建邦调任，遗缺前按轮章系第五轮第七缺，应用尽先，请以尽先游击杨发荣请补。又，云南督标右营游击定元升任，遗缺前按轮章系第六轮第三缺，应用预保，因滇省现无预保人员，应过班用第六缺拣发，请以升用游击谢楚成请补，均经奏咨在案。嗣准部咨：云南临元镇中营游击员缺系

---

①台北故宫博物院藏：《军机及宫中档》，文献编号：408007159。

②台北故宫博物院藏：《军机及宫中档》，文献编号：149375。

③台北故宫博物院藏：《军机及宫中档》，文献编号：408007159-0-A。

④台北故宫博物院藏：《军机及宫中档》，文献编号：149376。

题补六轮三缺，用预保无人，过班用六缺拣发。该前署督请以尽先游击杨发荣补授，查杨发荣系尽先人员，请补轮用拣发班之缺，核与轮缺章程不符，碍难议准。云贵督标右营游击员缺系题补五轮七缺，应用尽先，该督请以升用游击谢楚成补授，查谢楚成系升用游击，请补轮用尽先班之缺，核与轮缺章程不符，碍难议准，均饬另拣合例人员请补，各等因。先后咨行到滇，自应遵照办理。

臣查云南临元镇中营游击员缺，经部指为题补六轮三缺，用预保无人，过班用六缺拣发。兹于通省拣发游击班内逐加遴选，查有拣发班升用游击谢楚成，久历戎行，办事勤奋，堪以请补。又，云贵督标右营游击员缺，经部指为题补五轮七缺，应用尽先，查尽先名次在前之何联科、沈遇春、薛占鳌、李顺祥等四员久未在标，赵秉忠现已病故，钱汝清、潘思顺、姜云龙、高荣生、马铭、袁培勋等六员，均距是缺在五百里以内，例应回避；依兴忠、丁凤祥二员俱与此缺不甚相宜，未便稍涉迁就。查有尽先补用游击杨发荣，年力尚健，勇敢有为，堪以请补。又，鹤丽镇左营都司汪永故缺系第六轮第三缺，用预保无人，过班用第六缺拣发，前以补用都司沈学钰请补。督标左营守备林世臣故缺系第十轮第七缺，应用尽先，前以尽先守备王义昌请补。顺云协右营守备王开请归参将班，遗缺系第九轮第七缺，应用尽先，前以尽先都司王刚借补。均经先后接准部咨，以沈学钰并未注册归班，遽请补缺，核与定章不符；王义昌、王刚请补各缺，均核与轮缺章程不符，碍难照准，应另拣合例人员请补等因。咨行到滇，自应遵照办理。

臣查鹤丽镇左营都司员缺，按轮应用预保无人，过班用拣发，前以补用都司沈学钰请补，因是时该员注册之文中途延展，是以奉驳。现准部覆，饬将该员归入该省拣发班补用，咨行到滇，应仍以该员请补。覆查沈学钰熟习营务，办事勤能，以之请补鹤丽镇左营都司，实属人地相宜。又，督标左营守备缺，部指为十轮三缺，用预保无人，过班用六缺拣发。查有拣发班补用守备刘祖培，差操勤慎，营伍夙娴，堪以请补。又，顺云协右营守备缺，部指为九轮三缺，用预保无人，过班用六缺拣发。查有拣发班补用守备云南城守营左哨千总武定国，勤奋耐劳，办事结实，堪以请补。

除将该员等简明履历送部查核外，合无仰恳天恩俯念员缺紧要，准以谢楚成补授临元镇中营游击，杨发荣补授督标右营游击，沈学钰仍补鹤丽镇左营都司，刘祖培补授督标左营守备，武定国补授顺云协右营守备，均于营伍、地方两有裨益。如蒙俞允，俟接准部覆，再行给咨该员等送部引见，以符定制。

所有拣员更补游击、都司、守备各员缺缘由，谨会同署云南提督臣蒋宗汉，恭折具奏。伏乞皇太后、皇上圣鉴，敕部核覆施行。再，以上各缺均在未奉新章以前所出之缺，应请仍照旧轮办理。又，云南巡抚系臣兼署，毋庸列衔。合并声明。谨奏。光绪二十八年八月十二日。

(朱批：) 兵部议奏。①

光绪二十八年九月十一日，奉朱批：兵部议奏。钦此。②

1245. 奏报滇省会剿粤边游匪情形折

光绪二十八年八月十二日（1902 年 9 月 13 日）

头品顶戴云贵总督兼署云南巡抚臣魏光焘跪奏，为滇省会剿粤边游匪，陆续照常备军制添募营勇，拟请别为一军，专备剿游，事竣裁撤，恭折仰祈圣鉴事。

窃滇省防、练兵营，上年始经臣厘订营制、饷章，奏明就现有各营一律裁改归并，额设常备十二营、续备二十四营、炮队、工程队四哨，合共万人，比缘光绪二十六年越边滋衅，添改纲字二十营暨柱字、桢字各营，分布沿边一带，戒备不虞。嗣以粤边

①台北故宫博物院藏：《军机及宫中档》，文献编号：408007162。

②台北故宫博物院藏：《军机及宫中档》，文献编号：149452。

游匪渐形猖獗，移用防剿，尚未能照章撤并，仅将省防各营改照常备军饷制，督练新操，旋调赴边替防，冀将原日各营渐次抽调归并，俾兵数不逾常额，然后通饬一律改编，以归画一。

乃替防方始，适值广西遣勇叛卒勾结煽引，匪焰大张，乘势分股窜滇，始陷剥隘，继陷皈朝，时思挠我坚壁清野之策。虽经调军次第剿除搜捕，而沿边要隘过多，防不胜防，原驻各营不敷分布，陆续添募队伍，补苴罅漏，计逾原拟额设兵数已十有四营，皆照常备军饷支给。迩来粤境游匪蔓延日广，迭奉严旨三省会剿，并蒙特简广西抚臣王之春①办理军务，滇省广南、开化两府罗平、师宗、邱北各州县，均三面紧接粤边，延袤二千余里，扼要防堵，约会夹击，在在均须兵力。粤境一日不靖，滇备即一日难纾，而通省所拟改设常、续备军为之牵掣，不能就范，因循简陋，整顿无期，殊非至计。且南防临、蒙、安、平各属界连法越，西防腾、顺、缅、宁各处毗邻英缅，西北之丽江、维西与藏番逼处，迤东之昭通、巧永与川蛮接壤，地属边陲，时虞变故，全赖原设各防

---

①王之春（1842—1906），字芍棠、爵棠，号椒生、芍唐居士，湖南清泉县（今衡阳市）人，出身文童。同治元年（1862），投效曾国藩军营，办理文案。二年（1863），投效贵州军营，保从九品。四年（1865），调赴直隶差委。五年（1866），捐县丞，递捐同知，报捐州同。七年（1868），保知州。九年（1870），加知府衔。十年（1871），赴陕西行营办理山陕前敌军粮。是年，保知府，捐三品衔。光绪元年（1875），调赴两江差遣，统带毅字营，兼办两江营务处。四年（1878），捐道员。五年（1879），赴日本国密探东洋情形。六年（1880），会办两江营务处。八年（1882），晋二品衔。九年（1883），奏调赴粤统带毅春等军十余营。同年，统领毅安等军赴琼州办理防务。十年（1884），捐花翎，署广东雷琼道。同年，补广东督粮道。十一年（1885），派往广西随同邓承修勘办界务。十二年（1886），署广东高廉道，覆勘钦州一带界务，加克勇巴图鲁勇号。十四年（1888），升浙江按察使，调补广东按察使。同年，署广东布政使。十六年（1890），迁湖北布政使。十七年（1891），稽查云南运铜，加头品顶戴。二十年（1894），奉派进京随同祝嘏。二十一年（1895），充专使俄国大臣，受佩带俄国所赠宝星。二十三年（1897），调四川布政使。二十五年（1899），擢山西巡抚，调补安徽巡抚。二十八年（1902），补授广西巡抚。三十二年（1906），卒于里。著有《防海纪略》2卷、《国朝柔远记（国朝通商始末记）》20卷、《先船山公年谱》2卷、《使俄草》8卷、《椒生随笔》8卷、《谈瀛录》3卷、《王大中丞椒生奏议》《中国通商史》，修《光绪高州府志》54卷等行世。

营，借资镇压，实有不能移缓就急、挹注腾挪之势。

兹拟自九月初一日起，将通省防、练各军查照奏定常、续备营制、饷章、额数，一并改编，照常分驻。其陆续添设溢额之十四营，另外划出，别为一军，作为滇省专备开广会剿粤西游匪之军，一切饷章仍照常备军营制，统俟事竣，随时酌量裁撤，以节糜费。综计前定常、续备额营饷项，常年不敷尚巨。此时，另添剿匪一军，各省协拨久虚，重以本省因凑集赔款，局储正杂，搜剔净尽，亟应设法酌筹，另行核办。据云南布政司总理营务处、善后局、司道会详请奏前来。

臣查滇省幅员辽廓，承平时设兵较广，控制蛮荒，徒以边地瘠贫，邻协日绌，不能不就现有饷力，拮据经营，故前拟改设常备、续备兵数仅满万。际此粤边游匪日炽，养痈将溃，遵旨会剿，以期拔本塞源，预销巨患，非别立一军于常额之外，则虽日谋迁就，而全局见牵；强求节缩，而事势益迫。该司道等所议添军专备剿游，事竣裁撤，尚属实事求是，为目前切要之图。臣待罪穷边，睹此时艰，方节省之不暇，此次强筹增灶，不得不权宜办理，求当事机，一俟防剿就绪，即当酌量裁撤，俾节饷糈而符兵额。

除批饬照办并咨部查照暨将所需饷薪另案奏明办理外，所有添设开广专备剿游一军，事竣裁撤缘由，理合恭折具陈。伏乞皇太后、皇上圣鉴训示，饬部立案施行。再，云南巡抚系臣兼署，毋庸列衔。合并声明。谨奏。光绪二十八年八月十二日。

（朱批：）该部知道。[①]

光绪二十八年九月十一日，奉朱批：该部知道。钦此。[②]

---

①台北故宫博物院藏：《军机及宫中档》，文献编号：408007163。

②台北故宫博物院藏：《军机及宫中档》，文献编号：149450。

1246. 奏报团营照案支放薪饷数目折

光绪二十八年八月十二日（1902年9月13日）

头品顶戴云贵总督兼署云南巡抚臣魏光焘跪奏，为滇省团营照案支放薪饷数目，恭折仰祈圣鉴事。

窃查滇省举办团练，前准户部核准，应支薪饷即照二十五年奏案，在盐务溢课款内樽节动用等因。当经行局查照在案。所有二十六年分连闰支放薪饷数目，业经上年造册奏报，奉部覆准，亦在案。兹据署云南布政使刘春霖、团保总局按察使全楙绩、署粮储道魏景桐会同善后局司道等详称：滇省团营自光绪二十七年正月初一日起至十二月底止，除停操四个月外，按月均经由团绅挑选丁壮送营训练，限满由臣按期校阅，遣回接练，每月共支薪饷银一千八百六十六两四钱，计十二个月，共支放薪饷银二万二千三百九十六两八钱，均由盐库溢课留备边防要需项下按月照数移提支放。现届二十七年分盐务奏销之时，自应随同报销，以昭核实等情。造具清册，详请奏咨前来。

臣覆核无异，除将清册分送户、兵部、科查核外，谨恭折具陈。伏乞皇太后、皇上圣鉴，敕部核覆施行。再，云南巡抚系臣兼署，毋庸列衔。合并声明。谨奏。光绪二十八年八月十二日。

（朱批：）该部知道。①

光绪二十八年九月十一日，奉朱批：该部知道。钦此。②

1247. 请以杨发旺等补授守备各缺折

光绪二十八年八月十二日（1902年9月13日）

头品顶戴云贵总督兼署云南巡抚臣魏光焘跪奏，为拣员请补

①台北故宫博物院藏：《军机及宫中档》，文献编号：408007164。

②台北故宫博物院藏：《军机及宫中档》，文献编号：149451。

守备各员缺，以实营伍，恭折仰祈圣鉴事。

窃照云南提标中营守备杨蘋洲故缺，前照轮章系九轮六缺，用拣发人员，以期满云骑尉赵绍云请补。镇边营右军守备柏文魁故缺，前照轮章系九轮九缺，用应升、应补，以寻沾营千总蒋绍陈升补。腾越镇中营守备余怀诚故缺，前照轮章系十轮一缺，用尽先，以尽先守备芮际唐请补。抚标右营守备马子贤调任遗缺，前照轮章系十轮三缺，用预保无人，过班作六缺用拣发，以拣发守备陈晒阳请补。普洱镇中营守备沭嘉树故缺，前照轮章系十轮九缺，用应升、应补，以期满云骑尉杨嘉珍请补，各在案。嗣先后接准部咨，查明所补各员，均与轮章不符，指定轮补班次，行令另拣合例人员请补，咨行到滇，自应遵照办理。

查云南提标中营守备，部指为九轮七缺，应用尽先人员。臣于滇省尽先守备班内逐加遴选，其名次在前之张鹏程、李汶材、周慕濂、高尚义、毛正荣等五员已报病故，许瀛洲、官永兴二员据报丁忧，赵万春、赵增万、李景芳、由从学、陈玉廷、张焕、钟正南、黄钟瑞等八员久未在标，袁用和、张金堂均已参革，萧铣因案候质，朱佩沅、邓申山、王正祥、吕永兴、彭福芝、张三合、岑文华、马福兴、苗时荣、马文仲等十员皆先后请假离营，李锦昌一员与提标中营应行回避，马锡海、何自然、王定礼、刘湘、张富贵、张钟秀、高应芳、刘文炳、曹树勋、刘国梁、王嘉乐、罗万、李廷忠、李炳辉、何发贵、浦永和、罗光耀、王陞等十八员均与此缺不甚相宜，未便稍涉迁就。惟查有尽先补用守备杨发旺，当差勤慎，奋勉有为，堪以请补。

又，镇边营右军守备部指为九轮八缺，应用尽先人员，仍于尽先班内复加查核，除名次在前各员已于请补杨发旺缺内声明病故、请假离营久未在标者不计外，尚有马锡海一员，与此缺不宜，未便迁就。兹查有尽先补用守备芮际唐，久历戎行，办事勤奋，堪以请补。

又，腾越镇中营守备部指为九轮九缺，用应升、应补，查有寻沾营右哨千总蒋绍陈，营伍熟习，差操甚勤，堪以升补。

又，抚标右营守备部指为十轮二缺，用尽先人员，其尽先名次在前各员，除前已叙明请假离营、参革、病故各员不计外，尚有赵海清、李光枢、何天顺三员亦均病故，王国宾、彭文忠、李泽新、董超、刘云中五员现均请假离营，马洪昌一员已另案请补，何自然、刘湘、高应芳、曹树勋、刘国梁、王嘉乐、罗万等七员均与抚标右营应行回避，马锡海、王定礼、张富贵、张钟秀、刘文炳、李锦昌、李廷忠、李炳辉、何发贵、罗光耀、王陞、赵玉清、陈云章、彭位陞等十四员均与此缺人地不甚相宜，未便请补。查有尽先补用守备王义昌，差操勤奋，办事核实，堪以请补。

又，普洱镇中营守备按照部指轮章系题补第十轮七缺，应用尽先人员，除名次在前均有事故各员业经按名声叙不计外，尚有王定礼、李炳辉与普洱镇中营应行回避，陈昞阳现报丁忧，马锡海、何自然、刘湘、张富贵、张钟秀、高应芳、刘文炳、李锦昌、曹树勋、刘国梁、王嘉乐、罗万、李廷忠、何发贵、浦永和、罗光耀、王陞、赵玉清、陈云章、彭位陞等二十员均与此缺不甚相宜，未便请补。查有尽先补用守备邓馨棠，年力强壮，勇敢有为，堪以请补。

又，澂江营中军守备邓有绪参革遗缺，部指为十轮九缺，用应升、应补，查有期满云骑尉杨嘉珍，营务尚娴，明白公事，堪以请补。

又，元新营右军守备陈兆松，前据禀报该员于光绪二十七年十二月十一日在临元镇左营都司署任病故，所遗守备员缺，应轮作十一轮一缺，用尽先人员，除名次在前均有事故各员前经逐一声叙外，尚有马锡海、何自然、王定礼、刘湘、张富贵、张钟秀、高应芳、刘文炳、李锦昌、曹树勋、刘国梁、王嘉乐、罗万、李廷忠、李炳辉、何发贵、浦永和、罗光耀、王陞等十九员，均与此缺人地不甚相宜，未便请补。查有尽先补用守备袁存富，人甚明练，任事奋勉，堪以请补。

臣查滇省营伍废弛，已非一日。现正改练洋操、更定营制、借资整顿之时，所有请补各缺，虽名次在后，与例章微有未符，实为慎重行伍，因地择人，未便稍涉迁就起见，合无仰恳天恩俯念员缺紧要，准以杨发旺补授提标中营守备，芮际唐补授镇边营右军守备，蒋绍陈补授腾越镇中营守备，王义昌补授抚标右营守备，邓馨棠补授普洱镇中营守备，杨嘉珍补授澂江营中军守备，袁存富补授元新营右军守备，以重职守，俾员缺相当，于地方、营伍两有裨益。如蒙俞允，俟接准部覆，即将杨发旺、芮际唐、王义昌、邓馨棠、袁存富等给咨送部赴引。其曾经引见之蒋绍陈、杨嘉珍二员，应请敕部给予札付，以符定制。

除将该员等简明履历随案咨送兵部查核并饬取陈兆松验医各结及原领札付另案咨送外，所有拣员请补守备各员缺缘由，谨会同署云南提督臣蒋宗汉，恭折具陈。伏乞皇太后、皇上圣鉴，敕部核覆施行。再，以上各缺系在未奉新章以前所出之缺，应请仍照旧轮办理。又，云南巡抚系臣兼署，毋庸列衔。合并声明。谨奏。光绪二十八年八月十二日。

(朱批：) 兵部议奏。①

光绪二十八年九月十一日，奉朱批：兵部议奏。钦此。②

1248. 奏请筹拨调拨陕滇军费缘由片

光绪二十八年八月十二日（1902 年 9 月 13 日）

再，前据革职留任云南开化镇总兵蔡标呈称：奉调滇军赴陕，借垫商款制发衣裤，并同招募滇军赴陕路费、口粮暨制造军装各项银两，拟请由行在户部先后领获银饷项下并案报销，以免赔累，经臣据情代奏，奉朱批：着照所请，该部知道。钦此。当经转行去后。兹据该总兵将前调滇军八营沿途支用川资及制造单、棉衣

---

①台北故宫博物院藏：《军机及宫中档》，文献编号：408007165。

②台北故宫博物院藏：《军机及宫中档》，文献编号：149453。

裤一切军装、器具等项，共用过工料银十五万八千一百三十余两，除领过湘平银十万两，尚不敷银五万八千一百三十余两，造具细数清册，呈请分别核销，并拨发不敷银两，恳乞代奏前来。

臣覆查无异，合无仰恳天恩俯念远道征兵，为时不久，即行遣撤，赏准饬部并案核销。其不敷银两，应否如数筹拨给领，俾清垫款，出自鸿施。除将该总兵造报细数清册分咨户、兵、工部查核外，谨附片代陈。伏乞圣鉴，敕部核覆施行。谨奏。

（朱批：）该部知道。①

光绪二十八年九月十一日，奉朱批：该部知道。钦此。②

1249. 奏报汇解应摊借款情形片

光绪二十八年八月十二日（1902 年 9 月 13 日）

再，前准户部咨：云南蒙自关每年摊派应还俄法、英德借款银四万两，分作两次，于三月解交六成，九月解交四成，均赴江海关交纳。嗣又准部咨，每年加拨银一万两，各等因。业经该关将本年三月内应摊六成银三万两解赴江海关交纳，并附片奏明在案。兹据署云南临安开广道兼管关务陈灿将本年九月内应摊四成银二万两，于六成洋税项下竭力腾挪，如数凑齐，委员解省，发交同庆丰商号领赍汇解，定于本年七月二十日起程，限至九月二十日由上海天顺祥商号赴江海关交纳，不准稍有延误。所需汇解各费，照案在六成洋税项下开支，另案造报等情。详请奏咨前来。

臣覆核无异，除分咨外务部暨户部、南洋大臣查照外，谨附片具陈。伏乞圣鉴。再，云南巡抚系臣兼署，毋庸列衔。合并声明。谨奏。

（朱批：）该部知道。③

---

①台北故宫博物院藏：《军机及宫中档》，文献编号：408007164-0-A。

②台北故宫博物院藏：《军机及宫中档》，文献编号：149455。

③台北故宫博物院藏：《军机及宫中档》，文献编号：408007164-0-B。

光绪二十八年九月十一日，奉朱批：该部知道。钦此。①

1250. 奏报滇省京铜势不可停缘由折

光绪二十八年八月二十一日（1902年9月22日）

头品顶戴云贵总督兼署云南巡抚臣魏光焘、三品顶戴督办云南矿务臣唐炯跪奏，为京铜势不可停，铜本必须有着，敬陈愚见，恳恩饬部酌议，恭折仰祈圣鉴事。

窃臣炯于三月二十五日奏请饬部筹拨铜本五十万❶，嗣准部咨广东欠解二十万两，仍令该省筹解下短三十万两，在云南土药税厘粮道库共拨十万两，蒙自关本年洋税拨银十万两，明年洋税十万两等因。又经臣光焘以蒙关征收无多，非截留解沪洋款不足指拨之数，而沪款事关交涉，可否截留，电请部示。准部电复，沪款万难截留，余款应准拨充铜本，不敷之数即由滇省土药税厘粮库拨补等因。均经行司遵照在案。

兹据署布政使刘春霖详称：滇省自二十六年预垫解京饷盐厘税减平等款，二十七年又由解部之蒙关减平、土药厘金捐输款内借拨铜本，先后共银三十一万七千两。除节年扣还外，尚短银二十三万四千两有奇。本年春、夏应解部三成土药厘金，业已扣还前垫。至粮库米折，每年只征十余万，节经解司充饷，并无余存，加以奉派偿款，兴建学堂，改设常、续备军，添勇防剿粤匪，出款日增，入款日绌，事故方多，搜括无术。奉拨铜本，应请具奏改拨前来。

臣光焘覆查该司所详滇省款项支绌情形，委系实在。蒙关征收既属有限，且需时日，而滇铜关系京师圜法，公司垫办，先后已挪商号二十二万九千两有奇。现正赶办二十二起二批，需用甚急。若不设法维持，商号不肯通融，公司势将停止，以后再办，愈形棘手，不得不于万难之中饬司由军需项下暂挪十万两，发给

①台北故宫博物院藏：《军机及宫中档》，文献编号：149454。

公司，以顾眉急而全大局。一俟铜本充裕，陆续归还。滇省拮据如此，广东同一艰窘。臣炯屡次电询，复电竟无款可拨。窃维京铜势不可停，铜本必须有着，且铜斤到京一经鼓铸，即便收回成本，部款增益。

臣等熟商，惟有于川省盐斤加价可为长久之计。查四川官运盐务，是臣炯创办，初只征收应纳正、杂各款，所以二十余年荒岸全行开通，而后来节次加价，每斤至七文，尚能办理，于民食、商力两无妨碍，以当时专务恤商疏引、剔除中饱留有余地也。其未归官运之盐务，亦臣炯署盐道任时整顿，年清年引。以现在川黔远近盐价核计，即再普加一文，较之未整顿盐务以前，民间盐价仍属轻减，不致滞销。统计四川每年额引、余引水陆共一十七万九千二百道，以应配盐斤每斤普加一文，约可得银四十万两，拨作铜本，分季解滇，交臣炯应用，加以蒙关余款随时酌量凑拨，定为每年的款。如此办理，在四川无所损，而于铜本有着，不致延误京运，云南亦免挖肉补疮、同归无济。

方今时局艰难，各省有着的款均已指拨无余，为京铜计，舍此别无长策。愚昧之见，仰恳天恩饬部酌议，如其可行，应请旨饬下四川督臣转饬盐道官运总局遵照办理，分季解滇，毋得延误。

所有京铜势不可停，铜本必须有着，敬陈愚见，恳恩饬部酌议缘由，谨合词恭折陈请。伏乞皇太后、皇上圣鉴训示。谨奏。光绪二十八年八月二十一日。

（朱批：）户部议奏，片并发。①

光绪二十八年九月二十一日，奉朱批：户部议奏，片并发。钦此。②

❶【案】光绪二十八年三月二十五日，督办云南矿务大臣唐炯奏

①中国第一历史档案馆藏：《朱批奏折》，档号：04-01-36-0112-033。

②台北故宫博物院藏：《军机及宫中档》，文献编号：149947。

请敕部指拨的款银两解滇赶办京铜一折，曰：

三品顶戴督办云南矿务臣唐炯跪奏，为赶办京铜需款甚亟，恳恩饬部指拨的款银五十万两，予限解滇，以济急需而免贻误，恭折仰祈圣鉴事。

窃据调补山西布政使云南布政使林绍年详称：办铜之丰歉，每视铜本之盈绌为衡。年来厂民开办较前倍加踊跃，工本必须随时预发，需款亦较前增巨。查广东欠解二十万两，至今未解，已成画饼。二十七年二月，奏请由司库、蒙自关应解部款内先借十五万两，业经如数借拨奏明在案。又于十月奏请由蒙自关征存税项酌量提拨，奉部议准。本年正、二两月先后提到蒙自关税银十万两。统计去、今两年拨借铜本仅二十五万两，而办运二十起二批、二十一起头批京铜均已由泸起运在途，二十一起二批年前足数，又将起运。开支工本、运脚等项不敷已巨，并赶办二十二起头批，均暂向商号借垫，既不能多，亦非久计。滇本瘠区，向赖川省协济。上年奏派摊解赔款，数巨待筹，加以迭奉提借铜本，罗掘殆尽，来日甚长，何以为继？应请奏恳拨款等情。前来。

伏念京师鼓铸专恃滇铜，已成之局，自应设法维持，而无米为炊，势有所难。前虽奏准于蒙自关征存税项随时提拨，而该关征存无多，难资挹注，现虽向商号借垫，然亦必拨款有着，商号始肯通融。午夜思维，莫名焦灼！合无仰恳天恩俯念铜务紧要，需用孔亟，敕部通筹指拨有着的款五十万两，予限解滇，俾臣有所籍手而免贻误，不胜迫切待命之至！谨会同云贵总督臣魏光焘、云南巡抚臣李经羲，恭折陈请。伏祈皇太后、皇上圣鉴训示。谨奏。光绪二十八年三月二十五日。

光绪二十八年四月二十四日，奉朱批：户部议奏。钦此。①

---

①中国第一历史档案馆藏：《朱批奏折》，档号：04-01-35-1376-033。又，《录副奏折》，档号；039536-064。

1251. 请饬借拨银两以济急需片

光绪二十八年八月二十一日（1902年9月22日）

再，臣等所请川盐加价之议系为铜本筹一经久有着的款，亟应候旨饬部核议办理。惟计事即可行，由部咨川转饬遵办，纵极迅速，亦需半年，而铜本急需应用，迫不及待，合无仰恳天恩饬部于川省盐道库、官运总局先行借拨银二十万两，年内分起解滇，以济急需。一俟盐斤加价收有成数，即由川省扣还。可否之处，理合附片陈请。伏乞圣鉴训示。谨奏。

（朱批：）览。①

光绪二十八年九月二十一日，奉朱批：览。钦此。②

1252. 恭报滇省本年七月雨水粮价折

光绪二十八年八月二十八日（1902年9月29日）

头品顶戴云贵总督兼署云南巡抚臣魏光焘跪奏，为恭报滇省七月分雨水情形并各属米粮价值，仰祈圣鉴事。

窃本年六月分雨水、粮价情形，前经臣恭折奏报在案。兹查七月分，据各属陆续具报，雨水调匀，土膏滋润，禾苗吐穗扬花，杂粮亦均长发，并据署藩司刘春霖将各属米粮价值查明，列单汇报前来。

臣逐加覆核，内云南丽江等府属粮价稍增，临安、开化、普洱、大理、顺宁、广西等府州属粮价较减，其余各属虽亦互有低昂，大略与上月相同。现在农民乐业，地方安静，洵堪仰慰圣怀！理合恭折具奏，并缮粮价清单，敬呈御览。伏乞皇太后、皇上圣鉴。谨奏。光绪二十八年八月二十八日。

---

①中国第一历史档案馆藏：《朱批奏片》，档号：04-01-36-0112-032。

②台北故宫博物院藏：《军机及宫中档》，文献编号：149948。

（朱批：）知道了。[①]

光绪二十八年九月二十八日，奉朱批：知道了。钦此。[②]

1253. 呈滇省本年七月各属粮价清单

光绪二十八年八月二十八日（1902 年 9 月 29 日）

谨将光绪二十八年七月分云南省所属地方各项粮价，开具清单，恭呈御览。

计开

云南府属：价平

上白米每仓石价银二两四钱至三两三钱，与上月相同。中白米每仓石价银二两二钱九分至三两一钱二分，较上月稍减。上红米每仓石价银二两三钱至三两二钱，较上月稍增。中红米每仓石价银二两四分至三两八分，较上月稍减。小麦每仓石价银一两五钱四分至二两八钱，较上月稍减。大麦每仓石价银七钱五分至二两七钱，较上月稍减。荞每仓石价银七钱四分至二两六钱八分，较上月稍减。南豆每仓石价银九钱一分至二两三钱二分，较上月稍减。

曲靖府属：价平

上白米每仓石价银一两八钱至四两，与上月相同。中白米每仓石价银一两七钱二分至四两，与上月相同。上红米每仓石价银一两五钱八分至三两六钱，与上月相同。中红米每仓石价银一两五钱一分至三两六钱，与上月相同。小麦每仓石价银一两至三两九钱五分，与上月相同。大麦每仓石价银八钱六分至三两，与上月相同。荞每仓石价银一两至二两八钱四分，与上月相同。南豆每仓石价银七钱二分至三两六钱三分，与上月相同。

临安府属：价平

---

①台北故宫博物院藏：《军机及宫中档》，文献编号：408007167。

②台北故宫博物院藏：《军机及宫中档》，文献编号：150239。

上白米每仓石价银三两一钱至五两一钱，较上月稍减。中白米每仓石价银三两五分至五两，较上月稍减。上红米每仓石价银二两九钱至四两九钱，较上月稍减。中红米每仓石价银二两八钱七分至四两八钱，较上月稍减。小麦每仓石价银二两五钱至五两六钱一分，较上月稍减。大麦每仓石价银一两五钱至四两三钱二分，较上月稍减。荞每仓石价银一两九钱一分至四两二钱八分，较上月稍减。南豆每仓石价银二两至四两四钱一分，较上月稍减。

澂江府属：价平

上白米每仓石价银二两六钱至五两五钱，与上月相同。中白米每仓石价银二两六钱至五两三钱，与上月相同。上红米每仓石价银二两二钱至五两五钱，与上月相同。中红米每仓石价银二两二钱至五两三钱，与上月相同。小麦每仓石价银一两二钱至四两，与上月相同。大麦每仓石价银一两至三两一钱，与上月相同。荞每仓石价银一两二钱至四两一分，与上月相同。南豆每仓石价银一两二钱至四两，与上月相同。

广南府属：价平

上白米每仓石价银二两二钱，与上月相同。中白米每仓石价银二两一钱，与上月相同。上红米每仓石价银二两一钱，与上月相同。中红米每仓石价银二两，与上月相同。小麦每仓石价银二两二钱，与上月相同。大麦每仓石价银一两四钱，与上月相同。荞每仓石价银三钱二分，与上月相同。南豆每仓石价银二两二钱，与上月相同。

开化府属：价平

上白米每仓石价银三两六钱，较上月稍减。中白米每仓石价银三两五钱，较上月稍减。上红米每仓石价银三两六钱，较上月稍减。中红米每仓石价银三两五钱，较上月稍减。小麦每仓石价银四两五钱，较上月稍减。大麦每仓石价银二两，较上月稍减。荞每仓石价银一两五钱，较上月稍减。南豆每仓石价银五两，与上月相同。

普洱府属：价平

上白米每仓石价银一两四钱至二两七钱，与上月相同。中白米每仓石价银一两二钱至二两五钱，较上月稍减。上红米每仓石价银一两三钱至二两四钱，较上月稍减。中红米每仓石价银一两一钱至二两三钱，较上月稍减。小麦每仓石价银一两一钱七分一厘，与上月相同。大麦每仓石价银七钱五分至二两二钱，与上月相同。荞每仓石价银九钱至一两五钱一厘，较上月稍增。南豆每仓石价银一两至二两七钱，与上月相同。

东川府属：价平

上白米每仓石价银三两二钱至三两五钱，与上月相同。中白米每仓石价银三两一钱至三两四钱，与上月相同。上红米每仓石价银三两一钱至三两四钱，与上月相同。中红米每仓石价银三两至三两三钱，与上月相同。小麦每仓石价银二两五钱至三两，与上月相同。大麦每仓石价银二两，与上月相同。荞每仓石价银一两八钱，与上月相同。南豆每仓石价银二两，与上月相同。

昭通府属：价平

上白米每仓石价银二两一钱七分至七两三钱七分，与上月相同。中白米每仓石价银二两八分至六两九钱三分，与上月相同。上红米每仓石价银一两九钱七分至六两二钱七分，与上月相同。中红米每仓石价银一两八钱二分至六两五分，与上月相同。小麦每仓石价银一两三钱一分至四两七钱三分，与上月相同。大麦每仓石价银八钱四分至一两五钱九分，与上月相同。荞每仓石价银四钱九分至四两五钱一分，与上月相同。南豆每仓石价银七钱六分至四两五钱一分，与上月相同。

大理府属：价平

上白米每仓石价银二两一钱一分至三两一钱二分，较上月稍减。中白米每仓石价银二两八分至三两九分，较上月稍减。上红米每仓石价银一两九钱至三两七分，较上月稍减。中红米每仓石价银一两八分至三两五分，较上月稍减。小麦每仓石价银一两至二两一钱，较上月稍减。大麦每仓石价银八钱至一两九钱，较上月稍减。荞每仓石价银七钱至一两六钱一分，较上月稍减。南豆每仓石价银八钱至二两，与上月相同。

丽江府属：价平

上白米每仓石价银二两一钱五分至三两二钱，与上月相同。中白米每仓石价银二两四分至三两一钱，与上月相同。上红米每仓石价银二两四分至三两一钱，与上月相同。中红米每仓石价银一两九钱三分至二两七钱，较上月稍增。小麦每仓石价银一两二钱四分至一两七钱二分，较上月稍减。大麦每仓石价银九钱五分至一两三钱，较上月稍减。荞每仓石价银七钱五分至一两三钱，较上月稍减。青稞每仓石价银一两二分至一两一钱，较上月稍减。南豆每仓石价银八钱五分至一两四钱二分，较上月稍减。

永昌府属：价平

上白米每仓石价银二两一钱至二两四钱，与上月相同。中白米每仓石价银二两至二两一钱，与上月相同。上红米每仓石价银一两八钱至二两四钱，与上月相同。中红米每仓石价银一两七钱至二两一钱，与上月相同。小麦每仓石价银一两三钱八分至一两八钱，与上月相同。大麦每仓石价银一两，与上月相同。荞每仓石价银九钱至一两二钱八分，与上月相同。南豆每仓石价银一两二钱八分至一两五钱，与上月相同。

顺宁府属：价平

上白米每仓石价银一两七钱至三两五分，与上月相同。中白米每仓石价银一两五钱至二两九钱五分，与上月相同。上红米每仓石价银一两五钱至二两九钱，与上月相同。中红米每仓石价银一两三钱至二两八钱五分，与上月相同。小麦每仓石价银八钱至一两三钱，较上月稍减。大麦每仓石价银八钱至一两五钱，较上月稍减。荞每仓石价银六钱至一两二钱一厘，较上月稍减。南豆每仓石价银九钱一分至一两八钱，较上月稍减。

楚雄府属：价平

上白米每仓石价银二两三钱至四两一钱，与上月相同。中白米每仓石价银二两一钱至三两九钱，与上月相同。上红米每仓石价银二两一钱至三两七钱，与上月相同。中红米每仓石价银二两五分至三两六钱，与上月相同。小麦每仓石价银六钱三分至二两一钱五分，与上月相同。大麦每仓石价银八钱至一两九钱五分，与上月相同。荞每仓石价银九钱三分至一两七钱，与上月相同。南豆每仓石价银一两三钱至二两，与上月相同。

蒙化直隶厅：价平

上白米每仓石价银三两二钱，与上月相同。中白米每仓石价银三两一分，与上月相同。上红米每仓石价银三两一分，与上月相同。中红米每仓石价银二两八钱四分，与上月相同。小麦每仓石价银二两六钱，与上月相同。大麦每仓石价银二两一钱八分一厘，与上月相同。荞每仓石价银二两八分，较上月稍减。南豆每仓石价银一两六钱六分一厘，与上月相同。

永北直隶厅：价平

上白米每仓石价银二两二钱三分，与上月相同。中白米每仓石价银二两一钱二分，与上月相同。上红米每仓石价银一两九钱一分，与上月相同。中红米每仓石价银一两八钱，与上月相同。小麦每仓石价银一两三钱四分一厘，与上月相同。大麦每仓石价银一两三分，与上月相同。荞每仓石价银一两一钱八分，与上月相同。南豆每仓石价银一两一钱九分一厘，与上月相同。

景东直隶厅：价平

上白米每仓石价银二两九钱，与上月相同。中白米每仓石价银二两八钱，与上月相同。上红米每仓石价银二两八钱，与上月相同。中红米每仓石价银二两一钱，与上月相同。小麦每仓石价银一两九钱，与上月相同。大麦每仓石价银一两六钱，与上月相同。荞每仓石价银一两九钱，与上月相同。南豆每仓石价银一两五钱，与上月相同。

镇沅直隶厅：价平

上白米每仓石价银二两六钱，与上月相同。中白米每仓石价银二两五钱，与上月相同。上红米每仓石价银二两五钱，与上月相同。中红米每仓石价银二两四钱五分，与上月相同。小麦每仓石价银一两五钱，与上月相同。大麦每仓石价银一两四钱，与上月相同。荞每仓石价银一两二钱，与上月相同。南豆每仓石价银二两五钱，与上月相同。

广西直隶州并属：价平

上白米每仓石价银二两四钱至四两五钱，较上月稍减。中白米每仓石价银二两至四两二钱，较上月稍减。上红米每仓石价银一两八钱至四两一钱，较上月稍减。中红米每仓石价银一两六钱至四两，较上月稍减。小麦每仓石价银二两至二两五钱，较上月稍减。大麦每仓石价银一两至二两，较上月稍减。荞每仓石价银一两二钱至一两九钱，较上月稍减。南豆每仓石价银一两四钱至二两八钱，与上月相同。

元江直隶州并属：价平

上白米不产。中白米每仓石价银二两七钱五分至三两八钱，与上月相同。上红米每仓石价银三两二钱，与上月相同。中红米每仓石价银二两四钱至三两二钱，与上月相同。小麦每仓石价银二两六钱，与上月相同。大麦不产。荞每仓石价银一两二钱五分，与上月相同。南豆每仓石价银二两一钱，与上月相同。

武定直隶州并属：价平

上白米每仓石价银二两五钱至三两三钱，与上月相同。中白米每仓石价银二两三钱至三两，与上月相同。上红米每仓石价银二两三钱至三两，与上月相同。中红米每仓石价银一两九钱五分至二两八钱，与上月相同。小麦每仓石价银一两八钱至二两，与上月相同。大麦每仓石价银一两四钱至一两八钱，与上月相同。荞每仓石价银一两三钱至二两六钱，与上月相同。南豆每仓石价银一两三钱五分至一两八钱，与上月相同。

以上各属所报米粮价值，俱系按照时价造报，理合登明。

（朱批：）览。[1]

1254. 请以何在璿署理丽江县知县折

光绪二十八年八月二十八日（1902年9月29日）

头品顶戴云贵总督兼署云南巡抚臣魏光焘跪奏，为拣员请署选缺知县，以裨地方，恭折仰祈圣鉴事。

窃查丽江县知县吴申祐于光绪二十八年五月十九日在省寓病故，当经具奏开缺，声明所遗丽江县知县系月选之缺，滇省现有应补人员，应请扣留外补在案。照例以该员病故本日作为开缺日期，归于五月底截缺。五月分病、故、休选缺知县只此一缺，毋庸掣签，业将截缺日期咨报在案。查定例：各省知县如遇告病、病故、休致等项缺出，准其以一缺题补各项候补并进士即用之员，以一缺题补本班前先大挑举人，以一缺题补本班大挑举人。如各项候补即用无人，仍专用大挑举人。又，大挑举人到省试用期满业经甄别之员，均按科分先后为补缺之次序，各等语。查病、故、休等项选缺知县缺出，统归一项请补。滇省上次新平县知县系第一轮第三缺，已用至大挑班先后应插之分缺先补用知县杨嘉绅止。今丽江县知县系第一轮第四缺，滇省知县班内现无郑工及新海防遇缺先、旧海防先、海防即、旧例遇缺先、遇缺各班人员，按轮系大挑正班到班。

查有科分到省在前之大挑正班试用知县何在璿，年六十三岁，福建侯官县监生，中式同治十二年癸酉科本省乡试第六十八名举人。光绪六年庚辰科会试后，经钦派王大臣挑取一等，以知县用，签分云南，领照截留，回籍听候咨取。光绪十年七月，奉文咨取来滇试用，因母老呈明在籍侍养。嗣经养亲事毕，服满起复，请咨赴滇候补，于光绪二十四年三月三十日到省，试用一年期满，

[1] 台北故宫博物院藏：《军机及宫中档》，文献编号：150239-0-A。

甄别留省补用在案，委署云南县知县。臣查该员何在璿才具稳练，任事实心，并无参罚案件，以之请署丽江县知县，实属人地相宜，与例亦符。据署布政使刘春霖、按察使全楙绩会详前来。

合无仰恳天恩俯准以该员何在璿署理丽江县知县，实于地方有裨。如蒙俞允，该员系大挑试用知县，今请署知县，衔缺相当，毋庸送部引见，仍照例俟试署期满，如果称职，另请实授。除咨部查照外，所有拣员请署选缺知县缘由，谨恭折具陈。伏乞皇太后、皇上圣鉴，敕部核覆施行。再，云贵总督系臣本任，毋庸列衔。合并陈明。谨奏。光绪二十八年八月二十八日。

(朱批：) 吏部议奏。[①]

光绪二十八年九月二十八日，奉朱批：吏部议奏。钦此。[②]

1255. 奏报知县文续烟瘴俸满开缺折

光绪二十八年八月二十八日（1902 年 9 月 29 日）

头品顶戴云贵总督兼署云南巡抚臣魏光焘跪奏，为烟瘴要缺知县俸满开缺，恭折仰祈圣鉴事。

据署布政使刘春霖、按察使全楙绩详称：案查前奉准吏部咨：普洱府宁洱县知县等缺，烟瘴最盛，水土恶劣，三年俸满，题咨到部，饬令交代清楚，撤回内地候升等因。奉旨：依议。钦此。钦遵在案。兹查宁洱县知县文续，系镶白旗满洲成惠佐领下监生，奉文准补斯缺，于光绪二十五年九月十七日到任。计自到任之日起，连闰扣至二十八年八月十七日止，实历烟瘴边俸已满三年，例应报满开缺，撤回内地候升，照例以该员俸满本日作为开缺日期。会详请奏开缺前来。

臣覆查无异，除委员接署并饬该员交代清楚，由该管各官层递加考，另行办理。至所遗宁洱县知县系烟瘴要缺，例应在外拣

---

①台北故宫博物院藏：《军机及宫中档》，文献编号：408007166。

②台北故宫博物院藏：《军机及宫中档》，文献编号：150234。

选升调。除咨部查照外，所有该员俸满开缺日期，谨恭折具陈。伏乞皇太后、皇上圣鉴，敕部查照施行。再，云贵总督系臣本任，毋庸会衔。合并陈明。谨奏。光绪二十八年八月二十八日。

（朱批：）吏部知道。①

光绪二十八年九月二十八日，奉朱批：吏部知道。钦此。②

1256. 奏报知州黄玉方丁忧开缺折

光绪二十八年八月二十八日（1902 年 9 月 29 日）

头品顶戴云贵总督兼署云南巡抚臣魏光焘跪奏，为知州闻讣丁忧开缺，恭折仰祈圣鉴事。

窃据署布政使刘春霖详：光绪二十八年八月十五日，据署云州事准补姚州知州黄玉方申称：现年四十三岁，系江西清江县附贡生，报捐同知职衔。光绪十七年，复加捐知州分缺先选用，并免保举，随即投供候选。是年八月，签掣云南路南州知州，九月初三日引见，奉旨：云南路南州知州员缺，着黄玉方补授。钦此。领凭于十八年闰六月十六日到任，准调镇雄州知州，二十三年七月二十一日到任。嗣以办事粗率，不洽舆情，奏奉上谕：黄玉方着开缺另补。钦此。奉文归于云南撤回留省另补知州班内酌量补用，请补姚州知州，奉文覆准，委署云州知州，于光绪二十八年二月初八日到任。七月二十五日，在署任闻讣知生母杨氏先于本年六月初三日在江苏扬州府寓所病故，系亲生长子，并无过继，例应闻讣丁忧等情。申司查明，详请具奏开缺前来。

臣覆查无异，除委员接署并饬令该员交代清楚，照例出具亲供，请咨回籍守制外，所遗姚州知州选缺，按照二留一咨定章，上次马龙州知州李同寿请升思茅同知，遗缺系第三咨缺，已照章声请归部铨选在案。此次姚州知州系归选后第一留缺，滇省现有

①台北故宫博物院藏：《军机及宫中档》，文献编号：408007169。
②台北故宫博物院藏：《军机及宫中档》，文献编号：150235。

应补人员，应请扣留外补。

除咨部查照外，所有知州闻讣丁忧开缺日期，谨恭折具陈。伏乞皇太后、皇上圣鉴，敕部查照施行。谨奏。光绪二十八年八月二十八日。

（朱批：）吏部知道。①

光绪二十八年九月二十八日，奉朱批：吏部知道。钦此。②

1257. 奏请将费希龄革职审办片

光绪二十八年八月二十八日（1902年9月29日）

再，图治必先察吏。州、县为亲民之官，宽严均可致功。惟稍涉颟顸，遇事罔知详慎，则即自矜严厉，而任性自恣，刑罚之不中，其贻误实与循玩者相等。臣于接见属僚及批答文牍，屡经谆切告诫，乃查有署会泽县事富民县知县费希龄，前具详该县举人胡嗣虞荡检逾闲，声明素劣一案，业经前抚臣李经羲奏明将该举人褫革讯办在案。照例本非应禁，该令擅行监禁胡嗣虞，忽致服毒身死，辄敢捏报病故，办事已属颟顸。复据该县绅民具控借办升科索费病民各款，情节尤为重大。据该管府冯誉骢禀揭前来。

臣当即批司先将该令撤省委查提解澈究在案。当此整顿庶务之时，未便稍事宽容，相应请旨将富民县知县费希龄即行革职，归案审办，以肃吏治。至富民县选缺知县，应照咨留相间章程，分别核办。除咨部查照外，理合附片具陈。伏乞圣鉴训示。再，云贵总督系臣本任，毋庸会衔。合并声明。谨奏。

（朱批：）着照所请，该部知道。③

光绪二十八年九月二十八日，奉朱批：着照所请，该部知道。

---

①台北故宫博物院藏：《军机及宫中档》，文献编号：408007168。

②台北故宫博物院藏：《军机及宫中档》，文献编号：150238。

③台北故宫博物院藏：《军机及宫中档》，文献编号：408007168-0-A。

钦此。[1]

1258. 奏报借发柴本银两缘由片

光绪二十八年八月二十八日（1902 年 9 月 29 日）

再，查前准户部议覆，嗣后煎盐柴本，应奏明借发，以昭慎重等因。业将黑、白、石膏等井本年分应借柴本奏明借发在案。兹据盐法道普津会同署布政使刘春霖详称：据委办琅井盐务委员毓琳详：借光绪二十八年分琅井柴本银六百两，即在于本年征收该井盐课内如数借给，饬令该员承领，转发殷实灶户，采办供煎，以顾课款；仍自次年夏季起，予限一年，按季扣缴，随课批解，入于三十年销册造报。倘有短少悬欠，责令该员赔缴，照例参处等情。详请附奏前来。

臣覆查无异，除咨户部查照外，所有借发琅井柴本银两缘由，谨附片具陈。伏乞圣鉴。再，云贵总督系臣本任，毋庸列衔。合并陈明。谨奏。

（朱批：）户部知道。[2]

光绪二十八年九月二十八日，奉朱批：户部知道。钦此。[3]

1259. 请以李同寿升补思茅同知折

光绪二十八年九月初七日（1902 年 10 月 8 日）

头品顶戴云贵总督兼署云南巡抚臣魏光焘跪奏，为拣员升补烟瘴要缺同知，以裨地方而资治理，恭折仰祈圣鉴事。

窃查思茅同知许之载自光绪二十五年七月二十准补到任之日起，连闰扣至二十八年六月二十日止，实历烟瘴边俸已满三年，

①台北故宫博物院藏：《军机及宫中档》，文献编号：150237。

②台北故宫博物院藏：《军机及宫中档》，文献编号：408007166-0-A。

③台北故宫博物院藏：《军机及宫中档》，文献编号：150236。

例应报满开缺，撤回内地候升，当经详咨开缺，声明所遗思茅同知系烟瘴要缺，例应在外拣选调补，应照例以该员俸满本日作为开缺日期，归六月底截缺，系要缺，毋庸掣签。除详咨截缺日期外，查定例：知县以上官员，如遇例应题调缺出及烟瘴地方，俱准升调兼行。又，升调烟瘴地方知县以上官员，准其不扣年限，于现任人员内拣选熟悉风土、能耐烟瘴之员，题咨升调，不得以初任候补人员题补，各等语。查思茅同知地处极边，烟瘴最盛，水土恶劣，与缅甸、南掌及暹罗所属戛于腊各部落接壤，幅员辽阔，汉夷辐辏，一切控驭抚绥，在在均关紧要。且设关互市以来，经理商税、交涉各事宜，尤为繁重，非精明干练，通达边情、洋务，能耐烟瘴之员，不足以资治理。

臣督饬藩、臬两司于通省应调、应补人员内逐加遴选，非现居要缺，即人地未宜，实无合例堪以调补之员。惟于应升人员内查有马龙州知州李同寿，年三十二岁，湖南善化县人，因祖父朝斌原任江南提督，恭逢光绪元年恩诏，承荫从一品荫生。二十三年四月，赴部考试，取列二等二名，引见，奉旨：着外用。钦此。以知州注册候选，赴部投供。二十四年四月，掣签云南曲靖府马龙州知州，引见，奉旨：云南马龙州知州着李同寿补授。钦此。领凭到滇，二十五年二月初九日到任，调署易门县知县。据署云南布政使刘春霖、按察使全楙绩查该员守励洁清，心无欺饰，本任内仅止承缉命、盗四案，凶盗未获，均止初参住俸，此外别无参罚案件，请以升补普洱府思茅同知，实属人地相宜，洵堪胜任。会详请奏前来。

臣查该员李同寿守洁才长，实心任事，合无仰恳天恩俯念员缺紧要，准以马龙州知州李同寿升补思茅同知，俾资治理。如蒙俞允，该员系现任知州，今请升同知，俟奉覆准，照例给咨送部引见，恭候钦定。查滇省升调遗知州一项，按照二留一咨定章，上次镇南州知州王瀚存调补遗缺，系咨选后第一留缺；次出罗平州知州病故缺，系第二留缺，均因知州班内无人，业经另案送部铨选在案。此次所遗马龙州知州缺，系第三咨缺，应请照章仍归部铨选，以符定制。

所有拣员升补烟瘴要缺同知缘由，谨恭折具陈。伏乞皇太后、皇上圣鉴，敕部议覆施行。再，云南巡抚系臣兼署，毋庸列衔。合并声明。谨奏。光绪二十八年九月初七日。

（朱批：）吏部议奏。[①]

光绪二十八年十月初八日，奉朱批：吏部议奏。钦此。[②]

1260. 请以李长春等补授游击缘由折

光绪二十八年九月初七日（1902年10月8日）

头品顶戴云贵总督兼署云南巡抚臣魏光焘跪奏，为拣员请补游击员缺，以实营伍，恭折仰祈圣鉴事。

窃查云南普洱镇标左营游击员缺，前以楚雄协中军都司段世勋升补。又，督标左营游击李呈瑞升任，遗缺以尽先游击谢春霖请补，具奏在案。嗣经部驳核与轮章不符，行令另拣合例人员请补，咨行到滇，自应遵照办理。

查普洱镇左营游击员缺，部指为第五轮八缺，应用尽先人员，臣于通省尽先游击班内逐加遴选，其名次在前之张得胜、张绍康、张应聘、袁培勋四员俱先后病故，邓陞炳、熊文卫二员现在丁忧，高荣生、马铭、丁凤祥、桂尚华、李如标、胡连玉、李长华、李国梁、郑锐九员俱先后请假离营，杨凤岐甫经调补顺云协都司，未奉核准；马成堂、毛葵元、秦大绪三员皆久未在标，阳春曦已并案请补，侬兴忠、钱汝清、潘思顺、姜云龙、彭仁里、王治平、吕联科、许声亮、杨钟祥、高熙元、赵永清、张其仁、李福新、金桂林、王荣、徐廷梁等十六员俱与此缺人地不宜，未便迁就。惟查有尽先补用游击广南营中军守备李长春，勇干有为，营伍谙

①台北故宫博物院藏：《军机及宫中档》，文献编号：408007171。

②台北故宫博物院藏：《军机及宫中档》，文献编号：150492。

练，堪以请补。又督标左营游击员缺，部指为第六轮一缺，应用尽先人员，于尽先人员内逐加遴选，其名次在前各员除先后病故及久未在标、请假离营，前已按名声叙外，尚有侬兴忠、钱汝清、潘思顺、姜云龙、彭仁里、王治平、吕联科、许声亮、杨钟祥等九员，俱与此缺人地不宜，未便稍涉迁就。惟查有尽先补用游击阳春曦，精明强干，任事实心，堪以请补。均与例章相符。

除将该员等简明履历送部查核外，合无仰恳天恩俯念员缺紧要，准以李长春补授普洱镇左营游击，阳春曦补授督标左营游击，实于营伍、地方两有裨益。阳春曦系寻甸州人，距请补之缺在五百里以内，例应回避，如蒙俞允，俟奉部覆准，再请拣员对调，分别给咨该员等送部引见，以符定制。李长春所遗广南营中军守备系调补之缺，容俟另行拣员调补。

所有拣员请补游击各员缺缘由，谨会同署云南提督臣蒋宗汉，恭折具陈。伏乞皇太后、皇上圣鉴，敕部核覆施行。再，以上各缺均在未奉新章以前所出之缺，应请仍照旧轮办理。又，云南巡抚系臣兼署，毋庸列衔。合并声明。谨奏。光绪二十八年九月初七日。

（朱批：）兵部议奏。①

光绪二十八年十月初八日，奉朱批：兵部议奏。钦此。②

1261. 代奏法国驻滇领事等员谢恩折

光绪二十八年九月初七日（1902 年 10 月 8 日）

头品顶戴云贵总督兼署云南巡抚臣魏光焘跪奏，为据情代奏，叩谢天恩，恭折仰祈圣鉴事。

窃准外务部咨：光绪二十八年正月初三日，准军机处钞交臣等片奏，恳恩赏给法国驻滇总领事官方苏雅二等第三宝星、副领

①台北故宫博物院藏：《军机及宫中档》，文献编号：408007170。

②台北故宫博物院藏：《军机及宫中档》，文献编号：150496。

事官伯威三等第二宝星，本日奉朱批：着照所请，外务部知照。钦此。由部照制宝星二座，填发执照，一并咨送到臣，当即分别备文转发去后。兹准该总领事官方苏雅、副领事官伯威照称：遵于本年四月十三日将颁发二等第三宝星、三等第二宝星并执照二张分别祗领讫。仰见大皇帝眷念邦交、优待外臣之至意。叨荣施之逾格，永矢服膺；荷宠遇之特颁，常怀报称。所有祗领日期并感激下忱，理合照请代奏叩谢天恩等情。前来。

臣覆查无异，谨恭折据情代奏。伏乞皇太后、皇上圣鉴。再，云南巡抚系臣兼署，毋庸列衔。合并声明。谨奏。光绪二十八年九月初七日。

（朱批：）知道了。①

光绪二十八年十月初八日，奉朱批：知道了。钦此。②

1262. 请以马洪昌补授开化镇守备折

光绪二十八年九月初七日（1902年10月8日）

头品顶戴云贵总督兼署云南巡抚臣魏光焘跪奏，为拣员请补守备员缺，以实营伍，并声明守备张应聘病故日期，恭折仰祈圣鉴事。

窃据署云南开化镇总兵苏抡元呈报：镇标右营守备张应聘于光绪二十八年六月二十九日在任病故，业经咨报在案。所遗云南开化镇右营守备员缺，查照现奉新章，系第一轮第一缺，应用尽先人员。臣于尽先守备内逐加遴选，其名次在前各员，除先后病故及久未在标、请假离营各员业于王义昌请补抚标右营守备折内按名声叙外，尚有何发贵籍隶本府，例应回避；许瀛洲、官永兴二员现已丁忧，高尚义现已病故，郑清伦因案查办，李景芳、朱佩沅、邓申山、吕永兴、彭福芝、李锦昌、岑文华、刘国胜、马

①台北故宫博物院藏：《军机及宫中档》，文献编号：408007173。

②台北故宫博物院藏：《军机及宫中档》，文献编号：150494。

文仲、王国宾、萧铣等十一员均请假离营，马锡海、何自然、王定礼、刘湘、张富贵、张钟秀、高应芳、刘文炳、曹树勋、刘国梁、王嘉乐、罗万、李廷忠、李炳辉、张其宽、浦永和、罗光耀、王陞、董超等十九员均与此缺人地不宜，未便稍涉迁就。惟查有尽先补用守备马洪昌，年力富强，差操勤慎，堪以请补，与例亦符。

除将该员简明履历送部查核外，合无仰恳天恩俯念员缺紧要，准以马洪昌补授开化镇右营守备员缺，实于营伍、地方两有裨益。如蒙俞允，俟接准部覆，即行给咨该员送部引见，以符定制。

所有拣员请补守备员缺缘由，谨会同署云南提督臣蒋宗汉，恭折具陈。伏乞皇太后、皇上圣鉴，敕部核覆施行。再，云南巡抚系臣兼署，毋庸列衔。合并声明。谨奏。光绪二十八年九月初七日。

（朱批：）兵部议奏。①

光绪二十八年十月初八日，奉朱批：兵部议奏。钦此。②

1263. 请将守备陈其耀即行革职片

光绪二十八年九月初七日（1902年10月8日）

再，据云南营务处司道署布政使刘春霖等详：准分统绥靖全军调补江西九江镇总兵刘万胜咨：据管带续备军左营副将衔尽先补用都司开化镇后营守备陈其耀禀称：该营后哨弁补用把总叶松兴隐匿枪码、军械等件，迨经查究，讵该弁纠约该哨勇丁一同拐带枪码逃逸，严拿无获。详请通缉前来。

臣查枪码为营中利器，现值粤匪披猖，尤关紧要，陈其耀身为营官，哨弁叶松兴虽由前管带黄奇芳禀保委充，该员系接带之员，叶松兴能否留用，何以并不悉心察看，致令带勇潜逃？又未

①台北故宫博物院藏：《军机及宫中档》，文献编号：408007172。

②台北故宫博物院藏：《军机及宫中档》，文献编号：150491。

能当时弋获，实属藐玩军律，咎无可辞。除将补用把总叶松兴咨部斥革并分咨原籍广东及各省一体查拿、务获解办外，相应请旨将副将衔尽先补用都司卸带续备左营开化镇后营守备陈其耀即行革职，仍饬严缉逃弁叶松兴解究，并勒令先行赔缴，以肃戎行。

所遗开化镇后营守备员缺，滇省现有应补人员，容俟另案拣员请补外，谨附片具陈。伏乞圣鉴训示。谨奏。

（朱批：）着照所请，该部知道。[①]

光绪二十八年十月初八日，奉朱批：着照所请，该部知道。钦此。[②]

1264. 奏报故员何湘请恤逾限缘由片

光绪二十八年九月初七日（1902年10月8日）

再，云南黑盐井文生何湘于咸丰七年因回匪窜踞井地，十年捐资募勇，随同官军围攻黑、元、永三井等处贼巢。八月初七日，在元、永地方与贼力敌阵亡，报经前云南巡抚汇入第十三次案内奏请议恤，经部议给云骑尉世职，袭次完时，毋庸给予恩骑尉，并予限二年咨取该生出身履历，查核相符，再准承袭等因。于光绪十九年五月二十一日奉旨：依议。钦此。嗣据兼袭云骑尉世职何廷爕出具供结，呈由地方官详请具题请袭，造送该故员出身履历各在案。复奉文饬令查照定章声叙请恤原案，并将逾限缘由奏明办理等因。咨滇转行去后。

兹据署云南布政使刘春霖详：据署黑盐井提举江海清申：据请袭云骑尉世职何廷爕呈称：前奉文饬取故父出身履历，实因家道贫寒，游学在外，家中仅只女流，不谙定章，以致前造履历未能依限呈送，并非无故迟延。由该提举申司详请具奏前来。

臣覆查无异，除咨吏、兵部查照外，谨附片具陈。伏乞圣鉴，

---

①台北故宫博物院藏：《军机及宫中档》，文献编号：408007172-0-A。

②台北故宫博物院藏：《军机及宫中档》，文献编号：150493。

敕部查核准袭，施行。谨奏。

(朱批：) 该部知道。①

光绪二十八年十月初八日，奉朱批：该部知道。钦此。②

1265. 请以魏景桐接署临安开广道片

光绪二十八年九月初七日（1902 年 10 月 8 日）

再，臣前钦奉谕旨：严饬三省会剿游匪，并着各派本省防营出境扼扎，以遏奔窜等因。钦此。遵即派会办全省营务处现署云南粮储道存记补用道魏景桐，驰往开广一带，察看军情，妥为布置，业经电奏在案。臣查边地既过袤延，军情贵在联络，更需力行坚壁清野之策，始足先固本国，非得知兵大员兼寄以地方之责，难期得力。适接电传现署临安开广道陈灿奉旨补授云南粮储道，应即先行饬赴新任，以重职守。所遗临安开广道缺，即就近委魏景桐接署，该道识卓才优，办理交涉向臻妥协，且于戎务尤有历练，并委令总统前敌团防各军，督办防剿，以一事权而专责任。

除分檄饬遵外，谨附片具陈。伏乞圣鉴。再，云南巡抚系臣兼署，毋庸会衔。合并陈明。谨奏。

(朱批：) 知道了。③

光绪二十八年十月初八日，奉朱批：知道了。钦此。④

1266. 审拟命盗各案摘由汇报缘由折

光绪二十八年九月二十日（1902 年 10 月 21 日）

头品顶戴云贵总督兼署云南巡抚臣魏光焘跪奏，为审明寻常

①台北故宫博物院藏：《军机及宫中档》，文献编号：408007170-0-A。

②台北故宫博物院藏：《军机及宫中档》，文献编号：150497。

③台北故宫博物院藏：《军机及宫中档》，文献编号：408007171-0-A。

④台北故宫博物院藏：《军机及宫中档》，文献编号：150495。

命案，按律拟以绞候，遵照通行摘由汇报，以归简易，恭折仰祈圣鉴事。

窃查接管卷内，前准刑部咨：寻常命、盗应题各案，拟由各该督抚讯取确供拟勘后，一面将供、勘先行咨部，一面逐案摘叙简明事由，改为汇案具奏，每次至多以十案为率等因。遵办在案。

兹据按察使全楙绩先后审解蒙自县民何小二殴伤李小九落水身死一案；又，宁洱县民刘开林因奉催索缴款，口角争殴，致伤李王氏身死一案；又，宜良县民官刘明因劝阻被殴，用矛抵格，致伤何其林身死一案；又，昆明县民杨吉斋因索赌欠，共殴刘廷芳身死一案；又，宾川州民罗蕃因索欠争殴，用刀戳伤司玉富越日身死一案；又，平彝县客民陈小潩拾石掷殴，误伤刘玉林身死一案；又，镇雄州民李述滢与朱老八有嫌，杀伤伊妻聂氏身死图赖一案；又，顺宁县民字发科等共殴罗小春即罗明身死一案；又，宣威州民妇黄何氏夺棒殴伤夏周氏身死一案；又，镇雄州民杨冬狗因被索欠，戳伤李明洋身死一案。以上十案，均据各该州县将该犯等依“斗杀、误杀”律，拟绞监候，分别解由府、司覆审，招解到前抚臣，亲提研鞫，据各供认不讳，核与原审相同，未及录案汇办，移交前来。

臣覆核供情确凿，案无遁饰，所拟绞候罪名，均皆符合。除备录各供、勘咨部查核外，所有接准移交共计十案，谨遵通行汇案摘由，恭折具奏。伏乞皇太后、皇上圣鉴，敕部核覆施行。再，云贵总督系臣本任，毋庸列衔。合并陈明。谨奏。光绪二十八年九月二十日。

(朱批：) 刑部议奏。①

光绪二十八年十月二十日，奉朱批：刑部议奏。钦此。②

---

①台北故宫博物院藏：《军机及宫中档》，文献编号：408007174。

②台北故宫博物院藏：《军机及宫中档》，文献编号：150794。

1267. 请将已革通判刘国光永不叙用折

光绪二十八年九月二十日（1902年10月21日）

头品顶戴云贵总督兼署云南巡抚臣魏光焘跪奏，为已革通判纵犯脱逃，捏称病故，恭折仰祈圣鉴事。

窃查同、通、州、县身任地方，遇有人命重案，例应认真审办，以儆凶顽。兹查有前署鲁甸通判刘国光，在任具报监犯柳静安因戳毙民人曾义生身死，讯供狡展等情。禀经前抚臣批饬提证讯拟，乃该革员并不严行监禁，辄因犯病，准保医调，以致乘间脱逃，又复捏报病故。据接署鲁甸通判席瑛查明前情，提讯保户人等，并无贿纵情事，揭由该管府转详藩、臬两司会详前来。亟应从严参办，除饬该通判勒缉逃凶柳静安务获究报外，惟查前署通判刘国光业于上年甄别案内奏参革职，现复查明该革员于任内监禁重犯违例取保，致令脱逃，捏报病故，据详讯无贿纵情事，究属任意妄为，相应将已革通判刘国光奏请永不叙用，以儆官邪而肃吏治。

除咨部查照外，所有查参纵犯脱逃缘由，恭折具奏。伏乞皇太后、皇上圣鉴，敕部核覆施行。再，云贵总督系臣本任，毋庸列衔。合并陈明。谨奏。光绪二十八年九月二十日。

（朱批：）着照所请，该部知道。①

光绪二十八年十月二十日，奉朱批：着照所请，该部知道。钦此。②

---

①台北故宫博物院藏：《军机及宫中档》，文献编号：408007175。

②台北故宫博物院藏：《军机及宫中档》，文献编号：150793。

1268. 请以李金鳌补授姚州知州折

光绪二十八年九月二十日（1902 年 10 月 21 日）

头品顶戴云贵总督兼署云南巡抚臣魏光焘跪奏，为拣员请补选缺知州，以裨地方，恭折仰祈圣鉴事。

窃查准补姚州知州黄玉方于光绪二十八年七月二十五日在云州署任闻讣丁忧，当经奏请开缺，声明所遗姚州选缺，系咨选后第一留缺，滇省现有应补人员，照章扣留外补，照例以该员丁忧本日作为开缺日期，归于七月分截缺。是月分选缺知州，只此一缺，毋庸掣签，业将截缺日期报部在案。查定例：各省知州如系奉旨命往，或督抚题明留于该省候补者，无论应题、应调、应选之缺，令该督抚酌量补用。又，选缺知州丁忧等项缺出，专以候补班前与候补正班酌量请补等语。

今姚州知州系丁忧，所遗第一留缺，自应照例由外酌补。查有候补正班在任补用知州现任布政司经历李金鳌，年四十一岁，系顺天大兴县监生，原籍江苏吴县。光绪十八年，遵新海防例报捐布政司经历，指分云南试用。十九年十月，赴部验看，领照二十年二月二十五日到省，试用期满，甄别留省补用，请署布政司经历，奉文覆准，二十四年三月初三日到任，试署期满，报请实授；因办滇赈捐输出力保奏，请以知州在任候补，经部议准覆奏，于光绪二十五年四月十九日奉旨：依议。钦此。以部中行文日期照限减半计算，应以光绪二十五年六月十八奉文之日作为知州到省日期。二十六年，委解京铜赴京，请咨引见。二十七年十月初五日，经钦派王大臣验放，堪以照例用覆奏，十月十一日奉朱批：依议。钦此。承领执照，于二十八年三月十五日回省。

臣查该员李金鳌明干耐劳，留心吏治，并无参罚案件，以之请补姚州知州，实属人地相宜，洵堪胜任，与例亦符。据署布政使刘春霖、按察使全楙绩会详前来。合无仰恳天恩俯准以该员李金鳌补授姚州知州，实于地方有裨。如蒙俞允，该员系在任候补知州，今请补知州，衔缺相当，毋庸送部引见。所遗布政司经历选缺，上次王作楫准补赵州，所遗系第一留缺，已留外补在案。此次系第二留缺，滇省现有应补人员，应照章扣留外补。

除咨部外，所有拣补知州缘由，谨恭折具陈。伏乞皇太后、皇上圣鉴，敕部核覆施行。再，云贵总督系臣本任，毋庸列衔。合并陈明。谨奏。光绪二十八年九月二十日。

（朱批：）吏部议奏。①

光绪二十八年十月二十日，奉朱批：吏部议奏。钦此。②

1269. 奏报同知许之载俸满开缺折

光绪二十八年九月二十日（1902 年 10 月 21 日）

头品顶戴云贵总督兼署云南巡抚臣魏光焘跪奏，为烟瘴同知循例报满，恭折仰祈圣鉴事。

窃查思茅同知许之载实历烟瘴三年俸满，例应报满撤回内地候升，当经先行具奏开缺，并饬由该管官照例办理在案。兹据署布政使刘春霖、按察使全楙绩会详：准迤南道陈宗海③咨：据署普洱府知府温绍霖④转准思茅同知许之载牒称：现年五十二岁，浙江钱塘县监生，由候选布经历投效贵州军营，于克复城池生擒首逆出力保奏，同治九年七月十五日奉上谕：着免选本班，以知州不

①台北故宫博物院藏：《军机及宫中档》，文献编号：408007177。

②台北故宫博物院藏：《军机及宫中档》，文献编号：150795。

③陈宗海（？—1903），甘肃皋兰县人，原籍浙江山阴县，初由监生典史，选授四川渠县典史。咸丰七年（1857），捐升知县，并加同知衔。十年（1860），选授陕西淳化县知县。旋丁父忧，继丁母忧，回籍终制。同治十一年（1872），补授云南知县。光绪三年（1877），升补腾越同知。十一年（1885），保知府，升道员。十八年（1892），加三品衔，委署丽江府知府，请补普洱府知府。二十七年（1901），迁迤南道。二十九年（1903），因病出缺。

④温绍霖（1843—？），山西太谷县举人。光绪十一年（1885），报捐国子监助教。三十三年（1907），补授云南永昌府知府，委署曲靖府知府。三十四年（1908），署理丽江府知府。宣统元年（1909），开缺。

论双单月尽先选用。钦此。光绪十六年十二月，签掣云南石屏州。十七年二月十九日引见，奉旨：云南石屏州知州着许之载补授。钦此。领凭于十八年二月初二日到任。调补石膏井提举，实历烟瘴三年俸满开缺，撤回内地候升，升补思茅同知。光绪二十五年七月二十日，准补到任。计自奉文准补到任之日起，连闰扣至二十八年六月二十日止，实历烟瘴三年，例应报满，造具年籍、履历事实清册，申由该管府、道、藩、臬两司层递加考，详请具奏前来。

臣查该思茅同知许之载自光绪二十五年七月二十日准补到任起，连闰扣至二十八年六月二十日止，实历烟瘴边俸已满三年。覆查该员才优守洁，办事慎勤，核与烟瘴报满撤回内地候升之例相符。所遗思茅同知要缺，业经请以马龙州知州李同寿升补在案。

除咨部查照外，谨恭折具陈。伏乞皇太后、皇上圣鉴，敕部核覆施行。再，云贵总督系臣本任，毋庸列衔。合并陈明。谨奏。光绪二十八年九月二十日。

（朱批：）吏部知道。①

光绪二十八年十月二十日，奉朱批：吏部知道。钦此。②

1270. 奏报拣员署理府州等缺情形片

光绪二十八年九月二十日（1902 年 10 月 21 日）

再，署普洱府知府温绍霖另有差委，遗缺查有请补蒙化直隶同知胡璧，练达有为，堪以署理。又，署阿迷州知州杨嘉绅调省，遗缺应饬新选该州知州恩纶赴任。又，署云州知州事准补姚州知州黄玉方据报丁忧，遗缺应饬现署石屏州事准调该州知州曾楫赴任；递遗石屏州缺，查有试用知县吴学祁，才具明干，堪以署理。又，署马龙州知州曹乃金调省，遗缺应饬现署易门县事实缺该州

①台北故宫博物院藏：《军机及宫中档》，文献编号：408007176。

②台北故宫博物院藏：《军机及宫中档》，文献编号：150796。

知州李同寿回任；所遗易门县缺，饬现署宾川州事准补该县知县郭显球赴任；递遗宾川州缺，饬准补该州知州陈维新赴任。又，署剑川州知州周海清调省，遗缺应饬现署嵩明州事准补该州知州饶能弼赴任；所遗嵩明州缺，饬现署沾益州事准补该州知州王钟海赴任；递遗沾益州缺，查有试用通判汪应芬，办事勤能，堪以署理。又，署宣威州知州周安元调省，遗缺查有补用知州孙日裕，明白稳练，堪以署理。又，署姚州知州梁正麟调省，遗缺查有试用知县沈承钰，处事精详，堪以署理。

又，署楚雄县知县黄守正调省，遗缺查有试用知县黄泽书，从公勤谨，堪以署理。又，署浪穹县知县房星柬调省，遗缺查有截取试用知县周沆，朴实耐劳，堪以署理。又，前委调署永善县知县花铭据报病故，遗缺应饬现署陆凉州事请补该县知县杨珮先行署理；递遗陆凉州缺，查有试用知县马枏，才具开展，堪以署理。又，宁洱县知县文续烟瘴报满，撤回候升，遗缺应饬请补该县知县何文林先行署理。又，署平彝县知县龚树勋撤省，遗缺查有开缺另补知县秦发庆，实心任事，堪以署理。又，前饬回任之富民县知县费希龄，以在会泽县署任因案撤省查办，所遗富民县缺，查有大挑试用知县张焕，留心吏治，堪以改委署理。据藩、臬两司先后会详前来。

除分檄饬遵并将黄玉方、花铭、文续各丁忧、病故、俸满日期另行分别奏报开缺、遗缺，照章分别留滇另补外，谨附片具陈。伏乞圣鉴。再，云贵总督系臣本任，毋庸列衔。合并陈明。谨奏。

（朱批：）吏部知道。①

光绪二十八年十月二十日，奉朱批：吏部知道。钦此。②

---

①台北故宫博物院藏：《军机及宫中档》，文献编号：408007176-0-A。

②台北故宫博物院藏：《军机及宫中档》，文献编号：150797。

1271. 恭报滇省本年八月雨水粮价折

光绪二十八年十月初一日（1902年10月31日）

头品顶戴云贵总督兼署云南巡抚臣魏光焘跪奏，为恭报滇省八月分雨水情形并各属米粮价值，仰祈圣鉴事。

窃本年七月分雨水、粮价情形，前经臣恭折奏报在案。兹查八月分，据各属陆续具报，雨旸应时，土膏滋润，云南收获较迟，早稻已渐登场，晚禾亦次第结实。据署藩司刘春霖将各属米粮价值查明，列单汇报前来。

臣逐加覆核，内广南、开化、昭通、永北等府厅属粮价较增，云南、曲靖、普洱、元江等府州属粮价较减，其余各属虽亦互有低昂，大略与上月相同。现在农民乐业，地方安静，洵堪仰慰圣怀！理合恭折具奏，并缮粮价清单，敬呈御览。伏乞皇太后、皇上圣鉴。谨奏。光绪二十八年十月初一日。

（朱批：）知道了。①

光绪二十八年十月二十九日，奉朱批：知道了。钦此。②

1272. 呈滇省二十八年八月粮价清单

光绪二十八年十月初一日（1902年10月31日）

谨将光绪二十八年八月分云南省所属地方各项粮价，开具清单，恭呈御览。

计开

云南府属：价平

上白米每仓石价银二两二钱九分至三两，较上月稍减。中白米每仓石价银一两八钱五分至二两九钱六分，较上月稍减。上红

---

①台北故宫博物院藏：《军机及宫中档》，文献编号：408007178。

②台北故宫博物院藏：《军机及宫中档》，文献编号：151026。

米每仓石价银一两八钱五分至二两九钱六分，较上月稍减。中红米每仓石价银一两六钱七分至二两九钱二分，较上月稍减。小麦每仓石价银一两二钱至二两七钱，较上月稍减。大麦每仓石价银七钱至二两六钱，较上月稍减。荞每仓石价银七钱四分至二两六钱，较上月稍减。南豆每仓石价银九钱一分至二两三钱二分，与上月相同。

曲靖府属：价平

上白米每仓石价银一两八钱七分至三两九钱，较上月稍减。中白米每仓石价银一两八钱至三两七钱二分，较上月稍减。上红米每仓石价银一两六钱九分至三两五钱五分，较上月稍减。中红米每仓石价银一两五钱八分至三两四钱，较上月稍减。小麦每仓石价银一两八分至三两九钱五分，与上月相同。大麦每仓石价银九钱三分至三两，与上月相同。荞每仓石价银一两八分至二两八钱四分，与上月相同。南豆每仓石价银七钱九分至三两六钱三分，与上月相同。

临安府属：价平

上白米每仓石价银三两一钱至五两一钱，与上月相同。中白米每仓石价银三两五分至五两，与上月相同。上红米每仓石价银二两九钱至四两九钱，与上月相同。中红米每仓石价银二两八钱七分至四两八钱，与上月相同。小麦每仓石价银二两五钱至五两六钱一分，与上月相同。大麦每仓石价银一两五钱至四两三钱二分，与上月相同。荞每仓石价银一两九钱一分至四两二钱八分，与上月相同。南豆每仓石价银二两至四两四钱一分，与上月相同。

澂江府属：价平

上白米每仓石价银二两三钱至五两五钱，与上月相同。中白米每仓石价银二两一钱至五两三钱，与上月相同。上红米每仓石价银二两一钱至五两五钱，与上月相同。中红米每仓石价银二两至五两三钱，与上月相同。小麦每仓石价银一两二钱至四两，与上月相同。大麦每仓石价银一两至三两一钱，与上月相同。荞每仓石价银一两五分至四两一厘，与上月相同。南豆每仓石价银一两一钱至四两，与上月相同。

广南府属：价中

上白米每仓石价银二两七钱五分，较上月稍增。中白米每仓石价银二两六钱五分，较上月稍增。上红米每仓石价银二两六钱五分，较上月稍增。中红米每仓石价银二两五钱五分，较上月稍增。小麦每仓石价银二两五钱，较上月稍增。大麦每仓石价银一两四钱，与上月相同。荞每仓石价银三钱二分，与上月相同。南豆每仓石价银二两五钱，较上月稍增。

开化府属：价中

上白米每仓石价银三两七钱，较上月稍增。中白米每仓石价银三两六钱，较上月稍增。上红米每仓石价银三两七钱，较上月稍增。中红米每仓石价银三两六钱，较上月稍增。小麦每仓石价银四两五钱，与上月相同。大麦每仓石价银二两，与上月相同。荞每仓石价银一两五钱，与上月相同。南豆每仓石价银五两，与上月相同。

普洱府属：价平

上白米每仓石价银一两四钱至二两七钱，与上月相同。中白米每仓石价银一两二钱八分至二两四钱，较上月稍减。上红米每仓石价银一两三钱至二两三钱，较上月稍减。中红米每仓石价银一两一钱至二两二钱，较上月稍减。小麦每仓石价银一两一钱七分一厘，与上月相同。大麦每仓石价银七钱五分至二两一钱，较上月稍减。荞每仓石价银九钱至一两五分一厘，与上月相同。南豆每仓石价银一两至二两六钱，较上月稍减。

东川府属：价平

上白米每仓石价银三两二钱至三两五钱，与上月相同。中白米每仓石价银三两一钱至三两四钱，与上月相同。上红米每仓石价银三两一钱至三两四钱，与上月相同。中红米每仓石价银三两至三两三钱，与上月相同。小麦每仓石价银二两五钱至三两，与上月相同。大麦每仓石价银二两，与上月相同。荞每仓石价银一两八钱，与上月相同。南豆每仓石价银二两，与上月相同。

昭通府属：价中

上白米每仓石价银二两二钱三分至七两五钱九分，较上月稍增。中白米每仓石价银二两八分至七两一钱五分，较上月稍增。上红米每仓石价银二两三分至六两四钱九分，较上月稍增。中红米每仓石价银一两八钱八分至六两二钱七分，较上月稍增。小麦每仓石价银一两二钱八分至四两九钱五分，较上月稍增。大麦每仓石价银七钱八分至二两，较上月稍增。荞每仓石价银四钱九分至四两七钱三分，较上月稍增。南豆每仓石价银七钱六分至四两七钱三分，较上月稍增。

大理府属：价平

上白米每仓石价银二两二钱至三两一钱二分，与上月相同。中白米每仓石价银二两一钱二分至三两九分，与上月相同。上红米每仓石价银一两九钱一分至三两七分，与上月相同。中红米每仓石价银一两七钱九分至三两五分，与上月相同。小麦每仓石价银一两至二两一钱，与上月相同。大麦每仓石价银八钱至一两九钱，与上月相同。荞每仓石价银七钱至一两六钱一分，与上月相同。南豆每仓石价银八钱至二两，与上月相同。

丽江府属：价平

上白米每仓石价银二两一钱五分至三两二钱，与上月相同。中白米每仓石价银二两四分至三两一钱，与上月相同。上红米每仓石价银二两四分至三两一钱，与上月相同。中红米每仓石价银一两九钱三分至二两七钱，与上月相同。小麦每仓石价银一两二钱四分至一两七钱二分，与上月相同。大麦每仓石价银九钱五分至一两三钱，与上月相同。荞每仓石价银七钱五分至一两三钱，与上月相同。青稞每仓石价银一两一分至一两一钱，与上月相同。南豆每仓石价银八钱五分至一两四钱二分，与上月相同。

永昌府属：价平

上白米每仓石价银二两一钱至二两四钱，与上月相同。中白米每仓石价银二两至二两一钱，与上月相同。上红米每仓石价银一两八钱至二两四钱，与上月相同。中红米每仓石价银一两七钱至二两一钱，与上月相同。小麦每仓石价银一两三钱八分至一两八钱，与上月相同。大麦每仓石价银一两，与上月相同。荞每仓石价银九钱至一两二钱八分，与上月相同。南豆每仓石价银一两二钱八分至一两五钱，与上月相同。

顺宁府属：价平

上白米每仓石价银一两七钱至三两五分，与上月相同。中白米每仓石价银一两五钱至二两九钱五分，与上月相同。上红米每仓石价银一两五钱至二两九钱，与上月相同。中红米每仓石价银一两三钱至二两八钱五分，与上月相同。小麦每仓石价银八钱至一两三钱，与上月相同。大麦每仓石价银八钱至一两五钱，与上月相同。荞每仓石价银六钱至一两二钱一厘，与上月相同。南豆每仓石价银九钱一分至一两八钱，与上月相同。

楚雄府属：价平

上白米每仓石价银二两二钱至四两一钱，与上月相同。中白米每仓石价银二两一钱至三两九钱，与上月相同。上红米每仓石价银二两一钱至三两七钱，与上月相同。中红米每仓石价银二两五分至三两六钱，与上月相同。小麦每仓石价银六钱三分至二两一钱五分，与上月相同。大麦每仓石价银八钱至一两九钱五分，与上月相同。荞每仓石价银九钱三分至一两八钱，较上月稍增。南豆每仓石价银一两三钱至二两，与上月相同。

蒙化直隶厅：价平

上白米每仓石价银三两二钱，与上月相同。中白米每仓石价银三两一分，与上月相同。上红米每仓石价银三两一分，与上月相同。中红米每仓石价银二两八钱四分，与上月相同。小麦每仓石价银二两六钱，与上月相同。大麦每仓石价银二两一钱八分一厘，与上月相同。荞每仓石价银二两八分，与上月相同。南豆每仓石价银一两六钱六分一厘，与上月相同。

永北直隶厅：价平

上白米每仓石价银二两二钱三分，与上月相同。中白米每仓石价银二两一钱二分，与上月相同。上红米每仓石价银一两九钱一分，与上月相同。中红米每仓石价银一两七钱九分，较上月稍增。小麦每仓石价银一两三钱三分一厘，与上月相同。大麦每仓石价银一两三分，与上月相同。荞每仓石价银一两一钱七分，较上月稍增。南豆每仓石价银一两一钱九分一厘，与上月相同。

京东直隶厅：价平

上白米每仓石价银二两九钱，与上月相同。中白米每仓石价银二两八钱，与上月相同。上红米每仓石价银二两八钱，与上月相同。中红米每仓石价银二两一钱，与上月相同。小麦每仓石价银一两九钱，与上月相同。大麦每仓石价银一两六钱，与上月相同。荞每仓石价银一两九钱，与上月相同。南豆每仓石价银一两五钱，与上月相同。

镇沅直隶厅：价平

上白米每仓石价银二两六钱，与上月相同。中白米每仓石价银二两五钱，与上月相同。上红米每仓石价银二两五钱，与上月相同。中红米每仓石价银二两四钱五分，与上月相同。小麦每仓石价银一两五钱，与上月相同。大麦每仓石价银一两四钱，与上月相同。荞每仓石价银一两二钱，与上月相同。南豆每仓石价银二两五钱，与上月相同。

广西直隶州并属：价平

上白米每仓石价银二两四钱至四两五钱，与上月相同。中白米每仓石价银二两至四两二钱，与上月相同。上红米每仓石价银一两八钱至四两一钱，与上月相同。中红米每仓石价银一两六钱至四两，与上月相同。小麦每仓石价银一两六钱至二两五钱，与上月相同。大麦每仓石价银一两至二两，与上月相同。荞每仓石价银一两二钱至一两九钱，与上月相同。南豆每仓石价银一两四钱至二两八钱，与上月相同。

元江直隶州并属：价平

上白米不产。中白米每仓石价银二两七钱五分至三两二钱，较上月稍减。上红米每仓石价银三两二钱，较上月稍减。中红米每仓石价银二两四钱至三两二钱，较上月稍减。小麦每仓石价银二两六钱，与上月相同。大麦不产。荞每仓石价银一两一钱，较上月稍减。南豆每仓石价银二两一钱，与上月相同。

武定直隶州并属：价平

上白米每仓石价银二两五钱至三两三钱，与上月相同。中白米每仓石价银二两三钱至三两，与上月相同。上红米每仓石价银二两三钱至三两，与上月相同。中红米每仓石价银一两九钱五分至二两八钱，与上月相同。小麦每仓石价银一两八钱至二两，与上月相同。大麦每仓石价银一两四钱至一两八钱，与上月相同。荞每仓石价银一两三钱至二两六钱，与上月相同。南豆每仓石价银一两至一两六钱，较上月稍减。

以上各属所报米粮价值，俱系按照时价造报，理合登明。

(朱批：) 览。①

1273. 请以谌毅补授大姚县知县折

光绪二十八年十月初一日（1902 年 10 月 31 日）

头品顶戴云贵总督兼署云南巡抚臣魏光焘跪奏，为拣员请署选缺知县，恭折仰祈圣鉴事。

窃准吏部议覆云南大姚县知县黎元熙调补昆明县知县，所遗大姚县知县缺，准其留于该省另行请补，坐本年六月初十日等因。按照部中行文坐日，照限减半计算，应以八月初四限满之日作为开缺日期，归于八月底截缺。是月分升调遗、选缺知县，只此一

①台北故宫博物院藏：《军机及宫中档》，文献编号：151026-0-A。

缺，毋庸掣签，业将截缺日期报部在案。查定例：知县升调所遗选缺，用各项候补前先、进士即用、前先一人；各项候补、进士即用相间轮补一人、委用前先一人、委用一人、本班前先大挑一人、本班大挑一人；各项候补前先、进士即用、前先一人；各项候补、进士即用相间轮补一人、委用前先一人、委用一人、本班前先议叙一人、分缺先前一人、本班议叙一人，各等语。

查滇省升调遗选缺知县一项，上次太和县知县已用至议叙班前先后应插之分缺先补用知县杨椿林止，今大姚县知县系二轮第三缺，滇省知县班内，现无郑工新海防遇缺先、旧海防先、海防即旧例遇缺先、遇缺各人员，轮应议叙正班到班。查有签掣第一之议叙正班试用知县谌毅，年三十六岁，江西奉新县廪生，中式光绪十四年戊子科本省乡试举人。己丑科会试，考取咸安宫官学教习。庚寅、壬辰科会试，均挑取誊录，咨送会典馆当差。光绪二十四年，会典书成过半，议叙以知县分省试用二年，照例题补，光绪二十四年十月十九日奉旨：依议。钦此。遵新海防例报捐指省分发云南试用。二十五年四月十一日引见，奉旨：着照例发往。钦此。四月二十五日，给照起程，二十五年十一月二十八日到省，试用二年期满，甄别留省补用在案。

臣查该员谌毅明白安详，从公勤谨，并无参罚案件，以之请署大姚县知县，实属人地相宜，与例亦符。据署布政使刘春霖、按察使全楙绩会详前来。合无仰恳天恩俯准以该员谌毅署理大姚县知县，实于地方有裨。如蒙俞允，该员系议叙试用知县请署知县，衔缺相当，毋庸送部引见，仍照例俟试署期满，如果称职，另请实授。

除咨部查照外，谨恭折具陈。伏乞皇太后、皇上圣鉴，敕部核覆施行。再，云贵总督系臣本任，毋庸列衔。合并陈明。谨奏。光绪二十八年十月初一日。

（朱批：）吏部议奏。[1]

光绪二十八年十月二十九日，奉朱批：吏部议奏。钦此。[2]

1274. 奏报设立云南省城课吏馆缘由折

光绪二十八年十月初一日（1902年10月31日）

头品顶戴云贵总督兼署云南巡抚臣魏光焘跪奏，为遵旨设立云南省城课吏馆，谨将开办情形并妥议章程，恭折仰祈圣鉴事。

窃准吏部咨：光绪二十八年正月十七日奉上谕：各省候补人员冗滥尤甚，平时不加考察，一旦使之临民莅事，安望措理得宜？近来各省已有奏设课吏馆者，自应一体通行。惟重在考核人才，不得视为调剂闲员之举，仍着该将军、督抚、两司等勤见僚属，访问公事，以觇其才识，并察其品行。其贤者量加委任，不必尽拘资格；其不堪造就者，即据实参劾，咨回原籍，统限半年具奏一次，务当破除情面，严行甄别，不准虚应故事，稍涉瞻徇，致负朝廷循名责实之至意！将此通谕知之。钦此。等因。当经行司饬议简易章程，克期开办在案。

臣维国势之强弱，先视民心之向背，而能系乎民心，宣上德而抒下情者，实莫先于州县。我朝于亲民之官特重其选，卑其职而不卑其权。卑其职，使之亲民；不卑其权，使之治事。兵、刑、钱、谷无不寄于州县，以造其端，苟一事之失当，动基祸变于无形。昔之教匪、粤匪，今之拳匪，其初不过窃发于一州一县，果得明练之吏，及其初而遏制，则一人治之而有余矣。是州县固为治乱所自起，课之所宜，加急自顷，外侮迭至，交涉愈繁。滇虽僻壤遐陬，教堂日见林立，莠民趋之若鹜。迨积不能平而焚毁之事以起，卒乃索赔受侮，贻患无穷。非得地方官信义足以固结民气，才识足以绥服外情，一遇事机，每难肆应曲当。矧值维新之

[1] 台北故宫博物院藏：《军机及宫中档》，文献编号：408007179。

[2] 台北故宫博物院藏：《军机及宫中档》，文献编号：151020。

际，振兴庶务，凡农、工、商、矿、兴学、练兵诸事宜，悉待次第推行，即莫不从州县下手。

臣自入滇以来，日以甄拔贤能为务，地处边瘠，人才尤形寥落，因原设文职月课，每届试期，躬亲督课，分别评取，虽亦能知鼓励，然均不过验其所已能，而不能益其所未学。钦奉明诏，特颁设馆课吏，臣拟取“大清律例”及通商条约，先与研习，月定两课，观其心得，以期饬吏治而谙外情，为目前当务之急。他如滇产五金，则宜讲矿学；滇多旷土，则宜讲种殖学；滇重边防，则宜讲武备学。凡此度地制宜专门学术，尚须待诸数年之后，未可一蹴而责诸僻陋之邦也。

兹已于八月二十日开办，在省城西箭道设课吏馆一所，以藩司为正馆长，遴委道员为副馆长，并设提调、文案、收发各员经理其事，就在省实缺、候补各官选取同、通、州、县盐务官二十员，佐、杂官二十员，入馆肄习，资之以膏火，加之以奖励，暂为定额。其余考取各员皆为备取，遇有缺出，方准补送入馆。一俟经费充裕，再行逐渐扩充。其实缺亦必课试者，任官惟贤，不以循例之准补，信其奉职之无亏也。其有差亦准给奖者，莅事以治，不以因端之历练转后，于豫事之讲求也。其馆外各员，准其呈核日记者，始屏之以生其愧奋，终收之以广其甄陶也。其各署档案，准其自赴检阅者，考已成之事，实即为推行之先导也。凡为办法十条、馆规七条、课程六条、经费七条，由司详议前来。

臣覆核无异，惟有随时督饬该司道认真课试，其有学识过人者，自当从优奏保，次则遴委差缺。其资质尚堪造就者，分别勒限学习，否则咨送回籍，总期实事求是，以仰副圣主循名责实、求治育才之至意！

除将章程分别咨送立案外，所有开办云南省城课吏馆大概情形，谨恭折具陈。伏乞皇太后、皇上圣鉴训示。再，云贵总督系臣本任，毋庸列衔。合并陈明。谨奏。光绪二十八年十月初一日。

（朱批：）着即督饬切实讲求，认真考核，务收实效。[1]

光绪二十八年十月二十九日奉朱批：着即督饬切实讲求，认真考核，务收实效。钦此。[2]

1275. 呈设立省城课吏馆馆规等项单

光绪二十八年十月初一日（1902 年 10 月 31 日）

谨将滇省遵设课吏馆拟定办法、馆规、课程、经费条目，开折咨呈查核。

计开

办法十条

一、课吏馆原应仿照学堂之制，择地建设，惟现在经费未裕，即就西箭道公所修改，暂行开办。

一、馆内设正、副馆长各一员，专掌教课、学习各员及一切应办之事。正馆长于实任司道中酌派，或该司道因本衙门任重事繁，不能兼顾，则暂从阙；其副馆长则委本省候补道，或延外省学问深纯、明体达用之员，随时酌派。

一、刻木质关防一颗，文曰：云南课吏馆之关防，交馆长钤用。

一、于府班中选派提调一员，稽查各员勤惰，核办文件、功课册及一切大小事宜；于州县中选派文案一员，办理一切公牍、册报、收发文件、兼管书籍收藏、领发等事；于佐杂中选派支发一员，管理支发薪水、役食、购买各物、兼缮文件，并约束馆丁一切杂事。

一、实缺未经到任及候补有差、无差，均须考试加以甄别，取列等第，选取同、通、州、县贰拾名，佐贰、杂职贰拾名入馆学习。以后每年二月将在省人员未经入馆者甄别一次，其列高等

[1]台北故宫博物院藏：《军机及宫中档》，文献编号：408007180。

[2]台北故宫博物院藏：《军机及宫中档》，文献编号：151024。

者，遇有缺出，陆续补入，着为定例。至此次甄别取录，或限于额而未入馆者，缺出随时选补；其有差人员经取列高等应入馆者，如差务实繁，难于分身，免其入馆学习，遗缺即就此次备取之员补入。其有差而愿学习者，三日到馆一次，于稽查册内盖“到”字戳记，十日照章缴日记、功课，呈馆长评阅，列入等第，佳者给半奖，不兼支膏火。

一、实任、署事各员非空谈所可敷衍，词讼、钱粮是其专责。此外如兴利除弊、教士养民诸务，应责令到任后体察讲求，随时禀办，由本管官就所禀办之事详加考核转禀，以定功过。

一、馆长、提调及甄别入馆各员，均应听候两院宪札派。惟文案、支发委员由馆长酌派，毋须院札。

一、凡各衙门有关国计民生、大经大政及疑难事件，均可发交馆员，各抒所见，拟议办法，借资练习。两院宪与司道随时亲诸诹咨，以收集思广益之助。

一、馆外各员有留心学习，自著日记，或专精一事，论著成帙，准呈送馆中，由正、副馆长查其佳者，传询果属己出，并无倩替、剿袭等弊，即呈两院宪覆试，如其相符，俟有缺时补入。其极佳者，酌给奖资，以广培植。

一、正、副馆长毋庸拘定年限，如能教课有方，应由两院宪随时奏保。其余执事各员，均按一年为期，当差勤慎者，准给酌委一次。

馆规七条

一、各员到馆每日上午十点钟起，下午五点钟止；冬季日短，十点钟起，四点钟止，中午用点心一次。馆中设稽查册，于各员名下盖用“到”字戳记。其请假者，盖用“假”字戳记。其请假太多者，酌减奖资，以示区别。

一、古人论学，藏、修、息、游并重。馆中各员应量予休息，每月逢十日，小建下旬逢九日，皆免到馆，其余日期必须请假，不准无故不到。

一、各员日记宜自书写，如查有倩代等弊，定予撤惩。

一、馆内各员随役，除馆长、提调毋庸限制外，其余各员只准随带一人，以免嘈杂。

一、各员及执事人等皆不得群居笑谑，言不及义，吸食洋烟，并各禁止所带随役喧嘈，违者记过。

一、在馆学习各员果能实事求是，品行端方，其有识见超越，学问精能及攻克高等，层累极多者，由馆长察实，会同两司保送给予差缺，听候两院宪酌度，以示鼓励。

一、各员如有旷功误业，不就范围，屡经训诫，不知悛改者，即在不堪造就之列，应由馆长移司，记过停委。

课程六条

一、在馆学习各员，每人发日记册，每日约纂贰叁叶，作札记一条，第十日呈馆长评阅。每月三册，月终合校优劣，以定等第。其功课先专习《大清律例》《各国通商条约汇纂》二书，内政外交可得要领，以免骛广而荒。

一、中西政学及算学、测量、制造、绘图等事，或有才质过人，能治此类专门之学者，由馆长、提调查明核实，另设专条，不为常例。

一、每日各员札记治律例者，兼可国计、出入、舆图、户口、物产、赋税、农、工、商、矿等事；治约章者，兼考外国政治、公法、西律，以及通商、行教等事。每日讨论一条，载日记中，呈馆长阅看。

一、原拟章程准各员治刑名者，到臬署检阅疑难旧案，籍考办法。今请援照此例，其治钱谷者，准赴藩署、道署；治交涉者，准赴洋务局查考，旁通互证，以精其业。

一、每月逢初二日、十六日馆课二次，准停功课一日，限本日交卷，不得迟至次日，由馆长发策论题及拟办公牍，凡三道，分刑名、钱谷、交涉三门，各按所习作一艺，呈馆长评阅，合日记校其优劣，以定等第，每月榜示，分别给奖，按月申报两院查核。

一、各处报纸有关时事，应购馆中，听各员轮阅，不得携出馆外，阅完交书办，每月汇装收存。

经费七条

一、课程既定，宜有藏书，以供研究。原拟由司库提银壹千两赴沪买书采办，恐需时甚久，今请择其最要而本省官书局各书坊所有者，先购存馆中，以资肄习；其书由文案收发，饬书检点存储。

一、各员薪水除正馆长系实任司道毋庸加支外，其副馆长系候补道员，每月应支薪水银壹百两、火食银肆拾两；提调系府班，每月应支薪水银肆拾两、火食银捌两；文案委员系州县班，月支薪水银贰拾两、火食银陆两；支发委员系佐贰班，月支薪水银拾两、火食银肆两，共薪水、火食银每月贰百贰拾捌两。如系兼有别差者，道班只支夫马银贰拾两，府班只支夫马银拾贰两，薪水、火食均不重支；文案、支发两员，如系兼差仿此。

一、入馆学习各员，州县班额定二十名，每名月给膏火银拾两；佐杂班额定二十名，每名月给膏火银陆两；共膏火银叁百贰拾两。其每月奖资，俟月终由馆长评定日记、课卷，统校优劣，以为等第高下，均分为两等，正班壹等，以五名为率，每名奖银肆伍两；其列二等者，每名或叁两或贰两酌奖。佐杂壹等，以五名为率，每名奖银叁肆两；其列二等者，或贰两或壹两酌奖。每月共准支银壹百陆拾两，馆长分别酌给。以上共膏火、奖银每月肆佰捌拾两。其有日记、课卷草率荒谬者，应列入三等无奖，以示愧励。

一、馆中书识二名，每名月支银肆两，共捌两；号房一名，月支银叁两；馆丁二名、门役二名、茶房火夫、打扫夫各一名，每名月支银贰两伍钱，共八名，计银贰拾两。以上共工食银叁拾壹两。

一、应用记册、稿簿、课卷及需用纸张、灯烛各项，每月共支银贰拾伍两。

一、馆长及各员每日用点心，月共需银伍拾两。

一、茶叶、煤炭、柴、水月共需银陆两。①

1276. 请准罗瀛美等留滇差委片

光绪二十八年十月初一日（1902年10月31日）

再，滇省界连交缅，边防日岌，自腾越开设洋关，蒙自勘修铁路，交涉之繁，直与海疆相埒。近以防剿粤边游匪，饷、械兼筹，事务尤为繁重，在在需员差委。兹查有指分云南候补班前补用知府罗瀛美、云南试用同知李开侁、试用知州叶大林、直隶州用改指云南补用知县彭冠山、前选云南维西通判李复觐、分省试用通判黄周倬六员，或先经禀到，或投效来滇，均于洋务、边务各有专长，情形亦复熟悉，堪资委任。据署布政使刘春霖会同善后、洋务两局详请将该员等留滇差遣委用等情。前来。

臣覆查无异，合无仰恳天恩俯念滇省需才孔急，准将该员罗瀛美等六员暂缓给咨引见，一并留滇差遣委用，以备任使而裨边局，出自逾格鸿施。除将各员履历清册送部查核外，谨附片具陈。伏乞圣鉴训示。再，云贵总督系臣本任，毋庸列衔。合并陈明。谨奏。

（朱批：）着照所请，吏部知道。②

光绪二十八年十月二十九日，奉朱批：着照所请，吏部知道。钦此。③

①台北故宫博物院藏：《军机及宫中档》，文献编号：151024-0-A。

②台北故宫博物院藏：《军机及宫中档》，文献编号：408007179-0-A。

③台北故宫博物院藏：《军机及宫中档》，文献编号：151022。

1277. 奏闻交卸署学政篆务片

光绪二十八年十月初一日（1902 年 10 月 31 日）

再，臣循例兼署云南学政，前于钦奉谕旨兼署云南巡抚到任时业经奏报在案。兹新任云南学臣吴鲁[①]现已抵滇，当于光绪二十八年九月二十五日将云南学政关防一颗及文件等项，派委云南府教授李德徵赍送学臣吴鲁接收任事，臣即于是日交卸兼署学政篆务。除咨部查照外，谨附片陈明。伏乞圣鉴。谨奏。

（朱批：）知道了。[②]

光绪二十八年十月二十九日，奉朱批：知道了。钦此。[③]

1278. 奏报姜在田等请开缺停委片

光绪二十八年十月初一日（1902 年 10 月 31 日）

再，此次遵设课吏馆，所有考试各员，正、佐则试以论说，杂职则默写履历。除列入等第者送馆肄习及照常候补外，查有准补维西通判姜在田、开缺察看通海县知县杨恩吉两员，文理庸劣，讹字满纸，应分别开缺，勒令学习停委，以示薄惩。据藩、臬两司具详前来。相应请旨将准补维西通判姜在田即行开缺，并同开

---

①吴鲁（1845—1912），字肃堂，号且园、老迟，又号白华庵主，福建晋江人。同治十二年（1873），入国子监。十三年（1874），充刑部七品京官，历任刑部主事、秋审处总办。光绪十二年（1886），考取军机章京。十四年（1888），中顺天乡试举人。十六年（1890），中式进士，殿试状元，授翰林院修纂。十七年（1891），放安徽学政。二十八年（1902），加四品衔。同年，简云南学政。三十二年（1906），署吉林提学使。三十三年（1907），晋二品顶戴。三十四年（1908），充学部丞参上行走。宣统三年（1911），辞职回籍。民国元年（1912）卒于里。著有《蒙学初编》《兵学经学史学讲义》《教育宗旨》《杂著》《国恤恭纪》《文集》《读王文成经济集书后》《使雍皖学滇学西征东游诸日记》《正气研斋类稿》《正气研斋遗诗》《百哀诗》《纸谈》等传世。

②台北故宫博物院藏：《军机及宫中档》，文献编号：408007179-0-B。

③台北故宫博物院藏：《军机及宫中档》，文献编号：151021。

缺通海县知县杨恩吉，勒令学习，记大过五次，停委三年，以肃吏治。所遗维西通判选缺，系扣补后第三咨缺，应请归部铨选。

除仍随时甄别及咨部查照外，谨附片具陈。伏乞圣鉴。再，云贵总督系臣本任，毋庸会衔。合并声明。谨奏。

（朱批：）着照所请，该部知道。①

光绪二十八年十月二十九日，奉朱批：知道了。钦此。②

1279. 奏陈委勘赈抚震灾各属片

光绪二十八年十月初一日（1902 年 10 月 31 日）

再，据署剑川州知州周海清禀报，该州本年七月二十七及八月初四等日，先后地震成灾，震倒衙署、民房，压毙男妇二十余命，受伤数十人。又据鹤庆州知州邓瑶禀报：七月二十六七八月初四等日，先后三次地震，震倒东南城垣垛口五处，并牛街等村震倒房屋五十余间，伤毙男妇六丁口，受灾三十余户，各请委勘等情。前来。臣均经行司会局筹款，委员前往各该州会同查勘被灾民户，分别轻重，妥为赈恤，并督饬将坍塌城垣、衙署切实查勘，照旧修复，事竣将被灾赈过户口及修理各工程造册详办去后。据署布政使刘春霖会同善后局司道详请具奏前来。

臣覆查无异，除咨部查照外，所有剑川、鹤庆等州先后地震成灾，委员查勘赈抚情形，理合附片具陈。伏乞圣鉴。再，云贵总督系臣本任，毋庸列衔。合并陈明。谨奏。

（朱批：）着即妥为赈恤，毋任失所。③

光绪二十八年十月二十九日，奉朱批：知道了。钦此。④

---

①台北故宫博物院藏：《军机及宫中档》，文献编号：408007180-0-A。

②台北故宫博物院藏：《军机及宫中档》，文献编号：151025。

③台北故宫博物院藏：《军机及宫中档》，文献编号：408007180-0-B。

④台北故宫博物院藏：《军机及宫中档》，文献编号：151023。

1280. 请以何文林补授宁洱县知县折

光绪二十八年十月初五日（1902年11月4日）

头品顶戴云贵总督兼署云南巡抚臣魏光焘跪奏，为拣员请补烟瘴要缺知县，以裨地方而资治理，恭折仰祈圣鉴事。

窃查宁洱县知县文续自光绪二十五年九月十七到任之日起，连闰扣至二十八年八月十七日止，实历烟瘴边俸已满三年，例应报满开缺撤回内地候升，当经具奏开缺，声明所遗宁洱县知县系烟瘴要缺，例应在外拣选调补，应照例以该员俸满本日作为开缺日期，归八月底截缺，系要缺，毋庸掣签。除详咨截缺日期外，查定例：各省知县如系奉旨命往，或督抚题明留于该省候补，并曾任实缺知县及曾任实缺应升知县人员，因军营出力及拿获盗犯，著有劳绩保奏引见，发往原省以知县补用。凡系应归候补班补用者，无论应题、应调、应选之缺，准该督抚酌量补用。又，知县以上官员，如遇例应题调缺出及烟瘴地方，准其不扣年限升调兼行。又，应行调补之缺，均令照例于属员内对品改调。若该省实无可以调补之员，而属员内果有才守兼优、政绩卓著，于疏内将无可调补、必须题升之处，详细声明。又，各省烟瘴、苗疆等项员缺，令督抚于现任人员内拣选熟悉风土、能耐烟瘴之员题咨调补，不得以初任候补人员题咨补用，各等语。

该县地处极边，幅员辽阔，汉夷杂处，素称难治，且烟瘴最盛，水土恶劣，现与法越之猛乌等处接壤，弹压抚绥，尤关紧要，非精明干练、熟谙边务、夷情、能耐烟瘴之员，不足以资治理。臣督饬藩、臬两司于通省应调、应升人员内逐加遴选，非现居要缺，即人地不宜，实无合例堪以升调之员。惟于应补人员内查有在任候补班前补用知县右甸经历何文林，现年五十五岁，系陕西汉中府南郑县人，由俊秀于防剿蔡逆出力，赏给六品军功。又因防守城垣劳绩，保换五品军功。同治四年，遵米捐章程报捐监生，加捐贡生，递捐府经历不论双单月分缺先选用。九年，在籍训练团勇，历著劳绩保奏，奉旨：着加应得升衔。钦此。十一年，报捐花翎。嗣因关陇肃清案内出力保奏，光绪二年二月初四日奉旨：着俟选缺后，以知县归候补班前补用。钦此。请咨离营。十一年，在京遵海防例，捐归新班先选用。十六年十二月，选授云南顺宁府右甸经历，由籍验看领凭，十七年六月到滇，十月十八日到任。试看一年期满甄别，以知县在任前先补用，试俸期满，遵例报销在案。二十二年三月，交卸回省，以知县请咨赴引。二十六年四月初四日，经吏部带领引见，奉旨：着照例用。钦此。领照起程。于是年十一月二十七日到省。据署云南布政使刘春霖、按察使全楙绩查该员勤慎明白，能耐烟瘴，熟习边地夷情，并无参罚案件，请以补授宁洱县知县，实属人地相宜，洵堪胜任，与例亦符。会详请奏前来。

臣查该员何文林练达勤明，熟谙边务，合无仰恳天恩俯念员缺紧要，准以候补班前在任补用知县云南右甸经历何文林补授宁洱县知县，实于地方有裨。如蒙俞允，该员系在任候补知县，今请补知县，衔缺相当，毋庸送部引见。所遗右甸经历选缺，应请扣留外补，俟覆准日，照例遴员咨补。

所有拣员请补烟瘴要缺知县缘由，除咨部查照外，谨恭折具陈。伏乞皇太后、皇上圣鉴，敕部议覆施行。再，云南巡抚系臣兼署，毋庸列衔。合并声明。谨奏。光绪二十八年十月初五日。

（朱批：）吏部议奏。①

光绪二十八年十一月初四日，奉朱批：吏部议奏。钦此。②

1281. 奏请截留解款预拨关税缘由折

光绪二十八年十月初五日（1902年11月4日）

头品顶戴云贵总督兼署云南巡抚臣魏光焘跪奏，为添军剿游，

---

①台北故宫博物院藏：《军机及宫中档》，文献编号：408007182。

②台北故宫博物院藏：《军机及宫中档》，文献编号：151234。

饷糈无着，请截留解款，预拨关税，以济急需，恭折仰祈圣鉴事。

窃查粤匪频年蔓溢，滇、黔边民受害，叠奉严旨三省会剿，以净根株。嗣以厘定通省营制，改设常备军十二营、续备军二十四营及炮队、工程各队共计万人。因开广沿边二千余里，不敷分布，陆续添募十四营，均照常备饷章，别作一军，专备剿游，事竣裁撤。所需薪饷无措，业经奏明另案筹办在案。

兹据署云南布政司会同善后局、营务处司道刘春霖等详称：计全省新旧裁并额设常、续备军三十六营，每年需薪饷七十六万数千余两，较之原定饷额，不敷银十万两有奇，现又另设剿游十四营，均照常备饷制，年需薪饷银二十七万数千余两，连不敷之数，综计每年共短军饷三十八万余两。此时不独各省协饷久虚，且于筹备赔款三十万两之外，常年并有解部款项在十万两以上，加以兴办学堂，整顿武备，议修铁路，选派出洋游学，各新政同时并举，匮竭情形，为从来所未有。部中现又指拨铜本三十万两，搜剔不遗毫发。际此时艰势迫，罗掘尽净，既无可腾挪之款，亦无可挹注之资，部库之空匮逾常，各省关之艰窘相等。若望格外拨济，势有难能。现虽筹有盐捐一款，而通省添设团营，购备枪械，制造军火，修建碉堡，一切民捐、民用，尚有入不敷出之虑。

目前黔边兴义沿河一带叠报：该匪越境窜扰粤边泗城、西隆、西林各属，匪势日见披猖，滇防愈形吃重。前因匪攻兴义县城告急时，一面飞饬罗平防营李德濊就近派勇驰往救援，并派省防魏荣斌率领武威等三营，星夜拔往，会剿开广、古障等处，踞匪亦不时乘虚出扰，若非另立十四营专事游击攻剿，仅恃早设之团营，万难分布。叠经严饬总办南防营务现署临安开广道魏景桐，督率各营团，妥筹布置，分途雕剿，并会合黔、粤各军认真夹击，以期痛惩在案。惟军情紧急，饷益不支，再四筹维，不得不先其所急，拟请将滇省常年解部之新加土药、茶、糖、烟酒厘金及减平、整顿税课等项年共解银十万余两，暂行尽数截留。此外尚不敷二十八万余两，即由蒙自、腾越两关征收税课项下如数提拨供支，俾应要需而济眉急。一俟游匪肃清，再行照常报解，并请部中免再指拨铜本，以维边局等情。详请具奏前来。

臣查饷项支绌，京外皆同，而粤匪蔓延，裹胁益众，非有大枝劲旅专任攻击，断难日就敉平。前次另立十四营，专作剿游之军，实万不容已之举，必俟先筹的款，再行添募，诚恐贻误事机，合无仰恳天恩俯念边瘠剿匪饷糈无着，准将滇省常年解部之课厘等银十万余两，为数无多，按年尽数截留滇省充饷。其不敷之二十八万余两，由蒙、腾两关征收税项，提拨供支，以滇省之进款济滇省之急需，较之另筹自属有别。一俟游氛平靖，即行停止。明知关税不旺，提拨未必裕如，然此外别无可筹，不得不于无可设法之中，为暂时指望之计。如蒙俞允，即请敕部立案。所有关税于备还洋款照旧筹解之外，以后请免指拨他用，庶于边务、营伍均有裨益。

所有滇省添军剿游饷项无着，请截留解款，预拨关税，以济急需缘由，除咨部查照外，谨恭折具奏。伏乞皇太后、皇上圣鉴训示。再，云南巡抚系臣兼署，毋庸列衔。合并声明。谨奏。光绪二十八年十月初五日。

（朱批：）户部议奏。①

光绪二十八年十一月初四日，奉朱批：户部议奏。钦此。②

1282. 请将知府蹇念咸革职缘由折

光绪二十八年十月初五日（1902 年 11 月 4 日）

头品顶戴云贵总督兼署云南巡抚臣魏光焘跪奏，为特参捏报图功、累及无辜之知府，请旨暂行革职，归案审办，恭折仰祈圣鉴事。

窃臣前于本年二月内叠据云南开化府知府蹇念咸电禀府属漫

---

①台北故宫博物院藏：《军机及宫中档》，文献编号：408007183。

②台北故宫博物院藏：《军机及宫中档》，文献编号：151233。

云等处地方有游匪数百人，执持快枪，窜入边境，拟亲督所部缉私营前往剿办。旋据电称：安平厅属归仁里马敲洞匪首王春，勾通游匪，招集亡命多人，若不趁此扑灭，恐致滋蔓，已饬帮带缉私营前革游击田南亭带兵驰往该洞，一面示谕散胁缴械，如敢抗拒，即加剿洗，各等情。均饬详查妥慎办理去后。

嗣据该守禀称：田南亭前往该洞，该匪王春竟敢开炮拒击。连日夺获炮台、石碉，将洞中土、游各匪及男妇等悉数烧毙，并于水沟内搜获逸犯，取供确凿等情。当查前后禀报，情节互异，叠经先后委员并饬该管道署临安开广道陈灿、署迤东道石鸿韶查明该匪王春平素磕诈不法，固罪不容诛，唯并无纠集亡命、勾串游匪情事，田南亭带兵围攻，竟将逃入洞内暂避各村民男妇老幼四十余人及王春全家九丁口一同烧毙，开具姓名、年岁，列册附报，洞外亦查无炮台、石碉，各等情。次第禀覆前来。

核与该府禀报情形迥不相侔，显有累及无辜、捏报图功情弊，当经批司将该府撤任，并将应讯一干人证及田南亭行提来省，发委审办在案。相应请旨将开化府知府蹇念咸暂行革职，以便归案讯究。

除俟讯明确实情由分别按拟另行奏报，并咨部查照外，理合恭折具陈。伏乞皇太后、皇上圣鉴训示。再，云南巡抚系臣兼署，毋庸列衔。合并陈明。谨奏。光绪二十八年十月初五日。

（朱批：）蹇念咸着革职归案审办，田南亭滥毙无辜多命，情节甚重，着即从重治罪。①

光绪二十八年十一月初四日，奉朱批：蹇念咸着革职归案审办，田南亭滥毙无辜多命，情节甚重，着即从重治罪。钦此。②

【案】此案经云贵总督、云南巡抚饬审议拟，于光绪二十九年五月二十七日上奏曰：

---

①台北故宫博物院藏：《军机及宫中档》，文献编号：408007181。

②台北故宫博物院藏：《军机及宫中档》，文献编号：151235。

署理云贵总督臣丁振铎、头品顶戴云南巡抚臣林绍年跪奏，为审明营员办匪烧毙多命，知府妄听捏报掩过图功，分别定拟，恭折仰祈圣鉴事。

窃查前据开化府知府蹇念咸禀派缉私营管带田南亭剿办马敲洞匪王春，枪毙、烧毙土、游各匪一案，因情节离奇，叠经委员卸署安平同知徐永恒，并委署临安开广道陈灿、署迤东道石鸿韶等先后查明，马敲洞并无游匪，该匪王春平日磕诈抢掠，素行不法，惟无纠集亡命、勾结游匪、谋为不轨情事，洞外亦无炮台、石硐，未见伤亡兵勇。田南亭督兵围攻，放火焚烧，致将洞内避兵良民男妇老幼四十四人及王春全家男女九丁口一同烧毙。勘验被烧各尸，开具清单，并据陈灿讯据由洞逸出被擒之王升云，供出田南亭吓逼教供捏信各等情。禀经前督臣魏光焘将该管带田南亭、该府蹇念咸撤省，将全案人证提省审办，并将田南亭、蹇念咸分别奏参，光绪二十八年十一月初四日奉到朱批：蹇念咸着革职归案审办，田南亭滥毙无辜多命，情节甚重，着即从重治罪。钦此。当即钦遵转行审办去后。兹据云南府知府胡泰福督同发审局委员审明各供，详由营务处司道会同布政使李绍芬、按察使全楙绩覆审，议拟详解前来。

臣等亲提研鞫，缘田南亭、蹇念咸分隶湖南湘乡、贵州遵义等县。田南亭由保举游击留滇委带临平左营，因短额参革；蹇念咸由劳绩知府分发云南，准补开化府知府，因本案参革。田南亭投效开化，蹇念咸禀委管带缉私营勇。烧毙之王春家居马敲洞，向充洞长，平日敲磕抢掠，素行不法。光绪二十八年二月内，蹇念咸以开化府属漫云等处地方有游匪数百人，执持快枪，窜入边境滋扰，拟亲率所部缉私营前往马白督剿，节次电经前督臣批饬该管带田南亭分别剿办。蹇念咸旋到马白，与田南亭向乡约黄金山询及马敲洞有无游匪，黄金山答以听闻王春有同游匪往来之谣，虚实尚须清查。蹇念咸随即电称：马敲洞匪王春勾结游匪，招集亡命，意在先发制人，洞外有炮台、石硐，存储军械，驼运粮草，裹胁三五百户，民心惊惶，先行示谕王春销毁台、硐，散胁缴械，直至投首，抗拒即加剿洗。继复电报已派田南亭亲率兵勇前往剿办，勿许侵犯民间一草一木、违干军法等语。又经前督臣批饬该洞之匪是土是游，兵威能否慑服？慎以图之去后。蹇念咸未查虚实，遽令田南亭带兵往剿，并谕黄金山为团首，同往堵击。田南亭先饬黄金山及甲长龙永福前往各处帮买粮食，均未偕往。蹇念咸驻扎马白，距马敧洞六十里。

是月十八日，田南亭率兵驰抵马敧洞。时值大雾，田南亭乘雾进队。时附近居民一见兵到，惊惶奔避，洞外苗人居于山坡，即先由后山跑避。各户侬人被截无路，悉奔洞内。田南亭遂令合围，派弁传谕王春不出，放枪围攻，王春亦由洞内放枪拒敌。田南亭因洞外草房挡住枪路，未能得手，十九日下午放火焚烧草房。王春因充洞长，存有先年开化镇发给备边之火药、枪支，遇火引然，烧毙王春全家九命及来洞种田之龙老第一家三命、佣工之王小老夫妇、附学之王小周父子各一家二命、因事来洞之田文元一命，余皆奔入洞内避兵之安分侬人，计烧毙男尸十七具、女尸十五具、幼孩尸二十一具，合共五十三具。

王升云乡愚识字，在洞为王春教读其子，并教附学生徒，惊见火起，与入洞避兵之田文龙及未到案之田小桃、卢小马并不知姓名十三人，各攒入沟内躲避，均未被烧熄，后由沟逸出。王升云当被田南亭擒获，查问洞内并无游匪，亦无勾结游匪实在凭据。田南亭仍捏报胜仗，诈称夺获炮台二座、石硐一座，伤亡兵勇多名，枪毙、烧毙土、游各匪百数十人，其余各匪闻风溃散，并吓逼王升云供系被王春捆入，内有游、土各匪；复捏王春通游信稿，教令王升云照誊，称代王春所写。田南亭遂以搜获王春勾结游匪信据，讯取王升云认有游匪供词，报由蹇念咸不加查察，据情电禀。适临安开广道刘春霖赴广南一带查办边务，道出开化，蹇念咸、田南亭面请提讯，虽经该道堂讯王升云一次，案未成招，未与禀详，亦未及查办卸事。嗣叠经委员及署临安开广道等查明前情，勘验被烧各户开单，禀经前督臣先将田南亭、蹇念咸撤省，分别奏参，行据提到全案人证，发委营务处司道会同藩、臬两司审办，因供情狡展，饬发云南府督同局员讯明各供，详由营务处司道会同藩、臬两司覆审明确，议拟详解。

臣等亲提研鞫，缘田南亭供认马敧洞内并无游匪，王春亦无勾结游匪实据，一时冒昧围攻，放火烧毁大小男女五十三命；蹇念咸供认田南亭身临前敌，捏报军情，意料不及，委未确查，率行转禀，各等情。质之王升云、田文龙、黄金山、龙永福等，均据各供前情不讳，究诘不移，案无遁饰。

查例载：疑贼致毙人命，讯系因伤身死，悉照谋故、斗杀各本律例定拟。又，律载：故杀者，斩监候。又载：断罪无正条，援引他律，比附定拟。此案马敲洞并无游匪，王春亦无勾结游匪情事，按其平日敲磕抢掠，罪仍无加于盗。即王春放枪拒敌，亦因围攻所致，且罪在王春，不应牵及无辜。已革游击田南亭身为管带，率兵往剿，并不确查审慎，分别良莠，妄谓王春聚集游、土各匪，肆行围攻，放火延烧，致焚毙王春全家并洞内佣工、种田、附学及入洞避兵良民男妇老幼五十三命，尤复捏报邀功，实属罪无可逭！虽吓逼、教供、捏信、谎报胜仗各节，该革员供仍狡展，查无罪名，无关出入，既据供认并无游匪，该革员围攻、放火属实，虽死于烧，而烧由于纵火，罪坐所由，实与逞忿故杀者无异。遍查律例，并无滥毙无辜多命作何治罪专条，自应比附问拟。田南亭应如该司等所拟，合比依"故杀者，斩"律，拟斩监候。惟情节甚重，钦奉朱批着即从重治罪，应否即行正法，相应请旨定夺。

已革开化府知府蹇念咸身为表率，亲临马白督办，虽马白距马敲洞六十里，未能遥制。惟事前既不详查虚实，事竣又复任听捏报，荒谬糊涂，亦难辞咎。蹇念咸既经革职，亦应如所拟，发往军台效力赎罪。王升云在洞教读，田文龙避兵入洞，均讯无通匪情事。龙永福仅止帮买粮食，并未偕往，尚无不合，应毋庸议。黄金山于讯供后业已病故，应由该司委验，讯明禁、医人等，另行议拟详办。王春罪有应得，业已烧毙，亦毋庸议。田南亭捏造供单、信函，匿未呈验，饬追缴销。无干省释。未到人证免提省累，被烧各尸分别饬属领埋，并饬地方官妥为抚恤。

除供招咨部查核外，谨合词恭折具陈。伏乞皇太后、皇上圣鉴，敕部核覆施行。谨奏。光绪二十九年五月二十七日。①

①中国第一历史档案馆藏：《朱批奏折》，档号：04-01-01-1064-027。

【案】此奏于光绪二十九年闰五月二十八日得旨，饬将田南亭即行正法、蹇念咸发军台效力赎罪。《上谕档》载曰：

光绪二十九年闰五月二十八日，内阁奉上谕：丁振铎等奏，审明营员烧毙多命一案，分别定拟请旨一折。云南已革游击田南亭，身为管带，轻听谣言，围攻马敲洞，烧毙良民多命，复敢捏报邀功，实属罪无可逭！田南亭着即行正法。已革开化府知府蹇念咸，事前既不详查虚实，又复任听捏报，荒谬糊涂，亦难辞咎！蹇念咸着发往军台，效力赎罪。余着照所拟办理，该部知道。钦此。①

1283. 请准建魁昌专祠并立传缘由折

光绪二十八年十月初五日（1902年11月4日）

头品顶戴云贵总督兼署云南巡抚臣魏光焘跪奏，为在任副将力战捐躯，吁恳天恩俯准建祠、立传，以彰忠荩而顺舆情，恭折仰祈圣鉴事。

窃据署云南缅宁通判黄膺等禀：据缅宁士绅彭锟等禀称：原任顺云协副将魁昌系满洲镶白旗人，于咸丰六年署顺云协副将，时值回逆杜汶秀倡乱，迤西府、厅、州、县半为占踞。云州逆首蔡得春亦纠众谋叛，戕害官民，占踞顺宁、云州二城。适缅宁逆回罗存第等闻风相继，于近城回寨筑立伪城，起事抗拒。魁昌部署一切，即率丁壮环攻其巢，于是年十一月初一日攻破伪城，擒斩无算。逆首罗存第逃窜云州。魁昌乘胜追剿，围攻云州四月余不下。伪逆蔡得春勾通杜汶秀，由大理、蒙化添匪数万来援，势益汹涌。因寡不敌众，我军溃败，官绅、兵勇死者千数百人。魁昌愤甚，又闻耿马地方告变，恐内地震动，即星夜奔回缅宁，收集溃军，筹谋战守之策，高筑坚垒，扼据要害。布置甫定，蔡得春复纠贼数万来攻。魁昌率师鏖战，出奇制胜，于八年正月先后

---

①《光绪朝上谕档》，第29册，第183页。又，《德宗景皇帝实录（七）》，卷五百十七，光绪二十九年闰五月，第834、第835页。

克复贼垒百三十余座，斩逆首马爱爵及贼众七百余人，由此军威大振，蔡逆溃逃，以功补授楚雄协副将。魁昌益感激思奋，惟饷糈不济，督率绅民筹画，并倾囊捐募外勇，以作接应之师。正拟举兵出攻云州，而蔡逆复率党来拒，屡击却之。该逆复谋长围。以坐困逾年之久，迤西郡县概被回逆占踞，外援弗至，而粮饷且尽，魁昌思突围出，挑选劲勇，力举抬炮，亲督鏖战，被贼枪伤侧面，铅丸由口透出，负创甚剧。越数日，蔡逆以书诱降，魁昌怒碎其书。蔡逆率党攻益急。九年十一月，城外营垒以次失陷，势益危险。魁昌犹与汉、夷军民誓以死守。贼知未易下也，乃开挖地窖，前后震陷城垣十余丈。魁昌率勇抵御，贼不得入。

是时，粮匮援绝，食牛马牲畜、树皮、草根迨尽，城中饿死者，尸积如山。适顺宁流亡何俊密投蔡逆，开城纳贼，由东门拥进。魁昌闻警，挺身力战，手刃数十贼，部下护勇数百大半战死，魁昌亦身受重伤，乃叹曰：事不可为矣。即奔告其母弥勒那扯氏，勖以忠义图报，勉尽臣职，勿以我为念，遂率其妻满津许氏、子景星、女满英等俱投水死。魁昌负创含泪，指挥戈什哈、许攀凤等及护勇数十名，陷入贼阵血战，与之俱亡。时咸丰十年闰三月初八日也。是役也，军民巷战阵亡者数千人，同时殉难文武官绅、男妇老幼约数万人，皆魁昌全家尽节，孤忠激烈以倡之也。

迨厅城克复后，地方士民立祠私祭，并禀经前抚臣岑毓英[①]于同治十二年据情奏蒙兵部议给恤荫在案。迄今事隔多年，该绅民等

---

①岑毓英（1829—1889），字彦卿，号匡国，广西西林人，早年投太平军，后从清。咸丰九年（1859），以功赏知州衔，加勉勇巴图鲁名号。十年（1860），加运同衔。同年，兼署澂江府知府。同治元年（1862），升按察使衔。四年（1865），晋布政使衔。五年（1866），授云南迤南道。是年，署云南布政使。六年（1867），实授云南藩司。七年（1868），迁云南巡抚。十二年（1873），授骑都尉，加太子少保、一等轻车都尉。同年，兼署云贵总督。光绪五年（1879），加兵部尚书衔，补贵州巡抚。七年（1881），调补福建巡抚。九年（1883），擢云贵总督。十一年（1885），授云骑尉。十五年（1889），卒于任。赠太子太保、太子太傅，谥襄勤。著有《岑襄勤公遗集》《岑襄勤公年谱》等行世。

追念一门忠节，禀由该厅恳请敕建专祠，将生平战绩付史馆立传，以彰忠义等情。当经批由善后局司道会同布政使会详请奏前来。

臣查该副将魁昌捧檄来滇，于咸丰六年委署顺云协副将，时值逆回杜汶秀率党叛乱，该将筹备战守，不遗余力，因寡不敌众，退守缅城，孤军坚持，夜不解甲者三年。迨粮尽城陷，犹复力战阵亡，全家殉节，捐躯报国，大节凛然，实属忠勇可嘉。乃事隔多年，该绅民等犹复追念前徽，思隆报享。其功德感人之深，已可想见，自未便没其公道壅于上闻，合无仰恳天恩赏准将该故将于阵亡缅宁地方由绅民自行建立专祠，并将其母、妻、子、女一并附祀，每岁由地方官春、秋致祭。其死事大略宣付史馆立传，以彰忠荩而顺舆情，出自逾格鸿施。

除咨部查照外，理合恭折具陈。伏乞皇太后、皇上圣鉴训示。再，该故将出身履历，因毁于兵火，年久无从查取。又，云南巡抚系臣兼署，毋庸会衔。合并声明。谨奏。光绪二十八年十月初五日。

（朱批：）着照所请，该衙门知道。①

光绪二十八年十一月初四日，奉朱批：着照所请，该衙门知道。钦此。②

1284. 审拟民人岳添海伤毙人命一案折

光绪二十八年十月十四日（1902年11月13日）

头品顶戴云贵总督兼署云南巡抚臣魏光焘跪奏，为审明县民岳添海戳伤小功服兄岳正起身死，私和匿报，按律定拟，恭折仰祈圣鉴事。

窃查前据署广通县知县蓝荣畴详报，访闻民人岳添海戳伤小功服兄岳正起身死，私和匿报一案，当经批饬审拟招解去后。嗣据该署县审明议拟，由署楚雄府知府奎华转解按察使全楙绩覆审，

①台北故宫博物院藏：《军机及宫中档》，文献编号：408007184。

②台北故宫博物院藏：《军机及宫中档》，文献编号：150236。

招解到臣。臣提犯亲讯，供与原审相同。

缘岳添海籍隶该县，岳正起系该犯小功服兄，素睦无嫌。光绪二十七年七月，不记日期，岳正起长子岳金、次子岳银赴地工作。岳正起在家向其次子媳滕氏调奸，滕氏不允，归向母家，告知其父滕国顺，往寻岳正起理论。岳正起潜匿，当由岳金等向滕国顺服礼劝息。八月初二日，岳金、岳银同赴黑井未回。是夜三更时分，岳正起抬开滕氏房门，称欲同睡。滕氏不依，岳正起强与行奸，滕氏声喊，经邻人岳桐赶拢喝散。次日，滕氏复回母家，向滕国顺哭诉前情。

初九日，滕国顺投凭岳添海同其父岳申并族众等，寻获岳正起，扭赴宗祠理论，行至门口，岳正起不肯进去，岳申气忿喝骂，岳正起不服回詈。岳申顺用手内铁蚊帚向殴，岳正起夺获蚊帚，将岳申推跌倒地。岳添海赶拢夺回蚊帚，殴伤岳正起偏左，岳正起撇开岳申，即用门侧团防矛杆向岳添海乱戳。岳添海闪侧，乘势夺过矛杆，戳伤岳正起左手腕。岳正起弯腰拾石，岳添海情急用矛吓戳，适伤岳正起左肋倒地，经岳桐赶拢喝阻，告知尸兄岳正兴前往看明，讵岳正起伤重，移时殒命。岳申虑恐其子办罪，邀同张绍珠央允岳正兴免报。经该县访闻据报诣验获犯，讯供通详，批饬审解。兹据该署县审明议拟，由府司覆审招解前来。臣提犯亲鞫，据供前情不讳，究系情急夺矛吓戳适毙，并非有心干犯，亦无起衅及贿和别故，研诘不移，案无遁饰。

查律载：卑幼殴小功兄死者，斩。注云：在本宗则决。又，律载：殴本宗期功尊长，罪干斩决之案，若系情轻，该督抚按律例定拟，法司会同核覆，亦照本条拟罪，核其所犯情节，实可矜悯者，夹签声明，恭候钦定。又，致死期功尊长，或死者淫恶蔑伦，仍准夹签。又，律载：卑幼被杀、尊长私和者，各依服制减一等。又，知人欲告而自首者，减罪二等，各等语。

此案岳添海因岳正起两次图奸子媳未成，既据在场喝阻之族人岳桐等供证确凿，死者实属淫恶蔑伦。该犯系岳正起共曾祖堂弟，服属小功，其将岳正起殴戳毙命，情同互斗，自应仍按本律问拟。岳添海除私和匿报轻罪不议外，应如该县、府所拟，合依“卑幼殴本宗小功兄死者，斩”律，拟斩立决。惟死者两次图奸子媳，迨经氏父凭族理斥，尤敢殴骂尊长，推跌倒地。该犯拢前救护，夺矛吓戳，适伤致毙，死系淫恶蔑伦，与夹签之例相符，应请照例夹签声明，恭候钦定。

岳正兴系死者期亲尊长，私和匿报，亦应如所拟，按照卑幼被杀，尊长私和，各依“服制减等”律问拟，应于“期亲尊长被杀，卑幼私和，杖八十，徒二年”律上减一等，“杖七十，徒一年半”，系自行投首，律得减罪二等，应于“杖七十、徒一年半”罪上递减二等，拟杖一百。

岳申充当族长，凭众理斥，并无不合。惟事后央求匿报，因恐其子办罪所致，业已罪坐其子，应请免议。张绍珠讯无得贿私和，惟既听从说合，究属不合，应与知情容隐之岳桐，均照不应重律，杖八十律，拟杖八十，由县折责发落。失察乡约杨发传案责革。岳正起图奸子媳，罪有应得，业已身死，应与讯无不合之滕国顺、岳滕氏均毋庸议。无干省释。尸棺饬属领埋，凶器案结销毁。

除宗图、供招咨部查核外，臣谨恭折具陈。伏乞皇太后、皇上圣鉴，敕部核覆施行。再，云贵总督系臣本任，毋庸列衔。合并陈明。谨奏。光绪二十八年十月十四日。

(朱批：) 刑部议奏。[①]

光绪二十八年十一月十三日，奉朱批：刑部议奏。钦此。[②]

1285. 奏报资遣学生出洋游历缘由折

光绪二十八年十月十四日（1902年11月13日）

头品顶戴云贵总督兼署云南巡抚臣魏光焘跪奏，为遵旨资遣

---

①台北故宫博物院藏：《军机及宫中档》，文献编号：408007186。

②台北故宫博物院藏：《军机及宫中档》，文献编号：151453。

学生出洋，以资游历而宏造就，恭折仰祈圣鉴事。

窃查光绪二十七年八月初五日奉上谕：造就人才，实为当今要务。前据湖南、湖北、四川等省选派学生出洋游学，用意甚善，着各省督抚一律仿照办理，务择心术端正、文理明达之士遣往学习，将一切专门艺学认真肄业，实力讲求，学成领有凭照回华，即由该督抚、学政按其所学，分门考验，如果学有成效，即行出具切实考语，咨送外务部覆加考验，据实奏请奖励。其游学经费着各直省妥筹发给，准其作正开销。如有自备旅资出洋游学者，着各该省督抚咨明该出使大臣随时照料，如果学成得有优等凭照回华，准照派出学生一体考验、奖励，候旨分别赏给进士、举人各项出身，以备任用而资鼓舞。将此通谕知之。钦此。当经恭录转行，并咨查湖南章程，札饬遵办在案。

臣维古者春秋、战国最尚游学，近如俄、日及暹罗，皆以游历归国而强者也。自海禁大开，前大学士臣曾国藩①督两江时，即有资遣幼童出洋之议。自时厥后，南、北洋数遣学生、京员，亦间出游历，虽未必大收厥效，然其中亦未尝无成材足以备一时之用者。上年拳匪难作，朝廷愤在事诸臣见闻之不广，力图开通风

①曾国藩（1811—1872），初名子城、子成、子诚，字居武、伯涵、涤生，湖南湘乡人。道光十四年（1834），中举人。十八年（1838），中式第三甲第四十二名进士，改庶吉士。二十年（1840），授检讨。二十三年（1843），任侍讲，充四川乡试正考官，补文渊阁校理。次年，授侍读。二十五年（1845），任左、右庶子，充会试同考官、侍讲学士、日讲起居注官。次年，任文渊阁直阁事。二十七年（1847），授内阁学士，兼礼部侍郎衔。次年，任稽察中书科事务。二十九年（1849），调礼部右侍郎，署兵部左侍郎。次年，兼署工部左侍郎。咸丰元年（1851），署刑部右侍郎，充顺天府乡试正考官。次年，兼署吏部左侍郎，充江西乡试正考官。是年，丁母忧。四年（1854），赏三品顶戴，旋晋二品顶戴，并赏戴花翎，以兵部右侍郎署湖北巡抚。七年（1857），丁父忧。次年，办理浙江军务。十年（1860），署两江总督，加兵部尚书衔。同年，旋授钦差大臣、两江总督。十一年（1861），封太子少保。同治元年（1862），擢协办大学士。三年（1864），晋太子太保，封一等毅勇侯。五年（1866），补授两江总督。次年，迁大学士，转体仁阁大学士，赏云骑尉。七年（1868），调武英殿大学士、直隶总督管巡抚事。九年（1870），以两江总督充任办理南洋通商事务大臣。十一年（1872），薨于位。赠太傅，谥文正。著有《曾文正公全集》等行世。

气，遣派亲王出洋，尤足新一时之听睹。滇省虽僻处南荒，亦不乏闻风向往之士，冀资阅历以蕲至于富强。顾游学以欧美为最，而行远自迩又莫如自同洲同文之日本，始以其地近而情通费省而效速也。

臣自奉谕旨，即与司道会商遴选，务以心术端正、文理明达方为合格，取定廪生钱良骏等十名，每名按给川资银二百两，旅费、学费每名岁需洋银三百圆，并自备资斧出洋游学之广东尽先试用知县恩安县举人王志恕一员，均由选派前易门县教谕陈雍、补用游击张贵祚护送前往。每员月给薪水银五十两、川资银二百两，酌带翻译、书识各一名，一切悉照学生开支，并先行酌发杂费银五百两，以资办公。兹据藩司详请具奏前来。

臣覆核无异，均经先后各给咨批，咨明出使日本大臣照会日本外部，照约保护，俟其到日，查看各生姿质所近，分拨学堂肄习，随时严加管束，按期卒业，给照回滇，分别办理；并俟查看三月后，如有不堪造就者，即行护送回滇，以昭慎重。已饬各该学生等于九月十八日由滇起程，取道越南去讫。臣仍当随时留意，俟有及格之学生，再行接续资送。

除将此次各生姓名、年贯开单咨送外务部、礼部查照外，所有资遣学生出洋缘由，谨会同云南学政臣吴鲁，恭折具陈。伏乞皇太后、皇上圣鉴。再，云贵总督系臣本任，毋庸列衔。合并陈明。谨奏。光绪二十八年十月十四日。

(朱批：)该部知道。①

光绪二十八年十一月十三日，奉朱批：该部知道。钦此。②

【案】此奏业于十年十一月十五日咨呈外务部查照，《外交档案》载曰：

①台北故宫博物院藏：《军机及宫中档》，文献编号：408007185。
②台北故宫博物院藏：《军机及宫中档》，文献编号：151452。

十一月十五日云贵总督魏（光焘）文称：窃照本兼署部院于光绪二十八年十月十四日会同云南学院吴（鲁）由驲具奏遵旨遣学出洋，以资游历而宏造就一折，所有折稿相应钞录原折及诸生姓名、年贯清单，备文咨送。为此咨呈贵部，谨请查核施行。

●照录钞折（文同原奏，略）

●清单

谨将考选及自备资斧出洋游学学生姓名、年岁、籍贯清单，开呈查核。

计开

钱良骏，年二十二岁，昆明县廪生。

由宗龙，年二十四岁，姚州附生。

吴锡忠，年二十四岁，云南府附生。

李萼芬，年二十五岁，昆明县廪生。

卲光年，年二十岁，定远县廪生。

陈贻恭，年二十一岁，云南府附生。

刘昌明，年二十二岁，鲁甸厅举人。

李培元，年二十三岁，晋宁州廪生。

李燮元，年二十三岁，定远县廪生。

何鸿冀，年二十五岁，四川金堂县从九职衔。

王志恕，年三十二岁，恩安县举人，在籍丁忧，广东候补知县。①

1286. 请将疏脱重囚管狱等官革职折

光绪二十八年十月十四日（1902年11月13日）

头品顶戴云贵总督兼署云南巡抚臣魏光焘跪奏，为特参疏脱重囚越狱之管狱、有狱各官，请旨分别革审议处，恭折仰祈圣鉴事。

窃据署广西直隶州知州许祖瑞禀：光绪二十八年六月二十八

①台北中央研究院近史所藏：《外交档案》，馆藏号：02-12-045-02-011。

日夜三更时分，据吏目周雨田禀称：是晚风雨大作，更夫因避雨睡熟，有监犯马幅沅、马溃牲、戴太和、张小鞍、昝赵有、保士常六名，乘间扭断镣铐，将禁卒、更夫捆缚、塞口，扳折笼木，由监后扒墙逃逸。报由该署州会营追捕，当时拿获马幅沅、马溃牲、戴太和三名。张小鞍胆敢拒捕，亦被格伤倒地擒获，讵张小鞍旋即因伤身死，尚有昝赵有等在逃，合报验缉等情。正在核办间，续据该署州申报，缉获保士常一名前来。据此，卷查该犯马幅沅、马溃牲因追欠族中公租，殴伤马万身死，获案狡供，详咨展限；戴太和因鎵伤窃贼方存有身死，招解翻供，详咨展限，均系奉准部覆。张小鞍系殴伤图奸伊妹未成罪人马应瀍身死，审依“擅杀”律，拟绞监候，详奉汇案奏报；昝赵有因口角争闹，故杀伊妻李氏身死，审依“夫殴妻至死，故杀亦绞”律，拟绞监候，详奉汇奏，均尚未奉部覆。保士常因与钱老三殴毙窃贼孙红彛，获案讯不承认，详请监禁，俟缉获钱老三，再行质明拟办之犯。兹据报在监脱逃，刑禁人等保无松刑贿纵情弊，当经批饬将该署州吏目撤任，一面委员前往勘验，提解应讯一干到省审办去后。兹据该管道揭由臬司全楙绩、署藩司刘春霖会详请参前来。

臣查该署吏目周雨田职司监狱，于此等重囚宜如何督率禁吏人等严密防范，乃漫不经心，致令重犯脱逃六名，虽当时追获三名，续获一名，拒捕格毙一名，尚有绞犯一名在逃未获，实非寻常疏忽可比。该署州许祖瑞未能督饬预防，致被脱逃，亦难辞咎，相应请旨将管狱官署广西直隶州吏目试用典史周雨田，照例革职拿问，以便提同刑禁人等研讯有无松刑贿纵情弊，分别照例详办；有狱官署广西直隶州知州准升中甸同知许祖瑞，先行交部议处，以示惩儆。

除饬勒缉逃犯昝赵有务获究报暨咨部查照外，谨恭折具陈。伏乞皇太后、皇上圣鉴训示。再，云贵总督系臣本任，毋庸列衔。合并陈明。谨奏。光绪二十八年十月十四日。

（朱批：）另有旨。①

光绪二十八年十一月十三日，奉朱批：另有旨❶。钦此。②

❶【案】此折旋于十年十一月十三日得旨，准照所议办理，《上谕档》载曰：

奉旨：这所奏疏防重犯越狱脱逃之管狱官云南署广西直隶州吏目试用典史周雨田，着革职拿问，交魏光焘提同刑禁人等，严讯有无松刑贿纵情弊，按律惩办；有狱官署广西直隶州知州许祖瑞，着先行交部议处，仍勒限严缉逸犯昝赵有务获究办。余着照所议办理，该部知道。钦此。③

1287. 奏报同知刘安科闻讣丁忧缘由折

光绪二十八年十月十四日（1902年11月13日）

头品顶戴云贵总督兼署云南巡抚臣魏光焘跪奏，为同知闻讣丁忧开缺，恭折仰祈圣鉴事。

窃据署布政使刘春霖详：光绪二十八年九月二十一日，据个旧同知刘安科家丁罗福呈称：家长现年五十岁，系广东驻防镶黄旗汉军松山佐领下廪生，中式光绪壬午科举人。丙戌科会试，中式进士。引见，奉旨以部属用，签分工部虞衡司主事，因无力在部当差，改归进士知县原班铨选，遵例呈请分发，经吏部奏请钦派大臣验看，分发签掣云南。十六年二月初九日，由吏部带领引见，奉旨：着照例发往。钦此。领照于是年十月十六日到省，试用期满，甄别留省补用，委署晋宁州知州卸事。于攻克富民、禄劝两县城池出力，保准加同知衔，准补太和县知县，二十年十一月初六日到任。试署期满，业经报请实授。调署昆明、陆凉、昆

①台北故宫博物院藏：《军机及宫中档》，文献编号：408007187。

②台北故宫博物院藏：《军机及宫中档》，文献编号：151451。

③《光绪朝上谕档》，第28册，第315页。

阳各州县卸事，请升个旧同知，奉文覆准，尚未赴引，委令先署，于光绪二十七年十二月十九日到任。兹于二十八年九月十一日在任闻讣，知继母王氏于本年七月初三日在籍病故，例应闻讣丁忧等情。呈经该司查明，详请具奏开缺前来。

臣覆查无异，除委员前往接署并饬该员交代清楚，出具亲供，请咨回籍奔丧守制，至所遗个旧同知系题调要缺，例应在外拣选调补。除咨部查照外，所有该员闻讣丁忧开缺日期，谨恭折具陈。伏乞皇太后、皇上圣鉴，敕部查照施行。谨奏。光绪二十八年十月十四日。

(朱批:) 吏部知道。①

光绪二十八年十一月十三日，奉朱批：吏部知道。钦此。②

1288. 奏报学政吴鲁所延幕友履历片

光绪二十八年十月十四日（1902年11月13日）

再，各省学政阅卷幕友，例应由督抚查明具奏。兹准新任云南学臣吴鲁咨报：光绪二十八年九月二十五日接篆视事，所延幕友杜坛系山东潍县举人，吴拱震系福建南安县举人，郑溱系浙江黄岩县学增生，黄祖源系福建泉州府学增生，均属文行俱优之士，籍贯与视学省分均在五百里以外。开单咨送前来。

臣覆查无异，除咨部查照外，谨附片具陈。伏乞圣鉴。再，云贵总督系臣本任，毋庸列衔。合并陈明。谨奏。

(朱批:) 知道了。③

光绪二十八年十一月十三日，奉朱批：知道了。钦此。④

---

①台北故宫博物院藏：《军机及宫中档》，文献编号：408007188。
②台北故宫博物院藏：《军机及宫中档》，文献编号：151451。
③台北故宫博物院藏：《军机及宫中档》，文献编号：408007185-0-A。
④台北故宫博物院藏：《军机及宫中档》，文献编号：151455。

1289. 奏报蒙自关一百六十八结征税折

光绪二十八年十月十六日（1902 年 11 月 15 日）

头品顶戴云贵总督兼署云南巡抚臣魏光焘跪奏，为蒙自关第一百六十八结期满征收税银及支销、拨解、提存各款，开单具报，恭折仰祈圣鉴事。

窃准户部咨：洋关征收税银，照章按结奏报一次等因。业将蒙自关自光绪二十八年二月二十三日起至五月二十五日止第一百六十七结征收税银及支销、拨解、提存各款开单奏报在案。兹据署云南临安开广道兼管关务陈灿将蒙自关自光绪二十八年五月二十六日起至八月二十九日止第一百六十八结期内征收正税，分别四六成，以四成作为京饷，其六成洋税项下，除开支正、半税，倾镕折耗及关用经费外，余银提一成五厘出使经费，所收子口半税，全数归入六成税内供支，并将实征船钞各款数目开列四柱清单，详请奏咨及声明此结提归外务部三成罚款银一百四十两一钱三分等情。前来。

臣覆核无异，除咨外务部、暨户部、南洋大臣查照外，谨照缮清单，恭折具陈。伏乞皇太后、皇上圣鉴，敕部查核施行。再，云南巡抚系臣兼署，毋庸列衔。合并声明。谨奏。光绪二十八年十月十六日。

（朱批：）该部知道，单并发。[①]

光绪二十八年十一月十五日，奉朱批：该部知道，单并发。钦此。[②]

---

①台北故宫博物院藏：《军机及宫中档》，文献编号：408007190。

②台北故宫博物院藏：《军机及宫中档》，文献编号：151516。

1290. 呈蒙自关一百六十八结征税清单

光绪二十八年十月十六日（1902年11月15日）

谨将蒙自关自光绪二十八年五月二十六日起至八月二十九日止第一百六十八结期满征收税银，分别提拨、支解各款暨征存船钞，缮具清单，恭呈御览。

计开

旧管项下

一、提存四成京饷银一万四千八百三十二两八钱五分三厘二毫。

一、提存六成洋税银四万六千九百一十三两一钱九厘五毫二丝七微。

一、提留一半折耗银二百九十五两三钱二分一厘九毫四丝四忽。

一、节留监督办公经费银一千一百五十二两。

一、征存船钞实存应解外务部三成银七十一两二钱五分。

新收项下

一、收进口正税银一万六千一百八十四两九钱四分五厘。

一、收出口正税银五千六百二十二两二钱五厘。

一、收土药正税银四千六百七十八两二钱七分五厘。

一、土药补厘银八十六两七钱。

一、子口半税银九千九百十三两一钱一分五厘。

一、收船钞银四十四两三钱。

以上共收税钞银三万六千五百二十九两五钱四分，内进出口正税及土药税厘银二万六千五百七十二两一钱二分五厘，应提四成京饷银一万六百二十八两八钱五分。下余六成洋税银一万五千九百四十三两二钱七分五厘，内除开支各关卡按月额支经费银四千九百八十六两三钱，蛮耗分卡房租银三十六两，添书工食银九十六两；又照章除船钞一款不支折耗外，其税银每百两准支倾镕折耗银一两二钱，计应支销银四百三十七两八钱二分二厘八毫八丝，尚余六成洋税银一万三百八十七两一钱五分二厘一毫二丝，照章作为十成内提一成五厘出使经费银一千五百五十八两七分二厘八毫一丝八忽，余存六成洋税银八千八百二十九两七分九厘三毫二忽，并同子口半税共存银一万八千七百四十二两一钱九分四厘三毫二忽。

开除项下

一、支销监督及各关卡三个月额支经费银四千九百八十六两三钱。此项开支内监督月支办公经费银二百四十两，结合支银七百二十两，除照案节留二成银一百四十四两存储候拨外，实合支银四千八百四十二两三钱。

一、支销蛮荒分卡三个月房租银三十六两。

一、支销添书三个月工食银九十六两。

一、支销正半税项下倾镕折耗银四百三十七两八钱二分二厘八毫八丝。此项折耗照案提留一半计银二百十八两九钱一分一厘四毫四丝，另款存俟解部库充饷。

以上六成税，内除监督办公经费、节留二成折耗提留一半外，实合开支银五千一百九十三两二钱一分一厘四毫四丝。

一、支解蒙关税司转解总税务司七成船钞银三十一两一分。

一、支解蒙关税司转解江海关本结提存出使经费银一千五百五十八两七分二厘八毫一丝八忽。

一、支解江海关本年九月内摊还洋款银二万两。

一、支解汇解费及委员、夫马等银一千一百九十一两八钱。此次押解委员系选用知县林文仪。合并声明。

一、支解奏准提拨滇省铜本银三万两。

一、支销解费及委员、夫马等银二百二十七两四钱。此款系分两次委派选用知县王庆麟、林文仪解缴前项铜本至省，遵章每千两支给夫价、鞘箍等项银三两六钱二分，每次委员、夫马等银五十九两四钱，合计应支前数。

一、支销借拨思茅关不敷开支银三千六百八十七两八钱八分二厘二毫八丝四忽。

以上五款，均在于六成税内开支造报。

实在项下

一、提存四成京饷银二万五千四百六十一两七钱三厘二毫。

一、提存六成洋税除支销外，实存银一万五百四十八两二钱二分一厘五毫三丝八忽七微。

一、提留一半折耗银五百一十四两二钱三分三厘三毫八丝四忽。

一、节留监督办公经费银一千二百九十六两。

一、征存船钞除提归总税务司七成银两解交蒙关税司收领转解外，实存应解外务部三成银八十四两五钱四分。

（朱批：）览。[①]

光绪二十八年十一月十五日，奉朱批：览。钦此。[②]

1291. 奏报思茅关一百六十八结征税折

光绪二十八年十月十六日（1902年11月15日）

头品顶戴云贵总督兼署云南巡抚臣魏光焘跪奏，为思茅关第一百六十八结期满征收税银及提存、支解各款，开单具报，恭折仰祈圣鉴事。

窃准户部咨：洋关征收税银，照章按结奏报一次等因。业将思茅关自光绪二十八年二月二十三日起至五月二十五日止第一百六十七结征收税银及提存、支解各款开单奏报在案。兹据云南思茅同知兼管关务许之载将思茅关自光绪二十八年五月二十六日起至八月二十九日止第一百六十八结期内征收正税，分别四六成，以四成作为京饷，其六成洋税项下，除开支关用经费及倾镕折耗

①台北故宫博物院藏：《军机及宫中档》，文献编号：151516-0-A。

②台北故宫博物院藏：《军机及宫中档》，文献编号：151516-0-B。

外，不敷银两前已奏明由蒙自关暂借支用。至应提一成五厘出使经费，仍无余款可扣，请免提解，缮具清单，详请奏咨，并声明本结各商均遵章上纳，并无罚款等情。前来。

臣覆核无异，除咨外务部、户部、南洋大臣查照外，谨照缮清单，恭折具陈。伏乞皇太后、皇上圣鉴，敕部查核施行。再，云南巡抚系臣兼署，毋庸列衔。合并声明。谨奏。光绪二十八年十月十六日。

（朱批：）该部知道，单并发。①

光绪二十八年十一月十五日，奉朱批：该部知道，单并发。钦此。②

1292. 呈思茅关一百六十八结征税清单

光绪二十八年十月十六日（1902年11月15日）

谨将思茅关自光绪二十八年五月二十六日起至八月二十九日止第一百六十八结期满征收税银，分别四六成及提存、支解各款，缮具清单，恭呈御览。

计开

旧管项下

一、存一百六十一结至一百六十七结四成京饷银四千四百五十八两四钱六分九厘六毫。

一、存一百六十一结至一百六十七结边防经费银九十三两八钱一分五厘九毫八丝二忽。

一、存一百六十结至一百六十七结监督项下二成开支银七百六十八两。

一、存一百六十三结一成五厘出使经费银三十二两一钱七分四厘一毫三忽六微。

---

①台北故宫博物院藏：《军机及宫中档》，文献编号：408007191。

②台北故宫博物院藏：《军机及宫中档》，文献编号：151517。

一、存增收进子口税银一百八十两五分三厘。

一、通共不敷开支银二万八千七十一两三钱二分五厘一毫四丝六忽六微六纤，业经照案由蒙自关陆续借支清款。

新收项下

一、收进口正税银一百三十四两一钱五分七厘。

一、收出口正税银四十一两六钱二分九厘。

一、收洋货入内地子口半税银二百一十两八分八厘。

一、收土药出口正税银十两二钱。

以上共收银三百九十六两七分四厘，内进出口及土药正税银一百八十五两九钱八分六厘，应题四成京饷银七十四两三钱九分四厘四毫，下余六成洋税银一百一十一两五钱九分一厘六毫，除开支关用经费及倾镕折耗银二千六百九十七两五钱五分二厘八毫八丝八忽，照章以子口半税银二百一十两八分八厘全数归入洋税项下支用。除抵之外，尚不敷银二千三百七十五两八钱七分三厘二毫八丝八忽，照案由蒙自关借拨支用。至出使经费，仍无余款可扣，请免提解。合并声明。

开除项下

一、支销监督及各关卡额支经费银二千六百九十二两八钱，内奉文截留监督项下二成开支银九十六两。又奉文每年酌提银一千两，添赔洋款，本结应提银二百五十两，遵饬按月解缴藩库汇解在案。

一、支销倾镕折耗银四两七钱五分二厘八毫八丝八忽，遵照部饬截留一半银二两三钱七分六厘四毫四丝四忽，存俟积有成数，解部添供边防经费。

以上共支销银二千六百九十七两五钱五分二厘八毫八丝八忽。

一、发还商人增收进子口税银五十三两二钱九分五厘。

实在项下

一、存本结并前七结四成京饷银四千五百三十二两八钱六分四厘。

一、存本结并前七结边防经费银九十六两一钱九分二厘四毫二丝六忽。

一、存本结并前八结监督项下二成开支银八百六十四两。

一、存一百六十三结一成五厘出使经费银三十二两一钱七分四厘一毫三忽六微。

一、存增收进子口税银一百二十六两七钱五分八厘。

一、本结不敷开支银二千三百七十五两八钱七分三厘二毫八丝八忽。

(朱批:) 览。①

光绪二十八年十一月十五日,奉朱批:览。钦此。②

1293. 报销十五年善后局各款缘由折

光绪二十八年十月十六日 (1902年11月15日)

头品顶戴云贵总督兼署云南巡抚臣魏光焘跪奏,为报销光绪十五年分善后、军需支销各款,恭折仰祈圣鉴事。

窃据云南善后局司道会同署布政使刘春霖详称:滇省善后支销各款,业经报至光绪十四年止,作为第十次造册,详请奏咨核销在案。兹将光绪十五年收支各款接续造办,亲督局员一律清查,按款勾稽,或恪遵则例章程,核实开报;或因当年饷源奇绌,力求撙节,照案暂行酌减,借期设法腾挪,无误度支。核计光绪十五年分,旧管不敷银七万一千一百三十三两五钱七分二厘八毫二丝六忽七微,新收共银一百五万七千二百六十二两六钱四分五厘二毫二丝三忽八微二尘五纤,开除共银一百一十九万八千七百九十二两九钱四分三厘七毫三丝五忽,实在不敷银二十一万二千六百六十三两八钱七分一厘三毫三丝七忽八微七尘五纤。自应循案作为滇省第十一起善后、军需报销,按册开列分送,以昭核实。

①台北故宫博物院藏:《军机及宫中档》,文献编号:151517-0-A。

②台北故宫博物院藏:《军机及宫中档》,文献编号:151517-0-B。

其不敷款项，实因司库支绌不能如数移领，发给局中支款又难停待，只得挪新掩旧，设法筹措，通融办理，以应急需，俾免贻误。所有光绪十五年分收支各款，理合造具总册，并分造细数清册及附造做法、工料、收发洋枪、笔码数目、兵勇驻扎地方、管带衔名各清册，详请查核奏咨前来。

臣覆核无异，除将报销册籍循案派差弁赍送部、科查核外，谨恭折具陈。伏乞皇太后、皇上圣鉴，敕部核覆施行。再，云南巡抚系臣兼署，毋庸列衔。合并声明。谨奏。光绪二十八年十月十六日。

（朱批：）该部知道。①

光绪二十八年十一月十五日，奉朱批：该部知道。钦此。②

1294. 奏为遵保人才敬陈管见缘由折

光绪二十八年十月十六日（1902 年 11 月 15 日）

头品顶戴云贵总督兼署云南巡抚臣魏光焘跪奏，为遵保人才，恭应经济特科，恭折仰祈圣鉴事。

光绪二十七年四月十七日，钦奉慈禧端佑康颐昭豫庄诚寿恭钦献崇熙皇太后懿旨：为政之道，首在得人，况值时局阽危，尤应破格求才，以资治理，敬遵成宪，照博学鸿词科例开经济特科，本届会试前举行。其有志虑忠纯、规模宏远、学问淹通、洞达中外时务者，着各部、院堂官及各省督、抚、学政出具考语，即行保荐，并着政务处大臣拟定考试章程，请旨办理等因。钦此。又，六月初四日，御史陈秉崧奏，保荐经济特科请饬破除夤缘积弊一折❶，复奏上谕：着各部、院堂官及各督、抚、学政于保送时，虚心采访，果系物望素孚、确有实学者，方准保奏等因。钦此。仰见朝廷逾格求才、循名责实之至意！当经恭录分行钦遵，并由臣

①台北故宫博物院藏：《军机及宫中档》，文献编号：408007189。

②台北故宫博物院藏：《军机及宫中档》，文献编号：151511。

随时详加采访。

兹查有江苏存记补用道杜俞、工部郎中端绪、分省补用知县邹代钧、贵州试用同知贺弼、云南石屏州举人袁嘉穀、湖南新化县副贡谢王芝，以上六员，立行笃实，秉性忠贞，博览古今政治得失之林，通晓中外风气盛衰之故。学赅六部，既各有其专家；识备三才，诚不愧为通德。慨自科举之制敝，可得恒流，不可得奇杰，保举之途隘，能及朝市，不能及山林。人才以消乏为忧，时事之艰难遂迫。恭逢我圣朝景运维新，求贤若渴，顾滋二三豪俊之出，宜荷九重特达之知。合无仰恳天恩俯允召试，俾该员等慷慨敷陈，发舒素抱，庶几一得刍荛之献，籍报百年豢养之恩。

所有遵保恭应经济特科人才缘由，谨恭折具陈。伏乞皇太后、皇上圣鉴。再，云南巡抚臣系臣兼署，毋庸会衔。合并声明。谨奏。光绪二十八年十月十六日。[①]

❶【案】光绪二十七年五月二十二日，江南道监察御史臣陈秉崧奏请保荐经济特科，曰：

江南道监察御史臣陈秉崧跪奏，为保荐经济特科，请饬破除夤缘积弊，以端士习而拔真才，恭折仰祈圣鉴事。

窃臣伏读光绪二十七年四月十七日奉慈禧端佑康颐昭豫庄诚寿恭钦献崇熙皇太后懿旨：为政之道，首在得人，况值时局阽危，尤应破格求才，以资治理，允宜敬遵成宪，照博学鸿词科例开经济特科，于本年会试前举行。天下之广，何患无才？其有志虑忠纯、规模闳远、学问淹通、洞达中外时务者，着各部、院堂官及各省督、抚、学政出具考语，即行保荐，并着政务处大臣拟定考试章程，请旨办理。朝廷振兴百度，母子一心，惩往日之咎，须贤才辅治，尔诸臣当谨加进取，各举所知，共济艰难，以维邦本，使中兴人才之盛再见于今，则深宫所祷祀求之者也。钦此。仰见我皇太后、皇上求贤若渴、共济时

①台北故宫博物院藏：《军机及宫中档》，文献编号：151510-0-A。

艰之至意，莫名钦感！

各部、院堂官及各省督、抚、学政公忠体国，具有天良，自能恪遵谕旨，谨加选取，本无待臣之赘言。惟是近来风气狃于夤缘积习，遇事钻营，各大臣等稍未能破除情面，每至迁就曲徇，滥竽充数。此次恭逢特开旷典，各士子等良莠不齐，其不知自爱者，难保不多方夤缘以图侥幸，保荐者或碍于情面，稍涉宽滥，则将来考试必致百弊丛生，有名无实，以朝廷之盛典为若辈之终南，殊负我皇太后、皇上拔取真才、实事求是之至意！

臣愚昧之见，拟请旨饬下各部、院堂官及各省督、抚、学政，务须破除夤缘积习，采访舆论，断以真知灼见，果系物望素孚、确有实学者，方准专折奏保。其稍涉奔竞干进者，皆屏弗录，将来即以所保之是否得人，定各该大臣等之功过。至各士子等应由各该大臣等谕以必当争自濯磨，重自爱惜，以期仰副圣朝破格求贤之至意。庶于简拔真才之中，寓正本清源之道。

臣为整饬士习，鼓励人才起见，是否有当，谨恭折具陈。伏乞皇太后、皇上圣鉴训示。谨奏。光绪二十七年五月二十二日。①

1295. 奏报拣员署理临元镇篆片

光绪二十八年十月十六日（1902 年 11 月 15 日）

再，署云南临元镇总兵马柱缉匪不力，应即撤省。所遗总兵篆务，臣查有记名提督张梁，勇略兼优，夙娴营务，堪以署理并兼统南防续、备、中、左、副中各营，督练临元各团营，会同筹布防务，以资得力。除分檄饬遵暨咨兵部查照外，谨附片具陈。伏乞圣鉴训示。谨奏。

（朱批：）兵部知道。②

---

①中国第一历史档案馆藏：《录副奏折》，档号：03-7210-093。

②台北故宫博物院藏：《军机及宫中档》，文献编号：408007189-0-A。

光绪二十八年十一月十五日，奉朱批：该部知道。钦此。[①]

1296. 请准冯成龙等留滇补用缘由片

光绪二十八年十月十六日（1902 年 11 月 15 日）

再，前准兵部咨：本省人员保举副、参补缺，例应回避；籍隶他省保举各员，均应照章奏留省分补用等因。转行遵照在案。兹查有尽先补用都司冯成龙，贵州铜仁府人；尽先补用守备任遇陞，湖南湘阴县人；蓝翎尽先补用守备彭友胜，湖南善化县人；都司衔花翎尽先补用守备何隆凤，湖南桂阳县人，均在滇效力多年，熟悉边情。据署云贵督标中军副将赵伟先后造具该员等履历清册，详请留滇收标补用前来。

臣查该员等营伍、边情，俱称熟习，均堪留省补用，合无仰恳天恩俯念边地需员，将该员冯成龙、任遇陞、彭友胜、何隆凤等赏准敕部注册，留于云南各归原班序补，出自逾格鸿施。除将该员等履历送部查核外，谨会同署云南提督臣蒋宗汉，附片具陈。伏乞圣鉴。再，云南巡抚系臣兼署，毋庸列衔。合并声明。谨奏。

（朱批：）着照所请，兵部知道。[②]

光绪二十八年十一月十五日，奉朱批：着照所请，兵部知道。钦此。[③]

1297. 请赏还王炽原衔翎枝缘由片

光绪二十八年十月十六日（1902 年 11 月 15 日）

再，据云南在籍士绅翰林院编修陈荣昌等联名呈称：已革花翎二品衔候选道王炽，系云南广西直隶州人，从前捐银千五百两，

①台北故宫博物院藏：《军机及宫中档》，文献编号：151512。

②台北故宫博物院藏：《军机及宫中档》，文献编号：408007189-0-B。

③台北故宫博物院藏：《军机及宫中档》，文献编号：151514。

发商生息，以助省城经正书院膏火；捐银七千余两，修建本籍虹溪、奎星两书院，置产收租；并捐银一万三千余两，创造盘江铁索桥，以利往来。滇省距京万里，举贡北上，恒叹资斧不继。该革员现又捐银一万五千两，购置铺房二十余间，收租以作三迤会试卷金，士林感荷尤深。其急公慕义，均出至诚。士绅等未忍安于缄默，胪陈该革员生平善举，呈由署云南布政使刘春霖、按察使全楙绩会详，奏请开复前来。

臣查已革花翎二品衔候选道王炽，前因吴保良怀疑具控伊故父存款无据一案，经前抚臣丁振铎以该员倚财怙势、卖弄神通等情。附片奏参革职，奉旨：着照所请，该部知道。钦此。该革员被黜后，闭门思过，从不预公。本年复捐银一万五千金，置产收租，为合省会试卷资。其乐善好施之念，始终不渝，似未便因其一眚之失，没其所长。且查士民捐助各项经费，例准奖给衔翎，相应据情仰恳天恩俯顺众情，将已革花翎二品衔候选道王炽赏还原衔、翎枝，以资观感，俾益坚其慷慨乐善之忱，出自逾格鸿施。谨附片具陈。伏乞圣鉴训示。谨奏。

（朱批：）着照所请，该部知道。①

光绪二十八年十一月十五日，奉朱批：着照所请，该部知道。钦此。②

1298. 请将萧有元等留滇差委片

光绪二十八年十月十六日（1902年11月15日）

再，前因游匪盘踞粤边，窜扰贵州兴义一带，滇防吃紧，分兵肆出援应，必须有得力将领，方足以资征调。查有记名总兵萧有元、已革总兵刘树元，经臣先后札调由湘招募精壮勇丁来滇，为各营更换老弱之选。兹委萧有元管带省防常备军一营，派往罗

---

①台北故宫博物院藏：《军机及宫中档》，文献编号：408007189-0-C。

②台北故宫博物院藏：《军机及宫中档》，文献编号：151515。

平边境，为援黔之军；刘树元统带续备军两营，驻防省城，督练新操，以备调遣。该员等久历戎行，谋勇兼裕，均为将领中不可多得之员，合无仰恳天恩俯念边地需才，准将记名总兵萧有元、已革总兵刘树元留滇差遣委用，以裨防务。理合附片具陈。伏乞圣鉴训示。谨奏。

（朱批：）着照所请，兵部知道。①

光绪二十八年十一月十五日，奉朱批：着照所请，兵部知道。钦此。②

1299. 恭报本年九月雨水粮价情形折

光绪二十八年十一月初三日（1902 年 12 月 2 日）

头品顶戴云贵总督兼署云南巡抚臣魏光焘跪奏，为恭报滇省九月分雨水情形并各属米粮价值，恭折仰祈圣鉴事。

窃本年八月分雨水、粮价情形，前经臣恭折奏报在案。兹查九月分，据各属陆续具报，晴雨得宜，气候匀调，稻谷乘时，收获多称中稔；南豆、二麦次第播种，园蔬亦皆畅茂，并据署藩司刘春霖查明各属米粮价值，列单汇报前来。

臣逐加覆核，内永北厅属粮价较增，临安、东川、大理、永昌、广西等府州属粮价较减，其余各属虽亦互有低昂，大略与上月相同。现在农民乐业，地方安静，洵堪仰慰圣怀！理合恭折具奏，并缮粮价清单，敬呈御览。伏乞皇太后、皇上圣鉴。谨奏。光绪二十八年十一月初三日。

（朱批：）知道了。③

光绪二十八年十二月初二日，奉朱批：知道了。钦此。④

---

①台北故宫博物院藏：《军机及宫中档》，文献编号：408007190-0-A。

②台北故宫博物院藏：《军机及宫中档》，文献编号：151513。

③台北故宫博物院藏：《军机及宫中档》，文献编号：408007196。

④台北故宫博物院藏：《军机及宫中档》，文献编号：152084。

1300. 呈滇省本年九月雨水粮价清单

光绪二十八年十一月初三日（1902年12月2日）

谨将光绪二十八年九月分云南省所属地方各项粮价，开具清单，恭呈御览。

计开

云南府属：价平

上白米每仓石价银一两八钱五分至三两四分，较上月稍增。中白米每仓石价银一两六钱七分至二两八钱，较上月稍减。上红米每仓石价银一两六钱七分至二两九钱，较上月稍减。中红米每仓石价银一两二钱至二两七钱，较上月稍减。小麦每仓石价银一两二钱至二两八钱，较上月稍增。大麦每仓石价银六钱六分至二两七钱，较上月稍增。荞每仓石价银七钱二分至二两一分，较上月稍减。南豆每仓石价银九钱一分至二两三钱二分，与上月相同。

曲靖府属：价平

上白米每仓石价银一两八钱七分至三两九钱，与上月相同。中白米每仓石价银一两八钱至三两七钱二分，与上月相同。上红米每仓石价银一两六钱五分至三两五钱五分，与上月相同。中红米每仓石价银一两五钱八分至三两四钱，与上月相同。小麦每仓石价银一两八分至三两九钱五分，与上月相同。大麦每仓石价银九钱三分至三两，与上月相同。荞每仓石价银九钱至二两八钱四分，与上月相同。南豆每仓石价银七钱九分至三两六钱三分，与上月相同。

临安府属：价平

上白米每仓石价银三两一钱至五两，较上月稍减。中白米每仓石价银三两五分至四两九钱，较上月稍减。上红米每仓石价银二两九钱至四两九钱，与上月相同。中红米每仓石价银二两八钱七分至四两七钱，较上月稍减。小麦每仓石价银二两五钱至四两六钱六分，较上月稍减。大麦每仓石价银一两五钱至四两二分，较上月稍减。荞每仓石价银一两七钱至三两四钱八分，较上月稍减。南豆每仓石价银二两至四两三钱一分，较上月稍减。

澂江府属：价平

上白米每仓石价银二两三钱至五两五钱，与上月相同。中白米每仓石价银二两一钱至五两三钱，与上月相同。上红米每仓石价银二两一钱至五两五钱，与上月相同。中红米每仓石价银二两至五两三钱，与上月相同。小麦每仓石价银一两八钱至四两，与上月相同。大麦每仓石价银一两一钱至三两一钱，与上月相同。荞每仓石价银一两五分至四两一分，与上月相同。南豆每仓石价银一两一钱至四两，与上月相同。

广南府属：价平

上白米每仓石价银二两七钱五分，与上月相同。中白米每仓石价银二两六钱五分，与上月相同。上红米每仓石价银二两六钱五分，与上月相同。中红米每仓石价银二两五钱五分，与上月相同。小麦每仓石价银二两五钱，与上月相同。大麦每仓石价银一两四钱，与上月相同。荞每仓石价银三钱二分，与上月相同。南豆每仓石价银二两五钱，与上月相同。

开化府属：价平

上白米每仓石价银三两七钱，与上月相同。中白米每仓石价银三两六钱，与上月相同。上红米每仓石价银三两七钱，与上月相同。中红米每仓石价银三两六钱，与上月相同。小麦每仓石价银四两五钱，与上月相同。大麦每仓石价银二两，与上月相同。荞每仓石价银一两五钱，与上月相同。南豆每仓石价银五两，与上月相同。

普洱府属：价平

上白米每仓石价银一两四钱至二两七钱，与上月相同。中白米每仓石价银一两二钱八分至二两四钱，与上月相同。上红米每仓石价银一两三钱至二两三钱，与上月相同。中红米每仓石价银一两一钱至二两二钱，与上月相同。小麦每仓石价银一两一钱七分一厘，与上月相同。大麦每仓石价银七钱五分至二两一钱，与上月相同。荞每仓石价银九钱至一两五分一厘，与上月相同。南豆每仓石价银一两至二两六钱，与上月相同。

东川府属：价平

上白米每仓石价银三两至三两二钱，较上月稍减。中白米每仓石价银二两八钱至三两一钱，较上月稍减。上红米每仓石价银二两五分至三两一钱，较上月稍减。中红米每仓石价银二两五分至三两，较上月稍减。小麦每仓石价银二两至三两，与上月相同。大麦每仓石价银一两五钱，较上月稍减。荞每仓石价银一两五钱至一两八钱，与上月相同。南豆每仓石价银二两，与上月相同。

昭通府属：价平

上白米每仓石价银二两一钱五分至七两五钱九分，与上月相同。中白米每仓石价银一两九钱四分至七两一钱五分，与上月相同。上红米每仓石价银一两八钱二分至六两四钱九分，与上月相同。中红米每仓石价银一两六钱五分至六两二钱七分，与上月相同。小麦每仓石价银一两二钱至四两九钱五分，与上月相同。大麦每仓石价银七钱八分至二两，与上月相同。荞每仓石价银四钱九分至四两七钱三分，与上月相同。南豆每仓石价银七钱六分至四两七钱三分，与上月相同。

大理府属：价平

上白米每仓石价银二两一钱一分至三两三分，较上月稍减。中白米每仓石价银二两八分至三两二分，较上月稍减。上红米每仓石价银一两九钱二分至二两九钱九分，较上月稍减。中红米每仓石价银一两七钱九分至二两九钱七分，较上月稍减。小麦每仓石价银一两至二两一钱，与上月相同。大麦每仓石价银八钱至一两九钱，与上月相同。荞每仓石价银七钱至一两六钱九分，较上月稍增。南豆每仓石价银八钱至二两，与上月相同。

丽江府属：价平

上白米每仓石价银二两一钱五分至三两二钱，与上月相同。中白米每仓石价银二两四分至三两一钱，与上月相同。上红米每仓石价银二两四分至三两一钱，与上月相同。中红米每仓石价银一两九钱三分至二两七钱，与上月相同。小麦每仓石价银一两二钱二分至一两七钱二分，与上月相同。大麦每仓石价银九钱五分至一两三钱，与上月相同。荞每仓石价银七钱五分至一两三钱，与上月相同。青稞每仓石价银一两至一两一钱，与上月相同。南豆每仓石价银八钱五分至一两四钱二分，与上月相同。

永昌府属：价平

上白米每仓石价银二两一钱至二两二钱二分，较上月稍减。中白米每仓石价银二两至二两四分，较上月稍减。上红米每仓石价银一两八钱至二两二钱，较上月稍减。中红米每仓石价银一两七钱至二两一分，较上月稍减。小麦每仓石价银一两三钱四分至一两八钱，与上月相同。大麦每仓石价银一两，与上月相同。荞每仓石价银九钱至一两二钱八分，与上月相同。南豆每仓石价银一两二钱四分至一两五钱，与上月相同。

顺宁府属：价平

上白米每仓石价银一两七钱至三两五分，与上月相同。中白米每仓石价银一两五钱至二两九钱五分，与上月相同。上红米每仓石价银一两五钱至二两九钱，与上月相同。中红米每仓石价银一两三钱至二两八钱五分，与上月相同。小麦每仓石价银八钱至一两三钱，与上月相同。大麦每仓石价银八钱至一两五钱，与上月相同。荞每仓石价银六钱至一两二钱一厘，与上月相同。南豆每仓石价银九钱一分至一两八钱，与上月相同。

楚雄府属：价平

上白米每仓石价银二两二钱至四两一钱，与上月相同。中白米每仓石价银二两一钱至三两九钱，与上月相同。上红米每仓石价银二两一钱至三两七钱，与上月相同。中红米每仓石价银二两五分至三两六钱，与上月相同。小麦每仓石价银六钱三分至二两一钱五分，与上月相同。大麦每仓石价银八钱至一两九钱五分，与上月相同。荞每仓石价银九钱三分至一两八钱，与上月相同。南豆每仓石价银一两三钱至二两，与上月相同。

蒙化直隶厅：价平

上白米每仓石价银三两二钱，与上月相同。中白米每仓石价银三两一分，与上月相同。上红米每仓石价银三两一分，与上月相同。中红米每仓石价银二两八钱四分，与上月相同。小麦每仓石价银二两六钱，与上月相同。大麦每仓石价银二两一钱八分一厘，与上月相同。荞每仓石价银二两八分，与上月相同。南豆每仓石价银一两六钱六分一厘，与上月相同。

永北直隶厅：价中

上白米每仓石价银二两二钱四分，较上月稍增。中白米每仓石价银二两一钱三分，较上月稍增。上红米每仓石价银一两九钱二分，较上月稍增。中红米每仓石价银一两七钱九分，与上月相同。小麦每仓石价银一两三钱二分一厘，较上月稍减。大麦每仓石价银一两二分，较上月稍减。荞每仓石价银一两一钱四分，较上月稍减。南豆每仓石价银一两一钱五分一厘，较上月稍减。

景东直隶厅：价平

上白米每仓石价银二两九钱，与上月相同。中白米每仓石价银二两八钱，与上月相同。上红米每仓石价银二两八钱，与上月相同。中红米每仓石价银二两一钱，与上月相同。小麦每仓石价银一两九钱，与上月相同。大麦每仓石价银一两六钱，与上月相同。荞每仓石价银一两九钱，与上月相同。南豆每仓石价银一两五钱，与上月相同。

镇沅直隶厅：价平

上白米每仓石价银二两六钱，与上月相同。中白米每仓石价银二两五钱，与上月相同。上红米每仓石价银二两五钱，与上月相同。中红米每仓石价银二两四钱五分，与上月相同。小麦每仓石价银一两五钱，与上月相同。大麦每仓石价银一两四钱，与上月相同。荞每仓石价银一两二钱，与上月相同。南豆每仓石价银二两五钱，与上月相同。

广西直隶州并属：价平

上白米每仓石价银二两四钱至四两二钱，较上月稍减。中白米每仓石价银二两至四两一分，较上月稍减。上红米每仓石价银一两八钱至三两八钱，较上月稍减。中红米每仓石价银一两六钱至三两八钱，较上月稍减。小麦每仓石价银一两六钱至二两五钱，与上月相同。大麦每仓石价银八钱至一两七钱，较上月稍减。荞每仓石价银一两至一两八钱一厘，较上月稍减。南豆每仓石价银一两二钱至二两八钱，与上月相同。

元江直隶州并属：价平

上白米不产。中白米每仓石价银二两七钱五分至三两二钱，与上月相同。上红米每仓石价银二两七钱，较上月稍减。中红米每仓石价银二两四钱至二两六钱，较上月稍减。小麦每仓石价银二两六钱，与上月相同。大麦不产。荞每仓石价银一两二钱，较上月稍增。南豆每仓石价银二两一钱，与上月相同。

武定直隶州并属：价平

上白米每仓石价银二两五钱至三两三钱，与上月相同。中白米每仓石价银二两三钱至三两，与上月相同。上红米每仓石价银二两三钱至三两，与上月相同。中红米每仓石价银一两九钱五分至二两八钱，与上月相同。小麦每仓石价银一两八钱至二两，与上月相同。大麦每仓石价银一两四钱至一两八钱，与上月相同。荞每仓石价银一两三钱至二两六钱，与上月相同。南豆每仓石价银一两至一两六钱，与上月相同。

以上各属所报米粮价值，俱系按照时价造报，理合登明。

（朱批：）览。①

1301. 奏报滇省遵旨创设学堂情形折

光绪二十八年十一月初三日（1902 年 12 月 2 日）

头品顶戴云贵总督兼署云南巡抚臣魏光焘跪奏，为滇省遵旨

①台北故宫博物院藏：《军机及宫中档》，文献编号：152084-0-A。

创设学堂，谨将开办情形恭折具陈，仰祈圣鉴事。

窃光绪二十八年十月十四日，准京师大学堂咨：七月十二日奉上谕：张百熙①奏，遵拟学堂章程，开单呈览一折❶。披阅各项章程，尚属详备，即照所拟办理，并颁行各省，着各该督抚按照规条宽筹经费，实力奉行，总期造就真才，以备国家任使。其京师大学堂着责成张百熙悉心经理，加意陶镕，树之风声，以收成效，期副朝廷兴学育才之至意！开办之后，如有未尽事宜应行增改，仍着随时审酌，奏明办理。钦此。等因。刊印钦定章程咨滇遵办前来。

查此案前奉上谕：各省所有书院，于省城均改设大学堂，各府、厅、直隶州均改设中学堂，各州、县均改设小学堂，并多设蒙养学堂。着各省督抚、学政切实通饬认真举办等因。钦此。当即钦遵行饬藩司仿照山东省筹议章程详经臣覆加查核饬行在案。兹复钦奉前因，自应即行开办，举其大要，约有四端。

一曰：筹费备用。滇本边瘠之区，财力近益奇绌。此次学堂直合家塾、党庠、术序，一以官力办之，事繁费巨，仅取办于原有各书院，经费万不敷用，库款则实无可筹提，若遂安于苟简，又无以善始者图成。一再商筹，官绅会议，查有盐捐团费提购枪炮款内，每年暂可勉强挪银十万两作为经费，曾经会商前抚臣李

---

①张百熙（1847—1907），字冶孙，号冶秋、退思，湖南长沙人，监生出身。同治九年（1870），中举。十三年（1874），中式进士，改庶吉士。光绪二年（1876），授翰林院编修。五年（1879），充山东乡试副考官。七年（1881），简山东学政。十二年（1886），补国史馆协修官。十四年（1888），授四川乡试正考官。次年，入直南书房。十六年（1890），选教习庶吉士。十七年（1891），补会典馆总纂官。二十一年（1895），充翰林院侍讲。二十二年（1896），授翰林院侍读、日讲起居注官。同年，简国子监祭酒。二十三年（1897），授江西乡试正考官。同年，授广东学政，升补内阁学士兼礼部侍郎衔。二十六年（1900），迁礼部右侍郎。是年，擢都察院左都御史。二十七年（1901），补授工部尚书，兼署都察院左都御史。同年，调补刑部尚书、吏部尚书，兼管学大臣、经筵讲官。二十九年（1903），署礼部尚书。是年，补政务处大臣。三十年（1904），授会试副考官。翌年，调户部尚书，兼理顺天府府尹事务。三十二年（1906），补授邮传部尚书。三十三年（1907），卒于任。谥文达。著有《奏议》《退思轩诗集》等行世。

经羲奏明在案。拟即照提按年以五万两办理省会官立高等学堂，以五万两办理各属官立之小学堂及蒙养学堂。其各府、厅、州官立之中学堂及拟设之校士馆，则以各书院原有各经费备支，将来逐渐扩充，或有不敷，现时究可勉为挹注，且以保卫地方之款移为培植人才之需，名义正大，尤可持诸永久。

一曰：度地建堂。省会书院有三：曰经正，曰育材，曰五华。经正三面临水，育材近市湫隘，皆难扩充。惟五华规模宏厂，其后直接五华山，上有悯忠废寺，四旁隙地甚多。臣亲临踏勘，极为高旷，颇通空气，诸山列秀，滇海环清，林木葱茏，水泉甘美，以之拓为高等学堂，凡属应造之礼堂、讲堂、食堂、寝室、楼院，以及应备体操场，布置均有余地，足以疏瀹性灵，开拓心胸，洵为名胜之区，允叶文明之兆。前经臣饬司会局委员估勘，拟新建讲堂二所、左右斋舍三十六间、仪器院楼房一院，并于五华书院改修讲堂五所暨斋舍九十余间，作为自修室，以备先行开办。所奉颁发章程，建置均有程式，自应遵办，以宏规制而昭划一。

一曰：预储师资。两汉经学最重师承，况学堂将以培养通才，储济时艰，授受之际，尤关紧要。自科举盛而真儒少，求其淹贯中学者已不易得，兼通西学者尤难其选。臣每念此，辄以为虑。查近日学校之盛，同洲者宜推日本，以其无论何科，首以伦理为重，兼采泰西政艺，均能删繁就简，遗粗取精，颇堪则效。臣已于通省举、贡、生、监中考选心术端正、文理明达之钱良骏等十名，委员资送日本，分科肄业；并另照京师大学堂来咨，按其格式考选举人袁嘉穀等五名，资送师范馆肄业，俟学成回滇，拨充教习，并另设课吏馆，以为仕学之先导，均经奏明在案。虽备用非在目前，然三年之艾，不蓄不得，况即欲求速而势亦有所不能。

一曰：购置书器。萧何①收图籍而知厄塞，故古人读书，图、史并重。西人各种学业，凡夫天地之大，动、植之繁，有书必系以图，有图必验以器。学堂之内有藏书至数百万卷，置器至数百千具者，故理无不显，用无不精。滇省原日书院中书或尚未备，西书尤鲜购藏，遽欲课以由中贯西之学，虽有教习，亦苦讲授无从。臣于本年三月即经饬司筹提银一万二千两，派委易门县教谕陈雍承领，汇至沪汉，咨请湖广督臣张之洞就近查明日本近日所译西书善本及算学、农学、化学所需各器，并同滇省所无之经史、政治各中书，照数采购，作为头批先行解运回滇分发，并饬各府、厅、州自行筹款搭购，各在案。如其不敷，仍当接续采购，以资诵法考验。

凡兹四者，幸已各有端绪，惟是章程不患不善，而患奉行之不力，尤患考核之不严。臣学殖久荒，愧未能以身作则，惟恃此不敢欺饰之心，循序以渐进，责实以副名，与相终始，前已札委存记道汤鲁璠为总办，照会在籍翰林院编修陈荣昌②为总监督，饬

---

①萧何（前257—前193），西汉沛郡丰县（今江苏省）人，初充沛县狱吏，秦末辅佐刘邦起事。攻克咸阳后，接收了秦丞相、御史府所藏的律令、图书，掌握了全国山川险要、郡县户口，采摭秦六法，制定律令制度，作《九章律》。主张无为，喜黄老之术。汉十一年（前196），助刘邦灭韩信、英布等异姓王。惠帝二年（前193）卒，谥文终侯。

②陈荣昌（1860—1935）、字小圃、筱圃，号虚斋、铁人，云南昆明人，优贡生。光绪六年（1880），朝考一等，以知县用。八年（1882），中举（解元）。九年（1883），中式进士，选庶吉士。十二年（1886），授翰林院编修。十三年（1887），补国史馆协修官。十四年（1888），放贵州学政。十七年（1891），回京供职。翌年，授国史馆协修官、武英殿纂修官。二十年（1894），充顺天乡试同考官。二十一年（1895），授会试同考官、镶蓝旗官学查学官。二十二年（1896），请假回籍省亲，襄办云南团务。二十八年（1902），加侍讲衔。三十年（1904），充云南高等学堂总教习。三十一年（1905），派赴日本考察留学事宜。同年，任云南高等学堂教务长。三十二年（1906），开缺以道员用。同年，署理贵州提学使。三十三年（1907），丁母忧。同年，任云南学务公所议长、总办滇蜀腾越铁路事宜。三十四年（1908），授云南自治总局局长、云南谘议局筹办处协理。宣统元年（1909），任滇蜀腾越总公司驻京总办。二年（1910），选资政院议员。同年，授山东提学使。辛亥后，辞归。晚年卖字为活。民国二十四年（1935），卒于里。门人私谥文贞。著有《虚斋诗集文集》《桐村骈文》《滇诗拾遗》《评选剑南诗钞》《东游日记》《老易通》《桐村词》《明夷子》《滇贤象传初集》等行世。

选中学教习及承办各员，先办省城大学堂，并电请新任抚臣林绍年于展觐之便，访聘西学教习来滇分教，及饬各属次第开办在案。规模粗具，虽与现章小异，而大致究无不同，拟即易其名为“云南省会高等学堂”，易总办为总理，易总监督为中学总教习；添设副办二员，文案、收支各一员，藏书楼、博物院收掌官、寄宿舍监督官则暂行缓设；仍暂就五华书院改修之讲舍五处，先聘延中学可靠、兼通译算之教习五员，考选学生，分班讲授；并附设师范学堂，造就各属中学堂教员；校士馆则仍暂设，以课未入学堂诸生；一面通饬各道、府督饬各厅、州、州县将小学堂、蒙养学堂认真设立，一切纲领、功课、规则、建置，均悉遵章程办理；经费则务从节省，核实开支，一律迅速开学。其专授西学之西教习，他省亦甚寥寥，故至今尚未聘获。

查师范馆课程，内开以上各科均用日本教习讲授等语。自以其地近情通，经费尤省，较为易得也。拟即咨请管理京师大学堂大臣及出使日本大臣照会日本外部，代为延聘精通西学、奄有诸长、兼通中语之总、分教习数员，订立合同，议定薪水、川资，限来年夏间来滇，充当高等学堂总、分教习；先照章程第七节声明，如有教课不勤、紊乱规约等事，滇省有辞退之权，以昭慎重。其各府中学堂，俟师范渐多，再行设立；未设以前所有原筹经费，即以之购备书器。至应附设之农、工、商、医、矿务实业学堂及应否将现设课吏馆改为仕学馆，亦俟省城高等学堂依式修建工竣，彼时必已各有把握，即可逐一兴办，以竟高等、中、小、蒙养学堂之全功，仰副圣主兴学育才之至意！所有学堂办事各员，以及府、厅、州、县傥有奉行不力、名是实非者，立予从严参办。如其实心任事，确著成效，亦当据实奏恳恩施，分别奖叙，以示鼓励。数年之后，必可收得人之效矣。

除咨京师大学堂外，谨会同学臣吴鲁，恭折具陈。伏乞皇太后、皇上圣鉴。再，云贵总督系臣本任，毋庸列衔。合并陈明。谨奏。光绪二十八年十一月初三日。

（朱批：）着即督饬认真办理，仍随时考察，务收实效。①

光绪二十八年十二月初二日，奉朱批：着即督饬认真办理，仍随时考察，务收实效。钦此。②

❶【案】光绪二十八年七月十二日，管学大臣张百熙奏报遵拟学堂章程一折，曰：

臣张百熙跪奏，为遵拟学堂章程，恭折仰祈圣鉴事。

窃臣于本年正月具奏筹办大学堂大概情形折内，陈明将来奏定京师大学堂章程，拟即全照大学规模恭拟上闻，仍将现在所办豫备科并附设之速成科暨颁发各直省高等学、中学、小学各章程一并奏进，候旨遵行，奉上谕：一切条规将来即以颁行各省，必当斟酌尽善，损益得中，期于有实效而无流弊等因。钦此。钦遵在案。

臣谨案，古今中外学术不同，其所以致用之途，则一值智力并争之世，为富强致治之规。朝廷以更新之故而求之人才，以求才之故而本之学校；则不能不节取欧美、日本诸邦之成法，以佐我中国二千余年旧制，亦时势使然。第考其现行制度，亦颇与我中国古昔盛时良法大概相同。《礼记》载：家有塾，党有庠，术有序，国有学，试比之各国，则国学即所谓大学也，家塾、党庠、术序即所谓蒙学、小学、中学也，其等级盖颇分明。《记》又曰：比年入学，中年考校。一年视离经辨志，三年视敬业乐群，五年视博习亲师，七年视论学取友，谓之小成；九年知类通达，强立而不反，谓之大成。其一年、三年、五年、七年、九年之节，即所谓大学、中学、小学、蒙学之卒业期限也。其科目则唐有律学、算学、书学诸门，宋因唐制而益以画学、医学，虽未及详备，亦与所谓法律、算术、习字、图画、医术各学科不甚相殊。自司马光有分科取士之说，朱子学校贡、举，私议于诸经、子、史及时务皆分科限年，以齐其业。外国学堂有所谓分科选科者，视之最重，意亦正同。大抵中国自周以前，选举、学校合为一。自汉

①台北故宫博物院藏：《军机及宫中档》，文献编号：408007192。

②台北故宫博物院藏：《军机及宫中档》，文献编号：152080。

以后，专重选举。及隋设进士科以来，士皆殚精神于诗赋、策论；所谓学校者，名存而已，故今日而议振兴教育，必以能真复学校之旧为第一要图。虽中外政务、风气原本不同，然其条目、秩序之至赜而不可乱者，固不必尽泥其迹，亦不能不兼取其长，以期变通而尽利。

臣此次所拟章程，谨上溯古制，参考列邦，拟定京师大学堂章程，并考选入学章程暨颁发各省之高等学堂、中学堂、小学堂章程各一分。又，蒙养学堂为小学始基，前奉谕旨令各省举办，谨再拟蒙学堂章程一分，共六件，一并开呈御览，恭候钦定颁行。抑臣更有请者，天下之事，人与法相维，用法者人，而范人者法。今学堂图始之时，关系于学术人才者甚大，法之既立，非循名责实，则积习所狃，既不能返之一朝，而粉饰相因，且滋无穷之流弊。臣拟请钦定章程颁行之后，即乞饬下各省督抚责成地方官核实兴办，凡名是实非之学堂及庸滥充数之教习，一律整顿从严，以无负朝廷兴学育才之盛心，而学校、选举亦渐能合辙同途，以仰几三代盛时之良轨。至朝廷立法不厌求详，各本章程试办数年之后，傥不无窒碍，或须更造精深之处，应请随时增改，奏明办理。

所有遵拟学堂章程缘由，理合缮折具陈。伏乞皇太后、皇上圣鉴训示。谨奏。光绪二十八年七月十二日。①

1302. 审明寻常命案摘由汇报缘由折

光绪二十八年十一月初三日（1902年12月2日）

头品顶戴云贵总督兼署云南巡抚臣魏光焘跪奏，为审明寻常命案，按律拟以斩、绞监候，遵照通行摘由汇报，以归简易，恭折仰祈圣鉴事。

窃查接管卷内，前准刑部咨：寻常命、盗应题各案，拟由各该督抚讯取确供拟勘后，一面将供、勘先行咨部，一面逐案摘叙简明事由，改为汇案具奏，每次至多以十案为率等因。遵办在案。

---

①中国第一历史档案馆藏：《朱批奏折》，档号：04-01-38-0190-002。

兹据按察使全楙绩先后审解建水县民李有浣因被骂气忿，起意故杀冯怔着身死一案；又，广通县客民唐梁佐因收买零盐货卖渔利，在途被拿，拒伤井兵身死一案。以上二案，据各该县将该犯等审依“故杀、拒杀”，均拟斩监候。

又，陆凉州民者张才因向分地不允，口角争殴，适伤窦双保身死一案；又，武定州民普耀山因口角被殴，拾石掷伤李玉身死一案；又，武定州客民张正才因严朱氏托查被窃银、烟，途遇争殴，致伤王严顺身死一案；又，镇雄州客民刘二藾因索欠被骂，夺刀戳伤谢洪发身死一案；又，新兴州客民张星垣因索欠起衅，夺刀戳伤李忠身死一案；又，昆明县民萧培起因被索赌欠争殴，戳伤张春藻身死一案。以上六案，均据各该州县将该犯等依“斗杀”律，拟绞监候，分别解由府、司覆审，先后解经前抚臣及臣亲提研鞫，据各供认不讳，核与原审相同，案无遁饰。所拟斩、绞监候，罪名均皆符合。

除备录各供、勘咨部查核外，谨遵通行汇案摘由，恭折具奏。伏乞皇太后、皇上圣鉴，敕部核覆施行。再，云贵总督系臣本任，毋庸列衔。合并陈明。谨奏。光绪二十八年十一月初三日。

（朱批：）刑部议奏。①

光绪二十八年十二月初二日，奉朱批：刑部议奏。钦此。②

1303. 报效昭信股票第五次请奖折

光绪二十八年十一月初三日（1902年12月2日）

头品顶戴云贵总督兼署云南巡抚臣魏光焘跪奏，为滇省文武各官报效昭信股票第五次请奖，恭折仰祈圣鉴事。

窃查滇省文武各官报效昭信股票银两，前准户部酌拟章程，分别请奖、移奖，奏奉谕旨允准，颁发章程，通行遵办等因。业

---

①台北故宫博物院藏：《军机及宫中档》，文献编号：408007195。

②台北故宫博物院藏：《军机及宫中档》，文献编号：152082。

将第一次至四次照章请奖、移奖，造册奏请给奖在案。兹据署布政使刘春霖详称：据报效昭信股票各员禀恳照章移奖胡德夔等六名职衔监生，遵照例章，共合十成正项银九百两，以原捐股票银计抵外，补缴正项银二十六两，存储汇解；部饭、照费俟集有成数，另文批解，造具各捐生履历清册并同印收，详请奏咨前来。

臣覆核无异，除清册印收分送吏、户部、国子监外，所有滇省文武各官报效股票第五次移奖缘由，谨恭折具陈。伏乞皇太后、皇上圣鉴，敕部核覆施行。再，云贵总督系臣本任，毋庸列衔。合并陈明。谨奏。光绪二十八年十一月初三日。

（朱批：）户部议奏。①

光绪二十八年十二月初二日，奉朱批：户部议奏。钦此。②

1304. 饬令藩司李绍芬等赴任情形片

光绪二十八年十一月初三日（1902年12月2日）

再，调任云南布政使李绍芬③现已抵滇，又补授迤东道兴禄亦经接奉部文，均应各饬赴任，俾重职守。其原署藩司临安开广道刘春霖，应留省办理洋务、营务各事宜，以资得力。除分檄饬遵并照案派委藩司会办通省善后、厘金两局事务外，谨附片具陈。伏乞圣鉴。再，云贵总督系臣本任。毋庸列衔。合并陈明。谨奏。

（朱批：）知道了。④

---

①台北故宫博物院藏：《军机及宫中档》，文献编号：408007194。

②台北故宫博物院藏：《军机及宫中档》，文献编号：152079。

③李绍芬，生卒年未详，字馥庭，湖北安陆人。光绪元年（1875），以附生取恩科举人。二年（1876），中式进士。十年（1884），充吏部考功司帮掌印。十三年（1887），补会典馆纂修。十六年（1890），选文选司主事。十七年（1891），授稽勋司员外郎，署考功司掌印。同年，升文选司郎中、考功司掌印。十九年（1893），补文选司掌印。二十一年（1895），授坐粮厅监督。二十四年（1898），放陕西潼商道。二十七年（1901），晋陕西按察使，署陕西布政使，护理陕西巡抚。同年，补授山西布政使。二十八年，调补云南布政使。

④台北故宫博物院藏：《军机及宫中档》，文献编号：408007194-0-A。

光绪二十八年十二月初二日，奉朱批：知道了。钦此。[①]

1305. 奏报考送师范学生缘由片

光绪二十八年十一月初三日（1902 年 12 月 2 日）

再，臣接准京师大学堂咨：具奏大概情形折内，请于豫备科外设立速成一科；其师范馆学生除京师招考收取外，余当取之各省举、贡、生、监，由各省督抚、学政就近调考咨送等因。查举办学堂，首重师范，滇省风气未开，尤所宜急，当经札饬省城学堂，会同藩司通行各属出示招考，造册备卷，呈送到臣，即于九月初十、十二、十五等日，分场按格扃试，三场合校，照额取定举人袁嘉穀等五名，覆查均属品行端方，志趣宏远，中学既具根柢，西学已谙门径，每名酌给川资银一百二十两，委员赍解试卷护送，咨请大学堂覆试，收馆肄业。俟卒业考试，照章请旨办理，以宏造就。据该学堂总办存记道汤鲁璠会同藩司刘春霖详请具奏前来。

臣覆核无异，除饬迅速起程及分咨查照外，所有分场考选资送师范学生缘由，谨会同云南学政臣吴鲁，附片具奏。伏乞圣鉴。再，云贵总督系臣本任，毋庸列衔。合并陈明。谨奏。

（朱批：）知道了。[②]

光绪二十八年十二月初二日，奉朱批：知道了。钦此。[③]

1306. 请以马文纬等兼袭承袭世职折

光绪二十八年十一月十二日（1902 年 12 月 11 日）

头品顶戴云贵总督兼署云南巡抚臣魏光焘跪奏，为汇请承袭

①台北故宫博物院藏：《军机及宫中档》，文献编号：152083。

②台北故宫博物院藏：《军机及宫中档》，文献编号：408007192-0-A。

③台北故宫博物院藏：《军机及宫中档》，文献编号：152081。

世职，恭折仰祈圣鉴事。

窃据云南布政使先后详称：署贵州平越直隶州候补知府马树清，因州城失守，带兵与贼迎敌，力竭阵亡；浙江永嘉县县丞升用知县李荫，在浙江省城带兵御贼阵亡；候选从九品褚兴邦，进攻云南宾川州城踞匪，与贼打仗阵亡；尽先补用把总高凌云，奉派出师沾益州攻剿贼巢，在州属之七星桥与贼打仗阵亡；尽先补用把总丁灿林，奉派攻剿猛喇，与贼打仗阵亡，均先后奏奉谕旨议给云骑尉世职，袭次完时，俱给予恩骑尉，世袭罔替等因。前经分别转行在案。

兹据署云南昆明县谢宇俊申称：查明阵亡署贵州平越直隶州候补知府马树清嫡亲长子马锡寿兼袭后病故，有嫡长孙马文纬承袭，现年二十二岁。又，据署黑盐井提举江海清申称：查明阵亡浙江永嘉县县丞升用知县李荫嫡长子李永锡早经物故，有嫡长孙李继麟由知县兼袭，现年三十岁。又，据署云南县知县何在璿申称：查明阵亡候选从九品褚兴邦乏嗣，原有长房兴国亲生三子褚春寿，过继与褚兴邦为嗣，该褚春寿因系现任新平县教谕，未便承袭，褚焕章实系春寿亲生长子、褚兴邦长嗣孙，现年二十六岁，由贵州县丞兼袭。又，据署陆凉州知州黄恩福申称：查明阵亡尽先补用把总高凌云亲生长子高攀桂承袭，现年三十八岁。又，据署南宁县知县王镇邦申称：查明阵亡尽先补用把总丁灿林尚未娶妻生子，胞兄丁成林之次子丁兆南过继为嗣请袭，现年二十七岁。均先后呈请补袭、兼袭、承袭云骑尉世职，经各该地方官查无虚捏假冒、违碍情弊，取造履历、亲供、宗图册结，由司详请验看奏袭前来。

臣查该应袭马文纬、李继麟、褚焕章、高攀桂、丁兆南等，年力青壮，均堪造就，合无仰恳天恩准以马文纬、李继麟、褚焕章、高攀桂、丁兆南补袭、兼袭、承袭伊故祖父所得云骑尉世职。如蒙俞允，俟接准部覆，分别就近发标学习，照例办理。

除将该应袭等履历、亲供、宗图册结分送吏、兵、户各部查核外，所有汇案请袭世职缘由，理合遵照通行改题为奏，谨会同署云南提督臣蒋宗汉，恭折具陈。伏乞皇太后、皇上圣鉴，敕部核覆施行。再，云南巡抚系臣兼署，毋庸列衔。合并声明。谨奏。光绪二十八年十一月十二日。

（朱批：）兵部议奏。①

光绪二十八年十二月十三日，奉朱批：兵部议奏。钦此。②

1307. 请以石鸿韶补授永昌府知府折

光绪二十八年十一月十二日（1902年12月11日）

头品顶戴云贵总督兼署云南巡抚臣魏光焘跪奏，为拣员调补极边要缺知府，以裨地方而资治理，恭折仰祈圣鉴事。

窃准吏部咨：单开极边题调要缺云南永昌府知府罗文彬病坐六月初五日等因。按照部中行文坐日，照限减半计算，扣至本年七月二十九日限满，应归七月底截缺，系极边题调要缺，毋庸掣签，已将截缺日期详咨在案。查永昌府地处极边，界连外域，与英缅接壤，管辖沿边各土司，地方辽阔，汉夷杂处，表率拊循，整顿边务，均关紧要，必须精明、干练之员，方足以资治理。

臣督饬藩、臬两司于通省应调人员内逐加遴选，查有盐运使衔在任补用道楚雄府知府石鸿韶，年四十九岁，广西象州廪生，中光绪己卯科本省乡试举人。庚辰科会试，中式贡士，覆试一等，殿试三甲第九名，朝考一等，引见，奉旨：以翰林院庶吉士用。钦此。九年四月散馆，奉旨：以知县即选。钦此。六月，赴部投供候选。七月，选授山西长子县知县。八月初五日，经钦派王大臣验放，堪以照例用。覆奏，奉旨：依议。钦此。领凭到任。十二年，在广东遵海防例，报捐知府，指分云南尽先补用，并报捐离任。旋丁母忧，开缺回籍守制。十五年三月，服满起复，请咨

①台北故宫博物院藏：《军机及宫中档》，文献编号：408007199。

②台北故宫博物院藏：《军机及宫中档》，文献编号：152402。

赴部。十六年五月引见，奉旨：着照例发往。钦此。领照于十七年三月到滇，因随同官军克复富民、禄劝两县城池案内出力保奏，请以知府归候补班前先补用。十八年六月初八日奉旨：依议。钦此。委署开化府知府卸事，准补楚雄府知府，二十二年十月到任。因滇越勘界出力保奏，请在任以道员补用，并加盐运使衔。二十三年十二月二十三日奉旨：依议。钦此。委署迤东道。二十七年四月，交卸楚雄府事，到东道署任。是年大计，保荐卓异，奉文覆准。据署云南布政使刘春霖、按察使全楙绩查该员精明谙练，熟悉边情，请以调补永昌府知府，实属人地相宜，与例亦符。会详请奏前来。

臣查该员心精力果，为守兼优，合无仰恳天恩俯念员缺紧要，准以云南楚雄府知府石鸿韶调补永昌府知府，实于地方有裨。如蒙俞允，该员系现任知府请调知府，衔缺相当，毋庸送部引见。惟奉准保荐卓异，应行赴引，一俟该员将经手事件交代清楚，即饬遵例请咨。所保以道员在任补用之案，俟覆准后照例带于新任。所遗楚雄府知府选缺，按照二留一咨定章，上次澂江府业经归选，此系第一留缺，应请扣留外补。

除咨部查照外，所有拣员调补要缺知府缘由，谨恭折具陈。伏乞皇太后、皇上圣鉴，敕部议覆施行。再，云南巡抚系臣兼署，毋庸列衔。合并陈明。谨奏。光绪二十八年十一月十二日。

（朱批：）吏部议奏。①

光绪二十八年十二月十三日，奉朱批：吏部议奏。钦此。②

1308. 奏报剿匪获胜并请奖出力员弁折

光绪二十八年十一月十二日（1902年12月11日）

头品顶戴云贵总督兼署云南巡抚臣魏光焘跪奏，为滇军出境

①台北故宫博物院藏：《军机及宫中档》，文献编号：408007197。

②台北故宫博物院藏：《军机及宫中档》，文献编号：152406。

剿匪叠次获胜，屡夺坚巢，擒斩首要，拟将尤为出力各员弁随案请奖，恭折仰祈圣鉴事。

窃臣前于八月十六日将桂省西林那劳地方被困及西隆、泗城等处粤匪计图犯黔，由滇匀拨枪码解济黔军，分饬妥为布置各情形，电请军机大臣代奏在案。嗣因叠奉谕旨出境扼扎会剿，当饬总理前敌营务处调署临安开广道魏景桐驰往，督率各防团严行剿办去后。

兹据叠次禀报：广南东北毗连西林县境，西北毗连西隆州境，沿边山深箐密，多匪巢窟，良民均被胁从，几无净土。我军越剿，夷险难知，民匪莫辨。惟查西林之那劳团绅岑毓祥等练团固守，孑然孤立，值匪逼攻，飞书告急，魏景桐计必与之联络一气，而后我军进剿方有下手之处，即饬拨助枪械，并选派督带龙济光、管带陆朝珍，密授机宜，各挑精锐数百，间道驰援，于九月初二日三更行抵粤边之弄公寨。适值游匪围攻，势甚危急，龙济光等即挥兵向前喊杀。匪出不意，黑夜不辨多寡，惊骇而奔。次日，探悉该匪窜入普馱、那或二寨，即雇觅乡导，于四鼓领队掩袭，龙济光分所部为三，进那或；陆朝珍分所部为二，进普馱。各毙匪数十，生擒一名，余匪向八达州一路窜去。该员等即率队卷甲疾趋，于初五日抵那劳。岑毓祥喜出望外，商剿附近各股匪，以踞板达寨匪首罗弗腥为最悍。约同初六日夜，拔队前往。该匪不虞我军之至也，恇惧不知所为，立将虏系男妇五十余口杀毙，火焚其寨，光焰烛天，冒烟冲奔，留悍党数十人，匿颓垣败堵间。我军从火光中环枪伺击，鲜有逃者。于是那劳二三十里村落各零股皆闻风潜遁。此援那劳、攻剿普馱、那或各寨及板达悍匪之情形也。

初八日，龙济光等拔队回滇，中途探悉巨匪罗弗腥等窜至近滇之弄合老巢，绕道袭之。行至寨前，匪已准备率党拦拒，我队迎击，并分股越抄，逼近匪营，外筑围墙，设有鹿角，内置三碉，护沟深阻，墙内复有重垒，匪负固轻我队单，拦路各匪败回栅内，佯置不理。龙济光派哨弁毛正坤等率队绕前面山顶，陆朝珍派哨弁黄朝美等率队绕后面山顶，均深挖明礌，伏队夹击，环攻数时之久，垒坚不下。

初九日，龙济光等饬弁勇各带腰锄，分挟束草，亲督猛扑，拔烧鹿角，破毁栅门，锄挖墙脚。哨弁江毓金亦率兵拥至，遂破其左碉，毙匪二十余名。江毓金亦带重伤，阵亡什长一名，伤勇四名。时已申刻，匪犹列党环拒，竟夜达旦。初十日，陆朝珍率弁勇如前攻挖，破其右碉，毙匪二十余名，尚余上首一碉，极其坚固。龙济光率把总龚得胜、李梁材，督勇冒死扑之，杂投磺药轰击，毙匪三十余名，抢获匪枪三杆，我兵带伤七名。匪退重垒，排枪抵拒。我军伤亡之余，士气益愤，拚命奋攻。天明，匪力不支，自焚匪尸，毁墙冲出一匪，当先指挥，乘势猛扑。龙济光督队迎之，举枪横击，该匪倒地成擒，询之，则罗弗腥也。余匪擒斩殆尽，讯供该寨匪首林四、李三，皆拥伪号，均已授首。林四并身带统领福字各军木质关防一颗。先是罗弗腥率板达之匪溃窜弄合，与管带团营李希防地相近，该管带闻信即率哨弁陈万和等进攻弄合后寨之匪，自初十辰刻起，鏖战至次早，破走之，夺其碉楼，斩首二级，阵亡勇丁二名，受伤二名。此滇军越境攻剿弄合坚巢、擒斩首要获胜之情形也。

是时，叠接警报，西隆、泗城之匪大举犯黔，分扰贞丰、册亨，并聚匪数千，专攻兴义县，势极汹涌。臣当饬省防三营星夜往援，并飞谕李德澂由罗平挑选精锐，就近驰救；一面电饬魏景桐由广南派李德泳等，督率各营进袭古障等处匪巢，以示牵制。查古障属粤之八达州境，插入罗平、广南之间，东有土黄，西有马蚌，向扎有粤营，均被匪踞为巢穴。其地险固，三面迤滇，渡江即毗黔境。此次匪等空壁而出，以大股入犯兴义，故滇军得乘虚袭取，以夺其所必救，亦釜底抽薪之计。该匪等正在攻陷兴义，方图长驱深入，闻古障被袭，恐滇之议其后，则群焉回顾，莫有斗志。黔军乘势薄之，立将县城克复。匪渡河而南，仍率党来争旧垒，分踞附近王子寨、文洞、命贴、木杠、三颗树、牛角山各匪巢，经李德泳等连日分兵堵击，或以雨夜进攻，或由间道掩袭，毙匪无数，知不克逞，于是窜回八达州养息，凭城为固。我军亦带伤十余名，阵亡数人。此九月中旬以后滇军夺踞古障、剿败争巢之匪即以援黔之情形也。

至十月初六日，八达各匪目群谋泄忿，忽纠千余人围攻驻扎洛里团营，意欲截古障之后。该营因分哨出扎，仅存两哨弁勇留防。管带王国宾率勇抵击，该匪数扑营门，均排枪轰拒，毙匪百余人，讵愈聚愈众，约三千余匪，誓以必破。王国宾飞书驰报，各军闻警赴援，并派晏光枢冒险解运军火冲入接济，内外包抄，数日之久。该匪循环叠进，蜂拥围攻。我军拚死迎拒，匪皆应枪而倒。至初九日下午，匪始溃奔。共毙悍匪四五百名。总兵刘万胜复督率龙济光、陆朝珍等拔队至底先屯扎，探悉土黄四面皆山，一河横流；河左有上、下两寨，河右有中寨，相距里许，势成犄角；下寨前建大碉，后筑营垒，沿河支搭草棚二百余座，聚匪二三千人，洛里败匪亦至此合股。即于十一日拔队驰往，由樵径绕出后山。陆朝珍率队攻上寨，龙济光率队攻下寨，王国宾率队攻中寨，同时分进。陆朝珍抵寨攻击，该匪惊溃，纷纷奔入下寨。陆朝珍复移攻前碉，龙济光先由后山逼攻营垒，该匪前后迎拒，拚死不退。龙济光见士卒劳惫，即悬重赏，适方宏纶派李希率队往助，我军气振，鼓勇猛扑，枪火并施，匪营火起，焚毙数十名，余均开垒拥出。哨弁江琛首先截堵，中枪阵亡。陆朝珍施枪环击，毙匪甚多，扑河溺毙不少，余仍凫水逃入河右。王国宾亦绕攻中寨，匪正抵敌，适河右溃匪惊败狂奔，靖南营哨亦来助战，中寨匪亦大溃，钻山越岭，奋力窜奔。时已日晡，各军乃合队饱食。擒讯生供，知下面十数里水浅可涉，乘夜齐队跟追。天明，登山遥望，下距八达州仅十余里，不便进剿，撤队回营，将贼垒毁平。所遗各寨牛马、什物、米粮，一毫未动。是役也，计毙悍匪五六百余名，生擒五名，我军带伤兵勇二十余名。此又十月初六至十一二等日滇军击退围攻洛里之匪遂乘胜攻破土黄三寨历年匪巢之情形也。

臣查广南各军自四月间收复皈朝后，叠饬将附近零匪陆续搜剿净尽，赶将保甲清理并寨建碉，然后力行坚壁清野之法，原期固圉而后可出师援邻，幸数月以来，边境内匪一律扫清。此次魏景桐甫经到防，即能相机进取，分遣各将领抽调劲旅，不待粤军来会，叠以偏师越境击败弄公、那普各股匪，攻破板达、弄合各坚巢；复因洛里防营被围，派营援应，昼夜环击，将悍匪攻退，即乘胜将土黄老巢一股荡平，捣穴擒渠，贼锋已挫，余孽不难次第剪除。所有叠次获胜在事出力各员，驰驱于烟瘴险峻之地，战争于风雨昼夜之间，实属异常出力，若不择尤优奖，不足以励戎行。

臣查有二品衔委署云南临安开广道补用存记道魏景桐，夙谙方略，调度得宜，拟请以海关道记名，并赏加勇号；蓝翎三品衔署广南府事永北直隶同知在任前先补用知府方宏纶，胆识俱优，拟请开去底缺，俟补知府后，以道员升用，并赏换花翎；同知衔指分贵州补用知县龙济光，拟请免补知县，以直隶州知州仍归原省前先补用，并请赏戴花翎。准补广南营右哨头司把总王国宾、尽先拔补把总陆朝珍，均请免升千总，以守备留滇尽先补用，并赏戴花翎，俾昭激劝。其余在事出力人员及叠次肃清边境各员弁，均属异常出力，可否容臣一并汇案择尤请奖，俾示鼓励之处，出自逾格恩施。其防团各营阵亡员弁兵丁等，统俟查明并案分别奏请优恤，以慰忠魂。

除饬魏景桐督率前敌各营团俟粤军到边，仍竭力会同痛加剿洗，以期尽绝根株而靖边患，并将请奖各员履历分咨吏、兵部查照外，所有滇军派兵出境剿匪，叠次获胜，并攻破历年各坚巢，擒斩首要，随案请奖缘由，谨恭折驰陈。伏乞皇太后、皇上圣鉴训示。再，云南巡抚系臣兼署，毋庸列衔。合并声明。谨奏。光绪二十八年十一月十二日。

(朱批：）着照所请，该部知道，片并发。[①]

光绪二十八年十二月十三日，奉朱批：着照所请，该部知道，片并发。钦此。[②]

1309. 奏报本年夏季照章惩办各属盗匪折

光绪二十八年十一月十二日（1902年12月11日）

头品顶戴云贵总督兼署云南巡抚臣魏光焘跪奏，为滇省光绪二十八年夏季分照章惩办各属盗匪，恭折仰祈圣鉴事。

窃查滇省强劫、土匪各案犯，前经奏准仍照旧章由督抚核明情罪，批饬就地正法，按季造册奏咨，历经遵照办理。兹查光绪二十八年夏季分，据各属详报盗劫等案共计三十起，除在监病故及格毙各犯不计外，罪应斩决盗匪蔡春山等五十一名，均经饬司委员会审，并解由该管道府覆加审讯明确，按律议拟，开具供折，禀经前抚臣李经羲及臣随案核明情罪相符，照章批饬分别正法、枭示在案。兹据按察使全楙绩汇造清册，详请具奏前来。

臣覆核无异，除清册送部外，所有光绪二十八年夏季分照章惩办盗匪缘由，理合恭折具陈。伏乞皇太后、皇上圣鉴，敕部查照施行。再，云贵总督系臣本任，毋庸列衔。合并陈明。谨奏。光绪二十八年十一月十二日。

（朱批：）刑部知道。

光绪二十八年十二月二十八日，奉朱批：刑部知道。钦此。[③]

---

①台北故宫博物院藏：《军机及宫中档》，文献编号：408007198。

②台北故宫博物院藏：《军机及宫中档》，文献编号：152403。

③台北故宫博物院藏：《军机及宫中档》，文献编号：153137。

1310. 奏请照案给奖剿匪出力片

光绪二十八年十一月十二日（1902 年 12 月 11 日）

再，窃查上年正月巴蛮纠集大股出巢，入寇永善县境，经地方文武绅团竭力堵剿，旬日荡平。在事尤为出力文职二十六员，经臣奏请奖叙，钦奉朱批该部议奏。兹准吏部按照寻常劳绩，分别准驳、撤销，奏覆行知到滇。臣查奉准各员，业经转行遵照，无庸再议外，伏查江外巴蛮历为边患，虽迭经擒斩，迄未大加惩创，此次竟敢大股入寇，聚集至六七千人，夺险至十数处。事起仓猝，调援不及，设非该地方文武绅团迅速堵剿，克期扫除，则必势成燎原，滋蔓难图，前于请奖折内均经详晰陈奏在案。是役也，计阵斩、枪毙、生擒二百余名，被击落水淹毙三四百名，救出难民数百口，余匪叩首乞降始释归巢，办理实称妥速。其所以并未重烦兵力者，全赖地方文武绅团决策运筹，奋勇敢战，遂得以寡敌众，消弭巨患于无形。设使事前稍失机宜，全境糜乱，不惟劳师费饷，而蹂躏扰害，何可胜言？查吏部定章：各省拿获会匪首犯一名，即准按异常劳绩请奖文武二员。今将大股蛮匪于旬日之间一律扫荡，较之蔓延后调集大兵征剿获胜请奖者，其利钝自属悬殊。在事尤为出力各员若非优予奖叙，实不足以励勤劳。

所有前次拟保经部驳饬另奖、撤销各员，复经臣切实核减，择其尤为出力之同知衔候补知县直隶州用贺宗章，请俟补知县后，免补直隶州知州，以知府在任补用；指分贵州试用同知贺弼，请免补同知，以知府仍留原省补用；指分四川试用典史王陛搢、巡检马继周，均请以本班仍留原省归候补班补用。以上四员，拟恳天恩俯准仍照原保给奖，俾免向隅而昭激劝，出自逾格鸿施。除咨吏部查照外，谨附片覆陈。伏乞圣鉴训示。谨奏。

(朱批:) 览。[1]

光绪二十八年十二月十三日，奉朱批：览。钦此。[2]

1311. 奏陈开广边境剿匪获胜片

光绪二十八年十一月十二日（1902 年 12 月 11 日）

再，云南开化、广南两府沿边二千余里，与粤之西隆、西林、百色、镇边等厅州县犬牙交错，游匪踞村寨、深山为巢穴，时出肆扰，迭饬地方官督率各团哨择隘分驻，以补防营之不及。本年自收复皈朝后，游、土各匪勾结为患，我军多有擒斩。迭据署广南府方宏纶禀报，四月二十四日，游匪纠聚数百人，围攻府属东北之三湘洞。驻防团哨等连日抵御，该匪愈聚愈多，势力不支，延至五月初三日，因援兵未至，即被攻陷。该处四面皆山，前后仅一路可通，麇聚二千余匪，负嵎抗拒。当饬白金柱等率领各军，星夜赴援，连日攻坚不利，互有伤亡。方宏纶深虑难以力取，因密遣敢死哨弁吴通云、黄学诗等挑选团壮数十名，由后山鸟径翻入，伏匿林箐，匪无由知，于六月十四夜，分途绕赴贼营，潜用火药，毁其四垒，各毙匪数十人，仍潜回林箐。

十五夜，匪防甚严。该弁等伺至五鼓，复以土人由阴沟扒入房下，安置火药，接引出燃，轰毙多名。匪等正倦睡，惊起莫测所为，夺路弃逃，纷窜弄亭一带而去。该弁等先已分兵伏险，薄而击之，计共毙匪二百余名，当将该洞收复。我兵先后伤亡十余名，白金柱等即乘胜攻剿弄亭、那海、三亭等处，连日鏖战，击毙甚多。又于六月二十九日据报南路之匪围攻木腊营房，附近板崙等处亦有匪踪，当饬李德泳等分兵进剿，至七月初七日，追至平鲁等处，匪均溃回龙内，毙匪数十名。我兵阵亡二名。匪窜龙摸架村、干田坝一带，复经纳万雄等分兵击之，仍窜回粤地八角

---

①台北故宫博物院藏：《军机及宫中档》，文献编号：408007198-0-A。

②台北故宫博物院藏：《军机及宫中档》，文献编号：152405。

山。七月十七日，白金柱复率所部由中路分进岸河、者桑等处，岸河之匪登时溃败，跟追至那楼，匪并入者桑，恃险固守。马凤麟等奋力攻击，夺其碉垒，乘胜进逼，毙匪无算，即将者桑收复，附近渭劳、湾滩之匪亦均击溃。我军阵亡九人。并于八月十八日剿败北路坡头之匪，九月初一日剿败窜入弄洞及烂泥墙附近各匪，初九日剿败屯聚高楼之匪。此广南府属沿边剿匪情形也。

其开化边境南温河、金竹坪、南山等处积匪亦乘机勾结土匪，窜扰归仁、里郎河、木秧各村寨，抢掳烧杀，不一而足，迭经署开化镇总兵苏抡元于五、六、七三月之中，亲督各营，分路进剿，共计先后毙匪数百名，节节扫荡。我军阵亡十余人，带伤十余人，被焚民房百余间，均经派员分路抚恤。两属边境稍安，故南防迭次出境之师深入扫荡，得无后顾之虞。惟广南所属宝宁、皈朝等处蹂躏过甚，逃亡亦多，情殊可悯，业经魏景桐督同方宏纶等饬印委各员，分段查办抚恤，并就地清理保甲，并寨建碉，为一劳永逸之计。该文武员弁等身历瘴乡，战经危险，即办理善后诸事宜均极繁难，非坚苦久耐，不足以期奏效，亦宜有以策励之。

除在事出力人员容臣择尤汇入获胜各案一并请奖外，所有开广边境先后剿匪获胜缘由，理合附片具陈。伏乞圣鉴。谨奏。

（朱批：）知道了。①

光绪二十八年十二月十三日，奉朱批：知道了。钦此。②

1312. 委令刘春霖会办营务缘由片

光绪二十八年十一月十二日（1902年12月11日）

再，云南全省营务、铁路向委藩、臬两司总理，并委藩司总办全省团练在案。现在调任云南布政使李绍芬业已赴任，所有全省营务处、铁路局应照案檄委该司会同臬司总理，并总办团练处。

---

①台北故宫博物院藏：《军机及宫中档》，文献编号：408007198-0-B。

②台北故宫博物院藏：《军机及宫中档》，文献编号：152404。

惟藩、臬两司政务殷剧，滇省边务、交涉，现极繁重，自应遴员会办，以资襄助。查卸署藩司临安开广道刘春霖才长心细，熟悉营务、交涉，堪以委令会同两司办理全省营务处，并会同兴道办理洋务局事务，以期各专责成而资得力。

除分檄饬遵外，谨附片具陈。伏乞圣鉴。再，云南巡抚系臣兼署，毋庸列衔。合并声明。谨奏。

（朱批：）知道了。[①]

光绪二十八年十二月十三日，奉朱批：知道了。钦此。[②]

1313. 奏报兴禄兼办洋务缘由片

光绪二十八年十一月十二日（1902年12月11日）

再，臣前经片奏赏还原衔前云南按察使兴禄总办洋务、铁路、电报等局事务，俱臻妥协，具有成劳，可否由臣给咨送部引见，钦奉朱批：兴禄着送部引见。钦此。兹准部咨：该员复钦奉谕旨补授云南迤东道特简人员，例应遵饬赴任。惟该员经理洋务、电报等局，事极繁重，一时无人接替，且议办滇越铁路，虽稍有端倪，而章程尚未全备，尤未便遽易生手，查迤东道驻扎寻甸州，政事较简，距省甚近，尚能兼顾，应饬该员到任后布置清楚，即带印晋省，照常兼办洋务、铁路、电报各局务，以资熟手。

臣为慎重交涉起见，谨附片具陈。伏乞圣鉴。再，云南巡抚系臣兼署，无庸列衔。合并声明。谨奏。

（朱批：）知道了。[③]

光绪二十八年十二月十三日，奉朱批：知道了。钦此。[④]

---

①台北故宫博物院藏：《军机及宫中档》，文献编号：408007197-0-A。

②台北故宫博物院藏：《军机及宫中档》，文献编号：152408。

③台北故宫博物院藏：《军机及宫中档》，文献编号：408007197-0-B。

④台北故宫博物院藏：《军机及宫中档》，文献编号：152407。

1314. 劝办秦晋赈捐各员汇核请奖折

光绪二十八年十一月十二日（1902 年 12 月 11 日）

头品顶戴云贵总督兼署云南巡抚臣魏光焘跪奏，为劝办秦晋赈捐案内应列入寻常劳绩各员，分等汇核请奖，恭折仰祈圣鉴事。

窃臣前以滇省代办秦晋赈捐，合计数逾百万两，业将集捐至六万两以上才识尤堪造就者，遵旨查照异常劳绩择保八员，奏请奖叙在案。其余各员查原奏声明，除集捐银三万两以上，人数较多，照章给奖，似嫌稍滥，拟请列入寻常劳绩，分等汇核奏奖，钦奉朱批着照所请等因。自应钦遵即以三万两为准。惟此内有集捐逾于三万两，亦有不及三万两者，似未便无所区别。且查有冯树荣一员，因赴省外各处行劝，至奉旨停捐截数之时，始将捐获银数造报该局转解秦晋，致未先将衔名咨部立案，照章稍有不合。惟该员实已劝获捐款计数且至六万两，未便以迟报漏咨独令向隅。

臣督同该局总办藩、臬两司查照原奏，悉心综核，详加酌议，若照顺直奖章，则三万两应列异常，即一万两以上亦得列入寻常。滇省此案实已格外慎重，合无仰恳天恩俯念此次滇员劝集秦晋赈捐银一百万零，除前案请奖异常劳绩八员共集捐银五十一万两零及另劝获官绅报效银五万五千两外，计其余各员共集捐银四十三万两有奇，均属不辞劳瘁，分途劝导，始幸得此巨款，克济急需，准将该员冯树荣并同集捐至四万两之朱知绪等三员，集捐至三万两以上之龙文等四员，均列入寻常劳绩给奖，并将集捐至二万两以上之韩澍滋等五员，集捐至一万两以上之陶镕等四员，列入其次出力给奖，俾示等差而昭核实，亦以符定章而广圣慈！

除将各员衔名及拟奖升阶、加衔各项缮具清单，恭呈御览，并将履历清册分咨吏、户部外，所有劝集秦晋赈捐案内应列入寻常劳绩各员分等汇核请奖缘由，谨会同陕西巡抚臣升允、护理山西巡抚臣赵尔巽[①]，恭折具陈。伏乞皇太后、皇上圣鉴训示。再，云贵总督系臣本任，毋庸列衔。合并声明。谨奏。光绪二十八年十一月十二日。

（朱批：）该部议奏，单并发。[②]

光绪二十八年十二月二十八日，奉朱批：该部议奏，单并发。钦此。[③]

1315. 奏报宜良被灾请免应征条粮折

光绪二十八年十一月十二日（1902年12月11日）

头品顶戴云贵总督兼署云南巡抚臣魏光焘跪奏，为请免宜良县被水成灾应征条粮，以舒民困，恭折仰祈圣鉴事。

窃查宜良县属本年五月二十六、六月初四等日，因骤雨连宵，河水大涨，冲决河堤，致将北、左卫营等村田禾淹没，业将委勘情形附片奏报，并饬补种杂粮，以资接济，各在案。兹据宜良县知县徐樾会同委员试用通判陈鑫将勘明被灾田亩等则、村庄区图、花户姓名、请免粮条数目，造具册结，申由该管府、道层递加结，

---

①赵尔巽（1844—1927），字公镶，号次珊、旡补、无补、无补老人，辽宁铁岭人。同治六年（1867），以监生中丁卯科顺天乡试举人。十三年（1874），中式进士，改庶吉士。光绪二年（1876），授翰林院编修。五年（1879），充湖北乡试副考官。九年（1883），补福建道监察御史。次年，充镶白旗官学管学官，调广东道监察御史。十一年（1885），放贵州贵阳府石阡府知府。十九年（1893），升贵东道。次年，调补安徽按察使。二十四年（1898），补陕西按察使，迁甘肃新疆布政使。二十八年（1902），调补山西布政使，署山西巡抚。同年，迁湖南巡抚、湖广总督。三十年（1904），擢户部尚书。次年，任盛京将军，兼管盛京五部事务。三十三年（1907），补授四川总督。宣统元年（1909），兼署成都将军。三年（1911），任钦差大臣东三省总督，兼管东三省将军事。民国元年（1912），任奉天省都督、保安会会长。三年（1914），任清史馆总裁、清史馆馆长、参政院参政。六年（1917），任弼德院顾问大臣。十四年（1925），任善后会议会员、临时参政院议长。十六年（1927），病逝。著述有《无补老人哀挽录》《刑案新编》，主纂《清史稿》等。

②台北故宫博物院藏：《军机及宫中档》，文献编号：408007200。

③台北故宫博物院藏：《军机及宫中档》，文献编号：153136。

详由布政使李绍芬、署理粮储道魏景桐核明，详请具奏前来。

臣查宜良县属被灾田四顷一十三亩五分，应征秋粮米三十三石八斗三升六合七勺四撮，条、公等银三十八两一钱七分七厘八毫，经该印委等会勘明确，实系十分成灾，若仍照常征收，民力实有未逮，合无仰恳天恩俯念民情瘠苦，准将应征光绪二十八年分前项银、米全数豁免，以舒民困而广皇仁！

除册分送部、科外，所有宜良县被水成灾，照例请免条粮缘由，谨恭折具陈。伏乞皇太后、皇上圣鉴训示。再，云贵总督系臣本任，毋庸列衔。合并陈明。谨奏。光绪二十八年十一月十二日。

（朱批：）着照所请，户部知道。①

光绪二十八年十二月二十八日，奉朱批：着照所请，户部知道。钦此。②

1316. 奏为叩谢天恩沥陈愚悃缘由折

光绪二十八年十一月十六日（1902年12月15日）

调补两江总督云贵总督兼署云南巡抚臣魏光焘跪奏，为叩谢天恩，沥陈愚悃，恭折仰祈圣鉴事。

窃光绪二十八年十一月初十日电传：初六日奉上谕：两江总督着魏光焘调补。钦此。初七日奉上谕：两江总督魏光焘着兼充南洋大臣，俟林绍年接署后，即行赴任，毋庸来京请训。钦此。闻命自天，莫名感悚！当以两江责任綦重，惧弗克胜，恳恩收回成命，另简贤能补授，俾重职守等情，电请军机大臣代奏。十三日，接准外务部电传：奉旨：所奏应毋庸议，着即赴任。仰见皇太后、皇上用人至宽，虽驽骀必加以策励。臣何人斯，讵敢自外生成，不思所以自勉？当即共设香案，望阙叩头谢恩讫。

---

①台北故宫博物院藏：《军机及宫中档》，文献编号：408007201。

②台北故宫博物院藏：《军机及宫中档》，文献编号：152402。

伏念臣以一介布衣，于咸丰、同治年间效力戎行，屡蒙圣恩拔擢，洊至监司，遂膺西陲重寄，旋叨恩准回籍省亲。复因甲午之役，奉命北上，墨绖视师，未建寸功，猥蒙授以专阃，叠晋兼圻，荷两宫特达之知，任万里边疆之重，受恩已渥，报称毫无。去岁由陇莅滇，正值和议甫定、朝廷振新百务之时，黔省俗杂苗夷，滇中界连缅越，论洋务则与海疆并重，论风气则较内地独迟。举凡维新之政，外交之道，以及边防、财政、吏治、军务，节经臣到任后会同抚臣逐渐扩充，次第兴举。现虽办有端倪，尚未克竣蒇事，乃复渥邀心简，量移金陵。两江本水陆绾毂之区，南洋为中外交涉所系，其艰且巨，又什倍焉。再辞则迹涉畏难，忝任则虑滋贻误，思维再四，惶悚难安！惟有勉承恩命，速赴新任，殚竭血诚，悉心经理，以期仰答高厚鸿慈于万一！

除遵旨俟署督臣林绍年到滇接署，臣即交卸起程，另行具折恭报外，所有微臣感激下忱，理合专折具奏。伏乞皇太后、皇上圣鉴。谨奏。十一月十六日。

光绪二十九年正月初七日，奉朱批：知道了。钦此。①

1317. 请准将故镇和耀曾附祀立传折

光绪二十八年十一月十八日（1902 年 12 月 17 日）

调补两江总督云贵总督兼署云南巡抚臣魏光焘跪奏，为已故总兵大员功绩卓著，吁恳天恩俯准附祀立传，以彰忠荩而顺舆情，恭折仰祈圣鉴事。

窃查前据云南全省士绅在籍翰林院编修陈荣昌等联名禀称：已故记名提督前贵州镇远镇总兵和耀曾，系云南丽江县学武生。咸丰丙辰，逆回肇乱，其父大理城守营都司和鉴拒贼捐躯。和耀曾矢志复仇毁家，召募乡兵，与宾川廪生董家兰会师洱河，两克

①台北故宫博物院藏：《军机及宫中档》，文献编号：153232。

大理，由是以义勇知名一时，忠义之士，远近归附，如故提督杨玉科①、记名提督张润等，皆投隶部曲，同守丽江各属，与贼相持者六年。后奉前督臣岑毓英调赴曲靖府，勉以奋志立功，益切酬知，率所部从征三迤，身经数百战，无不冲锋陷阵，所向披靡，虽偶有伤败，而勇气益振，不少挫衄，卒能会合群师，攻拔大理府城，扫穴歼渠，积功保至专阃。

光绪乙亥、丙子间，该故镇署任永昌协副将。时烽燹之余，闾阎凋瘵，和耀曾首以除苛派、教治生、招抚流亡、革禁奸暴为急务，自是民得苏息。先是和耀曾之攻克小猛峒也，大府以其地叛产拨给部下残废兵勇，力辞未获，则解囊资遣勇众，而以所拨地亩捐送永昌保山书院为膏火、宾兴经费；又选民间颖秀子弟于署中，延师课读，供其修缮。尝告郡人曰：俗美在人文，人文在培植。闻者以为名言，迄今棫朴菁莪，士林翕然称颂。其德泽入人之深如此。

和耀曾方卸协篆，值腾越练军苏开先之变，腾城失守，永顺土匪解老九等乘机并发，警报纷纭。大府委署腾越镇篆，令其相机剿办，乃急驰永昌，先固根本。一面调团守隘，征兵进讨，运筹握算，带甲而理者数十昼夜，遂得以次第削平，克复腾越厅城，办理善后，地方赖以安靖。事竣请咨引见，奉旨发往甘肃，经陕甘督臣左宗棠以勇敢诚朴奏署汉中镇，旋补授贵州镇远镇总兵。到任后，力节营伍浮费，积储办公款项，数盈巨万，为置营田，建兵房，制军械，设义塾，修衢路，并劝民种桑植树，务本敦农，以厚其生。该总兵身故之日，军民同声悼惜。其遗爱感人又如此。

---

①杨玉科（1838—1881），字云阶，湖南省善化县（今湖南长沙）人，寄籍丽江。同治初，从和耀曾讨回，积功保至守备。四年（1865），署维西协副将。六年（1867），升守备，加都司衔。八年（1869），迁副将，加励勇巴图鲁勇号。九年（1870），赐瑚松额巴图鲁勇号，晋提督衔，补授云南鹤丽镇总兵。同年，调补云南开化镇总兵。十二年（1873），封骑都尉、云骑尉、一等轻车都尉。光绪元年（1875），封二等男爵。二年（1876），补广西右江镇总兵。三年（1877），调补广东高州镇总兵，兼署阳江镇总兵。六年（1880），署理广东陆路提督。七年（1881），卒于阵。赠太子少保。谥武愍。

绅等仰瞻岘首，欲报乐公，是以合词恳请据情代乞天恩俯准将已故记名提督前贵州镇远镇总兵和耀曾附祀前督臣岑毓英两省专祠，并准该家属在丽江县原籍自建专祠，春、秋祭祀，暨将生平战迹宣付史馆立传，以彰荩节等情。当经批由善后局司道会同藩、臬两司详请具奏前来。

臣查已故总兵和耀曾自咸丰初年痛其父死于回难，即募乡勇，破贼榆城；继随前督臣岑毓英戡定全滇，屡复名城，叠歼巨馘，均能不避艰险，懋著勋劳，可谓忠孝兼尽。及其历任各镇，治军整旅而外，常以富教士庶为心，勤政惠民，俨若循良牧守，永昌、镇远两郡爱泽尤多，有古名将风，而其廉谨自持，货财不黩，又其末焉者也。该绅等不忘旧德，追念前劳，虽系出于私诚，亦实本乎公道，合无仰恳天恩俯准将已故记名提督前贵州镇远镇总兵和耀曾援照前临元镇总兵何秀林①成案，准其附祀云、贵两省前督臣岑毓英专祠，并准该家属于原籍丽江县自行建祠，生平战迹宣付史馆立传，以彰忠荩而顺舆情之处，出自逾格鸿慈。

除将该故员出身履历造册咨部查照外，谨恭折具陈。伏乞皇太后、皇上圣鉴训示。再，云南巡抚系臣兼署，毋庸列衔。合并声明。谨奏。光绪二十八年十一月十八日。

（朱批：）着照所请，该衙门知道。②

光绪二十八年十二月十九日，奉朱批：着照所请，该衙门知道。钦此。③

---

①何秀林（？—1893），云南宜良县人。少投岑毓英军营，累功保至守备。同治元年（1862），充云南曲寻协右营右哨额外外委。二年（1863），拔维西协右营千总。同年，升大理城守营守备。三年（1864），署云南曲寻协中军都司。五年（1866），加游击衔。六年（1867），晋副将衔。八年（1869），署理督标中军副将。九年（1870），署云南临元镇总兵。十年（1871），晋提督衔。光绪二年（1876），署开化镇总兵。三年（1877），署普洱镇总兵。四年（1878），署腾越镇总兵。七年（1881），护理贵州提督，统带黔军赴闽协办海防。八年（1882），署昭通镇总兵。九年（1883），补授云南普洱镇总兵。十一年（1885），授云南临元镇总兵。

②台北故宫博物院藏：《军机及宫中档》，文献编号：408007202。

③台北故宫博物院藏：《军机及宫中档》，文献编号：152767。

1318. 请奖肃清边境在事出力各员折

光绪二十八年十一月十八日（1902 年 12 月 17 日）

调补两江总督云贵总督兼署云南巡抚臣魏光焘跪奏，为查明滇军剿抚边外各野犷在事出力各员弁，遵旨择尤保奖，恭折仰祈圣鉴事。

窃查本年二月云南腾越厅边外各野犷妄造妖言，纠众分扰滇滩、河西等处，势甚猖獗，叠经官军率队分别剿抚，边境一律肃清，所有出力文武各员弁不无微劳足录，前经臣奏请择尤照异常保奖，于光绪二十八年九月十三日奉朱批：准其择尤酌保，毋许冒滥。钦此。钦遵当即恭录转行去后。兹据腾越镇总兵张松林将在事出力各员弁开列职名，呈由善后局司道严加删汰，择其尤为出力者，分别开单，详请奏奖前来。

臣查腾越为滇省迤西极边之地，西北界连英缅，逼处强邻，各野犷散处深山，界在不滇不缅之间，向无管束，互相雄长。本年二月内，该匪首余大等胆敢妖言惑众，聚党千余，分途出扰滇摊、河西等处，势甚凶涌，设剿办稍延时日，势必勾引夷地各匪徒，裹胁日众，滋蔓难图；若抚驭无方，势必穷蹙窜奔，滋扰异族，启外人之口实，生内境之隐忧，收拾既难，后患何堪设想！该镇、厅闻报后，当即调派附近各兵团、土勇，分途攻剿，大加惩创。迨其悔祸投诚，即乘机开导，令其就我范围，畏威怀德，四旬之间，捣穴揜渠，元恶授首，地方一律敉平，野类各安生计，办理实称迅速。在事各员弁等奔驰于蛮烟瘴雨之中，往来于鸟道羊肠之地，不辞劳瘁，不避艰险，较之内境剿匪，难易迥殊，若不照异常劳绩分别给奖，实不足以鼓励将来。所有单开各员，经臣再三酌减，均极核实，合无仰恳天恩俯念边地剿匪不易，准其照单给奖，俾昭激劝，出自逾格鸿慈。

除将武职千、把以下请奖各弁造册咨部核奖暨文职各履历咨部查照外，所有遵旨查明官军剿抚野犷，肃清边境，择尤开单请奖缘由，谨恭折具陈。伏乞皇太后、皇上圣鉴训示。再，云南巡抚系臣兼署，毋庸列衔。合并声明。谨奏。光绪二十八年十一月十八日。

（朱批：）该部议奏，单二件并发。①

光绪二十八年十二月十九日，奉朱批：该部议奏，单二件并发。钦此。②

1319. 呈肃清边境出力文职请奖清单

光绪二十八年十一月十八日（1902 年 12 月 17 日）

谨将查明云南腾越边外各野猓纠众滋扰，经官军分别剿抚，边境肃清，在事出力文职各员，拟请分别奖励，缮具清单，恭呈御览。

计开

花翎指分贵州试用同知张德亮，请免补本班，以知府仍留原省补用。

知府衔云南腾越同知叶如桐，请以知府在任补用。

留滇补用县丞晏光枢，请免补本班，以知县仍留原省前先补用，并赏加同知衔。

捐升知州腾越厅司狱陈启廉，请以本班仍留原省，归候补班前先补用。

同知职衔附贡生蒋绍春，请以县丞不论双单月归部选用。

广西试用府经历鞠欲华，请俟补缺后以知县用。

（朱批：）览。③

---

①台北故宫博物院藏：《军机及宫中档》，文献编号：408007205。

②台北故宫博物院藏：《军机及宫中档》，文献编号：152768。

③台北故宫博物院藏：《军机及宫中档》，文献编号：152768-0-A。

1320. 呈肃清边境出力武职请奖清单

光绪二十八年十一月十八日（1902年12月17日）

谨将查明云南腾越边外各野猓纠众滋扰，经官军分别剿抚，边境肃清，在事出力武职各员，拟请分别奖励，缮具清单，恭呈御览。

计开

副将衔尽先补用游击杨清、刘明钦，留滇尽先补用游击金桂林，均请免补游击，以参将留滇尽先补用。

花翎云南腾越镇中营游击李信，请赏加副将衔。

花翎游击衔尽先补用都司姜德兴，请免补都司，以游击尽先补用。

尽先补用守备署腾越镇中营守备马绍安，尽先补用守备腾越镇右营左哨千总马锡海，尽先补用守备腾越右营右哨千总马廷芳，尽先补用守备腾越镇中营左哨头司把总马春，云骑尉世职杨载仁，均请免补守备，以都司尽先补用。

尽先补用千总马金成，守备衔腾越镇中营左哨千总李大茂，尽先补用千总秦元灏，尽先补用千总腾越镇右营左哨二司把总周灿章，均请免补千总，以守备尽先补用。

（朱批：）览。①

1321. 奏为赏赐方略一部谢恩折

光绪二十八年十一月十八日（1902年12月17日）

调补两江总督云贵总督兼署云南巡抚臣魏光焘跪奏，为叩谢天恩，恭折仰祈圣鉴事。

①台北故宫博物院藏：《军机及宫中档》，文献编号：152768-0-B。

窃臣蒙恩颁赏《平定粤匪、捻匪、回匪方略》一部，自京赍到。臣当即恭设香案，望阙叩头祇领。伏念我朝八埏底定，四隩廓清，列祖列宗深仁厚泽，沦肌浃髓，二百余年矣。藐兹粤、捻，蠢尔回夷，敢忘覆帱之恩，甘作潢池之盗，效黄巾而逞乱江南北，十载稽诛；彯白帽以恣强关内外，频年梗命。我文宗显皇帝知人善任，命将出师；唐文皇胜算独操，周文考大勋未集。我穆宗毅皇帝先圣贻谋之善，荷慈宫垂训之勤，恢复百数十城，开拓三千余里，削平区宇，荡尽腥膻，启景运于中兴，摅山陵之夙愤。我皇上迪光绍叶，袭庆提厘，简虎旅以出关，收万里广轮之地；勒燕山而缵绩，彰一人继述之诚。凤简新樗，大文与球图并重；鸾函摭采，殊猷共竹帛争光！荣贵自天，感深无地！

臣荷戈从事，脱剑归来，谬领疆圻，粗谙韬略，亲见三朝圣武，累成镜清砥直之规；幸邀一衷宸翰，如披黄玉绿纯之册！所有微臣感激欣幸下忱，理合恭折具奏，叩谢天恩。伏乞皇太后、皇上圣鉴。谨奏。十一月十八日。

光绪二十九年正月初十日，奉朱批：知道了。钦此。①

1322. 请将故镇杨国发附祀立传缘由折

光绪二十八年十一月十八日（1902 年 12 月 17 日）

调补两江总督云贵总督兼署云南巡抚臣魏光焘跪奏，为总兵大员战功卓著，积劳身故，吁恳天恩俯准附祀立传，以彰忠荩而顺舆情，恭折仰祈圣鉴事。

窃查前据云南三迤绅士知州王玉麟等联名禀称：已故记名提督署云南鹤丽镇总兵杨国发，云南建水县人，自道光末年入营，从征江南、湖北、贵州等省，即以勇敢知名，历官守备。咸丰七年五月，滇省被围，奉调回援，与贼战于北门外之虹山，中枪伤

①台北故宫博物院藏：《军机及宫中档》，文献编号：153316。

足。杨国发裹疮驰入贼队，狂呼冲突，大军继进，贼遂溃奔。解严后，当事者以其骁勇善战，委令独带一军，屡复名城、巨隘，而其随前督臣岑毓英克复楚雄、曲靖二府，均以旬月之间夺获贼垒百数十座，生擒伪都督明泰、马连陞等，厥功尤伟。

同治六年，西逆复围省垣，分遣死党窜踞附近之嵩明、易门、杨林等城隘，以为犄角。岑毓英援兵既至，内外隔阂，遂令杨国发以偏师出剿，次第收复，反旆还援，我军乃百道进攻，立解重围，掩斩殆尽。自是杨国发勇声愈著，而岑毓英亦委任日隆，数年之间，得以席卷弥勒、赵州、蒙化各厅、州、县，并将大小围埂上下两关之坚巢夺获，乘胜直抵大理。群师既合，首逆就诛，虽岑毓英调遣之功，亦杨国发等用命效力然也。

越南一役，杨国发统领前敌各营，围攻宣光、临洮三十六昼夜，在事尤为出力。其立功外域又如此。至于用之则行，不用则杜门伏处，往往布衣草笠，策蹇闲游，见者并不知为贵显，淡然儒素，尤迥非武将所能。

光绪二十六年四月，奉委署理鹤丽镇总兵。到任未久，旧伤举发，适闻拳匪肇祸都城，忧愤以致沉笃，临终泣告家人，以不克勤王为憾。忠勇之志，始终不渝。仰恳援照何秀林之案，将杨国发附祀云南省城岑毓英专祠，并准该家属于本籍自行建祠，生平战功宣付史馆立传，并请援湖北郧阳镇总兵龚继昌①成案，照军营立功后积劳病故例，奏请议恤等情。当批由善后局司道会同藩、臬两司查明，详请具奏前来。

臣查已故记名提督前署鹤丽镇总兵杨国发百战勋劳，著名勇

①龚继昌（1831—1889），名昌遇，号荣甫，湖南邵阳人。咸丰七年（1857），由武童投效楚军，随同贵州按察使席宝田，转战江西、湖南、云南、贵州等省，积功保至记名总兵，赏加提督衔，赏给果勇巴图鲁名号，赏戴花翎。同治六年（1867），赏额腾依巴图鲁名号，加头品顶戴。光绪二年（1876），保举堪胜专阃，交军机处存记。七年（1881），补授湖北郧阳镇总兵，旋经湘抚李明墀奏留统领湖南西路防军，兼带长胜水师。十三年（1887），回郧阳镇本任。十四年（1888），进京陛见，请假回籍修墓。同年，到郧阳镇任。十五年（1889），因病出缺。

敢，自偏裨以至提镇，特为岑毓英所信任，故移抚黔闽等省，历皆奏调以从。杨国发亦慷慨奋兴，能伸报称，为将则歼仇献馘，挞伐张威；在官则洁己奉公，军民爱戴。此次因伤发病，因愤捐生，其忠爱肫笃之忱，均出于至性，实为专阃中不可多得之员。该绅等慨念前徽，追怀遗爱，其公道自有不能泯灭者，合无仰恳天恩俯准将已故记名提督前署云南鹤丽镇总兵杨国发附祀云南省城前督臣岑毓英专祠，其原籍建水县由该家属自行建立专祠，并将生平战迹宣付史馆立传，以顺舆情而彰忠荩；应否照军营立功后积劳病故例饬部议恤之处，均出自逾格鸿施。

除将该故员履历造册咨部查照外，谨恭折具陈。伏乞皇太后、皇上圣鉴训示。再，云南巡抚系臣兼署，无庸列衔。合并陈明。谨奏。光绪二十八年十一月十八日。

（朱批：）着照所请，该衙门知道，片并发。①

光绪二十八年十二月十九日，奉朱批：着照所请，该衙门知道，片并发。钦此。②

1323. 查明思茅关请奖各员保捐原案折

光绪二十八年十一月十八日（1902年12月17日）

调补两江总督云贵总督兼署云南巡抚臣魏光焘跪奏，为查明思茅开阙请奖各员保捐原案，吁恳天恩敕部照案核奖，以昭激劝，恭折仰祈圣鉴事。

窃查前准吏部咨：议覆兼署云贵总督云南巡抚丁振铎奏滇省创设思茅洋关三年期满，出力各员请奖一折❶，光绪二十七年三月二十一日奉朱批：依议。钦此。计原奏内开：补用知府云南思茅同知许之载，请俟补知府后，以道员在任补用。查履历册内并未声叙保升知府之案于何年月日核准，应令该督查明声复具奏，再

---

①台北故宫博物院藏：《军机及宫中档》，文献编号：408007203。

②台北故宫博物院藏：《军机及宫中档》，文献编号：152769。

行核办；分省试用府经历许宝柢，请俟补缺后，以知县用；分省补用州吏目侯廷珍，请加六品衔；附贡生尹治光，请以训导归部选用；从九品职衔陈步曾，请以从九品归部不论双单月尽先选用；州同职衔余安，请以州同归部不论双单月前先选用，当经片查户部，兹据覆称：本部捐输案卷均已被焚，无凭查覆，应令该督将该五员原捐各执照送部，再行核办等因。

遵查云南思茅同知许之载，保升知府系该员前任石膏井提举，办理节称提价事宜著有成效，经前督臣崧蕃、抚臣黄槐森会折保奏，请俟升同知后，以知府在任补用，经部议准覆奏，光绪二十四年二月二十二日奉旨：依议。钦此。分省补用府经历许宝柢系于光绪二十四年在滇捐局新海防四十五卯报捐监生，加捐州吏目分发试用，又于二十五年新海防五十二卯递捐府经历分省试用，业据呈明亲赍实收，赴部呈验换照。又，分省补用州吏目侯廷珍系于光绪二十四年在滇局新海防四十五卯报捐州吏目。又，附贡生尹治光系于光绪二十五年在滇局新海防五十一卯报捐贡生。又，从九品职衔陈步曾系于光绪二十一年在滇赈局五次报捐从九职衔。又，州同职衔余安系于光绪二十年顺直赈捐案内由从九品职衔补捐监生，加捐州同职衔。据各该员将原捐执照、实收呈验前来。合无仰恳天恩敕部照案核奖，以昭激劝，出自逾格鸿慈。

除将各员执照、实收送部查验外，谨恭折覆陈。伏乞皇太后、皇上圣鉴训示。再，云南巡抚系臣兼署，毋庸列衔。合并声明。谨奏。光绪二十八年十一月十八日。

（朱批：）该部议奏。①

光绪二十八年十二月十九日，奉朱批：该部议奏❷。钦此。②

❶【案】光绪二十六年四月二十八日，云南巡抚丁振铎以思茅关

①台北故宫博物院藏：《军机及宫中档》，文献编号：408007204。

②台北故宫博物院藏：《军机及宫中档》，文献编号：152766。

创设三年期满，在事各员尤为出力，具折奏请奖叙，曰：

兼署云贵总督云南巡抚臣丁振铎跪奏，为滇省创设思茅洋关三年期满，规模大定，谨将在事尤为出力各员援案吁恳天恩俯准奖叙，以昭激劝，恭折仰祈圣鉴事。

窃查云南思茅厅自光绪二十二年冬间开设洋关，其地与英法交界，素未通商，既系极边烟瘴，又多未辟草莱。当设关之初，民情诸多扞格，经前任同知张坦体察大势，极力经营，督率员绅，明白开导，始将思茅、猛烈、易武及永靖哨、东关等处次第开办。嗣张坦病故，接任同知许之载复又督率员绅，认真布置，数年来始克规模大定，中外相安，而税课积年比较，亦有盈无绌，可冀日有起色。查从前蒙自开关三年期满，经前督抚臣王文韶等将在关出力之蒙自县知县姚钰等援照江海关成案，奏请奖叙有案。今思茅开设洋关业已三年期满，事同一律。据现任思茅厅同知许之载将在事尤为出力各员开具衔名，禀由云南善后局司道李经羲等会同布政使查核，详请奏咨保奖前来。

臣查该同知许之载等创设思茅洋关，该处瘴疠极盛，尽属蛮荒，凿险缒幽，已非易易，加以夷多汉少，扞格不通，一闻系与洋人交涉之事，群情汹汹，几致不可理喻，办理情形，较之蒙自关尤难。现既三年届满，措置诸臻妥善，以后一切税项亦可望日有起色，自未便没其微劳，惟有据情吁恳天恩赏准援照蒙自关成案，将此次在事尤为出力之补用知府云南思茅同知许之载，请俟补知府后，以道员在任补用；分省试用府经历许宝柢，请俟补缺后以知县用；升用知县分省试用县丞吴珣，请赏加五品衔；分省补用州吏目侯廷珍，请赏加六品衔；罗次县典史陈晋三，请以应升之阶在任前先补用；附贡生尹治光，请以训导归部选用；附生何光汉、从九品职衔陈步曾，均请以从九品归部，不论双单月尽先选用；州同职衔余安，请以州同归部，不论双单月前先选用，以昭激劝，出自逾格鸿慈。

除已将该员等衔名照章先行咨部立案，此次复造具履历清册咨送吏部查核外，谨恭折陈请。伏乞皇太后、皇上圣鉴训示。再，云南巡抚系臣本任，毋庸会衔。合并声明。谨奏。四月二十八日。

光绪二十六年五月二十七日，奉朱批：该部议奏。钦此。①

【案】此案经吏部尚书敬信等核议，旋于光绪二十七年三月初十日具奏，曰：

吏部尚书臣敬悉等谨奏，为遵旨议奏事。

内阁钞出兼署云贵总督云南巡抚丁振铎奏，为滇省创设思茅洋关三年期满，规模大定，谨将在事尤为出力各员援案吁恳天恩俯准奖叙，以昭激劝。查云南思茅厅自光绪二十二年冬间开设洋关，其地与英法交界，素未通商，既系极边烟瘴，又多未辟草莱。当设关之初，民情诸多扞格，经前任同知张坦体察大势，极力经营，督率员绅，明白开导，始将思茅、猛烈、易武及永靖哨、东关等处次第开办。嗣张坦病故，接任同知许之载复又督率员绅，认真布置，数年来，始克规模大定，中外相安，而税课积年比较，亦有盈无绌，可冀日有起色。查从前蒙自开关三年期满，经前督抚臣王文韶等将在关出力之蒙自县知县姚钰等援照江海关成案，奏请奖叙有案。今思茅开设洋关业已三年期满，事同一律。据现任思茅厅同知许之载将在事尤为出力各员开具衔名，禀由云南善后局司道李经羲等会同布政使查核，详请奏咨保奖前来。臣查该同知许之载等创设思茅洋关，该处瘴疠极盛，尽属蛮荒，凿险缒幽，已非易易，加以夷多汉少，扞格不通，一闻系与洋人交涉之事，群情汹汹，几致不可理喻，办理情形，较之蒙自关尤难。现既三年届满，措置诸臻妥善，以后一切税项亦可望日有起色，自未便没其微劳，惟有据情吁恳天恩赏准援照蒙自关成案，将此次在事尤为出力之补用知府云南思茅同知许之载，请俟补知府后，以道员在任补用；分省试用府经历许宝柢，请俟补缺后以知县用；升用知县分省试用县丞吴珣，请赏加五品衔；分省补用州吏目侯廷珍，请赏加六品衔；罗次县典史陈晋三，请以应升之阶在任前先补用；附贡生尹治光，请以训导归部选用；附生何光汉、从九品职衔陈步曾，均请以从九品归部，不论双单月尽先选用；州同职衔余安，请以州同归部，不论双单月前先选用，以昭激劝，出自逾格鸿慈。等因。光绪二十六年

①中国第一历史档案馆藏：《录副奏折》，档号：03-5389-203。

五月二十七日，奉朱批：该部议奏。钦此。钦遵钞出到部。

臣等查兼署云贵总督云南巡抚丁振铎奏滇省创设思茅洋关三年期满出力各员请奖之罗茨县典史陈晋三请以应升之阶在任前先补用，附生何光汉请以从九品归部不论双单月尽先选用，升用知县分省试用县丞吴珣请赏加五品衔。查该三员所请奖叙，核与奏定章程相符，应请照准；内吴珣应俟离县丞任归知县班后，加五品衔。

补用知府云南思茅同知许之载请俟补知府后，以道员在任补用。查履历册内并未声叙保升知府之案，因何案所请，于何年月日核准，应令该督查明声复具奏，再行核办。

分省试用府经历许宝柢请俟补缺后以知县用，分省补用州吏目侯廷珍请赏加六品衔，附贡生尹治光请以训导归部选用，从九品职衔陈步曾，请以从九品归部不论双单月尽先选用，州同职衔余安请以州同归部不论双单月前先选用。当经片查户部，兹据覆称：本部捐输案卷均已被焚，无凭查覆，应令该督将该五员原捐各执照咨送到部，再行核办。

谨将臣等遵旨缘议奏由，恭折具奏。伏乞皇太后、皇上圣鉴。再，此折前因军务倥偬，未及覆奏，今和议已定，是以具奏稍迟。合并声明。谨奏。三月初十日。

吏部尚书臣宗室敬信（赴行在），协办大学士吏部尚书臣徐郙，吏部左侍郎臣宗室溥善、臣李殿林，署吏部左侍郎臣陈邦瑞（随扈），吏部右侍郎臣宗室溥顾、臣张英麟（赴行在）。

光绪二十七年三月二十日，奉朱批：依议。钦此。①

❷【案】光绪二十九年二月初十日，吏部议覆魏光焘奏思茅关期满请奖一案缘由，曰：

吏部谨奏，为遵旨议奏事。内阁抄出云贵总督魏光焘奏称：前准吏部议覆滇省创设思茅洋关三年期满出力各员请奖一折。原奏内开：补用知府云南思茅同知许之载，请俟补知府后，以道员在任补用。查履历册内，并未声叙保升知府之案于何年月日核准，应令该督抚查明

---

①中国第一历史档案馆藏：《录副奏折》，档号：03-5403-033。

声覆具奏，再行核办。分省试用府经历许实柢请俟补缺后以知县用，分省补用州吏目侯廷珍请加六品衔，附贡生尹治光请以训导归部选用，从九品职衔陈步曾请以从九品归部不论双单月尽先选用，州同职衔余安请以州同归部不论双单月前先选用。当经片查户部，兹据覆称：本部捐输案卷均已被焚，无凭查覆，令该督将该五员原捐各执照送部，再行核办等因。遵查云南思茅同知许之载保升知府，系该员前任石膏井提举办理节称提价事宜著有成效，请俟升同知后，以知府在任补用；分省补用府经历许宝柢系于光绪二十四年在滇捐局报捐监生，加捐州吏目分发试用，又于二十五年递捐府经历，分省试用；分省补用州吏目侯廷珍系于光绪二十四年在滇局报捐州吏目，附贡生尹治光系于光绪二十五年在滇局报捐贡生，从九品职衔陈步曾系于光绪二十一年在滇赈局报捐从九品职衔，州同职衔余安系于光绪二十年顺直赈捐案内由从九品职衔补捐监生，加捐州同职衔。据各该员将原捐执照、实收呈验核奖，以昭激励，出自逾格鸿慈等因。光绪二十八年十二月十九日，奉朱批：该部议奏。钦此。钦遵钞出到部。

臣等查云贵总督魏光焘奏前滇省创设思茅关期满出力各员声覆请奖之补用知府云南思茅同知许之载声叙保升知府之案，查核相符；原请俟补知府后以道员在任补用，应请照准。分省试用府经历许宝柢原请俟补缺后以知县用，分省补用州吏目侯廷珍原请加六品衔，从九品职衔陈步曾原请以从九品归部不论双单月尽先选用。以上三员，呈验捐照并许宝柢捐案，查核均属相符，所请奖叙应请照准。附贡生尹治光原请以训导归部选用，州同职衔余安原请以州同归部不论双单月前先选用。该二员捐照查验相符。惟奏定章程内开增生、附生出身只准保举佐杂，不准保举教职、官阶、班次；又寻常劳绩，照衔保奏，只准保举八品各官，各等语。应请将尹治光改为以府经历归部选用，余安改为以府经历归部不论双单月前先选用。所有臣等遵旨议奏缘由，缮折具陈。伏乞皇太后、皇上圣鉴。谨奏。

咨吏部为知照事。文选司案呈：所有调任云贵总督魏光焘奏前滇省思茅洋关出力各员声覆请奖一折，于光绪二十九年二月初一日具奏，奉旨：依议。钦此。相应粘单知照可也。须至知照者。右知照军机处。光绪二十九年二月初十日。主事丁福申。[①]

1324. 奏报张松林调署云南提督片

光绪二十八年十一月十八日（1902 年 12 月 17 日）

再，臣接准贵州抚臣邓华熙电商，现署云南提督蒋宗汉前已奉旨简授贵州提督，兹值游匪滋扰黔边，请饬赴贵州提督本任，以重职守。所遗云南提督因实缺提督张春发[②]到任需时，查有现任云南腾越镇总兵张松林，谋勇兼优，威望素著，堪以调署。当经会同电请军机处代奏，奉旨允准在案。递遗腾越镇总兵篆务，查有革职留任云南开化镇总兵蔡标，营伍夙娴，功勋卓著，堪以前往接署。除分别照委饬遵并咨兵部查照外，谨附片具陈。伏乞圣鉴。谨奏。

（朱批：）兵部知道。[③]

光绪二十八年十二月十九日，奉朱批：兵部知道。钦此。[④]

1325. 请准绅民于保山建立昭忠祠片

光绪二十八年十一月十八日（1902 年 12 月 17 日）

再，云南永昌府保山县属杉木河地方前因同治年间逆回肇乱，

---

①台北故宫博物院藏：《军机及宫中档》，文献编号：154630。

②张春发（1843—1915），字兰陔，江西新余人。初隶刘松山麾下，充探骑。同治初，选把总。五年（1866），拔千总，加守备衔。六年（1867），升都司，晋游击衔加杰勇巴图鲁名号。七年（1868），保参将，递副将，赐哲尔精阿巴图鲁勇号。八年（1869），充马队第四旗管带。九年（1870），加提督衔。同年，署玉泉营游击。光绪四年（1878），封云骑尉。十二年（1886），补授广西右江镇总兵。十三年（1887），署广西左江镇总兵。二十年（1894），署广东陆路提督。二十一年（1895），擢广东陆路提督。二十六年（1900），调补湖北提督。二十七年（1901），补云南提督。三十年（1904），被参革职。三十三年（1907），总理两江营务处。宣统三年（1911），因病开缺。民国四年（1915），卒。

③台北故宫博物院藏：《军机及宫中档》，文献编号：408007204-0-A。

④台北故宫博物院藏：《军机及宫中档》，文献编号：152764。

叠至该处滋扰，经副将马士成、都司段嗣鹏等督率乡勇固守十余年，屡次破贼，并带勇攻夺下关，先后死之，阵亡兵勇七百余名，迄未入祀。现经该处绅民李森等造具衔名清册，请捐资修建昭忠祠三间，设牌置产致祭，呈由署保山县知县江蕴琛查明属实，禀经云南善后局司道核议转详具奏前来。

臣查礼部则例内载：兵丁乡勇，应入祀昭忠祠者，准于本籍地方盖屋三楹，依次设立牌位，春、秋两季由地方官承祭等语。又查前署四川提督臣夏毓秀①自于昆明县属普坪村捐建昭忠祠，入祀历年随征阵亡兵勇，咨经前抚臣谭钧培②，于光绪十五年九月十四日奏蒙允准在案。兹查已故副将马士成等，卫桑梓而捐躯，事

①夏毓秀（1838—1910），字琅溪，云南昆明人。少以义勇著。滇回乱，以堡长从军，充选锋。咸丰七年（1857），选云南城守营额外外委。九年（1859），补城守营右哨头司把总。十年（1860），升守备。同治元年（1862），加都司衔。二年（1863），补授顺云协左军守备，署理城守营中军守备。同年，署理武定营参将。三年（1864），署抚标中军参将、云南曲寻副将。四年（1865），署督左游击，晋副将衔。五年（1866），署督标中军副将。同年，补云南提标右营游击。九年（1870），升副将。十一年（1872），加利勇巴图鲁勇号，升提督衔。十二年（1873），署云南提标左营游击。光绪二年（1876），赴川统领省标十营。七年（1881），署四川松潘镇总兵。九年（1883），实授松潘镇总兵。十八年（1892），丁忧，回籍终制。二十年（1894），再莅松潘镇任。二十一年（1895），署四川提督。二十六年（1900），加赏头品顶戴。同年，擢贵州提督。二十七年（1901），补授湖北提督。同年，调补广西提督。二十八年（1902），兼署广东陆路提督。是年，调补湖北提督。宣统二年（1910），创伤发去世。谥勇恪。

②谭钧培（1829—1894），字宾寅，号序初、彦初，贵州镇远县人。道光二十四年（1844），补博士弟子。咸丰九年（1859），中举人。同治元年（1862），中式进士，选庶吉士。翌年，授翰林院编修、国史馆协修。三年（1864），充顺天乡试同考官。六年（1867），充顺天乡试同考官。七年（1868），协办院事，充撰文。八年（1869），补江西道监察御史。九年（1870），充顺天乡试内监试官、稽察考官，署户科掌印给事中。同年，补兵科给事中、刑科给事中。十年（1871），充监试考试笔帖式。十二年（1873），放江苏常州府知府。光绪二年（1876），调补江苏苏州府知府。四年（1878），署理徐州道。同年，升安徽凤颍六泗道。五年（1879），补授山东按察使，调湖南按察使。同年，迁江苏布政使，护理江苏巡抚。六年（1880），署理漕运总督。七年（1881）兼署苏州织造。同年，充巴西国换约大臣，护理江苏巡抚。九年（1883），署漕运总督。十一年（1885），补授湖北巡抚。十二年（1886），调补广东巡抚，再调云南巡抚。十五年（1889），兼署云贵总督。十六年（1890），兼署云南学政。二十年（1894），兼署云贵总督。同年，卒于任。

同一律；念忠勋而报享，典有明文。合无仰恳天恩俯准将该绅民于杉木河所建昭忠祠，敕部列入祀典，由地方官春、秋致祭，以彰荩节而顺舆情之处，出自逾格恩施。除造册咨部查照外，谨附片具陈。伏乞圣鉴训示。谨奏。

(朱批：) 览。[①]

光绪二十八年十二月十九日，奉朱批：览。钦此。[②]

1326. 奏闻提讯惩办已革管带缘由片

光绪二十八年十一月十八日（1902年12月17日）

再，管带纲字后军中营补用参将王开、管带纲字右军右营补用都司袁用和、管带纲字右军左营补用守备陈河清，前因查有缺额蚀饷情弊，王开并有捏报邀功、纵兵诈磕情事，业将该员等先后附片奏参一并革职，归案审办，均奉朱批：着照所请，该部知道。钦此。钦遵转行在案。

兹据云南府知府胡泰福督同局员讯据王开供称：所带营兵二百五十名，并无短少。惟全营火夫二十五名，每名只给月饷一两，各扣银一两九钱，每月共扣银四十七两五钱，挪作哨官帮费，并未侵吞入己。其捏报邀功一节，该革员任意支吾，并不承认。惟纵兵磕诈，据供认二十六年十二月内，据粤民黄仕道来营喊报，团民叶申福等到寨抢掠，当派营兵李金廷、邓洪恩将其拿获查讯，旋即保释，叶申福即控经广南府讯明李金廷等私索钱十二千文，实无三百串之多，革员亦未知情纵容，各等语。检查奉发各原卷，除捏报邀功本系兵团相混尚无确凿证据外，其缺额蚀饷前经广南府方宏纶等查点兵勇，实止八成之谱；纵兵诈磕，亦经方宏纶审实团民叶申福等被匪抢劫，自行齐团追获原牛二头。营兵李金廷、邓洪恩等据报诬指磕去钱三百千文，传提过付，质讯属实。该革

①台北故宫博物院藏：《军机及宫中档》，文献编号：408007203-0-A。

②台北故宫博物院藏：《军机及宫中档》，文献编号：152765。

员王开自知理曲，当经如数赔还结息在案。核与所供大相悬殊，此提讯王开情罪之原委也。

又，讯据袁用和供称：管带缉私营勇二百五十名，以七十五名驻桥头，自带一百七十五名赴莲助剿。当诘以带赴广南之兵，前经方宏纶点验仅有一百五十名，计短兵二十五名，则称各项执事定章薪水太少，是以减兵腾饷加支等语。而桥头所扎之七十五名，亦经委员查点仅止六十九名，并有幼小十一名在内，现亦坚执狡赖。此又提讯袁用和情罪之原委也。

又，讯据陈河清供称：奉带缉私营兵二百五十名，额数满足，因沿边五六百里分扎二十余处，兵丁不耐烟瘴，常有更换，虑通私枭，随时斥革。上年十月，委员田南亭等到营密查，实无短缺，惟点验时，系执夏季兵册查对，致箕斗不符一百三名，委因更换、斥革所致，并无缺额雇替等语。检查该营兵勇分扎地方，实有二十余处，均系烟瘴、走私之地，当时委员共有五人，同时分途查点。该管带相距甚远，猝不及备，亦难预为弥缝，临点并无雇替，似属可信，各等情。禀经营务处署云南布政使刘春霖会同按察使全楙绩等，分别议拟详办前来。

臣查已革管带王开、袁用和等，蚀饷、缺额，均各狡不承招，显恃该营哨弁兵丁早已遣散，势不能提质缺额确情、蚀饷准数，是以任意狡展，而旁推曲证，缺蚀已有明征。王开除捏报冒功尚无确据及失察营兵借端诈索业经赔还原主各轻罪不议外，值兹整顿营伍、力祛积弊之时，未便因其肆意狡避，曲予宽纵，且从来缺额蚀饷之案，均未有自行直认不讳者。该革员等侵饷虽无定数，而短额查有确凭，更难稍涉姑容，致令幸逃法网，相应请旨将管带纲字后军中营已革补用参将王开、管带纲字右军右营已革补用都司袁用和，一并发往军台效力赎罪，以示惩儆而维军政。该革员陈河清所带缉私营勇，查验箕斗不符至一百三名之多，亦属咎有难辞。惟点验时，照额尚无短少，据供因不耐瘴常有更换，亦近人情，罪疑惟轻，拟请量为末减，既已革职，姑从宽免予深究，以示区别。

除咨部查照外，所有提讯分别按拟惩办已革管带各缘由，是否有当，理合附片具陈。伏乞圣鉴训示。再，云南巡抚系臣兼署，毋庸列衔。合并声明。谨奏。

（朱批：）着照所请，该部知道。[①]

光绪二十八年十二月十九日，奉朱批：着照所请，该部知道。钦此。[②]

1327. 奏报交卸兼署云南抚篆日期折

光绪二十八年十一月二十二日（1902年12月21日）

调补两江总督云贵总督卸署云南巡抚臣魏光焘跪奏，为恭报微臣交卸兼署抚篆日期，恭折仰祈圣鉴事。

窃臣忝膺恩命调补两江总督，兼充南洋大臣，并奉谕俟林绍年接署后，即行赴任，毋庸来京请训等因。钦此。❶当即望阙叩谢天恩，恭折具奏在案。兹新任抚臣林绍年业已抵滇，遵于光绪二十八年十一月二十一日将钦颁云南巡抚关防及王命旗牌、文卷、书籍等项派委云南府知府胡泰福、抚标中军参将田友贵赍送新任抚臣林绍年接任，臣应于是日将督篆一同交卸。因抚臣以甫经到任，一切事务尚待商筹，留臣暂缓旬日，再另择期接篆兼署。臣俟交篆后，即由滇起程，取道黔、楚，驰赴两江调任。

除俟起程时另行具报外，所有微臣交卸兼署抚篆日期缘由，理合恭折具奏。伏乞皇太后、皇上圣鉴。再，此折系用云贵总督关防拜发。合并陈明。谨奏。光绪二十八年十一月二十二日。

（朱批：）知道了。[③]

---

①台北故宫博物院藏：《军机及宫中档》，文献编号：408007202-0-A。
②台北故宫博物院藏：《军机及宫中档》，文献编号：152763。
③台北故宫博物院藏：《军机及宫中档》，文献编号：408007206。

光绪二十八年十二月二十二日，奉朱批：知道了。钦此。[1]

❶【案】魏光焘调补两江总督等谕旨，《上谕档》载曰："光绪二十八年十一月初六日，内阁奉上谕：两江总督着魏光焘补授。钦此。"[2] 又载曰："查，魏光焘奉旨调补两江总督，所遗云贵总督一缺，拟俟明日再行请旨。谨奏。"[3] 又载曰："光绪二十八年十一月初七日，内阁奉上谕：两江总督魏光焘，着兼充南洋大臣，俟林绍年接署后，即行赴任，毋庸来京请训。钦此。"[4] 又载曰："光绪二十八年十一月初七日，内阁奉上谕：云贵总督着丁振铎署理，未到任以前，着林绍年暂行兼署。钦此。"[5]

1328. 查明滇省各员贤否分别举劾折

光绪二十八年十一月二十五日（1902年12月24日）

调补两江总督云贵总督臣魏光焘跪奏，为查明滇省贤否各员，分别举劾，恭折仰祈圣鉴事。

窃以天下之治乱，系乎吏治之隆污；吏治之隆污，视乎人才之升降。夫惟举直斯能错枉，激浊乃可扬清。臣上年到任后，每于接见僚属、披阅公牍时，认真考核，除不职各员前已随时会同抚臣甄别外，兹查有云南府知府胡泰福，有守有为，堪膺艰巨；署普洱府事蒙化直隶同知胡璧，办事勤能，才识稳练；署开化府事广西直隶州知州黄膺，学有渊源，任事谨慎；调署永北同知准升缅宁通判江蕴琛，为守兼优，治边有术；署昆阳州知州贺宗章，才优识卓，政迹历著；顺宁县知县桂福，实心爱民，才明守洁；署蒙自县事恩安县知县孙家祥，久著勤劳，深谙交涉；署宝宁县

①台北故宫博物院藏：《军机及宫中档》，文献编号：152919。
②《光绪朝上谕档》，第28册，第595页。
③《光绪朝上谕档》，第28册，第596页。
④《光绪朝上谕档》，第28册，第597页。
⑤《光绪朝上谕档》，第28册，第597页。

事补用知县雷元澍，干练有为，性情勤朴；署巧家同知请补昆明县知县黎元熙，精明练达，才具优长。以上各员，均有政迹可采，堪备循良之选，拟请传旨嘉奖，以示鼓励。

其贪诈不职、庸懦无能者，查有道员用候补知府现署黑盐井提举安平同知江海清，居心狡诈，行同市侩；试用知县李允贞，听断糊涂，失入有据；准补罗次县知县王树槐，纵差需索，玩视民命；前署宁州吏目试用府司狱贺建勋，监守不慎；试用从九品丁元福，纵子为恶，有玷官箴，应请一并革职。署邓川州事南关同知张恩洪，年老多病，应请勒令休致；补用知县李德垣，流品不清，应请勒令回籍；署呈贡县事宁州知州马堃荣，性情疏懒，办团草率，应请开缺另补，以肃官方。

其余如有不职之员，仍与抚臣会查，据实纠参外，所有查明滇省贤否各员，分别举劾，以示劝惩缘由，谨会同云南抚臣林绍年，恭折具陈。伏乞皇太后、皇上圣鉴训示。再，安平同知、宁州各缺，滇省现有应补人员，应请扣留外补。合并声明。谨奏。光绪二十八年十一月二十五日。

（朱批：）另有旨。①

光绪二十八年十二月二十七日，奉朱批：另有旨❶。钦此。②

❶【案】此案旋于是年十二月二十七日得旨允行，《上谕档》载曰：

光绪二十八年十二月二十七日，内阁奉上谕：魏光焘奏，分别举劾属员一折。云南府知府胡泰福、署普洱府知府蒙化直隶同知胡璧、署开化府知府广西直隶州知州黄膺、调署永北同知缅宁通判江蕴琛、署昆阳州知州贺宗章、署顺宁县知县桂福、署蒙自县事恩安县知县孙家祥、署宝宁县知县雷元澍、署巧家同知请补昆明县知县黎元熙，据该督胪陈政迹，皆有可采，均着传旨嘉奖。署黑盐井提举安平同知江

①台北故宫博物院藏：《军机及宫中档》，文献编号：408007207。

②台北故宫博物院藏：《军机及宫中档》，文献编号：153093。

海清，居心狡诈，行同市侩；试用知县李允贞，听断糊涂，失入有据；罗次县知县王树槐，纵差需索，玩视民命；前署宁州吏目试用府司狱贺建勋，监守不慎；试用从九品丁元福，纵子为恶，均着即行革职。署邓川州知州南关同知张恩洪，年老多病，着勒令休致。补用知县李德垣，流品不清，着勒令回籍。署呈贡县知县宁州知州马堃荣，性情疏懒，办团草率，着开缺另补，以肃官方。余着照所议办理，该部知道。钦此。①

1329. 奏报查明本年被灾各属情形折

光绪二十八年十一月二十五日（1902年12月24日）

头品顶戴云贵总督臣魏光焘、头品顶戴云南巡抚臣林绍年跪奏，为遵旨查明滇省本年被灾各属，均已分别赈抚，体察情形，来春毋庸接济，恭折覆陈，仰祈圣鉴事。

窃于光绪二十八年十一月初三日承准军机大臣字寄：光绪二十八年十月初三日奉上谕：本年云南南宁县被雹、腾越厅被水，均经该督抚等查勘抚恤，小民谅可不致失所。惟念来春青黄不接之时，民力未免拮据，着传谕该督抚等体察情形，如有应行接济之处，即查明据实覆奏，此外有无被灾地方应行调剂、抚恤，一并查奏，候旨施恩。将此各谕令知之。等因。钦此。钦遵寄信前来。仰见我皇太后、皇上轸念灾黎、恩加无已之至意！臣等忝膺疆寄，任重抚绥，曷敢稍存膜视！

伏查滇省地居边徼，气候较迟，收获亦晚。本年夏、秋间，节据腾越、宜良等厅县具报被水成灾，剑川、鹤庆等州县具报地震成灾，经臣光焘督饬司道筹款，委员会同各该地方官妥为赈抚，并责成该管道府督同印委各员，将被灾田粮确勘详办，业将大概情形先后附陈，并将宜良县本年钱粮照例奏请蠲免，各在案。其

①《光绪朝上谕档》，第28册，第353—354页。又，《德宗景皇帝实录（七）》，卷五百十，光绪二十八年十二月下，第732—733页。

余统俟造册至日，再行分别奏恳恩施，以纾民困。此外，各属均据查报雨旸时若，秋收丰稔。九月以后，天气晴明，新谷登场，豆麦播种，均极畅茂，民皆乐业。如此后雨雪应时，来春自可毋庸接济。据布政使李绍芬会同署粮储道魏景桐暨善后局司道详请具奏前来。

臣等覆加查核，均属实情，仍当随时督同司道悉心察看，如届时尚有必须调剂之处，自当仰体圣怀，筹款办理，用纾宸廑！除咨户部外，所有查明本年被灾各属，均已分别赈抚，体察情形，来春毋庸接济缘由，谨合词恭折具奏。伏乞皇太后、皇上圣鉴训示。

再，南宁县系上年被雹成灾，本年奉准蠲缓钱粮，并先经分别赈抚，亦均不致失所。合并陈明。谨奏。光绪二十八年十一月二十五日。

（朱批：）知道了。[①]

光绪二十八年十二月二十七日，奉朱批：知道了。钦此。[②]

1330. 请奖剿办云南边厅出力员弁折

光绪二十八年十一月二十五日（1902年12月24日）

调补两江总督云贵总督臣魏光焘跪奏，为剿办云南镇边厅猛角猓匪，销弭巨患，谨将在事出力文武各员弁开单请奖，恭折仰祈圣鉴事。

窃查光绪二十六年正月，西宁镇总兵调补九江镇刘万胜、迤南道现补粮储道陈灿，率同文武员弁与英员司格德等会勘滇缅界务，行至镇边厅猛角地方，英领事烈敦、曹大林、继德理等不听劝阻，潜至猓猔界内之猛董寨闲游，适值该处赶街，以致群相惊畏，聚众围杀，曹大林、继德理均被戕毙。幸该镇、道先已暗派

①台北故宫博物院藏：《军机及宫中档》，文献编号：408007208。

②因录副查无下落，此朱批日期据推补。

兵弁尾随其后，即并力向前抵拒，当将烈敦冒险救出，退回所驻猛董土城内，犿狁夙本恨英，遂乘机啸聚数千众，攻扑猛董，昼夜不息，并分遣党与烧杀十四村寨。其时城内兵单饷竭，势甚危急。该镇、道躬自激励将士，力守孤危，一面飞调附近防军、土练趋救，遂于正月二十七日内外夹击，枪毙悍匪数百名，烧破匪垒二十余座，乘胜与英人合兵进剿，捣穴犁巢，受降而归。我兵先后亦有伤亡，司格德见代为声罪致讨，亦即深相感谢，毫无异议，当经前兼署督臣丁振铎于光绪二十六年五月二十六日具奏会勘滇缅界务折内业将此案声明，并请将在事出力及伤亡员弁兵勇存俟奏恳奖恤，钦奉朱批：该衙门知道。钦此。钦遵转行在案。兹据云南善后局司道择尤开单，详请奏奖前来。

臣查近来各省戕害洋员、教士之案，层见叠出，往往因地方官防护未周，办理不善，以致酿成巨患。是役犿狁仓卒滋事，本系意外之虞，若措置稍失机宜，鲜不至败盟启衅。乃该镇、道等事前既留心防范，事后复竭力维持，各该员弁亦皆效力，齐心奔驰烟瘴之区，冲突锋镝之下，卒至野夷畏威怀德，边患永清，外人辑好敦和，责言免至，实属异常出力。滇省逼处强邻，此后交涉尤日繁重，倘不量加奖叙，殊不足以励将来，所有此次在事出力各员，不无微劳足录，相应仰恳天恩俯准查照单开各员分别优奖，实于酬赏、劝功两有裨益。

除伤亡各员弁等汇案请恤并造具文职履历清册同咨奖各弁开单送部查照外，所有剿办犿匪择尤请奖缘由，谨缮清单，会同云南巡抚臣林绍年，恭折具奏。伏乞皇太后、皇上圣鉴训示。谨奏。光绪二十八年十一月二十五日。

（朱批：）该部核议具奏，单二件并发。①

光绪二十八年十二月二十七日，奉朱批：该部核议具奏，单

①台北故宫博物院藏：《军机及宫中档》，文献编号：408007209。

二件并发。钦此。[①]

1331. 呈剿办云南边厅出力文职清单

光绪二十八年十一月二十五日（1902年12月24日）

谨将剿办云南镇边厅猛角犻匪在事出力文职各员弁拟保官阶，开具职名，恭缮清单，敬呈御览。

计开

云南特用知州彭继志、指分云南试用同知刘鹤龄、直隶州用路南州知州吴耀奎，均请俟补缺后，以知府在任候补。

提举衔指分云南试用通判潘寅，请俟补缺后，以同知直隶州仍留原省补用。

指分四川试用州同彭承念，请俟补缺后，以知州仍留原省补用。

分省试用州同陈鼎枢，请俟补缺后，以知州分省归候补班补用。

分省试用府经历丁颐，请俟补缺后，以知县分省归候补班补用。

知县用分省试用县丞吴珣，请赏加同知衔。

（朱批：）览。[②]

1332. 呈剿办云南边厅出力武职清单

光绪二十八年十一月二十五日（1902年12月24日）

谨将剿办云南镇边厅猛角犻匪在事出力武职各员弁拟保官阶，开具职名，恭缮清单，敬呈御览。

计开

---

①台北故宫博物院藏：《军机及宫中档》，文献编号：153074。

②台北故宫博物院藏：《军机及宫中档》，文献编号：153074-0-A。

留滇尽先补用参将李尊山、尽先补用参将王伯成，均请免补参将，以副将留滇尽先补用。

留滇补用都司孙咏裳，请免补都司，以游击仍留原省尽先补用。

都司衔留滇尽先补用守备邓馨棠、留滇补用守备任遇升、尽先补用守备马绍安，均请免补守备，以都司仍留原省尽先补用。

守备衔千总陆学光、刘开文，千总李发秀，均请免补千总，以守备留滇尽先补用。

（朱批：）览。①

1333. 革员何金福请免再议缘由片

光绪二十八年十一月二十五日（1902年12月24日）

再，管带西防义字左营留滇补用游击何金福，前因查点该营兵箕斗不符，奏参革职，归案查办，奉朱批：着照所请，该部知道。钦此。当经恭录转饬查办去后。兹据云南府知府胡泰福督同局员，讯据何金福供称：该营驻扎榆城，于上年十一月冬操后，奉委前往云南县清查匪类，所带营勇均由哨弁经理，旋因提、道于十二月初九日传知点验，各哨弁将冬季名册呈点提、道，饬将秋季原册核对人数，并无短少；内有箕斗不符者七十二名，委因疲弱、误操、病假、随时革换所致，实无缺额、蚀饷情弊。经该府再三查究，均系实在，详由云南营务处司道转详请奏前来。

臣查该革员何金福所带义字左营，经该管提、道会同当堂点验额数，并无短少，据供箕斗不符，系因事故随时革换，情尚可原，且该革员奉委出差，并未在营，又系将秋季名册核对，自难一律符合。惟更换营勇未据随时呈报，亦属咎有难辞，既经革职，请免再议。除咨部查照外，谨会同云南巡抚臣林绍年，附片具陈。

①台北故宫博物院藏：《军机及宫中档》，文献编号：153074-0-B。

伏乞圣鉴训示。谨奏。

（朱批：）着照所请，该部知道。[①]

光绪二十八年十二月二十七日，奉朱批：着照所请，该部知道。钦此。[②]

1334. 请开复革员蔡标处分缘由片

光绪二十八年十一月二十五日（1902年12月24日）

再，正任云南开化镇总兵蔡标前于光绪二十六年经云南提臣冯子材列款纠参，奏奉谕旨饬由前云南巡抚兼署云贵总督臣丁振铎逐款查明，均无实据。惟以营规不肃，奏请交部议惩。嗣于是年十二月奉旨：开化镇总兵蔡标着革职留任。钦此。维时，该总兵统带滇军随扈，在陕训练，以资拱卫，旋奉文裁撤，于上年九月统率营勇回滇，一律遣散，沿途均尚安静。盖自得处分后，深知愧奋，故所部亦为之改观。今到滇年余，臣随时留心察看，该总兵精力未衰，颇能究心兵略，目睹时局艰难，犹有勉图效用之意。现因腾越边防、交涉均关紧要，业经照会该总兵前往接署，附奏在案。合无仰恳天恩俯念边陲重镇责任匪轻，将该总兵蔡标革职留任处分赏准开复，俾益感奋，以观后效之处，出自逾格鸿施。理合附片具陈。伏乞圣鉴训示。谨奏。

（朱批：）着照所请，该部知道。[③]

光绪二十八年十二月二十七日，奉朱批：着照所请，该部知道。钦此。[④]

①台北故宫博物院藏：《军机及宫中档》，文献编号：408007207-0-A。
②台北故宫博物院藏：《军机及宫中档》，文献编号：153070。
③台北故宫博物院藏：《军机及宫中档》，文献编号：408007207-0-B。
④台北故宫博物院藏：《军机及宫中档》，文献编号：153095。

1335. 请开复总兵刘万胜等摘顶之案片

光绪二十八年十一月二十五日（1902 年 12 月 24 日）

再，上年十二月，粤边游匪窜扰剥隘，适值管带绥靖中营游击张显廷甫到该处接防，守御不力，全营挫败，当经臣奏奉谕旨将张显廷革职，拿获正法，以肃纪纲，并将该管分统调补九江镇总兵刘万胜暂行摘去翎顶。本年三月，皈朝被匪攻陷后，奏准将该总兵刘万胜暂行革职留任。该总兵深知愧励，督率各管带于四月初间立将皈朝克复，各处踞匪一律剿败，经臣奏奉谕旨将该总兵革留处分开复，各在案。自是感激益奋，出境督剿土黄之匪，身临前敌，大获胜仗，力挫贼锋。

又，管带武威营留滇补用参将魏荣斌，前因失察营勇滋事案内亦经臣附片奏请摘顶示惩在案。该员自摘顶后，深自愧勉，整顿营规，认真训练，营务日有起色。本年九月，贵州兴义被匪围攻，飞书告急，滇之罗平、平彝同时戒严，当派该参将率领省防各营，星夜驰援。旋因兴义克复，即力遏回窜之匪，将罗平沿边布置严防，使匪无分窜之虞。据总统魏景桐禀请将该员等开复前来。

臣查当此出境会剿之时，首在激励将领，功过分明，合无仰恳天恩赏准将调补九江镇总兵刘万胜暂摘翎顶及留滇补用参将魏荣斌摘顶之案一并给还，以观后效，出自鸿施。

除仍饬由地方官勒拿张显廷务获究办并饬魏荣斌将防务严加堵剿外，所有开复总兵、参将等暂摘翎顶处分缘由，谨附片具陈。伏乞圣鉴训示。谨奏。

（朱批：）着照所请，仍严拿张显廷，务获惩办，余依议。①

光绪二十八年十二月二十七日，奉朱批：着照所请，仍严拿

---

①台北故宫博物院藏：《军机及宫中档》，文献编号：408007207-0-C。

张显廷，务获惩办，余依议。钦此。[①]

1336. 审拟本年夏季盗匪照章惩办折

光绪二十八年十一月二十七日（1902年12月26日）

头品顶戴云贵总督兼署云南巡抚臣魏光焘跪奏，为滇省光绪二十八年夏季分照章惩办各属盗匪，恭折仰祈圣鉴事。

窃查滇省强劫、土匪各案犯，前经奏准仍照旧章由督抚核明情罪，批饬就地正法，按季造册奏咨，历经遵照办理。兹查光绪二十八年夏季分，据各属详报盗、劫等案共计三十起，除在监病故及格毙各犯不计外，罪应斩决盗匪蔡春山等五十一名，均经饬司委员会审，并解由该管道府覆加审讯明确，按律议拟，开具供折，禀经前抚臣李经羲及臣随案核明情罪相符，照章批饬分别正法、枭示在案。兹据按察使全楙绩汇造清册，详请具奏前来。

臣覆核无异，除清册送部外，所有光绪二十八年夏季分照章惩办盗匪缘由，理合恭折具陈。伏乞皇太后、皇上圣鉴，敕部查照施行。再，云贵总督系臣本任，毋庸列衔。合并陈明。谨奏。光绪二十八年十一月二十七日。

（朱批：）刑部知道。[②]

光绪二十八年十二月二十八日，奉朱批：刑部知道。钦此。[③]

1337. 呈劝办秦晋赈捐汇核请奖清单

光绪二十八年十一月二十七日（1902年12月26日）

谨将滇省代办秦晋赈捐案内应列入寻常劳绩各员，分等汇核，酌拟奖叙，缮具清单，恭呈御览。

---

①台北故宫博物院藏：《军机及宫中档》，文献编号：153071。

②台北故宫博物院藏：《军机及宫中档》，文献编号：408007193。

③台北故宫博物院藏：《军机及宫中档》，文献编号：153137。

计开

江苏试用府经历冯树荣，查该员集捐银六万两以上，拟请俟补本班府经历后，以知县用。

花翎云南试用知州朱知绪，查该员集捐银四万两，拟请俟补缺后，以同知在任补用。

五品衔按板井大使陈文灿，查该员集捐银四万两，拟请俟升知县后，以同知在任补用。

云南试用同知刘树棫，查该员集捐银四万两以上，拟请俟补缺后，以知府用。

花翎云南试用班尽先补用同知龙文，查该员集捐银三万两以上，拟请俟补缺后，以知府用。

花翎同知用云南候补班尽先补用知县徐永恒，查该员集捐银三万两以上，拟请加四品衔。

花翎同知衔云南补用知县黄启凤，查该员集捐银三万两以上，拟请俟补缺后，以直隶州用。

云南试用布经历王敬彝，查该员集捐银三万两以上，拟请俟补缺后，以知州用。

云南试用道韩澍滋，查该员集捐银二万两以上，拟请加三品衔。

云南试用知州段兆鳌，查该员集捐银二万两以上，拟请以本班补用。

候选知州高桐，查该员集捐银二万两以上，拟请以本班尽先选用。

云南尽先补用知县郑玉麟，查该员集捐银二万两以上，拟请俟补缺后，以同知在任补用。

蓝翎同知衔云南议叙班试用知县陈先沅，查该员集捐银二万两以上，拟请俟补缺后，以同知在任升用。

在任候选道邓川州知州陶镕、云南试用知府郎承铣，查该二员各集捐银一万两以上，拟请均加盐运使衔。

花翎云南试用知州许司书，查该员集捐银一万两以上，拟请以本班补用。

花翎五品衔云南候补知县王镇邦，查该员集捐银一万两以上，拟请俟补缺后，以同知在任升用。

（朱批：）览。[①]

光绪二十八年十二月二十八日，奉朱批：览。钦此。[②]

1338. 奏报交卸云贵督篆起程日期折

光绪二十八年十一月二十八日（1902 年 12 月 27 日）

卸任云贵总督调补两江总督臣魏光焘跪奏，为微臣交卸云贵督篆及起程日期，恭折仰祈圣鉴事。

窃臣前以抚臣林绍年于光绪二十八年十一月十九日抵滇，择于十一月二十一日接篆，当将交卸抚篆日期具折奏报，并声明因抚臣甫经到任，一切公务尚待商筹，留臣暂缓交卸督篆在案。兹抚臣定期于十一月二十八日接署督篆，臣当即敬将钦颁云贵总督银关防暨王命旗牌、文卷、书籍等件，派委云南府知府胡泰福、署督标中军副将赵伟赍送抚臣接任兼署，臣即于是日交卸督篆，拟于十二月初三日由滇起程，前赴两江总督调任。

除俟到任接篆再行奏报外，所有交卸督篆、起程日期，理合恭折驰陈。伏乞皇太后、皇上圣鉴。再，此折系借用云贵总督关防拜发。合并声明。谨奏。光绪二十八年十一月二十八日。

（朱批：）知道了。[③]

光绪二十八年十二月二十七日，奉朱批：知道了。钦此。[④]

---

①台北故宫博物院藏：《军机及宫中档》，文献编号：153135-0-A。

②台北故宫博物院藏：《军机及宫中档》，文献编号：153136-0-B。

③台北故宫博物院藏：《军机及宫中档》，文献编号：408007210。

④台北故宫博物院藏：《军机及宫中档》，文献编号：153103。

1339. 请简贤员补授临安开广道片

光绪二十八年（1902）

再，临安开广道兼管关务一缺，逼近法越，商务、边务轇轕多端，前授该道李必昌因步履艰难，是以前督臣崧蕃将该员调署迤南道，拣委现拟请补迤南道刘春霖署理临安开广道，已阅三年。去岁五月，蒙自厂匪滋事，聚至万余，攻扑洋关领署。该道弹压解散，随即敉平。今夏法领事方苏雅蓦运军火，激愤滇民，省垣焚劫教堂，临开一带匪类时时思逞，不特外衅易启，内讧亦甚堪虞，驻蒙自宋领事执意调兵自卫，该道一面派兵防护，与之往返辩驳，始就范围。才识优长，实足以靖地方而联与国。

现值滇省教案未了，时局如斯，交涉尤为棘手，非中有卓见闳通肆应之才，不能胜任。前实缺道李必昌禀请开缺，伏乞特简贤能，于洋务、边防措置均臻妥洽，斯大局幸甚，地方幸甚。谨附片密陈。伏乞圣鉴。谨奏。①

1340. 呈二十七年大计参劾各员清单

光绪二十八年（1902）

谨将云南省举行光绪二十七年大计参劾正、佐、教、杂各员，开具简明清单，恭呈御览。

计开

罢软官一员：宣威州知州丁泽化，查该员迹近巧滑，办事颟顸。

才力不及官一员：平彝县知县萧仰德，查该员办事因循，难膺民社。

---

①中国第一历史档案馆藏：《录副奏片》，档号：03-5418-171。

不谨官二员：浪穹县知县黄恩福，查该员约束不严，罔知自爱；巧家厅经历施昭，查该员任性妄为，不知检束。

年老官二员：威信州判李秀醲，查该员年力就衰，难期振作；永平县训导侯增福，查该员年力就衰，疏于训迪。

有疾官一员：宝宁县训导汤承训，查该员两耳重听，不堪司铎。

（朱批：）览。[①]

1341. 呈二十七年大计卓异正杂清单

光绪二十八年（1902）

谨将云南省举行光绪二十七年大计保荐卓异正印、教、杂各员，开具清单，恭呈御览。

计开

卓异正印官三员

云南府知府胡泰福。查该员具练达才，无尘俗气。

事实：一、该员率属宣讲《圣谕广训》，化道愚民，咸知遵守。

一、该员督征、经征，严除弊窦，民商称便。

一、该员督属清理案牍，均能按限审转。

一、该员经理书院，捐资考课，文风丕振。

楚雄府知府石鸿韶。查该员明足察机，严能驭吏。

事实：一、该员率属宣讲《圣谕广训》，化道愚民，咸知礼法。

一、该员督征钱粮无误、无扰，民皆悦服。

一、该员率属勤于政事，吏治肃清。

大姚县知县黎元熙。查该员洁己爱民，心精力果。

---

①中国第一历史档案馆藏：《单》，档号：03-5418-174。

事实：一、该员宣讲《圣谕广训》，化道愚民，咸知遵守。

一、该员征收钱粮，照则征收，民皆感悦。

一、该员审理词讼，随到随结，并无拖累。

卓异佐贰官一员

缅宁通判许祖瑞。查该员器识闳通，办事敏决。

事实：一、该员宣讲《圣谕广训》，化道汉夷，咸知向化。

一、该员严饬保甲，稽查奸匪，地方安静。

一、该员巡查边隘，防范严密，并无疏虞。

卓异盐务官一员

阿陋井大使王瑞章。查该员精明干练，任事实心。

事实：一、该员宣讲《圣谕广训》化道商民，咸知礼让。

一、该员经征盐课，遵照定章，实征实解。

一、该员督同井兵实力缉私，官引畅行。

卓异杂职官一员

晋宁州吏目冷继芬。查该员缉捕勤能，志趣向上。

事实：一、该员随班宣讲《圣谕广训》化道愚民，咸知礼法。

一、该员恪遵定例，不敢擅受民词。

一、该员管理监狱，留心防范，并无疏虞。

卓异教职官一员

永昌府训导李国恩。查该员品学兼优，留心吏事。

事实：一、该员随班宣讲《圣谕广训》化道愚民，咸知礼法。

一、该员约束士子，不敢干预外事。

一、该员按月考课，评定甲乙，文风日盛。

（朱批：）览。[1]

①中国第一历史档案馆藏：《单》，档号：03-5418-175。

光绪二十九年（1903）

1342. 奏呈续刊之云南通志稿由折

光绪二十九年正月二十八日（1903年2月25日）

调补两江总督云贵总督臣魏光焘跪奏，为《续云南通志稿》缮刻成书，恭呈御览，仰祈圣鉴事。

窃以《云南通志》自雍正七年故大学士云贵总督臣鄂尔泰[①]纂修之后，道光六年故大学士云贵总督臣阮元[②]覆加增辑，即今所行《云南通志稿》也。回乱以来，全滇糜沸，一切典章多所更易，以及军事之始末，文献之传遗，均应搜罗，俾免放失。洎乎乱定，设局采访，分曹编辑，甫成于光绪二十年。至二十二年，会典馆

---

①鄂尔泰（1677—1745），字毅庵，号西林，锡林觉罗氏，满洲镶蓝旗人。康熙三十八年（1699），中式举人。四十二年（1703），袭佐领，授三等侍卫。累迁至云贵总督，兼云南巡抚。雍正十年（1732），补保和殿大学士，兼兵部尚书，办理军机事务。乾隆元年（1736），充会试正考官、《三礼义疏》总裁官。十年（1745），封太傅。同年，卒。谥文端。著有《西林遗稿》《南都耆献集》《周官义疏》《仪礼义疏》《平蛮奏疏》，修《云南通志》《贵州通志》《广西通志》《太祖高皇帝实录》《太宗文皇帝实录》《世祖章皇帝实录》，撰《词林典故》《八旗通志初集》《八旗满洲氏族通谱》《授时通考》《御定医宗金鉴》《御定仪象考成》，编《文蔚堂诗集》《南邦黎献集》，校《日讲礼记解义》等。

②阮元（1764—1849），字伯元、梁伯，号云台、芸台，江苏仪征人。乾隆五十一年（1786），中举。五十四年（1789），中式进士，选庶吉士。累迁至体仁阁大学士，管理刑部、兵部事务。道光十六年（1836），充殿试读卷官、教习庶吉士。十八年（1838），以老病致仕，加太子太保。二十六年（1846），晋太傅。二十九年（1849），卒。谥文达。著有《经籍纂诂》《食诂》《经籍纂诂补遗》《十三经注疏校勘记》，修《嘉庆广东通志》《道光云南通志》《浙江通志》等，著述等身。

来文咨取，前督臣崧蕃、抚臣黄槐森因取其书，逐门考究，不惟事迹多据传闻，不足征信，而凡属政典，如洋务、盐矿、裁兵诸大政，竟付阙略，未便咨送，遂议改修，属督办矿务臣唐炯总司勘订。爰取前志，讨论数周，半乖体例，缘故大学士阮元增辑时，仅酌定篇端凡例，余皆杂出众手，尚待裁择，志以稿名，职是故也。

于是综合两志，重事编排，参酌体例，不袭一家，约举其凡有改、有增、有删、有并，改如记述大事，皆先本朝职官、兵制，别易为表之类；增如舆地补图、州县洋务特立一门之类；至应删削，如耆旧兼及方外循良，羼入武人之类；其所并省，如风俗诸目、表附舆图之类；其他义例散见各门，随事附案。大抵前志则去其芜杂，续编则取足传信，考订古今，稽合同异，时历三年，汗青甫竟，恭录列朝上谕、御制诗文弁诸卷首；总目十三，子目八十七，凡二百卷，题为《续云南通志稿》。

臣光焘覆加审定，观其隶事不芜，引据矜慎，实比前志较有条理，诚滇事得失之林也。抑臣愚尤有进者，云南自昔即称边要，今则英、法两大逼处缅越，轮舟、铁轨，咸极力以经营；游历、通商，更往来之如织。一切界务、税务、盐政、矿产，在在均关紧要，交涉既益繁难，考按尤赖图籍。《通志》一书洵时务所必需，现已缮刻完竣，谨装潢十函，咨由军机处恭呈御览。

所有《续云南通志稿》刊印进呈缘由，谨恭折具陈。伏乞皇太后、皇上圣鉴。谨奏。正月二十八日。

光绪二十九年二月二十八日，奉朱批：知道了。钦此。[①]

①台北故宫博物院藏：《军机及宫中档》，文献编号：154530。